U0508631

穆王传

MUWANGZHUAN

李宇——著

敦煌文艺出版社

图书在版编目（CIP）数据

穆王传：上下 / 李宇著．-- 兰州：敦煌文艺出版社，2021.11
ISBN 978-7-5468-2122-1

Ⅰ．①穆… Ⅱ．①李… Ⅲ．①长篇小说－中国－当代
Ⅳ．① I247.5

中国版本图书馆 CIP 数据核字 (2021) 第 242259 号

穆王传（上下）
李 宇 著

责任编辑：王 倩
封面设计：马吉庆

敦煌文艺出版社出版、发行
地址：（730030）兰州市城关区曹家巷 1 号新闻出版大厦 23 楼
邮箱：dunhuangwenyi1958@163.com
0931-8159371（编辑部） 0931-8773112（发行部）

兰州银声印务有限公司印刷
开本 787 毫米 ×1092 毫米 1/16 印张 40.75 插页 2 字数 690 千
2023 年 4 月第 1 版 2023 年 4 月第 1 次印刷

ISBN 978-7-5468-2122-1
定价：98.00 元（全二册）

序

我是李宇的伯父，名叫李锦华，一生在部队从事通信工作。母亲在世时，我只有六岁，弟弟只有两岁，大姐已经能操持家务，二姐也能看护我和弟弟。1938年母亲病逝。没过两年，大姐染病也离我们而去。父亲备受打击，无力操持家业。家境每况愈下，一家人艰难度日。1944年7月我参加革命，次年在延安参加了八路军，跟随红军转战陕北。1945年，弟弟也加入三边文工团，成为“红小鬼”。自此，一家人很难见一面。

改革开放以后，经常收到弟弟寄来的作品，我总是爱不释手，为弟弟创作的经典剧作而高兴。特别是每次寄来的照片、录像带，都令我赞叹。1996年，弟弟李山林、弟媳徐丽玲共同创作的《东王公与西王母》一书出版，该剧具有很强的传播力。今天，又在侄子李宇的笔下，以小说的形式重现：朴素的民间故事，神奇的神话传说，风趣的哲理思想，崇高的思想境界。这种传承是我的弟弟李山林作为一名党的文艺战士扎根新疆、建设新疆的生活写照，既是亲情的纽带，也是梦想的延续。我对李宇的这部小说寄予希望。

初读李宇改编的这部小说，字里行间依然充溢着浓浓的亲情，寄托了儿女对父母的思念之心，寄托了长者对后辈的关爱之意。还记得1979年，我出差回家，弟媳徐丽玲带着孩子从新疆到北京来探亲，在家里已经住了月余。我第一次见到李宇：很憨实，话很少。与他姐李黎相比要笨许多，不惹人烦。有一天家里团鱼死了，妻子和弟媳埋怨李宇，误以为是他捣死了团鱼。李宇坚决不承认，我才感到这孩子与我一样执拗和倔强，是李家人的性格。

古往今来，祖辈口传身授，父母谆谆教诲，使优秀文化得以传承。我还能记得起：祖母就住在定边县的送子娘娘庙，每当夜色下，嫦娥的故事就伴随我耳畔。我还能记得起：在那烽火燃烧的难忘岁月，毛主席在延安文艺座谈会上讲述新民主主义革命的情景。绵延千里的烽火台，它深邃悠远，有多少故事如同烽燧之火，传向四面八方。毛主席和中央领导人在延安时，都爱爬上烽燧看场景。居高临下，高瞻远瞩，为全国各族人民指引出一条从黑暗走向光明的康庄大道。

不忘初心、牢记使命，让璀璨的中华文明一代一代继续传承。

目录

第一回　十日横空祸天地　嫦娥凌霄告御状

遥望浩渺的宇宙：天宫仿若一粒尘埃，在天际中存留。它如同襁褓中的婴孩，被光彩的星云、绚丽的千万条彩虹包裹。楼阁、殿馆、桥塔、牌坊若隐若现，掩藏于迷蒙的雾霭之中。神秘的天宫仙境，总是游离在尘世之外。

朵朵祥云飘然而至，各路神仙排整列队，匆匆忙忙走过高耸的南天门，向凌霄宝殿鱼贯而入。

凌霄宝殿之内紫气东升，光辉璀璨。震天宝座居中而立，高耸的椅背顶天立地，九条金龙盘绕其上，怒目圆睁，张牙舞爪，吞云吐雾。华丽的飞天们，成双成对地翩跹飞舞，萦绕在宝座周围。飞天们或拨弹吹奏各种乐器，或手持七彩扇屏，或提篮献鲜果，或高举珍宝供奉。万方乐奏，冥冥之声唱响：天地宽容，万方和气升……

玉皇大帝显圣于凌霄宝殿。玉皇大帝头戴王冕身披明黄锦绣龙袍，双目凝视前方，威严地“嗯”一声，真容方才完全显露。玉皇大帝庄重地稳坐在震天宝座之上，彰显天尊之威。

王母娘娘于玉皇大帝左边金凤朝阳宝座之上端庄而坐。金凤朝阳宝座之上百花争艳，百鸟朝凤，金凤朝阳。飞天们围绕宝座飞舞，精心侍奉王母娘娘。王母娘娘周身宝光灿灿，雍容华贵。

宝座下方云雾缭绕，雾气弥散在角角落落。元始天尊、太上老君、太白金星、四大天王、八大金刚及各路天神天仙在殿堂之中依次排列，面目肃然。

元始天尊手摇拂尘拂袖上前，合掌鞠躬行礼，高声禀告：“禀告玉皇大帝，各路仙班、仙神均已到齐，恭请玉皇大帝！”

仙圣们跪拜叩首，齐声高呼：“恭请玉皇大帝”

玉皇大帝凝视众仙，端正仪态，缓缓伸展双臂，掌心向上伸出手掌，拂袖回收，高呼：“诸位爱卿，免礼平身。”

列位仙圣再次叩首，齐声高呼：“谢玉皇大帝！”列位神仙起身，再次整齐排列，威武立于两侧。

玉皇大帝双目环视列位，凝神静气，朗声说道：“渺渺乾坤，万物皆有法度，日出而升，日落而息，日月交替；世间万物皆有定数，生生不息，苍老而终，顺天得道，必成正果。万物苍生皆有法度，万物生灵唯吾独尊。”玉皇大帝说完，环顾四周。王母娘娘回望玉皇大帝，微笑着轻轻点头。

王母娘娘端正仪态，目视诸仙，声如银铃一般威严训道：“诸位仙道，都听清楚了吗？玉帝天尊金口玉言，众卿不得丝毫懈怠。正如天尊所言，万物生灵皆有法度，顺者昌，逆者亡。诸位听清楚，牢记心中。”

王母娘娘再次回望玉皇大帝，玉皇大帝威严地环视列位，加重语气继续宣告：“天有纲纪，地有法制。各路仙班，各司其职。法不可乱，纲不可变。”

王母娘娘会意点头微笑，极力奉承：“天尊所言极是，法不可乱，纲不可变。谁若违抗，必将严惩，决不姑息！”

玉皇大帝手捻胡须，心满意足地点点头。

王母娘娘再次回望玉帝，迫不及待嘱咐：“各位爱卿，每年一度的蟠桃盛会准备好了吗？”

太白金星闻言，急忙上前鞠躬行礼，禀告：“禀告玉帝天尊，禀告王母娘娘，那蟠桃园不知为何桃树焦枯，树上的仙桃呀都成桃干了，并无鲜桃可摘。”

王母娘娘闻言，惊慌失措，焦急万分地四下张望，责问：“哀家的桃园，鲜嫩水灵的仙桃，是谁如此狠毒，荼毒生灵？”

玉皇大帝闻言，怒目圆睁，气愤地站起身，手指太白金星怒斥道：“是谁？如此胆大妄为，胆敢摧毁蟠桃园！千里眼，顺风耳，火速查探究竟是何妖物胆敢作乱，必将铲除！”

千里眼、顺风耳领命来到殿前，跪拜行礼。二仙施展法术，只见：千里眼伸出长眼，四处瞭望；顺风耳扶着变大的耳朵，不停变换方向，仔细倾听。

千里眼兴奋地禀告：“小仙看到了，蟠桃园里树木绿叶无存，枯木焦黑；

大地之上万年雪山消融，河水干涸，火焰流窜，野兽四处奔逃，难民躲在洞穴水泽之中，大地如同燃烧的炼狱。”

顺风耳惊恐地禀告：“小仙听到远处有嬉闹之声，四处巨响，如同天崩地裂；四处哀号不已，凄惨啼哭不止；万兽齐吼，惊恐万状。”

突然，千里眼捂住眼睛，痛苦地尖叫：“这是什么？啊！万丈强光射瞎了俺的双眼。”说完倒在地上，双眼流血不止。顺风耳也大叫一声，应声倒在地上，痛苦地大喊：“巨雷之声，震聋俺的一双耳朵。俺成聋子了，什么也听不见了！”

王母娘娘极为不满，指着二仙叫嚷：“快把这两个不中用的抬出去，赶快给他们疗伤！”

玉皇大帝招招手，急问：“众位爱卿，有谁知道，是何妖物竟有如此法力在世间作怪？”

列位仙圣怎敢言语，依然默首躬立。

神将上前跪拜，禀告：“启禀天尊，月宫仙子嫦娥求见。”

玉帝略有所思，侧目注视王母娘娘。此时，王母娘娘正为蟠桃园一事烦恼，没看玉帝。

玉帝迟疑地抚摸胡须，慢慢道来：“月宫仙子嫦娥，有很多时日没献舞了，请嫦娥仙子上殿吧！”

不久，传来列位仙圣连连唏嘘声。玉帝睁大眼睛，放眼望去，只见：嫦娥衣着凌乱，披头散发，满脸焦黑，跌跌撞撞地闯进大殿。她一来到殿堂，跪地哀哭不已。众仙圣急忙上前安慰。

玉帝大惊不已，心想：嫦娥一向玉洁冰清不染一丝风尘，举手投足尽被仙女仿效，今天，这是怎么了？这哪里还能看得出是嫦娥仙子，分明是个莽撞的烧火厨娘！

玉帝见此惨景，为之伤心，怜爱地问：“嫦娥仙子为何如此伤心？是谁把仙子搞成这般模样？有什么委屈，你尽管讲，寡人与你做主。”

嫦娥仙子微微抬头，窥视王母娘娘，又低下头，小声回禀“奴家，不敢说。”嫦娥跪在地上哭泣。

王母娘娘，正在为蟠桃园伤心，翻眼见到嫦娥如此落魄，心中窃喜：哼！嫦娥呀，你也有败落时！她厉声责问：“月宫仙子呀！有什么话，不敢说呢？

浩瀚宇宙皆有法度，有玉帝天尊为你做主，还有什么话不敢说呢？快说吧！”

玉帝用眼神制止王母娘娘，柔声安慰：“嫦娥仙子不必担心，尽管讲来。寡人问你，近日不曾给寡人献舞，可否与此事有关？是谁胆敢欺负于你，快快讲来！”

嫦娥抬头仰望玉帝，再次低下头，俯首趴在地上，压低声音回禀：“奴家，不敢讲。”

王母娘娘无奈地摇头，急迫地训斥：“嫦娥！吞吞吐吐的，叫你说，你就说吧！实在说不出口，烂在肚子里，别说！”

嫦娥抬起头，热泪盈眶，再也憋不住内心的冤屈，哭道：“奴家有冤要告，奴家实在冤枉呀！”

嫦娥埋头伏在地上，羞愧地哭诉：“奴家身为月宫仙子，夜夜奉命将月光洒满人间。两天前，奴家奉命夜出，遇见十位太阳天子，他们共出天空，追逐嬉耍于奴家，奴家只能四处奔逃，逃回月宫。谁料到，那十位太阳天子不依不饶，闯入月宫，百般羞辱于奴家，方才离去。玉帝天尊呀！月宫上下，尽被他们四处放火，奴家险些被烧死。”嫦娥抹泪，继续跪在地上哭诉：“恳请玉帝天尊、王母娘娘天母，与奴家做主。”

王母娘娘咬牙切齿地听完嫦娥的哭诉，非常气愤，心想：嫦娥呀，你竟敢告御状，竟然骑到老娘头上！

王母娘娘非常恼怒，未等玉帝发话，抢先严厉训斥嫦娥：“贱人！哀家的外甥——太阳天子们，一向规规矩矩，分秒不差地掌控天时，肯定是你这个贱人以色相诱惑于他们！嫦娥，你可知罪？”

玉皇大帝听见王母娘娘骂人，顿觉龙颜扫地，无地自容。他提高嗓门责怪王母娘娘：“妇人之见！真的假不了，假的真不了。如果太阳天子违反天条，寡人决不姑息。元始天尊！拿出阴阳宝镜，与寡人看来。”

元始天尊极不情愿地拿出阴阳宝镜，小心翼翼地举高宝镜，向其施展法力。

众仙圣紧紧围绕宝镜周围，伸长脖子观看宝镜显像。人间如同地狱般惨烈的景象，令人毛骨悚然，他们纷纷低头侧目窥视玉帝和王母娘娘，不敢言语。

王母娘娘自知外甥们触犯天条，罪不可赦，只好对玉帝悄声祈求：“天尊，是否有万全之策？”

玉皇大帝大怒，指着宝镜大喊："娘娘看清楚了吧？你的外甥，也是寡人的外甥，他们横空出行，祸害天地，侵害月宫，烧毁蟠桃园，害得人间如同地狱一般。快看看吧！十位太阳天子，以烈焰炙烤大地，江河决流，草木灰飞烟灭，万民躲藏于洞穴水泽之中，多么凄惨！谁也不能包庇呀！罪恶滔天，本天尊决不姑息！"

列位神仙见玉帝龙颜大怒，这才随声纷纷附和："是呀！蟠桃宴会没了，真可惜！""再这样下去，天河也要断流！""幸亏仅月宫受损，还没殃及群星。""境况已经十分危急呀！""十万火急，望玉帝天尊从速决断，赶紧发落！"

此时，太白金星感到无法再替十位太阳天子隐瞒，急忙上前行礼，禀告："十位太阳天子至今未归，依然在肆意妄为，横行无度，玉帝天尊，这如何是好呀？"

玉帝闻言，惊呼："什么？十位太阳天子，至今未归！天上一日，地下一年呀！大地怎能承受？真是贻害无穷呀！"

玉帝自知事态严重，怒发冲冠，拍案而起，大声疾呼："十位太阳天子真是胆大包天！天有纲纪，地有法制，法不可乱，纲不可变，他们违反天纲地法，速去正法。"

玉皇大帝指着天王李靖，命令："天王李靖，听命！"

"臣在！"李靖手举宝塔，鞠躬听命。

"天王李靖，火速带领十万天兵天将，将违反天纲地法作恶多端的十日正法，不得延误！"

"这……"天王李靖很为难，看一眼王母娘娘低下头。

"唉！作孽呀！只需严加管束，何必大动干戈呢？"王母娘娘哀求玉帝，玉帝不以为然。

王母娘娘紧盯太上老君，向他眨眨眼。

太上老君心领神会，思索片刻，急忙上前劝说："玉帝天尊，万万不可呀！那十位太阳天子，虽然触犯天纲地法，罪恶滔天，理应除之。恕贫道直言，十日万万不可根除，还要念及万物生长需阳光照晒，而且天地不可黑暗无光呀！不能全部除去，必须留得一位太阳天子，每天朝而出夕而落。"

"太上老君言之有理！"诸位神仙异口同声地呼喊，"尚需保留一位太阳天子，朝出夕落，温暖人间。”

王母娘娘瞥了太上老君一眼，无奈地摇头，心想：老官呀！你这话说与没说无两样。于是，王母娘娘恳求玉帝：“玉帝天尊，十位太阳天子，虽然触犯天条，也只是管教无方，不至于罪不可恕吧？还请玉帝天尊从轻发落！”

玉皇大帝勃然而立，手指前方断喝：“不管天上还是人间，谁敢触犯天纲地法，严惩不贷，决不姑息！众位爱卿，寡人刚刚讲完，万物生灵皆有法度，传旨吧！留下一位太阳天子，其余九位皆除。天王李靖领旨速去法办，不必多言。”

列位仙圣依然昂首肃然，威武站立。

玉皇大帝怜惜嫦娥，抬手示意：“嫦娥仙子请平身，下殿歇息去吧！”

嫦娥闻声，跪拜谢恩，跌跌撞撞地走出凌霄宝殿。

玉帝怒目圆睁，环视列位仙圣，无奈地摇头，拂袖，化金光而去。天王李靖手捧圣旨，面向王母娘娘，低头致意。

王母娘娘语重心长地嘱咐：“天王呀！爱卿就依着圣意，火速讨伐，不要再延误了。”

王母娘娘掩面拭泪，又哀伤诉说：“各位仙朋道友呀！替哀家去蟠桃园，看看那些多年的心血。哀家对它们呕心沥血地培植，精心修剪……”

王母娘娘停顿一下，又哀叹道：“他们都是哀家的骨肉亲人呀！却被无情地法办，哀家痛心难熬，无法前去，只得拜托各位了！”

天王李靖听得清楚，急忙跪拜，向王母娘娘起誓：“臣遵命，臣决不让王母娘娘伤心。”

列位神仙唯命是从，齐齐跪拜，高声领命。

仙圣们吵吵嚷嚷地离开凌霄宝殿，驾云而去。

第二回　十日顽劣抗御旨　后羿射日慑天宫

后羿这位黝黑的莽汉总爱赤裸上身，显露两臂、前胸、后背上如同山峦一样强大的肌群。他总是把披散的长发，用一根金丝扣扎于耳后，露出浓眉大眼、方口直鼻和雕塑一般的脸，展现其强悍的气质。

后羿像一座山，横卧在红褐色的巨岩上，右手时刻紧握神弓。只要神弓紧握手中，他在天界和人间便所向披靡。他从不惧怕和畏惧任何强敌。

后羿是不可战胜的地上之神，人们爱戴他，不遗余力供养他。只见仆从婢女们从远处汲水，围绕在他身边，一刻不停地为他冲洗身体降低体温，不停地给他捶腰捏腿放松筋骨。

后羿只是逍遥自在地闭目养神，世间万物无法影响他。他既不管十个太阳同时出没人间有没有黑夜，也不管烈火燃烧，炙热的大地还有没有一线生机。他视而不见躲避在潭水洞穴之中受难的同胞，他避而不闻同胞们的哀求：“救命呀！上天显灵吧！还天地秩序，给万物活路吧！”他似乎没有受到一丝的惊扰。那豆大的汗珠顺着脸颊向下流，他依然闭目养神。

人们猜测，后羿在想什么。

空中再次传来嬉戏斗殴的吵嚷声，四处惊雷炸响，山崩地裂，大地剧烈颤动。

后羿身边的仆从婢女们站立不稳，匍匐在他的两旁，掩耳躲藏，无望地守护着他。

苍茫大地没有一片安宁之地，无情的火舌吞噬着每个角落，大地之上一切即将燃烧殆尽，地下的潭水即将沸腾，濒临死亡的生命绝望呐喊。

吵嚷声和炙热的灼烧终于惹恼了后羿，他睁开眼睛拍地而起。他站在巨石上用神弓直指天空，怒吼：“十日小儿，休要嬉闹，尔等已经降祸人间，触犯天条。尔等罪大恶极，再不悔改，祸害天地，我后羿手中神箭决不留情，定取尔等性命！”

后羿的怒吼声，像浑厚钟声一样震撼天地，天空中吵嚷之声戛然而止。

十位太阳天子深知后羿的厉害，略有收敛，大地暂时恢复了宁静，可热浪依旧燃烧着每一寸土地。浩渺天空，十万天兵天将乘云悄然而来，把十位太阳天子合围在中央。

太阳天子们并未察觉，依然喷火吐焰。

天王李靖现身。他站在云端之上，一手托着宝塔，另一手高举圣旨，高声传旨：“玉皇大帝有旨，十位太阳天子接旨：尔等骄横肆虐，荼毒生灵，触犯天条，九位火速离去，只留一位！若要抗旨不遵，按触犯天条论处，格杀勿论！”

十位太阳天子闻听此言齐声哄笑，并不把圣旨放在眼里。

一位太阳天子上前，讥笑天王李靖道：“我以为是谁呢，原来是托塔天王呀！你想干吗？我们十兄弟分秒不差日出，准时而日落，天天被管制，实在受够了。好不容易十个兄弟一起出来玩耍，自由自在了一会儿，邋遢天王，你想干吗？”

太阳天子围拢起来骄横地叫骂：“李靖，你不要忘记，凭你那点小法术，想抓住咱兄弟，哼！休想！”

十位太阳天子你一句我一句，叫嚣不停：“李靖，你这个不要脸的东西，你手里捧的是俺姨娘赏赐的宝塔，这宝塔还是咱兄弟烧炼的呢！你这不知羞耻的家伙，还不让开去路，恭送爷爷们！”

“李靖小儿，忘恩负义，快快让开！”

“邋遢大王，快快让开，否则将你烧成灰。”

十位太阳天子骂着悄悄聚在一起。

天王李靖无可奈何，跪倒哀求：“十位小祖宗呀！听卑职一言：卑职奉命而来，恳请天子们，跟随卑职回去吧！”

十位太阳向天王李靖做鬼脸，不住地嬉笑：“哈哈！咱兄弟还没耍够呢，回不回去，谁也管不着！”

十位太阳滚动火轮，伸出火舌，喷出烈焰，射向天王李靖和天兵天将。

天王李靖躲闪不及，全身上下被火舌纠缠，匆忙逃跑。

十位太阳天子不依不饶，高声欢呼：“太好玩了！”又追逐天兵天将喷火吐焰，好不开心。

天兵天将被烈焰烧灼，溃不成军，四散奔逃。

十位太阳天子把抢到的圣旨烧毁。

热浪滚滚的金霞宫，玉帝斜卧于沉香龙榻之上，苦闷地叫喊：“热风何时休？太热了！”飞天们围绕在玉帝周围，用力摇扇侍奉。

王母娘娘守候在玉帝身旁，心急如焚。只见，喜眉福星汗水横流，早已浸透衣服，可他依然一刻不停地在玉帝和王母娘娘之间周旋，极力献殷勤。

嫦娥引领仙班到来，顿时鼓乐欢天，琴声悠扬。

仙女们伴随悠扬乐声，为嫦娥伴舞。嫦娥婀娜立于殿中心，随乐翩翩起舞，轻薄而亮丽的衣裳随风摆动，华丽的罗裙随身旋转，令观者炫目。嫦娥仙子舞技超群，在天宫独领风骚。

玉帝为之精神大振，忘记了炎热，痴痴地赏舞。观到尽兴处，玉帝喜不自胜，不由得站起身，大声惊呼：“好！好！好极了！快快赏赐！”

“是呀！能让玉帝天尊叹为观止，应当重赏呀！”喜眉福星极力恭维，“嫦娥仙子，容貌艳丽无比，舞姿美妙绝伦。这新编的舞蹈难度极高，天上人间，独一无二呀！”

王母娘娘乜喜眉福星一眼，噘着嘴巴极不情愿地说：“哼！真是太美了，比哀家可强百倍呀，谁让哀家是老太婆呢，赶快重赏呀！”

玉帝余兴未减，亲自拿起赏盒，走到嫦娥面前激动地说：“寡人在想，倘若有一天，嫦娥离寡人而去，谁能满足寡人对舞乐的乐趣呢？嫦娥呀！你的舞蹈难度极高，总是推陈出新，让寡人感到惊艳绝伦、美不胜收，天上人间，再过五千年，也无人能及呀！这是寡人赏你的。”

晓仙女捧起靓丽的天丝绣衣，走近嫦娥献上，诚恳地说：“嫦娥姐姐，玉帝天尊赏赐的这件新做的天丝绣衣，姐姐穿上肯定好看。”

嫦娥欣然接过绣衣，穿在身上，窈窕身材一览无遗。

嫦娥握住晓仙女的手，两人同时向玉帝行礼。嫦娥启口谢恩：“玉帝天尊之恩情，嫦娥永世不忘。天尊不必为乐舞担忧，天尊请看，晓仙女不仅人长得漂亮，而且聪明又伶俐，嫦娥精心教授她舞蹈，晓仙女将比嫦娥更出色，定然会为天尊献舞。”

玉帝满心欢喜，再次捧起赏盒，走上台阶，赞许道：“这就好，嫦娥想得周到。快来领赏吧！”

嫦娥再次上前行礼，伸手接住赏盒。玉帝深情地近看嫦娥，双手久久没有松开礼盒。

王母娘娘走到玉帝身后，故意重重地咳嗽两声。玉帝方才回过神来，匆忙松开紧抓礼盒的手。

天王李靖全身被火燎伤，慌张地跑进来，跪在地上磕头，高呼：“回禀玉帝，大事不好，卑职带领十万天兵，前去降服十位太阳天子。天子们顽劣至极，不听规劝，竟然喷火吐焰，十万天兵奋力抵抗，损失惨重。卑职法力不足，不仅无法降服他们，连诏书和宝塔也被他们抢去了，自己还险些被他们烧死！卑职无能，请玉帝天尊发落！”

玉帝正在兴头上，听到禀告，犹如一盆凉水浇下，气恼地指着天王李靖责怪：“你！也太无能了，还受了重伤，回去疗伤吧！”

王母娘娘见状，赶忙上前扶起天王李靖，假意安慰：“爱卿辛苦了，快去疗伤。”李靖被侍从急忙扶下殿。

玉皇大帝好不气恼，不停地踱来踱去，嘴里念叨：“真是无法无天了，连天兵天将也敢烧！再这样放纵下去，天宫也要被烧了，哪路仙家去收拾这十个畜生？”

玉帝本想听听王母娘娘的建议，可王母娘娘紧跟在他身后，他一时着急，食指竟然指向嫦娥。

“依我看……”嫦娥一时也没有反应过来，不知不觉地应声接了话。

“怎么？”玉皇大帝见机问嫦娥，“嫦娥，有何高见，但说无妨！”

嫦娥拽住喜眉福星的衣袖，对玉帝禀告：“喜眉福星大人，方才是你给嫦娥讲过，下界有一能人，十位太阳天子最怕此人了，此人定能降服太阳天子。喜眉福星大人，快告知玉帝嘛。”

“是谁？喜眉爱卿，快讲！”玉帝逼问。

喜眉福星满脸疑惑，不停地转眼珠。

嫦娥再次拽住喜眉福星的衣袖，催促：“喜眉福星大人，你就快说吧！”

“这人嘛……”他也是道听途说，并不确实，只好边回忆边说，“这个人是个能人，想起来了！名字叫后羿。他膂力超人，手握神弓，是下界一位顶天立地的大英雄。”他说完，低头斜视王母娘娘，畏惧地紧了紧身子。

王母娘娘听到此言，心中窃喜，心想：下界一位凡人，只要不是如来佛祖，他怎能与十万天兵天将相比呢？想要对付哀家的十个外甥，那是白日做梦！王母娘娘虽然板着脸，心中却暗自高兴。

玉皇大帝迟疑地问：“这……后羿能行吗？难道他比十万天兵还厉害？”

嫦娥作揖，请求：“玉帝天尊也别不信，试试也不碍事，事不宜迟呀！”

玉帝还在犹豫，嫦娥再次请求：“玉帝天尊在上，那十位太阳天子，不仅横行天庭，而且时时光顾月宫，奴家不敢回月宫。恳求玉帝天尊，让喜眉福星大人传那位英雄降服十位太阳天子吧！”

喜眉福星微微抬头，窥看王母娘娘，见娘娘一脸不悦，战战兢兢地悄声请示：“卑职愿下界一试，但……不知王母娘娘意下如何？”

喜眉再次鞠躬行礼，王母娘娘侧着脸，没有理会他。

王母娘娘心想：一百个后羿，又能如何呢？凡夫俗子！“这还用问吗！”玉帝大声命令，“喜眉爱卿！火速下界去颁旨，对那位后羿英雄说，他若降服十位太阳天子，寡人厚赏他，决不食言。”

“这……”喜眉福星非常为难，低头不敢领命。

王母娘娘满脸不高兴，心想：喜眉福星呀！竟敢与哀家作对，这事没完！等你完不成天旨，就下界投胎去吧！她嘴巴里挤出几句话：“喜眉福星呀！颁旨去吧！这可是大功一件，定有厚赏。”

喜眉福星闻言，赶紧跪地谢恩，领旨下去了。

王母娘娘走近嫦娥身边，假意赞美：“嫦娥仙子，这件天丝绣衣穿在你身上，就是与众不同呀！”王母娘娘恶狠狠地瞪了嫦娥一眼，极为不满，加重语气告诫，“多嘴！”

嫦娥向王母娘娘鞠躬行礼，没敢抬头。

玉帝在一旁听得清楚，心想：“妒忌心害人呀！有何深仇大恨不可调和呢？”

玉帝无奈地背过身，急忙向嫦娥摆摆手，道：“嫦娥忙去吧！”

晓仙女上前欲搀扶嫦娥，嫦娥机警转身，步履如风，翩翩而去。

晓仙女左右环顾，忐忑不安地低下头，紧随嫦娥身后快步离去。

王母娘娘怒目圆睁，眼见嫦娥飘然远去，心中怒火难以释怀，对玉帝说：“嫦娥居然如此无理，哀家跟她没完……”

后羿站在高山之巅，仰面向苍穹搭弓欲射，十个太阳一边四处逃窜，一边哭叫着向后羿讨饶。

后羿并不理会，振臂拉弓，弓满箭出。只见一道道寒光气贯长虹，一连九箭，九个太阳瞬间变成焦黑死鸦，陨落大地。一轮骄阳高挂晴空，普照大地。

“后羿英雄！”骄阳朗声说道，“后羿英雄！我会恪守三纲五常，普照大地，福泽百姓，亘古不变。”

后羿面向太阳高声赞美：“太阳呀！心中之神，您永远敞亮后羿的心扉，是唯一的伟大的太阳神。守护您，是后羿的天职。后羿无法离开您，在黑暗中后羿之箭找不到方向，会成为迷茫的凶器；在阳光下，后羿之箭百发百中。太阳，是您的光芒，照亮我们的心扉；是您的光辉，指引我们前进的方向。”

金霞宫中，王母娘娘亲眼见到一颗颗太阳陨落，心如刀绞，对玉帝发火：“哀家的外甥，也是天尊的外甥，天尊为何不严加管教，却让他们九个殒命？哀家发誓：后羿射杀九个太阳天子，后羿活不过三年，永世不得超生。就是活着的这三年，也叫后羿上天无路入地无门，生不如死地活着。”

“还有那嫦娥，太可恨！”王母娘娘气急败坏，几欲晕倒。

玉帝急忙上前扶住王母娘娘，惊呼：“娘娘贵为天地之尊，万万不可发此毒誓，扰乱天庭纲纪如何是好呀？快来人呀，扶王母娘娘去休息！”金霞宫中乱作一团。

玉帝心烦意乱地责怪：“乱了！乱了！全乱了！”

王母娘娘头上的彩钗，护主之时，早已化成五只彩凤凰，展翅离去。

五彩凤凰变化成嫦娥的模样，飞到后羿身边，在他眼前尽情飞舞，来来回回高歌：“天下无何物？月宫美嫦娥……”

后羿被眼前嫦娥的美貌深深地吸引了，幻化的嫦娥紧贴住后羿，痴情地挑逗：“后羿英雄，嫦娥乃月宫仙子，后羿是嫦娥心目中的英雄，大英雄来月宫找嫦娥吧！嫦娥在月宫等着后羿。”

后羿为之动情，痴情立誓：“月宫仙子，你是后羿朝思暮想的梦中人，后羿发誓，决不辜负嫦娥。嫦娥，等着我后羿。”

变化成嫦娥的彩凤悄然飞向东方，再也没有回到天宫。

后羿站在巨岩之上，依然摆着姿势，面向天空搭弓。

“后羿将军！快下来。”喜眉福星急忙上前高声规劝，“玉帝有旨，最后一个太阳，一定要留下，后羿将军既然答应玉帝的旨意，不可违背呀！”

“好！”后羿回望天边的半个月亮，这才慢慢收起面向天空的神弓宝箭，继而强硬地说，“喜眉大人，请回天复命，禀告玉皇大帝，按玉皇大帝旨意，我后羿射落九日，留得最亮最明媚的一颗太阳。后羿就在这里，等待天宫的厚赏。”后羿说完慢慢收起弓箭。

“这好说。”喜眉福星很得意，当即夸下海口，“金银珠宝、珠玉玛瑙大英雄想要多少，玉皇大帝都能奖赏给你。大英雄还要百岁成仙，玉帝也可一起封赏。”

后羿抓住他的手，紧紧盯住他的眼睛，笑道：“我后羿就要一样东西，玉帝必须答应。她是位仙子。”后羿说完，深情地仰望天空中的半个月亮，久久地回味。

“除了月宫仙子，大英雄要什么，玉皇大帝都会答应的。”喜眉福星自知说漏了嘴，急忙捂住自己的嘴巴。

后羿一只手紧紧抓住喜眉的手丝毫不放松，另一手紧握神弓指向天空，威严地说：“大人看好了！后羿心爱之人在那里，就是月宫仙子——嫦娥，后羿只要嫦娥。”

喜眉福星的手被后羿攥得生痛，迫不及待地想甩开后羿的“铁钳”，心想：天上与人间相隔一方，后羿这莽夫怎么会知道嫦娥呢？哄一哄他就是了。

喜眉终于把手从“铁钳”中拽出，顾不得疼痛，紧紧盯住后羿，说：“大英雄，天宫的事，你怎么知道呢？天宫中处处有美丽的仙女，但是呢，只有叫七仙女八仙子九仙姑十仙妃的，就没有一个叫人名的仙子。”后羿瞪大眼睛急了，一把扯住喜眉的衣襟，将其拎起，粗声叫嚷：“胆敢欺骗我后羿吗？月宫仙子——美嫦娥，我后羿日思夜想她。玉皇大帝最爱嫦娥仙子，普天之下，谁人不知？我后羿，就要娶嫦娥。”后羿手一推，把他扔在地上。

后羿又威严地相告：“回去告诉玉皇大帝，他要是不把嫦娥嫁给我后羿，我后羿就射下唯一的太阳，让世间天黑地暗，永世无光。”

喜眉福星讨好道："后羿大英雄，什么事都瞒不过你，后羿真乃举世无双的大英雄。"

后羿再次紧紧抓住喜眉福星的胳膊，要挟道："喜眉大人，快去吧！丑话在先，下月十五，玉皇大帝不把嫦娥嫁给我后羿，我后羿的神箭，不仅射落太阳，还要射落天宫。我后羿，还要把天穹射出个大洞，到时候，只能让玉皇大帝去补天了。"后羿说完，哈哈大笑。

人们欢呼雀跃，上前举起后羿欢呼。丝竹鸣响，锣鼓震天，人们尽情欢唱。后羿紧握神弓，缓慢地回头，对着喜眉福星再次拉弓射向天空，做着鬼脸。

喜眉福星无比沮丧，乘云而去。

凌霄宝殿祥云飞舞，清风徐徐，列位仙圣兴高采烈地相互道贺。

玉帝舒坦地坐在震天宝座之上。王母娘娘板着脸，依然在金凤朝阳宝座上端庄而坐，头上的各色凤钗在不停地抖动，如同秋风中摇曳的树叶。喜眉福星站在前方，鞠躬禀告："小仙奉旨下界，传天旨给后羿，后羿欣然受命，遵照玉帝旨意，只射出九箭，射落了九日，尚留一颗最亮的太阳。"

列位仙圣惊愕不已，议论纷纷："区区一个凡人，竟能与十万天兵天将相当，这还了得！""听说后羿如同盘古，有开天辟地之力，而且其武艺超群，神箭百发百中。""那神弓，乃是盘古开天辟地之遗宝。后羿睡着时，都紧握在手。""此人如果杀到天宫，天宫上下无人能敌，我们这些神仙，无路可逃呀！""后羿那神箭威力无比，一道寒光，神鬼难逃呀！""他根本不用杀到天宫，站在地上，拉弓射箭，不费吹灰之力，天宫难保呀！"

"哎哟！"王母娘娘泣不成声地哭号，"哀家那些可怜的外甥呀！你们九个死得惨呀！后羿这恶人，真狠心呀！将你们射落。玉帝天尊，要替外甥们申冤呀！"

玉帝瞥了王母娘娘一眼，没好气地说："申什么冤？那不是还留着一个太阳吗？这些外甥，谁叫他们触犯天条祸害苍生呢，不是还留了一个吗，寡人已经很宽大了。"

玉帝又环顾一圈，高声赞扬："喜眉爱卿！这件事办得好，办得有功。寡人要奖赏后羿，吩咐打开库房，金银珠宝厚赐。寡人还要奖赏喜眉爱卿。"

喜眉福星慌了神，急忙低声禀告："后羿说了，金银财宝都不要，只要月宫仙子嫦娥嫁给他。"

玉皇大帝闻听此言，既可笑又可气，直言道："要嫦娥？这不成！太过分了！哪有这等好色之徒！明言告之，仙女与凡人婚姻，违反天纲地法，万万不可！天下美女如云，何必大费周折娶仙女呢？这件事万万不可。喜眉爱卿，多赏后羿金银珠宝吧！"

喜眉扑通跪地，只好如实禀告："卑职也觉得此事太荒唐，再三规劝后羿。只是那后羿是个直肠子，怎么劝都不听，铁了心非要嫦娥嫁给他。后羿还扬言……"他不敢抬头看玉帝，迟疑地说，"如若不把嫦娥嫁给他，他就要……射落唯一的太阳，还要……"

玉帝越听越气愤，指着他大喊："这是要挟！这是逼宫！还要什么？快讲！"

喜眉跪在地上连连磕头，悄声说："卑臣办差不利，愧对天尊和道友。后羿扬言，下月十五，若不把嫦娥下嫁于他，他，不仅要射落唯一的太阳，还要射落天宫，更加可怕的是后羿要把天穹射个大黑洞，叫天尊您去补天。"他一口气讲完，趴在地上埋首不语。

"这还了得！"众仙圣惊愕不已，"这可使不得！区区一个凡人，出此狂言，真是胆大妄为！""哼！"玉帝一甩长袖，气愤不已，大声斥责，"大胆好色之徒，竟然如此狂妄！让他来，天宫上下会怕后羿不成？"

玉帝龙颜大怒，从宝座站起，怒指下界："后羿自不量力，也敢叫嚣，寡人定让他死无葬身之地！"

"玉帝天尊息怒。"太上老君手摇拂尘，上前劝阻，"后羿射日有功，只为月宫仙子嫦娥，何必伤大局呢？让嫦娥下凡，前去感化后羿，岂不是美事？"

太白金星上前行礼，平心静气地说："玉帝天尊息怒，不仅一个嫦娥，就是十个嫦娥，赏给后羿就是了。要嫦娥嫁给后羿，又不是杀了嫦娥。听说，那后羿不仅独断，而且专横，成全他的美事，也是造福天地呀！"

"是呀！"喜眉跪在地上，抬头禀告："太上老君所言极是。后羿还说，如果把嫦娥嫁给他，后羿愿交出神弓宝箭，做个平常人。永远服从天命。"

王母娘娘闻听此言，感到心花怒放。心想：嫦娥呀！人算不如天算，赶紧下界做凡人。

于是，王母娘娘急忙插话，表示赞同："各位仙圣之言，所言极是。"

王母娘娘在宝座上坐正，语气极其平和地说："后羿射日有功，得到天宫赏赐理所应当。以哀家看来，让嫦娥仙子去教化后羿，让他服从天职，不与天宫对立，这个最好不过。所以哀家认为，选择良辰吉日，备足嫁妆，送嫦娥下界成亲。"

列位仙圣闻言，无比欣喜，纷纷上前表示赞同。凌霄宝殿一片喜气洋洋，喧哗之声此起彼伏。

玉帝倍感羞辱，失望地看着列位仙圣，拍案而起，大声教诲："众位爱卿呀！尔等不清楚吗，仙女怎能下嫁？有哪一条，与天纲地法相符？"

列位仙神列举纲法，频频向玉帝建言，一致赞同王母娘娘之言。

玉帝闻听建议，倍感无奈，大声怒喊："明知后羿提的是无理要求，为何被诸位爱卿说得天花乱坠呢？无论哪位天仙下嫁，都是天宫之屈辱。难道要屈服于后羿不成？看看你们吧！丧失的不仅是仙神之骨气，连正气也荡然无存！寡人天天都在教诲众位仙圣秉承公正，要有骨气，如今都把教诲都忘了吗？"

玉帝感慨万千，大声告诫："天宫最大的危机，不是后羿之箭，而是可怕的阿谀奉承、阳奉阴违、互相欺瞒。危机来临，众仙圣无视，还在沾沾自喜，藐视一切。若这样下去，昔日得道的神功法力无法长久，安乐神仙——必不保。"

玉帝看到列位仙圣战战兢兢的样子，叹惜："有谁，还能保得了天宫？天宫上下，有哪位神仙还会补天呀？你们之中，哪位仙道能抵住后羿之箭？"玉帝无奈地叹息，不住地摇头，无力地坐在震天宝座之上。

列位仙圣跪地一片，全都缄默不语，期待王母娘娘教诲。

王母娘娘心知肚明，心想：这事儿没那么简单，既然说到阳奉阴违，这个词真好！王母娘娘计上心来。

王母娘娘向玉帝点头微笑，然后回过头语重心长地说："诸位仙家，玉帝天尊所言极是，天宫之中不可阳奉阴违，要弘扬正气。遇到艰难之事，诸位不仅要顾全大局，还要有誓死捍卫正义之勇气与决心，甚至要舍生忘死护佑天庭。"

王母娘娘再次回望玉帝，说："嫦娥就是仙圣之中刚正不阿之典范，她肯定愿意为天宫作出牺牲。诸位很清楚，后羿这莽夫一旦意气用事，谁来阻止？这会儿哀家亲自去恳请嫦娥，相信嫦娥定会识大体顾全大局，解天宫之危机。”王母娘娘突然话锋急转，高声问，“若有更好的办法，请各位直言。”

众位神仙跪在地上，议论纷纷。

玉帝站起身，拍拍脑门，心想：事已至此，顾全大局吧！但他心里又很气愤，忍不住失望地说：“事已至此，众位爱卿都起来吧，不必再跪着了！请王母娘娘定夺，下旨吧！”玉帝甩袖，化金光而去。

王母娘娘坐在宝座上按捺不住心中的喜悦，迫不及待地颁旨：“请敕旨大司吴刚即刻拟旨：月宫仙子嫦娥，自愿舍去仙身，下凡与后羿婚媾，不得延误。”

“遵命！”喜眉福星高兴地领旨，急忙下界去颁旨。

第三回　敕旨司包庇未遂　美嫦娥取义下凡

天色昏黄，九曲云桥云雾缭绕。

仙女们围绕着嫦娥七嘴八舌地议论，有几个不住地哀怨：“修仙得道千年，打下人间一刻，这就是仙女的命运，太惨了！”“后羿是凡间俗人，怎能配得上嫦娥姐姐呢？”有几个痛骂不止：“都是喜眉老儿想霸占嫦娥姐姐，得不到，便使坏，太恶心了！”“对！对！就是喜眉恶贼做的坏事，他和王母娘娘合谋害人！”“嫦娥姐姐久居月宫，乃天界仙子，怎能下界嫁凡人？违背天理呀！竟然无人阻拦！”“嫦娥姐姐下嫁凡间，哪一条天纲地法允许？”“听说那后羿是五大三粗的莽汉，就像黑煞星！”

长仙女制止众位仙女，大声说：“妹妹们，会不会说话呀！板子没挨到自个儿身上，心不痛呀？嫦娥妹妹心里有多难受呀！”

嫦娥满脸委屈却坚定地说：“嫦娥我想好了，若要再逼迫，我就舍去一切，让自己灰飞烟灭。”

长仙女闻言，急忙劝慰嫦娥说：“嫦娥妹妹，不能走绝路呀！后羿再不好，也是顶天立地的大英雄，九箭射死九日，除了九个祸害啊！这样的大英雄，嫁给他，也值！”

嫦娥含泪说：“嫦娥我好端端的神仙，被迫下界去做人！我宁可死在这里，也不愿下凡去苟且偷生。还是早死了才好，免得被那莽汉玷污。”

晓仙女细细琢磨，献计道：“我们只能想个不去的法子。依小妹看来，只有找敕旨司大人吴刚，叫他帮姐姐想办法。”

仙女们纷纷出主意："对呀，找吴刚呀！""吴刚是上天敕旨大司，掌管天玺宝印，他不让下界，谁也别想去。""吴刚大人为人厚道，经常匡扶正义，这事吴刚大人肯定会有办法，一定会帮忙。""实在不行，让吴刚大人设法拖延时间，咱们恳求众位仙圣，向玉帝求情。""只要天尊撤了旨，王母娘娘也得服从。"

嫦娥似乎看到一丝希望，感激地说："即使我嫦娥下界为奴，也要报答姐妹们的救命之恩。"说完跪在地上泣不成声。众姐妹相拥哭泣，哭声一片。

晓仙女扶起嫦娥，催道："时间不多了，我们去找吴刚大人，你们速去拜托仙友，赶快说通玉帝。要快，越快越好。"

嫦娥鞠躬拜谢，姐妹们挥泪话别。

晓仙女搀扶嫦娥穿过九曲云桥，急匆匆而去。

仙女们泪送嫦娥离后，各个止住泪水，分头行动。

昏黄的太阳射出微弱的光芒。星河之中，群星闪耀。浩渺银河，漫无边际。嫦娥倚在望月亭的白玉护栏上为难地瞅着吴刚，欲言又止。

晓仙女站在嫦娥身旁，而玉石台阶上的吴刚心情复杂，徘徊不停。

"敕旨司大人！吴刚呀！"晓仙女急切地恳求，"你是上天的敕旨大司，掌管天玺宝印，大人不下此旨，不就行了嘛！"

吴刚停住脚步，面对心急如焚的晓仙女极力解释："晓仙女，你的意思我明白。王母娘娘已下御旨，敕旨司只是写旨盖印，并无实权。如若延误，触犯天条，必受死刑。晓仙女你要知道，敕旨司只能在言辞上做文章，并不能改变旨意。你们听明白了吗？"

晓仙女质问："敕旨司大人，你就是怕受刑罚，才不敢帮助嫦娥姐姐，难道不是吗？"

吴刚再次解释："即使吴刚受到刑罚，也改变不了御旨，晓仙女还不明白吗？"

"这可怎么办呀？"晓仙女内心焦急，眼中就要冒火。

嫦娥在一旁叹息："唉！人人都说神仙好！我嫦娥置身于月宫，日日欢歌，夜夜蹁跹，唯命是从，今天才明白：歌舞游戏一场梦，坎坷命运随影行。真乃：今日金霞宫中帝王宠，明天后羿灶台炊火妇。何处寻觅不见自我，终是卖身奴。"嫦娥说着黯然泪下，也突然明白：再艰辛，自己的路，要自己走。

继而，嫦娥仰天大笑，含泪说道："人到难时方见晓，我嫦娥豁出去了。"说着转身离开。

吴刚从内心敬佩嫦娥，早已把生死置之度外。此时，他急忙上前堵住嫦娥去路，拉着嫦娥的衣袖就走。

晓仙女见二人快步离开，不知发生了什么，失声呼喊，疾步追逐而去。

敕旨司府衙的桌案之上，那硕大的金顶天玺宝印金光闪闪。吴刚从错乱堆放的卷宗下找出文房四宝，站立桌旁，躬身奋笔疾书，额头上的汗水向下流淌。

天官带领随从，四处寻找嫦娥的踪迹。

天官对吴刚吆喝："敕旨司大人！快把嫦娥交出来，免得皮肉受苦。"

吴刚站起身，镇定自若地相告："各位天官，这小小府衙就这么大，各位尽管搜查便是。别说嫦娥仙子，就是巨灵神、八大金刚，也逃不过你们的法眼！"

天官劝告吴刚："敕旨司大人，天兵都看见了，嫦娥进了敕旨司府衙。吴刚大人！您就将嫦娥快交出来吧！要不，请吴刚大人告知我们，嫦娥去哪儿了？"

吴刚在桌子旁坐下，又拿出笔，挥挥手中笔，极不耐心地说："马王爷大人，您奉旨前来搜查，吴刚鼎力相助。您请，随意搜查，但我这儿还有一张御旨没写完呢，请您行个方便！"

"这……"天官迟疑了。

只听远处传来侍从的喊声："王母娘娘驾到！"吴刚和天官急忙到门口恭候相迎。

天王李靖先行到达，王母娘娘带领仙姬缓缓进入府衙。吴刚和天官齐齐跪拜行礼，高呼："恭迎王母娘娘圣驾。"

王母娘娘向四处张望，示意："你们都起来吧！"

天王李靖向天官高声询问："马王爷，嫦娥仙子可否找到？"

天官急忙禀告："回禀王母娘娘，回报天王，正在查找，各处都找了，还没找到。微臣带人正在继续寻找嫦娥。"

王母娘娘端详天玺宝印，挥挥手直言："不用了！吴刚这里，哀家比你们熟悉。今天是嫦娥大喜之日，躲起来干吗？何必叫马王爷大人领着天兵四处找来找去呢？”

王母娘娘对着天玺宝印大声说：“众位仙圣都求情了，只是后羿手中神弓神箭不答应，谁愿意做恶人呢？连玉帝天尊也很无奈，不敢见你呀，嫦娥！”王母娘娘又假惺惺地自责，“恶人只能由哀家来做了。哀家知道嫦娥是无辜的，就藏在宝印之下。”

吴刚跪地请罪：“臣知罪，是罪臣把嫦娥藏在宝印之下。臣罪万死！”

王母娘娘一边口念咒语，一边拿起宝印，只见天玺宝印之下，隐藏的嫦娥落在地上，复原变大。

嫦娥跪拜王母娘娘，请罪：“是奴家自己藏在天玺宝印下的，与敕旨司大人无关，请王母娘娘放过吴刚大人。”

王母娘娘见到嫦娥松了口气，满脸堆笑劝慰嫦娥：“后羿已经说了，再见不着嫦娥您呀，就要射落天宫，还要把天穹射个大黑洞。嫦娥，你是救苦救难的活菩萨。天宫上下，世间万物，都要仰仗你才能得以生存。嫦娥，你不能辜负苍生万物之重托呀！您是活菩萨呀！”王母娘娘扶起嫦娥，拿出手绢给嫦娥擦拭泪水。

王母娘娘回头，厉声教训吴刚：“吴刚可知罪？身为敕旨司大人掌管天命，竟敢忤逆圣意，藏起嫦娥，让天宫不稳。如果后羿射落天宫，尔等就是千古罪人。免你死罪，罚你去月宫砍伐月桂。若将桂树砍断伐倒，才能赎完罪责。”

“王母娘娘在上！”天王李靖疑惑地问，“那月宫桂树，乃神根仙种，刀斧砍入树体，拔出即合，吴刚怎能赎完罪责呢？”

王母娘娘生气地瞅了天王李靖一眼，心想：你这天王此时捣什么乱！于是，她不得不解释：“吴刚要牢记，赎罪是一个过程，是砍树重要呢，还是内心真诚感悟重要？砍成千上万棵桂树是为什么呢？是要赎罪之人明白：天职不得懈怠。天宫上下，连敕旨司大人都敢徇私舞弊，篡改圣旨，那天纲地法形同虚设，岂不大乱！吴刚，可知罪？”

吴刚跪地谢恩：“臣知罪，愿去月宫砍伐桂树，真心领悟罪责。”

天王李靖命天兵，押解吴刚走出敕旨司府衙，吴刚探头回望嫦娥不住地叹息，嫦娥伸颈遥望吴刚，愧疚地悄声说：“敕旨司大人呀！是嫦娥害了大人呀！”

王母娘娘趁机上前安慰嫦娥说：“敕旨司大人吴刚，只是暂时去赎罪，不会有事的。天宫上下都要仰仗嫦娥您呀！众多姐妹都要依靠嫦娥的大恩大德呀！”

王母娘娘使个眼色，仙姬们蜂拥上前，搀扶着嫦娥走出敕旨司府邸。

正午时分，披红挂彩的南天门，唢呐声声，锦旗招展，玉帝为嫦娥送行。

在仙姬仙女的陪伴下，嫦娥身着新娘盛装，头戴红盖头，走上仙轿。

喜眉福星也披红挂彩，对着花轿说：“嫦娥呀！你都哭了一路了。玉帝天尊亲自送嫁，天地之间仅嫦娥一人才有如此殊荣呀！”

玉帝劝慰嫦娥:“本天尊无奈，才委屈嫦娥你呀！但天宫不忘嫦娥之功德。嫦娥呀！记住，天宫永远是你的娘家。”

花轿之中抽泣声变成无望的叹息。

玉帝和喜眉福星引领在前，婚嫁仪仗队伍吹吹打打，向下界飘然而去……

伫立在南天门的守门天将和伸颈遥望的仙女们，眼见飘去的薄云，不停地抹泪叹息。没多久，连那薄云也隐去了。

第四回　喜眉星胡作非为　晓仙女贬为玉兔

庆寿宫正堂的后方矗立着一面巨大的屏风，上书“寿”字。此字笔力劲拔，神韵卓绝。飞天们围绕“寿”字翩翩起舞，歌声萦绕庆寿宫殿堂。

殿内布满八仙桌和龙凤椅，桌上龙筋凤髓摆放得满满当当，海陆八珍盘排列得井井有条，御酒香气弥漫。天官们四处侍立，仙姬们端笼提壶捧盘排杯来来往往，穿梭不停。

王母娘娘方才显圣，端坐在寿字之下。

天官高声宣告：“王母娘娘寿辰，各位仙道拜寿！”

前来赴宴的弥勒喜佛、寿星、赤脚大仙、罗汉、仙翁星宿等微笑着鱼贯而入，顿时鼓乐声、欢笑声响彻殿堂。

王母娘娘喜笑颜开，频频挥手致意。

天官上前跪拜，焦急禀告：“启禀王母娘娘，寿宴各项都已准备就绪。只是，不见仙女们送来寿桃。”

王母娘娘闻听此言，面带愠色，说：“这寿宴之上没了寿桃，怎么能叫寿宴呢？各位仙家少安毋躁，哀家亲自去看看……”

王母娘娘带领随从急急忙忙向蟠桃园奔去。

和煦的阳光普照清池，蹁跹的仙女排列齐整，端着盛满蟠桃的碧玉盘，迈着轻盈碎步，沿着云雾环绕的清池边的小径，一路如疾风般急急走来。

喜眉福星腆着便便大腹，打着饱嗝，手摇鹅毛扇，蹒跚而来。他挺着肚腩站在小径中央，色眯眯地盯着仙女们说：“嘿哟！丫头们，这桃可真鲜呀！

让本官帮着端。”他一边开心叫嚷，一边动起手来。

仙女们急了，高声责备：“喜眉大人，快住手！您看清楚了，这是寿宴用的寿桃，王母娘娘正等着呢！赶快让开，我们没有时间跟你磨牙！”

喜眉堵在路中央开始耍赖，高声叫嚷：“居然敢骂本官，不主动献上鲜桃，休想过去！奉劝你们，别惹恼本官！”说完，他伸开双臂堵在小径中央。

“喜眉老爷，今天王母娘娘大寿，设宴请诸位仙圣品尝寿桃，喜眉老爷不要纠缠误了大事。明天我们姐妹给你摘桃吃，行吗？”

喜眉不依不饶地说：“本官不管宴席，也管不着宴请谁。本官要吃鲜桃，不给本官桃吃，那本官就吃你们！”他笑眯眯地扑上去，四处乱摸乱抓，仙女们一个个花容失色……

“王母娘娘驾到！”传来侍官的声音。

喜眉闻声惊恐万状，急忙下跪，仙女们借机绕道离开。

喜眉伏在地上，不敢抬头，只用余光窥看。

没见到王母娘娘，方才知道上当了，喜眉顿时恼羞成怒。

只见晓仙女慢悠悠地走在最后边，还向他点头示意，喜眉立即化怒为喜，伸出手拦住。他心中乐开了花，开心地呼喊：“天意呀！晓仙女！就剩下你了！想跑，没那么容易。晓仙女呀，你可是喜眉的最爱呀！”他伸出鹅毛扇施法，鹅毛扇突然变大，如同一堵墙堵住晓仙女。晓仙女不顾一切地冲上去，可惜如同飞蛾扑火。

喜眉扑上去一把抱住晓仙女，晓仙女越挣扎他越开心。喜眉指着晓仙女下巴说：“小骗子，胆敢耍弄本官！看我怎么收拾你！”晓仙女被他牢牢控制，无法脱身。

仙女们惊慌失措，踏着芳草幽径一路奔逃，远远看见王母娘娘一行迎面而来，个个如逢救星。

王母娘娘见仙女们慌张而来，气愤地训斥：“你们这些奴婢，想找打呀！为何迟迟而来？快说！”

仙女们急忙下跪行礼，长仙女急忙禀告：“回禀王母娘娘，我们刚刚摘完寿桃，请王母娘娘过目。”

王母娘娘挨个看了一遍，满意地点点头：“不错，桃上还有露水，是鲜桃就要带着早晨的露水，那才鲜美。哎！晓仙女呢？”

“回禀王母娘娘，晓仙女她、她还在后面呢。”长仙女战战兢兢地回答。

王母娘娘气愤地责备：“办事拖拖拉拉，一个个懒散的样子，成何体统！赶快把鲜桃送去宴会，再晚了，快成桃干了。”

仙女们起身急奔宴会而去。

王母娘娘带着仙姬们，一路奔小径而来。

清池旁，细柳垂下绿枝条，景色宜人，喜眉福星拽住晓仙女不放，晓仙女端着玉盘无可奈何，二人僵持不下。

“小骗子，你能逃出本官的手心吗？只要顺从本官，好处享不完。”喜眉笑眯眯地用鹅毛扇挑着晓仙女的下巴说。晓仙女生气地转过头，蹙眉不语。

“谁都知道，王母娘娘对本官好，不是吗？”他极其自信地噘着嘴说，“就凭这，本官独霸一方，为所欲为！你这小小仙女胆敢欺骗本官，还敢不服从本官？只要你从了，本官会对你网开一面。晓仙女，听明白了吗？”

晓仙女杏眼圆睁，双手稳稳抓住玉盘，委屈的泪水滴在玉盘中的鲜桃上。

喜眉没有动恻隐之心，只是面对那双眼睛射出愤怒的火焰，他感到恐惧了。他慢慢松开了揽住晓仙女的手臂，心存不甘地说：“告诉你！晓仙女，不服从本官，今后让你吃不完兜着走，下场就是第二个嫦娥！”

晓仙女向前迈了一步，怒视着他，怒骂：“畜生！恶贼！你不配提嫦娥这个名字！”说着晓仙女倔强地步步紧逼。

喜眉步步退缩，直至无处可退了，只得紧张地晃动手指告诫：“不顺从本官没关系，要明白事理，否则……”

晓仙女怒喊：“恶心的禽兽，你调戏嫦娥姐姐，调戏众多姐妹，在天界谁不知道你的恶行？你不是福星，你是恶星！”晓仙女瞪着喜眉，冲他咆哮，“是你这恶贼，勾结后羿，想置嫦娥姐姐于死地，你蛇蝎心肠，不配在天界！”

喜眉被晓仙女的气势压倒，面部不停地抽搐，只能一只手护脸，一只手勉强撑地，最终，倒在地上怪叫：“知道就好，嫦娥就是你的下场，晓仙女放聪明点！”

晓仙女怒火中烧，举起手中的玉盘，盘中蟠桃本是仙灵，早已被怒火激化，没等晓仙女砸下，就如同箭一样飞出，来来回回暴打喜眉福星的脸和身。喜眉见势不妙，连滚带爬，捂着脸逃跑。

晓仙女蹲在破碎的玉盘和摔烂的仙桃前面，瞪大充血的眼睛凝视许久，泪水从眼角溢出……

王母娘娘带领仙姬们赶到清池时老远就听到晓仙女和喜眉福星的争吵声，到近处时才看到摔碎的碧玉盘和地上摔烂的蟠桃。

仙姬们为晓仙女愤愤不平。

王母娘娘却痛惜仙桃，破口大骂："大胆奴婢，竟敢违旨不遵，破坏天物！来人，将晓仙女给哀家绑起来！"

晓仙女没站起身，没有停止流泪，高声大骂："喜眉恶贼！奴家即使粉身碎骨，投胎十次，变成厉鬼，也不会放过你这恶贼。"

王母娘娘伸手喝止正欲远去的喜眉福星："喜眉爱卿，请留步，这究竟是怎么回事呀？寿桃还没吃呢，喜眉爱卿怎舍得离席呢？"

喜眉福星闻声，匆忙跑回来给王母娘娘鞠躬行礼，笑眯眯上前献媚："王母娘娘召唤小仙，小仙深感万分荣幸。小仙时时处处为天宫解忧，未曾想，晓仙女不听教导，还恶语中伤于小仙。"

他一边禀告，一边快速跑到王母娘娘跟前，悄声说："晓仙女说是在下唆使王母娘娘您坑害嫦娥，将嫦娥打下凡尘……"

晓仙女怒目圆睁，紧握拳头，气得咬牙切齿，破口大骂："恶贼！竟然恶人先告状！老天有眼，老贼陷害奴家，如今血口喷人……"

王母娘娘并没生气，劝解晓仙女："嫦娥为天宫消灾避难，舍仙身下凡，哀家心里也很难受，也不忍心叫她受罪。要怪罪，就怪哀家无能，此事与喜眉大仙无关。晓仙女不必动怒！"

喜眉再次给王母娘娘行礼，挡在晓仙女前面，说："王母娘娘所言甚是，嫦娥为天宫舍身就义，为仙仗义，为人有德。"

喜眉说着又上前紧贴在王母娘娘耳边，细声慢慢说："晓仙女还说王母娘娘纵容外甥作恶，玉帝降旨处死九日，大快人心……"

王母娘娘听了此言，心中再也无法平静。她想：十个外甥九个都已被就地正法殒命了，唯存一个孤苦伶仃地普照大地，居然还有人揪住不放。这些人不仅幸灾乐祸，而且对她心存不满。

王母娘娘质问晓仙女："贱奴，打碎玉盘，你可知罪？回答哀家！"

晓仙女站起，指着喜眉的脸怒斥道："是晓仙女打碎的玉盘，奴婢恨不得用玉盘砸碎这恶贼的脑袋。"

王母娘娘怒指晓仙女大声叫喊："泄私愤，打骂天官，无故损坏天物，应当立即处决。来人呀！将晓仙女拉上斩仙台处死。"

喜眉福星见势不妙，急忙上前求情："这种小事，如果传到寿宴，会让众仙家扫兴。而且，只是为一只盘子和几颗桃子就要了这贱奴的性命，难以服众呀！还请王母娘娘给晓仙女一条活路！"

王母娘娘心想：嫦娥下凡，已除大患，至于这些不听话的，叫她们闭嘴就是了。于是，她说："晓仙女呀！喜眉大人为你求情呀！今天，哀家不杀生，就饶你一命。"

喜眉福星长舒一口气，显得很得意，不停地摇着扇子。

晓仙女气愤至极，高呼："什么不杀生呀，晓仙女绝不是嫦娥，绝不屈从于伪善者，更不会向无情的愚弄低头。"晓仙女狂笑几声，再次讥讽王母娘娘，"贱奴之命，片刻前已在斩仙台上死了，如今又在恶贼的哀求声中活了，请收起你们愚弄人的把戏！难道天宫中只剩下伪善的面孔和那些愚弄人的把戏了吗？等……"

王母娘娘大声呵斥道："贱奴，住嘴！今后这天界没有晓仙女，只有玉兔。我会叫你永远闭嘴，去你的月宫反省吧！"

话音未落，王母娘娘的食指射出白光，白光指向晓仙女，晓仙女瞬间变成了一只白兔。

王母娘娘叫来喜眉福星："喜眉爱卿，你就好人做到底，拿着这个杵臼，送玉兔到月宫，要它整日舂桂实，啥时舂完，啥时宽宥。"

王母娘娘转身欲走，却被喜眉怪异的举止惊呆了。

"不……"他突然两手扬起扔掉杵臼，跪在王母娘娘脚下哀求，"王母娘娘开恩吧！那桂实系神种，是永远舂不烂舂不完的呀！求王母娘娘，从轻发落晓仙女吧！"

王母娘娘睥睨他，不温不火地说："怎么？喜眉爱卿，对兔子有感情呀！"

喜眉低下头，不敢言语。王母娘娘背过身，继续挖苦："饿不死的馋猫，如今还真的动真情了？喜眉爱卿呀，你究竟是不愿意呢，还是抗旨不遵呢？喜眉爱卿可要想清后果呀！"

王母娘娘说完开怀大笑几声，背起手开心地走了。仙姬们如影随形，急忙跟去。

喜眉福星无法面对眼前的现实，责问自己：“刚刚还是刚正不阿的晓仙女，现在却是无力抗争的兔子。”他虽然感到自责，但他知道王母娘娘的狠毒，只得跪拜磕头，真诚禀告：“微臣遵命！”

喜眉用颤抖的手捧起玉兔，只见玉兔的鼻尖和嘴角剧烈地抖动着，红色的眼睛里没有一滴泪。他呆呆地捧着玉兔，失神地望着王母娘娘远去的方向，感慨万千……

王母娘娘等欢快地回到庆寿宫，刚才发生的事如疾风翻页，随即消失得没有踪迹。

仙桃献上，仙圣们推杯换盏，好不热闹。

喜眉福星的腋窝夹着杵臼，双手捧着玉兔，向月宫蹒跚而去。他的内心万般感慨：自以为功高劳苦不可一世，实则命不由己朝夕不保。他在内心责怪自己：“喜眉呀！为什么不学后羿，铁了心肠为嫦娥？为什么使出龌龊的手段把心爱之人变成不言不语的兔子？”

他跪在地上举起玉兔，不住地自问：“苍天呀！我还是仙人吗？如此缺德，我配吗？”

月宫里巨大的桂树枝繁叶郁，喜眉福星捧着玉兔，低头走进月宫。远远望见吴刚举起巨斧，奋力地砍伐月桂巨大的树干。那把锋利的斧头，每一斧头砍下，斧刃都会深深地插进桂树的树干之中，吴刚吃力地把斧头拔出。月桂树欢快地发出打嗝一样的声音，斧砍的痕迹立刻消失。每一斧头砍下，桂树之上就要多开三串桂花，落下三串桂实。月桂树下，四处都落满了桂实。吴刚砍得满头大汗，一刻不得停歇。

喜眉福星走过门廊，吴刚看到是他，提着斧头冲上前来：“恶贼！你来得正好，看吾手中之巨斧，将恶贼碎尸万段！”

喜眉双手捧着玉兔跪在地上，嘴角颤抖着说：“先别动手，吴刚大人，知道它是谁吗？它是晓仙女，也被我害得成这样了。”喜眉说完痛不欲生地放声大哭起来。

吴刚看见白兔，不住地摇头，手中巨斧滑落。

白兔跳落地面，仰望吴刚，用嘴巴衔起杵臼，在地上写下“嫦娥姐姐下界，成婚了”一行字。

吴刚无法平息怒火，一把抓住喜眉的衣襟，怒吼道：“恶贼，你还要说什么，快说！”

喜眉福星瘫坐在地上，哀叹：“嫦娥她已经下凡，与后羿婚媾了。吴刚，动手吧，劈了我这个恶贼吧！最心爱的人，已经与我隔世遥望，我还有何颜面苟活于世间？但是，喜眉对天发誓：一定要让嫦娥重回月宫。”

吴刚推开他，轻蔑地嘲讽道：“恶贼不必发誓，你若继续苟活于世，只能使更多无辜者蒙羞落难。我这就送你这个恶贼上路！”说完吴刚拾起巨斧。

玉兔跳到喜眉面前，又一次仰望吴刚，在地上写了“求吴刚大人，放了他”。

吴刚迟疑地收起劈天斧，捧起玉兔，无比爱怜地抚着它的背。

此时，传来王母娘娘的口谕：“吴刚砍伐桂树，玉兔舂捣桂实。”

王母娘娘的口谕传来，吴刚如同着魔一般，即刻拿起巨斧狂砍桂树，玉兔拿起杵臼舂……

喜眉福星恋恋不舍地离开了月宫。当他回望月宫，还能依稀看到吴刚拿着巨斧砍树的影子，却再也看不清玉兔举起杵臼的影子。在这宁静的夜晚，他的内心潜藏着月亮之上那一缕无尽的思念。曾经嬉戏桃园的一幕，无声无息地刺痛着他内心最敏感的神经，让他后悔不已。

但是，不管是仙是人，追悔只能加深痛苦，唯有面对现实，才能剜去那滚滚涌动的懊悔。

皎洁的月光又催人奋进，喜眉勇敢地踏上征程，准备发挥正义的力量。

第五回　后羿八方寻仙药　嫦娥食药再成仙

落入凡间的嫦娥不甘屈居人间，只得天天催促后羿寻找成仙的药。后羿奔走三川五岳、五湖四海，不辞劳苦，拜仙求药。

湖滨之上，小巧玲珑的角楼三面临水，一面着陆。嫦娥伫立在角楼的窗前，紧蹙蛾眉，愁情满怀。她忧心忡忡地极目远眺滔天湖水，水连天天似水，微波荡起千层浪。

嫦娥哀叹：“天宫之宠如同浪花拍岸，瞬间消失得无影无踪。后羿真英雄，难得诚心爱恋我。与后羿婚媾，也是天作之合。夫妻一场，人世一回。深知后羿真英雄，虽无法与其成为神仙眷侣，但后羿为我踏遍山川寻找长生不老之仙药，若能求得，我愿与他同回仙境，逍遥万世。”

嫦娥在角楼久久伫立，遥望远方，期盼后羿归来。

碧霞宫中，玉帝躺在龙床之上打着哈欠，一副无精打采的样子。喜眉福星在一旁小心侍奉。

玉帝打着哈欠说：“近日不知为何，总是心神不宁，喜眉爱卿有何高见呀？”

喜眉急忙上前，附耳对玉帝悄声说：“何不让嫦娥重回天宫，为天尊解忧。”

玉帝急忙看看四周，眼见无人，才叹道：“唉！嫦娥已是下界凡人，可惜呀！她怎么才能重返仙境呢？”玉帝黯然神伤，无奈地摇头。

喜眉凑到玉帝耳边，小声禀告：“听说嫦娥叫后羿四处找寻灵丹仙药，想成仙。等她成仙了，就能回天宫，为天尊献舞了。小仙愿到下界走一回，帮助嫦娥得到仙药，早日回到天宫。”

玉帝开心地笑了，对喜眉伸出大拇指大加赞扬：“好呀！嫦娥若能回到天宫，那多好呀！只要她愿意回来，能让寡人看一眼，就……喜眉爱卿，你忙去吧！寡人一想起嫦娥，心都要碎了。”

喜眉闻言，向玉帝行礼告别，急忙退出。

后羿在角楼下的花园里焦躁地走动，不时将目光投向门口。

喜眉福星腆着便便大腹，推门而入。他摇着鹅毛扇大喊：“大英雄，让你久等了！”

后羿颇为生气地说：“喜眉大人，你要是再不来，我后羿就杀进龙宫，把龙王的头砍下来入药。”

“给！”他从怀里掏出小罐，小心地递给后羿，急忙解释，“为了大英雄成仙的事，小仙差点儿跑断了腿，最后在东海龙王敖广那儿磨破了嘴皮，才讨到这味仙药。”

后羿打开小罐，放在鼻子旁闻了闻，激动地说：“喜眉大人辛苦了！感谢你，快快歇息！”

喜眉使劲地扇着鹅毛扇，说：“后羿将军，龙王敖广敬慕大英雄您呀！为了大英雄，将最心爱的万年龟杀了，取出它的脑髓，叫小仙敬献给大英雄。”

后羿喜出望外，对天拱手行礼，说：“感谢上苍，将这百味仙药恩赐给我后羿。想我后羿为嫦娥寻找仙药九十九味，就差这一味龙髓入药。现在如数配齐，可以泡制和煎熬了。”

喜眉指着角楼，故意探听嫦娥的消息：“大英雄，这么重要的消息，第一时间怎么不去告诉她呀？”

后羿顺着他手指的方向，呆滞地望去，良久才开口说：“嫦娥在角楼上，从不下来。”

后羿再次望着角楼，深情地说：“她那迷人的容貌，只要看一眼，连我这力大无穷的汉子都感到头昏身酥，站立不稳，不要说拥她入怀了。我和她夫妻一场，即使即刻死去，我也无悔了。今生今世，我后羿会让嫦娥长生不老，靓丽万年。”

“大英雄，你们是夫妻。要多亲近她，不要冷落了她呀！”喜眉再次试探后羿。

后羿没说话，喜眉凑近后羿，假装关心地说："没关系，她是天上的仙子，在天宫住惯了，乍到凡尘，肯定不习惯。"

后羿望着角楼叹道："唉！喜眉大人有所不知，众多婢女侍奉，嫦娥都不满意，一日三餐，都是我后羿亲自送去。每次，我都听到她不断哀叹：'后羿呀！你若是神仙，该多好呀！'可惜我后羿一世英雄，却是凡夫俗子。"

喜眉捂嘴偷笑，道："嫦娥是仙女，虽然玉帝使她降入凡尘，但她毕竟是仙女，总要由仙人陪。后羿赶快服药成仙，与嫦娥共入仙境，成为一对快活神仙。"

后羿发自内心地感激喜眉福星，深深鞠躬致谢："喜眉大人，后羿永世不忘您的大恩大德。这百味仙药，定能让嫦娥成为神仙，再入仙境。我这就去煎熬仙药。"

喜眉急忙拦住，说："还有个重要的事情，差点儿忘了，快让他们去熬药，咱们得快走，晚了，就赶不上了。"

后羿把仙药交给婢女们，命其煎熬，然后毫不犹豫地跟着喜眉去了。

走了很远，后羿才问喜眉："喜眉大人，这是去哪儿？"

"东海龙宫，"喜眉毫不隐瞒地回答，"再过几天，大英雄就服仙药成仙了，要有神仙朋友，东海龙王敖广对大英雄十分敬重，既送万年龟药，又让小神邀请大英雄，专门为大英雄设宴。还邀请众多四海神仙，叫大英雄结识。以后大英雄就是神仙了，可不能忘记我这个曾经帮助过你的道友呀！"

后羿迟疑片刻，推辞道："我后羿要看她们熬药，等嫦娥服用了仙药，再去感谢龙王不迟！"

喜眉急忙拉住后羿，说："龙王一片真心，大英雄可不能做忘义小人。大英雄若不去，怎能开宴呀！"喜眉又假装生气的样子，推开后羿说，"那！大英雄您就回去吧！龙王怪罪了，也没关系！"

后羿闻言不再争辩，只好陪同前去。

明月当空，浮云飘动，角楼下的巨鼎之上，插着香，袅袅白烟隐现。

巨鼎旁矗立着盘起的炉灶，火苗呼呼上蹿，烧灼灶上丈尺的甗。

汤药甗之内翻滚，一股浓浓的药味扑鼻而来。几名仆从站在近旁，及时向炉中添柴。两名婢女不忘向甗中加水，用木勺搅动甗中药材。另外三名婢女轮流拿着蒲扇跪在炉旁扇着炉火，炉膛中火势凶猛，呼呼燃烧。

嫦娥在角楼隔窗望月，看见一轮明月，黯然神伤。今天又是十五，月满西楼，银光洒满江岸，嫦娥忍不住哀叹："月宫无仙子……"

夜色深沉，湖滨之上风起浪涌，角楼的门被风慢慢地推开了。嫦娥轻轻走到门边，一阵饭香扑面来，她不禁自问："哪里在煮饭呀？好香呀！"

嫦娥情不自禁地下了角楼，径直走过花园，闻着香气，信步向前。

嫦娥轻盈走过，看见甗在炉灶上冒着热气，仆从们早已离开，扇火的三个婢女，两个互相紧靠昏沉入睡，另一个婢女依偎在灶台旁鼾声四起。

嫦娥走近炉灶，不由得伸手掀开木盖，香味诱惑着她，她拿着木勺舀了一口尝了一下，哇！好香，她忍不住吃了起来。

嫦娥边吃边想：后羿呀！你明知嫦娥乃是不食人间烟火的仙子，却让她下凡围着灶台饥肠辘辘，这甗中的食物，怎么够吃呀！你何时才能求得仙药啊！"

嫦娥围着灶台将甗中的仙药吃尽，依然饥饿难耐，只好拿着木勺舀汤喝……

后羿疲惫不堪地走进院门，回想这七天，天天酒肉相迎，互相恭维，十分劳累。

后羿低着头，漫不经心地走向花园，一抬头却隐隐看见有个人影正在捞着甗中吃食。

后羿摇摇头，猛然醒悟，那是仙药！失声大喊："你是谁？竟敢偷吃我的仙药！"

"啊！"嫦娥受到惊吓，扔掉木勺猛然转过身去，"我是……"

后羿来不及思索，不顾一切冲向前，逼近黑影。

"我……"嫦娥恐惧地后退，碰翻了灶台上的甗。甗倾倒，药汁迅速流入灶膛，猛击灶膛中残火。一条火舌瞬间从炉膛蹿上，嫦娥被突如其来的火舌托向天空。

嫦娥腾空飞起，惊叫："后羿夫君在哪儿？"

此时后羿听出嫦娥的声音，心中明白了，是嫦娥吃了仙药。

后羿宽慰："嫦娥不必惊慌。"后羿说完，飞身跳起，紧紧拽住嫦娥的裙带，想把嫦娥拽回地面。不承想，却随着嫦娥飘起，悬在空中。

“夫君，我这是怎么了，是要飞了吗？嫦娥心中好害怕。”

“嫦娥娘子终于唤我后羿为夫君了。这仙药是为嫦娥所讨，这是天意吧！我后羿总算没有辜负嫦娥呀！”嫦娥惊恐地大声呼喊：“后羿夫君，千万别松手，嫦娥心里好害怕呀！”嫦娥的脚四处乱蹬。

后羿仰望嫦娥，悲情地告别：“嫦娥娘子！今生你我成为夫妻，我后羿知足了！我后羿不求神仙，只求你我夫妻一场。夫人要多保重，今天又成了仙女，不必烦恼了。我夫妻俩，就此别过！”

嫦娥的脚不停地乱蹬，后羿松开了嫦娥的裙带，急速坠落，最后跌落在角楼下的花园里。后羿爬起来，仰望天空，听见嫦娥依然在呼唤他……

嫦娥一边呼唤后羿的名字，一边循着皎洁的月轮，飘飘奔月而去。天空传来后羿的歌声：

天宫之尤宠，下界衍余生。
瘗玉埋香束高阁，湖滨浪花纷飞散。
跌宕流离奔波苦，后羿英雄却无悔。
相知相敬未相随，奔月望影暂别离。

嫦娥呼唤后羿，委婉高歌：

清风徐徐浮云飘荡，翩跹衣裳乘风摇曳。
心似浮云无根飘摇，惶恐惊惧情丝断伤。
遥望皓月凝洁如雪，感叹红尘无影相随。
璀璨星河近在眼前，万缕千丝情系人间。

第六回　玉帝密诏颂功德　嫦娥树洞游幻境

月仙宫漆黑一片，四周安静如常。月桂矗立在清风中，桂花香气随风飘散。嫦娥如同轻丝纱幔，飘然落下。

嫦娥惊魂未定，匆匆忙忙走近月桂，心情无法平静，忐忑不安地轻声呼喊："月仙宫呀！月桂仙翁呀！好想你们呀！我嫦娥终于回来了。晓妹你在哪儿呀？你们都好吗？"

嫦娥四处寻找，见到一只白兔跑来。白兔仰望嫦娥，嫦娥轻轻捧起白兔。白兔在嫦娥手中全身战栗，眼睛烁烁放光。

嫦娥举起可爱的白兔，欣喜地围着桂树轻盈地舞蹈。嫦娥眼望熟悉的屋宇，渐渐停下来，心想：终于回来了，一切都会好起来的。

嫦娥放下白兔，白兔紧紧跟随嫦娥，寸步不离地仰望嫦娥，又举起前爪，抓住一只长耳朵。嫦娥心事重重，并未在意白兔，只看着隐隐的馆舍，慢步向前走。

喜眉福星不知从何处扭着庞大的身躯急匆匆地跑来，抓住嫦娥的手，急呼："嫦娥，出大事了，快随我来。"

喜眉拉着嫦娥，快步跑出月仙宫，气喘吁吁地说："嫦娥，你的胆子可真大，私闯月宫，让王母娘娘知道了，可是死罪。若娘娘一生气，将你再次打入凡间，你何时才能回来呀？幸好没人发现，赶紧去蟠桃园躲一阵儿。"

嫦娥不解其意，急忙推开他，说："喜眉大人出啥大事了？为什么要嫦娥藏起来？我嫦娥又不是贼……"

喜眉四处张望，忐忑不安地搓着手，拧着肥硕的身躯，解释道："嫦娥，你可知道是玉帝命令俺这小仙下界，帮助你成仙重回仙界的？为你成仙，太不容易了！"

嫦娥点头，还是不解为何要她躲起来："即使如此，嫦娥回到月宫，就是月宫仙子。我嫦娥，又不是贼，才不要躲起来呢！"

喜眉无奈地拍着手，肥胖的身体转来转去，认真解释道："嫦娥，认真听俺说：你现在还不是月宫仙子，只能暂时躲一躲。等待玉帝颁旨了，名正言顺地回月宫，你才是月宫仙子。这是玉帝旨意，不信，你亲自去问玉帝。"

嫦娥半信半疑，侧目盯着喜眉追问："我嫦娥为什么要相信喜眉大人呢？"

喜眉不敢慢待，耐心解释："嫦娥不相信喜眉大人可以，但请你仔细想想，为什么你回仙界没人看见呢？是因为整个天宫上上下下都在帮助嫦娥。这些事，可不能让王母娘娘知道，若她……"

嫦娥这才放下心，说："好吧！这一回，嫦娥相信喜眉大人。但就信这一次。"

喜眉感动得快要落泪，心想：俺做了太多坏事，如果嫦娥知道白兔就是晓仙女，她会掐死俺的。

嫦娥直言相告："我要见玉帝天尊。"

喜眉拿出鹅毛扇，得意地摇着扇说："好的，玉帝天尊也要见你嫦娥。快来，藏在俺的宝扇之中，宝扇之扇坠是个玉房子，很舒适，快进来吧！"没等嫦娥说话，宝扇已经把嫦娥吸入吊坠之中。

喜眉殷勤地说："嫦娥，委屈你了，不要说话，咱们去见玉帝天尊，好不好？"

"好的！"吊坠里传出嫦娥的声音。

喜眉小心翼翼地拿着扇子，向紫霞宫方向走去。

吴刚睡醒了，拿着巨斧走到桂树下。玉兔仰望吴刚，举起两只前爪，抱起杵臼，在地上写："嫦娥姐姐来月宫，刚走。"

吴刚抱起玉兔跑到宫门，喜眉福星早已走远了，他什么也没看见，只听见空中传来"吴刚速伐桂树，玉兔……"的咒语。

清晨，紫霞宫中玉帝和王母娘娘刚刚出寝，就听到绵柔的猫叫声，王母娘娘不耐烦地喊："喜眉爱卿，搞什么呢？来了就来了吧！"

喜眉福星来到厅堂，双手举着鹅毛扇，跪拜行礼，轻声细语地问候："玉皇大帝王母娘娘早安。"

玉帝似乎没睡醒，伸着懒腰不停地打着哈欠，懒洋洋地挥手示意："喜眉爱卿免礼。"

喜眉低头窥探王母娘娘，没敢起身，依然跪着悄声禀告："微臣有事禀告。"

玉帝这才坐正，招呼："说吧！"

喜眉拿出鹅毛扇轻轻摇一摇，欣喜地禀告："天大的好消息，天上一日，地下一年。嫦娥偷食了后羿寻来的仙药成仙了，不知踪迹。"

玉帝为之心动，迫切地问："后来呢？"

喜眉依然不敢抬头，慢慢地禀告："后羿自嫦娥飞天后，终日思念嫦娥，不思进取，竟被徒弟用神弓射死，魂飞魄散了。"

王母娘娘闻言大吃一惊，问："后羿真的……"

喜眉不敢抬头，接着禀告："后羿高大的躯体，变化成了泰山。今后，后羿再也不能与天庭作对了。这消息令人振奋呀！"

王母娘娘掩饰不住内心的喜悦，欣然赞许："这是个好消息，哀家早就知道，后羿阳寿不过三年，而且永世……"这时见喜眉手中的鹅毛扇吊坠在不停地摆动，她不得不问，"喜眉爱卿，这扇子吊坠可是昆仑山上女娲娘娘补天所剩？哀家第一次见着，真是稀罕之物呀！"

喜眉得意地抬起头，说："此乃小仙家传之宝，天母喜欢，小仙情愿恭奉。"说完将扇柄转向王母娘娘，躬身献上。

玉帝抢先伸手，夺过鹅毛扇，放声叫道："什么稀罕物，寡人先瞧瞧。娘娘喜欢金银珠翠，要什么扇子呀！吊坠呢？"玉帝一边仔细欣赏吊坠，一边赞叹，"确实精美无比，完美无瑕。"

王母娘娘向玉帝噘着嘴，极不乐意地说："哀家要沐浴更衣了，喜眉爱卿，陪着天尊继续聊吧！"

王母娘娘起身走了，侍女陪伴而去。

玉帝见王母娘娘走远了，急忙悄声问喜眉："嫦娥去哪了？"玉帝招呼喜眉靠近点，喜眉急忙凑上前。

"就在扇子吊坠里。"

“什么？”玉帝举起鹅毛扇，半信半疑，“就在这里面？”

喜眉忙连连点点头。

玉帝举起鹅毛扇，正欲打喜眉，又轻轻放下，捂着胸口长舒一口气，才缓缓地说：“你真是好胆量，就不怕……”

玉帝环顾四周，咳了两声，周围侍卫、宫女退出紫霞宫，关闭殿门。

玉帝再次环视四周，见左右无人，才舒口气，轻声责备：“真是胆大，让娘娘知道了，闹个没完。快让嫦娥出来吧，快让寡人看看她。”

“微臣遵命。”喜眉接过鹅毛扇，极力夸赞道，“此宝细薄，隔物不现影，温润透白光，细白如脂。嫦娥待在里面很舒服，千百年也不会被发现。”

玉帝着急要见嫦娥，哪有工夫听他赞宝，大声催促：“知道了，你就快叫嫦娥出来，与寡人相见。”

喜眉把鹅毛扇轻轻放在地上，嫦娥慢慢从吊坠中走出来，逐渐变大。

嫦娥见到玉帝跪地伤心诉说：“奴家以为今生今世再也无缘见到玉帝天尊天颜了。如今，夫君后羿已亡，奴家更是无家可归了。奴家情愿一死了之。”

玉帝急忙上前，扶起嫦娥宽慰：“嫦娥乃是天宫的恩人呀！若非嫦娥，天宫荡然无存。寡人被迫将你下嫁于后羿，现后羿已亡故，嫦娥理应回天宫。嫦娥呀！寡人赐你的这件天丝绣衣依然穿在你身上，足见嫦娥没忘记天宫。嫦娥，放心吧！天宫上下，将铭记嫦娥之恩。”

喜眉急忙提醒道：“嫦娥快谢恩呀！玉帝要颁旨，给嫦娥免死诏书，恢复你月宫仙子的美名，永久居住月宫！”

玉帝看着喜眉，心里想：就你喜眉话多！寡人还没有和娘娘商量，诏书哪能随便颁布。

喜眉看出玉帝的心思，笑着说：“嫦娥，玉帝对你多好呀！先颁密诏，等时机成熟，再昭告天宫。”

玉帝看了喜眉一眼，又仔细地端详嫦娥，满意地说：“是该昭告天庭以彰嫦娥之功绩了。喜眉爱卿，拿笔来。”

喜眉福星四下寻找，不见笔墨。他急忙跑回来，向玉帝请罪：“微臣失误，未曾携带笔墨。”

喜眉转念又想：这里哪有笔，不如俺好人做到底，割腕取血，让玉帝写个血诏书，永世不朽。于是，他跪地祈求：“玉帝天尊，微臣愿取自己的血，为嫦娥当墨。”

玉帝闻言，拍手称快：“好！血诏书！寡人咋就没想到呢？当年寡人用血诏书发兵，一统天地。今天为嫦娥书血诏，而且写在天丝绣衣上，印在嫦娥背部，永不反悔。”

玉帝从鹅毛扇上拔根鹅毛，命嫦娥转过身，玉帝亲自用鹅毛在舌下取血，一字一句写在嫦娥右肩。说来奇怪，血诏字字清晰鲜亮。

玉帝欣然点头，捋着胡须低声朗读诏书：“免死诏。玉皇大帝昭告天庭：月宫仙子嫦娥，舍仙身拯救天宫仙界，护佑天下苍生有功，再次得道，重回仙界为仙，赏赐其永世居住月宫，永享天禄。所有仙圣见此诏书，不得违抗。”玉帝拿出大印盖上，又按了指印。

嫦娥转过身，跪在玉帝面前泣不成声。玉帝扶着嫦娥的胳膊，爱怜地说：“嫦娥不必悲伤，天宫就是你的家，不过，后羿是你的夫家，你应该替他守孝。等孝期一过，寡人再正式昭告天宫。嫦娥，先不要回月宫，先去蟠桃园歇息。”

喜眉被感动得泪流满面，感叹道：“今天团聚了，应该高兴才是。嫦娥仙子，玉帝天尊也累了，小仙护送仙子去蟠桃园。”

嫦娥再次拜谢玉帝。

玉帝深情相告：“嫦娥如同寡人远嫁的女儿，再次回娘家探望父亲，寡人无比欣慰！你们快去吧！”

蟠桃园中，繁茂的蟠桃树棵棵耸立，密密匝匝的树叶不透一丝微风，千年万载不曾改变。

一棵巨大的蟠桃树下，仙女们围绕嫦娥哭诉衷肠：“姐姐吃了仙药重返天宫，真是幸运呀！”“姐姐这次可以不走了吧？我们姐妹再相聚，永远不分开了。”“姐姐，你不在时，喜眉福星光来欺负我们，王母娘娘真是心毒手辣呀！”“是呀！是呀！娘娘对我们姐妹从不放过，三天两头找麻烦，天天训斥，日日惩罚。”

嫦娥激动地拉住姐妹的手劝解：“偌大的天宫，如同一个家，总得要有人来管。管得重了，大家都有意见。管得轻了，谁又能自觉听话呀！天宫不同人间，绝不能胡作非为，更不能徇私枉法，我们要依照规矩，小心做事不可乱为。”

仙女们闻听此言，心中埋怨：嫦娥，你吃的亏还不够呀？为何替老妖婆说好话。唉！嫦娥你有所不知呀！可怜的晓仙女妹妹，如今变成玉兔了。

嫦娥看到仙女们疑惑地盯着自己默默不语，她刚要询问晓仙女去哪里了，土地爷突然钻出来挡在面前，献上仙茶："贵人在上，小仙有礼了，请喝茶。玉帝叫贵人在桃园暂时歇息，请贵人随小仙走一趟。"

土地爷转身，向仙女们告诫："姑娘们！玉帝吩咐：贵人在此为亡夫守孝。七七为限，没有御旨不许见客。四十九天之后玉帝颁旨，方可会客。快快散去，别妨碍贵人守孝。"

"这是孝衣，请贵人戴上。"土地爷把白色孝衣递给嫦娥，再次告诫仙女们，"姑娘们，玉帝还吩咐：谁见到嫦娥，掌嘴一百，赶出天宫。姑娘们！孝期满了之后，贵人就会回到你们身边，都忙去吧！"

仙女们本想告诫嫦娥别再做傻事，却被土地爷阻拦，只得匆忙告别。嫦娥眼见姐妹们走远了，只目送他们离开。

土地爷领着嫦娥，走过一园又一园，走过一树又一树，嫦娥不解地问："敢问老仙翁，还要走多远？"

土地爷捧起白胡子，急忙介绍："想当年，十个太阳只是烧了前园几万棵桃树和杂树，真正的桃园谁都不知道在哪里。王母娘娘不知道，玉帝也不知道，连小仙看了几千年桃园，也不知万年桃树是谁种的。这万年桃树结一次果，年年都有万年桃。天上的事说不清楚呀！前面就到了贵人的树屋，贵人放心向前走。贵人，请戴好这个，为您的夫君守孝，他是顶天立地的大英雄。小神告退，再会了！"

嫦娥戴上白色孝布，奋力向前走。四处桃花争艳绽放，嫦娥放眼望去，一片粉红花海。

嫦娥呼唤："夫君呀！是你把嫦娥送到这里，你还要嫦娥去哪里呀？王母娘娘的毒咒，让你魂飞魄散，今天嫦娥才明白，夫君才是最疼爱嫦娥的亲人。"

孝布从头上飞起，嫦娥拼命追赶，虽是咫尺之遥却怎么也追不到。嫦娥无奈地向前追赶，只见孝布挂在一棵万年桃树上，嫦娥接住孝布。

这棵万年树现出人形，开口问："贵人在为谁守孝？"

"老神仙你好！我是嫦娥，给亡夫后羿守孝。"

万年桃树又问："不对，只有人才讲孝道，嫦娥是仙子，为何守孝呢？

小神与贵人说道说道。这是属于贵人的树屋，进来吧！”

嫦娥走进树屋，眼前豁然开朗：透明的世界，如同画中游。嫦娥不知所措，静静等待。

“嫦娥，别急，请坐下。小神来向你介绍：这位是盘古，这位是伏羲，这位是女娲娘娘，这棵树就是小神。小神是盘古开天辟地时种下的一棵桃树。不过，小神还活着，不想被称呼为老神仙，活着就不老，何必叫老仙翁呢？小神再次问嫦娥，你在为谁守孝？世间万物，生生世世，死死生生，过去、现在、未来皆在眼前，嫦娥明白吗？”

嫦娥听得似懂非懂。眼前的世界瞬息万变，她无心欣赏。

“嫦娥，快来看，看到他俩了吗？这是今后，你自然会拥有这一切。”嫦娥定睛细看，镜像之中似有两个奇异之物在蠕动。

嫦娥惊叹：“这……如同腹中的胎儿，还是龙凤双胎。”

“小神告知嫦娥惊天秘密：等到龙凤双生，嫦娥自会孝满。仙子请记住自己的树屋，小神是雌雄同株的一棵树，两面开花，一面结桃。”

嫦娥豁然开悟，生命已在孕育，也在延续。

嫦娥走出树屋，心情倍感轻松，忍不住欢快地绕着树屋舞蹈。嫦娥不停地旋转，直至精疲力竭，才躺在树下静静地沐浴阳光。她看着树屋，心想：这树屋多么像龙凤胎抱在一起啊！

夜晚来临，嫦娥静静地躺在树屋里熟睡。日夜交替，时光如梭，嫦娥依然在镜像世界梦游。正如土地爷所说：时间，就在眨眼之间。

第七回　天将奉命搜桃园　嫦娥遭忌禁月宫

仙圣们听说嫦娥回到天宫，奔走相告。

蟠桃园门前，每天都有仙圣们聚集而来，等待嫦娥走出桃园。他们期盼在嫦娥守孝四十九天结束后能见到她。

王母娘娘得知嫦娥躲在蟠桃园，心中盘算：玉帝为何不与哀家商量，就口头颁旨。于是，她追问玉帝："嫦娥这个小妖精是天尊颁旨去蟠桃园守孝的吗？"

玉帝毫不隐讳地说："嫦娥是天宫的功臣，寡人颁旨，有何不对吗？"玉帝不满地告诫，"娘娘贵为天母，再不能开粗口，四处咒骂，有失尊严。"

王母娘娘不依不饶地说："嫦娥就是小妖精！天尊可要看清楚呀！小妖精不仅迷惑天神天将和各路仙道，连天尊都被诱惑了。现在仙圣们都跑到蟠桃园门口等嫦娥，这样下去，天纲地法混乱，天宫难保！"

玉帝板着脸瞪大眼睛责问："那又能怎样呢？没有嫦娥下嫁，还有现在这宁静的天宫吗？娘娘还能像现在这样责问寡人吗？如今嫦娥成了孤寡之人，难道还让她在人间受苦吗？"玉帝朝自己脖子一划，摆出被杀的手势。

王母娘娘抓住玉帝的胳膊生气地说："不行！这是哀家的事，而且蟠桃园依然归哀家管，天尊口头颁旨，不算数！"

玉帝并不气恼，心想：这回寡人下的可是免死血诏，得坚决执行！玉帝板着脸反问："寡人颁旨不算数，谁还敢颁御旨？"

王母娘娘摇着玉帝的胳膊好言相劝："哀家不会把嫦娥怎么着，这颁旨的大事，天尊没跟哀家商量，难道不是吗？”

玉帝假装心烦，大声叫嚷：“好了好了，寡人不管了。”

王母娘娘乘机抓住话柄说：“一言为定。”王母娘娘甩开玉帝的手，使个眼色，带领左右急匆匆离去。

玉帝低头偷看王母娘娘匆忙而去，干咳两声，掩面笑出声来。

王母娘娘带领天兵天将来到蟠桃园，她一声令下，天兵天将进入蟠桃园，在桃树林中四处搜寻嫦娥。仙女们遭了殃，齐齐跪地，不敢言语，只在心里恨不得将喜眉福星千刀万剐。

天王李靖站在万年桃树下发号施令，喜眉福星站在李靖身旁背对仙女们叫嚷道：“各位天兵天将，可要看仔细了，一棵草，一片叶，一个花瓣，连花心花蕊、小虫洞洞、小桃毛，都要仔细地看清楚。找到嫦娥，王母娘娘有赏。”

喜眉心想：这蟠桃园老树盘根错节的，当年连孙猴子都没弄清楚，这天兵天将又怎能找到呢？玉帝可真有办法呀！仙女们远远望着喜眉，远远地伸长舌头，做鬼脸，来气他。

“禀告天王，卑职带兵搜查了‘玉琼林’，未搜到嫦娥。”

李靖摆手，威严地命令：“再搜！不得马虎，不得延误。”

“遵命！”天将领命去了。

又来两名天将禀告：“卑职带兵仔细搜查了‘犀灵台’，没搜到嫦娥。”

“哦！再去搜，王母娘娘之命，挖地三尺，一定要找到嫦娥，再搜！不得马虎，不得延误。”李靖摆手。

“遵命！”两名天将再次领命，急急而去。

蟠桃园中搜查的天将，前来禀告：“天王，这蟠桃园，已经搜查数遍了，不见嫦娥。”

“嫦娥就在蟠桃园。”喜眉福星说：“有人看见嫦娥进入了蟠桃园。”

天王李靖瞪大眼睛，怒指桃树发飙：“这偌大的蟠桃园，曲曲弯弯的，要仔细搜查。玉帝不让嫦娥见客，嫦娥肯定没离开蟠桃园。要仔细搜寻，不得马虎，不得——延误！”

“遵命！”天将们一刻也不敢懈怠，使出浑身解数寻找，但始终无果。天兵天将们心想：找不到更好。嫦娥呀！你可千万别出来，我们即使看到了你，也假装没看到。

突然，传来侍官的喊声："王母娘娘驾到。"

"不好！"喜眉福星心中一惊，心想：这下嫦娥跑不了了，我得先跑了，再不跑，来不及了！他用扇子遮住脸，还没来得及藏身，就被仙姬们簇拥的王母娘娘挡在了面前。

天王李靖上前恭迎，王母娘娘急切地问："天王，找到嫦娥了吗？"天王李靖急忙报告："回禀王母娘娘，正在各处查找。"

王母娘娘瞅见喜眉福星背着身，用扇子遮住脸，动作非常怪异，心想：喜眉福星是怎么知道后羿死了的？而且刚听他亲口说，有人看见嫦娥进了蟠桃园，这么重要的事，喜眉福星为何闭口不谈？其中定有隐情。

王母娘娘直截了当地说："喜眉爱卿，遮着脸是怕见哀家吗？"

喜眉依然用鹅毛扇遮住脸，辩道："太阳刺得眼睛睁不开，遮住好受些。"

王母娘娘追问："喜眉爱卿，你是何时看到嫦娥进入蟠桃园的？快说！"

喜眉如同惊弓之鸟，慌乱应答："他们怎么能搜到呢！王母娘娘尊驾到来，还用小仙在这儿胡言乱语吗？"

"哼！"王母娘娘睥睨地瞪他一眼，掐指一算，大吃一惊，厉声责问，"喜眉福星，哀家给你一次机会，你要如实禀告。哀家问你，你帮后羿找到仙药，却让嫦娥成仙，是谁的主意？"

"俺的主意，俺喜欢嫦娥。"喜眉极力掩饰内心的慌乱，用鹅毛扇遮住脸，不敢抬头。

"好吧！叫你嘴硬。嫦娥进了蟠桃园，是你看见的吗？快说！"面对王母娘娘的逼问，喜眉不敢回答，那鹅毛扇在他眼前抖动。

王母娘娘恶狠狠地问："你不说，也罢。哀家给你最后一次机会，是谁送嫦娥进的蟠桃园？从实招来。"王母娘娘施法，击飞喜眉的鹅毛扇，鹅毛扇随风飘去。

喜眉惊恐万分，肥胖的身躯扑通跪在地上，坦白："王母娘娘，您不要再问了，这一切，都是俺一人所为。俺私自下界，帮后羿寻找仙药，让嫦娥成仙。还有，俺色心不改，经常调戏仙女，害得晓仙女变成兔子！臣有罪呀！但是，微臣所做的一切，都是……"

王母娘娘指着喜眉的鼻子大骂："好呀！喜眉福星，你还要隐瞒多久？大胆之徒，私自下凡，触犯天条，窝藏嫦娥，罪不可赦。"

喜眉不停地磕头，求饶道："小仙时时刻刻为玉帝和娘娘着想，饶小仙死罪吧！"

王母娘娘气愤地指着他，呵斥："住口！触犯了天条，竟敢嫁祸玉帝天尊和哀家！"

王母娘娘气急败坏，急忙命令："来人，将这罪大恶极的喜眉福星打下凡间投胎，让他转世重生，做十世重生吧！不得延误，拉走！"

喜眉知道难逃一死，渐渐地平静，不再惧怕，心想：可惜了！忠心耿耿却落得这般下场，怪只怪自己平时放荡不羁，才有如今下场。也罢，洗心革面投胎重生。他向王母娘娘跪拜："谢王母娘娘，卑职知罪，告别了。"

天兵天将上前押住他，喜眉反而感到一身轻松，用目光向仙女们告别。

仙女们不敢多言，战战兢兢地跪在地上听从娘娘发落。

喜眉沮丧地回看仙女们，眼神中流露出些许眷恋……

喜眉福星被押走后，王母娘娘心里异常愤怒：该死的嫦娥，是你闹得天宫不得平静，闹得喜眉福星与哀家反目，闹得玉帝不顾法度与哀家对立，哀家不会放过你！

王母娘娘伸指念咒，指尖发出光波，射向蟠桃园深处。几个时辰后，依然不见嫦娥踪迹。

王母娘娘数次施法，还是未有结果。

母娘娘自语："难道有高深仙道在护佑嫦娥？哀家竟然找不到一丝踪迹。"

天王李靖回来行礼复命："禀告王母娘娘，喜眉福星已经被打下凡间投胎去了，那罪犯嫦娥还没找到。"

王母娘娘挥挥手命令道："收兵吧！等到嫦娥孝期过后，再捉拿不迟。"

王母娘娘清楚，等到嫦娥服孝期满，玉帝自会命嫦娥入住月宫，那时再讨说法也不迟。眼前不能闹大了，玉帝进退两难，对她也不利。喜眉福星这蠢货要在身边，还能出出主意，可惜了！

天王李靖怒指蟠桃园，高声骂道："大胆嫦娥，私自躲藏在蟠桃园守孝，王母娘娘在此，还不赶紧出来认罪……"

王母娘娘被李靖一番话提醒，心想：私自躲藏，蟠桃园守孝，嫦娥，这次你可要低头了。呵！呵！呵！

天王李靖上前询问："王母娘娘，为何突然发笑？"

王母娘娘计上心来，命令："天王李靖传旨：嫦娥为亡夫守孝，污秽天宫蟠桃园，桃园圣地尽被其污染，罪该当诛！"

王母娘娘看着桃园深处，大声说："好呀！嫦娥，你往哪里逃！这一回，别想逃出哀家的手掌心！哈哈哈！"

王母娘娘得意地离开蟠桃园时却听到身后仙女们窃窃私语，她大声警告："叫你们得意，看吧！这就是好下场。"

仙女们低头不语。

蟠桃园门厅张贴着王母娘娘御旨，仙圣们驻足围观，不住地叹息："嫦娥呀！你得罪谁不好，偏偏得罪王母娘娘，能有什么好果子呀！""这是什么罪名呀？哪有污秽罪呢？"

金霞宫中，玉帝得知此事，并不在乎。

王母娘娘问玉帝，玉帝装糊涂，故意叹道："唉！明年的蟠桃会肯定没仙圣们到来呀！被污秽的桃子，谁想吃呢？而且，嫦娥在桃园屈死，谁还敢吃桃？"

王母娘娘瞅着玉帝，气得失了主意，心想：这样一来，真不划算。于是，她向玉帝解释："哀家就是让嫦娥低头，服哀家。"

玉帝平静地指着地下，直言相告："你的喜眉爱卿，最服你吧？现在被打到下界，投生做虫子了；服你的寡人，天天给娘娘善后；不服你的嫦娥呢？连守孝都要杀头。芸芸众生，见到守孝之人，人人敬仰，娘娘却……这样吧，寡人给娘娘出个主意吧！"

王母娘娘急忙拉住玉帝的衣袖，求他赐招。"嫦娥一出蟠桃园，就把她斩杀。"玉帝说完做了杀的手势。

王母娘娘知道玉帝取笑她，便甩开玉帝的胳膊，转身不再理会。但她转念一想，玉帝也是为她好，便捂着嘴巴，开心地说："天尊在逗哀家开心呢，话说回来，嫦娥也挺可怜的，就让她住月宫，让她在月宫里守孝，死罪可免，活罪不赦。"

玉帝瞪大眼睛凝视前方，若有所思地点头称赞："这可是天大的好主意，寡人看，娘娘母仪天下，值得夸奖。"

王母娘娘再次挽住玉帝的胳膊，说："今天嫦娥守孝期已满，嫦娥不出蟠桃园，怎么办呀？"

玉帝咳嗽数声，威严地说："移驾蟠桃园。"

蟠桃园门前仙圣云集，三五成群地议论着。

玉帝和王母娘娘御驾到来，仙圣纷纷上前跪拜。

玉帝招招手，高呼："诸位爱卿，免礼了，快叫嫦娥出来，见寡人。"

少时，土地爷搬出一盆桃树。

土地爷行礼，禀告："启禀玉帝天尊，启禀王母娘娘。请看，贵人在树屋里休息，小仙这就唤醒她。"

王母娘娘看到土地爷的举止，满脸不自在，心中气愤不已。

嫦娥走出树屋，伸伸腰变大，站在玉帝和王母娘娘面前。

土地爷上前行礼，告退："禀告玉帝天尊，禀告王母娘娘。贵人到此，小仙告退。"说完，抱着这盆桃树，走进蟠桃园。

王母娘娘看着土地爷的背影，气愤难平，心中喊叫：哀家百般施法，没找到嫦娥，竟然被土地小毛神戏弄！她死死盯住嫦娥，压抑着心中熊熊怒火。

嫦娥急忙跪拜，高呼："嫦娥，拜见玉帝天尊，拜见王母娘娘天母！"

玉帝爱怜地看着嫦娥，指着张贴在门前的御旨大声提醒："嫦娥你私藏蟠桃园可知罪？"

嫦娥看完王母娘娘御旨，急忙跪在王母娘娘面前请罪："天母在上，嫦娥知罪。嫦娥实在无地可去了，才在蟠桃园休息，这一觉醒来，竟然过了许多天。但罪臣不曾污损蟠桃园一草一木，请王母娘娘发落。"

王母娘娘没想到嫦娥会认罪，而且谦恭地跪地请求。她心下一软，问："嫦娥能确定没有污损蟠桃园吗？嫦娥敢发誓吗？"

嫦娥郑重举起右手，对天发誓："嫦娥对天发誓：嫦娥只是在蟠桃园歇息，没有污损蟠桃园。未经王母娘娘允许，擅自进入蟠桃园，嫦娥愿领罪。"

王母娘娘左思右想，还是蟠桃会更重要，如今嫦娥已认罪，应当饶她一次。于是，她开心地向诸位解释："众位仙圣道友，嫦娥已发誓没有污损蟠桃园，嫦娥曾舍仙身下凡，救天宫于危难之中，本应得到厚赏，但因其擅自进入蟠桃园，功过相抵。哀家决定：赏赐月宫与嫦娥永久居住，永享天禄。即刻传旨：嫦娥在月宫，再为其亡夫后羿守孝三年，不得擅自离开月宫。所有仙神道友不得前去打扰。"

玉帝慈祥地笑了，向嫦娥伸手示意，委婉地说："嫦娥免礼，平身吧！"

嫦娥再次拜倒谢恩："谢玉帝天尊、王母娘娘天母的赏赐，天恩浩荡。"

众仙圣同声欢呼："玉帝圣明，王母娘娘圣明。"

玉帝走到嫦娥身后，指着嫦娥，高声诵读："诸位仙神道友，寡人要昭告天地……"

玉帝高声读完诏书，再次郑重地告诫天地："此乃血诏书，印在嫦娥右肩，天玺玉印指印为证……"

仙圣们纷纷上前观瞻，赞叹之声不绝于耳。

王母娘娘妒忌难忍，狠狠地瞪了嫦娥一眼。她内心更加怨恨嫦娥，但她深知玉帝天尊至高权威，无法撼动。即使在关键时刻，连她也得为玉帝舍身，这是天地法则。

相比较嫦娥带来的威胁，玉帝的安危才是她不遗余力守护的中心，任何事物都无法撼动。

仙圣们护送嫦娥到达月仙宫门前，嫦娥再次拜谢，只身走进月仙宫。

王母娘娘带领天兵，悄然而至。王母娘娘拿出一面黑旗，上面写着一个白色的"禁"字，挥手挂在宫门之上，又在宫门上牢牢贴了一道符。这才感到一丝安慰。她心里还在盘算：这三年，嫦娥你就安心待在月宫里，再别出来了；玉帝老头儿，也该省省心了，别想进去！

王母娘娘又传旨："天王李靖听旨：月宫禁地，天王即刻派兵日夜把守，严加看管，不得有误。"

天王李靖跪地领命，起身命令天兵，把守住月宫大门。

月宫之中，琼楼阁亭鳞次栉比，画梁雕栋，雾霭缭绕，嫦娥信步向着桂树走去，远远地看见有一人，拿着巨斧在砍伐桂树。

嫦娥走近细看，不敢相信眼前所见，惊叹道："这不是敕旨司大人吴刚吗？"

嫦娥急忙上前行礼，说："吴刚大人，你怎么在这里？"

吴刚难以置信眼前的一切，呆立许久，失声问道："嫦娥，你是怎样回来的？"吴刚说着扔掉手中巨斧，冲向嫦娥，抓住她的手说，"嫦娥，你是怎么回来的？我恨自己无能，没能帮助你，叫你受尽委屈。"

嫦娥自责地呼喊："敕旨司大人！是嫦娥害了你呀！"

吴刚听到此言，放开嫦娥的手，转过身掩面叹道：“天宫之中哪还有什么敕旨司大人呀！只有日夜伐桂的罪人吴刚。我不仅无能，连自己都保护不了，让你见笑了！”

嫦娥见吴刚无恙，欣慰地说：“吴刚！你永远都是嫦娥心目中最好的人，永远是位好哥哥，即使哥哥再落魄，嫦娥也要回报！吴刚哥哥，你能叫嫦娥一声妹妹吗？”

吴刚再次抓住嫦娥的手，深情地看着嫦娥：“嫦娥妹妹，吴刚相信妹妹！”

吴刚想起了什么，拉着嫦娥欣喜地介绍：“嫦娥妹妹快来看！”吴刚跑到玉兔跟前，捧起玉兔。

嫦娥高兴地拍手，欢呼：“白兔呀白兔，吴刚哥哥，上次妹妹回到月宫，在桂树下见过白兔，妹妹还抱着它呢。”

吴刚听了嫦娥的话转喜为悲，说：“苍天，您开开眼吧！哪有亲人相见不相识的呀！”吴刚痛不欲生，把玉兔贴在脸庞，不停地摩挲。

许久，吴刚悲伤地说：“是她告诉我嫦娥回来了，可是她不会说话。嫦娥妹妹，你知道吗？白兔就是晓仙女，她因为打碎了一只盘子，就被王母娘娘变成这只不言不语的白兔。”

嫦娥不敢相信自己的耳朵，眼睛紧盯白兔，双手颤抖着捧起玉兔，哀号：“晓仙妹呀，是我害了你！”说完脸贴着白兔惨叫，“啊！……”嫦娥的一声哀号，晕倒在地。

吴刚仰面向天，愤怒地呐喊：“苍天，您开眼吧！”吴刚不顾一切地抱起嫦娥走近月桂，可嫦娥没有一丝气息。吴刚束手无策，痛心疾首地把头重重地撞在树干上。

瞬间，桂花挂满枝头，香气四溢。月桂咧着嘴巴现出人形，催道：“吴刚，老朽激动的泪水在这儿，悲痛的泪水也在这儿，赶快喂给嫦娥，能救活她。接好了！”

吴刚抱起嫦娥，拼命地接住月桂滴落的每一滴泪珠。月桂晶莹的泪水，一滴又一滴浸润着嫦娥的嘴巴，直至嫦娥苏醒，吴刚也没停止，依然抱着嫦娥在桂树下狂奔。昏昏沉沉的嫦娥推开吴刚，拿出一颗丹药，要吴刚喂给玉兔：“喜眉福星，送我的。进蟠桃园时，一粒……还原丹，叫我……见到……晓仙女……送给她。没有……喜眉福星，我……现在也无法……与你们相见。”

嫦娥断断续续地说完话，闭上眼睛：刹那之间，四周平静如水，万籁俱寂，万物荡然无存，片刻如若千年……

突然，鹅毛扇像一片无依无靠的雪花飘然而至，洁白的扇吊射着温润无瑕的神光飞落到嫦娥手中。嫦娥把它紧紧攥在手心，感到一股力量。这股力量源自亘古的神力，嫦娥渐渐恢复了神志，玉兔服下还原丹之后，摇身一变，还原成了晓仙女。

晓仙女扑向嫦娥，哭诉："嫦娥姐姐，我多想你呀！姐姐，你终于回来了，我们团圆了。今天，是妹妹最高兴的一天。妹妹又和姐姐在一起了。"晓仙女嫦娥拿着鹅毛扇，"这是什么，姐姐怎么拿着？这扇子太可怕了！"

嫦娥轻抚晓仙女的秀发，安慰："不用害怕，喜眉福星我也不喜欢他，但他向姐姐认错了，却将陷害晓妹的事没告诉姐姐，只给姐姐这颗还原丹和这把鹅毛扇……一个人，能悔改自己的恶行，太难得了。他在向晓妹认错，真诚地向晓妹认错，晓妹接受他吧！"

吴刚看到嫦娥恢复了神志，心里稍感宽慰，望着下界感叹："是呀！喜眉大人，他在桂树下发过誓：定让嫦娥重回月宫。喜眉福星做到了。"

晓仙女内心无法平静，依然埋怨："我还是讨厌他。他送我一把扇子，什么意思吗？这么恶心的人！"

嫦娥感到惋惜，深深地叹息："唉，可惜呀！天宫再也没有喜眉福星这个人了，为了让我成仙，他私自下界，已经被王母娘娘惩处，而且，投虫胎了。"

晓仙女闻听此言，浑身战栗，哭泣道："就是做小虫子呀！他多可怜呀！嫦娥姐姐想办法，帮帮他呀！"

嫦娥没有说话。

晓仙女抽泣着说："虽然他的恶行还无法从我心中抹去，但我有办法，一定能帮助他。"

晓仙女飞快地刨土，从月桂树下挖出一个大布包，放在地上说："姐姐，这是你的百宝箱。"

此时，传来王母娘娘咒语的声音："吴刚伐桂，玉兔……"

嫦娥不解地问："这是……什么声音？"

吴刚并不理会，着魔一般，拿起巨斧，疯狂砍伐桂树，晓仙女也抱起杵……

嫦娥心中无比难受，迟缓地打开百宝箱，看到箱里有一张符咒，陷入回忆：

蟠桃会上观世音菩萨前来祝贺，嫦娥献上广袖曼舞。观音菩萨上前合掌道喜："嫦娥仙子之舞，世间唯一。贫僧这道符咒，也是世间唯一，它可以消灾避难，清静防扰。今日送与嫦娥吧！妥善保留，今后必有大用。"

嫦娥拿着符咒跌跌撞撞地跑向月宫宫门，费力地打开宫门，只见那面"禁"字旗高悬宫门外旗杆之上，宫门口天兵严卫。嫦娥行礼询问："将官，辛苦了，嫦娥有礼，请问这旗从何而来？"

天兵天将禀告："嫦娥仙子有所不知，王母娘娘已颁旨：嫦娥仙子您在月宫守孝三年……"

嫦娥闻听此言，心中难以接受，行礼请求："嫦娥要去拜见玉帝。"

天兵天将上前行礼，高声劝告："嫦娥仙子，有礼了，这是王母娘娘的符咒，只有王母娘娘可随时出入，其他人无法进出。您是走不出去的。"

嫦娥看着黑旗痴痴地自言自语："不出去也好，她贴她的，我贴我的。自此月宫清静，万事无扰。"

嫦娥关上月宫宫门，拿出观音所赠符咒，牢牢贴在宫门里面。

月宫自此清静了。

第八回　吴刚抚琴现真情　嫦娥生病结姻缘

嫦娥伫立在碧玉亭，看着玉亭之下一池碧水，终于可以安静地欣赏月宫风景，再也不用提心吊胆，再也不用奔波忙碌了。嫦娥心中在说：就让无依无靠、颠沛流离的生活，一去不返。嫦娥欣赏洁净的湖水，内心无比平静。

吴刚坐在文殊馆的桌前静观天书，晓仙女拿着轻裘走来，她轻轻抽掉吴刚的书，顽皮地说："吴刚哥哥，你每天只管看书，也不陪我玩。哥哥有几天没见嫦娥姐姐了，把这个给姐姐送去，妹妹才原谅你！"晓仙女说完，把轻裘交给吴刚。

吴刚拿着轻裘，迟疑地说："哥哥怎么好去呀！还是晓妹送去吧。"

晓仙女埋怨："哥哥，你都半天没动了，不怕长在凳子上呀！快去送。"

晓仙女推着吴刚，吴刚为难地向碧玉亭走去。

吴刚走进碧玉亭，将轻裘轻轻地给嫦娥披上。嫦娥回头，见是吴刚，嫣然一笑，轻声问："吴刚哥哥何时来的？我还以为是晓妹呢。偌大月宫就我们三人，实在太冷清了。不如我们抚琴舞蹈，如何？"

吴刚点头应允："如此甚好，我来抚琴。"

只听：琴声瑟瑟，气势如山，继而又如万马奔腾势不可挡。吴刚闭目，忘情地抒发压抑的心绪。

晓仙女闻声而至，陪在嫦娥身边。嫦娥听着琴声，深知吴刚内心凄苦，泪眼婆娑地看着吴刚抚琴。

琴声没有一丝柔弱，只有愤怒和无声的抗争。晓仙女抓着嫦娥的手，悄声说："姐姐，吴刚哥哥疯了。"

嫦娥拉住晓仙女，轻叹："唉！让他弹吧！"

吴刚依然闭目，疯狂弹拨琴弦。琴弦一根一根地被他绷断，直至最后一根琴弦崩断，吴刚才慢慢睁开双眼。

吴刚站起来，走到嫦娥和晓仙女面前，深深地鞠躬道歉："对不起。"

晓仙女恼怒地说："吴刚，你怎么把琴都弹坏了，太不近人情了！"

嫦娥拿出手绢，握住吴刚流血的手指，心疼地说："哥哥的手指都被划破了，包起来吧。"

吴刚再次深深地鞠躬，不住地道歉："对不起！对不起！"说完抱起琴转身跑了。

晓仙女指着急去的吴刚，说："死脑子！"

嫦娥却笑出了声，晓仙女两手叉腰，不解地叫嚷："你们俩，都疯了！"

嫦娥高兴地拍手，欢呼："这旧琴呀，只有把旧琴弦都弹断了，才能换新弦。等新弦换好了，弹出来的声音，自然就好了。"

晓仙女拍着脑袋，不解其意，问："是这样吗？没听说过。"

晓仙女陪着嫦娥坐在碧玉亭，关心地问嫦娥："姐姐，你右肩上的字怎么洗不掉呀？天丝绣衣和肩膀上的字一模一样。我曾问吴刚哥哥写的是什么，哥哥说是免死血诏书。嫦娥妹妹很了不起，没有任何仙子会有这样的功绩，获得玉帝天尊的赏赐。吴刚哥哥是这样说的。"

晓仙女看着嫦娥好奇地问："姐姐，字为什么洗不掉呀？妹妹一定想办法，让它消失。"

嫦娥听到此言，这才明白吴刚的心情。

晓仙女追问不休，嫦娥无奈地解答："妹妹，做过的事都会有印记，如同姐姐背上的字，无法洗去；如同喜眉福星所作所为，留在你我心里，再也抹不去。我们任何人所作所为，都会留有印记，有些永远不会抹去。妹妹，这就是我们的经历，永远都会留在心里。"

晓仙女似乎听懂了，想着自个儿的心事。

嫦娥望着清澈的湖水，无比深情地说："妹妹，你可知道，血诏书来之不易呀！玉帝为保护我们，才写下这血诏书。玉帝就如同父亲一样保护我们。"

晓仙女觉得委屈了吴刚，真诚地说："姐姐，咱一同去看看吴刚哥哥吧，吴刚哥哥不会真的疯了吧？”

嫦娥掩面而笑，会意地说：“你才疯了呢！不必打扰他。安静几天，一切都会好起来。”

月宫之中四周黑漆，高大的月桂巍然屹立。

突然，竹笛之声悠扬响起，如同绵绵清泉渗透清静世界。

响了很久的笛声，晓仙女听得心烦，埋怨道：“吴刚哥哥真是死脑子，大半夜的，吹什么吹呀？”

嫦娥也听了很久，心里却很着急：“妹妹，你去看看，快去呀！”

晓仙女不耐烦地说：“烦人，我才不去呢！姐姐想去，你就去。”

嫦娥迫切地看着窗外，委婉地说：“这么晚了，他要是冻着了，咋办呀？晓妹快去，给他送件衣服。”

晓仙女看出嫦娥的心思，故意问：“你想去，是不是呀？你们俩见面没话说，不见面相互又想来想去。我陪姐姐去，好吧？”

嫦娥没说话，拿件衣服就出门。

碧玉亭，宫灯高挂，横笛而吹的吴刚远远地看到晓仙女扶着嫦娥提灯而来，他急忙上前，扶着嫦娥在亭中坐下。

嫦娥看着眼前焕然一新的古琴，挥手弹拨几下，感到音色极准，内心欣喜不已，激动地说：“这琴随我多年，弦早已不准了，感谢哥哥重新为它换弦。不如我俩合奏一曲？”

只听得：笛声悠扬委婉，琴声如潺潺流水，响彻月宫……

次日午时，吴刚来到嫦娥的寝宫外，晓仙女出来，指着他的鼻子就怪罪：“都是你惹的，昨天晚上嫦娥姐姐一宿没睡。今天生病了，头痛恶心，起不了床。”

屋里传来嫦娥的声音：“妹妹，请吴刚哥哥进来，我有话告诉他。”

晓仙女拉着吴刚走进寝室，吴刚羞愧地说：“妹妹生病了，都是吴刚之错。让哥哥来给妹妹诊脉，如何？”

嫦娥不敢看吴刚，心里内疚地说：“都是因为我嫦娥，我们三人才被囚禁在这凄凉的月仙宫。我嫦娥已是守寡之人，不能拖累吴刚大人，影响大人的前程。有朝一日吴刚大人官复原职……”话没说完，她一阵剧烈地咳嗽。

吴刚急忙安慰：“妹妹生病了，才会胡思乱想。等妹妹病好了，妹妹叫吴刚去哪儿，吴刚就去哪儿，决不拖累。”

吴刚认真地为嫦娥诊脉，许久没有放开。

嫦娥迫切地问：“吴刚哥哥，这么久了，我究竟得了什么病？”

吴刚认真地说：“容我再看看。”

吴刚再次细细号脉，很久才松开嫦娥的手，轻松地说：“妹妹偶染风寒，会好的。”

晓仙女看出吴刚的心思，挖苦道：“吴刚哥哥，你到底会不会瞧病，哪有神仙得病的？姐姐得的是相思病，想人想的。”

吴刚没作声，因为他知道嫦娥有孕在身。

突然，吴刚灵机一动，说：“晓妹！哥哥有个家传妙法，能让嫦娥妹妹的病立马就好。这妙方还是晓妹最喜爱的游戏。”

晓仙女想了片刻，说：“噢！是过家家吗？”

吴刚点点头，夸赞：“有一点意思，但还不是。”

晓仙女一拍脑袋，兴冲冲地说：“一定是新娘子假结婚，这是个妙法要算作家传，也是俺的家传。”

吴刚兴奋地点头，高声夸奖：“猜对了，今天我们就装扮新郎新娘子结婚，我就要当新郎官喽！我们一起开心如何？”吴刚又问，“晓妹，你要当什么？”

晓仙女若有所思。“我肯定要……”晓仙女迟疑片刻，终于明白了，抱着嫦娥央求，“姐姐当新娘最合适。姐姐不许耍赖，要一起玩才行。”

嫦娥心想：吴刚呀！为什么出这么个游戏？

“只有三人，也不能……”嫦娥只好点头答应。

晓仙女开心地呼喊：“姐姐答应做新娘，那我是红娘，哈哈！”晓仙女拽着吴刚急催促道，“哥哥！咱俩去准备。娶新娘子喽！”

大红灯笼红蜡烛，龙头凤冠红盖头，红花配着红霞袄，红绳牵着新人跑，红鞋系住新人脚。

月宫上下三位神仙欢天喜地拜大堂，晓仙女敲着锣，边敲边说：“拜天拜地，吴刚娶嫦娥为妻！”

遮雨布帘下，摆放着炉灶。炉膛内火烧得很旺，灶上放着煎药的陶罐，正冒着热气。晓仙女轻轻扇着炉火。

吴刚走来，惊奇地问：“晓妹，嫦娥妹妹生病了，怎么不告诉哥哥呀？”

晓仙女心里埋怨：吴刚呀！你早就知道姐姐怀孕了，还要演一出，假戏也不真做！

晓仙女没好气地说："没见到你，姐姐当然生病了，不生病怎么熬药呢？亏你还是懂得医道之人。"

吴刚心里很明白，故意问："我去给嫦娥妹妹诊脉，她避着不见我，真是急死人，也不知害得什么病！"

晓仙女想试探吴刚是否真心，捂着嘴巴笑着说："哥哥真是死心眼，我熬的是保胎药，恭喜姐夫，要当父亲了。"

吴刚欣喜地点头，心想：天宫之中神仙生子真的罕见，而且短短的时间，嫦娥已显怀。为嫦娥和孩子，吴刚我甘愿落得一世骂名，也要做孩子的爹。更何况孩子出生没有父亲，多可怜啊！我吴刚已与嫦娥拜堂，如今可以名正言顺地照顾嫦娥母子了。

吴刚心里美滋滋地端起空碗，大声催促："官人这就去给娘子喂药。晓妹，你熬的是啥药呀，这娘子还不见好呢？"

第九回　龙凤啼哭惊天宫　如来讲法溯根源

僻静幽深的寝宫，朱红色的窗户散出昏黄微弱的光，不时传来嫦娥痛苦的呻吟声。

吴刚在窗外不安地踱着步。半年以来，他无微不至地照顾嫦娥，今天她终于要分娩了。

突然传来婴啼之声，吴刚贴门聆听，不由得脸上露出喜悦。

过了不久，晓仙女急促地探出头，高声地叫喊："吴刚姐夫，又有一个露头了，一盆水不够了，快去烧水。"

寝宫内，宫灯高挂，散发出柔和的荧光。嫦娥卧榻，面容憔悴。

嫦娥整理披散的长发，慢慢地恢复了平静。

吴刚推门进来，行礼问候："夫人受苦了，晓妹妹辛苦了。"

晓仙女上前道喜："恭喜姐夫，孪生一对，一兒一妹。"

吴刚背起手，幸福地笑了，迈步向前夸赞："嗯，爱妻辛苦了，让官人来看看孩儿，先出生的是哥哥还是姐姐？"

嫦娥被逗乐了，掩面答道："一兒一妹，是也！"

晓仙女忙得不亦乐乎，用袖子抹着鼻子，说："姐夫真是的，还有时间逗乐子，哼！"

吴刚急忙给晓仙女鞠躬行礼："夫人辛苦了，晓妹辛苦了，小生有礼了。一兒一妹，晓得了……"

晓仙女包好襁褓，将两婴儿双双放进摇篮，拉开门出去倒水。

吴刚扶着嫦娥来到摇篮边，两人紧凑上前凝视，婴儿闻声，突然放声啼哭。

这号啕之声冲出月宫，冲破九层云天，向天宫传达着新生命无尽的力量。天地之间被共鸣，宇宙也似被震撼。

嫦娥和吴刚乱作一团，又抱又哄，一双婴儿依旧啼哭不止。天宫上下彻夜婴啼之声不绝。

凌霄宝殿之上，仙圣们天神天将左右而立，威风凛凛。

玉帝和王母娘娘显圣，分别坐在宝座之上。玉帝和王母娘娘面面相觑。

玉帝抖擞精神，娓娓道来："天地之间，不论仙神皆有定数。天下苍生生生不息，总是源源不绝。昨夜，哪来的婴儿啼哭之声呀？哭了一宿，叫人也想跟着哭。天宫乃仙境，从未有婴儿诞生，是谁抱着婴孩来到天宫了吗？速与寡人查来。"

王母娘娘闻听圣言，笑曰："许久没有听到婴儿啼哭，哀家听得是如此亲切，真好听。"

太白金星拿出崭新的宝镜，上前禀告："臣最新炼制宝镜在此，一看便知。"说完他口念咒语，宝镜变大如车轮。玉帝王母娘娘与仙圣们紧紧围绕着宝镜，引颈观看。宝镜发出荧光，图像清晰可见：嫦娥飞旋轻歌曼舞，玉帝抚须而赞，各位仙圣道友爱慕之心也跃然镜中。

宝镜又显现：十位太阳天子闯入月宫嬉戏嫦娥，后羿射日，颗颗太阳坠落。

宝镜接着显现：后羿鲁莽地抱着嫦娥，与嫦娥交媾。嫦娥食仙药奔月，玉帝为嫦娥昭告天下……

宝镜更加清晰地显现：月宫中吴刚为嫦娥诊脉，嫦娥痛苦分娩，龙凤胎在襁褓之中张嘴啼哭，啼哭之声震动天宇。宝镜恢复原状，落在太白金星手中。

众仙圣议论不已："神仙生子，旷世奇闻！嫦娥生得一双龙凤子，定是灵根仙葩无疑。""一双龙凤子父亲又是谁呢？""对呀！是先者之后呢，还是后得之子呢？""请问老仙翁，究竟谁与嫦娥有缘，生得龙凤一双呀？"

太白金星收起宝镜，满脸堆笑地解释："这个嘛，宝镜只是还原事情发生过程，并不知根源。"

玉帝听了太白金星的话，心想：本尊对嫦娥久有爱慕之意，限于天纲地法，又身处尊者之位，只能以父女相称。若一双龙凤骨肉，是本尊血脉亲缘，也得由本尊养育……玉帝坐在宝座之上浮想联翩，居然乐出声来：“呵！呵！呵！”

王母娘娘看出了玉帝的心思，心想：想得美，天尊那点心思能瞒得了谁？哀家一定要查清楚。王母娘娘尖声命令：“速请观世音菩萨！不得延误！”

观音菩萨来到凌霄宝殿，微笑着向仙圣们行礼。

细细闻听列位所言后，观音手持柳叶净瓶，掐指慢慢算来，静心禅悟：“是天上之神灵仙葩，也是地灵之根；不仅是帝王之灵，还是凡人之骨；既是星河之源，更是群星精髓。”

玉帝掩面，悄悄地问：“请问观音菩萨，可否是寡人怜爱之物？”

此话一出，列位仙圣天神天将迫不及待说：“观音菩萨，不管是天星还是地灵，小仙情愿不当神仙，下界领养，多可爱的一对子女，小仙还不曾有子女呀！”“观音菩萨，小神爱慕嫦娥已久，定是小神梦忆所为，愿尽心竭力抚养双婴。”“观音菩萨，小仙隔墙窥视嫦娥，定是小仙淫意之光，使嫦娥遭受不白之冤。小仙已触犯天条，请玉帝天尊惩处，速速降罪，小仙愿领养双婴以谢罪。”

观音菩萨微笑合掌，委婉道来：“阿弥陀佛，不可乱为！事事有因必有果，世间万物定有前因后果。依贫道看来，还是请佛祖如来探究因果。”

此时只见金光四射，佛光普照，凌霄宝殿之中佛祖如来显圣。佛祖笑声响彻天庭：“哈！哈！哈！彻夜闻听婴啼报喜，龙凤喜降天宫，实乃旷世奇闻，纳福天地之间。吾早已聆听尔等议论了，究其根源，如若佛法，大若无边。”佛祖金身合掌行礼。

佛祖盘坐立于空中，大若无形，朗声宣讲：“天下万物生生不息。生命贵为慈母所生，生为万物之始，生乃万物之源。”

如来慧眼环顾四周，诵经唱典：“世间万物本是同根生，不分彼此。孽障起，淫欲生。吾之母，汝之母，天下之母。吾之父，汝之父，万物苍生。若问吾从何处来，又去往何处？不过今生与来世。如若定要问个彼此出处，只好去问女娲娘娘。苍天所生，大地所养，修善积德定成正果。”

如来佛祖哈哈而笑，化金光而去。众仙圣跪地而拜。

王母娘娘拜谢观音菩萨，讨教道：“有一符咒，请观音菩萨赐教。”

观音菩萨伸手，拿到一页符咒，回问：“王母娘娘请看，可是它？”

王母娘娘点头道谢："正是。"

观音菩萨合掌告辞，坦荡地说："自然而来，自然而去也。"

观音踏浮云升腾，飞向南方。

凌霄宝殿内，列位仙圣天神天将各怀心事。

玉帝咳嗽数声，告诫："诸位仙圣道友，休要胡言乱语。天有纲纪，地有法度。违抗不遵者，定斩不赦。"

王母娘娘气愤地指责："嫦娥罪不可赦，吴刚罪大恶极，哀家要亲自去处理，谁若阻拦，打下凡间去做虫子！"

玉帝闻言，如同万箭穿心，向王母娘娘合掌念道："阿弥陀佛！可怜嫦娥母子三人，又要遭此劫难，好可怜呀！你就不能……"

王母娘娘翻着白眼，大声责备："尔等不配为仙家，哀家定要为尔等斩断凡根，切断情缘。这是女娲娘娘的寒心之冰，封冻月宫。嫦娥！被永久冰封，永远不得走出月仙宫，谁若敢去月仙宫，必被封冻。随哀家前来！这对龙凤就是吴刚的……"

玉帝无奈地摇头，哀叹："唉！就依照王母娘娘所言颁旨，以后月仙宫易名广寒宫吧！"

"仙神道友们，替寡人前去颁旨吧！"玉帝抹泪悲痛地说，"可怜呀！天宫的这一双龙凤，没着没落，好命苦呀！"

王母娘娘看到玉帝落泪，愈发生气，念道："吾之母，天下之母。汝之父，天下苍生。苍天所生，大地所养，必有造化。玉帝何必伤心呢？谁人没有怜悯爱子之心？谁人没有亲情眷顾之意？一双龙凤，如同哀家之外孙，百般历练，定成正果。"

玉帝拭泪哭泣，仙圣及天神天将们无不抹泪悲叹："吾等神仙自命不凡，自以为神通广大，如今可好，连一双婴孩也救不得，这叫什么神仙呀？过的哪是神仙的日子呀？"

第十回　嫦娥吴刚各受刑　火龙火凤追双子

天王李靖率先带领天兵天将闯进月宫四处搜查，王母娘娘在仙姬们的簇拥下，随后赶到月仙宫。

王母娘娘亲自传旨，吴刚跪在地上接旨："吴刚屡犯天规，如今，又纠缠嫦娥仙子，偷生孽子，即刻押往斩仙台，处斩！"

天兵天将押解吴刚走出月宫。

吴刚高声大喊："都是吴刚一人所为，与嫦娥无关。"

天兵天将高举吴刚，向斩仙台急行而去。

王母娘娘高声命令："把嫦娥带上来！"

嫦娥紧紧地抱着两个襁褓，步履沉重地走来。看见王母娘娘，她点头行礼："拜见王母娘娘，天母恕罪！"

王母娘娘仔细打量嫦娥，直截了当地问："嫦娥，为何不求哀家放过吴刚呢？"

嫦娥直起身镇定自若地说："吴刚并没有触犯天条，嫦娥相信王母娘娘定会查明真相，秉公执法，绝不会乱杀无辜。"

王母娘娘在来的路上，就不断地思索：嫦娥是仙子，怎能生子呢？龙凤双胎怎能出生在月宫呢？因为天宫之中不曾有一个孩子出生。嫦娥怀胎究竟几年？几十年呢？王母娘娘反反复复在内心琢磨：难道这才是天意吗？

此时此刻，见到嫦娥抱着两个襁褓态度如此强硬，王母娘娘的疑虑顿减，忍不住问："嫦娥，哀家知你爱子心切。但是，为了两个嗷嗷待哺的婴孩，你总该求求哀家，放过你的孩子们吧？”

嫦娥紧紧抱着襁褓，毫不示弱地说：“嫦娥是想祈求天母能放过奴家的一双子女，甚至想以自己的生命换孩子们的命。”嫦娥泪水盈盈，低头看着婴孩哀伤地说，“作为母亲，嫦娥必须这样做。但是怀中的孩子们，又不让我祈求您。因为，他们是天宫独有的婴孩，王母娘娘您是尊贵的天母，您本身就是他们唯一的祖母！为这条生路也要祈求最亲的人吗？”嫦娥哽咽了，“您贵为天母，定然要呵护自己的子孙，呕心沥血护佑他们成长。作为孩子的母亲，奴家虽然极不情愿让人把他们抱走，但奴家知道，他们还要转世投胎！这是天宫的纲纪，不可违背！”

嫦娥不住地贴紧襁褓，泪水盈盈地请求：“嫦娥求您一点，不管何时何地，能让我们母子团圆，嫦娥都将感激不尽……”嫦娥说话时把襁褓抱得更紧了。

嫦娥的一席话，说得王母娘娘眼眶也湿润了，泪水就要流出来。王母娘娘内心敬佩嫦娥，关切地看一眼嫦娥怀中襁褓，慢慢低下头。

许久，她才打断嫦娥的话：“好了，别说了！哀家替你抚养一双婴孩，嫦娥只管放心。”

嫦娥把襁褓抱得更紧了，给王母娘娘深深鞠躬致谢：“我的孩子们托付给您了，感谢天母的厚恩大德。”

王母娘娘背过身举起手又落下，仙姬们一拥而上，从嫦娥的怀中抢夺襁褓。嫦娥发出撕心裂肺的哭喊，护住一双婴儿，婴儿大声号啕，惨烈的哭声响彻天宇。

仙姬们再次围住嫦娥粗鲁地抢夺，王母娘娘于心不忍，破口大骂：“蠢货，那是婴儿……”

嫦娥眼见一双骨肉被仙姬们抢走，心似刀割，瘫倒在地上，向王母娘娘哀求：“娘娘！嫦娥求您一件事，您一定要帮我。”

王母娘娘背对嫦娥毫不犹豫地说：“嫦娥，不用哀求，哀家知道，你要给孩子们喂奶。”王母娘娘指着仙姬们命令，“你们，赶快把孩子给嫦娥，不得延误！”

仙姬们把一双婴儿抱回嫦娥身边，嫦娥低头疼爱地看着两兄妹，他俩使出所有气力吮吸母乳，小嘴巴鲜红，时时吐出白色乳泡，乳泡即刻破裂。两兄妹脸色涨红，小鼻子喘着粗气，小手牢牢地攥着母亲的双乳。

嫦娥悲痛欲绝地说：“为娘不能陪伴你们，这是娘亲的错！可惜你们连名字都没有，就要下到凡间投胎做人。这就是天条，不可违呀！当哥哥的一定要保护好妹妹，娘亲与你们就此告别。”

嫦娥泪流满面，悲伤至极。王母娘娘拿出忘情散，手指一挥，一道青烟钻入嫦娥鼻孔。嫦娥泪眼蒙眬，眼前的一切变得模糊，记忆也似云烟一般渐渐散淡了……

一行人疾步走出月仙宫宫门，王母娘娘用食指指向月仙宫金字门牌，那三字即刻变成“广寒宫”。王母娘娘拿出女娲寒冰，手指一挥，寒冰已经洒向月宫，月宫被慢慢封冻。眼前的广寒宫如同水晶一般晶莹剔透，似乎一切都在冰封中静止。

玉帝带领仙圣天神天将赶来，王母娘娘紧紧地抱着两个襁褓，惋惜地说：“哀家已传完圣旨，天尊来得太晚了！真没想到，嫦娥会把一双龙凤托付给哀家，哀家……”

玉帝上前轻轻抚摸一对婴儿的脸，亲情难舍，直言：“寡人不是为嫦娥和吴刚而来，而是为一双婴儿而来。龙凤双生，生在天宫，就是天宫的子孙。无论如何，也不能让子孙有任何闪失。”

玉帝不假思索地命令左右：“天玺宝印拿来！”

玉帝接过天玺宝印，迫不及待抓出婴儿的脚丫，天玺宝印盖在婴儿脚心，金灿灿的印清晰完整。玉帝威严地正告天地：“告知三界，见此印，仙神保佑，鬼怪不侵，魔障不扰。”玉帝又回头看着王母娘娘说，“娘娘不送点礼物吗？”

王母娘娘向天挥手，两个红肚兜瞬间飘来，她亲自给一双婴儿穿戴齐整，一龙一凤正好合适。

王母娘娘很久没见婴儿了，摸着一双婴儿白嫩嫩的小手和光溜溜的小屁股，不住地赞美：“真是一对漂亮的孩子，怎么长得这么好呀！”王母娘娘的脸贴不够，嘴亲不够，哪还能停下手。

玉帝心酸落泪，说：“娘娘后悔了吧？来不及了！孩子们急着投胎呢！”

王母娘娘哪还听玉帝念叨，把襁褓这样包一遍，那样包一遍，反复查看……

天将急急来报：“禀告玉帝王母娘娘，那吴刚周身有金印护体，斩杀不成，如何是好？”

玉帝指着斩仙台，责问："谁让斩吴刚？"

王母娘娘急忙解释："哀家替天尊下了旨。"

玉帝急忙一边引领众仙圣前去斩仙台，一边高呼："刀下留人！"

王母娘娘包裹好襁褓，小心翼翼放到仙姬怀中，谨慎叮嘱："把两个宝宝抱回金霞宫，给哀家细心看好了，等哀家回来。"王母娘娘尾随玉帝而去。

众仙姬抱着襁褓急行，宝宝又号啕大哭。仙姬们只好把襁褓放在摇篮中，两个婴儿立刻停止啼哭。

一行人护着摇篮，急步向金霞宫飞去。晓仙女一直藏在摇篮之中，乘机偷梁换柱。

晓仙女隐藏身形，抱着两个襁褓，径直奔向南天门，正所谓：

天母冰封广寒宫，

恃强凌弱铸冤沉。

仙星无畏贬下界，

龙凤无故弃红尘。

天斩台上，可怜的吴刚蓬头垢面长发飘散，被铁锁捆绑着。

小鬼们使出各种法器，什么砍头刀、腰斩斧、铡刀、飞天钺，能用的都用上了，可吴刚痛苦地挣扎，一次次起死回生。

雷轰电击火烧接踵而来，天玺宝印盖护其身，吴刚已经奄奄一息，即刻就要魂飞魄散了。

玉帝和王母娘娘驾到，众仙圣上前跪地求情："吴刚一向刚正不阿，一向秉公执法，并未触犯天条。如果吴刚触犯天条，宝印怎能保其不死？恳请玉帝法外开恩，恳请王母娘娘法外开恩。"

吴刚从昏迷中醒过来，至死不悔："玉帝天尊，娘娘天母，卑臣知罪，恳求天尊天母放过嫦娥母子。一切都是吴刚一人所为，吴刚承担所有罪责。"

玉帝怜悯吴刚，说："众位仙朋道友，吴刚虽然承认罪责。但是，千刀万斧、雷劈火烧火烤都不曾伤其性命，这说明吴刚不仅是天玺宝印护佑执掌之人，也说明吴刚罪不当诛，应当赦免。"

仙神道友纷纷跪地求情："玉帝圣明。"

王母娘娘断然问道："吴刚，哀家问你，包庇嫦娥你认还是不认？与嫦娥私会生子，你承认吗？"

吴刚忍着剧痛，慢慢抬起头，坚定地说：“不必多问，都是我吴刚一人所为，恳求玉帝天尊、娘娘天母放过嫦娥，放过我的孩子，吴刚情愿受死。”

王母娘娘指着吴刚说：“众位仙圣道友，你们都听到了，这等罪人，哀家一片苦心，叫他去月宫伐桂赎罪，他不仅不思悔改，又与嫦娥犯下如此滔天罪行。”

有仙圣爬上刑台，护住吴刚，劝道：“吴刚，你可真糊涂呀！再别倔了。”“吴刚！快求王母娘娘法外开恩吧！你别强了。”

玉帝拉着王母娘娘，轻声说：“吴刚只是一时糊涂，如果真的重罪不赦，早在天斩台上成肉泥了。依寡人看来，吴刚死罪可免。娘娘，想想吧！一双孩子那么小就没了爹，怎么活呀？”

王母娘娘看到刑台之上，群臣激愤，走上前去，亲自颁旨：“吴刚既已认罪，免去死罪，发配其下界，去火洲火龙树下继续服刑，不得延误。”

众仙圣道友跪拜：“玉帝圣明，王母娘娘圣明。”

玉帝和王母娘娘急急忙忙回到金霞宫。玉帝急切地要见到一双婴孩，阔步走进寝宫，欢喜地大声招呼：“把两个孩儿抱与寡人，寡人想他们了。”

众仙姬急忙抱襁褓而来，玉帝满脸堆笑地迎向襁褓，伸展双臂，双手慢慢接住两个襁褓，但是瞬间襁褓不见了，只剩两只绣花鞋。

玉帝望着手中的鞋，气愤地追问：“孩子呢，你们把孩子丢哪儿去了？快去给寡人找，找不到……”

王母娘娘见此情景，急晕了，瘫坐在地上，伤心得直流泪：“还不快去找，受嫦娥托付，哀家不能言而无信呀！孩儿呀快回来呀！找不到，你们都别回来了。”

仙姬们手忙脚乱，战战兢兢地四处寻找。

天将飞速来报：“禀告玉帝王母娘娘，大事不好了！玉兔抱着襁褓，闯过南天门，下界去了。”

玉帝极为恼怒，慌乱地指着南天门大喊：“就是玉兔偷走孩子，天王李靖，还不快快去追！”

天王李靖领命，急忙追去。

玉帝在寝宫踱来踱去，大声抱怨：“娘娘，都是你干的好事！一双孩子怎么惹着你了？你狠心把月宫冰冻了，把吴刚惩戒了！你给寡人说说，孩子犯了什么罪？你给寡人说清楚！”

王母娘娘伤心地坐在地上哭诉：“嫦娥认哀家是祖母，哀家比谁都要难受，哀家这就把孙儿们找回来。”王母娘娘从头上拔下金凤钗，向空中挥去，金凤钗变化成火凤凰，腾空飞去。

玉帝强压怒火，叫喊:“不论是谁的孩子，那都是鲜活的生命，你看看自己，哪里还有一丝的仙德呀！火凤飞去伤着孩子咋办？孩子伤不起呀！娘娘你疯了吗？你想要了孩子的性命呀！”玉帝急迫挥手放出金龙，金龙腾空飞去。

王母娘娘呆坐在地上，迟缓地说：“嫦娥把一双龙凤当众托付给哀家，哀家怎能慢待？天尊言哀家没有一丝仙德，哀家承认。可哀家这么做，为了谁？不是为了天尊，不是为了天宫，哀家怎会背负这些骂名？天尊置天纲地法于不顾，法外开恩就算了。这一对孙儿，就是要下界投胎，天尊在想什么呢？天宫是养孩子的地方吗？”王母娘娘坚定地说，“哀家作为祖母！为了孩子，私心永远超过所有人。”

玉帝渐渐冷静，心想：王母娘娘说得对，孩子要投胎，天道难违。

玉帝从地上扶起王母娘娘，缓缓地说：“为了孙儿，寡人插手太多了，儿孙自有儿孙福，顺其自然吧！”

王母娘娘抹着泪水哭道：“谁不疼爱孩子，多可爱呀！胖胳膊、胖腿、胖屁股还没亲够呢，就叫玉兔偷走了，哎呀！”

玉帝长舒口气，安慰王母娘娘：“别想了，孩子们急着投胎呢！咱俩怎么能影响他们投胎呢？

王母娘娘泪眼蒙眬，深情望着玉帝，哀叹道:“孩子们不会怪罪哀家吧？”

玉帝拍着胸脯说：“放心吧！孩子们会牢记娘娘和寡人的。”

淼淼天河，繁星熠熠生辉。火凤追逐晓仙女，晓仙女抱着两个襁褓落荒而逃，向下界沉降而去。火凤凰急如闪电，凤翅击中晓仙女，晓仙女翻滚着坠落，红绿襁褓也随之被抛出。危难之际，金龙飞来缠住火凤，将火凤抓回天宫。

红色和绿色两个襁褓，向两个方向飘落。

晓仙女来不及喘息，不顾一切，先接住了红色襁褓，再次回头寻找，绿色襁褓已不知去向。

晓仙女双眼冒火，拼命向下界飞去，似流星划出一道白光。

天兵天将寻着白光急追而至，怒斥晓仙女："玉兔，哪里逃……"

晓仙女只得化云，悄悄躲藏。

啊……

春心动，

破戒生。

谪下界，

弃红尘。

冤家西王母穆天子，

搅得天地风雷滚。

第十一回　男婴投胎遇狐祸　天地同救化险恶

圆圆的月亮挂在天上，缓缓地漫游枝头间。银色月光洒满镐京城，周朝王宫沉浸在月色的迷雾里。

占卜高台之上，八卦排列，四向正中是太极。太极之上，稳坐一位道士。该道士身披乾坤八卦道服，盘腿而坐，仰观天象。足足有一个时辰，道士才移动肥大的身躯走下卦台。

道士向列位大臣行礼，然后，恭敬地向周天子姬瑕鞠躬禀告："天子万岁！前生有缘，今世有德。今日星象：东方西方敞亮，北斗异彩。月晕知风，础润知雨。子时必有福星到来，天朝必有喜事降临。三更有阴晦之气，必有杂乱纷争，血光杀气，无法躲避。天子要有准备，防止妖孽横行。明日晌午喜雨降临，一时三刻大雨如注，此后艳阳高照，逢凶化吉。"

周天子姬瑕谦虚求教："袁天师，辛苦了。本王初次召唤天师，就能明辨天机，助长朝纲之瑞气。本王与袁天师有缘呀！"

袁天师还礼道："贫道乃是才学浅薄之徒，天子过奖了。"

周天子诚恳地询问："自本王登基，已有五个春秋，周朝自武王伐纣以来，历经五十多年，基业稳固，国运昌盛。寡人有一事不明，向天师讨教。这么些年，寡人为何无一子嗣，是否本王冒犯了神灵？"

苏贵妃妖艳无比，紧紧陪在周天子身边，妩媚地勾着周天子的胳膊，尖声细语地插话："臣妾无能，没能给天子生得一个子嗣，臣深感对不起天子，臣妾愿受责罚。"苏贵妃贴近周天子继续耳语，"天子！不是臣妾多嘴，那陈圆王后，怀孕已经五载之久，臣妾敢断定她怀的是妖孽。罪过呀！”

袁天师的一双法眼一刻不停地盯住苏贵妃，细细观察，认定苏贵妃不是妖孽就是仙道。于是，他凑上前故意说：“贵妃娘娘，贫道阅人无数，贵妃绝非凡人，定是得道之仙呀！不知出自哪家仙门，哪间洞府呀？”

苏贵妃妩媚地指着八卦台说：“袁天师，何必多问呢？卦台之上的事，只有天师这等得道之人方可解，弱小女子怎能参透？”苏贵妃惧怕袁天师，尤其怕袁天师那双总是盯着自己的法眼。她慌忙躲在周天子身后，长袖遮面，不再言语。

周天子继续说：“袁天师，本王昨夜做了三重之梦。梦里看见自己入睡，入睡后又梦见自己在做梦，梦中得一肥羊腿，寡言正欣喜，一只猛虎突然窜出，夺走羊腿。寡人急忙追赶，却看见猛虎被一条乌黑猛龙吞噬。本人惊恐不已。一重梦被惊醒。

本王依然做梦，吃了无数的肉桂，突然一条巨蛇窜入寡人腹中，在腹中翻江倒海，本王难受至极，极其痛苦地惊醒。此时二重梦惊醒。

本王依然在梦中，突然看见自己吃肉饼，吃得太多，呕吐不已。呕吐出一只兔子，向东方跑去。本王急忙追赶，怎么也赶不上，突遇万丈悬崖绝壁，怎么也爬不上顶。本王心中万分着急，竟然跌下万丈深渊，惊出一身冷汗。这时三重梦方醒。本王这才清醒。

请教天师，敢问这三重之梦，是何征象？”

袁天师紧盯苏贵妃，此时已经看出苏贵妃定是妖孽，也难怪，周天子几十年无子嗣……袁天师暗下决心，定要破解迷障。

袁天师一边行礼，一边凑近苏贵妃，随口应付说：“谢天子今日召见。贫道在仙台卜卦，今日天象：东方西方敞亮，北斗异彩。吾王必添喜事。从这三重梦可以确定明日子时王后定要生产，天子要早作准备。”

苏贵妃躲在周天子身后悄声说：“陈圆王后怀孕五载，怀的定是妖孽。依臣妾看，妖道袁天师，定是得了陈圆王后的好处，才故意向吾王道喜。今夜陈圆若不生子，定是陈王后与这恶贼袁重生同流合污，天子不可轻信谗言。”

袁天师早已听出苏贵妃言语，于是凑上前追问：“贵妃娘娘！贫道的原名是叫袁重生，只有天界道友们知道，娘娘可是天上之仙呀？贵妃娘娘身上奇香无比，真的与众不同。”他说着一把抓住苏贵妃的衣袖。

苏贵妃大声惊叫着扑向周天子："天子快救本宫呀！袁天师这恶贼胆敢调戏臣妾，天子救臣妾呀！天子呀！恶贼的手在臣妾身上乱抓，臣妾无颜再活了！"

周天子急忙制止道："袁天师，不得无礼，第一次请天师卜卦，竟敢调戏贵妃，快快住手！"

袁天师依然死死地抓住苏贵妃的手怒喊："妖孽，竟敢扰乱周朝朝纲！我袁重生即使法力不济，定要将你打回原形！"

苏贵妃抓住周天子的胳膊，三人扭在一起。苏贵妃连连哀求："天子救臣妾，天子没看到吗？袁天师非礼于臣妾，臣妾没脸活了。"

周天子眼见袁天师抓着苏贵妃不放，气愤地喊："袁天师！大胆之徒，竟敢羞辱本王的贵妃！来人呀！速将袁天师打入地牢！"

兵士们上前，按住袁天师，袁天师不依不饶地高呼："妖孽，贫道定要将你打回原形！"

兵士押解袁天师而去。一阵云雾遮月，八卦台上空无一人。周朝王宫沉浸在黑漆的迷雾之中，楼阁殿馆之中浮光掠影，厅堂若隐若现，钟磬渔鼓清脆鸣响，悠悠飘尘如雾，夜色更加凝重。

一阵黑雾，像蛇一般飞速窜入殿堂。

晓仙女抱着红色襁褓，从远方飘然而来。她经过绣楼、玉阁、紫馆、金殿，透过纱窗向内窥探。

馆内香案前，文武大臣拱手祷告："天上送子娘娘过，周朝王宫喜事多。""看来王后娘娘今夜子时破红分娩，难呀！"

"王后娘娘与天子结发几载，怀孕已五载之久，难得分娩，不可胡言乱语呀！""天子请袁天师卜卦，卜得分娩即在今夜子时，不是太子，便是公主了。""袁天师占卜神准，不会错，怎么和苏贵妃纠缠不清呢？"

群臣议论纷纷。

"不信，我们闭上眼，从空抓来。要抓来红花是太子，这绿花嘛……""怎么样呢？""当然就是公主了。大家闭上眼睛，不许偷看，偷看可不灵了。"众臣闭上眼睛，都伸手向天上抓。

从窗外向内窥探的晓仙女，伸手向馆内一指，即刻出现一朵红花。那红花升空向馆内飘去。红花落在一位红光满面、器宇不凡的大将军手中。

大将军抓住红花，睁开了眼，高呼："本帅抓住红花了，真正的红花。""真是朵红花，太神奇了，送子娘娘显灵了！""陈公公，快去禀告。"群臣欢呼雀跃，夺门而去……

王阁之中宫灯高悬，室内灯火辉煌，嫔姬妃子们围在神龛的香烛前顶礼膜拜，连连祷告。

周天子愁闷地踱着步，心想：寡人之诚心天地可见，为何总被愚弄？这袁天师卜卦极准，可子时将近，王后陈圆咋就没动静呢？怎么会错呢？袁天师定是神人，神灵丝毫不可冒犯。想到这里周天子急忙传令："来人，速去死牢，把袁天师请来！快快去请，不得延误。"

御林军手拿令牌，急速前去。

王阁外传来嘈杂声，王阁之中众人为之震惊，不由得将目光投向宫门。

只见，大将军高举红花闯进门，高呼："红花太子，红花太子。"

众臣紧随其后，整齐高呼："红花太子，红花太子。"

周天子茫然不解，问："什么呀？红花太子？"

嫔妃姬子们也疑惑地问："什么是红花太子呀？"

大将军笨嘴拙舌，极力地解释："臣从空中抓到的红花，红花就是太子。"

周天子心里依然在琢磨袁天师的话：娘娘子时生产，又是……愈想愈烦闷，他生气地说："夜半三更，天大的喜事也不可乱了朝堂。"

"这……"各位大臣都低下头，不敢吭声。

窗外窥视的晓仙女看到这一幕忍不住偷偷地笑了。

周天子指着陈宫，悄声问："陈宫，是何喜事？慢慢讲。"

陈公公上前低声解释："禀告周天子，王后娘娘今夜分娩，众臣皆祷告，若得到红花便是太子，绿花便是公主。众臣闭目在空中抓，结果被赵阔将军抓到了红花。"

周天子惊喜地问："从空中得到红花，真的吗？袁天师真乃神人也！"

赵阔将军欣喜地手举红花献上，压低声音悄声禀告："天子，臣抓到的真是红花，定是送子娘娘送来的。天子请看……"

"是呀！"众臣都掩住笑声，悄声禀告，"送子娘娘显圣，送子来了。"

周天子喜不自胜，悄声说："送子娘娘在哪儿？快与寡人请来，不要惊扰了送子娘娘！"

“就在紫馆！”众臣抢着低声回答。

周天子摆摆手，悄声催促：“赶紧带寡人去看。”

一行人正欲出门，突然传来侍官叫喊声：“太后驾到。”

周天子摇着头，叹道：“片刻之宁静，又要被打破了。”

只见太后王香拄着龙头拐杖，在宫娥彩女的搀扶下，闷闷不乐地进入阁门。嫔姬妃子们上前小心地将她扶入主座。

众臣上前跪拜，齐声低声请安：“参见太后。”声音极其微弱，如同远处风声。

太后环视一圈，心想：是哀家耳朵失聪了，声音这么小？哀家也来试试，轻声说：“众卿平身了。”

“谢太后！”众臣悄声回答，小心翼翼起身站在两旁，生怕惊扰四座。

周天子上前跪拜行礼，低声请安：“儿臣给母后请安。”

太后站起，扶起周天子，低声说：“天子不必行大礼，免礼平身。母后上了年纪，这耳朵不中听了。”

周天子平身，上前悄声请安：“母后，深夜不在东宫安歇，到此何事？”

太后瞅着文武群臣都在，反问道：“吾儿，母后来问天子，深更半夜的，你们不睡觉，是要干什么？”

周天子内心欢喜，掩面而笑，小声相告：“母后，适才送子娘娘显圣，送来红花。儿怕惊扰了神灵，命令群臣不要大声喧哗。”

太后大声地说：“夜半三更，搅扰宫中不得安宁，什么红花黑花，分明是一派胡言！”太后气愤不已，脸也在不住地抖动。

周天子急忙小声解释：“母后，这次确凿无疑，在紫馆送子娘娘显圣恩赐红花，得红花是太子，得绿花便是公主。母后不可大声，搅扰了仙灵。”

太后气呼呼地说：“普天之下，谁见过开绿花了？竟敢欺瞒天子，别想哄本后！天子呀！你说说，自陈圆王后到周室后宫，十几年没有添一个丁，没有一位后宫生产，连公主也没见到，后宫之不幸呀！”太后继而叹息，“唉！五年前陈圆怀龙子，三天有两天没，我这老婆子天天盼孙子，整整盼了五年，陈圆终于显怀了，母后不管什么红花，只要能生得一子半女，能继承周朝几十年基业，哀家死也瞑目了。”

众臣跪地，不敢抬头。

太后抹泪，接着训斥："天子的奶奶——老祖宗，为了周朝的香火，熬到年迈了，还要替天子统兵去大漠降戎狄，生死未知呀！苍天可怜可怜周朝吧！本后天天供奉，时时不忘上苍之恩德。"

一席话说得众臣热泪盈眶。

周天子再次向太后行礼，依然悄声地劝慰："都是儿臣之错，儿也正为此事烦闷。袁天师算定，今日子时王后必生贵子，母后不可触犯了神灵呀！"

见周天子低声下气，太后也不管那么多，指着窗外大声责备："这个祸星，给周室带来不祥之兆，我早就说了，天子为何还不将她打入冷宫？"

周天子万般无奈，依然不敢大声，跪地央求："母后，都是儿不好，惹您生气了，陈圆王后贤淑过人，怎能说废就废呢？"

太后生气地大声骂："你这不孝之子，竟敢教训哀家，有道是子不孝父之过，那早死的老王呀，等着哀家呀，哀家这就陪着去了。"

众臣急忙上前哄劝："太后不必动怒，今晚定生小王子，小王子出生见不着太后，多伤心……"

太后的哭声传至绣楼，绣楼中厅灯火通明，陈圆王后挺着便便大腹站在窗前，她俯视王阁，听着传来的叫嚷声烦闷不已。

陈圆王后离开窗前，走向凤案，默默坐在绣墩上伤心地抹去泪水。

月娥走来，劝慰："王后娘娘，为何伤心落泪呀？"

王后叹息："即使我死了，也要给周朝留下根苗。"

月娥逗趣地说："是呀！王后娘娘！你看小王子就要出生了，娘娘可不能一个哭脸相对呀！先人讲，小孩出生第一眼看着谁，就像谁，看着大哭脸，准爱哭。"

王后即刻止住哭泣，叹息："我与天子结发几载，身孕五载，这腹中不痛不痒，如今肚子一天比一天大，是吉是凶难料，愁杀人也！"

月娥指着纱窗外开导："王后娘娘，今晚明月尚好，乘夜深人静之时，何不再拜过往神灵？"

王后心事重重，就想躲着清静，又叹道："今天本后已沐浴祈求多次，怎奈神灵难逢难遇，如何是好呀？"

月娥鼓励王后说："有道是：求多神不怪，只求王后母子平安。"

王后终于露出笑容，慢慢站起身，应承道："好吧，我们这就去，再次祈福神灵保佑我母子平安，保佑其降福周室。”

王后一行人快步来到室外的玉台，皎洁的月光下，玉台旁边杨柳依依，供桌上供果、香炉、玉磬尽摆。

晓仙女暗中跟随陈圆王后来到玉台，她抱着襁褓隐蔽在花丛中，静静观看。

在月娥及宫娥彩女的簇拥下，王后吃力地走上玉台。王后走近供桌，宫娥彩女扇形列开，月娥扶着王后立于供桌前，宫娥鸣磬，彩女焚香。

王后仰面闭目，合掌默念道：“过往神灵仙道怜念，周天子姬瑕之后陈圆向天祈祷：与周天子姬瑕结发几载，怀孕五载，真心祈求过往神灵仙道，保佑本后临盆生产，母子平安。如若仙灵，恩德不忘，终年香火不熄！”

晓仙女从花丛闪出，伸手向陈圆王后指去，默念道：“玄中玄，谁解其中缘？”

王后摸着肚子，大叫：“啊！腹内孩儿在动。”

宫娥彩女们围住王后娘娘，问：“王后娘娘，是真的吗？王后娘娘别着急，这就好，看样子王后快临盆了。”

王后急切地说：“肚子在向下坠。”

月娥惊喜若狂，急忙安慰：“恭喜王后娘娘，要分娩了！”

宫女闻言，急忙跑下玉台，先去给太后报喜……

晓仙女会心地笑了，又指着王后，默念：“妙中妙，破红喜来到！”

王后猛然捂住肚子，叫嚷：“哎哟哟，肚子好疼呀！”

宫娥彩女们急忙转向，扶住王后往屋里走。

王后极力挣扎，不顾一切地嘶喊：“疼死本后了，啊！天子在哪儿呀？”

王香太后刚到东宫，闻报后急忙催促着轿夫，往王后处赶来。

太后高喊：“陈圆吾儿，等着母后，母后来看看，孩儿怎么样了？”太后急忙下轿，疾步奔到陈圆身边，惊喜地喊叫，“快快抬回去，把风挡住，别让风吹着了。”

周天子闻声跑来，高呼：“陈圆贤妻本王来也，王后忍着点。”

王后顿感心安，说：“天子来了，陈圆这就不太痛了。”周天子急忙抓住王后的手不停地安慰。

突然，王后大喊：“刚不痛了，现在又开始痛了，天子呀！救命呀！”

周天子急得头上直冒汗，说：“陈圆别担心，本王来救你！”

王后痛苦地叫喊："痛死了，本宫要死了，天子，我要痛死了！"

周天子抱起王后，稳稳地跨过门槛，安慰说："到了，到了，进屋里了。"

绣楼之外，宫灯悬挂，灯火辉煌，嫔妃、宫娥伫立在各处静候。

周天子在檐下不安地踱着步，绣楼上王后每喊一声，周天子就抬头看看。

太后安慰周天子："母后生天子时，也在这儿，也是这样喊的。"

"母后上去看看，儿就放心了。""好吧！儿呀！母后在绣楼上，时时向儿告知。"

周天子行礼："母后辛苦了。""母后向你道歉，是母后过于急躁，说了很多对王后不好的话。"

"母后，是孩儿不好，总是叫您操心，您快去看看吧！"宫女搀扶太后走上绣楼。

内侍手执拂尘静候。绣楼之上又传出陈圆王后的呻吟声。

晓仙女抱着襁褓，对襁褓中婴儿说："孩儿你可满意？如果满意，你就笑一笑。"

红色襁褓中发出"咯咯"的笑声。

晓仙女恋恋不舍地抹泪告别："别怪晓姨啊，晓姨这就帮你。"晓仙女托起襁褓，手指指向绣楼，襁褓中射出一道红光，射入绣楼。

晓仙女收起红色襁褓，喃喃自语："孩儿呀！别怪晓姨，晓姨也不知何时才能再来看你。"晓仙女泪如雨下，哽咽着回望绣楼，绣楼内传出王后剧烈的喊声。

太后高呼："破水了，破水见红了，孙儿露头了。"

晓仙女猛然想起绿襁褓，来不及抹泪，驾云腾空而起，向远处飘去。

绣楼外，周天子焦急地等待。

突然，传来侍官的喊声："贵妃娘娘驾到！"

只见，苏贵妃扭动细腰，摇摆着来到周天子身边："给天子请安。"

周天子看见苏贵妃大吃一惊，惊呼："苏妃你的眼睛怎么变绿了，你是……"

话音未落，从苏贵妃衣裙下升起一股烟雾，向四周迅速飘散。这烟雾骚气熏天，所到之处宫娥、彩女、将士皆扭动身体，着魔一般四处走动。周天子早已痴迷，呆若木鸡，站立不动。

苏贵妃发出指令："听我号令，把陈圆王后和孽障一同碎尸。"

宫人和武士立即冲向绣楼，只听陈圆王后凄惨的叫声划破夜空。

晓仙女并未走远，回头闻到一阵狐妖的臊气，惊呼："不好！"

只见绣楼周围火光四起，喊杀声不断。晓仙女叹道："唉！先去看看，再去找另一个孩儿。"

晓仙女再次来到绣楼下，只见庭院中太后、天子口中狂喊："王后妖孽，碎尸！"

王后蜷缩着身体，极力护住下体，她的后背已经血肉模糊，惨不忍睹，胎儿也不知生死。晓仙女手指陈圆王后，口念金刚经，王后即刻被金刚经护体。

晓仙女仔细观察四周，只见角落里苏贵妃和一群怪人正在开心大笑："哈哈！妲己老祖宗，我们给你报仇了，周朝灭亡了！"

"苏贵妃，大仇已报，这灵丹圣物我们姐妹共同分享，如何？"一位消瘦怪人一边伸出纤纤细指，一边指着陈圆王后的腹下。

突然，传来一声大喊："妖精，哪里跑！"只见，袁天师腆着肥胖的肚子，举书简大喊，"你们这群妖精胆大包天，我袁重生定要将你们法办！"

苏贵妃轻蔑地笑着说："我当是谁呢，喜眉大人，你比猪八戒还要肥呀！懒虫子，你不做虫子真亏呀！"苏贵妃说着，眼睛射出两道绿光直刺袁重生，袁重生举着竹简招架，却被重重击倒，不禁破口大骂："可恨呀！吾乃一介天师，落到人间，只修得十世虫生，半世人生。贫道法力虽然不足九牛一毛，但贫道誓将铲除所有妖孽！"

苏贵妃手指指向袁天师，发出命令："把袁重天妖孽碎尸！"

只见，武士们蜂拥扑向袁天师，抓胳膊，拽腿，袁天师狼狈不堪。

苏贵妃仰天狂笑："懒虫子，再修百世，还是只虫子，又有何用？"

袁重生依然坚定地高呼："吾之决心必胜，千难万险何惧之有？必将尔等铲除。"袁重生怕伤及无辜，不敢施法。

苏贵妃得意地向一位白发苍苍的老妇行礼，大声说："老祖宗，你看孩儿的法力增长了吧？"

老妇谦虚地说："见长见长，是我们家族的希望。当年的我，就靠色相诱惑纣王。"

晓仙女悄悄地走近狐仙们，拿出红襁褓抛出，念一声："收！"只见襁褓展开，将十几个狐仙不分大小，统统包起。

众狐仙们被裹在襁褓中，现了原形，她们见到晓仙女齐声哀求："兔奶奶，饶命！"

晓仙女指着众人说一声："定！"

只见宫人、武士、姬瑕、太后面无表情，痴痴而立。

袁重生见是晓仙女，跪倒在地，激动地说："晓仙姑，我袁重生终于有赎罪的机会了。能当面向晓仙姑谢罪，今生今世无怨无悔。天恩浩荡，受观音菩萨点化，袁重生在此等待有缘人。不承想，这有缘人竟然是晓仙姑。"

晓仙女内心很高兴，但不忘指责："你这恶人，能改正错误，办好事，实在可贵。这句话是嫦娥姐姐说的。你为什么送我扇子，我开始不理解，现在懂了。"

晓仙女抑制内心的激动，告诫道："袁重生，你的有缘人不是晓妹，而是陈圆王后腹中没出生的胎儿，我已念金刚经，保护他们母子了。当年，是喜眉大人送的还原丹，让我恢复了原貌，晓妹在此谢过大人。"袁重天欣喜不已，不住地磕头。

晓仙女继而婉言相告："袁重天，你一定要痛改前非，好好做人。也不知何时再重逢，这是本天书，能帮你提高仙力，作为礼物赠给你。"

"多谢晓仙姑不记前仇，袁重生誓死保护幼主，修成正果。可是，陈圆王后已死，腹中胎儿也不保，就是喜眉福星重生，也无法让他们母子再生呀！"袁重天依然跪在地上，不知所措。

晓仙女鼓励说："袁重生不必担忧，王子有金印护体，陈圆有百年阳寿。这是我的香囊，香囊里有玉帝所赐的沉香。我离开之后，你就焚此香，定能搅醒玉帝和仙圣道友前来相助。"晓仙女急忙告别，"你的善行感天动地，我要谢谢袁重生，以后你就叫我晓妹吧！不知咱兄妹何时再相见……"

袁重生方才起身，深情地望着晓仙女，坚定地说："晓妹，请放心，袁重生不负重托，我们会团圆的。"

晓仙女不敢耽搁，急忙驾云飞起，高声告别："再会了，保护好陈圆王后和宝……"

晓仙女四处寻找，仍不见绿襁褓踪迹，她心急如焚，心中默念：绿襁褓呀，你会飘向何方呀？

远远看到两位天将迎面飞来，正欲躲避，却听到婴儿啼哭之声。

晓仙女心中一惊，莫非绿襁褓中的婴孩没落凡间，被天兵获得？晓仙女立即闭目合掌暗自说："苍天开眼呀！让我再来个偷梁换柱。"晓仙女变化成云朵，循着婴儿哭声而去。

只见两位天将驾云飞来，一位抱着绿襁褓，一边走一边骂："这兔子跑得真快，我们怎么会追不上呢？该你抱了，我抱不了了。"

另一位天兵接过绿襁褓费劲地抱着，怨道："这娃子不停地哭，兔子听到，早就跑了。""你能叫他不哭吗？""我不能，我从来没抱过这么小的娃子，他怎能不哭呢？""天亮还早呢！我们再沿原路认真找一趟，找不到，只能回去复命了。"

"你想回去挨抽呀？放跑了兔子，找着一个娃，咋复命呢？"

"那南天门今天只有咱俩把守呀，就你多事，没有奉命，就追出来了。你追兔子去吧！俺正好抱着娃回去认罪了。""那可不行，咱哥俩再寻找一遍，找不着，咱哥俩就一起抱着娃去领赏，也是美事。""你看那是什么？"二位天将寻去。

"哇呀呀！站住！托塔天王李靖在此，你俩还不跪拜！"天王李靖现身云端，二位天将闻声急忙下跪："拜见天王。"

天王怒指二位道："吾来问尔等，玉兔跑哪儿去了？为何还不去找？"

天将战战兢兢地回禀："报告天王，那兔子跑得太快，没追到，只找到这个小娃子。"

"哇呀呀！气杀我也！你俩无旨下界该当何罪？念及你俩捉拿玉兔事出紧急，虽无御旨，但找到婴孩立大功一件，将功赎罪，速速回去领赏吧！"二位天兵磕头谢恩，抱着襁褓准备离开。

天王李靖怒吼："哇呀呀，尔等能不能叫这娃娃别哭？"

天将无奈地说："属下从没抱过这么小的娃子，不会哄。"

天王缓缓说道："过来，把娃交给与本座，本座来哄！"

天将机警地说："好吧，天王您不会是兔子变的吧？"

天王李靖怒吼："哇呀呀！瞎了你的狗眼，看好了，本座乃是托塔天王李靖，尔等胆敢对本座不敬，定斩不留！"

"天王老爷，我们也是有功之臣，您能不能说话别这么费劲？"

天将上前告辞："娃子，都交给您了，我们可要回去复命了，再见了。"

二位天将一刻也不愿逗留，转眼飞去。他俩一边飞，一边不停地骂天王李靖。

晓仙女恢复原形，迫不及待打开绿色襁褓，看清女婴正在吮吸手指，她长舒一口气，牢牢把襁褓抱在怀里。

晓仙女仰望天空，欣然自语："嫦娥姐姐，上天开眼，小公主失而复得！"晓仙女裹紧襁褓，紧紧抱着，驾云向西方飞去。

破晓时分，玉帝打着哈欠显圣于凌霄宝殿，对众位仙圣说："这一双龙凤，真叫寡人操心，寡人整夜看见他们在眼前晃悠，就没入睡。太白金星快看看，谁人燃沉香，召唤天宫呢？"

太白金星从怀中小心翼翼拿出崭新的宝镜，默念咒语，宝镜变大如车轮，立在众仙面前。只见镜内青烟袅袅，袁重生跪拜，周朝王宫一片狼藉，众人痴痴而立；又见陈圆王后身下护着一团血肉，那只小脚丫上盖有金印，清晰地闪着金光。

玉帝看清宝镜所显，不住地拍打胸口，哀呼："这是天宫的孩子，这是寡人的印记。"

宝镜又显：红色襁褓中，十几只狐妖还在挣扎，一只雪白的银狐虎视眈眈地盯着红色襁褓。

仙圣们一片惊叹："太可惜了，陈圆王后和胎儿都死了！"

"喜眉大人复活了，居然无能为力。"

玉帝攥紧拳头，张大嘴巴，口喘粗气，怒目圆睁，指着列位仙圣狂喊："列位，不惜一切，拯救天宫之婴。速传幽冥界阎王接旨：陈圆王后被妖怪所害，保护陈圆王后魂魄，加寿百年！"

玉帝拍案而起，怒不可遏，恨不得即刻杀奔而去。

王母娘娘虽然内心疼痛，但表面平静，仔细地环视各位神仙道友，嘱咐："各位仙圣道友，有何法子复活陈圆母子，快快献上，不得拖延！"然后紧紧盯着诸位。

众仙圣鞠躬低头，不敢作声。

王母娘娘又环顾一圈，依然无人言语。王母娘娘站起身来，不紧不慢地说："天丧天宫之子呀！此时此刻哀家羞愧难当，愧对嫦娥将一双骨肉相托。

人人都有怜悯爱子之心，哀家仰仗各位了。”王母娘娘起身，向列位行礼。

仙圣们跪拜在地，齐声高呼：“请天尊王母娘娘放心，臣等定能营救。”

“臣太上老君，献上二颗九转还魂丹。”“臣寿星愿出万年灵芝仙草。”“微臣太白金星，献出还童金丹十颗。”“微臣元始天尊，献上万年人参。”“微臣四海龙王兄弟，献上海珍八宝。”……众臣献宝，无一怠慢。

玉帝大喜过望，夸奖道：“天宫之上，从未如此同心过。今日，诸位仙圣道友慷慨解囊，孙儿定能遇事化险为夷。四海龙王听旨，将仙丹仙药化雨，普降周朝，造福黎民。速将妖狐押到天庭受审。列位，事不宜迟，寡人先行。”

玉帝龙颜大喜，急匆匆化金光而去。

黎明时分，晓仙女抱着绿襁褓，疲惫不堪，匆匆落下。莽原之地无比荒凉，沙漠边缘杂草稀疏。

突然，天空传来喊声，晓仙女警觉地躲在草丛中，心想：谁让我是兔奶奶呢！这莽原最多的就是兔子，最多的就是洞穴，奈何不了我。托塔天王李靖带领天兵天将追来，四处寻找无果，无奈地收兵撤退。

晓仙女抱着襁褓驾云向西而行，突然传来托塔天王李靖的声音：“玉兔，你就别跑了，你的那点法力怎能与本座相比呀！赶快束手就擒吧！”

“李靖大叔智谋超群，令玉兔佩服得五体投地，大叔可知道兔子的绝招——疯狂地跳，连孙猴子的筋斗云都赶不上。大叔，俺跑了……”

刹那之间，晓仙女已经逃得无影无踪，天王率领天兵天将急追而去。

晓仙女在前边跑，天兵天将在后面追，追追停停，累得天兵天将气喘吁吁，汗流浃背。终于来到戈壁滩，看到晓仙女不跑了，天王李靖命令天兵天将围上去。

“嘿！”托塔天王大叫，“嗨！原来是杵臼，小兔子，给俺等着！本尊定将你捉住。”

天兵天将气恼地叫喊：“小小毛兔，一定抓住她，找她算账。”

天兵伸手去拿杵臼，杵臼避让躲开，天兵怎么也抓不着。

杵臼飞天而去。

晌午时分，狂风大作，大雨倾盆而下。雨水把周朝王宫的角角落落，冲洗得干干净净。

整个镐京城被洗得一尘不染。

雨过天晴，阳光穿透云层射向卜卦天台，卜卦天台之上祭放着陈圆王后母子。

太后、周天子、袁天师及文武百官，面对陈圆王后母子的遗体哀伤哭泣。

周天子上前跪拜祭台，哀声高呼："各路神灵，周天子姬瑕恳求还陈圆王后之生命！还周朝未出生王子之性命！"周天子跪地大声哀号。

文武百官跪地而拜，哭泣不已。

太后凄惨高呼："上苍呀！你开眼吧！你让老身替王子去死吧！你让老身换回孙儿的性命吧！"太后王香说完，昏死过去。

袁天师身披八卦阴阳道服，盘腿坐在台中，一手拿拂尘上下摆动，一手伸出无量指，口中不停念叨："天灵灵、地灵灵，帮周朝显神灵。各位仙神道友，救吾主，显神通……"

和煦暖阳照着八卦台，刹那间，八卦台四周百花争艳，芳香四溢，千蜂万蝶落在陈香王后身上，琼浆玉露注满其身。

袁天师依然端坐在八卦台正中，汗流满面，不停作法。

正午时分，一对仙鹤飞来落在祭台，先是王后凄苦的呻吟声传向天空，继而传出婴儿清脆的哭声。

百官对天而拜，高声齐呼："上天显灵了！上天显灵了！"

周天子不敢相信眼前的一切，战战兢兢地走近祭台，双手捧起啼哭的婴孩，双手举起，高呼："感谢上苍赐福周朝，感谢苍天所赐王子，周朝有王子了！"

文武百官狂呼："王子万福，王子万福……"

王香太后从恍惚中惊醒，眼见孙儿复活，内心狂喜，拼命走近祭台，用颤抖的手抚摸陈圆王后的脸，悲伤地诉说："苍天开眼呀！吾儿九死一生，苍天开眼呀！娩出了王子，母后给你跪下了。"

陈圆王后仰面朝天躺着，无法移动身体，急忙宽慰太后："母后不必如此，是儿不好，让母后盼得太久了。母后快看，姬瑕当父亲了，有多高兴呀！母后快叫人送儿回屋去吧！这里太吵了！"

第十二回　晓姨设计救女婴　仙子施法助金曼

冷风飕飕，繁星灼灼。深谷，彻夜的冷风流窜，强劲地吹打着坐在青石上的晓仙女。她怀抱襁褓，婴儿在襁褓中哭号不已，让她焦急不安，不停念叨："这一路而来，连个像样的人家都不曾见到，哪有合适的去处呀？"

襁褓中的女婴渐渐地停止哭号，伸出小手，放在嘴巴里吸吮。晓仙女轻拍女婴，心疼地告诉她："你的哥哥在周朝王宫，你想去哪里呢！晓姨给你找个好人家。"

寒风凶猛地吹来，晓仙女打着寒战，将襁褓抱得更紧了。晓仙女紧蹙双眉，两眼痴痴地望着星空轻声问："这如何是好呀？姐妹们，你们在哪里呀？我该怎么办呀？"

乌云除隙，泛出彩色光芒。百名仙女如同朝霞映红天空，飘飘而来。

仙女们围着晓仙女，嘘寒问暖："晓妹，你被喜眉福星所害，去了月宫，我们姐妹像在两个世界，不曾相见。""听说嫦娥姐姐生子，还是一对龙凤子，快讲与姐妹们听听嘛！"

晓仙女抱着襁褓示意："诸位姐姐在上，妹妹有礼了。王母娘娘将我变成了玉兔，禁锢于月仙宫，妹妹每次感到孤单寂寞时总是想念姐妹们呀！"

仙女们上前扶着晓仙女，关怀备至地说："我们朝夕相处如同姐妹，哪能受得了分离之苦呢？哪能忍受寂寞之苦呀？晓妹，快与我们同回天宫，不可私自下界！"

晓仙女把头埋在襁褓上，伤心地哭起来。

仙女好奇地问："晓妹，为何伤心？你抱着什么？"

晓仙女把襁褓抱得更紧了，说："这是嫦娥姐姐的女儿，我正在为小女婴投胎着急呢！"

长仙女一语道破天机："投什么胎呀！直接做仙女。我们来帮忙。哦，不是龙凤双胎吗，还有一个呢？"

晓仙女如实回答："龙子已经投胎周朝做王子了。"

仙女们围着襁褓开心不已，夸赞："这凤女长得可真好，让我们看看。唤姐妹前来有何事，快说？"

晓仙女为难地说："这么小的女婴，留在这纷繁世界里，遇着好人家还好，如果遇到不好的人家，怎能对得起嫦娥姐姐呀！而且，托塔天王李靖一直在捉拿我俩，亏我跑得快，否则，就见不着姐妹们了。这如何是好呀？"晓仙女低头看着襁褓发呆。

长仙女计上心来，微笑着直言："这有何难！就凭我们姐妹百人之仙气，能使小公主快速成长，天王来了，也认不出。""大姐说得对！就是，如此甚好，投什么胎呀！直接玉树仙葩，成仙女，有谁敢欺负？""就是，我们姐妹不保护她，谁保护她？"

众仙女围成一圈，长仙女招呼："我们姐妹使仙气显神通，来——"

仙女们上前将手中的拂尘向空中摆动，天空中朝霞映天，彩虹横挂，晓仙女抱着襁褓站在中心，仙女们围绕着晓仙女翩跹起舞。

万花凝结七彩精，博采精液育女婴。

急迫乾坤速转运哟，小婴蜕变女花英。

金光闪过，一位全身金光闪闪、天真烂漫的小仙女，如久睡初醒，打着哈欠，揉着眼睛，趴在晓仙女身上。

晓仙女鞠躬拜谢："谢谢各位姐妹们合力施法，她长大了，还没有名字，怎么办？"

仙女们七嘴八舌，起了很多名。

晓仙女请求说："大姐，你最年长，我们听你的。"

长仙女谦虚地说："妹妹不必客气，姐姐献丑了。我替嫦娥妹妹，帮她起个乳名吧！你们看，我们每次施法后，小公主总是金光灿灿，而且还有金印护身，金光烂漫，如同金漫！月圆则亏，水满则溢，去掉水，就叫金曼。"

仙女们拍手称赞："还是姐姐有学问，金曼这名字又好听又有意思。"

晓仙女高兴地抱起女娃说："娃娃有名字了，叫金曼，金曼，金曼真好听的名字。"

女娃不言不语，下到地上，一只手紧紧抓住晓仙女的衣角，躲在晓仙女身后，眼神中充满惧怕。

长仙女细心观察，悄声对众仙女说："依我看，金曼心智还不够成熟，再长大点，就不恋人了。"

仙女们取笑长仙女："咱姊妹谁生养过孩子，姐姐这么有经验！"仙女们笑作一团。

长仙女掩面而笑，争辩："你没生过，没长过呀？"

"依我说，还是大姐最有经验，听大姐的。姐妹们我们再一次，笃来——"

"笃来——"仙女们举拂尘，再次向花丛摆动：金色的天空和金色的大地，万树千木，叶繁枝茂，果实累累。金曼立于丛林之上，众仙女们围着她，翩跹起舞。

啊！

万果酿就五颜灵，广汲地灵育花英。

激追乾坤速转运哟！花英变少女玉婷婷。

金光闪耀之后，一位周身金光灿烂的美少女，眉眸含情，亭亭玉立。仙女们高兴地呼唤："金曼！金曼！"

金曼含羞地笑出声，指着自己："啊！啊！啊！"依然是婴儿之声。

仙女们围着金曼仔细观察，这才发现金曼虽是少女之身，神智却是婴儿之态。仙女们气馁地说："白使劲了。"

大姐高兴地对晓仙女说："大功告成，金曼已是道身仙骨，真乃：鬼魔精怪无损其身，刀霜火烛难伤其形。"

晓仙女遗憾地说："只是，缺少一件衣服。"

长仙女甜甜地笑了，随口说："晓妹，这有何难，咱姐妹随手做来！"

只见：仙女们把千丝万缕霞光随手捏来，取下发簪挑线割丝织布一气呵成，上面绣了百花丛中百鸟朝凤，下边绣了万寿无疆，这件衣服能与王母娘娘华装争辉。

仙女们围着金曼精心打造，金曼好奇地左右打量着，学着晓仙女的样子鞠躬致谢。

“别动，这还没好呢！”“转过来，让姨娘再看看。”众仙女一刻不停，为金曼精心装扮。

突然，天空乌云翻滚，狂风大作，电闪雷鸣，云层中出现了天兵天将和托塔天王李靖，瞬间重重包围了山谷。

天王李靖上前，大声吆喝：“哇呀呀！大胆的玉兔，你下界兴妖作怪，还招引仙女百人聚众闹事，本座奉王母娘娘之命，前来捉拿，你竟敢愚弄本座！”

金曼被吓得痛哭，捂着耳朵躲在晓仙女身后。

晓仙女厉色相告：“天王大叔，请允禀告：玉兔乃小仙，怎敢在下界兴妖作怪？玉兔只会逃跑。”

仙女们被狂风刮得眯了眼，急忙替晓仙女辩解：“是呀！她只是为照看嫦娥的一双婴孩，万望天王宽恕！”“风婆电母，都是自家姐妹，把脸吹歪了，见不得人呀！雷公兄弟，你不怕吵呀！”

风婆、电母、雷公现身，收起家伙，顿时风停雷电止。

众仙女再次向天王李靖求情：“天王大叔，您一向对我们关爱有加，从不欺负弱小之女子，还请手下留情。”

“尔等休得多言。”李靖威严地说，“你们近百人下界，私会玉兔，实属不该，本驾网开一面，请从速返回天宫。”

仙女们还要辩解，李靖天王怒吼：“哇呀呀！如若再不返回，本座之手下绝不留情，将与玉兔同罪处置！”

晓仙女鞠躬致谢：“姐妹们多谢了，你们尽管放心回去，这里的一切都会好起来！”金曼也学着鞠躬致谢。

仙女们围着金曼，鼓励说：“金曼学得真快，好样的！”众仙女向金曼伸出大拇指，金曼也双手伸出大拇指，嘴巴里好半天才发出：“呜！呜！吗——吗！”

诸位仙女排成行，腾云而起，兴奋地告别：“金曼，请多保重！晓仙妹，有事召唤姐妹们！”

仙女们向天飞去。

托塔天王指着晓仙女，怒吼：“哇呀呀！这次可不能让兔子跑了，玉兔，哪里跑！”

天兵天将已将晓仙女四面合围，齐声高呼：“玉兔！哪里逃！”

只见：晓仙女拉着金曼坐在地上，随口说：“跑累了，不想逃了，让我休息会儿。”

李靖天王厉声叫喊：“小小玉兔，你能逃出本座的手心吗？你知罪吗？”

“知罪，知罪，嫦娥姐姐被封冻在月宫，吴刚姐夫在火龙树下受刑，双婴弃于红尘，无人照看，我就犯了看孩子之罪。”

晓仙女脱下披风，柔声细语慢慢地说：“我的罪责深重呀！天王大叔你看，我既看孩子，又要逃命……”

“哼！”天王李靖怒指晓仙女大喝，“小小毛神，竟敢胡言乱语。来人呀！”

“有！”天兵天将齐应。

天王李靖命令：“将这犯仙，给本座拿下。”

“遵命！”天将们上前抓起晓仙女急忙禀告，“天王，大事不好，玉兔留下一件衣服，逃走了。”

天王李靖大为震惊，拍着脑袋怪叫：“哇呀呀！气杀吾也，难道她会入地不成？”

“禀告天王，衣服下有个洞。”天王李靖走近洞口，听到洞里晓仙女在喊，“天王大叔，你就要抓住兔子了，玉兔在洞里等着你！”接着又传出“天王大叔，您在洞口等着，玉兔要向天王大叔自首”。

天王李靖挥挥手，天兵天将乘云飞去……

第十三回　金曼引凤落宝座　金鹰铅毒试真身

月落星稀，天边泛白，西天国城门口的街市上星星点点的灯光还在闪亮。有人拥挤在马拉爬犁子上，毛驴背上也驮满了老人，男人抱着或牵着小孩，女人头顶大木盆，步步紧跟人群。匆忙赶路的人，熙熙攘攘的。无数的马拉爬犁子，无数的毛驴，无数的人寻着灯火汇集到城门口。

有一个中年男子骑着毛驴匆匆而来，过城门时，毛驴撞了一位老汉。

“你！”老汉没好气地说，“毛驴没长眼，你是瞎子吗？”

“不不，我不是故意的！”中年人歉疚地说，“老哥哥，对不起，俺有急事。”

“有急事！为啥撞人呢？”老汉听出这位中年人不是本地人，也没看清楚模样，再次责问，“头上着了火吗？为啥撞人呢？”

中年人忙着解释：“对不住老大哥呀！俺叫托哈，俺们那里有一些奇怪的树得病了，而且发出恶臭味，人无法靠近。这些树还会哭呢，哭的声音又大又难听，凄惨的哭声谁听着都会难受得哗哗落泪。”托哈摇摇头继续说“为救这些树，乡亲们叫俺出来找能人。”

“哦！”老汉同情地说，“你说的事情，俺尕尕的时候就听老人讲过，那些树还在吗？”

“在呢！在呢！老哥哥，俺问你，这么早，这么多人穿得新崭崭的，做啥去呢？”托哈好奇地问。

后边有人催叫：“做啥呢？把路让开！快让开。”

老汉拉着托哈急忙往城门里走，说：“托哈！快走！咱们边走边说吧！

赶紧走，不能迟了。”

“老哥哥，你骑俺的驴，俺这驴听话得很！”“俺走路习惯着呢！你这娃，与俺投缘得很，晚上别回去咧！住在俺家里，吃住便利着呢！俺媳妇，就是你大嫂，做饭美得很！一吃一个不言传。”“俺这么远来，和老哥哥投缘得很，咋敢麻烦老叔呢？”“说啥麻烦呢嘛，麻烦个啥呢嘛！出门在外呢嘛！哪达不麻烦人呢嘛！麻烦哪个，不是麻烦呢嘛！”

托哈跟着老人，随着人流，急急忙忙向着王宫广场走去。

刺眼的火光，来自架起的高大炉架，熊熊烈火正在燃烧。炉架上架着一口大锅，黑烟滚滚升腾。灶火旁，几名裸露上身的威猛壮汉不断地向炉架中心小心推入整截的树干。火光照亮四周，依稀见到广场的轮廓和坐落广场后面的宏伟王宫。火光下的广场上人头攒动。

走近才看清楚，炉架的旁边设有高台，高台之上摆放着一把金椅，那把金椅子非常显眼，而且椅背上站着一个黑影。擦亮眼睛才看清楚，那黑影是只金鹰，足足有一人高。金鹰的一双锐利鹰眼，在火光中烁烁放光，警觉地扫视围观的人群。鹰爪抓得椅背“咔咔”作响。金鹰时而扇着翅膀，时而对天鸣叫，鸣叫声尖锐刺耳。

广场上人们越聚越多，大家围着高台议论纷纷，老汉和托哈就夹杂在人群中。

“快看！”老人指着前面对托哈讲，“那把金椅子，就是咱们西天国女王的宝座。那只金鹰，就是西王母的守护神使。”

“老哥哥，俺真有福气，能见着西王母，太好了。”托哈好奇地伸长脖子，仔细瞅着前面，顺口应道，“从眼前过的，全是真的，俺九十九个相信呢！俺有福呢！”

“唉！”老汉惋惜地说，“五年前，女王就死在今天的这个时候。上天没给她赐福，她既无儿子，也没女娃，没有一个子嗣继承她的王位，可怜得很呀！西天国遵照女王的遗命，每年今天的这个时候就是遴选国王之时。谁敢坐上那把金椅，金鹰落在谁肩上，谁就能得到无上的尊荣，成为俺们神圣的西天国女王，统领西天国。在西天国，男人呀一辈子没机会。”

“老哥哥，真有意思！俺要睁大眼睛，看得真真的呢！”托哈高兴地拍手赞叹，“今个儿哪个嘴软的犊子吸双奶，真是幸运啊！西王母保佑！托哈有救了！”

“哪有那么便宜的事呢？”老汉摇着头悄悄说，“金椅好坐，金鹰落在肩上就难了。那铅锅里每年都有惨死的。”

托哈不解地问：“咋的？”

“金鹰不落在肩上，按诓驾论处，用铅水灌死。”老汉悄声耳语，“就在去年的今天，有个女子，可漂亮了，直接被金鹰抓着扔进铅锅，可惨了。”

“啊！俺的老天爷啊！”托哈吓得伸长舌头。

兵士高举火把，围绕高台持刀而立。

大臣妮卡从台后走到台前，右手扶肩膀鞠躬行礼，高呼：“善良的西天国臣民们！妮卡有礼了。遵从咱们西天国至高无上的喀曼女王陛下的遗训，此时此刻遴选女王，西天国以母系为尊，敬奉幸运女神——西王母，请坐金椅吧！”群臣纷纷走上高台。

妮卡引领群臣，跪地高声祈祷：“西王母显灵吧！”

“诸位，请肃静！”哈哈尔大人走来，在台前炫耀，“山雀变凤凰，一时破衣求乞，一时锦衣美食，上天所赐，勿失良机呀！”

“对，”众臣附和着说，“勿失良机，西王母圣灵。”

“唉！”老人面对托哈不住地叹息，闭上眼睛自言自语，“提肉抓狼呀！五年来，多少年轻女子，为它送了命！”

台下西天国臣民低头沉默不语，场内无声无息。

清晨，东方金霞满天，晓仙女拉着金曼，向西天国飞来。

天王李靖和天兵天将藏在霞光中突然现身。天王李靖怒喊：“哇呀呀！托塔天王在此，本驾在此层层埋伏，玉兔你往哪里逃？”

晓仙女拉着金曼急忙逃跑，向高空腾飞，怎么也跑不快。

天兵天将从四面包围而来，齐声大喊：“玉兔哪里逃？”

晓仙女回头，面向金曼迫切地说：“金曼，晓姨带着你，我们俩谁也跑不了，就此别过。你是道骨仙身，今后没人敢欺负你，晓姨也不知，何时何地才能与你相聚。”

晓仙女泪流满面，金曼依然不知危险，笑嘻嘻向晓仙女点头，依然牢牢地抓住晓仙女的手，手舞足蹈，欢乐无比。

天兵天将就在眼前，晓仙女狠了狠心，猛然将金曼推下云端。

金曼慢慢坠落，嘴巴里含糊地喊出：“晓姨姨——”金曼悬在云端，随风摇曳，飘来飘去。

晓仙女停在云端看着金曼飘荡而去，不住地抽咽。

遥望随风飘去的金曼，晓仙女喃喃地自语：“金曼，你才刚会叫晓姨……”

天兵天将围拢得水泄不通，齐声高喊：“玉兔，你往哪里逃！”

晓仙女站在云端一动不动，愤怒地说：“别把兔奶奶惹急了，兔子急了，也要咬人的。”

晓仙女迎着天兵天将狂奔乱撞，天兵天将被撞翻一片。

晓仙女大笑，大拇指朝向自己，对着自己道：“这是疯了的兔子，再见了。”

眨眼之间，晓仙女飞速逃向天河，李靖带领天兵天将急忙追赶。

霞光万丈，天河水泛着金光，玉帝和王母娘娘正游览天河，天河之水照映得王母娘娘楚楚动人。

玉帝深情地牵住王母娘娘的手，欣喜地说：“娘娘，男婴投胎为周朝王子，好事一件呀！今天，仰望着你，如同回到了当年……”玉帝随手摘花一朵，给王母娘娘戴在头上。

王母娘娘遮住脸羞涩地说：“天尊……”

玉帝再次牵住王母娘娘的手，委婉道来：“我们夫妻千年万世，总不能始终板着脸，成天天纲地法地较劲。”

王母娘娘紧随在玉帝身后，感叹道：“都说人间冷暖无情，这天宫之中的事也叫人无可奈何啊！咱难得舒心，天尊快看，那……”

两位同时放眼望去，晓仙女来到天河，前方无路可走，天王李靖及天兵天将堵住其去路，齐声高呼：“玉兔，哪里逃！”晓仙女只身跳进天河。

玉帝和王母娘娘看得真真切切，王母娘娘随手取下玉帝刚刚给她戴在头上的鲜花，随手扔进天河。

玉帝不解地问王母娘娘：“你这是为何？”

王母娘娘开心地笑着说：“借花献佛，此花盛开，心结打开；此花一开，人间温暖；此花一开，严寒散尽，冰雪尽消！”

玉帝龙颜大悦：“好一个借花献佛，以后每天献花一朵，绝不失言。”

王母娘娘愉悦地笑着，婉言相拒：“只是一句戏言，怎能叫天尊每天来天河采花，就不怕成为采花大盗了？哀家不要花，天尊能有此心，哀家就知足了。”

花入天河水，变大如船一般，将晓仙女托起。王母娘娘收了花。

晓仙女跪在玉帝和王母娘娘面前，一言不发。

托塔天王李靖上前，跪拜禀告：“罪犯玉兔已带到，如何发落，请天尊天母明示！”

王母娘娘急忙发话：“李靖爱卿，辛苦了，歇息去吧！”

托塔天王李靖带领天兵天将离开，王母娘娘对晓仙女语重心长地说：“晓仙女，恢复你玉兔仙子的仙称，是因为你对主忠心。哀家将此花交给你，让你去造福人间，此花只能在昆仑之巅盛开，花开，君王到。你领旨去吧！”

晓仙女直起身，不屑一顾。侍卫上前押着晓仙女便走，又被玉帝召回。

玉帝咳嗽两声，指着晓仙女训话：“晓仙女！无论对与错，礼法不能忘，再不能横眉冷对，恨我们了。当年寡人也是身经百战，誓死不屈。”玉帝回头对王母娘娘说，“娘娘，这晓仙女与你当年一样倔，不是吗？”

王母娘娘从内心钦佩晓仙女，对她直言相告：“哀家当年比你晓仙女惨多了，被囚禁十载，对威逼利诱从不屈服，也从未屈节。哀家要是没有过人气量，怎敢担当天地重任？晓仙女，磨砺才刚刚开始，哀家命你先去月宫，再下火洲，后赴昆仑，快领旨去吧！”

晓仙女挥手抹了眼泪，径直而去。走出好远，晓仙女回头跪拜，泣不成声。

玉帝扶着王母娘娘缓步走来，王母娘娘上前扶起晓仙女，安慰说：“去吧！开心些，你的所为，天宫上下无不敬佩！”

晓仙女深情地望一眼王母娘娘，转身走去。走了很远，她远远地再次跪拜：“谢玉帝天尊，谢王母娘娘天母。”

玉帝和王母娘娘微笑着向其招手，示意其离开。

玉帝扶着王母娘娘，开心地说：“娘娘今天为何如此宽容晓仙女，还微笑着送别她？”

王母娘娘掩面而笑，含蓄地说：“你看，哀家把笑容给了她！”

王母娘娘伸手指去，只听得金曼“哇哇哇”的哭声，变成为“咯咯咯”的笑声。

玉帝明知故问：“娘娘把笑容给了儿孙，娘娘还会笑吗？让寡人看看，娘娘还会不会笑。”

王母娘娘乐呵呵地说：“天尊，谁说哀家不会笑了？哀家今天，别提有多开心了。”

玉帝满意地说：“儿孙自有儿孙福，以笑还笑，笑口常开啊！”

王母娘娘取下金凤钗，抛向天空：“去护佑金曼吧！”金色凤凰现身飞去。

“咯！咯！咯！”金曼沐浴着金色朝霞，在九霄云外的天空飘荡。金色凤凰啼鸣，仙鹤展翅飞向云端，天鹅鸿雁成行，燕雀连成彩虹桥，齐向金曼飞去，飞向云端深处。

天边放亮，一道彩虹从天边飞来，百鸟齐鸣，响彻天空。

臣民们仰望天空，只见百鸟连接成彩虹桥，一位艳丽少女乘金色凤凰飞来。

金色凤凰从天而降，正落在高台之上。金色凤凰展开翅膀，少女踩着凤翅，坐在臣民围观的那把金椅之上。

臣民惊诧不已，窃窃私语：“上天降下来的是神还是仙，不会是妖怪吧？”“多么美丽的姑娘呀！”“是呀！月亮为她失晕，太阳为她逊辉。”“不要被美丽的外表蒙蔽，妖孽往往在美丽的外表掩护下残害生灵。”“她能坐在金椅子上，将是我们顶礼膜拜的西天国女王——西王母，拭目以待吧！”“木头人也可以坐在金椅子上，金鹰一定能识别真伪，不会让妖孽横行。”“金鹰定会叫她喝饱铅水，又一个可怜的姑娘！”

金色凤凰鸣叫三声，点头行礼，展翅向天空飞去。

“咯！咯！咯！”金曼在金椅上笑着，这笑声像甘露，像蜜糖。

“多么甜美的笑容，真是笑到人心坎里了。”随着赞美之声，人们不由得将目光投向金鹰，紧紧盯着它。

金鹰的金色鹰眼，锐利地盯住金曼，一声尖厉的长鸣，展翅疾飞。

金鹰盘旋三圈，伸出金钩铁爪，并齐双翅，急速盘旋而下，将金钩铁爪深深插进金曼的身体。金鹰抓起金曼，飞向大锅，把金曼扔进沸腾的铅锅里。

臣民们惧怕得闭上眼睛，跪在地上祷告：“天呀！多么可爱的姑娘，又没命了。”“神灵保佑，多么苦命的姑娘，让她少受折磨，赶快升天吧！”

“咯！咯！咯……”大锅里传出银铃般的笑声，如同婴孩在浴盆中戏水，欢快至极。

臣民们吃惊地抬头看，只见少女躺在大锅里，划动着银白闪亮的铅水，玩了一会儿，从大锅里跳出。

眼前一位火红的裸女，跳在众人面前，众人哪见过这种场面，胆大得被吓倒，胆小得被吓得晕死过去。

金鹰急速飞来，伸出金钩铁爪，再次刺进金曼的眼睛，金曼并没躲避，金鹰怎么也啄不到。

金曼抓住鹰爪，甩了几下，金鹰被甩在地上。

人们被吓破了胆，束手无策地跪在地上，向天极力哀告："妖怪妖怪。"

金鹰长啸一声，再次伸出鹰爪抓起少女，飞向高高云端，消失不见了。

第十四回　观音施法传三宝　金曼转世西王母

“雕兄慢来！”高空中传来观音菩萨急促的喊声，观音菩萨急匆匆驾云而来。

金鹰金钩铁爪牢牢抓住金曼，金曼在鹰爪下依然灿烂地笑着。金鹰盘旋，对观音菩萨尖声啼鸣：“观音菩萨善哉。佛祖要老雕在此等候转世神尊以修成正果。不曾想到，来了这么个妖女，待老雕将妖孽摔下万丈高空。”

观音菩萨行双手佛礼，制止道：“雕兄，快快停下！阿弥陀佛，万万不可。此女虽然还不是转世神尊，却是仙星奇葩。雕兄等的正果，正是此女。她是净白之身、婴儿之脑无半点世故，却被无情地投进铅毒之锅，雕兄，罪过呀！”观音菩萨双手合掌念叨，“阿弥陀佛，善……”

金鹰飞向菩萨，把金曼放在观音菩萨手中，尖厉地哀鸣：“多谢观音菩萨点化。老雕前世作孽，被称为孽畜，幸佛光普照，如来佛祖命老雕痛改前非，今天真是有眼无珠，再次作孽，求观音妹妹相助，救护圣女。今后，老雕定要守护圣女，绝无二心。”

观音菩萨不再怪罪，急忙将金曼吸入柳叶宝瓶，微笑着说：“雕兄，这圣女就是金曼，切记金曼是自然天成，一切顺其自然。佛祖还要还金曼三件宝，雕兄记好了：净白之心一颗，精灵之脑一件，天丝丽裳一件。”

“雕兄请看，净瓶之中三江五湖四海之水，洗去金曼凡尘俗土、铅毒秽气，洗出净白之心。”金鹰向柳叶净瓶望去，只见金曼畅游三江五湖和四海。

观音菩萨默念咒语，只见金曼躯体如白玉一般温润无瑕。

观音菩萨双手向空中挥舞，五指不停地掐来掐去，七彩霞光尽收掌中。观音菩萨遗憾地说："这本是百名仙女为金曼所织的天丝丽裳，却被雕兄毁坏。如今本尊把它重新织好，再用繁星做纽扣。"观音菩萨说完五指向天空抓来抓去，七彩宝石镶嵌，布满天丝丽裳。

"再来些变化吧！"观音菩萨手指一挥，粼粼的波光、朦胧的晨雾、晶莹的朝露映在天丝丽裳上，绚丽多彩。"此衣乃是天丝丽裳，水火难侵，妖魔不污，鬼怪不扰。"观音菩萨又指着金曼，"着！"

金曼出浴，亭亭玉立，惊艳不俗。

金鹰悔恨自己的恶行，生怕再有闪失，尖声啼鸣："观音妹妹，这头发，这脚……"

观音菩萨微笑着指点："雕兄！天然之物最为精纯，赤脚行足最掌天时。"

金鹰想象片刻，深深领悟，再次鸣叫："老雕就是金曼圣主的鞋，愿为金曼走路所用。"

观音菩萨赞许："雕兄感悟至深，定能修成正果。"观音合掌告辞。

金鹰数着才两件宝，鸣叫不已："观音菩萨，还缺一样，精灵之脑呢？"

观音菩萨踏上祥云，委婉道来："雕兄，不缺了，自然天成，潜心悟道。"祥云已向南方而去。

广场上，西天国臣民不敢再看那把金椅子，纷纷跪地祈求。

朝阳初升，万丈阳光刺破云霞，射向大地。金鹰顺光飞来，就像一缕霞光。

"快看，快看，金鹰回来了。""快看美丽的姑娘，穿着神仙的衣服，她就是我们的西天国新女王——西王母呀！"

众人欢呼："女王，女王，西王母。"

"咯咯咯"的笑声伴着金鹰尖锐的啼鸣划破长空，只见金曼坐在金鹰之背上，飞翔而来。

金鹰托着金曼盘旋空中，缓缓落在高台上。金曼踏着展开的翅羽，再次坐在金椅之上。

金鹰振翅飞起，稳稳落在金曼肩膀上。

臣民们惊喜若狂，高声欢呼："上天赐予西天国臣民无上荣光，女王陛下万福，西王母万岁。"

几名王公大臣看着金曼心存疑虑，在一旁冷眼旁观。妮卡大人也不敢怠慢，站在一旁静心观察。

突然一只巨大的乌黑雪豹，口中衔一只豹崽窜到金椅旁，放下豹崽。豹崽纹丝不动，母兽对天而吼。

只见金曼跳下宝座，毫无畏惧地向母豹跪地吮乳。母豹舒坦地伸腰，眼中无限慈祥。

众人惊呼："妖女！妖怪……"

众人擦亮眼睛，静静观看金曼吸吮豹乳。

金鹰站立于金椅之上，鸣叫三声。

金色凤凰再现，百鸟衔奇珍异果而至，金曼来者不拒，鸟儿像喂雏鸟一样授完即飞。

众人议论："她是鸟变的，这么能吃果子！那个果子有奇毒，她也不中毒！"

金鹰站立于金椅之上，鸣叫三声。

只见蝴蝶、蜜蜂、蛇蝎蜂拥而来，金曼张大嘴巴，来者不拒。有些从未见过的草虫、蝼蚁、毒蛇向金曼授完浆液，即飞即走。

众人惊叹："她是魔女，吃了这些毒虫子的浆液也不中毒。"

"别说话，悄悄看，你敢吃吗？"

金鹰站立于金椅之上，鸣叫三声。

只见麒麟引领着山中熊、狼、虎、狮、豹，齐齐出洞来到广场，争着为金曼授乳。金曼来者不拒，跪地吮乳。就连小老鼠也抱着孩子来了。所有动物无一例外，授乳即走。

众人惊叹，心中更害怕。只有妮卡上前，跪地高呼："这才是传说中的西王母，不杀生，只喝奶，食天地琼浆玉液。西王母回来了！"

妮卡起身站在宝座旁，高举令牌向天致敬。

金鹰站立于金椅之上，环视众人。

众臣民议论纷纷："她也太能吃了！上天呀，为何如此亏待于她，她能吃下三江之水、五湖琼浆、八方圣果。""我西天国本是母系天下，今日哺之乳，明日必受其乳。我们也授乳吧！"女人们纷纷上前哺乳，金曼来者不拒。

妮卡大人举着令牌，走近宝座再次跪拜，深情地高呼："这才是西王母，西王母回来了。西王母万岁！”西天臣民一同跪拜。高呼：“西王母万岁万岁万万岁！”

金鹰这才明白何谓精灵之脑：万物精灵哺养，才能有精灵之脑。

金曼捧起地上的豹崽，在手中不停地抚摸，轻轻地拍打，豹崽从口中吐出白色黏液，“嗷嗷”叫了几声，跳到地上，跑回去与母豹亲昵。

此时，两个中年人扭打在一起，大喊：“你这家伙偷了俺家的粮，还想抵赖？俺家的粮食，一晚上就不见了，就是你这家伙偷走了。”

另一人辩称：“咱们虽是邻居，但俺没偷，你凭啥诬陷好人？”

金曼闻言，右手一挥，金鹰飞起。

少顷，金鹰抓来一只肥硕的大老鼠，这只老鼠全身金毛，和兔子一般大小。金鹰落下，把金老鼠放在两人面前。

金曼手指老鼠，老鼠勾头不语。金曼发出老鼠刺耳的叫声：“吱吱……”

金老鼠闻听金曼教诲，似说人言：“你家的粮食是俺偷的，俺愿交还，就在你家墙下。”金老鼠不停地比画着，最后倒在地上，好像接受了处决。

金曼又发出刺耳的老鼠叫声：“吱——”

金老鼠显出愧疚的表情，咬住失主的裤脚，拽着失主走了。

众人见此情景，无不感动，上前跪拜：“仁慈的西王母陛下，万岁万岁万万岁……”

金曼推开肩上的金鹰，学着人们跪下恳求：“我金曼，我西王母，咯咯咯！”金曼含糊不清地呼喊，没有人能听懂，她只能与众人一起甜蜜地欢笑。

金曼站起来，钻出人群，跨上黑豹，黑豹向山上跑去。

妮卡引领臣民骑上马，在后边边追边喊：“西王母陛下……”

臣民们不停地追赶，沿山间溪流追出数十里。

“我西王母，我金曼！”金曼依然含糊不清地叫喊，骑着黑豹，黑豹越跑越快，跑进一个山洞，不见踪影。

众臣民赶到山洞，在山洞外等候。

金鹰飞进山洞里，飞了一圈，洞口虽小，洞内世界别有洞天，飞瀑流水，如同世外仙境。

金雕飞出山洞，落在洞外的巨石之上。

众人望去，那块巨石如女神一般站立，石上“西王母洞府”的字迹若隐若现。

众人试探着慢慢进入洞中，又见洞中并非暗淡无光，灿灿石柱耸立，璀璨若天上星河。

众臣民涌进洞府，欢呼："西王母万岁……"

妮卡大人细心观察洞府，开心地说："西天国多寒冷，风雪寒霜长达半年之久。此洞冬暖夏凉，安居其内，臣民不受寒霜之苦。这是万民之福祉。"

妮卡大人环顾四周，兴奋地说："真是和传说中的西王母洞府一模一样。"

妮卡大人催促随从："快把宝座移入洞中。"

臣民们在洞中寻找西王母，听到另一侧洞口金鹰在啼鸣。臣民们寻着鹰啸声走出山洞，眼前刀锋天山，怀抱一池碧水，西王母畅游碧波之中，这就是——天山天池。

天山雪，漫天山。
银花逍遥竞相开，暴虐跋扈漫千山。
刀峰剑岭藏不住，冰雪又覆千万年。
天池水，净心水。
冰峰雪骨化为水，冰寒清烈穿透骨。
净白之心水中藏，启迪心灵净凡尘。
天上池，系心池。
冰封天地一腔血，千山万壑水中藏。
碧波深处西王母，情深意挚尽开怀。
天山行，游天池。
松山林鹰飞鹿鸣，芳草滩欢歌载舞。
雪漫冰峰饮烈酒，青春傲骨赋天山。

有道是山中无甲子，洞中不知年。

第十五回　玉兔奉命赴昆仑　吴刚火洲炼金身

晓仙女领命前往昆仑山，昆仑山之主昆斯大神为其引路。

二仙来到月宫，昆斯指着月宫言道："这月宫被冰封，比昆仑山还要冷。"

晓仙女摆上香案，焚香祈祷："嫦娥姐姐，龙子投胎周朝，名叫姬满，是周天子姬瑕和陈圆王后之子。女儿叫金曼，和姐姐一样仙风道骨，亭亭玉立。只是，不知金曼现在在哪里。嫦娥姐姐在月宫，保佑姬满和金曼吧！再见了姐姐，总有相聚时，多珍重吧！"香烟升腾，飘向月宫。

各路仙神闻讯齐聚南天门，为晓仙女送别……

火焰山，焦红色和黑褐色岩石遍地，山下突兀的土墩，热浪阵阵烤着干涸的土地。

吴刚只身站立在土墩中心，双手锁着铁链，铁链吊在火龙树上。土墩之下蹲着九条火龙，火龙向吴刚猛烈地喷射着炙热的火焰。

吴刚置身于烈火之中，渐渐地昏厥了。

火龙停止喷火吐焰，缓缓地闭上眼睛。

晓仙女和昆斯来到土墩中心，晓仙女急忙上前轻声呼唤："吴刚哥哥，快醒醒。"

吴刚从迷梦中醒来，见到晓仙女很是吃惊，他艰难地张嘴问："晓妹，你一向可好呀？你从哪里来？嫦娥和孩子们好吗？"

晓仙女感到无比悲痛，含泪相告："嫦娥姐姐被寒冰封在月宫，生不如死呀！"

吴刚仰天哀叹：“唉！都是吴刚害了嫦娥呀！”吴刚不顾哀伤，急切地追问，“晓妹，孩子们呢？孩子们在哪里呀？”

晓仙女哽咽着说：“王母娘娘命天兵天将一路追讨双婴，我只好将龙子掷于周朝，投胎为姬满，是周天子姬瑕之子。听，这是你儿子的声音。”

吴刚听得兴奋不已，双手狂摇铁链，铁链哗哗作响。吴刚兴奋地说：“吾儿姬满定是人中之龙，天子之命。那女儿在哪儿？”

晓仙女万分愧疚，如实相告：“只是，天兵追来，情急之下我与女婴失散了，失去音讯。”

吴刚闻言，满面愁苦，他奋力挣扎，挣得铁链哗哗直响。

晓仙女急忙补充说：“哥哥不用着急，百名仙女姐妹们合力施仙法，金曼已是仙风道骨，无人能伤害她。你一定要牢记女儿的名字叫金曼。金子的金，曼舞轻歌的曼，哥哥可得记清楚呀？”

吴刚双手挣着铁链，愤怒地仰天哀号：“我吴刚愧对孩子，无力保护女儿，真没用！但为父相信金曼一定坚贞不渝，是女中豪杰。”

晓仙女抚摸吴刚的脸，深情地告别：“哥哥，您受苦了，多珍重呀！终究会有团圆时，多保重。”

吴刚坚定地说：“晓妹不必担心，前些日子，孙悟空圣佛到此，他鼓励我说：当年他在八卦炉中，三昧真火烧炼，得到火眼金睛和不败之金身，又在五行山下压五百年，才修得正果。圣佛还夸奖哥哥‘伐桂得道，火洲受三昧真火之火刑，必定练就金刚之躯，大德无量呀’！晓妹，你看哥哥又结实了，这点火已经能耐受。”

吴刚又关切地询问：“晓妹这是去哪里？这位可是昆仑之主昆斯大神？”

晓仙女再次介绍：“哥哥记性真好，这位就是昆仑山之主昆斯大神，昆斯大神接玉帝圣旨，送妹妹去昆仑山。”

昆斯大神上前行礼，恭敬地问候：“敕旨大司，小神有礼了，敕旨大司受此大刑，依然谈吐不俗，令人敬佩。”

吴刚行礼，铁链哗哗作响，谦称：“戴罪之身无法还礼，请昆斯大神恕罪。”

吴刚深情地告别：“晓妹，一定要保重，若有金曼消息，定要告知哥哥呀！哥哥在这儿挺好的，勿牵挂。晓妹忙去吧！”

晓仙女抓出一把桂花糖，塞在吴刚口中，伤心地说：“哥哥，这是玉帝赏赐的桂花糖，记住月桂之香气，就能回到家！”吴刚频频点头应允。

晓仙女伏在吴刚的肩膀上埋头哭泣，依依不舍地说：“此去昆仑千里之遥，晓妹会时常来探望哥哥，哥哥请多珍重。”

吴刚口含桂花糖，无法下咽，泪水流进肚里。

吴刚又跪在地上举着双手，一动不动地哀求苍天。晓仙女悲痛至极，失声痛哭，转身匆匆离去。

昆斯大神紧随其身后，昂首望天长叹：“苍天呀！极悲极苦呀！何处是尽头呀？”

第十六回　两兄弟为情死斗　西王母遇死开智

清晨，肆虐的狂风停止了呼啸，太阳贴着地平线慢慢升起，阳光普照大地，放眼望去：天山雪峰兀立，千山万壑银装素裹，茫茫雪海无边无际，万物生灵尽被冰封。

老鸦打破了原野的宁静，翻飞着相互争斗。百姓牵马向前，向茫茫雪海蹚出一条新路。牛羊紧紧跟随，叫声响彻四野。

西王母洞府中吱吱燃烧的松脂火把，火光照亮洞府中的一切。篝火堆升起袅袅青烟，直冲洞顶。金鹰站在宝座之上，警觉地环视四周，时时尖声啼鸣。

妮卡大人把西王母按在宝座上坐稳，悄悄叮嘱："别动，早朝了，一会儿就好！"

西王母被妮卡摆正，如同木偶一般，纹丝不动。

朝臣们排列整齐，面对西王母行礼，齐声高呼："仁慈的西王母万福，万能之神西王母，万岁万岁万万岁。"

妮卡、拉汗、妮曼等王公大臣行礼之后分列两边，威武而立。

妮卡左手拄着拐杖，右手扶左肩，鞠躬行礼，高声说："禀报仁慈的西王母，昨天夜晚西天国遭受最大的风雪侵袭，冻死牛羊无数，棚舍塌毁百间，众多灾民无家可归；暴雪掩埋道路，还有灾民在野外迷路，失去踪迹。"

妮卡环视群臣，再次高呼："让我们共同施展法术，祈求神灵保佑，保佑百姓安全回家，保佑牛羊躲过风雪之灾。"大臣们领会妮卡的意图，齐声祷告。

西王母早就坐不住了，分身为两个，一个坐在宝座上纹丝不动，另一个从宝座上跳下，撒娇说：“妮卡奶奶，带金曼玩游戏嘛！”

妮卡再次把西王母扶在宝座上坐稳，向天祈求：“仁慈的西王母，你是我们心中的太阳，你的温暖普照西域大地，西天国臣民永远是你的奴仆，永远忠诚于你。我们向您祈求：祈求神灵，造福西天国臣民。”

西王母又站起来玩要，妮卡上前扶着西王母再次坐好，对众位大臣委婉地说：“我是族中长者，是族中之母。我们一定会有办法抵御冰雪之灾，造福西天国臣民。让我们共同祈祷吧！”臣民一片欢呼。

妮卡戴上邪神面具，抖动身体，口中高声念着咒语，然后手握皮鼓，有节奏地敲击鼓面。臣民们从褡裢中取出硝石和种子，不时地投入篝火中。顿时蓝色火焰、红色火苗从火堆中蹿起，阵阵青黑色烟雾升腾，弥漫在洞府。

西王母也戴上图腾面具,手舞足蹈地跟在妮卡身后,学着妮卡的动作狂舞。

数十张皮鼓，强劲地击打，传出齐整的鼓声。顿时隆隆鼓声，伴随呼喊声响彻洞府。所有臣民围着篝火疯狂舞蹈，厚重的毛皮衣服在上下翻飞。

硝石和种子不断被投入火中，浓烈的烟雾充满整个洞府。所有人奋力摇头疯狂地甩动长发,发狂地抖动身体,发出撕心裂肺的呼喊,忘情地祷告:“神灵保佑，万能神灵保佑……”

烟气更加浓烈，剧烈的鼓声失去了点位，伴随粗野的咆哮，此起彼伏。几名强壮男子，拿起矛戈互相刺杀，发出“啊啊”的惨叫声。人们围着火堆狂魔乱舞，沉浸在癫狂迷乱的幻境之中。

眼前出现迷离的世界：洞府似倒置在脚下，天地不分，快速旋转。世间万物都在旋转，都在癫狂。离奇幻境，迷乱了心智。超脱的灵魂，升向飘摇的梦幻世界。迷离的眼睛失了神。众人僵直地摆出各种怪异的姿势，身体仍在不停地抽搐。

西王母被眼前臣民怪异的行为吓得蜷在宝座上，惊恐地哭喊：“妮卡奶奶，不好玩，别玩了。妮卡奶奶！快停下吧。”金鹰惊飞而起，抓起大水瓮，投进篝火堆。瓮中之水与火相接，发出一声巨响。爆炸冲起的水雾腾空而起，直冲向洞顶。燃烧的篝火被热气冲飞，向四处飞溅，再纷飞落下。蒸汽夹杂烟雾和灰烬迅速扩散，充溢整个洞府。顿时，山洞中一片漆黑，焦煳气味令人难以喘息。

许久，烟尘渐渐散去，四处崩落的木柴又慢慢复燃，露出燃烧的火苗。火苗照亮四周。

西王母抱着泥瓮，将瓮中的水一点一点泼向众人，一边泼水，一边开心大笑。众人被水浇醒，停止癫狂，跪地祈求："万能神灵，保佑我们吧！"

妮卡渐渐清醒，嘴里不停地念叨："万能神明，刚刚对老祖母说了：每天宰杀五百只神牛神羊祭献，才能躲过冰雪之灾。"

西王母不解地问："妮卡老祖母，哪有万能神灵？俺咋没看见？老祖母说过，金曼是西王母，是万能神灵西王母。老祖母快看，金曼的眼睛能发金光，金曼的衣服也能发光。"

妮卡急忙拉住西王母，把她抱到宝座上，悄声授意："金曼，快学老祖母的样子。"

西王母学着妮卡的样子，站在宝座上，敲着皮鼓，瞪大眼睛，张大嘴巴，迷茫地摇头，口中高声念着咒语。随即西王母的眼睛发出金光，天丝丽裳射出万丈光芒。

金光照耀，刺得众人无法睁眼，纷纷跪地参拜。

妮卡终于清醒，跪在地上，面向西王母射出的强烈金光举起双手，高呼："众位！听老祖母的，宰杀神牛神羊，供奉尊贵的西王母——金曼。"

西王母极其不高兴，急忙摆手劝阻："老祖母呀！妮卡奶奶！金曼不要死牛和死羊。"

妮卡急忙改口，传令："宰杀神牛神羊不用祭献，分而食之。大雪之天，所有人员不得离开。"

臣民们跪地领命："遵旨！"他们又不解地问，"每天宰五百只牛羊，给谁吃呀？"

西王母早有主意，开心地跳下宝座，在妮卡耳边轻轻地耳语。

妮卡微笑地点点头。最后，妮卡对众臣传旨："西王母之命，吃不完先养着，养肥了，有奶了，才能献给万能神灵——西王母。"

臣民们听了后开心地欢呼："西王母金曼不杀生，不吃肉，只喝奶。"

金鹰从洞外飞来，落在宝座上尖声啼鸣。

顷刻之间，洞外一片欢呼："我们回来了！是西王母的金光，是西王母的守护神，指引我们找到正途，战胜了雪灾，回到家园，西王母万岁……"

阳春三月，阳光暖暖地照耀周朝的王城——镐京。

河边柳吐出新芽，城门口张灯结彩，鼓乐声阵阵。金甲兵将持戈守卫金榜，人群围观金榜，议论纷纷。

文官大声诵读榜文："周天子昭告天下：自周天子登基以来，四海升平，周天子册立王子姬满为太子，号称穆太子。穆太子年满五岁，周天子昭告天下：诸侯各国选贤能之士，进镐京遴选太师；选嫡系子孙，与太子同窗学艺。"

臣民议论纷纷："要选太师了，谁能担此大任？""给太子当老师，万里挑一呀！""依俺看来，非袁天师莫属。""不对，天下人才济济，谁能当太师，还很难说。"

盛夏，阳光强烈地照射西域大地。西王母洞中，高山飞瀑，奇花异果挂满枝头，乳燕出巢，幼鹿饮涧，西王母在天池碧波蓝天之间畅游。

太阳西垂，西王母坐在水边巨石之上梳洗长发，开心地喊："老祖母妮卡，马莲花开了，老祖母何时播谷种豆呀？"

妮卡用粗大的锥子穿过皮毛，使劲拉紧皮线，又一件皮袄在妮卡手中成形。

妮卡抬头瞅见西王母，笑着说："这天池水冰寒刺骨，无人敢下水，只有金曼最勇敢，敢在水中洗澡，太神奇了！"

西王母开心地狂喊："布谷布谷播谷种豆，妮卡奶奶，我们什么时候播谷种豆呀？"

妮卡停止手中活计，直摇头，叹息道："唉！西天国以牧猎为生，从来不播谷种豆。"

西王母道："老祖母，妮卡奶奶！种豆豆，种豆豆嘛！"

天池岸边跑来一位壮汉，跪在地上高喊："西王母，俺心目中的神呀！俺巴特愿献出所有牛羊，为了西王母，巴特愿舍去一切，俺的生命只属于西王母你一个人。"

又跑来一位壮汉，也跪在地上高喊："巴特弟弟，你好好听哥哥说，哥哥巴布愿与你拼死决斗，西王母是哥哥的女神，绝不属于你。"两位兄弟怒目相对，巴特大喊："巴布哥哥，你说什么呢！咱们亲兄弟，为了西王母，弟弟绝不能输给哥哥，我要与你拼死决斗。"

话音未落，巴特抓起巴布，举起摔出去，巴布被重重地摔倒在地上。

巴布翻身而起，一铁拳打在巴特脸上，巴特被打翻在地，鼻血流出。

巴特急红了眼，奋不顾身扑向巴布，又一次举起巴布，重重地摔在地上。

妮卡急忙上前制止，痛骂：“两头犟牛，还不停手！西王母乃万能之神灵，不食人间烟火。你们是我的儿子，丢死人了，快给我滚回家去！”

巴布再次跪在地上，真诚发誓：“我，巴布是真正的儿子娃娃，说过的话，一定要实现。巴特，你肯定无法与哥哥的真心相比。”

西王母跑来拉住巴特的手，天真无邪地喊：“巴布和巴特都是好哥哥，我们一起玩游戏吧，好不好吗？”

巴特甩开西王母的手，闪在一旁，对巴布坚定地说：“我巴特才是儿子娃娃，哥哥你不是说万能的西王母只有一个，她是巴特心中的太阳，是巴特的一切。不信，巴特把真心挖出来，献给她。”

话音未落，巴特已将一把弯刀刺进自己的胸膛，他慢慢地倒在地上，鲜红的血飞溅而出。没等众人上前，巴特已倒在地上……

妮卡扑倒在巴特身上，呼喊：“我的儿呀！巴特巴特你快醒来，你怎么会这样离开我？你怎么想都不想，就做出如此愚蠢的事情？”

巴布跪在巴特身旁，哀求：“母亲，都是巴布的错，是巴布害死了弟弟巴特呀！”

妮卡一记耳光重重地打在巴布脸上，痛心疾首地说：“你还是哥哥吗？阿娘的告诫为什么不听？嘴巴上占上风，永远都要吃大亏的。你这个不孝的儿子，你滚开，妮卡没有你这样的儿子！你走得远远的，永远别回来！”

巴布跪在妮卡面前哀求：“母亲，巴布知道错了，请您原谅。”妮卡悲痛欲绝，抚摸着巴特的脸，痛惜地说：“知道错了，能挽救你的弟弟巴特的性命吗？我悲哀，是因为同时失去了两个儿子；我痛心，是因为你们兄弟相残！”妮卡指着巴布绝望地说，“是你，亲手杀死了自己的弟弟，我永远不会原谅你，我永远不想见到你！”

西王母蹲在巴特身边，不停地推着巴特的肩膀，呼喊：“巴特哥哥，你快醒来，和金曼做游戏吧！我们一起玩游戏吧！”

众臣上前扶起西王母，劝说：“巴特已经死了，以后再也不能陪西王母玩游戏了。”

西王母惊恐地叫喊：“巴布哥哥就像寒冬里的小羊一样，白天跟金曼一起玩耍，晚上它们都冻成了冰，太可怕了！金曼怎样叫他，他都不动。你说他死了，死是什么？还我巴特哥哥，谁能还我巴特哥哥？”西王母眼泪横飞，号啕大哭。

巴布抱起巴特的身体，决绝地告别：“最亲爱的妮卡妈妈，巴布永远是妮卡阿妈的儿子。”

西王母扯住巴布的衣角，哭着说：“巴布哥哥，你也要离开金曼吗？金曼要失去两位好哥哥吗？”

巴布没有说话，抱起巴特渐渐地消失在高塔一般林立的松林。

西王母回到妮卡身边，拥着妮卡哭诉着:“爱为什么成仇成恨？心爱的人，为什么离开？爱为何不能分享？美丽的容颜、漂亮的躯体为何成为诱惑人杀人的屠刀！”

西王母似乎成熟了许多，举手对天发誓：“从今日起，金曼的面容永不显露于人，就让它在面纱下苍老。”

妮卡抱紧西王母痛心地哀呼：“两个畜生咎由自取，为何伤及我们仁慈善良的西王母呀？西王母不仅是我们的守护神，更是我们的亲人。苦命的孩子呀！上苍夺去了金曼唯一的父母之爱，又要夺去金曼纯真的心灵，上天不公呀！”

弯弯的月亮挂在天空，四周群山漆黑如墨，天池水也盈盈泛光。

西王母坐在池水旁巨石之上。夜风起，凉风飕飕吹来，不时地掀起她的青色面纱，露出了她那白皙的脸，那双泪眼望着眼前的水思索：这一池水，掩藏在天山肌腹之中，如同掩藏在胸怀中的一壶清冽的美酒；这一池水；泛起白色的浪花扑向岸边，如同人的心跳一刻未曾停止；这一池水，清澈无瑕，弯弯的月亮埋藏水中，如同人无尽的心事；这一池水，似千年万年堆积的冰雪静静地消融，汇集在心灵深处；这一池水，能洗尽凡尘苦恼，催人奋进；这一池水，总叫人思念与牵挂，总使人热血沸腾。

凉风飕飕吹来，吹得青丝飞扬，西王母仰望星空思绪万千：天上的星星有多遥远，世上的孤苦就有多深。一颗星在闪耀，在黑暗中抗争，它是那么渺小。另一颗星在不停地闪耀，炸破黑暗发出绚丽的光芒。天空是多么辽阔，星光是多么灿烂。

凉风飕飕吹来，吹开衣领灌入脖颈，阵阵寒气袭怀，西王母环顾漆黑如墨的四周，心生恐惧，脑海中乍现一句话：恶劣的环境并不可怕，可怕的是缺乏战胜之决心。怎么才能驱逐内心的黑暗呢？反复的责问，令西王母焦躁不安。

金鹰急急飞来，落在西王母肩上，西王母对金鹰不解地问："雕爷爷，为什么人要互相残杀？冬天虽然寒冷，但洞府中只要篝火燃烧，人人可以相拥取暖。可是心若冰冷，什么火也烤不热啊！唉！巴特和巴布都走了，留下悲痛欲绝的妮卡。可怜的妮卡奶奶，是族中最年长的女人，虽然她还有儿子、女儿、孙子等上百人，但巴布带走了妮卡奶奶的心。妮卡奶奶总是期盼巴布能回来。妮卡那头银发，那满脸的皱纹，都是想念巴布所致。"

西王母又低沉地说："妮卡奶奶所说，西北风会刮过去的。等到东南风吹起时，冰雪就要融化，孩子们都会回来。"金鹰站在西王母的肩上，轻声地鸣叫："可恨的巴布，带走了金曼的童真和快乐，金曼许久没有开心地玩耍了。"

西王母再次重复着妮卡的话："东南风吹起时，大地就会复苏，苍山变绿，花儿盛开，金曼就会高兴的。只是，东南风何时来啊？"

西王母沉思了许久，再次询问："雕爷爷，您历经磨难，请告诉金曼，哪里没有伤感和心痛？"

金鹰语重心长地说："老雕在灵山听佛法若干年，佛祖讲：苦乃生命之源，世间万物之苦，只有经历苦才能珍惜甜。人是万物之灵，只有人学会改变自己，才能适应变化多端的世界。"

西王母好奇地问："雕爷爷，什么是改变呢？金曼要像雕爷爷一样四处翱翔，适应这世界！"

金鹰扇动着翅膀，无比兴奋地啼鸣："金曼少主，你终于开窍懂事了，老雕今天无比激动。老雕有办法，让金曼学到想学的知识。老雕有两件宝物要送给金曼，一件是如来佛祖从老雕眼中修炼得来的，它叫鸟瞰宝石，金曼把它系在额头上，老雕飞到哪里，金曼就能看到哪里。"

西王母接过鸟瞰宝石，系在额头上，激动地说："金曼看见自己了，只是这面纱真难看。"西王母默默地在内心许诺：恶劣的环境并不可怕，可怕的是缺乏战胜之决心；恶劣的心境永远不属于金曼，金曼要开心地改变世界。

金鹰啼鸣："这是老雕看到的金曼，印在金曼的脑海，所以金曼看到了自己。今后，老雕看到的一切事物，金曼都可以看到。”

西王母看到不同眼光的世界，感到不同视觉的新奇，无比开心。

金鹰吃力地拔下一根粗大的翅羽，高声啼鸣：“第二件宝贝就是这根羽毛，是老雕身上最粗壮的翅羽。金曼把它插在耳边，就能听到想听的声音。金曼想要听什么，无论有多遥远，金曼都可以听到。这就是千里传音。”

金鹰把翅羽插在西王母耳边，西王母兴奋地说：“雕爷爷，金曼听到很远的声音，这是什么人在喊叫，金曼怎么听不懂？”

金鹰慢条斯理地说：“东方有周朝，周朝有很多诸侯国，每一个诸侯国都有自己的语言。西方也有很多国家，每个国家都有自己的语言。西天国的语言很简单，周朝的语言最复杂，语言还可以写下来，就叫文字。”

西王母兴奋地眨着眼睛，对新事物充满好奇，迫不及待地催促道：“雕爷爷，求你了！金曼要学习所有语言，用文字写下来。”

金鹰内心无比兴奋，心想：金曼呀！该与愚昧和无知告别了，让它一去不返吧！西王母呀！老雕等待多年，终于可以出头了。金曼呀，你终于闪现了灵光。

金鹰伸出翅膀，指向东方，长鸣：“周朝太子叫姬满，和金曼一样大，他也只有五岁，碰到问题，和金曼一样好奇。”

西王母挽住金鹰的翅膀恳求道：“雕爷爷，趁着夜色，快快飞去，让金曼看看吧！金曼太想看到那个叫姬满的太子，他在学什么？”

金鹰尖厉的鸣叫声刺破寂静的夜色：“老雕这就去，金曼定会鸟瞰世界……”

金鹰展翅千里向东方疾飞。

第十七回　穆太子虔诚拜师　西王母虚心学艺

金鹰飞向东方，遥望群山下的周朝古都镐京，如同地平线上的一折绿丝。

清晨的阳光穿透水雾朦胧的湿气，柔和地照耀广阔无垠的大平原。平原之上，盛夏的镐京被笼罩在烟雨蒙蒙的水汽之中。在浩渺的烟波中，大河岸边树木苍翠，蝉鸣声响彻天空；田舍齐整排布，硕果挂满枝头。在这宛若仙境的东方平原上，四处生机勃勃。

金鹰俯视前方，镐京就是大平原上被城墙包围的城，高大宽厚的城墙绵延数十里。城内有城，子城还有配城。河水从城中流出，又绕城而过。城墙上张灯结彩，卫士持戈站立。城楼上旌旗飞扬，将领各司其职。

从城楼近观整个都城，城内楼亭馆舍井然有序。繁华的街市，不论是商贾，还是庶民，抬轿、挑担、推车、赶马的人，在宽阔的马路上随意往来，无暇顾及巨大的金鹰飞过头顶。

西王母看着眼前的一切，不禁感叹："梦里仙境，人间天堂！能在这里生活，是多么幸福呀！"

金鹰千里回音："少主，看好了！精彩的，马上登场。"金鹰飞进宫殿，那殿堂楼宇，更是气势恢宏。尖塔、廊桥倒映水中，美若仙宇。高台之上鼓乐齐鸣，人声沸腾。西王母看到一群人，惊讶地说："你看这些人宽衣长服，手脚不露，只露张脸，头上还戴着各式各样的滑稽帽子，走起路来，一步三摇，活脱脱像只鸟。"

金鹰回音："这是周朝的王族！金曼慢慢地看仔细！"只见周天子姬瑕

和陈圆王后搀扶着太后王香走上高台。一行人刚刚坐定，就听到："老太后驾到！"这些人又急忙起身，上前跪迎，齐声高呼："给老太后请安！"

穆太子的曾祖母，即老太后肖莹，坐在轿椅之上，气喘吁吁地说："都起来吧！老妪还硬朗着呢！这么重要的拜师会，居然没人禀报老妪。还是姬满孝顺，亲自请老妪来了！"

穆太子急忙跑到轿椅，扶着老太后说："老祖宗，曾孙儿扶着您。"老太后满脸堆笑，赞许："太子不仅长高了，而且懂礼貌，今天选个好老师，一定要超过你父王，为周朝光宗耀祖。"

太后上前直言："这选太师，既要才学出众，又要相貌英俊，还要通情达理，不得体罚太子。"

老太后闻言，急忙向陈圆王后请教："陈圆孙儿，打算选什么样的太师？"

陈圆王后行礼，谦虚地回禀："正如母后所言，选太师，先要看学识，帝王之师必须是博古通今的饱学之士；还要严厉管教太子学业，不得让其荒废。"老太后赞同地夸奖："你们都听到了吧？严师出高徒！陈圆王后高瞻远瞩，这才叫选太师。"

周天子姬瑕上前讨教："老祖宗，您还有何训示？"

老太后摆摆手，催促道："就按陈圆王后所说，选出德高望重的严师。"

姬瑕紧握穆太子的手，父子二人步上高台。姬瑕环视四方，面向阶下的诸侯王和群臣鞠躬行礼。穆太子如同父王一样行礼。

姬瑕大声宣布："上天有灵，保佑周朝；厚土有德，富足周朝。今天，感恩天地之厚德，为太子姬满选太师。太子姬满天资聪颖、勤奋好学，为人谨慎、待人宽厚，愿拜博古通今饱学之士为师，助其完成大业。请太子姬满行拜师礼。"鼓乐声起，各王公大臣齐齐仰望高台，司仪官高喊："太子行拜师礼！"穆太子上前，给姬瑕行跪礼，感慨地说："感谢父王养育之恩，父王是儿终身之贤师，儿谨记教诲，终身不忘。"

姬瑕鞠躬还礼，上前搀扶说："王儿，请起。"

穆太子来到台前，面向群臣，用稚气的童声说："朗朗乾坤在上，浩瀚宇宙在上，感念天之父地之母，哺育姬满长大。姬满虽贵为周朝太子，却年幼无知：上朝不能理政，下地不能扶耕；既无统兵之才，也无战将之勇，姬满愿拜天下人为师，恳请天下人教姬满济世之道、富国之策、耕种之法，造福周朝万民。”穆太子向着众位磕头拜谢。

群臣惊叹：“穆太子年仅五岁，能有如此胸怀，实属难得。这人品与口才，真是少年出众。”

老太后听到溢美之词，乐得合不拢嘴，拉过穆太子抱在怀里。

太祝随阵阵鼓乐之声，向天、向地、向四方行礼。礼毕，太祝站立高呼：“吉时已到，太师选拔开始。请能人、仙师登台比试，奏乐。”

乐声再次响起，各国能人、仙师数百人登台。只见一位身材肥硕的官人，独自走上高台，迫不及待高呼：“吾乃袁重生是也！遵周天子之命，由贫道与各国选试太师之人比试才学武功。谁愿与贫道一决高下？”

西王母对金鹰千里传音：“这位袁太师怎么如此自不量力？”

金鹰千里传音：“少主所言极是，老雕前去吓唬他。”金鹰变化成一只黄雀，飞到袁太师头上鸣叫不停。袁太师惊恐地甩着长袖驱赶，惧怕地叫喊：“鸟祖宗，要紧关头你咋来了？别把贫道当食吃，贫道怕你了——鸟祖宗。”袁太师惊恐万状，掩面跑下高台。众人一片欢呼。

老太后乘轿而去，太后、王后一路随行。周天子姬瑕紧握穆太子的手，悄声说：“与父王前去见王儿的小伙伴。”一行人跟随而去。

金鹰跟随而去，飞到一座殿堂之上。见有百名之多的六七岁孩童在游戏：“我叫姬满，向大家行礼了。普天之下莫非王土，率土之滨莫非王臣。穆太子要拜天下人为师。”

“俺叫都江，向大家行礼了。巴蜀之地富庶天下。”

“俺叫宏涛，向大家行礼了。楚国之境广阔无比。”

百名孩童如同鸟窝被捣，嘈杂之声四起，乱哄哄一片。

“俺叫犬戎，俺有两位仙师，还有十三个兄弟。瀚海大漠，戎狄纵马驰骋千里。天穹为室，乳肉为食。不像你们中原大地以草木为食。姬满，敢跟俺犬戎较量吗？狼到天边有肉吃，羊到天边被狼吃。吃肉的是狼，你们都是吃草的羊。”

穆太子闻言，极其气愤，单手压住犬戎的肩膀，反驳：“犬戎，你会什么？姬满就拿你的弓箭，与你比试箭法，决一胜负，你敢吗？”

犬戎也不示弱，蛮横地拉开架势应战：“姬满，你会什么？俺犬戎就拿你的笔，与姬满比试写字，你敢吗？”

“好，一言为定，陈宫拿笔来，先让犬戎写字。”穆太子知道犬戎必输，咧着豁豁牙开心不已。

陈宫跑着献上笔和竹简。犬戎在地上趴着，单手紧紧攥住笔，吃力地在竹简上写字，累得满头大汗，许久也没写出一个字。

穆太子嘲笑说：“犬戎，你这只狼，连笔都不会抓，还是让姬满老师来教你写字吧！”

犬戎不服气，辩解：“俺从来没写过字，这个不算，咱们比箭术！”

穆太子故意逗犬戎说：“我就知道，你的骑术好，箭射得还不赖。不过，姬满要告诉你，比射箭你也准输，犬戎，你信不信？”

犬戎满脸不服气，孩童们闹哄哄地上前逗趣：“姬满和犬戎，两个大头娃，你说谁的头最大？你们比谁的头大……”

西王母看着眼前情景，摇摇头对金鹰千里传音：“雕爷爷，人无论生活在哪里，都放不下好斗的天性。唉！人啊……”

金鹰飞到一处院落。院落中的屋檐下，几名姑娘正在织布，姑娘手中的千丝万缕上下飞舞。

“荷花姑娘，你的手可真巧呀！织布又快又好看。”姑娘们围着织机，轻轻抚摸着花布，爱不释手。

西王母由衷赞叹：“让金曼坐在织机前该多好呀！金曼能织出羊毛布该多好呀！这么多的花布能让西天国的百姓御寒该多好呀！”西王母兴奋地对金鹰传音：“雕爷爷，金曼要有两位老师，一位是新选的太师，另一位会织布的何花姑娘。”

金鹰千里回音：“甚好！”

金鹰伺机跳进院落，没等织女们反应，伸出巨爪，抓起荷花姑娘，瞬间振翅高飞。织女们惊慌失措，跑到院落中间，指着天空惊叫：“大鹏，大鹏鸟！快——放下荷花，哎——”

金鹰盘旋在高空，鸟瞰王宫中的高台。此时，太祝正在高声宣布：“太师遴选已毕，楚国衡山文昌君一举夺得太师之职。”太祝上前为这位官人披上官服，众人向文昌君行礼道贺。金鹰慢慢盘旋接近高台，掠过屋宇向下俯冲，伸出另一爪，抓起高台上的文昌君，振动双翅，飞向高空。

之后，鹰击长空，啼鸣而去。高台上的群臣惊魂未定，望着如同闪电飞去的黑影，大声疾呼。兵士举戈对天狂喊，擂鼓惊吓，大鹏鸟捉着两个挣扎的大活人，展翅西飞，慢慢消失在天边。

镐京城中一片慌乱，臣民惊呼“大鹏鸟抓人……”，奔走相告。周天子急忙率领诸侯赶到高台，大鹏鸟已飞得无影无踪。袁太师没能参加太师遴选，后悔不已，闻听大鹏鸟捉人，急忙回去一探究竟。

袁太师见到姬瑕上前跪拜，高呼：“天子，大鹏鸟将新选的太师衡山文昌君抓走了，此乃天意呀！”

楚王宏章闻言大怒：“这必然是你们使妖法，害吾之文昌君，即刻归还文昌君，否则……”

见楚王愤愤不平地叫嚷，姬瑕劝说：“太子没了师傅，寡人的丝织美女荷花，也被大鹏鸟抓走了，寡人找谁要呀？”

楚王只得自认倒霉，惋惜地说：“兄长一时着急，冒犯天子，请恕罪。唉！文昌君一个大活人，居然……这是怎么什么事呀？”

周天子本想袁太师前后安排不会有错，谁知中间出了这一差错，就埋怨袁太师道：“袁太师，刚才遴选之时，太师躲哪儿去了？如今遴选的太师丢了，袁太师就代替太师之职，教授这些幼年的王子学习吧！”

袁太师闻言，内心欢喜，口中却说：“贫道怕教授不了……”

诸侯闻声，上前安慰：“袁太师有起死回生之术，又博古通今，学识非凡，太子、王子、王孙之太师，非袁太师莫属。太师不可推脱呀！”

袁太师迟疑片刻，方才开口：“太子、王子、王孙有百人之多，不好教授呀！”诸侯纷纷向袁太师鞠躬行礼，齐声请求：“太师不必推辞了！”

周天子握住袁太师的手，语重心长地说：“太师有恩于周朝，只能再次拜请太师为太子之师！就这样定了，明日学堂拜师授课。太师要求什么，只管提出。若大鹏鸟再来，还要仰仗太师，保护太子和王子、王孙！太师一职，本王拜请您担当此职。”

袁太师欣喜若狂，闭着眼睛心里盘算一番，嘴里却说：“太子、王子学习五年，五年之内无有特殊不得休息。如受体罚，遭惩戒，诸侯不得干预……”

诸侯王欣喜地陪同姬瑕走远了，袁太师还呆立原地，沉浸在喜悦中。忽然发现大家走远了，他这才大喊：“等等贫道！”

穆太子和犬戎领着伙伴们冲上高台，手握弓箭对天而射。孩童们呼喊：“异方妖怪，胆敢进犯，看俺手中神箭，将你射穿。”“大鹏鸟，你来呀！叫你一箭穿心！”“大鹏鸟，你来呀！拔光你的毛，做成翅膀，俺来飞！”

犬戎自豪地宣称：“在俺家乡，有人一天之内能射下十只大鹏鸟，牧人还训练大鹏鸟，让它抓兔子和狐狸呢！”

都江伸长舌头，对着犬戎做鬼脸，讥笑道：“噫！吹牛，大鹏鸟都被你吹跑了！”

犬戎气愤不已，叫嚷：“你这巴国小麻秆，敢说俺吹牛，俺要打得你心服口服。”两个孩子抱在一起较劲儿。

穆太子见都江力弱，急忙上前制止。孩子们围成圈，呼喊着助阵。犬戎和都江扭打在一起，更加来劲儿了，他喘着粗气叫喊：“干巴巴的，劲儿还不小。”犬戎一个勾腿使都江摔倒，都江灵活翻身，骑在犬戎身上，傲气地叫喊：“服不服？大灰狼，服不服快说！”

犬戎决不屈服，伺机按住都江肩膀，侧身把都江压在身下。犬戎高声叫喊：“都江，打不过俺，叫一声大哥，认输吧！”

穆太子拉住犬戎的手，指着天空说：“快看，大鹏鸟飞来了。”

犬戎站起来，仰头向天上望，疑惑地问：“在哪儿呢？咋看不见？骗俺！”都江已乘机爬起来，从后边抱住犬戎的腰，鼓足劲儿想把犬戎摔倒。两人扭作一团，孩子们喊得更加起劲儿。果真，这时一黑影过来，一双纤纤细手，将两个孩子分开，一边臂膀夹一个。犬戎和都江奋力挣扎，女子柔声细语地说：“小姨娘娘就是大鹏鸟，来抓不听话的孩子。”

穆太子开心地说：“犬戎、都江，可别不信，小姨娘可比大鹏鸟还厉害，被她抓住，别想逃脱。”

两人同时哀求：“求求小姨娘，放过我吧！”穆太子跟在后面，急急摇手，悄声说：“犬戎、都江，求小姨娘没有用！快说自己饿了，小姨娘就会放开。”

孩子们围着陈芳，同时哀求：“小姨娘，我饿了，没力气再打了。”

陈芳夹着犬戎和都江走在前面，催促：“小姨娘知道你们都饿了，随小姨娘去煮粥。”

孩童们欢快地跟随陈芳走下高台。

西王母洞府。金鹰飞来放下二人，西王母坐在宝座上，无比开心。文昌君惊魂未定，愤怒地叫骂："野蛮人！可恶的野蛮人！"荷花姑娘受到惊吓，昏倒在地。西王母急忙上前扶起荷花姑娘，给她喂水。荷花姑娘气愤地叫骂："强盗！一群强盗！"

西王母听不懂荷花在说什么，示意妮卡翻译，问："老祖母，他们在说什么？"

妮卡拄着龙头拐杖，笑着解释："她说的是周朝语言，她向西王母问好呢！"西王母笑着轻声向荷花问候："强盗，一群强盗！"然后回头微笑地向文昌君问候："野蛮人！可恶的野蛮人！"

妮卡急忙介绍："二位受惊了，妮卡来介绍，这位是西天国的女王——西王母金曼。西王母请你们当老师。"

西王母用周朝语言，自我介绍："我叫金曼，我与周朝太子姬满一样大，只有五岁，我想跟你们学习盖房子、读书、织布。"

妮卡上前夸赞："二位老师，西王母有过目不忘之能，有听过会说之法。"

西王母急切地询问："你是荷花老师，荷花是什么意思？"西王母转过身，又问，"你是衡山文昌君，为师者，传道授业解惑也！"

文昌君苦笑，用西天国语言说："尊敬的西王母，文昌只给太子、王子做老师，不给女子当老师。"

西王母闻言，吃惊不已，惊喜地说："文昌老师会我们的语言？文昌老师是天才，西王母要拜您为师。"

文昌君疑虑重重，连连摇头，长袖一甩，高声叹息："没想到西天异邦竟有能言善语者，可惜与文昌志不同道不合呀！"西王母急忙请教："文昌老师，你说的话，西王母也会说，请老师告诉西王母，'志不同道不合'是什么意思？"

文昌君听其追问很惊诧，瞪大眼睛解释："就是文昌心不在焉，也不能收女子为徒。"

妮卡急忙解释给西王母。西王母急忙请求："文昌君可以不当老师，当叔叔、爷爷都可以，只要文昌老师同意留下来。文昌老师可以看看西王母的羊皮画图，西王母想在山洞里建这些，请文昌老师帮助西天国。"文昌君接过羊皮画，细细观看，只见画上亭台楼阁、横桥飞瀑等，一应俱有，如同仙境。文昌君叹道："唉！吾乃楚国布衣，被楚王骗到镐京……文昌不可做西王母的老师，文昌可以做楚国使节。唉……”

妮卡非常敬佩文昌君的学识，直言：“如果衡山文昌君，愿意效力西天国，妮卡愿意让贤，由文昌老师接任。”

文昌君急忙推脱：“文昌本布衣，楚王多次求贤，文昌方才入楚为官。如今滞留西天国，不能为臣，只能为使。这样既不驳二位好意，也不屈节。文昌还得修家书一封，免得家人担心。只要西王母答应文昌，修完洞府，文昌即刻回家。”

妮卡上前紧握文昌君的手，激动地说：“衡山文昌君，你是难得的饱学之士，西天国太需要文昌老师的才学了。西王母决不食言，定会送文昌老师回去的。文昌老师的西天国语言极其标准，请问是跟谁学的？”

文昌君指着妮卡手中权杖，说：“妮卡大人，是你这龙杖给文昌教的。早年有位西域异人，在楚国给楚王驯马，此人不仅能驯马，各种兽都被他驯服。此人好学，与文昌以兄弟相称，还教文昌学诸国语言。后来，他拄着龙杖走了。所以，见到龙杖，就见到了巴图。”

妮卡很高兴，激动地说：“巴图是俺男人，他就像一匹马，一生苦行，云游四方，从不停歇。巴图给妮卡留下这个龙杖，又走了。西天国一个女人有很多男人，女人留不住男人。不同于周朝，一个男人把很多女人留在身边。文昌老师，巴图是你的兄弟，西天国需要文昌老师，请留下来，别走了！”文昌君欣然点头。

西王母握住荷花的手，赞叹：“荷花老师，你的手真巧，教我们织布好吗？我们是好姐妹。”

荷花不再惧怕，惊奇地触摸西王母穿的天丝丽裳，婉言拒绝：“西王母在上，西王母之衣物，如同五彩云霄，只有天上的织女才能织得出，您怎能看得上奴婢织的花布呢？”

妮卡急忙解释：“荷花老师，不怕老师见笑，西天国都是以兽皮为衣，很厚重，夏天时穿着太热了，西王母想让荷花老师用羊毛或者其他东西织布，这样穿上轻便些。”

西王母诚恳地请求：“荷花老师，你要帮助西天国百姓，让他们个个穿上漂亮的衣服。”

荷花姑娘被说得动了心，不再拒绝：“我荷花只是一个人，又没织机，怎么织？有一种布，不用羊毛，夏天穿着很凉爽，可以试试。”

西王母拍手欢呼：“荷花老师，愿意留下。妮卡奶奶，快去准备。”西王母拿出羊皮画，递给拉娅大臣，命令：“这是织机图，叫工匠速速仿制，不得延误。”

妮卡唤来众姐妹，大声介绍：“这位是西王母请来周朝的荷花老师，教你们织周朝的布，你们要认真学习。织出合格布匹，重赏！”众姐妹虔诚地齐呼：“荷花老师，姐妹们听您吩咐。” 荷花拿出草叶，递给妮卡，介绍：“这种草叫麻，可以织布，大家快去找。羊毛是上好织物，要精选，丝毛织薄，粗毛织厚。”

文昌君上前建言：“西天国多奇人，召集起来，定能建好洞府。”

妮卡会意点头，转身告诉西王母。西王母用周朝语言称赞文昌君：“不愧是周朝太师，文昌老师，您要带领我们改变西天国的面貌，西王母拜请您为国师。”

文昌君果断拒绝：“文昌不可在异邦为臣，依然受命周朝之使，造福西域百姓。”

西王母被文昌君的气节所感动，拜谢：“文昌君，西天国臣民将会视您为父为师为国师。”

文昌君捋捋黑色胡须，欣然曰：“互相学习，多多关照！”

西王母不住催促妮卡，妮卡领着文昌君依令而行。妮卡按照文昌老师的要求，召集奇人异士，再由文昌君自己挑选。

黎明时分，天微微亮，周朝王宫内掌灯的宫人，熄灭各处灯盏。袁太师身着金色福、禄、寿道袍，坐在太师椅子上翻阅竹简。孩子们陆续到齐，见到袁太师视若无睹，吵吵闹闹闹。袁太师看看天，站起来行礼：“太师有礼了。陈宫，拿戒尺来。”陈宫拿来十寸桃木戒尺，恭敬地交到袁太师手中。袁太师接过戒尺，严肃地说：“奉周天子之命，担任太师之职，手握严教之法。从今日起，太阳一出上早课。今日早课，练坐。一个人能坐得住，才能静心，静心才能学得好！”

孩子们哪管袁太师的训诫，一个个顽皮起来。犬戎爬上书桌，都江在地上乱画，宏涛在地上爬来爬去……孩子们推推搡搡、闹闹哄哄，一副游玩闹市的样子，袁太师规劝之声，如同蚊蝇呐喊，瞬间被欢闹声淹没。陈宫再次请来戒尺，递给袁太师。袁太师从书架上抓过犬戎，扒开裤子，一阵猛打，犬戎哭号不已。袁太师又抓住都江的手，一顿戒尺打下，都江连连求饶。袁太师又抓住宏涛，扒下裤子，一顿猛抽，宏涛疼痛难以忍受，惧怕地望着太师，暗暗啜泣，不敢言语。

袁太师手举戒尺，威胁："不许哭，谁要哭，再挨二十戒尺。"

犬戎、都江、宏涛立即止住哭泣，站着不敢动。袁太师又把打架的排成一排，挨个儿用戒尺打手心，每人二十下，还要自个儿数，数错了不算，重新开打。孩子们被吓傻了，悄声说："这太师太可怕了，比陈芳小姨娘还厉害，真的打人。"

穆太子坐在席上纹丝不动，众孩童学着穆太子的样子，端坐着不敢动。犬戎、宏涛捂着屁股，静静地坐下。都江把双手藏在背后，望着门外随从，抽泣两声，坐下不动了。

袁太师把戒尺恭敬地放在供桌上，紧盯每个孩子，边走边说："从现在开始，太师傅讲的每句话，你们都要牢记于心，否则，打烂你们的屁股……你们，不是太子，就是公子，将来皆是周朝之根基、各诸侯国之君主，不可顽劣，荒废学业，记住了没有？"

孩子们齐声高喊："太师傅，记好了……"

袁太师回到供桌，再次手举戒尺，严厉地说："以后误一时，打二十下！误一天，打一百。听清没有？重复七遍。"

孩子们端正坐正，不停地重复。门外的随从们不敢言语，悄悄地退下，跑去禀告诸侯王。

不足一刻钟，诸侯王迅速来到学馆，见孩子们挺身坐立认真听讲，袁太师怒目圆睁、厉声教授，都不敢打断。见周天子也来观看，袁太师上前行礼，说："诸子交与贫道，不放心吗？贫道有言在先，五年没特殊因由，不得请一天假，诸王无事不得打扰孩子们学业。"周天子上前曰："敢问太师，孩子们坐得太久了，成吗？"

袁太师向姬瑕鞠躬行礼后，态度坚决地说："不要觉得坐不重要，坐要坐得稳，才能学得好，才能稳坐江山。坐江山也有嫌久的吗？今天能坐得好，明天就能学得好，后天就能将江山坐得稳。"周天子敬佩地说："太师所言极是，太师辛苦了。”姬瑕示意诸侯退下。

诸侯王用敬佩的眼光望着袁太师，纷纷排列齐整，逐个向袁太师行礼，方才退下。

西王母洞府内，西王母坐在金椅上，金鹰立于椅背之上，妮卡召集西天国的奇人异士，云集洞府之中。

西王母站起高声宣告：“各位西天国臣民，不论你会圈马放羊，还是种地打铁，请各显其能，西天国将委以重任。”

众人争着举手高喊，个个自荐，一片嘈杂。

妮卡上前挥手高喊：“安静！安静！这位是西王母请来的周朝的文昌老师，你们排好队，一个一个说自己叫什么会干什么。”西王母向文昌君行礼致谢：“文昌老师辛苦了。”文昌君抱拳还礼，说：“谨遵西王母之命。”说完引领众人去了。

西王母瞅着文昌老师的背影，心中犯愁：“老祖母，文昌老师和荷花老师不食牛羊肉，也不喝奶，人都瘦了，如何是好？”妮卡受到提醒，夸赞：“西王母真是细心。听巴图说，楚国人以鱼米为食，喜欢吃菜。西王母不必操心，老祖母这就去给老师们准备，定能适合老师们的口味。”

西王母如释重负，不解地问：“菜是什么？给荷花老师也准备一份。”

妮卡解释不出，随口应答：“菜吗？就是能吃的草。”

文昌君欣喜地回到洞府，向西王母禀告：“文昌已将能人异士分成四部，分别由拉汗主管农部、妮莎主管牧部、拉娅主管商部、哈哈尔主管建部。”

西王母不解地问：“部是什么？是荷花老师会织的布吗？”

文昌君闻言想笑，转念想来，怪自己没讲清楚，急忙解释：“部是这样的：拉汗大臣只管种地的事情，一草一木都得他操心；妮莎大臣只管放牧的事情，所有牛、羊、马匹、骆驼都归她管，她也管放牧的人；拉娅大臣管所有财产、物品；男臣哈哈尔主管盖房子和修路。”文昌君解释得头上冒汗，生怕西王母听不懂。

西王母点头称赞：“多谢文昌老师，文昌老师辛苦了。还有织部归荷花老师管，五部都归文昌老师管。还要成立军部，归妮卡老祖母管。还有商部拉娅一人太忙了，把巴巴拉大人派去帮忙。”文昌君敬佩地说：“西王母才智过人，一点就通，令在下佩服。”

妮卡急忙上前催促：“文昌老师辛苦了，西王母命老臣给文昌老师准备饭食，请先去荷花老师住处，再一起用餐。”

西王母引领一行人出了洞府，深秋的太阳晒得四处金黄，雏鸟翻飞于田野，田鼠爬上枝头饱食秋天的果实。妮卡引路，众人紧紧跟随。文昌君对西王母说：“这遍地麻草，真是造福西天国呀！”西王母随手拔一棵麻草，笑着说：“文昌老师，您说的是这个吗？老祖母用这麻草种子焚烧祈求神灵，与神灵对话呢。荷花老师却用它来织布，这麻草真是神奇。”

文昌君抽出麻皮上的白色麻丝，递给西王母：“就是这，先要煮，煮后锤砸，锤砸之后揉搓，才能揉搓成软麻丝，纺成线，再染线，再上织机。”

妮卡拿着麻丝反复细看，心想：就这草也能织成布？令人难以置信啊！

一行人催马扬鞭来到织坊，荷花姑娘急忙上前迎接。西王母放眼望去，一台台织机前，姑娘们不停地忙碌。荷花拿出布匹，介绍：“这是麻丝细羊毛布，又软又薄，还吸汗，夏天穿着凉爽。这是纯羊毛布，很厚实，冬天穿着暖和。”

妮卡轻轻抚摸柔软的花布，高声赞美。西王母捧着花布，赞不绝口。

妮卡命人端来菜肴，介绍：“姑娘们，这是西王母亲自做的周朝的菜肴，请品尝！”

文昌君品尝鲜美的鱼，赞不绝口：“此鱼只有天上有，配壶奶酒下天山。织机纺线伴佳丽，今生难得一回醉。”

第十八回　犬戎先锋占巴城　天子厚德释楚王

一轮昏黄的太阳高悬在巴国古城，阳光难以驱散四处弥漫的水汽和滚滚的硝烟。城楼在燃烧，浓烈的烟雾宛若黑色巨龙升腾。坚固的城墙下，血流成河，遍地尸体。厚重的城门已被攻破，周朝诸侯联军已攻入城中。强壮威猛的犬戎，一路冲锋向前，率领重兵杀进宫殿。城池被破，殿堂、楼宇、屋舍四处火光冲天，砍杀之声不绝于耳，凄惨的哀号声响彻云霄。

城门外，穆太子和将领们护卫在周天子左右。穆太子上前禀告："父王，可以进城了。"周天子仰天大笑："哈哈哈，本王替天行道，御驾亲征五年。今日终为巴国百姓讨回公道。楚国贼子违抗天命，自立为王，终将覆灭。"

周天子放眼望去，巴国古城滚滚硝烟，生灵涂炭，眼前的惨烈景象令他深感痛惜，他不得不大声疾呼："楚王宏章呀！本王兄长呀！楚梁君于巴国自立为王，是何道理呀？虎狼之徒穷兵黩武，侵袭诸国八年之久。巴国古城惨遭摧毁，巴国百姓遭受灭顶之灾，何其残酷呀！本王举诸国之力征讨，将士尽心竭力、肝胆相照，方才大获全胜。仁德何罪之有？战乱何时休？"周天子泣不成声，无法再说下去……

穆太子再次上前禀告："父王，可以进城了。"周天子端坐马上，高声命令："将士们听令：安抚巴国黎民百姓，论功行赏，绝对不放过楚梁君等荒淫无道之徒。只要与楚梁君有染，一律押解镐京，与楚王宏章一同治罪。"

穆太子行礼受命："父王，孩儿得令。"

姬瑕微微点头，缓缓拔出宝剑，怒指城门："三军听令，进城！"

巴国宫殿之中，犬戎已是血染战袍，手举人头高呼：“已斩楚梁君，首级在此，尔等快快降来！”

城中兵士，放弃兵器，跪地投降。犬戎引兵四处搜寻，宫廷深苑，遇有抵抗者，全部杀戮……

袁太师先行入城，眼见凄惨景象，急忙命令兵士灭火救人。周朝兵将疏通路障，救治残兵。袁太师下马，亲自分发药物，收治伤兵。

穆太子一路护卫姬瑕，引马来到宫殿。眼前宫殿之上，建有高大祠堂，很远就能看到，祠堂上供奉的大禹王神像。一行人下马，直奔祠堂而来。

祠堂正殿之上，有一位道长着道冠长袍，手握一铲，立于大禹神像左侧，威严站立。犬戎上前，剑指道长，大喊：“野蛮之人，见了周天子，胆敢站立，还不跪下！”

穆太子上前拦住犬戎，劝说：“兄长，不得无礼，此人一身仙骨，定然不俗。”

道长鞠躬行礼，谦称：“贫道乃大禹王守护之神龙王清。玉帝已下旨，今日回天复命。玉帝命周天子领天旨：接过大禹王神铲，造福苍生。时辰已到，请姬瑕接过此铲。”

犬戎上前不由分说，伸手抓住铁铲，粗声大喊：“不就一把破铲吗，孩儿替天子收下。”话音未落，犬戎上手就夺。清龙王肃穆静立，并未动身。犬戎使出全身力气，也没搬动丝毫。犬戎挣得满面通红，哇哇大叫：“妖孽，还有如此法力！犬戎之神力无法撼动。”

穆太子上前止住犬戎，向清龙王行礼，谦称：“清龙王有礼了，请受太子一拜。敢问道长，禹王铲乃天之宝器，尽当祠堂供奉，周天子为何要受领此物？还是物归原主，依旧供奉在祠堂之上吧！”

清龙王闻言，急忙避开穆太子，拉着周天子躲到一旁，暗自交代：“玉帝有天旨在此，他人不可得知：玉帝命周天子每日早晨时，拿此铲在祠堂后方溪潭之中，摇四十九下，可保万民风调雨顺、江河畅流。切记，四十九天之后，交还贫道。此乃天命，不得有误。贫道来告诉周天子，大禹王铲之咒语……”清龙王贴近周天子，耳语一番。周天子捋着胡须，点头应允。

清龙王一再叮嘱：“记住了，天子姬瑕一定要牢记。”说完化成一缕青烟，飞向云端。

周天子望着祥云，虔诚合掌而拜。穆太子感到质疑，迟疑地问：“父王，清龙王为何如此神秘？定有隐情！不可轻信。”

周天子口念咒语，小心地把大禹铲放在供桌之上，虔心对着大禹像鞠躬行礼。众将士跪拜神像，高声祈福：“大禹王保佑。”

周天子方才贴近穆太子，悄声说：“王儿放心，为父谨遵天命，一心向善。天意不可违呀！”

袁太师手抱拂尘，兴冲冲走进大殿，见到周天子行礼，大声禀告：“天子，战场已清扫，伤兵在救治，罪臣在审讯，还有特大喜事，来禀告！”

周天子欣然点头，笑着夸赞：“太师想得周全，办事利落，本王猜到了，定然是楚王求见，已到宫外。”诸侯闻听，大吃一惊，议论纷纷。

周天子笑逐颜开，频频举手示意众臣安静，坦言：“诸位不必惊慌，宏章这个老狐狸，早已在巴国隔岸观火了。寡人猜测，宏章肯定是把自个儿绑着来的。”

诸侯闻听天子之言，拍手叫绝。众人拭目以待。即刻，楚王宏章进殿。

正如周天子所说，楚王宏章是被绑着来到殿堂的。见到周天子，他急忙跪倒在周天子脚下，泪流满面地倾诉：“天子，听兄长之言，都是吾弟楚梁君狼子野心，私自称王，触犯天威。本王苦口婆心劝他悔改，弟弟不听，依然作恶，必有一死。本王有罪呀！请天子看在你我兄弟的情面，加罪于宏章吧！”

周天子看看左右，果断地说：“楚梁君还没死呢，本王这就押他前来，拜见兄长。来人呀！把楚梁君押上殿来。”

楚王吓呆了，倒在地上，许久才说：“怎么……吾弟楚梁君还没死呀！天子饶命呀，宏章罪该万死！”

周天子怜惜地责备：“本王连兄长的弟弟楚梁君都没治罪，又如何怪罪于兄长呢？楚国的兵马藏在哪儿？太子，告诉宏章大伯。”

穆太子上前行礼，说：“大伯在上，有礼了。先祖训，诸侯国拥兵不过两万。楚国五万兵马藏于嵋山，等待时机，伺机发兵，是不是呢？”

周天子指着楚王宏章，无比痛惜：“宏章兄长，咱们还是异姓兄弟吗？本王给兄长封土最广，兄长为何假借迎亲攻占巴国呢？为何兄长不顾及还在镐京的儿子宏涛之性命呢？兄长，本王只要楚国的兵，怎会要兄长的命呢？本王如果治兄长之罪，宏涛会记恨于本王吗？”

楚王连连磕头，战战兢兢地说："本王交兵，马上就交，现在就禅位吾儿宏涛。"

周天子上前，亲自解开楚王身上的绳索，扶起楚王，说："兄长被心魔缠身，连亲情都忘记了。宏章兄长呀，为何陷本王于不仁不义呢？诸侯国总处于战乱之中呢？"周天子意犹未尽地说，"今后，咱兄弟就待在一起，本王天天陪着兄长，再也不分开。"

楚王再次跪拜，说："宏章对不起天子，八年之乱由宏章而起。各位兄弟，宏章向你们请罪！宏章不仅害了手足兄弟，还险些害死吾儿宏涛呀！"楚王跪地，泣不成声。

楚王从怀中掏出锦囊，双手敬奉周天子："这是兵符，献给天子兄弟。"

周天子接过锦囊，拿出兵符，细细端详一会儿，扶起楚王，叹道："纣王无道，先祖伐之，以仁德治理天下，建立天下。仁德有罪吗？战乱何时休？若诸侯再次起兵，生灵涂炭，百姓遭殃啊！兄长已知罪，就好好地活着，宏涛需要父亲，周朝也需要兄长。来人！快扶楚王宏章下殿歇息！"

楚王满面流涕，被侍卫们搀扶着走出祠堂。

周天子手握兵符，对袁太师笑着说："太师，又被你算中了。还得劳烦太师前去收服这五万兵马，择日带回镐京，如何？"

袁太师上前行礼，接过兵符，诚然领命："仁德何罪之有？战乱该休矣！臣遵命。"袁太师叩拜周天子并高呼，"周天子圣明！"

袁太师引领随从，走出大禹祠堂，一行人上马疾行而去。

日落西方，夜色悄然而至。

犬戎前来禀告："天子父王，楚梁君抢的巴国美女，都在殿外。"

周天子赞许地点头，起身扶起犬戎，拍拍犬戎的肩膀，夸道："戎儿勇当先锋，立下首功，择日重重封赏。"犬戎跪地谢恩。

周天子已经入座，摆手示意："那些都是妖孽，戎儿，去处理吧！不用禀告。"

犬戎拍着脑袋，无奈地摇摇头，憨笑道："谢天子夸奖，只是有一妖妇，就是不跪天子，还口出妖言。"

周天子抬头，看见犬戎无奈的表情，故意说："还有戎儿处置不了的人？带上来让父王看看是何人！"

少顷，殿外传来：“别碰少君我，本少君乃巴国王后！尔等杀吾百姓，占吾桑田，毁吾宫殿，野蛮恶行，与禽兽无异！”香蜀夫人指着犬戎气愤大骂，“恶贼！还吾夫君性命！”

犬戎不敢正视艳丽的香蜀夫人，鞠躬禀告：“父王，就是她。”周天子抬眼望去，只见这女子身材窈窕，肤若凝脂，面似桃花，如仙女一般貌美。犬戎低声劝解：“香蜀夫人，见了周天子，还不赶紧下跪！快跪下呀！”

香蜀夫人昂首挺胸，怒目直视，指着周天子骂道：“巴国自古祭拜大禹王，不拜野蛮之人。可惜梁王归天，以米为食、以麻为衣的巴国百姓，竟遭以皮毛为服、以人为食的周人灭族灭国，天啊！”

周天子闻言大怒，厉声斥责：“小小女子，快快住口！想当初，汝出嫁，嫁贼为夫，殊不知耻乎？恶贼私自称王，侵扰诸国，荼毒百姓，本王举诸国之兵，前来讨伐，历经五年，终灭巴国！尔等滥杀他国百姓，天道又何在？天理又怎容？”香蜀夫人被周天子一席话说得羞愧难当，全身战栗。

周天子痛惜地说：“香蜀呀！为何口出狂言，污蔑周朝朝纲？”见香蜀夫人不再辩驳，周天子语气缓和些许，“巴国供奉大禹王，本王心下甚是宽慰，早已命令兵士，安抚百姓。”

香蜀夫人顿觉大势已去，了无生趣，大声叫道：“既如此，吾不愿做奴，只求一死……”话没说完，香蜀夫人从袖中拔出尖刀欲自刎，犬戎在一旁早有准备，飞速上前，夺下尖刀。

香蜀夫人欲罢不能，怒目圆睁，瘫坐在地上，号啕不已。

穆太子在偏房听到哭声，急忙跑出来，见此情景，立即阻止：“父王，息怒！诸侯国历经八年战乱，民疲兵乏，父王应该大赦天下，重修大禹祠堂，让巴国百姓归顺周朝。”

香蜀夫人闻此言恼羞成怒，怒骂：“巴国富庶之地、勤劳之民，岂能被尔等恶狼治理？香蜀虽是弱女子，手无寸铁，但与周朝势不两立。”说完飞身扑向石柱，欲撞柱而死。犬戎眼疾手快，迅速挡立柱前，香蜀夫人重重地撞在犬戎身上。犬戎顺势倒地，护住香蜀夫人。

穆太子急忙上前安抚。

周天子见香蜀夫人刚正不阿，赶紧缓和语气说：“太子说得对，今日战事已毕，明日祭奠大禹王，大赦天下，另立新君。”周天子故意发问，“香蜀夫人，依你看，立何人为巴王合适呢？”

穆太子欣喜地禀告：“父王，儿臣有一人可荐。”周天子端详香蜀夫人，语重心长地说：“太子举荐之人，可是都江？都江从小被巴王送到镐京，又与太子是同窗好友，都江是巴王最疼爱的亲骨肉，也是香蜀的亲弟弟。”

香蜀夫人不敢相信自己的耳朵，吃惊地问：“都江还活着？这不可能！楚梁君说过，都江被太子杀害已死多年，香蜀才答应楚梁君称王。难道都江还活着？” 香蜀夫人陷入深深的自责。穆太子拉着犬戎的手，信誓旦旦地对香蜀夫人说：“我们都是好兄弟，这是大哥犬戎。”

犬戎眼睛烁烁放光，一改往日粗犷，竟连忙说：“都江和犬戎亲如兄弟，临行时我们还吵架呢，姐姐，请相信犬戎，都江活得好好的，我们真是兄弟。”

香蜀夫人迟疑地望着众人，泪流满面，喃喃自语：“多少年呀！姐姐日思夜想的弟弟都江呀，竟然活着！父王死后，楚梁君骗说都江已死，我不能眼看巴国无主，这才让楚梁君代为巴君。不料楚梁君一朝为君，就强立香蜀为后，穷兵黩武，联合楚国，欺凌周边，挑起战事，让巴国承受灭国之灾。上天呀！何时才能见到弟弟都江……”

犬戎上前对着香蜀夫人诚恳地说：“相信犬戎，都江活着，活得好好的！还不拜谢天子父王。”

香蜀夫人满脸愧色，上前跪拜。周天子扶起她，满心欢喜，笑着劝慰：“香蜀呀！要好好活着。本王也不能降罪于香蜀。若降香蜀之罪，会对不起都江。你们都是本王的孩子，无论到何时，都不能相互残杀。”

穆太子上前请命：“父王，儿臣愿领命速回镐京，接都江回巴国。”周天子满心欢喜，大加赞扬：“太子睿智！也好，吾儿先回朝看望太后、老太后，好叫她们都放心。本王今又多了个女儿，巴王在天有灵，也该放心了。”

周天子拉近穆太子，深情地抚摸穆太子的脸，欣然说：“吾儿姬满、戎儿，还有香蜀，真为你们高兴，你们将来必担大任。明天先与本王祭奠大禹王，择日太师会护卫太子回镐京。”周天子又低头望着香蜀说，“香蜀女儿，这殿堂之中可有美食款待你的两位弟弟呀？设宴吧！许久没能开心吃饭了。本王一路上因想起你父王，心中无法平静，也不曾进食……”

香蜀夫人开心地笑着说：“天子父王，这边请！”

半个月亮爬上天空。巴国宫殿的殿堂、馆舍、楼阁，烛火点点，在漆黑夜空中闪烁。周围渐渐静寂，虫、蛙在草丛鸣唱，或近或远。清风吹过，大禹祠堂传出野狐嬉闹的尖叫声。

阁楼上，野狐在尖声嬉闹。一只蓝灵狐尖叫："灵妹妹，快看你的大尾巴，都快藏不住了。你看看姐姐的尾巴，藏得多好呀！"

白灵狐鸣叫："姐姐，是贼才会掖着藏着，我是狐，一只白色的狐，何必藏着呢？今天都得现原形！不是吗？"

黄灵狐胆怯地对着七彩长尾狐小声鸣叫："祖母，我们终于逃过一劫，差一点被玉帝处死，多亏了唐僧师徒出手相救。为何不隐入山野之中，而是来这巴国战乱之地，又要遭祸呀？"

黑灵狐高声尖叫："闭嘴，遭什么祸呀！当初姐姐苦口婆心地劝过灵妹妹多少次呀！如今姐姐还要劝你，妹妹千万别想着做人，人有什么好呢，杀来杀去的！"

蓝灵狐媚态百出，叫嚷"祖母，你以前在商朝王宫里呼风唤雨，一人之下，万人之上，多风光呀！唉，想当初我也和祖母一样，作为苏贵妃，享尽人间荣华富贵，风光无限，谁知被一只讨厌的玉兔打破美梦，可惜了呀……"

一只高脚五彩雉，对白灵狐点头致敬："灵儿不惧天威，不惧天刑，舍身救了整个家族，着实令姑祖母敬佩。灵儿说的话很有道理：谁都无法抹杀狐族的千年功绩，如今玉帝赏赐我们整个家族，那才叫风光呀！"

白灵狐对高脚五彩雉行礼问候："雉姑祖母，灵儿是这样想的，做人多好，做个善良人，就会得到尊重。灵儿要是没有尾巴就好了，像人一样走路，挺胸抬头，昂首阔步……"

蓝灵狐不耐烦地打断白灵狐，道："祖母，你看灵妹妹已经魔怔了，是唐僧师徒的弟子了。可惜，她的一只大尾巴，都快长到我这儿……"

七彩长尾狐上前，轻声鸣叫："好了，孩子们，别争了！咱们修炼千年，才得仙身，天命难违。纣王无道，武王伐之，这是上天之命。可怜我的姐妹们，被黄飞虎三昧真火所杀，只有雉姐与本尊存留世间。富贵荣华只是过眼烟云，仁爱之心才是永恒。如今战乱波及百姓，千里死寂，惨呀！"

七彩长尾狐继续鸣叫："孩儿们认真想想，今天狐家子孙全部现回原形，终于等来了千年难遇的机遇！我修炼千年，越修炼越像人，这是为什么呢？"灵狐们凝望着七彩长尾狐，躬身聆听教诲。

七彩长尾狐豪放地鸣叫："本尊认为，万物自有终，为何唯有人类繁衍不息？可惜呀！再修炼万年，我们狐家也得不到真身呀！"七彩长尾狐叫破天机。

灵狐们仰望着月亮，静候着，期待着。

白灵狐仰望天空，悲鸣："老祖宗，玉帝册封您灵慧大仙，为吾等指明了修行之路。修行千年，若得正果，转世为人，灵儿一生足矣。老祖宗赐福灵儿吧！"

七彩长尾狐无奈地摇摇头，爱怜地说："灵儿，此次灵儿只身声讨玉帝，玉帝不仅没灭狐家满族，还封赏嘉奖，本尊深有感悟：狐媚能诱惑人，同样也能造化人；善，能守住人心，唤醒人性。狐媚是狐族天性，可使明君增智，可使昏君无道。灵儿，玉帝送本尊的这一颗药，是一颗毒药，服下此药，千年修炼尽失，只能换来一世人生，灵儿，你甘心一试吗？灵儿，听祖母的劝告，不要吃这药，咱们还是彻底做狐族，行吗？"

白灵狐哀声鸣叫："恳求祖母，这是上天赐给孙儿的仙药，就让孙儿千年化一生，去人间走一回。灵儿无怨无悔。求祖母为孙儿赐药，让灵儿感受人间冷暖吧！"

七彩长尾狐捧着玉帝赏赐的那颗金色丹药，对天祈祷："玉帝，天命不可违，为何要赐给灵儿呀？苍天呀，世间多冷酷……"她无奈地捧着金丹，陷入沉思。

只听得有声传来："天赐良机，机不可失！"金色药丸飞进白灵狐口中，白狐仰首服下药丸。

七彩长尾狐惊悟时，那颗药丸已经完成天命。七彩长尾狐痛心疾首地哀鸣："天意呀！从今日起，灵儿仙身化为人身，面对这凄苦人生。灵儿，灵儿呀！你再也无法回头了！"

七彩长尾狐紧紧盯着白灵狐，生怕她从眼前消失。

蓝灵狐再次凑上前来，高声鸣叫："祖母，您太偏心灵妹妹了！我兰心也想做人，你怎么不给兰心仙药？这一次兰心再不做贵妃，兰心要做王后！"

七彩长尾狐心想：天下从纣王时，黄为老，红为少，变幻了吗？人总是不识真假，是非不分，如今孙儿一心求转世成人。既如此，不如让孙儿们走一回人间。她低声鸣叫："好吧！都给，这也是天意。服用仙丹之后，蓝儿就像当年的本尊，夺人魂魄，变化无穷，再也露不出尾巴了。只不过，是非曲直，你要辨好。”于是，七彩长尾狐又掏出有一颗红色丹药捧在爪上。

蓝灵狐抢过红色仙丹，昂首服下。七彩长尾狐见仙丹又被服下，望着天空高声祈祷般尖叫：“女娲娘娘保佑！今夜此时，所有心愿，必将达成。”灵狐们齐齐仰面对着天空，望着天空中的半个月亮，吵嚷着对月亮诉说心愿。

七彩长尾狐四处嗅嗅，心想：玉帝所说的天缘，时间和地点相合呀！该来的定不会错过，再等等吧！让本尊再来点动静。

突然，阁楼之上、厅堂内外一片狐鸣，周天子早已在厅堂内听得心烦意乱。这声音悲而凄，没有人能忍受。

穆太子挑着灯，护送周天子。两个黑影突然出现在祠堂的阁楼上，穆太子镇定地说：“父王，有狐媚，这狐媚甚是张狂，要小心呀！”

周天子一到阁楼窗台，拔出宝剑，借着幽暗灯光向前冲，悄声说：“王儿，要小心，你看那狐媚就在窗口。”说完周天子一边举剑猛砍，一边高呼：“哪里跑！”

说时迟，那时快，突然传来一声尖厉狐鸣，“祖母，快跑。”白灵狐冲向周天子。

周天子眼前突然闪现一道耀眼的白光，刺得他什么也看不见了，他急忙伸手去抓，抓住了毛茸茸的狐狸。

周天子高声喊：“王儿！抓住了，快来看。”

穆太子闻声回头，不知为何，手中的灯突然滑落，瞬间熄灭。眼前漆黑一片，穆太子也不敢摸索向前追杀，急忙回头找灯。

许久，众将冲上阁楼，掌灯一看，周天子手里抓着雪白的狐尾。周天子开心地举着狐尾，说：“又叫她跑了，真狡猾，竟然留下尾巴跑了！没有尾巴的狐狸怎么活呀！王儿你说是不是？给！这漂亮的尾巴，留着吧。”

穆太子擦亮眼睛，接过尾巴，大声赞叹：“父王真厉害！不过，这狐尾上没沾血，好像是狐狸自个儿断的！”

袁太师闻声赶来，看到白狐尾，上前道喜：“恭喜天子，当年大禹王，得九尾狐灵智大开，一统天下。今日天子得千年白狐尾，必将一扫天下，平诸侯。”

周天子夸奖道：“太师，神速呀！可接到五万楚军？”

袁太师奉上兵符，禀告：“兵符在此，五万楚军，尽数在城外。”

周天子接过兵符，嘱咐：“有这五万强兵，周朝无忧矣！感谢宏章兄长，处心积虑地替本王养兵。”

周天子把兵符交到太子手中，托付：“王儿，事不宜迟，明日随太师速去安抚楚兵，速回镐京。”

犬戎闻声前来，未到亭堂，只见一道蓝光射得他睁不开眼睛，他忙循着蓝光追去。

最后，蓝光射进后宫香蜀夫人的寝室，只听得香蜀夫人惨叫一声，犬戎奋不顾身地冲进寝室。只见香蜀夫人躺在床榻之上，蜂腰丰乳在薄衣下隐现，犬戎看得目瞪口呆，愣在原地。香蜀夫人却谄媚地说：“犬戎将军！你为周朝立下大功，香蜀爱慕将军已久，您怎么这么晚才来呀？”

犬戎早已按捺不住燃烧的欲望，向床榻扑去……

清晨，巴国大禹祠堂张灯结彩，祠堂外设立祭坛。祠堂之内号角齐鸣，鼓乐阵阵。侍官站上高台，向四处高呼：“天子拜祭大禹王……”

正午，周天子双手高举大禹铲，庄重走上祭坛。巴国臣民齐跪于祭坛下，仰望祭坛。太子、袁太师、犬戎和香蜀夫人及众位诸侯王排列齐整，走上祭坛。

香蜀夫人媚态百出，见到袁太师，内心惊恐不安，赶紧躲避。犬戎跟在太师身后边哈欠连连，无精打采。袁太师诧异地回头，细细打量着香蜀夫人，神情凝重。穆太子见状，连忙悄声问：“恩师，有何不妥？” 袁太师捋着胡须，严肃地说：“有妖气，可能是昨晚狐妖闹的。”

袁太师再次回头，香蜀夫人已下祭坛，不知去向。

号角鼓乐再次齐鸣，周天子三跪九拜，拿出祭文高声诵读：

“今日，巴国百姓齐聚大禹王祠堂，共同祭奠大禹王，保佑巴国黎民百姓平安富足。”周天子再上香拜祭，“大禹王受命于危难之际，救万民于水火之中，治大水、顺山河，造福黎民百姓。大禹王爱民如子，以仁德治国，以社稷为重，曾三过家门而不入，受万民拥戴。今天本王与百姓共同祭奠大禹王，祈愿周朝万年，巴国万年。”

众人高呼：“周朝万年，巴国万年。”

号角鼓乐震耳欲聋，响彻九霄。

第十九回　大漠王盗宝借兵　周天子化龙沉江

巴国宫殿沉浸在迷雾般的夜色里。后宫中灯火通明，犬戎和香蜀夫人饮酒作乐，好不快活。

只见香蜀夫人举觥相敬："犬戎将军为周朝立下显赫战功，香蜀再敬将军一觥酒，如今都江弟弟已封为巴国国君，将军何时能回大漠一展雄风呀？"

犬戎醉眼蒙眬，痴痴地看着香蜀说："看你都看不够，回大漠干吗？香蜀姐姐又不能和本王一同前往，不是吗？"

香蜀依偎在犬戎怀里，信誓旦旦地说："将军小看香蜀啦，将军去哪儿，香蜀就去哪儿。郎君，明天就向天子父王辞行，最好能像都江一样封王。"犬戎接过觥，一饮而尽，婉转地说："天子父王待犬戎如同亲生子，封王只是迟早的事。太子和太师已回镐京，诸侯王兵马未退，巴国尚未安定。现在走，时机未到。"

香蜀凑近犬戎，在他耳边细语："我的夫君，您手握家书，怎能不回大漠？明天前去和天子辞行，我随夫君回大漠。"

犬戎拍手惊呼："是呀！父王漠北平息叛乱，早就有书信，催促犬戎回大漠来着。咋能忘了呢？"

香蜀勾住犬戎的脖子献媚："夫君虽然力能扛鼎，才气过人，但没有一件像样的神器，可惜呀！"说着投入犬戎怀里。犬戎顿悟，吃惊地张大嘴说："本将军怎么没想到，只是那铲子太重了，犬戎拿不起来呀。而且，那铲子是大禹王的神器，天子怎能送人呢？"

香蜀掩面一笑，娇声说："夫君力大如神，怎怕拿不起那神器？只要知道咒语，三岁孩童也能拿起它。"

犬戎突然想起什么，开心大笑："犬戎天生就有熊的力量、鹰的眼睛、狼的耳朵，那咒语俺早就知道了，但是总不能念咒语去偷吧？"

香蜀悄悄起身，环顾四周，示意侍女关门闭窗，退下去。

香蜀来到桌案，悄悄从桌案下拿出一把铲，递给犬戎。犬戎吃惊地捂住嘴巴，悄声问："香蜀姐姐，怎么已经将铲子……"

香蜀扑哧一笑，说："傻夫君，这把是假的。明天夫君去把真的换来，这不叫偷，叫换。"

犬戎迟疑地看着香蜀，问："这能行吗？这么大的铲子，谁都知道是我犬戎拿走的。"

香蜀指着犬戎的脑袋，生气地说："你就是木脑袋！姐姐有个口诀教给你，这口诀能让物体变大变小。"

香蜀把嘴巴贴近犬戎耳朵，犬戎照着口念咒语，手中的铁铲竟变成拇指大小。

犬戎高兴不已，抱起香蜀无比快活地说："多谢姐姐！"

清晨，太阳刚刚升起，犬戎就来到大禹祠堂殿。周天子还未离寝，犬戎走进殿堂，上了一炷香，静候周天子到来。

周天子来时香已燃尽，犬戎递上香烛，向周天子问安。周天子点头微笑，接过香烛。周天子面向大禹神像插香祭拜，心中虔诚祈祷一番后，拿起大禹神铲，走到祠堂后门。犬戎紧随身后。

周天子满心欢喜，夸道："戎儿，七岁来本王身边，如今已有十六年之久，这些年与本王南征西战，战功赫赫，今日本王就为戎儿封王。" 两人来到祠堂后方的溪潭之畔，周天子把大禹神铲放在溪潭水里，摇了四十九下，二人再次沿原路返回。回到大禹王祠堂，周天子将大禹神铲放回原位，犬戎这才拿出家书，小心递给周天子。周天子看后，吃惊责问："鹰王不知去向，八位狼主联合谋反？如此重要战情，为何不早说？"

犬戎急忙跪在地上，委屈地说："兵将勠力征巴国，儿臣怕分父王之心，况且家父手中重兵在握，即使十三位狼主共同谋反，倒也不怕。" 周天子很生气，责备犬戎说："若在十年前，吾弟鹰王还行，如今吾等皆白发覆额，本王真担心呀！”

周天子面向大禹像，思忖良久，回头对犬戎说：“这样吧！父王封戎儿为大漠王，速回漠北，即刻动身！”犬戎担忧地说：“父王，儿不放心呀！怕诸侯相争，一时兵变。”周天子扶起犬戎，深情地看着犬戎，大加赞赏：“戎儿想得周到，宣诸侯前来大殿议事。”

犬戎再次跪拜周天子，请求：“儿臣还有一事请求父王。”周天子扶起犬戎，直言道：“不必行此大礼，戎儿但说无妨！”犬戎挠挠着头，为难地说，“可否将香蜀夫人下嫁于孩儿？”

周天子闻之大喜，大笑：“哈哈哈！本王早就看出来戎儿对香蜀一片情深，也罢，戎儿已过婚配年龄，本王早应该为戎儿考虑婚事了，只因本王常年征战，无暇顾及。如今戎儿提出婚娶一事，只是这香蜀正在服丧……戎儿可先带她去漠北，等服丧期满，本王自会降旨。”

犬戎闻言欣喜万分，磕头拜谢。

巴国宫殿，周天子坐在宝座之上，诸侯王和众臣分立两侧。周天子环视四周，厉声道：“今日，巴国之乱已平定，本王封巴君之子都江为国君，楚王禅让王位于其长子宏涛。”

周天子再次环视一周，缓缓道来：“如今天下仍不太平，一波未平一波又起，大漠八位狼主联合谋反，大漠危矣。幸亏本王早有准备，即刻封犬戎为大漠王。金玺御旨在此，大漠王犬戎统兵前去扫平叛乱，众卿可有异议？”

众臣齐跪拜，同声高呼：“天子圣明。”

侍从呈上金玺御旨，犬戎跪接，高呼：“谢天子父王！”

犬戎再次跪拜，悲哀地请求：“儿臣，再谢天子父王再造之恩。眼下儿臣无一兵一卒，如何回大漠救儿臣的父王呀？”

周天子闻言，环视诸侯，之后，眼睛紧紧盯楚王宏章。楚王宏章应声跪地，自责：“此次战祸因本王而起，如今已禅让，本人愿将随身卫队不足两千人，借与犬戎爱侄，去大漠戎狄救鹰王兄弟。戴罪之身，谢周天子不杀之恩。”

周天子很满意，指着犬戎，向诸侯诉求：“大漠王犬戎回漠北救父王，众位不能束手不救呀！”

周天子停顿片刻，回顾四周，眼见无人应答，不得不说：“依诸位之见，是要本王亲自统领大军，去漠北平叛。”

诸侯王闻言，互相对视，议论纷纷。

韩国将军姜昕上前禀告："天子吾王，韩臣姜昕代替韩王先借兵给大漠王，南征之战各国消耗很大，皆已班师回国休整，等天子再降旨，韩国再次召集兵马，共同征战漠北。"

诸侯王无异议，纷纷表示："各国共同商议，愿借兵给大漠王犬戎，火速发兵回漠北平息叛乱……"

周天子无比欣慰，看着犬戎笑曰："已经册封犬戎为大漠王，诸侯国愿借大漠王一万兵马。此次，楚梁君还有四万降兵，本王做主，借两万给大漠王。大漠王麾下足有三万大军，待平息内乱，大漠王要如数归还所借之兵。"犬戎无比激动，跪拜周天子："戎儿谢天子父王，王恩浩荡，戎儿永世不忘。戎儿愿立字为凭，漠北战事完毕，加倍奉还。"

一时之间，巴国城内哭声一片，壮年男子十有八九加入行伍，只剩老弱妇孺，哭成一团。战败之国，哪有栖息之地？犬戎手握封王御印，带领三万大军疾驰而去。各路诸侯也纷纷领兵离开巴国之境。

时光飞逝，巴国连连数日天空阴暗，电闪雷鸣，暴雨如注。巴国城外，洪水破堤，一片泽国。周天子站在河堤之上，举着大禹王神铲祈祷："上天呀！给天下苍生一条活路，大禹王开眼吧！保护黎民苍生。"

大雨倾盆，吕刑率领十万兵将赶来，夯土筑堤坝。

吕刑跪拜周天子，禀告："天子不要着急，十万大军上堤加固，定会化险为夷。"

周天子振奋精神，高呼："将士们，定要堵住决堤！"周天子挥舞铁铲，身先士卒。

清龙王来到河堤，向周天子降天旨："周天子姬瑕接旨：玉帝有旨，周天子姬瑕违抗天命，致使江水漫堤，命其化龙沉江，疏通河道，挽救天下黎民于水火，以向天下苍生谢罪。钦此！"

周天子接住天旨，举过头顶，高呼："大禹王，为万民生计不顾生死。周天子姬瑕，愿为天下苍生粉身碎骨，在所不惜！大禹王，周天子姬瑕来也！"

宏章上前抱住周天子，阻止道："天子，都是寡人惹祸巴国，还是让寡人替天子受天刑吧！"

周天子推开宏章，叮嘱："宏章要好好活着，去告诉天下人，姬瑕愿为天下百姓，化龙潜江，疏通江河，同大禹王一道造福苍生也！”

吕刑上前抓住周天子的胳膊，跪地请求：“天子，使不得！太子马上就要到了。”

顷刻之间，周天子姬瑕已经化成一条乌黑的巨龙，周朝将士无奈地伏在地上一边哀号，一边向着巨龙叩拜。

乌云滚滚，雷电交加，洪水四溢。穆太子在对岸见父王化龙投江，他也奋不顾身跃入江水，在洪水中奋力向前。

巨龙低沉怒吼：“吕刑掌使，本王遗诏：扶持太子姬满为周天子，兵符在此，将十万周朝兵士，一个不少带回镐京。”

吕刑接过兵符，跪在巨龙脚下立誓：“吕刑对天发誓：不辱使命。天子敬请放心。”

乌黑巨龙对天呐喊：“姬满儿呀！父王与儿永别了！王儿牢记，善待天下苍生。父王永远为天下黎民疏通江河，造福天下，与大禹王同在。”宏章上前抱住龙爪，悲痛地号啕。

巨龙回望宏章，最后道别：“宏章，莫要哭泣，兄长要告知天下，姬瑕与大禹王同在，造福天下。请兄长扶持姬满……”

穆太子在江水里看不见父亲的影子，犹如万箭穿心，大声疾呼：“父王，父王，我是王儿姬满呀！姬满就要回到父王身边，陪在父王身边呀！父王等等儿呀！”

穆太子在江水中仰头，清晰地看到对岸河堤之上，一条乌黑的巨龙钻入江底。

穆太子不顾一切潜入江中，在急流中上下沉浮……周朝将士跪地叩拜，哀号之声伴随雷电轰鸣。

第二十回　穆太子投江寻亲　灵仙转世献真心

西王母洞府，众臣刚刚散去。西王母独自坐在宝座之上，若有所思。这两天，西王母时时觉得胸中憋闷，无法呼吸。西王母不停地拍打着胸口，却无济于事。突然，西王母面色苍白，摔倒在地。金鹰急速飞来，抓起西王母高飞。西王母缓缓苏醒，虚弱地说："雕爷爷，金曼的心好痛呀！金曼又看到他了，他究竟是谁，教金曼如此揪心，为他牵肠挂肚？"

金鹰架起西王母，展翅疾飞，尖声啼鸣："少主，抓紧了，老雕带金曼去救他。"

主仆转瞬即到江上。

"他，就在下边江底的淤泥里！"西王母指着滚滚江水费力地说。

金鹰啼鸣："他在哪里？老雕怎么看不见他？"

西王母感觉心在剧烈抖动，越靠近江面，呼吸越急促，仿佛沉入江底的是另一个自己。西王母指着江水，使出所有气力说："雕爷爷，金曼能感觉到，他就在江底的淤泥里。"

金鹰贴近江面，尖声啼鸣："老雕把他抓起来。"

金鹰施展绝技，钢爪伸长百丈，高声啼鸣："抓到了！"

阴雨过后，江水退下，一道彩虹挂在天空。

西王母抱着他，把他靠在自己腿上。西王母将一粒丹药喂进他的嘴里，细心地观察这位似曾相识的人，喃喃自语："金曼的心，像死去一般。你究竟是谁？你如果死了，金曼是不是和你一样，也要死去？"

金鹰啼鸣："老雕在灵山听佛法，据说万物同根，亲缘越近，感知越深。他是纯阳之身，金曼是纯阴之体，面相如此接近。金曼快看，他脚上也有金印记，和金曼脚上的一模一样。"

西王母看着金色印记，说："金曼明白了，只有同根同源，才能感知。我与他的金色印记丝毫不差，是天缘吗？"

突然，穆太子口吐江水，慢慢地醒来，迟疑地问："你是谁？为什么要戴着面纱？"穆太子站起来，颤颤巍巍走到江边，指着西王母，"你别过来！我要救父王，他在江里。"

西王母急忙追上去，说："我是你的妹妹，我叫……"穆太子摇晃着身体，推开西王母，失魂落魄地说："我是姬满，从来没有妹妹，别想哄姬满，我要救父王。"说完，穆太子踉跄地向前走几步，再次跃身跳进江水里，沉入江中，被急流冲走。

西王母跌坐在地，指着江水呼喊："我是你妹妹，我是金曼呀！人怎么能活在江里呢？姬满哥哥，你快回来吧！"西王母感到无法呼吸，几乎要昏厥过去，绝望地望着江水。

金鹰飞起，顺着奔腾江水四处找寻，反复施法，伸长铁爪，在水里抓来抓去，可许久不见穆太子人影。

终于，一个浪头翻腾，穆太子再次浮出水面，金鹰一爪下去，将其提上堤岸。

穆太子已无呼吸，西王母悲痛欲绝，哭喊道："姬满哥哥为什么不认金曼妹妹呀？让妹妹再看哥哥一眼，姬满与梦里的哥哥一模一样。亲人呀！你何时才能与金曼相认呀？"

金鹰哀鸣："少主别急，您兄妹二人现在还不能相认，这是天机。少主，你看穆太子身旁这是什么？是根狐狸尾巴，还是活的！有缘人定会来救他的。"

西王母一脸迟疑，热泪滚落在面纱上，万分悲痛地哭喊："姬满哥哥呀！金曼唯一的亲人呀！亲人就在身边，却不能相认。人世间，多么残酷，多么无情呀！"

金鹰尖声啼鸣："穆太子会好起来的！总有一天，他会与金曼相聚的。少主，再耐心点，等到东南风吹起时，姬满会来西天国拜见金曼。"

西王母心悲不自胜，悲伤地说：“他究竟是谁，让金曼如此牵挂？既然天命如此，那就让金曼好好地记住他。”

金鹰尖声狂鸣：“快看，这尾巴不停地在动，一定是姬满的缘分来了。我们必须快快离开。”

金鹰不顾一切抓起西王母，急速飞向天空。

西王母望着堤岸上的姬满忧心忡忡……

河堤上空，雨雾消失，阳光暖烘烘的。

河岸飘来一把红雨伞，伞下是一位白衣少女。少女一身雪白的天丝罗裙，苗条修长的身材，婀娜多姿。她一双凤眼圆睁，欣喜地望着穆太子身边的狐狸尾巴，迈着轻盈的细步，向穆太子身边走去。

走到周天子身边，少女收起雨伞，纤纤细指拾起狐狸尾巴，一边爱怜地轻轻抚摸，一边自言自语道：“这也许就是天缘，我的尾巴被他拿着，我只能做人了，做个好人。”

女子轻轻抬起穆太子的头，呼唤：“你醒来呀，这么好的太阳，睡什么觉？你快醒来呀！”她边说边用白色狐尾擦拭穆太子脸上的水迹，“祖母说了，谁拿着灵儿的尾巴，要灵儿嫁给谁。你既然是我夫君，让我仔细看清你。”女子含羞掩面，偷瞥穆太子，却不禁赞叹：“他可真是仙颜啊……”

女子心里不停地琢磨：眼前男子虽是命中的夫君，可二人不曾相识，叫他什么？夫君，公子？他不醒来，她只能背着他上路，可男女授受不亲，她怎好……

哎呀！不想那么多了，女子鼓起勇气，背起穆太子，沿着河堤向上游走去。

穆太子在女子背上颠簸一番竟然醒过来了，迷迷糊糊地问：“你是谁？”

女子惊喜地呼喊：“呀！你终于醒了，我背着你，可累坏了！我是谁，我是白……不、不不，我是狐……不、不不，我是你娘子，你是我夫君。”

穆太子再次昏了过去，女子见他不言语，知道他再次昏睡过去，就急步向前赶去。背上的男子似乎没有一丝的重量，女子在堤岸健步如飞。

袁太师和吕刑引领众将士巡江堤快马奔来，见到白衣女子背着穆太子，急忙下马。

袁太师热泪盈眶，呼喊：“太子，终于找到你了！”

西王母在远处看得清楚，急切地问：“雕爷爷，这位白衣女子走路如此怪异，动作如此夸张，绝非凡类。”

金鹰啼鸣：“天机，天机。白姑娘是位极善之人，少主尽可放心。你们兄妹总会相聚的，咱们该回西天国了。”金鹰展翅向北方而去。

袁太师把穆太子从女子背上扶下，迫不及待地询问：“你是谁？”

白衣女子反问：“老儿，你问我是谁？我还想问，你是谁呢？我是他娘子，他是我夫君，不信你问他。不许你碰我家公子！”姑娘推开袁太师，护着穆太子。

穆太子迷糊地对袁太师说：“她说得对，我是她夫君，她是我娘子……”说完，穆太子再次昏了过去。

女子很霸气地说：“听清楚！除了本姑娘，谁也不许碰我家公子。本姑娘来照顾我家夫君。”袁太师无奈，只好由女子暂时照顾周天子。众人急忙向镐京方向疾驰而去。

周天子自从投江被救出后，整日昏昏沉沉，似醒似睡，神志也似三岁蒙童，愁杀群臣。

这日，穆太子终于醒了。看到白衣姑娘，他不解地问：“是你救了我呀？你叫什么名字？你的面纱呢？”

白衣姑娘怜惜地看着穆太子，说：“你贵为太子，人人都叫你太子，我是救你之人，我没有面纱！”

穆太子忙说：“谢谢姑娘救命之恩，姑娘，你总该有个名字吧！”

白衣姑娘浅浅一笑，说：“祖母叫我灵儿，太子就叫我灵儿吧。”

穆太子口中念道：“灵儿，灵儿，灵儿姑娘总该有个大名的。”

白衣姑娘见穆太子又犯浑了，笑着说：“我的大名叫太子夫人。”

穆太子心里一乐：“还有这么奇怪的名字？姑娘真是机灵聪明啊！”

白衣姑娘扑哧一笑，说：“机灵聪明？对对对，机灵的白姑娘，就叫白灵子！”

穆太子高兴地拍着手叫好：“白灵子，是个好名字！白灵子，你天天给我研制仙药，谢谢白灵子。”

穆太子精神恍惚月余，今天神志恢复。袁太师急忙来到车辇前，眼见穆太子精神恢复许多，激动地说：“太子，你昏昏沉沉有月余了，这一路多亏灵姑娘照顾，为师也非常感动。”

穆太子见到袁太师，悲从中来，哀哀哭诉道：“师傅，徒儿终于想明白了，父王不会再回来了，徒儿要治理天下，造福百姓啊！”

袁太师见穆太子哀痛，也含泪说道：“都江已在巴国登基。这是先王给您的兵符，请太子收好。再有几天，我们就回到镐京了。”

吕刑开心地上前禀告：“拜见太师，拜见太子。灵姑娘真厉害，不让我们靠近太子的车辇。太子，你终于醒了，因太子抱恙，十万大军行动缓慢，现在可以加速而行了吗？”

穆太子痛哭不已，哽咽说道：“周朝遭此大难，多亏太师和吕侯了。吕刑哥哥，你年长我几岁，从小与我伴读，为人正直，我们亲如兄弟……”

看到眼前一幕，白灵子初次感到人间情义，不禁泪水涟涟，这种感觉她以前不曾有过。

再看看众人个个悲痛不已，白灵子只好上前催促道：“都是征鞍挂袍的男儿，一个个悲悲戚戚的，还不如我这没亲没故的女儿家。既要回镐京，为何要哭着回？”

这一问，问得众人面有赧色，众人忙收起伤痛，重整旗鼓，浩浩荡荡地向镐京行去。

第二十一回　穆太子南征归来　白灵儿京城遇师

周朝古都——镐京，雄伟的城墙，城楼上彩旗林立，提篮、挑担、骑马、驱车的人熙熙攘攘，吆喝声此起彼伏。

随着一阵开道锣声，正阳门巨大的城门缓缓开启，城门中走出两队执戈持钺的守卫，威武站立城门两侧。一凤鸾缓缓出城而来，宫娥婢女，分立凤鸾两侧。侍官高喊："王后驾到。" 凤鸾平缓落下，隔着细纱幔，只见陈圆王后眼中泛着泪光。陈宫上前禀告："启禀娘娘，銮驾已到正阳门。太子即刻就到，臣已叫人去迎候了。" 王后掀开纱幔，迫不及待地想看太子。侍官再次高喊："太后驾到。""老太后驾到。"

文武百官已列队恭候。

王后责备道："陈宫，昨天不是说好了小君我独自来迎接吗？这老太后一来，知道天子已经薨了，可怎么办啊？"说完，她哀哀哭泣。

陈宫急忙跪在地上禀告："王后切不可伤心，伤了玉体，太子若怪罪下来，臣等担待不起啊！"

王后伤心地说："天子，你走了，为何留下这么多规矩，不让少君见自己的儿子？学堂十年，也见不了几面。后来，王儿随您南征北战，更是见不着人。如今，连凤鸾也下不得……"

穆太子远远地看到了母后的车辇，一行人快步来到凤鸾前。"母后，莫急，儿以礼助母后出辇。"说着，穆太子先至左边掀起鸾帘，然后绕至右边跪倒在凤鸾下，伏倒让王后去踩背。

王后盯着穆太子的背，心疼地说："怎能踩王儿之背出鸾？"

穆太子歪着脑袋向上看，笑着说："母后，这是母后给儿的，现在已经很结实了，不信，母后踩上去试一试。" 王后这才踩着穆太子的背稳稳地下到地上，急忙俯身扶起穆太子，从头到脚细细打量他。

众臣跪地而拜，高声齐呼："王后万寿。" 白灵子看到众人下跪，弯腰左顾右盼，四处张望，不知所措。

王后扶着穆太子不停地说："王儿，让母后看看，娘踩痛你了。五年了，王儿长结实了，还长了胡子。你父王为巴国举兵，讨伐楚梁君，不料投河疏淤，如今与我母子天人永隔，母后的心都要碎了……"

穆太子闻言跪地高声劝慰："母亲不用伤心，儿一定继承父志，让周朝兴旺，绝不会让娘伤心。"王后闻言流出了欣慰的泪水，说："王儿快起来！如今儿回来了，母后也就放心了。"王后再次扶起穆太子。

陈圆王后眼望众臣，缓缓说道："众位爱卿，平身吧！"

众臣齐口："谢王后！"

白灵子也跟随众人随身应和，王后这才看清白衣女子，心想：白衣姑娘救太子一事天下皆知，想必这女子就是白灵子了。这女子容貌清新脱俗，倒是与太子般配，只是礼数不达，举措甚是粗鲁，心下不悦，说："各位重臣，天子已经归天授命，国不可一日无君，即刻颁诏：太子姬满才学武功出众，择日登基继位，昭告诸侯各国，前来镐京行登基大典。"

众臣再次跪拜，齐声高赞。

王后紧盯白灵，白灵感到王后目光威严，不禁后背微微发凉，心下甚是不安。她急忙来到周天子身旁，拉住周天子的衣袖，说："夫君，你又改名字了，灵儿要叫你天子了。"

这话一出，王后面露愠色，质问太子："王儿，她叫什么？"

周天子拉着白灵，急忙介绍："母后，她是白灵，是王儿的救命恩人。"

白灵不知如何行礼，只好学着太子的样子，拱手说道："灵儿给母后请安。"这声音虽细如风声，王后却听得清楚，生气地说："溥天之下，莫非王土；率土之滨，莫非王臣。天下女子，太子可任选。但是，太子即将贵为天子，与民女私订终身，不妥！太子，老太后等候多时，请太子前去拜见老太后。"

"儿臣知道了。"穆太子一听也不敢忤逆母后的圣意，只好前去拜见祖母。他回头再看白灵，只见白灵凤眼圆睁，不解地看着周围。穆太子眉头一皱，正要向母后求情，却听见王后催促说："老太后盼王儿已久，王儿快快去见老祖宗！"

太子欲言又止，只得焦急地看一眼白灵，暗示她不要惶急。依稀看见白灵子跪在地上，委屈地看着他，他心里一酸。

一阵噼里啪啦的爆竹声瞬间掩盖了一切。镐京大街小巷张灯结彩，百姓奔走相告："大军得胜而归。"有人闻讯出门，一齐涌向正阳门，正阳门被围得水泄不通。

在铜甲勇士的护卫下，在内侍、宫娥、彩女、嫔姬的簇拥下，太子、陈圆、王香各乘龙辇向宫殿行来。

车辇之后，袁太师、吕刑引领文武朝臣，骑马紧随其后。

白灵沮丧地走在最后边，心想：姬满夫君，你被万人拥戴，而我孤身来到镐京城，举目无亲，和你何时才能见面呀？想到这里，白灵泪流满面，失魂落魄地走着。街道繁花似锦，她的心却寂寞难耐，忽然悟到当初祖母万般劝她不要去人间的深意了。原来，人间的情能暖人亦能伤人。正思虑着，她头顶却传来声音："小灵子，小灵子，俺是二师傅老猪，徒儿忘记师傅了吗？"

白灵急忙擦干眼泪，开心地说："八戒师傅，二师傅，遇见师傅真好！二师傅不念经，来这人间消受了？"

猪八戒欢喜地拉住白灵子的手："老猪来人间消受不消受，是小事，你的心事才是大事！"

白灵开心不已，拍着猪八戒的胖肚子，说："师傅一个人来的？"猪八戒开心地说："旁边桃子长腿飞，那都不是事，那里藏着一只猴，一只臭猴子、破烂猴！哈哈……"

见一颗桃子落在白灵手中，桃子里传出："谁在骂俺呢？不怕烂了嘴巴！"

白灵捧着桃，欢呼："悟空师傅你也来了？大师傅来了，徒儿可有救了。"

桃子飞起，欢唱："天上掉下一只猴，那都不是事，你的心事才是事！"孙悟空落在地上。

白灵兴奋地抓住孙悟空的手，欢快地蹦蹦跳跳，蹦跳一阵，忽然停了下来，泪流不止。孙悟空看在眼里，痛在心里，叫过八戒耳语一番。

猪八戒笑眯眯地安慰："徒儿，太子有什么好的，二师傅杀进镐京域，让那姬满跪在灵儿面前磕头谢罪。”

白灵哭得愈发伤心，猪八戒故意说：“我们师徒云游四海，当个快乐神仙多好！进那王宫，受气不说，还要被那群老太婆指指点点，不值得！”

孙悟空揪住猪八戒的耳朵，焦急地说：“呆子，徒儿已经吃了玉帝老儿赐的仙药，早已转世成人，云游个头！”

猪八戒憨笑一声，说：“那怎么办？难道眼睁睁地看着灵儿伤心？”

孙悟空拍着胸脯，果断地说：“徒儿，别急，师傅定有办法，叫那姬满娶你！”

白灵立即止住哭泣，担心地说：“王后对灵儿不满，如若师傅强求，王后绝不会善罢甘休。”白灵牵住孙悟空的胳膊说，“大师傅帮帮弟子！灵儿，不希望以胁迫为由，强行进宫，灵儿只求太子能接灵儿进宫。”

孙悟空轻轻为白灵子抹泪，心疼地说：“徒儿乖，师傅自然会帮徒儿，俺老孙说到做到。”

猪八戒拍着肚子，随声附和：“师兄，你能帮，俺也能，小灵子唱将起来。”

师徒三人蹦蹦跳跳，放声高唱：“我们都是快乐仙，我们就把快乐传，我们就是快乐的神仙，快乐就是我们传，你来传，我来传，快乐就要传四方。快乐快快传，快快传快乐，你我就是快乐的神仙。”

第二十二回　太子大婚迎贤妇　王后深宫立规矩

一夜之间，镐京城的大街小巷爆竹声声，百姓高声欢呼："太子大婚，太子大婚！"

孩童在街头高唱："太子娶白灵子，一个是仙童，一个是玉女。太子娶白灵子，一位是仁君，一位是贤后。"

宫殿里红彩灯高悬，一派喜气洋洋的景象。

陈圆王后寝宫里，嫔妃们前来道喜。陈圆王后正奇怪是谁一夜之间到处高悬彩灯，传来侍官的叫喊声："老祖宗驾到！"

肖莹拄着拐杖在侍女的搀扶下走了进来，朗声说："老妪眼花耳聋，行动不便，姬满曾孙儿昨天才回来，今天就大婚，也没人告诉老妪一声。不过，老妪听了这喜事，竟然眼不花，耳不聋，身子骨也硬朗了。奇也！怪也！"

太后王香更是直截了当地说："陈圆吾儿，姬满突然大婚，这是给老祖宗和老妇一个惊喜呀！难得儿有如此孝心。白姑娘制仙药救姬满的事，在宫里传遍了。这样贤德的女子能进王宫，乃是周朝百年修来之福呀！" 陈圆王后满脸疑惑，急着想争辩，嘴巴好像被什么控制了似的，说："择日不如撞日，今日就是吉日，立即下旨，天子速速迎娶白灵进宫。"

此话一出，陈圆王后吓了一跳，自己明明想说："白灵一民女，出身卑微，怎能与姬满成婚？老妇我是不是中邪了？"太后大声催促："还下什么旨呀！速叫姬满迎娶白灵。"

此时，太子前来请安，一路之上彩灯高悬，他心内生疑：母后这是为何事而挂彩灯啊？刚好见袁太师急急走来，不等袁太师开口，急忙问：“恩师，今天宫中有何喜事，为何各个大殿彩灯高悬？”

袁太师笑而不答，拉着周天子走入东宫。

二位来到殿堂，太子急忙上前跪拜请安：“给老祖宗、太后、母后请安。”

袁太师鞠躬行礼，故意问：“今天这是怎么了，四处高悬彩灯？”

陈圆王后无比气愤地大叫：“老妇给太子赐大婚，太师还不谢恩！太师速去准备，迎娶白灵子王后。”

话一出口，陈圆太后又气又急，心中嘀咕：这究竟是怎么回事？是谁让老妇口是心非？她鼓足劲儿，站起身来，想阻止这一切：“所有人都去准备，迎娶白灵，不得延误！”

见母后发令，太子心下一怔，脸上露出喜色，大声回禀：“谢母后赐婚，恩师，赶紧准备。”

太子拉着袁太师即刻出门而去。

陈圆王后知道自己被下蛊，急速来到祠堂，焚香祈祷：“神灵保佑，神灵保佑，大周不能娶民女为后。”这时耳边传来观音菩萨清朗的回声：“本座为你儿姬满和白灵赐婚，还不跪谢！”

陈圆王后跪在蒲团上拜谢：“观音菩萨在上，谢观音菩萨赐婚。”

镐京城外，浩浩荡荡迎亲队伍一路出城，袁太师骑着红鬃烈马走在最前面。

太子身穿龙袍，乘坐在九匹白马驱动的华丽龙辇，护卫和侍卫分立两侧，一行人浩荡前行。太子焦急地问：“恩师，我们去哪里迎娶白灵？”

袁太师手拿拂尘，高声禀告：“太子，不急，不急，缘分一来，白灵即到。”

忽然，前方爆竹齐鸣，人声鼎沸。袁太师急忙上前，问路人说：“前方可是白灵姑娘家？”

“张家公子昨天南征回来，正在拜堂呢！”

太子听到路人回话，叫来陈宫，大声命令：“快快去奖赏张家。”

袁太师前行，迎亲队伍紧随，听到阵阵唢呐声，只见一队人马抬轿而来，新郎骑在驴上。

袁太师急忙上前询问：“前方可是白灵姑娘轿子？”

“我们李家公子昨日远征归来，正迎娶何家新娘。”说着给众人发喜果。

太子急忙唤来陈宫，陈宫献上喜果子，禀告：“太子不必费心，臣已命人沿路去赏了。”

前方又是一阵欢呼声，只见一位新郎官急急跑来，跪拜高呼：“天子，俺是兵士赵爽，昨日告假，今日娶亲，与天子同日大喜，臣无限荣光。”

太子心下甚是快慰，急忙说：“不必多礼，赵爽快去把新娘接回家。近日不论南征将士，只要新婚，一律重赏！”

赵爽闻听太子之言，连忙磕头行礼，起身急急忙忙跑了。

一路之上，爆竹声声，唢呐齐鸣，欢歌笑语，张灯结彩。

袁太师不慌不忙地缓缓前行，太子在车辇上，却急得额头汗水直流，不停地问：“还有多远？”

沿途之上，奇花怒放，百草欢颜，百鸟喜鸣，太子无心感受洋洋喜气，只盼早一刻见到白灵子。

九重山，胡家庄老宅，百花齐放，鸟语花香。祠堂正中供奉着女娲娘娘神像，宾朋满堂，众神仙道友齐聚一堂。

观音菩萨端庄而坐，满脸微笑。猪八戒嘴巴一刻不停，享美食。唐僧连连摇头，暗示八戒注意举止。沙僧忙着递茶倒水，侍奉众神仙。慧灵大仙眉开眼笑，和众仙童、仙女在院中手捧嫁妆，迎候娶亲队伍。

孙悟空降下云头，来到院中高喊：“到了，到了，马上到了！俺老孙这回可不能轻饶了姬满女婿。”

观世音菩萨合掌念道：“阿弥陀佛，悟空，千年姻缘可不能扰了。”

孙悟空行礼，拍着心口说：“菩萨放心，弟子定叫它圆圆满满，要让姬满记住，小灵子不可轻娶。菩萨放心。”孙悟空拉住八戒催促：“守住庄门，要彩礼！”

猪八戒开心地说：“要彩礼，老猪在行，见好吧！”

袁太师一行来到庄门。将官上前，对着庄门高声大喊：“周朝太子驾到，尔等快来迎驾，快开庄门！”

只见孙悟空、猪八戒二人站在庄门口，并不搭理。袁太师见无人应答，拍马前来高声喊：“太子驾到，迎娶白灵为妻，尔等快来迎驾，快开庄门。”

孙悟空拱手行礼，装腔疑问：“噢！是谁在门前无理叫嚷，原来是袁太师呀！这厢有礼了，袁太师不休息，干吗来了？前来叫阵吗？”

猪八戒随声附和："袁太师，你干吗来了？这不打仗，讨吗阵呀？"

袁太师下马，急忙行礼高呼："二位大圣有礼了，天子迎娶白灵子，快快开门，否则，贫道要破门了！"

孙悟空恼怒不已，痛斥："袁太师，俺老孙可告诉你，白灵子是俺高徒，不可轻娶，孙爷爷不吃你那一套！你敢破门，叫你领教领教俺老孙的这棒子！袁太师，我来问你，你又不娶娘子，操得哪门心呀！这里没你的事，快走开！"

猪八戒急忙劝解："太子大婚，你老官掺和什么呀！快让开，让姬满女婿前来，老猪看他是否有诚意。"

太子见此情景心中着急，跳下车辇，来到庄门前行礼，高呼："二位尊师，姬满有礼了，请打开庄门，放姬满进去吧！"

孙悟空心下稍感快慰，道："哈哈哈！还是姬满太子懂礼，老孙来问太子，太子这是来干吗？"

猪八戒嘿嘿憨笑两声，抢过话头说："姬满真乃人中之龙，比起玉帝俊百倍。太子，快快告诉俺老猪，您前来干吗？" 太子一听猪八戒之言，急忙小声说："姬满前来迎娶小灵子。"

孙悟空挖着耳朵，故意问："姬满你说什么，老孙都没听清楚，你们听到没？"

庄门里人齐声高喊："没听见，没听见。"

太子望着庄门，鼓足勇气，大喊："姬满迎娶白灵子，小灵子，你听到没？"

"这次听到了，声音太小了，"庄门里传话，"声音太小了，声音太小了，白灵子姑娘没听见！"

太子振臂一挥，高呼："姬满迎娶白灵子。"迎亲队伍随之高呼："太子迎娶白灵子王后娘娘……"

孙悟空拍手跳跃，无比开心地说："声音够大了，你们听见没？"门内高呼："白灵子姑娘没答应，白灵子姑娘没点头。"

孙悟空笑着说："姬满，你贵为天子，老孙很想帮你，可是，姬满空手而来，谁家姑娘愿意嫁给空手的郎君？"猪八戒应声："就是，当年俺老猪在高老庄干了三年活，已没攒下彩礼。姬满，回去准备好彩礼，再来吧！真是的！"太子满心欢喜，高声说："姬满带着一片诚心，带着厚重彩礼，请求白灵子嫁我。"太子向陈宫示意抬下彩礼。

孙悟空指着彩礼数数，拍手称快："姬满太子的诚心，俺老孙没看到，姬满太子的彩礼俺老孙倒是看到了，一万年也享用不完。"猪八戒大声炫耀："小灵子，这彩礼世间罕有，够俺老猪天天娶媳妇了！"

庄门里传出："白灵姑娘点头了。"

太子大声喊："白灵子开门呀，白灵子快开门。"迎亲队伍齐喊："白灵子娘娘，快开门……"

太子再看孙悟空和猪八戒，二位不知去向，他下辇走到庄门，轻轻一推，门开了。

太子进门，向孙悟空、猪八戒等众位仙师一一行礼。

孙悟空领着太子，来到正堂，堂内供奉着女娲娘娘的神像。太子见到一位手持鸠杖的白发祖母，老祖母双目神采奕奕，端坐在正堂。

孙悟空急忙介绍："这位是白灵子姑娘的祖母灵慧大仙。"

太子跪地而拜："晚辈与真人有缘，感谢哺养白灵子之恩，永世不忘回报。"

灵慧大仙上前扶起周太子，递给太子一炷香，语重心长地说："姬满太子，从今日起，灵儿贤孙交给姬满，姬满要好好珍惜灵儿，教灵儿好好做人，做个好人。上一炷香，祈求女娲娘娘保佑你们。"穆太子跪拜上香，祈求："女娲娘娘保佑姬满与白灵子白发偕老。"

唐僧上前，双手合掌道喜："阿弥陀佛，天造一对比翼鸟，地造一双连理枝，可喜可贺呀！"太子急忙上前鞠躬还礼。观音菩萨举一小盏，委婉告之："百年修好，有难共当，有福同享。"

太子鞠躬拜谢："多谢观音菩萨赐婚。"观音菩萨微笑着递上小盏，太子接过，一饮而尽。

孙悟空一语破天惊，高呼："师傅、慧灵大仙，吉时已到，速叫姬满迎娶白灵子。难题还等着姬满太子呢！"

灵慧大仙对太子说："灵儿不可轻娶，本尊布下九九方阵，连本尊也不知灵儿在哪里。只有一次机会，选对了，姬满与白灵子有缘；选错了，只得认命了。"

猪八戒失望地叫嚷："俺老猪连两个猴哥、两个师傅都分不清谁是谁，八十一个小灵子，都穿一样衣服，还盖着盖头，这叫人如何选择？姬满听老猪之言，老太婆存心和你过不去，姬满就别选了，回去再找个算了。猴哥、师傅，我们白忙活了。”

沙僧制止八戒说：“别说丧气话，缘分自在其中。”唐僧合掌念道：“阿弥陀佛！”

观音菩萨笑而不语，众仙赶忙问袁太师：“袁太师，姬满太子可有这神力？这根本就不可能，除非心有灵犀。”

袁太师摇摇头，没有把握地说：“天意呀！”

孙悟空没有说话，看着太子。

太子把白狐尾交到灵慧大仙手上，肯定地说：“姬满相信上天之缘，定能让姬满与白灵子结合。”

灵慧大仙吃惊不已，心里说：“姬满啊，本想你拿着狐尾，走到白灵子身边时，狐尾会动。现在可好，你将狐尾交给本尊，本尊又成笑柄了。”慧灵大仙沉默地坐下。

袁太师恍然大悟，惊愕：“这可真是难解之题！”

孙悟空终于耐不住了：“即使佛祖前来也是无解，姬满天子可有把握？”

太子动用全身真气，坦荡直言：“姬满绝不负白灵子。”众人走向后方院落。

西王母洞府。西王母与众人正在建楼阁。西王母感到真气喷涌，急忙对金鹰说：“雕爷爷，快去看看姬满，金曼又感到姬满哥哥出事了。”金鹰展翅疾飞而去，眨眼之间，就来到九重山。

金鹰变化成鸟雀，落在屋檐上，只见：院落中八十一位新娘，头顶红盖头，身着红衣，九九而列。新娘交错穿行，如幻如影，变化莫测。太子站在前排闭目冥想，头上豆大的汗珠流下。少顷，他指着几列，告知孙悟空：“这些都不是。”孙悟空上前掀去盖头，众人皆屏住呼吸，不敢直视，结果全不是。

太子睁开眼睛，此刻还有九位，他看了良久，又闭目冥想，随即告诉悟空去掉六位，只剩三位。孙悟空上前一一掀去盖头，众仙皆瞠目不语。唐僧闭目，口中不停念道：“阿弥陀佛……”

太子再次睁开眼睛，起身走到三人前，用鼻子闻一闻，告知孙悟空，去一人，只剩两人。悟空慢慢地掀开盖头。众人齐喊：“不是，不是，不是。”

周天子再次冥想，然后快步上前，领着一个新娘，来到灵慧大仙跟前：“就是小灵子，就是她！”

只听得盖头下哭声起：“祖母，姬满选对了。我是灵儿。祖母多保重，灵儿不在您身边，一定要保重。”

灵慧大仙长舒一口气，笑曰：“吉时已到，不可耽搁，姬满、灵儿放心出门吧！”

唢呐声声，锣鼓喧天。太子乘九匹白马龙辇行在前，白灵子着红衣红袄戴红盖头，乘凤鸾紧随其后。迎亲长队一片欢呼：“太子大婚，与民同乐……”

镐京城，宫门前，唢呐鼓乐齐鸣，爆竹声声。陈圆王后等在宫门殷切恭候。

宫门前人头攒动，沸腾了。百姓高呼：“太子娶白灵子，一位将是仁君，一位将是贤后，快来看白灵娘娘，晚了就看不着了！”

凤鸾落地，周天子牵着红绸带，站在鸾下。陈圆王后急忙上前，掀开鸾帘，上前扶着新娘高声说：“来了，来了，进宫门了。”新娘牵着红绸带，慢慢地下鸾，陈圆王后寸步不离，扶着新娘往宫殿走去。

宫门内，陈圆王后搀扶新娘来到殿前，驻足。

鼓乐声起，周天子牵着红绸带一路走上高台，新娘牵着红绸带，步上高台。

鼓乐齐鸣，司仪官高呼：“吉时已到，天子婚庆大典开始，拜天拜地……”

“行掀盖头礼。”周天子用杆子慢慢地掀起白灵子的盖头，只见：白灵凤眼柳眉，朱唇皓齿，肤若凝脂，面如桃花，真是闭月羞花之貌。

太后不禁悄声赞叹：“如此美貌，世间少有，孙儿真有福气。”

老祖宗极尽赞美：“白灵子就是倾国倾城，举世无双。”

司仪官高呼：“行加冕礼。”

太子接过凤冠，戴在白灵发髻之上，珠光宝气，松石珊瑚尽在其上，灿若星光，美不胜收。

众臣跪拜，齐声高呼。

白灵端庄而坐，后宫嫔妃上前参拜，宫女、太监列队叩首。

老祖宗肖莹上前从头上拔下一支镶着大红宝珠的金凤钗，插在白灵子头上：“白灵，这后宫人多事杂，可要精心管理，老妇看好贤孙！”白灵鞠躬道谢：“还望老祖宗多教导，灵儿定要向您老求教。”

太后上前，献上印玺，威严相告：“周朝王后，母仪天下，白灵即将成为王后，可要率先垂范。”

陈圆王后，笑道：“姬满大喜之日，大摆宴席，请众卿入宴！”

金鹰立即飞身前去向西王母回禀他看到的一切。

凌霄宝殿，众仙云集。玉帝满面春风，得意扬扬地说：“观世音菩萨、唐僧师徒功不可没。今天，天上人间共同庆贺姬满白灵子大婚。”

王母娘娘圣心大悦，说：“今天的太子，简直和当年玉帝一个模子刻画。看到姬满，如见到当年的玉帝，不禁感喟。”

见王母娘娘喜色满面，玉帝附和：“娘娘当年为了本尊，不顾生死，本尊至今难忘。如今，姬满破了九九方阵，寻出白灵子，其情可嘉！”

观世音菩萨赞许：“这是天缘，早在千年前注定。白灵子将千年修行化成一世之人生，这还要感谢玉帝，赐予这天缘。”

玉帝感叹：“本尊也要送太子大礼，就送给他仁德之心吧！”王母娘娘也朗朗笑道：“天尊送礼，老妇也送。那就把这颗天宫至宝细灵珠送给白灵，教她做贤德女子，辅佐天子。”

八戒叫嚷：“玉帝，王母娘娘出手真大方，你们要是把嫦娥许给俺老猪，俺就不去西天取经了。”

孙悟空立即提醒：“呆子，别说傻话，你已在高老庄享受洞房花烛了，还贪心！陈圆太后还未认可小灵子呢。”

猪八戒一脸不情愿，嘟着嘴，不再言语。

王母娘娘看着孙悟空，欣然乐道：“孙大圣还是爱打抱不平，这女人的事、婆媳的事，大圣可不能再插手了！”

孙悟空立即合掌赞同：“王母娘娘所言甚是，老孙谨记教诲！”

观世音菩萨合掌告辞：“阿弥陀佛，本座告辞。”唐僧上前辞行：“贫僧师徒四位告辞。阿弥陀佛！”

孙悟空跳到玉帝身前行礼：“谢玉帝，谢过了王母娘娘，小仙得令告辞，八戒！走了。”

猪八戒看着王母娘娘一边行礼，一边大声说：“天宫有好吃的，别忘了俺老猪！谢玉帝，谢王母娘娘，小仙告辞。”

沙僧合掌行礼告辞。唐僧师徒，踏云而去。

王母娘娘对玉帝说：“世间的事变化真大呀！连猪八戒都变得佛心四溢。”

玉帝回想往事，倍感欣慰，大声感叹：“一切都是天缘。谁与本王有缘呢？”玉帝欣喜地盯着王母娘娘，“娘娘，终身之缘呀！”王母娘娘含羞地笑了。

周朝王宫沉浸在夜色中。东宫王后寝室之中，宫灯高挂，烛光灯影之下，王后坐在高椅之上，太监、宫女左右待命。周天子和白灵面向王后，站在厅堂上。

王后盯着白灵威严地说："宫里有宫里的规矩，白灵子先学好规矩，才能照顾好君王。"

白灵深情看着太子，似乎没听到王后的训话。

王后气愤地再次厉声叫喊："白灵子！还不跪下，叫你三更来，为何等到天明？"

太子闻言，急忙跪下，恳求："母后，白灵子不懂宫规礼仪，还请母后多多指教。"

见太子为白灵子辩解，王后极其不满，训斥："王儿，要以天下为重，可不能沉迷于色，耽误了社稷。"

太子急忙含泪禀告："儿谨遵母后之命。白灵初进宫，不懂之处，还望母后多多教导。"

白灵跪在地上，拽拽太子的衣角，诚恳地说："我们周朝礼仪繁杂，顷刻学会甚难，但是白灵愿意跟随母后多多学习，管好后宫，让太子无后顾之忧。如今周朝万民深受战火之苦，太子要广纳贤士、施仁政、立法治、去酷刑。太子要沿袭武王圣训，切不可学纣王无道。"

王后听完白灵这一席话，忽对她心生敬意，这才缓和语气说："都起来吧。老妇会尽心教授你周朝礼节，老妇答应天子，等教好白灵子，再将她交给太子。太子，请先回宫歇息吧！"太子张大嘴巴，盯着白灵。白灵无奈苦笑，用眼神催促太子先退。

太子迟疑地上前，拽着王后的衣袖，求王后放白灵回去。王后猛然扯去衣袖，转过脸去，不再搭理。太子只得跪安："儿谨遵母后之命。"太子极不情愿起身，再次抬头，见王后一脸威严，毫无商量余地，无奈退去。白灵眼泛泪光，目送太子离开。

白灵心中的委屈无以言表，只得战战兢兢地跪在地上，等候王后发言。王后教训说："白灵子呀白灵子！这是老妇最后一次叫你的名字，以后该称呼你什么呢？"

白灵灵机一动，回答："母后，白灵子知道了，没有人时白灵子叫您娘娘，有人时称呼您母后。现在没人了。”白灵上前抱着王后的双腿，含泪哭喊，“娘娘！儿今天终于有家了，儿今后要孝敬娘娘。”

白灵紧紧抱着王后的双腿，一边不停呼唤：“娘娘，白灵出生后未见过自己的娘亲，现在您就是灵儿唯一的娘！”

听到这一声“娘”，王后心中咯噔一下，突然对眼前这女子心生同情，刚才的怒气也消失了一半。不管贵为天子之母，还是平民之母，母性，像汩汩清泉，能打破身份、地位和权势等一切带来的界限。

王后心中泛起融融母爱，自己虽贵为太子之母，但是真正享受母子之情少之甚少，如今这白灵愿意以女相奉，何不顺应天意呢？于是，王后转怒为喜，欣然说：“今天，娘真高兴，娘多了个女儿，宫内又多一件喜事！从今往后，灵儿就是老妇的女儿呀！”

白灵见王后喜上眉头，声泪俱下地说：“娘！儿今天有家了，有娘、有夫君、有祖母、有太太了，这是几世修来的福呀，今晚就让儿陪娘睡，话这多年的苦肠……”

第二十三回　太子行登基大典　犬戎闯殿堂闹事

一轮骄阳照耀镐京城，坚固宽厚的城墙，巨大的城门，执戈持钺身披明亮铠甲的士兵威武雄壮地把守城门。

城门下旗帜飘扬，各诸侯国仪仗、车辇排列齐整，各路诸侯王端坐车辇之上，盛装来朝。

城门上司仪官高声宣告：“太子行登基大典，各诸侯王进宫朝拜。”

司仪官高声宣告：“太子行登基大典，各使节进宫朝贺。”

鼓乐声起，各使节齐下车辇，排列齐整，走进城门。

宫内大殿之上，太子头戴王冕，身披龙袍，仪容齐整，端庄坐在龙椅之上。

王后坐在右边，庄重威严，白灵站在右边，端庄秀丽，凤冠珠光灿灿。

司仪官高声宣召：“各诸侯王进殿朝拜，各国使节进殿朝贺。”

殿堂之上乐声起，文武群臣，各诸侯王、使节齐上宫殿三叩九拜。

朝贺赞美之词不绝于耳。大殿之外，西王母乘金色凤凰落下。西王母青纱遮面，乌黑秀发在黑纱下半露半隐，天丝丽裳艳丽而不失风华。她轻盈走下凤鸟，曰：“吾乃西天国西王母，前来为周太子登基庆贺，速去禀告。”礼仪官火速禀告。

闻听禀告，群臣一阵喧哗，纷纷议论：“西天国乃妖魔鬼怪之异邦，有去无回之险地，远在天边，西王母是如何而来？”“西王母乘凤鸟而来，非常人也！”“久闻西王母法力无边，有求必应，可是没几人能到达西天国……”

周太子已登基为天子，他回望已荣升为太后的陈圆，太后点点头。周天子高声宣告："宣西天国西王母进殿。"

众人不约而同地向宫门看去，只见西王母翩然而至，步态轻盈，所过之处芬芳四溢，沁人心脾。

走到殿前，西王母躹身行礼，曰："吾乃西天国西王母金曼也，今闻周天子登基，特来道贺。西天国愿与周朝世代结好、万代和睦相处。"

西王母仿若天仙，众人目不转睛，引颈相望。

周天子起身，慷慨而言："感谢西天国西王母金曼，不远万里，前来祝贺，周朝与西天国世代睦邻友好，永远和平相处。请赐座。"

西王母手一挥，献上礼盒，曰："今天周天子已登基，西天国特意献上神药天山雪莲，祝天子福寿安康。"西王母献上礼盒，侍从上前受领。

周天子道谢："多谢西王母金曼！请赐茶。"

众臣议论纷纷："天山神药奇香无比呀！"

西王母接过茶，细心品尝，笑曰："西天国每逢喜事，都以歌舞助兴，金曼愿献舞一支，只是尚缺乐曲相伴。"

周天子闻言，欢喜不已，拍拍手，高呼："这有何难，拿上琴来！"

琴师抬来古琴。

周天子来到琴前，席地而坐，曰："本王来弹奏一曲，给西王母金曼相伴。"

白灵王后欣喜地上前行礼，曰："西王母金曼远道而来，白灵子愿抚箫，以助西天国西王母之兴。"

西王母站起鞠躬行礼，致谢曰："感谢白灵王后，请！"

一阵琴箫合奏响彻殿堂，似天龙在东方腾空，似凤鸟在西天翱翔。

西王母金曼赤脚而舞，翩若惊鸿。殿堂之上顿时花香四溢，蜂蝶飞舞。西王母引颈高歌，只听得：

春孕千载一朝而娩，龙凤双生东西两地。同根同祖日夜相连，不知何时何日又何年。待得东风起，吹散雪花飞，冰雪融尽时，寻亲万里，来相聚。

看到西王母轻歌曼舞，每次抬脚时，脚下有金印记，和天子的一模一样，太后心下顿时明白了几分。

曲毕，余音绕梁，西王母戛然停舞，鞠躬行礼，婉言告别："有缘再相会，金曼告辞。"

周天子并未尽兴，急忙挽留："西王母金曼，万里之遥前来相聚，为何来去匆匆？”

白灵王后上前挽留：“西王母金曼歌声如天籁，世间罕有。白灵愿向西王母学习歌唱，何不暂歇，姊妹一叙离情？”

西王母牵着白灵王后的手，说：“东方西方本是一家，同根同源，虽然西域远在天边，万里之遥，但是金曼相信，有缘自会再聚。”

西王母看着周天子，哀婉吟诵：“心灵相通，岂在朝朝暮？亲情一脉，何惧万里之遥？待得东风起，吹散雪花飞，相知相逢，再相聚。”

西王母依然紧握白灵王后的手，嘱托：“好姐姐，照顾好你的夫君，定有相聚时。”说完，西王母放手而去，轻盈走出宫殿。

西王母已乘凤鸟而去，众人好像做梦一样，半晌才回过神来。

周天子端坐在龙椅上，礼仪官手捧诏书大声宣读：“奉天承运，周天子姬满仁德天下……”编钟鼓乐声升起，周天子接受群臣跪拜行礼。

突然，大漠王犬戎闯进殿堂，大声狂呼：“不能立姬满为天子，他是杀先王的真凶，大漠王亲眼所见，姬满恶贼把先帝刺死在江中。这种逆子，人人得而诛之。”

朝堂之上混乱起来，诸侯王面面相觑。

周天子站起，指着大漠王，气愤地说：“本王早已料到大漠王今天必然会来，果真！”

大漠王恶狠狠地说：“本王率领五万大军，前来讨伐你这昏君。你看！你听！你的部属都已归降，姬满快来受死吧！”

周天子镇定自若地说：“本王早就知道你父鹰王已不在大漠，本王还知道你假意借兵，偷走大禹王神铲，害了父王。但是，念你与本王相伴多年，只要你改邪归正，本王可以放过你。本王劝你放下斧钺，速回大漠！”大漠王拿出禹王铲，咆哮：“姬满小人，你也配称王！看吧！此铲乃先帝所赐，要大漠王前来讨伐你这不孝之子。姬满若能接住三铲，本王就退兵，决不食言。”

“天子兄长不用慌，巴王都江帮你接过此铲。”说完巴国国君都江已挡在大漠王面前。

大漠王指着巴王，大声告诫：“都江小弟，从小就打不过大哥，少逞强，一边去！”

巴王气愤地指着大漠王，怒吼："强盗！为何盗走巴国镇国之宝大禹王神铲？强盗！为何掳走巴国臣民？本王要你向巴国臣民谢罪，向先帝谢罪，向周朝百姓谢罪！"

大漠王已怒气冲天，举起神铲向都江砸去，狠毒地说："打死你！"

巴王并没有躲避，暗念咒语："回来吧！"伸手迎向大禹王神铲，眼看神铲就要砸下，众人都担心巴王被砸成肉酱，不料一道闪电破空而来，大漠王被震出很远，口吐鲜血，倒地惨叫。巴王安然无恙，高举大禹王神铲，振臂欢呼。

护卫上前将大漠王绑定。

巴王举起禹王铲，想要结果大漠王性命。

周天子上前拦住巴王，平心静气地规劝："都江快住手，都是同窗，不能相残。"

巴王气愤地说："今天不杀这头恶狼，今后必然被其所害。" 宏章上前抓住大漠王衣襟，大声讨教："恶贼，还先王性命！今天孤要为先王报仇。"

太后起身上前，大声劝阻："宏章兄长息怒，先王化龙潜江，这是天意，天意不可违，放了大漠王吧！他会自己悔悟。"

巴王指着大漠王说："放你可以，把掳走的巴国臣民一个不能少地归还。"

各诸侯王纷纷上前声讨："犬戎，把借我们的兵士，都还给我们。"大漠王跪在太后面前，哭道："先王呀！还是您和陈圆母后对戎儿好呀！犬戎不服呀！姬满杀了犬戎吧！"

周天子听到号啕之声，心绪烦乱：今日登基大典，本应大赦天下，收复民心，安抚四方，怎能手足相残，血溅天台？周天子冷静片刻，向陈宫悄声传旨。

侍卫上前拖着大漠王就走，大漠王开口大喊："姬满杀了我，杀了我呀！大漠决不屈服！大漠王决不屈服！"大漠王不停地呼喊，被将士拉出殿堂，殿堂里恢复了平静，周天子端坐宝座上，环视四周，凝神静气，威严地宣告："今日登基大典，减赋减租，减免劳役，安抚四方，大赦天下。"周天子又补充道，"今日，多亏太师神算，早就料到大漠王谋反，请太师告知各位。"

袁太师鞠躬行礼，曰："此前夜观天象，北斗敞亮，西方有阴气上升，贫道得知大漠王藏兵于河套之地，伺机向周朝发难，就与天子商量，叫大漠王交出大军。王后娘娘睿智，出了上计：以诸侯名义，联络大漠王，准备登基大典时行事。大漠王很谨慎，还是中了王后之计。”

殿堂之上群臣议论不休，赞扬之声不断。

太后拉着白灵王后入座，悄声告知周天子说：“姬满吾儿，今日登基，老妇把王后交给王儿，王儿可要珍惜呀。王后天资聪慧，非比寻常，令母后都佩服。”

众人论议不止，此时才反应过来，纷纷上前跪拜：“王后娘娘千岁千岁千千岁。”

白灵王后端庄坐在凤椅之上，谦和地说：“诸位，请平身。”周天子端正而坐，指着宫外威严地说：“大漠五万大军已到城外，不必惊惧，众卿请随本王前去退兵。”

第二十四回　周天子智退强兵　西王母教化巴布

诸侯王和朝臣前呼后拥，陪同周天子来到城楼。

放眼望去城外五万大军，黑压压一片，从北到南，密密实实，整齐排列，呼喊声此起彼伏，战马嘶鸣声不绝于耳。

周天子站在城楼上，心想：泱泱天朝，以礼臣服万邦，然而各国依然战乱不停。今天，犬戎蛊惑重兵，再起战乱，叫人忧虑。城下将士仰望城楼，停止躁动，渐渐安静。

周天子举起右手，高呼："本王在此，今日周朝举行登基大典，万邦来朝。本王在此立志：立新政、除旧弊，施仁政、去酷刑，遵循武帝祖训，使诸侯齐心，天下共享太平。今天大赦天下，普天同庆。诸侯各领自家兵将，安邦天下。"

巴国君都江高举大禹王神铲，振臂高呼："天子万岁，巴国旧民若不做奴隶，可随本王回巴国，举家团圆。"只见，大军之中万众欢呼："天子万岁！回巴国团聚。"

此时，万马军中，一员猛将骑黑烈马飞驰来到城门下，高呼："吾乃大漠王偏将，西天国巴布是也！速放吾主犬戎，不然杀进城去，片甲不留。"说完拉弓急射。

此箭划出一道白光，直逼周天子而来，周天子应声倒地。

众人上前，见此箭正中周天子胸口，白灵王后急忙上前疾呼："夫君，夫君，你怎么了？"

巴布已在城门之下，口出狂言："中巴布之箭，休想活命！除非你是圣主仁君，有神灵护佑，命不该绝。”

白灵王后手扶城垛，指着巴布大声训斥：“巴布！你这狂妄之徒，胆敢射杀圣明君主，白灵子与你拼死一战。”

巴布再次举弓拉箭，狂妄地喊：“妖后，巴布来取妖后性命。”

话音未落，又是一道白光，白灵王后应声倒地。

众人上前，这支箭正中白灵王后印堂，白灵王后当即昏厥，不省人事。

巴布大声狂笑，高呼：“此弓此箭乃后羿传之，九日难防此箭，如今姬满小儿已死，还有谁不服，想来受死？”

鹰王上前高呼：“周天子已死，众将听令，攻进城去，救出大漠王。与本王冲锋。”大漠兵士蠢蠢欲动，准备攻城。

周天子突然醒来，再次站在城垛上振臂高呼：“天子在此，规劝尔等，火速退兵。”

众人见周天子拔下胸口之箭，拉弓射下，一道白光划过，射中鹰王的坐骑，鹰王和坐骑应声倒地。巴布望着城楼上的周天子，心下大惊。

周天子依然高声大喊：“大漠子民，放下兵器，火速离开。否则，周朝百万兵甲，定叫尔等死无葬身之地！”

巴布心想：吾之箭下，谁能生还？绝不可能！他高呼：“周朝小儿，再吃巴布一箭。”

巴布刚要射箭，却听到空中传来一老一少的声音：“巴布狂人，休要张狂。”

“巴布哥哥，听我是谁？”

巴布听到熟悉的声音，四处张望，自语道：“金曼妹妹，金曼妹妹，你在哪里？”

西王母乘凤鸟缓缓落下，她手捂着胸口，艰难地说：“巴布哥哥，我是金曼妹妹，妮卡阿娘还等着巴布回去呢！阿娘日夜思念巴布，拉娅小妹恳求金曼，要金曼找到巴布。巴布哥哥为何助纣为虐，残害无辜呢？”

巴布定睛一看，凤鸟之上的女子青纱遮面，身着五彩天丝丽裳，正是他日夜思念的金曼妹妹。巴布感到又惊喜又羞愧，从马上滑落，跪地而泣：“西王母，金曼妹妹，巴布何尝不想回家，与亲人团聚呀！巴布没脸回去，是巴布逼死了弟弟巴特，巴布已经回不去了。”巴布仰天痛哭。

西王母强忍悲痛，艰难地说：“巴布哥哥，只要真心悔改，什么时候都不晚。

今日，周天子大赦天下，如此圣主仁君，却被你射杀，妮卡阿娘若知道了，定然会为哥哥痛惜。”巴布擦干泪水，说：“巴布向西王母发誓，再不作恶，归降周朝，愿在周朝建功立业，再回西天国探望妮卡阿娘。金曼妹妹，请你相信巴布！”

西王母拿出一块令牌，递给巴布，命令：“巴布听令：命你为西天国使者，去周朝建功立业吧。”

巴布跪拜受命，再次举手立誓：“西王母金曼妹妹，巴布向您发誓：从此弃恶扬善，护佑圣主仁君，决不食言。金曼妹妹请放心，巴布愿献出宝药，为天子、白灵王后治疗箭伤。”

西王母高兴地说：“巴布哥哥，金曼妹妹相信巴布哥哥，别忘记妮卡阿娘等着巴布回家呢！”

西王母挥手告别：“巴布哥哥，我们再会了！”

袁太师骑着红鬃烈马，冲出城门，高声呼喊：“大漠王犬戎已被生擒。大漠子民，放下刀枪，周朝与大漠和睦相处，绝不与大漠为敌。”

西王母乘凤鸟低飞，高呼：“大漠兄弟，放下刀枪，回家，阿娘在等你回家呢……”

五万大军闻声而动，齐声高呼：“西王母，西王母！”

一阵尘土过后，刀剑、矛戈遍地，五万大军所剩无几，西王母乘凤远去。

第二十五回　天子白灵突患疾　犬戎香蜀回老巢

周朝王宫被夜色笼罩，东宫宫灯高照，灯火通明。宫人依旧忙碌，出出进进，传唤之声时时传来。

巴布跪在寝宫之外，不住地哀求："巴布恶徒，罪该万死，愿受一切惩罚……"

太监总管陈宫来到庭院，对巴布说："太后命巴布使者先回去休息。"

巴布恳切地说："仁德的天子，贤德的王后，一定会醒来的，一定会安然无恙的。巴布在此恳求神灵保佑！保佑天子，保佑王后吉祥平安。"巴布跪地不起，一直虔诚向天祈祷。陈宫命人守候，不得慢待。

寝宫内，老太后王香坐在床边，拿着扇子一刻不停地为天子扇风祛热。

陈圆太后不停地劝说："母后，回去休息吧！还好老祖宗不知道此事，要是老祖宗来了，那可急人呀！"

老太后满脸忧伤，自责："老妇上年纪了，觉少了。儿呀，你先去休息。有娘在这儿，姬满一定会好起来的。巴布可真狠毒，姬满孙儿若有个闪失……老妇就把巴布的心挖出来。"

陈圆宽慰道："母后别急，姬满会好起来的，我们对巴布仁慈，上天才能对姬满和灵儿仁慈。巴布献上的宝药真灵，姬满已经不发烧了，灵儿也好些了。母后您先睡会儿，有事了，儿再请教母后。"

"陈圆吾儿，别劝母后了。咱母女正好说说心里话：娘是个糊涂人。这宫里明争暗斗，苏贵妃迷惑为娘，娘真假不分，处处刁难你，你心里苦呀！

姬满孙儿是咱们的命根子呀！娘愧对你呀！”老太后边说边抹泪，陈圆伤心地说：“母后呀！咱都是女人，都觉得儿子是命根子，为了儿子都愿牺牲一切。娘呀，儿也愧对灵儿，这次灵儿彻底把儿折服了！”老太后欣慰地说：“陈圆吾儿，不哭了，一切都会好的。”

周天子和白灵王后躺在床上，依然昏睡不醒，两人像进了九重梦境。

梦中，周天子不停地叫喊：“白灵子，你在哪里？别躲着姬满，快来到夫君身边。”白灵子飘然而至，拉住姬满的手，开心地说：“夫君快来看吧！这是咱们的家，白灵早上为夫君采露摘仙果做早茶，请夫君尝尝。”周天子喝着蜜露果茶，交口称赞：“好香！好甜呀！真好喝。”

白灵子的梦更神奇，她看见了一个宝盒，大声喊：“夫君，快来看，多漂亮的宝盒呀！好多珠宝！不知是谁家的宝物。夫君请看盒上的题字：天宫宝物，百灵一验。哎呀，这宝盒中的白玉牌，放在夫君的箭伤处，刚好！”

姬满开心地欣赏宝物，从宝盒选出一颗璀璨的珠子，爱不释手。他将珠子比在白灵的眉宇之间，赞叹：“灵儿，看这颗珠子多漂亮，晶莹剔透，闪闪发亮，光彩夺目，放在灵儿的额头眉间，刚好挡住箭伤！”

姬满用狐尾遮住白灵子的眼睛，白灵睁开眼睛，却发现天子不见踪影，急得她四处寻找，焦急地喊：“夫君你在哪里？快出来！”白灵心急如焚，嗓子眼似有团烈火，导致她无法呼喊……白灵急切地拿着尾巴，仔细寻找：“你是谁，为何躺在我的尾巴里？”“我是香蜀夫人，都江的姐姐。我的魂魄藏在你的尾巴里已经很久了。我苦呀！我惨呀！让周天子救救我吧！白灵王后救救我吧！”

这时，天子突然出现，看见一个人影藏在白色的狐尾中，他惊恐万分，大喊：“你是谁？”这一声惊叫把天子喊醒了。

只听天子一声高呼，惊坐而起，太后见状，又惊又喜：“王儿你终于醒了，可把母后急死了！”

老太后老泪纵横，扶着天子说：“孙儿，你可醒了，你娘一直陪着你，可把她熬苦了呀！”

周天子睁开眼，捂着胸口说：“祖母，娘，这胸口好闷啊！”

太后拍着天子的胸脯，无奈地说：“你这昏睡几日，不曾进食，身体还需恢复。”

老太后急忙上前安慰:“让祖母给孙儿摸一摸,缓一缓。”老太后掀起衣服,惊讶地说,“这怎么有块玉牌,长在骨肉里?”

太后上前端详,惊叹:“天呀!这是什么呀!长上了,这可怎么办呀?”

太后的泪水再次流下来,天子拉下衣服,安慰说:“娘,儿好了,没事了。娘,白灵在哪里?小灵子你在哪?”周天子伸长脖子,四处探望。

白灵王后听到周天子的呼喊,也从梦中醒来,捂着头坐了起来,呼喊:“夫君、夫君,娘!灵儿的头好痛。”

白灵王后睁开眼睛,恍惚地说:“祖母,娘,灵儿让你们费心了。儿的头好痛,娘帮儿看看。”

周天子急忙说:“娘,扶儿起来,儿想看看小灵子咋样了。”

周天子迫不及待,取下白灵王后头上的绷带,见她眉宇之间长出豌豆大一颗红珠,晶莹剔透,灿灿发光。周天子惊奇地逗趣:“小灵子,你变了,变得更漂亮了。”周天子拍手欢呼,刚刚笑出声来,急忙捂住胸口,感到难忍之痛,咧着嘴,强装笑颜。

太后泪流满面,苦笑着埋怨:“两个冤家,太不省心了。苍天有眼,苦了为娘也!”说着又想哭。

周天子不敢出大气,低声说:“祖母、娘再要哭,孩儿的心更痛了。”

只听得院外一片欢呼:“天子醒了,王后娘娘也醒了。”

不多时,陈宫前来,悄声禀告:“老祖宗驾到。”

老祖宗肖莹已经被抬到床前,乐呵呵地说:“老妪就相信曾孙们没事,老妪天天祈祷,还是感动了上苍!”

周天子望着老祖宗,哀求:“老祖宗,曾孙儿都要饿死了。”

太后一边抹泪,一边埋怨自己:“只顾着高兴,都忘记用膳了。陈宫,备膳!”

巴布依然跪在寝宫外,陈宫走过来劝告:“巴布使者,天子和王后都已经苏醒了,你也跪了七天了,请回吧!”巴布趴在地上自责:“巴布有罪呀!仁德的天子、贤德的王后真的苏醒了吗?恳求天子降罪于巴……布……”说着巴布昏倒在地上,不省人事。

“快来人呀!速将巴布使者抬到偏殿。”

众宫人吃力地抬起巴布,将他挪进偏殿。

陈宫走进寝宫，含泪向天子请安："天子，你可醒了，老奴可急坏了，巴布使者守候了七天，在殿外晕倒了，老奴已派人让他在殿外休息了。"

周天子望着陈宫，回想往事，感到欣慰："本王这一睡，让尔等操劳不少，陈宫你也去休息……" 陈宫非常感动，坦言："老奴虽然老了，心里热乎着呢。天子不仅文韬武略，还有一颗仁爱宽广之心，老奴愿生生世世伺候天子；王后娘娘不仅睿智聪慧，胆识过人，而且非常贤德，爱护下人，老奴深感幸福。"

周天子嘱托陈宫："王后娘娘掌管后宫没经验，你要多协助，不能让她太劳累了。"

陈宫赶紧鞠躬领命："天子放心，老奴当尽心竭力协助王后，报娘娘之恩。"

这主仆正说着，白灵不等宫人禀报，兴冲冲地冲进天子的寝宫，说："天子，您用膳了吗？"

周天子皱着眉头说："王后娘娘，又忘记了吗？进门先要禀告，许了才能进来……"

白灵王后自知失礼，委屈地说："灵儿知错了。"说完怏怏退下。

少顷，门外太监进来禀告："王后娘娘觐见。"

周天子招手："请。"

陈宫来到门口，跪拜相迎："恭请王后娘娘。"

白灵王后抬手，高呼："小君来见天子，速去禀告。"

陈宫行礼，禀告："天子请王后娘娘觐见。"

白灵缓步进入寝宫，来到周天子身边，行礼，回禀："天子夫君用膳可饱乎？"

见白灵问安问得一本正经，周天子听后直笑得要背气了，说："可饱乎？可曾用膳乎？哈哈哈！"周天子仰面大笑，陈宫、侍从、宫女也捂嘴而笑，退出寝宫。

白灵王后依然认真禀告，柔声说："天子嫌弃小童无礼，小童以为天子也笑得无礼！"

周天子听完笑得更厉害了："小灵子，算了，你还是一贯做派，不必拘礼了！"

白灵却正色说道："天子，小童还有一事要禀告：那大漠胡民自古彪悍，很难驯服，尤其那犬戎不能杀，如果杀了犬戎，天子不仅落个杀兄之名，大漠部族也会合力对抗周朝，小童想……”说着移身向周天子耳语一番。

周天子听得高兴，不住点头称赞：“真是好计。”白灵王后说：“哎呀！灵儿‘乎乎’不清，哪来什么好策！”

周天子知道白灵还在为刚才一事生气，急忙说：“王后聪慧过人，刚才也是事出有因，为大周着想，才失了礼仪！”

白灵回禀：“周朝乃礼仪之邦，天子乃仁德之人，那犬戎……”

天子欣慰点头，示意白灵不要明示。

次日，朝堂大殿，文武百官齐聚。巴布跪在殿堂上，文武百官议论纷纷：“西域恶徒，还是杀了最好；不杀，终究祸害天下。”

“巴布神箭，如为周朝所用，如虎添翼。”

“西域之人，虎狼之徒，不日必将反目。”

“射伤天子和王后娘娘，罪不可赦。”

周天子满脸严肃，气愤地问：“下跪者，可是险些要了本王和王后娘娘性命的巴布？太后仁慈留巴布性命，巴布才献出宝药，为本王和王后娘娘疗伤。巴布可知罪？”

巴布愧疚地磕头请罪，抱拳请命：“巴布只求一死。巴布之箭只杀昏君，不杀英明之主。是巴布有眼无珠，错伤天子，万恶不赦，本想以死谢罪，幸受西王母点化，效命周朝，守护英明之君，绝不背信弃义。”

周天子严厉地责备：“本王本该杀你，念巴布是西天国使者，又劝退犬戎大军归降周朝，将功补过。但是，一心难奉二主，犬戎是巴布旧主，只有巴布杀了犬戎，方能服众。”巴布磕头谢恩，迟疑地说：“感谢天子不杀之恩，巴布愿监斩犬戎，以示忠心。”

周天子摇头，假装为难说：“这也太难为巴布使者了，本王还是派他人吧！”

巴布迟疑一会儿，前思后想最终下定决心，向周天子鞠躬行礼，坚定地说：“请天子相信巴布吧！巴布愿意领命，去赎罪。”

吕侯上前禀告：“请天子三思，斩犬戎如此重要之事，怎能派一外臣？臣愿领命前往。”

袁太师急忙上前，拉开吕侯，上前禀告：“天子三思而行，依贫道看来，巴布能当大任，大家就别争了。”

朝臣们满脸疑惑，不解地瞅着袁太师，纷纷摇头叹息。

周天子站起，厉声下旨："传旨！巴布听令，明日将大漠王犬戎斩首示众，不得延误！"

夏至，镐京城热似蒸笼，四处烟雨朦胧，一连几天，汗水和水汽总是粘在身上。

清晨刚过，热气升腾，四处闷热，一队人马鸣锣开道，边走边喊："恶贼犬戎，人神共愤。"只见，囚车之中，大漠王被锁着双手，头也被枷锁紧锁，牢牢地卡在囚笼之上。巴布骑马在后，紧紧跟随囚车。

街市两边百姓驻足，拥挤上前，一边向囚车上扔菜叶、鸡蛋、杂物，一边愤怒地喊："杀了他，杀了他！"

大漠王绑缚在囚笼里，蓬头垢面，身上脏乱不堪，他像猛兽一样狂吼："姬满小儿，你不是男子，要杀便杀，为何羞辱本王！"大漠王站在囚车中哀号，"可怜的镐京百姓，善恶不分，认贼作王！哈哈哈！可悲呀！"大漠王大声狂笑，"姬满小儿，你这个小人！今天，你让本王在镐京受辱，明天本王让你也被万人唾弃，碎尸万段！"

一队人马押着囚车来到城外，行了几里，才来到刑场。

巴布上前拱手行礼，曰："犬戎将军，在下来送大王，大王想怎样死？"

大漠王看清是巴布，悲哀地说："巴布，原来是你呀？本王待你亲如手足，你怎能弃信忘义背主呢？巴布，你杀吧！就用你手中的弓箭，射穿主子的心吧！"

巴布感到羞愧，低着头不敢直视大漠王，最后鼓足勇气才说："大漠王，巴布会叫大王体面地死。"

大漠王愤怒地摇头，高声叫骂："巴布，别睁着眼睛说瞎话！你这背信弃义的小人，你放开本王，本王会像你弟弟巴特一样，自行了断，倒在你的面前！"大漠王又对天叫骂："姬满小人，你真会借刀杀人，好狠毒呀！大漠王决不臣服！"

巴布命令兵士打开囚笼，解开枷锁，大漠王大声喊："巴布，来吧！射穿主人的心，背主奴才快射呀！"巴布坐在马上，不敢正视大漠王，迟迟没有动手。突然一群人冲到大漠王身前，高呼："大漠王英雄盖世，兄弟们来救你。"

大漠王见到香蜀夫人和兄弟们，高兴地笑道：“香蜀夫人怎么来了？各位兄长怎么如此打扮？”

香蜀夫人扔掉头盔，豪气地说：“大漠王！您是大漠的雄鹰，百姓心中的太阳，香蜀一定要救大漠王回大漠。”

香蜀夫人转脸，对巴布呵斥：“巴布，你这无耻小人，还不放下手中弯刀，恭送大漠王！”

巴布低头，难以启齿：“不、不、不行！大王，你不能走！巴布不能违背诺言。”

香蜀夫人高声叫骂：“背主奴才，还有诺言吗？今天，你要是放了大漠王，你还有一点点良心，否则，巴布连猪狗都不如，不配做西域勇士！不是真正的儿子娃娃！”

巴布怒目圆睁，紧握刀柄，傻呆呆地骑在马上，没有拿下背上的弓箭。

大漠王一行人，趁机快速逃走。

远处周朝兵士赶到，高声叫喊：“抓住犬戎，不能放走大漠王！”众兵士迅速围住巴布。周天子拍马赶到，大声训斥：“巴布，你可知罪？”巴布拔出弯刀，信誓旦旦地说：“巴布情愿一死。”说完弯刀放在颈上欲自刎，这时袁太师眼疾手快，拂尘一挥，巴布手中的弯刀立即掉落在地。袁太师急忙劝解：“巴布使者，天子让你杀旧主，巴布是忠义之士，没有背信弃义，果真是汉子一条。天子有意放走大漠王，巴布不必自责，日后自然会知天子良苦用心。”

周天子大声宣布：“犬戎与本王是兄弟，本王是借巴布之手故意放走犬戎兄长。如果巴布杀了大漠王，被世人骂作无情无义之人，难当大任。”巴布翻身下马，跪在地上真诚地说：“英明天子，巴布服了。”周天子下马扶起巴布：“西域各国，言语不通，礼仪各异，巴布使者通晓各邦语言和习俗，为了与西域各邦交好，巴布使者责任重大呀！”

巴布脸上露出久违的微笑，长舒一口气，真诚地说：“英明天子，臣以死效劳。周朝与西域和睦邦交，巴布将不遗余力。”

袁太师骑在马上大声询问：“天子，大漠王引领百余随从已逃出数里，是否还要追讨？”

周天子没有回答，来到马前，扶袁太师下马，上前问候：“太师辛苦了，本王和犬戎都是恩师的徒儿，谁能忘记太师的恩情？犬戎会回到恩师的身旁的。”

袁太师领会周天子的深意，大声命令：“传令，追讨大漠王到边关，只能远喊，不能与之交锋。”袁太师望着前方远去的路又伤感地说，“此次放走犬戎，再要抓住他，就难了。大漠纵横千里，要用情感化，没有三年五载，不能安抚大漠呀！”袁太师望着大漠王西去的方向不住叹息。

周天子深知袁太师心中的苦闷，极力劝解：“太师所言极是，大漠荒蛮之地，人心蒙昧，风俗奇异，教化艰难，但只要周朝以诚相待，定能感化百姓，人人向善，犬戎兄长一定会回来的。”

巴布上前拜谢：“感谢袁太师救命之恩，巴布愿拜袁太师为师，请太师收巴布为徒。”说完跪拜在地上。

袁太师急忙上前搀起，愧疚地说：“巴布使者使不得，同朝为臣，怎能行此大礼？贫道更想私下称巴布为兄弟，与巴布以兄弟相称，如何？”

巴布激动地说：“今生能与袁太师结为异姓兄弟，真是有缘。大哥在上，受小弟一拜。”说完，两人歃血为盟，结为兄弟。众人回马，开心而归。

盛夏之夜，薄云浮月，镐京城中更鼓声声，夜莺啼鸣。

白灵王后伴着月色，独自走上了祭坛，在供桌前燃香跪拜祈愿：“祖母，你们可好呀？灵儿好想你们呀！”

一阵清风徐徐吹来，灵慧大仙果真乘风来到祭坛，亲切地说：“灵儿，想祖母了。”

白灵扑在灵慧大仙怀里，含泪诉说：“祖母，孙儿好孤独呀！时时想起家人，思念你们。”

灵慧大仙牵着白灵王后的手，语重心长地说：“灵儿，祖母说过，做人便有了七情六欲，既尝幸福，又不免受孤寂之苦，福苦相依啊！”

白灵抬起头，用幽怨的眼神看着灵慧大仙，说：“祖母呀！为何唆使蓝心姐姐占人躯体，索人性命，干出天理不容的坏事呀？祖母糊涂了呀！”

灵慧大仙笑了，悄声说：“灵儿，傻孩子，这是天机，那身体不是谁想占就能做到的，祖母也无权阻止。就像灵儿转世成人，祖母也干涉不得。灵儿和天子千年姻缘，给我们狐子狐孙带来福祉。灵儿苦苦修炼，必得正果。”

白灵王后眨着眼睛，心有所悟，说：“白灵要帮助天子传华夏之道，造福天下人，祖母，您要帮助孙儿实现心愿。”

灵慧大仙拍拍白灵王后的头，笑着说：“周天子一代明君，灵儿要教他养德之术，即使匡扶正义而举兵，也要兵贵以精，战贵攻心，切不可穷兵黩武，滥杀无辜。你要教天子尽量向各邦传播文明，这样天子才能统御四方、威震宇内。”

白灵王后好奇地问：“当年大禹王得九尾狐之先祖，才得天下智慧；如今灵儿是不是也可以让天子以仁德治理天下？”

灵慧大仙朗声大笑，说：“灵儿，也许那是传说，但是我们狐家替天而死，从不畏惧；为天行道，从不含糊。”

白灵王后沉思一番，说：“祖母，灵儿不怕死，只怕死了不能再与祖母相见。”

灵慧大仙扶着白灵的肩膀心疼地说：“祖母以前领着你们东躲西藏，惶惶不可终日。如今，灵儿转世为人，贵为王后，再也不用躲藏，祖母也放心了。灵儿，做人固有一死，死后如何，也是天意。灵儿这一世，只要虔诚做人，定能修成正果。”

白灵王后坚定地说：“灵儿听祖母的……”

白灵斜靠在祖母怀里，望着天空中的月亮在云朵里穿行，心中升起无数希望……

第二十六回　大漠铁蹄踏西域　西王母水淹强军

西王母洞府人声鼎沸，群臣欢聚洞府之中。洞府外飞瀑散雾，披挂着彩虹；亭台楼阁，飞桥殿堂，错落有致。

文昌君上前禀告：“西王母，按照您的羊皮图，西王母洞府修建已完工。这洞府，天上也难得一见。”

荷花姑娘兴冲冲地介绍：“尊敬的西王母，西天国布匹堆积如山，足够给每个人做几身漂亮衣服了。”

妮卡笑眯眯地说：“万能的西王母，在你的带领下，西天国的百姓再也不用住在地穴中，如今有房子住，有漂亮衣服穿，还吃上了熟食。请看我们的士兵：刀枪明亮，盔甲和战靴崭新，再不像以前，只有弓马，身披兽皮，腰挂树枝，像猎人一般了。”

西王母开心地说：“哈哈尔大人，你的建部还缺多少人呀？盖了这么多房子，就没见到哈哈尔大人开心过。”

巴巴拉大人接着西王母的话，伸出兰花指，学着哈哈尔平时的样子：“‘我是王族，这些房子怎能住人呢？’哈哈尔大人，你说此话，是对西天国不满意呢，还是对什么都不满呢？都是男人，你就说说吗！”

哈哈尔面部抽搐，极其不满，讥笑道：“巴巴拉大人，你是真正的男人吗？想当年，哈哈尔前往西斯国，护送卡曼殿下和亲，亲眼看见西斯国的房子，那房子真是漂亮，山洪冲不垮，地震摧不塌，若让巴巴拉大人去拆，十年也拆不下屋顶。所以，哈哈尔想去西斯国，学习盖房子。恳请西王母，让哈哈尔出使西斯国，哈哈尔将不辱使命，很快就能学会盖房子。”

巴巴拉急忙上前，伸出兰花指，说：“哈哈尔，我尊敬的大伯，别以为我不知道你的想法！你是为了说服卡曼殿下攻占西天国才去西斯国的吧？”

妮卡上前禀告：“西斯国使节刚走，西天国也应该派出使节。依我看，派哈哈尔大人出使西斯国最合适，一来学习西斯国建房子，二来两国可加强联系，一举两得。而且，巴布使节带来消息，大漠王犬戎已经回到大漠，正在四处征集兵马，蠢蠢欲动。西天国也应该派使节前去，以示修好！否则大漠与西斯国共同举兵来犯，西天国难以应付。”

西王母问：“哈哈尔大人，命你为使节，出使西斯国，能否完成重任呢？”

巴巴拉再次伸出兰花指，指着哈哈尔，讥讽道：“哈哈尔大伯，别怪巴巴拉嘴贱，你配当使节吗？你拿什么保证呢？你把搜刮百姓的钱财先交出来。” 西王母制止巴巴拉说：“大人们，不得口出秽语。”

哈哈尔跪在地上，郑重承诺：“感谢西王母信任，哈哈尔以高贵的名誉保证，决不辱使命，请西王母放心。”哈哈尔内心愤怒，却面带笑容，“我们西天国今非昔比，国强民富，出使各国，我哈哈尔决不辱使命。至于巴巴拉大人诬陷我搜刮百姓钱财，真是笑话！哈哈尔敢保证，哈哈尔的每一分钱，都是自己辛苦所得。”

巴巴拉伸出兰花指，指着哈哈尔不依不饶地叫骂：“哈哈尔，你这贱人，不配做贵族，你的恶行昭然若揭，巴巴拉绝不会叫恶人得逞的。”拉娅上前制止巴巴拉，将他强行拉出洞府。

西王母对哈哈尔大人的贪婪略有所闻，但权衡利弊，觉得外交责任重大，当务之急应派使节出使各国。于是，西王母传令：“妮卡下旨吧！命哈哈尔大人出使西斯国，缔结友好；命妮卡祖母为使，出使大漠戎狄；再派使团出使各国。”

众臣散去，西王母坐在宝座上忧虑：各国纷争不断，战事瞬息即来，强者侵吞，弱者被蚕食，战争暴露了人性丑陋。怎样才能停止战争呢？

才过去八天，妮卡还没领命出使大漠，大漠王就率领五万大漠铁骑入侵西天国东部，直抵西天国国都。

大漠兵士所到之处烧杀抢掠，西天国战火四起，村野城池几为焦土，百姓皆沦为奴隶，牛羊被掳，在大漠兵的辱骂声和皮鞭抽打下缓慢而行。大漠王坐在百牛拉的金色羊毛大帐车上，与香蜀夫人欢庆。

大漠王走出帐车，对香蜀夫人说："大漠王要报仇，向西王母报镐京之仇。香蜀夫人请等待，只要两天，大漠王一举歼灭西天国，叫西王母金曼跪在尊贵的香蜀夫人面前，乞讨求饶。"

大漠王跨上战马，手舞弯刀，高呼："万能神灵保佑，昆仑神保佑！西天国宫殿就在眼前，大漠勇士拔出锋利的战刀，活捉西王母金曼。勇士们!就在前方，只要眼睛看到的，都归大漠勇士所有。"

众骑兵欢呼："大漠王万岁！昆仑神万岁！"大漠王一马当先，五万铁骑如洪流，冲向广阔的天山。

西天国宫殿，一夜之间，臣民们如潮水般涌来。

金鹰守护在宝座之上，西王母青纱遮面，稳坐宝座。

西王母眉头紧皱，百思不得其解：西天国地处荒凉之地，又较隐蔽，常人难以进入，大漠王大军为何畅行无阻？

妮卡、拉汗、妮莎、拉娅站立右边，巴巴拉、牧果果、文昌君排列在左边，鞠躬行礼高呼："万能之神西王母！"妮卡拄着权杖，上前禀告："尊敬的西王母，大漠与我西天国多次通婚，世代友好，不曾犯界，如今妮卡初任使节，还未出使大漠，大漠王以结亲为由潜入西天国东部，如今合兵一处，兵临西天国宫殿，真是咄咄逼人！仁慈的西王母，我们如何应对？"

拉汗上前禀告："近日才听说大漠王犬戎攻打周朝失败，潜逃回大漠，勾结各部，施毒计，暗中侵略我西天国东部，掳我百姓，抢我牛羊，劫我财物，真是穷凶极恶！"

妮莎上前禀告："仁慈的西王母，这群无耻之徒，我们和他拼死一战，绝不能把宫殿留给饿狼。"

妮卡上前说出实情："大漠兵马强悍，西天国部落分散各处，一时无法聚合与之对抗。就是全部到位，抗击大漠之重兵，胜败难定。眼下王宫附近总兵力不足二万，无法抗拒五万大漠强兵。"

牧果果高声诵道："狼总是不打招呼就来了，猎人早就把陷阱准备好了。让他来吧！牧果果用故事吓死大漠恶狼，西天国臣民布好陷阱等着恶狼，叫他们有来无回。"

拉娅上前说："打开大门迎接犬戎，我们再多建些房子，让他们做男奴。"

巴巴拉上前伸出兰花指，随声附和拉娅："西天国的姐妹们，用你的温柔浇灭大漠男子的欲火，让他们有来无回。"

西王母闻言，心想：西天国以洞为府，没有城墙，现在的王宫只有矮墙，无法御敌。西天国只能以退为进，先拖延时间，等各部落集合起来，才能合力抗击。她悄悄地问："妮卡老祖母，您有何高见，能让所有西部各部落迅速集结，退进深山？"

妮卡拄着权杖自信地说："这有何难！"她边说边从皮口袋里拿出水晶和萤石，"只要狼烟起，各部落就知有战事了。用水晶和萤石传达命令，只需几个时辰。尊敬的西王母，你的命令就会传达到各部落，各部落都会依令而行。届时十万大军齐备，就不惧任何强敌了！"

文昌君走近西王母，对西王母悄声耳语。

西王母吃惊地看着文昌君，激动不已，感叹："感谢文昌老师。天助西天国也！"西王母与文昌君频频击掌。

西王母成竹在胸，大声传令:"妮卡老祖母听令，火速点起狼烟，发出消息:所有部族向中部天山峡谷集结。"

西王母走下宝座，高举妮卡手中的权杖，向臣民高呼："大战在即，权杖走到哪里，你们就跟到哪里，带上忠实的随从，带上所有的牛羊，带上干粮，深埋不能带走的财物，拿上兵器，骑上骏马，出发！拉汗、妮莎、荷花听令，速去准备，立即出发！"

西王母再次传令："拉娅、巴巴拉听令！命你二人带领五千人马，随时待命。"

众人走出王宫，宫外一片嘈杂。

西王母走出王宫，走到牧果果身边，谦和地说："牧果果大师，交给大师最艰难的任务：大师的歌声唱起来，西天国臣民都会很开心！"牧果果刦请命："牧果果不走，牧果果和兄弟们要保卫王宫，决一死战！"

西王母幽默地说："大师请放心，陷阱由西王母来布。听不到牧果果兄弟的歌，西天国臣民都不会快乐，让亲人听着歌，欢快地离开家园！金曼相信牧果果大师，不会让一位亲人哭着离开。"

牧果果坚定地说："西王母放心，老汉会让每一位亲人开怀大笑。"

正午的阳光照耀着西天国宫殿，刺痛每个人的眼睛。王宫前方的广场，四周狼烟起。水晶、萤石折射之光，频频射向远方，远方高处时时强光照射来，闪烁呼应。

妮卡老祖母骑着红白相间的大花马，高举权杖，那一头雪白的头发随风飘散，她不舍地向西王母拜别：“仁慈的西王母，你一定要保重自己。”

西王母牵住妮卡的马，悄声说：“等人马全都集结了，火速发来消息。”

妮卡在马上低头致敬，向西王母复命：“西王母放心，老祖母定不负众望，快速集结大军。西王母多保重，我们再会了。”西王母再次嘱托：“老祖母多保重，一定要照顾好文昌老师和荷花老师。”

妮卡催马来到高处，举起权杖高呼：“西王母万岁，西王母万岁！”

万众高呼：“西王母万岁，西王母万岁！”

西王母指着妮卡，高呼：“西天国的臣民们，看着老祖母手中的权杖，权杖走到哪里，你们就走到哪里，骑上骏马，带上兵器，出发！”牧果果和八位卫兵骑着马、弹奏高歌，人群放声欢歌。妮卡拍马引领在前，臣民们驱赶牛羊，尾随其后。

西王母遥望远处的扬尘，默默祈祷。

拉娅上前询问：“仁慈的西王母，他们都走了，我们留下干什么？”

巴巴拉伸出兰花指，指着前方，委屈地说：“西王母，巴巴拉真想大哭一场，太伤心了。”

拉娅翻了巴巴拉一眼，大声责怪：“仁慈的西王母，你留下他有何用？他就会哭。”

巴巴拉的兰花指伸向拉娅，辩称：“敢说巴巴拉没用，拉娅把你的眼睛睁大，看过来，这就是巴巴拉无比雄壮的肌肉，你这小姑娘胆敢说巴巴拉没用！”

西王母并不理会，紧贴拉娅耳语一番。

拉娅鞠躬行礼，欣然领命：“西王母放心，金鹰为号，拉娅去也！”说完拉娅带领三千兵将出发了。

巴巴拉追上前去，拉住拉娅的手，说：“拉娅姐姐别走，巴巴拉舍不得拉娅姐姐，拉娅姐姐可要回来呀，别把巴巴拉一个人留下。”

拉娅回头教训：“大男人哭什么！保护好西王母，否则拿你是问。”巴巴拉哭着说：“拉娅！就你最狠心，巴巴拉心已破碎，你知道不？”

拉娅拿出手中的刀交给巴巴拉，坚定地说："拉娅相信，巴巴拉是最勇敢的男人。"

巴巴拉擦干眼泪，再次向拉娅表白："拉娅姐姐，你放心，巴巴拉就是男人中的男人，巴巴拉是纯正的王族，流着英雄的血液，一定要护卫西王母，保护西天国。"拉娅拍马疾行，大声说："拉娅相信你，巴巴拉说到做到，一定能行。"三千人马扬尘而去。

西天国宫殿四周空旷无人，街市突然宁静。

金鹰飞来，把金鼠放在西王母面前。金鼠躺在地上装死，西王母俯身抱起金鼠，放在怀里抚摸它，金鼠欢乐地吱吱叫起来。

西王母发出吱吱的鼠叫声，轻轻放下金鼠。

金鼠黑溜溜的眼睛恋恋不舍地回望西王母，然后摇着细长的尾巴欢快地跑了。

原野上传来金鼠刺耳的叫声，金鹰落在西王母肩上，尖厉地啼鸣："尊敬的少主，有何吩咐？"

西王母留恋眼前的屋舍，无奈地说："雕爷爷，这些房屋就要毁于战火，盖起时多么不易呀！真叫人伤心。"

金鹰拍着翅膀飞起，啼鸣："少主别急。"说完飞到王宫宝座，对天啼叫三声。

少时，山中狮、狼、虎、豹、熊齐齐出洞，来到房前屋后。

黑豹来到西王母身旁，西王母骑上黑豹，巡视一圈，发出尖厉的喊声。

猛兽隐藏不见踪迹。

西王母命令将士取来巨大的陶瓮，将士搭起灶台，添加木柴，再取来风干咸肉，众将士煮肉食之。

将士们有人悄悄地说："吃饱些，不要当饿死鬼，这点兵马，只能束手就擒。"有人附和道："最后一顿饭了，等不到天明了。"

巴巴拉大人上前，伸出兰花指叫骂："你们讲啥废话呢？这风干咸肉还不够咸，再加咸盐。那边再垒起五百个灶台，把水倒满继续煮肉，全都煮完。你、你、你，少废话，多放咸盐，要煮咸些，听到没？这可是西王母宴请大漠饿狼之美食。"众兵士面面相觑，尝着咸肉，说："真好吃，就是太咸了……"

太阳刚刚升起，大营内四处吱吱作响，无数田鼠和老鼠疯狂地撕咬着营帐，钻进来的只往士兵身上钻，士兵们叫嚷着、拍打着，一片混乱。

大漠王走出大帐，大声说："西域异邦竟有此邪术，速取火把来，烧杀老鼠。" 少顷，老鼠已不知去向。兵士前来禀告："报告大王，军中粮草已被老鼠吃完。"

"报告大王，奴隶们趁乱都逃走了。"

大漠王看见自己的衣袖，也被老鼠咬出几个洞。二位狼主和鹰王面面相觑，衣衫尽被鼠咬。

大漠王哈哈大笑，若无其事地说："各位不必惊慌，大胜即在眼前，区区鼠辈，能奈我何？前方就是西天国宫殿，众将士听令，拔寨出发，直抵西天国宫殿，进攻！"

大漠王兵马一路奔袭，所到之处草茎已被田鼠、老鼠啃光，只剩草根。河沟只有细流，马匹踏过，水已发黄，无法饮用。将士们饥渴难忍，渐渐放慢步伐。

天空中，两只人头鸟飞过，发出凄惨的哭声，兵士们心中无比凄凉，望着人头鸟胆战心惊地向前走。

大漠王见将士们士气低落，骑马站上高处，用马鞭指向前方："翻过此山头，就是西天国宫殿，必有美女献上奶酒。众将士冲呀！"

将士们振奋精神，急急赶路。

正午时分，晴空万里，烈日炙烤大地。

西天国宫殿前空地上摆着几百口大瓮，内煮风干肉，肉香四溢。一阵鼓乐声横空传来，西王母在高台之上翩跹起舞。

大漠兵马平行排列在灶台前，静静欣赏高台之上西王母舞蹈，等待命令。

二位狼主拍马来到大漠王马前，悄悄说："大王，恐怕有诈，小心为上。"

鹰王指着几百口大瓮，说："大王请看，西王母真好客，先献上艳舞，再宴请五万大军，肉都煮好了。"

大漠王得意扬扬，指着大瓮笑道："五万大军到此，西王母就该如此。西王母为女主，只会跳舞和做美食，哪能阻挡大漠五万虎狼将士！不过，西王母在镐京毁我数万大军，定不轻饶！"

鹰王迎合道："兄长不必着急，先让将士们吃饱，再看西王母有何法子。"

大漠王拍马来到最前方，细心观察西王母。

西王母停止舞蹈，看清大漠王犬戎面目，方才向大漠王鞠躬行礼，盛情相邀："大漠王，有礼了。大漠王远道而来，一路辛苦了，西王母金曼特意迎接您的到来。西天国地广人稀，愿年年贡奉，换回百姓安泰。"

大漠王闻听此言，心中得意，说："想当初，西王母在镐京摧毁本王五万大军，勇猛无比，为何今日躲在面纱之下羞于见本王？西王母只要取下面纱侍奉本王，本王愿放下战刀，不知西王母意下如何？"

大漠将士哈哈大笑，笑声此起彼伏。

西王母依然彬彬有礼地说："今日大漠王亲临西天国，西王母应尽地主之谊，备下佳肴美酒，请大王享用。"

大漠王哈哈大笑，继续挑逗："大漠将士远道而来，个个饥肠辘辘，西王母备了美酒佳肴，但是本王还是觉得西王母秀色可餐……"

大漠将士淫笑声不断，欢呼声一片。

西王母娇笑一声，问："大漠王，就不怕西王母我下毒吗？"

大漠王抚摸胡须，春心荡漾，说："本王见过百虫，百毒不侵，偏好吃美人心！"大漠王使眼色，副将悄然领命退下。

狼主上前悄声说："大王！不如先攻进都城，如何？"

"先看清楚，不可妄动。"大漠王下令。鹰王命众将按兵不动。

西王母挥手致意："大漠兄弟有请了，奏乐！" 欢快的木鼓声响起，西天国将士从瓮中取食，食毕，退向高台。

大漠王挥手示意，二位狼主迫不及待手拿针在每个瓮中探毒，一番试探后，狼主满意地向大漠王使眼色。大漠王领会，高声宣布："兄弟们，西王母备了美食，吃个痛快，好上沙场！"

大漠将士齐声欢呼："昆仑神威武！大漠王威武！"

五万兵士腹中饥饿，纷纷上前争抢，徒手拿着咸肉狼吞虎咽地啃了起来。瓮中美食即刻汤干肉尽。

探马回报："大漠王在上，城中树林有异常响动，似有伏兵。"

大漠王摆摆手，不以为然，说："不必惊慌，西王母正在用美食款待大漠兵将。"

二位狼主和鹰王还在品味肉干香咸之美时，只见：数万将士纷纷下马涌向河滩中央，可是滴水难寻。

一只金鹰划破长空疾飞，发出刺耳的啼鸣声。

狼主似有预感，惊呼："大王，怕是中计了！"

大漠王不屑地说："兄弟们放心吧！西天国女儿，只会生养。"话音未落，只听轰轰巨响，河滩上方黄色巨浪翻滚着白色浪花，席卷而来。

大漠王眼睁睁地看着河滩上的将士瞬间被洪水冲走，气愤大喊："妖妇，哪里逃，看箭！"

大漠王命令兵士拉弓射箭，一阵密集的弓弦声后，只见射出之箭轻飘飘地落下地面。大漠王拾起箭，没看见箭头，扔在一边。大漠王从箭筒拿出箭，发现箭头皆被老鼠啃断，便气愤地扔掉箭筒。

大漠王举起弯刀，直指西王母。将士们拔出弯刀，大声高呼，冲向西王母。

西王母上马带领兵士火速向山上逃跑。

巴巴拉站在山头，伸出兰花指，指着大漠王尖声叫骂："犬戎贼子！西王母仁慈，才留尔等性命，还不跪地谢母恩！不然，叫你们……"

巴巴拉站在山上叫骂不停，大漠兵士向山头急冲。巴巴拉见势不妙，一边尖叫着，一边引领将士拍马疯狂逃跑。

大漠王和二位狼主，哪受过如此辱骂，拍马追赶，狂喊："西王母休走！西王母哪里逃！"大漠王引兵将一路狂追。

西王母一路断后，掩护兵士逃退。大漠兵将不知不觉已经追出十几里，西王母且战且退。

一路上，巴巴拉不停地叫骂，大漠兵士怒火中烧，紧追不舍，只追到西王母洞口。

鹰王张开口，喷出数丈火焰，挡住西王母去路。火兵们蜂拥而至，不断向西王母身上喷火。

西王母见巴巴拉引着兵士，悉数进入西王母洞府，这才奋力冲出火焰围攻，进入洞中。

二位狼主对着洞口哈哈大笑，得意地说："再放把火，西王母就烤成肉干了。"

鹰王感到胜利在望，命令火兵对着洞口放火，顿时，洞口一片火海。

西王母惊魂未定，来到将士之间。巴巴拉看见西王母的衣物，依然在冒烟，急忙取水来灭。只见水到之处火又复燃，西王母周身火焰四射。西王母痛苦倒地，众人取土扑打，火焰才被扑灭。西王母昏昏而睡。

周朝王宫，正在朝堂议事，周天子突感全身刺痛，似被烈火烧烤，痛苦难耐，倒地晕死。

众臣子一片惊慌，不知所措。

西王母洞府，拉娅抱起西王母，放在宝座上。

金鹰扑扇双翅，西王母渐渐醒来，痛苦地对金鹰说："金曼又见到姬满哥哥了。"

金鹏尖厉地鸣叫："这火比三昧真火还要猛烈，若没宝衣护体，恐怕凶多吉少，少主应该无恙。"

巴巴拉惊慌失色，手在颤抖，抚摸着脸，尖叫："吓死微臣了，尊敬的西王母，你可醒了，鹰王之火真是狠毒，臣从未见过遇水而燃之火。拉娅快看我的脸，是不是被烧毁了？太可怕了。"

拉娅瞪大眼睛，看着巴巴拉开怀大笑，笑够了，才说："亲爱的巴巴拉，刚才勇猛的儿子娃娃哪儿去了？脸毁了，才是真正的儿子娃娃，快去守住洞口。"

巴巴拉听得心里美滋滋的，拾起长矛去守洞口。西王母对拉娅耳语一番，拉娅来到洞口，见烈火熊熊燃烧，引士卒封住正面洞口，只留侧面。

大火过后，大漠王来到西王母洞口，不见西王母踪迹，派人前去探路。半晌，所进之人不知去向，大漠王向洞口大声叫喊，洞内传出巴巴拉的叫骂声："犬戎贼子！连洞都不敢进来，还是男子吗？巴巴拉给你下边打个洞，大漠王以后就做老鼠该多好呀！"

依稀可见洞中火光之下，一群女人在跳舞，人影晃动，极尽欢乐。

大漠王愤怒不已，又派人拉长绳进洞，长绳进洞百尺，不见踪影。鹰王上前请命："兄长别急，小弟用七彩火石，把西王母烧出来。"鹰王从皮囊中拿出碎石，与白粉末掺在一起，扔进洞中。洞中冒出黄绿色烟雾，一会儿烟雾变成红色，最后黑烟冒出。

西王母见有烟雾进入，此烟恶臭难闻，见水而入，污秽之水立刻沸腾。西王母命令众人以布护鼻，众人依旧呕吐不止。

西王母急忙带领众人攀上洞顶。

周朝王宫，周天子周身如同烧炙，昏厥不醒。朝堂之上，一片混乱。

太后闻声急忙赶来，见天子躺在床榻之上脸似火烧，不省人事，她急忙呼喊："王儿，这是怎么了？为何突然发病？"周天子突然翻起身，让众人退下，只留太后一人，悄声说："母后，儿看见她了，怎么会是她？"

太后急切地问："儿看见谁了，她是谁？快告诉娘呀！"

周天子指着西方，悄声说："儿晕倒时，看见了西王母金曼！"说话间，周天子突感一阵恶心，惊恐地呼喊，"母后，母后哪来的恶臭，好难闻的恶臭！"只见周天子呕吐不止，所有食物喷出。太后内心不安，故作镇定，轻声安慰："王儿，娘在身边，不必害怕。"

太后一只手给周天子轻轻拍背，一只手帮他擦去嘴角污物，一低头看到周天子脚时，突然想起什么。

周天子愧疚地说："娘，儿叫您费心了。"

太后若有所思，不由得自言自语："这脚上的金印……"

周天子问道："娘，你说什么？"

太后皱着眉头说："哎，王儿每次生病时，脚下就有金印出现，让娘再看看。"

周天子迟疑地说："母后为何会这样说？儿才不信呢！"

太后摇摇头，说："来！让娘看看。"

周天子脱袜，一双脚掌心，果真有一枚金印金光灿灿。

周天子吃惊地问："娘，你怎么知道？这是什么呀？"

太后长舒一口气，说："我是王儿的娘，儿的病，娘哪有不知道的！"

太后紧紧盯着周天子，生怕失去他，她的内心波澜起伏。

"夫君！夫君！"宫门外传来白灵王后的呼喊声，人还未到，哭声先传来了。周天子睁大眼睛，责怪陈宫："惊天动地的，陈宫呀！怎么又惊动了王后？"

陈宫慌忙跪地，回禀："天子每天政务缠身，老奴真是没用，不知道如何伺候，就派人去叫……"

白灵王后扑到天子榻前，早已哭成泪人，连连自责："早知道天子要生病，小童我一刻也不离开天子。"

周天子扑哧一笑，说：“小灵子神医请看，本王有病吗？”周天子疼爱地看着王后说。

白灵王后止住哭泣，一边抹泪，一边嗔怪：“天子才缓过来，还有心思玩笑！来，让灵儿号脉。”

白灵王后轻轻拉过周天子的胳膊，闭目号脉，见天子脉搏并无异样，又仔细看了其口、鼻、舌，也未发现无异常，这才放心地笑了笑。

周天子见王后一本正经地给自己看病，心里又好笑又怜惜，故作生气地说：“王后神医，这脉如何？本王无恙乎？”

白灵扑哧一笑，说：“娘，天子又笑孩儿多事！”

太后抱着白灵王后，嗔怪道：“天子不能无礼！灵儿和娘一样，为天子御体安康操碎了心。哎呀，你看，老妇都忘记给老祖宗报平安了，老妇先走了。”

太后刚走，白灵急忙向周天子禀报：“夫君，此间有一能人，设高台讲学，弟子数千人。”

周天子闻之精神大振，急问：“能人与太师相比，如何？”

白灵王后说：“太师知天文地理，此人却是知法知政，才学不同。”

周天子翻身而起，催道：“小灵子，咱一同去拜访他，如何？”

香蜀夫人随后军赶到西王母洞府。

香蜀夫人先向大漠王行礼，说：“大王在上，香蜀前来助大漠王一臂之力。”

大漠王扫视香蜀夫人一眼，盯着洞口咬牙切齿地说：“数万大军被西天妖女折损大半，不杀此妖女，本王决不退兵！”

香蜀夫人疑惑地问：“大王为何待在洞外，不进洞中？”

鹰王指着洞门，信心十足地说：“王后娘娘尽管放心，臣已放毒烟，西王母定死于洞中。”

香蜀夫人看看洞口，嘲讽道：“一群粗人，你们上当了！如此雕虫小技，怎能骗过香蜀！”随后指着正前方巨石，认真地说：“看好了，这才是洞门，推开这巨石。”

将士们上前去推，巨石纹丝不动。

大漠王上前大喊一声：“让开！”说完举拳击打巨石，在大漠王拳击之下，巨石应势碎裂。兵士搬开碎石，洞内宫殿近在眼前。大漠王引领随从进入洞府，香蜀夫人跟随其后。大漠王看着洞内楼、桥、亭、阁等布置如同仙境，开心不已，朗声大笑，说："西天妖妇，能在洞中修建如此华丽宫殿，必有宝藏。"

香蜀夫人拉住大漠王的胳膊，站在洞口提醒道："大王，此洞空无一人，必有陷阱，命令兵士，不可移动洞中之物。"大漠王不屑地说："王后娘娘多虑了，区区女子，有何能耐？"大漠王手一挥，示意兵士进洞。

刚进洞，洞中就传来兵士们开心的笑声。大家一拥而上，相互抢夺。鹰王和二位狼主得宝心切，没等大漠王发令，就挥刀号令大军："不许喧哗，列队进入。"

数万兵士，下马齐聚洞口，迫不及待地向洞里冲，人喊马嘶，混乱不堪。

大漠王指着狼主和鹰王说声："列队进入！"

狼主和鹰王命令兵士排列齐整，有序进入。大漠兵士看着奇珍异宝，连连咂舌……

当走过洞内一座拱桥，拱桥突然剧烈晃动，顷刻，四周石壁上箭如飞蟥射出，众兵将无处躲避，前拥后挤，踩踏伤亡众多。

二位狼主和鹰王立即命令兵士退出洞府，兵士们一个个惊魂未定，不敢轻举妄动。

香蜀夫人拉着大漠王逃出洞府，劝道："大王，尽快撤离此地！"大漠王回转马头，急问："娘娘为何要撤？快说！"

香蜀夫人大声解释："此洞与暗河相通，必有大水。大军在山涧峡谷，赶快退出！"

大漠王急忙翻身上马，快马加鞭，逃离此地。狼主和鹰王领兵迅速向山下撤离。

香蜀夫人在后边喊："向山上撤离！"四处一片嘈杂，谁也没听清楚香蜀夫人的呼喊。

大漠王拍马在前，向山谷急驰，回头一望，只见：洞口有水喷出，瞬间大水奔涌喷出数百丈，倾泻而下。

大漠王眼见巨浪滔天，滚滚狂流如万马奔腾，倾泻而下，水借山势，洪峰如猛兽狂卷大军。大漠王感到地动山摇，听到身后响声如雷，急促拍马飞驰。

透心的寒冷瞬间袭来，冰冷的洪水浸没了双眼，大漠王突然感到眼前一片昏黄，耳朵里沉闷之声轰轰乱响，鼻子被灌满了水，无法呼吸，眼冒金星，脑袋和身体在疯狂地旋转，不停地撞击。

洪峰已过，大漠王躲过洪峰，浸在冰冷的大水中，被急速冲泻而下。大军在洪水中苦苦挣扎，有的抓住了树枝、石头、马匹，随水而漂；有的被冲出十里之外，奄奄一息。大漠王在浪头对天长叹：“万能的昆仑神呀！保佑大漠子民吧！”此话一出，他被岸边的树枝挂住，幸免于难。

当大漠王失魂落魄地站在小山头大口喘气时，香蜀夫人引兵将前来营救，大漠王顾不得男子气概，竟抱着香蜀夫人流下了悔恨的泪水。

见大漠王流泪，大漠残军惊魂未定，心惊胆战地来到了西天国宫殿暂作休整。

突然，熊、虎、狮、豹，猛兽冲出洞口，战马惊恐万分，扬蹄狂奔。

大漠王不敢停留，率兵夹马扬尘，向高丘迅速逃离。

这时，西王母发动兵马，沿河谷搜救大漠残兵。

巴巴拉狂喊：“大漠兄弟，放下刀枪，我们都是亲人，仁慈的西王母留大漠兄弟性命。”

残兵败将跪拜西王母，纷纷投降。

拉娅引兵前来，大声责备：“巴巴拉，你这个懦夫，大漠已经兵败，为何不追杀？今天放了大漠王犬戎，后患无穷呀！”

巴巴拉伤心地说：“亲爱的拉娅，别喊了，你没看见这么多大漠兄弟奄奄一息了吗？快救命吧！仁慈的西王母，仁慈的拉娅，上天保佑！”

拉娅看到眼前的惨景哭了。

金鹰飞来，落在西王母肩上。金鹰带来妮卡发来消息：西天国各部落正在集结，已向西天国宫殿而来。

一轮残月渐渐隐去，荒野中狐狼嚎叫声渐渐远去，天空已经泛出白色，天微微亮了。大漠王领兵将退出数十里安营。

营中哀号声不断，大漠将士围绕残剩的余灰取暖。

鹰王领着二位狼主急急进入营帐。鹰王跪地而拜：“兄长，我们沿河滩寻找了一天一夜，找回不足五千兵士，其余都被西王母掳去了。”

大漠王悲痛至极，绝望地喊：“昆仑神，保佑大漠子民！”他双手向着东方高举弯刀，突然顺势拔出刀鞘，欲引颈自刎。

一刹那，香蜀夫人尖声惊叫："啊！夫君！"

二位狼主冲上前，取下弯刀，哀求道："大漠王，我们的昆仑神，你是我们的太阳。大漠王若去了，大漠将一片黑暗。"

鹰王上前紧拉大漠王的手，极力劝导："兄长，我的昆仑神，十三路兄弟等着大漠王再次举兵报仇呀！"

大漠王重重地跪在地上，大声祈祷："昆仑神，给我力量吧！保佑大漠子民。"大漠王举起双手，跪在地上向天祈求。

突然，兵士惊慌失色地来报："西王母……就在帐外。"

大漠王领众人急忙来到帐外。

晨曦的阴暗之中，西王母骑漆黑雪豹缓缓而来。

西王母搭肩行礼，清脆的声音响彻四野："西天国西王母金曼在此，大漠王，咱们又见面了。西王母不叫大漠俯首称臣，但必须离开西天国，永不侵犯。"

大漠王定睛一看，来者只有西王母一人，继而仰天大笑，嘲讽道："西天国用妖术胜之不武，有本事与大漠王较量一番。"

西王母坦言："西王母自知比不过大漠王，也无心与大漠王死拼。可是，西天国百姓，已将尔等重重包围。今天，大漠王插翅难逃，请看吧！"

此时，天边太阳初升，洒下金光，四处传来马蹄声。

一道金光闪耀，一声尖厉的啼鸣刺破黎明的黑暗，金鹰盘旋一圈，落在西王母肩上，再次发出刺耳的叫声。

妮卡手举权杖，飞马来到西王母面前，大声禀告："仁慈的西王母，西天国各部落全部集结，请西王母发令！"

黑豹迎着金光驾着西王母稳步向前，西王母挥手致敬，高声呼喊："西天国臣民们，宿敌已被击败，美好家园等着尔等重建。"

西王母骑着黑豹，沿着整齐的队伍检阅。西天国臣民，发出海啸般吼声："西王母万岁，西王母万岁！"

西王母巡视一圈，再次来到大漠王身边，黑豹怒视大漠王，西王母拍拍黑豹，黑豹气呼呼卧下，对着大漠王咧嘴，露出白色獠牙。西王母稳坐在黑豹背上，再次合掌行礼，隔着面纱，说："大漠王！西王母念你一世英雄，不仅留你性命，还让大漠二万七千名兄弟永留在西天国，因为他们情愿留在西天国，以示友好。大漠王听清楚，不得执迷不悟。”

香蜀夫人护在大漠王前面，向西王母双手行礼，说：“西王母仁慈，善待大漠的兄弟，大漠王感激不尽，就此罢兵，永修和平。”

大漠王看看天，心里说：天啊，犬戎绝不会因此屈服，只是大敌当前，犬戎以退为进，他日定报此仇！于是，他假装臣服，说：“仁慈的西王母，大漠王犬戎多年在周朝学习，受圣人指点，深知知错就改的道理。今日，大漠败兵，愿年年贡奉西天国，永世修好，决不侵犯。”大漠王命人递上羊皮降书。

西王母接过羊皮降书，仔细看完，大声警告：“大漠王，降书并非大漠王个人书写，但金曼暂且相信大漠王一次，因为大漠部族最痛恨背信弃义之人，大漠王既立为王，相信是信者之王、仁者之王、义者之王，定不会背信弃义。”西王母又威严相告，“西天国和大漠世代联姻，亲如一家。但是，金曼还得提醒大漠王，依然有无耻之人，以结亲为名，想要入侵西天国。金曼再次发下毒誓，就让这等背信之人，遭天谴吧！”

看着大漠王若有所悟，西王母再次劝告：“大漠王，请带上亲人回大漠吧！回到自己的土地，造福大漠子民。如若再来侵略，西天国敞开胸怀，还能把更多的大漠兄弟收留，西天国欢迎他们到来。最后，提醒大漠王，别把仁慈和宽容忘记了，它是不可战胜的力量，必将把侵略者埋葬。”西王母向大漠王挥手告别，“这是西天国回赠大漠王的礼物——大帐车、粮草，还有风干肉。就此告别！”

妮卡上前，郑重地说：“大漠王请牢记：二万七千大漠兄弟，情愿留在西天国，请您记住西王母的仁慈和宽容。”

香蜀夫人急忙搀扶大漠王上前谢恩，大漠王手握马缰绳仰天长叹：“西王母慈母胸怀，大漠王永世不忘，告辞了！”大漠王急急上马，拱手向西王母行礼，拍马疾行而去。

狼主和鹰王急忙上马，大漠将士们草草收拾营帐，急忙追随主子而去。

大漠王催马跑出数十里，依然惊魂未定。

香蜀夫人紧追不舍，高声叫喊：“大王，不必惊慌，鹰王早已联合十三路狼主前来助战，数日即到，大漠王何惧之有？”

大漠王对天狂喊：“满目秋风萧瑟，兵败，心亦败！被一女子打败，本王不服！”

香蜀夫人再次上前安慰：“战事无常，大漠王不必介怀！大漠百姓依然奉大漠王为圣主，何惧之有？”

大漠王紧握香蜀夫人的手，感动地说：“西域冬季寒冷，切不可举兵去伐。不日大雪来袭，大漠兵士衣不蔽体，战甲已毁，兵器损坏，粮草匮乏，区区两万残兵，无法应战呀！若十三路狼主倒戈，内忧外困，如何应付？”

香蜀夫人拉住大漠王的手，笑着说：“大王不必担忧，牛羊被西天国掳走，但成群的鸡、鸭、鹅留给了我们。我们也可将肉食风干，冬季食用。还有一事，未来得及向大王禀报，就是群鼠未毁坏的一样东西。” 兵士抬上大瓮奶酒，大漠王望着美酒更加犯愁。

香蜀夫人凑近大漠王耳语一阵，大漠王低声说：“不可。都是大漠兄弟，而且父王之死，已嫁祸于西天国，他们才肯借兵。” 一听大漠王犹豫了，香蜀夫人假装悲伤，说：“大漠王呀！我千辛万苦跟随您来大漠，未曾享半点荣华富贵，就随您日日征战，不料想大漠王是鼠辈啊，不顾大漠百姓了……”说完号啕大哭起来。

大漠王着急地相劝：“本王听夫人的就是了，只要回到大漠，犬戎依然纵马驰骋，十三路狼主依然归顺本王，就依王后娘娘之计行事吧。”

香蜀夫人转悲为喜，赞道：“大王真聪明！只要控制十三路狼主，大王就能称霸天下。”

大漠王叫来狼主和鹰王，命令：“援兵就要到来，我们就地扎营休整。”

第二十七回　西王母慈放犬戎　大漠王计收狼主

秋风起，黄叶飘落；天空湛蓝，鸿雁高飞。

午后，阳光照在镐京城外土筑高坛，高坛之上一位文弱之人，身着道袍，高声宣讲：“法乃国之根本……”

众人散去，只留空台。

周天子叫来吕刑，悄声说：“此人之术与兄长同出一辙，兄长一定潜心讨教，为周朝所用。本王就命你为司掌，广招人员，颁布新法，快速推行。”吕刑领命而去。

周天子对袁太师说：“太师辛苦了，很久没出来了，能否……能否……”

袁太师看见白灵王后含羞跟在天子身后，心领神会，说：“贫道出来有一阵子了，该回去打坐了，陈宫快扶贫道回宫。”

陈宫紧盯周天子，低声拒绝：“太师，这可不成，老奴要陪……”袁太师不等陈宫解释，硬拽着陈宫走了。

一行人便装出行，周天子与白灵王后拍马前行，几十名护卫骑马紧随。白灵王后高兴不已，快马加鞭，飞驰在前，回首说：“白灵带天子去翠山仙泉，如何？那里泉水温润。”周天子引马追赶。

西天国小郡，大漠王引领将士围猎。黄羊、花鹿、野兔、山鸡，竞相被捕。大漠王还猎捕了四只野猪和一头白熊。彻夜狩猎，将士们渐渐恢复了士气。

夜色更浓，香蜀夫人独自在金色羊毛大帐之内焦急等待。

香蜀夫人感到不安：我这是怎么了？自从服用仙药之后，怎么会变得心事重重？不仅老惦记大漠王犬戎，生怕失去他，而且还哭着流泪了。这种感觉，还是头一回。

香蜀夫人倚在镜前，看着镜中的自己，自言自语："这绝色容貌，可真没白得，我蓝心如今就是香蜀夫人，与其在镜前自悲自叹，不如招来姐妹一同享乐。"于是她走出营帐，对月燃香，虔诚而拜。香还没燃尽，空中几簇青烟悠悠飘来，狐家姐妹款款而来。

香蜀夫人满面春风，笑脸相迎："妹妹们都来了，想死姐姐了！"

其中一女子挖苦道："这么荒凉的西天国小郡，蓝姐姐招姐妹们，来享福呢，还是受罪呀？若不是祖母要我们来，姊妹们说什么也不到这儿受罪。"

"就是，灵妹妹那才是嫁到帝王之家，气派呀！"

香蜀夫人急忙辩解："姐姐也是大漠王后，能让姐妹们受罪吗？明早姐姐带妹妹们拜见大漠王犬戎，自有好处。"

"蓝姐姐没忘记妹妹们，真心一片，妹妹们明日拭目以待……"

姐妹们，一阵寒暄，好不热闹……

周朝寝宫内，白灵王后梦里被唤醒，自言自语道："蓝姐姐怎么唤上众姐妹去西域了，不会又……"白灵王后辗转反侧，彻夜难眠。

小郡空地上的金色大帐内，香蜀夫人依偎在大漠王身旁，兵士来报："禀告大漠王，王后娘娘的姐妹们，在帐外求见。"

香蜀夫人娇声回禀："大王，姐妹们远道而来，来助大王成就霸业，大王可不能慢待呀！"

大漠王急忙起身，催道："快请，快快有请。"

大帐之内顿时香气四溢，美女如云。她们个个千姿百态，娇媚横生，犬戎、鹰王及二位狼主早已魂不守舍。

十日后，小郡大雪纷飞，大漠十三路兵马来到小郡，大漠王出小郡迎接："各位兄弟远道而来，昆仑神不会忘记兄弟们的功绩，大漠王不会忘记兄弟的恩情，请进帐议事。"

众狼主与大漠王相见，齐齐行礼，同声高呼："昆仑神在上，兄弟们愿听大漠王调遣。"

大帐内，鹰王与各位狼主依次坐于帐中，大漠王坐在宝座之上，气愤地说：

“西天国恶魔障生，残杀父王。西天国妖魔当道，与大漠势不两立。此次又使用毒计，射杀数万大漠将士。各位兄弟，你们说，此仇能不报吗？”

各位狼主闻言，惊得面面相觑，议论纷纷：“大漠王怎么了？损失数万将士？这可不是小数呀！”“西王母可是厉害，呼唤百兽，我们怎么能敌过她！”“我们还是早早退兵，走吧！”

大漠王见众人心生畏惧，急忙鼓舞道：“虽然西王母妖术可怕，但是只要我们大漠兄弟合力攻击，西王母定会向大漠投降。”

狼主们疑惑，其中一位说：“上次攻打周朝，大漠王也是这样说的，咱兄弟不是狼狈地回来了吗？再说，西天国与大漠世代友好，长期通婚，怎会屠杀大漠数万将士呢？”

犬戎眼见自己的计策被识破，急忙举起酒碗，说：“各位兄弟远道而来，先饮一碗酒，再听本王慢慢讲。”

狼主们更加怀疑，说：“大漠王，解释不清，兄弟们不会喝酒的。数万将士，怎能被弱小的西天国掳走？”

众狼主怒目而视，其中一位盯着狼主和鹰王，问：“你们三位一直跟随在大漠王身旁，你们说这是怎么回事？”二位狼主和鹰王低头不语，那狼主继续逼问，“鹰王兄弟，你得说清楚。”

鹰王见不好隐瞒，说：“昆仑神呀！大漠将士死得好惨呀！几万人被水冲没了，还被迫写了降书……”

“什么？降书？大漠王，这是怎么回事呀？”大漠王放下手中的酒碗，低头不语。

各位狼主的目光齐齐扫向大漠王，责问：“犬戎，你为何写降书？你还有何颜面做大漠王？”

大漠王被问得汗颜，只好强装笑颜，一再劝酒，狼主们哪有心情饮酒，站起身来，围着大漠王继续不依不饶地追问。

突然，大漠王站起身来怒吼一声，手中的陶碗应声而碎。狼主们见状，各自回到毡毯入座，个个紧握刀柄，目露凶光。就在这千钧一发的时刻，香蜀夫人站起来指使随侍卫：“天太冷了，多拿几个火盆，给远道而来的狼主们烤烤。”侍卫拿来火盆放在四角，顿时烟雾弥漫大帐，浓烈的香气令人窒息。

香蜀夫人趁机用衣袖捂住鼻子，大漠王也拿出方巾假意擦汗，却是捂住口鼻。半刻钟不到，大帐内烟雾散去，狼主们个个呆坐毡毯，眼神迷离。香蜀夫人见时机已到，击掌三声，高声呼唤："姐妹们，还不出来吗？快来伺候狼主们。"

众姐妹闻声进帐，极尽媚态，拿起大碗酒灌进狼主、鹰王的嘴里。狼主、鹰王似进幻境，心旌荡漾，被迷得神魂颠倒。大漠王击掌三声，胡琴悠扬响起，狼主们更是随乐而舞。

看着眼前的一幕，大漠王紧握香蜀夫人的手，羡慕地说："王后，这药草如此神奇，使人顷刻如神仙一般，为什么不让本王享受？"

香蜀夫人谨慎地包好剩下的药草，悄声说："这草药极为稀有，燃烧时香气扑鼻，如果隔日闻不到，就有五脏俱裂、万蚁噬骨之痛，生不如死。"

大漠王大惊失色，赶紧推开香蜀的手，说："王后使不得，赶紧设法为狼主们解毒，狼主们要是丧命西天国，族人们定会和本王拼命，本王也没有活路了！王后，请救狼主们！"

香蜀夫人小心翼翼地收好药，努努嘴，嗔怪道："大王放心，狼主们只要天天喝我配的药酒，就会像狗儿一样忠实，像马儿一样效力，活得快快活活的！"

大漠王一听，长舒一口气，说："都听本王的命令，太好了！明日举兵攻占西天国，活捉西王母金曼，报仇雪恨！"

香蜀夫人迟疑地看着大漠王，问："西天穷邦，又逢冬季，冰天雪地，有什么好攻打的呢？如今，大漠王手握雄兵百万，何不趁机一路杀到镐京，成就千秋霸业？"

大漠王闻言，眼睛烁烁放光，高兴地说："王后所言极是，只要十三路狼主忠心，本王想去哪儿，就去哪儿，想打谁就打谁，谁也奈何不了本王！"

香蜀夫人早已厌恶了西天国小郡荒凉破败之地，连连催促："大王，赶快离开这不毛之地，先占商道，那里无尽的财富，等着大漠王去攫。"

大漠王立即下令："速回大漠！"

西王母通过法器看到了香蜀和犬戎苟且陷害狼主们的一幕，不禁连连摇头，香蜀贪婪无忌，罔顾天道，不以天下为念，鼓动犬戎乱政虐害百姓，他日必遭天谴啊！

西王母取下额头上的鸟瞰宝石，摘下耳边金鹰羽毛，再也不想探看这痛心的一幕。望着远去的大漠兵，西王母心情沉重地对妮卡说：“今后，大漠王不会举兵前来。”

巴巴拉指着远方，骂道：“香蜀这妖妇，犬戎这恶狼，要是再来祸害西天国，巴巴拉决不轻饶！”

西王母微微一笑，说：“骂得好！巴巴拉大人，这次您可立了大功，要不是大人您一路辱骂，大漠王怎会上当呢？”

巴巴拉赶紧捂住嘴巴，羞愧地说：“巴巴拉一辈子心直口快、刚正不阿，见不得犬戎这等凶恶之徒、贪婪之辈，巴巴拉要是有西王母的法术，定叫他们俯首称臣！”

拉娅仔细盘算了许久，开心地说：“今有俘虏二万七千多，如何发落降兵，请下旨吧！”西王母闻听此言，说：“大漠兵士举戈伐西天国，虽然罪行累累，但是他们也是父母之子、儿女之父、妻妾之夫，若大开杀戒，只能累及更多无辜。拉娅听令：安葬死者，善待降者，让他们吃饱、穿暖，为巴巴拉大人效力。”妮卡笑着说：“西王母真仁慈，放走了犬戎这条恶狼，还送他金帐、粮草和风干肉。你看看，大漠的援兵到了，大漠王连个屁也没放，就走了！”

西王母微笑着说：“大漠王留下了和平，还有这个。”西王母拿出羊皮书递给妮卡，“老祖母，可要把它留好了，它叫降书。”

众人激动万分，聚拢上前，都想一睹为快。

妮卡打开看了很久，向文昌君请教：“文昌老师，这上面写着什么？妮卡看不懂。文昌老师赶快给我们看看。”

文昌君接过羊皮书，郑重地说：“这上面有周朝和大漠两种文字，首书‘降书’二字。”文昌君打开羊皮书，高声诵读，“尊敬的西天国西王母，尊敬的西天国臣民，大漠王犬戎及部众，愿意放下刀枪投降，感谢你的仁慈，感谢不杀之恩……”

西王母骑在马上，尽情欢呼：“牧果果大人快来呀！快乐的歌儿唱起来！”

鼓乐声响起，胜利的喜悦弥漫四野。

妮卡手持权杖依然走在队伍最前方，众人策马扬鞭，载歌载舞，一路欢腾。

第二十八回　天子苑囿观百兽　太后深夜破天机

周天子登基之后，周朝连年大兴土木，镐京城向外扩出十里。如今，护城河之上，东、西、南、北四座崭新的城门楼遥遥相望。高耸的城门楼，如同兀立雄峰，固守四方。那些巨大的城门，褐色厚漆为底色，四角包裹着铜质云纹，其上牢固地镶嵌碗口粗的五排铜钉。两扇门正中固有硕大的铜兽，其口含铜环，面目狰狞，不免让人胆战心惊。城门严闭，密不透风。

百尺城墙之上，将官乘战车并行疾驶，兵士持戈列队紧随。百步设立观敌台，千步设立角楼，均配备兵将日夜把守。守城将士持戈佩剑，个个铠甲明亮，军容齐整，彰显周朝之国威。

通过瓮城的两道城门，来到笔直的街道。一辆辆华丽的车辇来往穿梭，达官显贵乘坐车辇摇扇观看夜景。

前方楼舍，井然有序地排列在平坦的道路两侧。酒家、客栈上彩旗高高飘扬，不时传来欢声笑语；商铺招牌醒目，商贾站在门前迎候过往之人。整条街人声鼎沸，热闹非凡。

镐京老城居于新城正中，历经风雨侵蚀，城楼巍然屹立。古朴的城墙，厚重的城门，守卫威严站立，不为市井所扰。

突然，古朴的城门缓缓开启，传来马蹄阵阵。只见，一队战马整齐划一地缓缓而行，威武的将士们手持金戈直指前方。

城门大开，六匹红鬃烈马拉着龙辇冲出城门。高大龙辇镶金雕银，两侧护板金龙环绕，银云图案分布四周。三名驭手紧握缰绳，极力操控车辇。六匹烈马昂首嘶鸣，怒目喷鼻，好不威风。

龙辇宽大如室，一只独木撑起巨大华盖，周天子威严坐于其内，紧盯前方，似有万重心事。龙辇后是骑马兵士，他们高举龙图旌旗飞驰而过。文武群臣乘马紧随周天子出行，天子之威，盛若燎火之阳。

行至一处雕龙刻凤的牌楼，牌楼正中牌匾上书“御花园”，三字金光闪闪。

早有内侍和宫娥、彩女，排列两行在此恭候。兵士簇拥龙辇，缓缓行驶到牌楼处停下来。

侍从上前，先固定车轮，再掀开帷幔，上前恭敬地禀告：“禀告天子、王后娘娘，御花园到了，恭请圣驾。”

宫娥上前打开辇帘，白灵王后端庄而坐。

百官、百姓跪地而拜：“天子威武。”

此时的周天子威严环视群臣，高呼：“诸位，请平身。”群臣叩谢天恩。

周天子环视四周，眼见众臣稽首行礼，曰：“今蒙天眷佑，俾克永寿，子孙世享太平，百姓安居乐业，万象更新。本王自即位以来，周朝将士苦戍边陲，大将远入各邦平定四方，本王念未尝忘其勤劳，又知黎庶之艰难，为体本王恤民之意，今日，本王要与民同乐！”

随即，周天子和众臣走进了御花园。御花园内，楼台殿阁，画栋雕梁，装饰得神仙境界一般。荷池内画舫龙舟，彩画鲜明，假山叠叠，堆得玲珑绝巧，树木蓊翳，回廊曲折，奇花异草，怪兽珍禽，无所不有。

周天子与白灵王后驻足观赏，白灵王后笑着赞叹：“峥嵘阊阖曙光生，凤阁龙楼瑞霭横。春色细铺花草绣，天光遥射锦袍明。”

“王后好文采！”周天子站在花丛之中一边闻着百花奇香，一边笑着说。只见：牡丹亭，蔷薇架，迭锦铺绒；茉藜槛，海棠畦，堆霞砌玉；芍药异香，蜀葵奇艳。白梨红杏斗芳菲，紫蕙金萱争烂漫春花、木笔花、杜鹃花，夭夭灼灼；含笑花、凤仙花、玉簪花，颤颤巍巍。一处处红透胭脂润，一丛丛芳浓锦绣围。

王后不仅再叹：“仙境，不过如此！”

众人又来到一苑，有一扇圆门，圆门上有匾额：“兽囿”。白灵王后欣喜地说：“文王灵囿，草木鸟兽繁息之盛，世人皆知。不料，天子之囿更盛！”

只见：森林蓊郁，池沼河塘密布，桃蹊李径，翠阴交合，猿猴连臂，鸿鹄翔集，百鸟交鸣；虎豹往来安详，熊罴隐木生肥，雄蟒十围，麋鹿易附，狎兔俱依；另有秋蝉、寒鸟、蟋蟀、狐猿、鸿雁、鹍鸡等嬉戏其中。周天子豪气地说："泱泱周朝，富丽仙境，不足为奇。王后，快看那数仞巨象。"

只见，两头大象，躯体高大而粗壮，鼻如巨蟒，朝天喷出水柱，水柱至空中散开，雨花缤纷落下。

象奴跪拜周天子，两只大象也双膝跪地而拜，吼声嘹亮。众臣见状，忙齐声欢呼。

众臣处议论纷纷："它是大象，南涯罗罗国，愿为周朝附属之国。不仅以巨象相赠，而且派遣太子一行百人，来周朝学习礼仪。"

"周天子仁德广施，睦邻友邦，太平天下呀！"

"周朝一统，万象更新呀！"

……

听着溢美之词，白灵王后心里甚是高兴，不过，面对眼前巨兽，她甚是惧怕，惊呼："此兽甚巨，吼声如惊雷，好可怕呀！"

周天子取笑道："王后，大象与犬戎十万大漠兵士比，孰可怕？"

王后知道天子笑她胆小，便挺直身子，反问："犬戎十万铁骑，固然可怕，但小童知道天子能拒万敌；大象乃兽王，亦被天子所驯，小童何惧之有？"

天子听后哈哈大笑，曰："王后伶牙俐齿，本王心服口服！"

正说着，忽然飞来几只绯红的小鸟，萦绕在天子头顶翻飞，不住地鸣啭。

白灵王后欣喜不已，不住地呼唤："小鸟飞到这儿来。"

小鸟似听懂王后之言，竟然兀自围绕白灵王后上下翻飞，白灵王后从头上取下翠凤，放在手心。小鸟飞来抢夺，衔起翠凤疾飞。

袁太师最怕鸟，扬起拂尘驱赶。小鸟围着拂尘上下飞舞，争相抢夺。袁太师惊呼："吾的拂尘！吾的拂尘！快还来……"鸟儿早已衔着拂尘飞去，众臣哈哈大笑。

渐渐地，绯红小鸟成群飞来，围绕着众臣，只要手中之物，不管珠玉、扇子、手绢，竞相被抢去。

众人惊呼："如此可爱的小鸟，竟然是强盗！"

周天子连连摇头，笑曰："这些红鸟是东滨国君精心驯养、敬送本王的宝鸟，竟然如此善待本王。"

“是呀！天子广施仁政，东滨国在周朝之东南，与周朝远隔重洋，有数千里之遥呀！”

东滨国使官上前跪拜，急切禀告：“天子御驾亲临馆舍，真乃东滨国之幸事。此鸟，乃东滨国之国鸟。为睦邻之好，国君忍痛割爱，特贡天子。此鸟能识宝认主，恭请周天子，对天击掌三声。”

“果真如此吗？本王来试一试。”周天子伸手对天击掌三声，绯红小鸟群飞而来，啄来翠凤、拂尘、珠玉、扇子、手绢，交与天子，无一差错。众人欢喜地拿回自己的物品，赞叹不已：“宝鸟，果真识宝认主，太神奇了！”

周天子引领众臣欢快地来到玉香山，只见：秀峦起伏，青黛叠翠，云雾弥漫。周天子沿石阶爬上玉香山，众臣紧紧相随。一只雪白的白熊，在绿丛沟壑之中，对天仰望，深沉低吼。众臣围绕护栏驻足观望，白灵王后打趣道：“白熊兄弟呀！你来自极北严寒之地，能在镐京相见，真是有缘。”

白熊在沟壑下站立，似听懂了白灵王后所言，对天长吼。

群臣议论：“这白熊乃北冰国独有之物，属珍贵奇兽，性情凶猛无比，无兽能及。那北冰国卡麦斯国君，威名远扬，妇孺皆知。卡麦斯国君敬重周天子，才贡奉了白熊。”

周天子指着白熊，曰：“以礼，万邦臣服；以武，战乱不断。本王顺天道以安恤四方之民，今四方之人皆周之民，诸侯之君乃周之臣，远方小国其序当然也。”

群臣纷纷稽首再拜，曰：“天子英明！”

袁太师指向西方，曰：“如今周朝与南涯、东滨、北方诸国和睦相处，唯有大漠雄兵盘踞商路，阻止周朝与西方各国往来。巴布使者出使西天国，想必快要回来了。”

周天子心中忧虑，悄声对袁太师说：“太师，巴布使者去西方两年有余，如今音信全无。犬戎占据商道，如鲠在喉，本王夜不能寐呀！”

袁太师点头，笑曰：“天子不必忧虑，天定遂人愿，为师已算定：巴布老弟，下个月圆之时，必然回到镐京。”

白灵王后听到白熊不停地嘶吼，叹道：“普天之下莫非王土，率土之滨莫非王臣。白熊，家在北部极寒之地，思家心切啊！”

天子知道白灵有了故土之思，便悄声问：“王后，既已出行，本王可陪你游玩片刻，以解心中之闷。”

白灵王后悄声相告：“请天子便装随我去仙山，那里的水温热又舒坦。”周天子急忙唤来陈宫，换上便装，命令：“陈宫，先护送太师和诸臣回宫休息，本王和王后去去就来。”

不等陈宫劝阻，周天子和王后翻身上马，一溜烟儿不见踪影。

袁太师和众人看着周天子跨马而去，游兴顿消，陈宫失声埋怨：“我们来是护卫天子和王后的，如今两人已经走，我们如何是好？”

袁太师知天子平时勤勉为政，无暇与王后独处，急忙劝阻众人：“众位大人，我等且遵圣命，速速回宫，不必追随天子。”

陈宫忽然心领神会，劝道：“天子大婚有四年了，老祖宗、老太后、太后等一干人皆心急如焚，我等不必叨扰。”

袁太师拿着拂尘摇一摇，看着飞也似的护卫，委婉劝道：“各位，我等整天忙于政事，一刻不曾休息，今日既已出来，不如随贫道去钓鱼，如何？”

陈宫拍手称快：“好呀！各位大人，老奴给你们煮鱼汤，那滚白了的鱼汤，味道鲜美呀！”

众臣欢喜地上马，急急拍马而去。

周朝王宫沉浸在夜色之中，四周渐渐安静，河塘里蛙声传向四方。东宫之内，宫灯高挂，灯火通明。

袁太师提着一尾大鱼，走进寝宫。袁太师上前，跪拜陈圆太后。

太后急忙拦住，曰：“太师，使不得！折杀老妇！”太后恭敬地扶袁太师入座。

袁太师提着鱼就座，点头行礼，曰：“谢太后娘娘。”太后也欣喜地入座。

袁太师内心欢喜，直言相告：“禀告太后，今天，天子和王后去了仙山，要几日才回宫，太后不必担心，贫道已派陈宫带领护卫前去照应！”

太后笑道：“太师法力无穷，又是老妇和天子的救命恩人，老妇感激不尽。太师贵为太师，依然操持国事，真是周朝之幸、王室之福啊！”太后一边夸赞，一边看袁太师手中扑腾的鱼，袁太师恍然大悟，曰：“太后勿怪，贫道上了年纪，只顾着自己高兴了，竟忘了给太后鱼。这条鱼请太后尝鲜，瞧，它还活着呢！”

太后向左右示意：“快接过来！太师整日辛劳，能想着老妇，真是老妇之福。”

宫女接过鲜鱼，快步退下。

袁太师笑眯了眼，额头上的皱纹深不见底，似乎永远也无法舒展，曰：“今天，文武群臣真是高兴，陪同天子和王后游苑，后来又去渭河垂钓。真乃：春江水暖，愿者上钩，太后娘娘真有口福。想当年，太祖文王渭河边上拜请太公，传为佳话。今日群臣渭河垂钓撒网，真是痛快！”太后羡慕不已，连声赞叹：“真羡慕太师，能引钩垂钓。唉！老妇自从进宫，未曾走出这城门，最远只到城门口，望一眼渭河水，也是叹息。今日能尝到渭河水鲜，真要谢太师了。”

袁太师急忙宽慰：“太后娘娘母仪天下，乃周朝之幸。天子许久没出宫去，此次与王后游历仙山，若能……”袁太师话没说完，太后就笑了。

少顷，太后自责道：“有些话，只能给太师您说。当年老妇身孕五载，朝野上下，无人敢提生育之事，幸老天开眼，有了姬满。如今白灵千万不能像老妇……”太后说着心酸落泪。

袁太师急忙开导：“太后应该高兴才是，如今，天子和王后年富力强，定能子孙绵延。”

太后担心地说：“如能如愿，老妇宁愿建庙修山，感谢仙灵。”

袁太师悄声说：“王后真不一般，找到了仙山温泉。太后可带领老太后和老祖宗前去消受。”袁太师呵呵笑出声来。

太后豁然开朗，说：“都怪老妇粗心，老祖宗、老太后这么久没在宫里，老妇还以为她们去了行宫，原是去了仙山。可惜，老妇不能去！唉！”

太后忽然环顾左右，悄声说：“太师呀！老妇有一件闹心之事不敢声张，还要恳请太师相解呀！”太后示意左右退下，侍女们退出寝宫。

袁太师起身，躹躬请命：“太后娘娘，尽管讲来，贫道当效犬马之劳，竭力化解。”太后疑虑重重，悄声问道：“天子脚下有金印之记，太师可知是何来历？”

袁太师闻言，面色凝重，结巴回答：“这个！贫道不敢……说……”

太后再次追问：“所有人都在欺瞒老妇母子，难道连仙师您也……不愿告诉老妇真相吗？老妇略有耳闻，太师但说无妨。”

袁太师迟疑片刻，小声讲：“民间早有传言，说天子和西王母金曼是兄妹……”袁太师的话还没说，太后迫不及待地打断：“一派胡言，老妇身怀独子，何来龙凤一说？太师，百姓还说了什么？”

袁太师见太后已生气，只好解释道：“坊间传言，不足信耳！不过，贫道确实亲耳听闻他们说，天子和西王母金曼是月宫嫦娥仙子和吴刚大神所生的龙凤一对，打下凡间投胎的。贫道也曾问过道友，他们笑而不谈。”

太后悲痛地倾诉：“太师呀，蒙天眷顾，老妇孕五载，生下姬满，流言漫于朝野上下，百姓更是飞短流长，所不堪受……姬满登基时，西王母金曼献舞，其脚下金印记，老妇看得清楚，与姬满脚下金印大小一模一样。”

袁太师急得额头冒汗，赶紧宽慰：“太后别急，别急，坐下来慢慢说。”袁太师扶太后坐下，“太后娘娘别急，即使是真，也是前缘，今生太后才是姬满生身之母，唯一的娘。”

太后闻听此言，这才长舒一气，感激地说：“多谢太师宽慰老妇。太师可知道，这心病日夜纠缠老妇呀！太师可记得那红色襁褓，还有天子穿的那红兜？如今，老妇终于清楚了，这些既非周朝王宫之物，也非凡间之物。”

袁太师长舒口气，劝道：“前世之事，谁又清楚。贫道一听鸟叫，就吓得魂飞魄散，贫道的前世可能是只虫子。”

太后被逗笑了，说：“太师，可真会宽慰人心，其实老妇早就想通了。上次姬满突然晕倒，醒来时亲口对老妇说，见到了西王母金曼。那时，老妇就觉得他和金曼可能是同胞兄妹。”太后长长地舒了一口气，“唉，近半年姬满每每生病，必梦金曼，这让老妇更加深信不疑了。”太后突然捂住胸口心痛地说，“这一世，老妇既为姬满之母，只珍惜这母子之缘，其他的，老妇也不敢奢求了。”

袁太师被感动得老泪横流，宽慰道：“太后娘娘深明大义，贫道佩服。孝乃百行之源、万善之极，天子以孝治天下，自当奉先思孝，太后大不可忧虑。”

太后指着西方，泪流满面地说：“若西王母是天子胞妹，也是好事，老妇只担心天子知其身世，不顾朝政，直奔西方……”

袁太师急忙跪拜，举手发誓：“太后慈母之心感天动地，贫道愿竭力辅佐天子，成就大周霸业。”

太后擦干眼泪，扶起袁太师，欣慰地说：“有太师帮助，老妇就放心了。眼下，只有姬满不知此事，如何是好呀？”

袁太师道："这事先要告诉王后，要王后暗中配合，这样比较稳妥。贫道还要在睡梦中给天子托梦，再随机应变。太后，您看如何？"

太后开心地笑了，表示赞同："太师真是心思缜密，老妇就仰仗太师了。"

袁太师起身行礼，再三叮嘱："太后一定要沉住气，对此事要漠然不知！天子若要怪罪，贫道一人承担，与太后和王后无关。贫道这就去准备了，就等天子自仙山归来。"

太后起身作揖，诚恳答应："太师，慢走！"

袁太师如释重负，行礼告退。

第二十九回　天子幻境知身世　白灵设计救太师

夜色深沉，王后寝宫内，宫灯高照，乐声悠扬。周天子睡意昏沉，只听歌伎们拖腔合唱：

上苍弃下一福星，赍祥于世众生幸。
嗣称穆王周天子，鸿猷壮志盖世雄。
鼎鼎盛名大周兴，赫赫威震四邻敦。
生就癖性创盛景，尽观锦绣放豪情。
怀揣天化神乾坤，游历大家猎寰尘。

周天子一连打了几个哈欠，问身边的王后：“为何本王如此困倦？”

白灵王后示意歌舞即停，乐师、歌伎、舞俳及嫔姬妃子退去。白灵王后扶着周天子进入寝宫。

袁太师在寝宫外，席地而坐，手挥拂尘，口念咒语，眼前的香炉中燃起檀香，青烟缭绕。

寝室内，周天子卧榻熟睡，很快进入梦乡。

梦里，姬满拉着白灵子，来到皎洁的月宫。白灵子问：“夫君，这是哪里？”姬满含糊地回答：“好熟悉的地方，好似本王的家？”白灵子浑身颤抖，战战兢兢地说：“寒冷的月宫，冰封的一切。快看，嫦娥母亲冰封在此。”

姬满随之望去：僻静幽深的寝宫，朱窗发散出昏黄微弱的烛光，不时传来嫦娥的呻吟声。吴刚在朱窗外不安地踱着步，不停地祈求上天。

突然，传来婴啼之声，吴刚贴门聆听，脸上不由得露出喜悦。

过了不久，晓仙女急忙探出头，高声叫喊："吴刚姐夫，又有一个露头了，一盆水不够了，快去烧水。"

不多久，吴刚扶着嫦娥来到摇篮边上前凝视，婴儿突然放声啼哭，这号啕之声冲出月宫，冲破九霄云天，震撼天宫。

天宫中，王母娘娘背过身一挥手，仙姬们一拥而上，从嫦娥怀中抢着襁褓。嫦娥一边撕心裂肺地哭喊着，一边护着一双婴儿，婴儿发出悲惨的啼哭声，响彻天宇。众仙姬蜂拥上前粗鲁抢抱，王母娘娘用余光看了一眼，于心不忍，厉声呵斥："笨手笨脚，小心孩子……"

嫦娥眼见一双骨肉被抢走，心似刀割，瘫倒在地上，向王母娘娘哀求："天母！嫦娥求您一件事，您一定要帮助我。"

王母娘娘背过身，挥挥手，说："嫦娥，不用哀求，老妇知道，你要给孩子们喂奶。"王母娘娘指着仙姬们命令，"你们赶快帮忙喂奶，不得延误！"仙姬们把一双婴儿抱到嫦娥身边……

嫦娥左右手各抱一个孩子，低头心疼地看着他们，两兄妹涨红脸，使出所有气力吮吸着母乳。看着两个孩子小鼻子喘着粗气，小手牢牢地攥着她的乳房，嫦娥声泪俱下地说："娘不能陪伴你们，是娘的错！可惜你们连名字都没有，就要下到凡间投胎做人。这就是天命，不可违呀！哥哥一定要保护妹妹，娘与你们就此告别。"嫦娥已悲痛欲绝，将一双儿女交给王母娘娘。

天宫的另一地，玉帝上前轻轻抚摸一双婴儿的脸，难分难舍地说："本尊不为嫦娥和吴刚而来，而是为一双婴儿而来。龙凤双子，生在天宫，就是天宫的子孙。无论如何，也不能让子孙有任何闪失。"玉帝命令左右，"天玺宝印拿来！"玉帝接过天玺宝印，迫不及待抓出婴儿脚丫，将天玺宝印盖在婴儿脚心。

盖印金灿灿，玉帝威严地正告天地："告知三界，见此印，神仙保佑，鬼怪难侵，魔障不扰。"

玉帝提醒王母娘娘道："娘娘，不送点礼物吗？"

王母娘娘止住悲伤，挥手向天，拿出两个肚兜，一龙一凤，俩婴孩穿在身上，正好合适。

王母娘娘很久没见到可爱的婴儿，将两胖乎乎白嫩嫩的婴孩儿抱着亲来亲去，不禁赞美："真是一对漂亮的孩子，怎么长得这么好呀！"玉帝心酸落泪："娘娘后悔了吧？来不及了，孩子们急着投胎呢！"

白灵子拉着姬满的手，提醒道："夫君，这红色肚兜好熟悉，与天子的肚兜一模一样啊！"

梦中又闪过一幕：晓仙女抱着襁褓，来到周朝王宫花苑一角，对襁褓中婴儿说："哥儿，你可满意？如果满意，你就笑一笑。"红色襁褓中婴儿发出咯咯咯的笑声。晓仙女恋恋不舍地说："那晓姨就帮你。"晓仙女托起襁褓，手指指向绣楼，襁褓中一道红光射入绣楼。

晓仙悲伤地说："你不要怪晓姨，晓姨也不知何时才能再来看你。"晓仙女泪如雨下，紧张地望着绣楼。

绣楼内传出陈圆王后分娩时疼痛的呻吟，太后高呼："破水了，破水见红了，孙儿露头了。"

白灵子拉着周天子的手说："夫君，绣楼之上天子刚出生，多可爱呀！"

梦中又出现一幕：西王母金曼赤脚踏点，轻歌曼舞，殿堂之上顿时花香四溢，蜂蝶飞舞。西王母金曼引颈高歌，歌声悠扬，犹如天籁：

春孕千载一朝而娩，龙凤双生东西两地。同根同祖日夜相连，不知何时何日，又何年。待得东风起，吹散雪花飞，冰雪融尽时，寻亲万里、来相聚。

白灵子再次提醒："快看，西王母金曼妹妹翩翩起舞，看她脚上的金印记，和天子脚上的一模一样。"

姬满恍然大悟，一边是嫦娥在冰封月宫中沉睡，一边是吴刚被火龙喷出的火焰烧烤……

周天子从梦惊醒，大汗淋漓。白灵王后蜷缩在他身旁，依然熟睡。周天子心绪杂乱，无法平静，披上衣衫，轻轻走出寝宫。

重重叠叠的梦境浮现眼前，挥之不去，让周天子无法平静。梦境是那么清晰，如同刻在心里。周天子双手抱头，反复追忆梦境，梦中情景历历在目。

周天子举头望月，回头看见隐隐约约的绣楼，摇头叹息："唉！无稽之谈。"

院中檀香飘来，供桌上香烛红光点点，远远就看见袁太师坐在蒲团上对月打坐。周天子看清了袁太师的脸，急忙上前问："恩师，这么晚了，还没歇息？徒儿适才心魔作乱，做了个荒唐之梦。"

袁太师手摇拂尘，认真地问："天子，做了何梦？不妨讲来，为师与天子解梦。"

周天子如实相告："适才之梦，荒诞无稽。那月宫仙子嫦娥，竟是本王亲生之母，那吴刚大神竟成本王之父。还有，西王母金曼和本王乃同胎而生，真是荒唐！本王觉得，梦由心生，朝政繁杂，本王心情急迫，故而心魔作祟，梦也离奇。恳请恩师解梦。"

袁太师放下拂尘，直言相告："日有所思，夜有所梦。望见天上的月亮了吗？那不是心魔，那是天意。天子请看，这是什么？"袁太师指着供桌上的包裹。

周天子上前打开包裹，里面是一件红色襁褓。他随意翻看，惊讶地说："谁人能绣得如此精美之作？难道本王真的是嫦娥之子、西王母之兄？"

袁太师紧握拂尘，慎重相告："万事皆有因果，梦境也是如此，天子要相信梦中之事。实不相瞒，是上天要为师告诉天子真相。为师在此作法，托梦给天子真相。"

周天子连连摇头否认："这不可能，恩师……"

袁太师起身，捧着红色襁褓，继续解释："为师施展法力，托梦于天子，告知真情。又有襁褓为证，为师怎能欺骗天子呢？"

周天子闻听此言，如同五雷轰顶，近似疯狂地怒喊："恩师，切不可用妖术迷惑本王，本王乃太后之子，本王之父唯有先王。恩师，快快住口，不可妄言。"

袁太师不紧不慢地劝解："天子少安毋躁，等为师慢慢讲来，这襁褓乃天宫之物，玉帝在天子和西王母金曼脚下留有天宫之印记，这是真的，为师不敢隐瞒。"

这时，白灵王后也悄悄来到花苑中，听闻天子和太师对话，说："天子为何这般生气？"

周天子怒目圆睁，气愤至极，说："恩师，本王不是尧、舜，非要天子名分，切不可以生身大事扰乱本王？"

袁太师手摇拂尘，依然坚持己见："天子，这确是事实，不是胡言，为师愿以项上人头担保。"

周天子指着袁太师，大声怒喊："太师，快快住口，本王不想听你的胡言乱语。"

袁太师背起手，依然不改口："贫道是天子的师傅，又怎能欺瞒天子呢？

天子就是嫦娥所生，是吴刚之子、西王母金曼之兄呀！岂能有假？”

白灵王后扶着周天子哀声制止袁太师：“太师，快回去休息了，明天再说不迟。”

周天子仰望月亮，身体不住晃动，怒吼：“本王是先王姬瑕之子，与嫦娥、吴刚、西王母毫无血缘！”

袁太师手摇拂尘，坚定地说：“天子，这是天大的事实，不可否认。”

周天子怒不可遏，大喊：“恩师若要再胡言乱语，休怪本王无情，本将太师打入天牢。”

袁太师直言不屈：“就是天子杀了贫道，也不能改变这天命。”

白灵王后挡在周天子身前，哀求：“天子不必大动干戈，让太师回去休息便是了。我陪天子散散心。”白灵示意武士们退下，但是袁太师不领情，仰天高呼：“天子好自为之，告辞！送贫道去天牢。”

周天子大喝一声：“本王要杀了你，本王要杀了你，本王要……”

兵将押着袁太师走了，白灵王后用眼神示意陈宫，陈宫领会，火速跟去。白灵王后扶起周天子，缓缓走向太后寝宫。

来到太后寝宫门前，侍卫刚要开门禀告，周天子急忙挥手制止。

周天子扶栏站立许久，心中似有巨浪翻滚，适才一幕幕如梦如幻、真真假假，无边辨别。看着太后寝宫的台阶上黑灰色线条若隐若现，周天子摇摇头，喃喃自语：“夜深了，母后安歇了，回去吧！”

白灵王后点头答应：“也好，明天一早，再来请安吧！”

众人转身离开，周天子不时回头怅望太后寝宫，他怎么知道，寝宫内的太后也和他一样，心潮澎湃。

西王母金曼坐在天池边的磐石上，泪眼婆娑地望着一池净水叹息。就在刚才，她用鸟瞰宝石，看到了周天子探寻身世的一幕。母亲生死未卜，父亲正在被炙烤，周天子也不肯相认她这个远在千里的妹妹，可这难舍的血脉亲情犹如天命一样不可抛弃！

月亮倒映在水中，金曼抬头望月，泪水再次打湿了她的面纱。

金鹰在她的肩上啼鸣：“少主，别难受了。”

西王母哀声叹息：“漆黑的世界，捧着一轮明月，又有什么用？雕爷爷，请把这鸟瞰宝石和神羽收回去吧！金曼的心好冷呀！犹如冰封的月宫。”

西王母悲哀地说：“亲人不认金曼，如同万把刀，刺穿金曼的心，金曼心痛啊！”

金鹰惴惴不安地尖声啼鸣：“万般磨砺，才现真心。天子虽然身份尊贵，但他毕竟是凡人，凡人必为情欲所囿，为习俗所移，进退不自由。”

西王母的心结即刻被解开，欣然自语：“天缘未到，一到即解。到那时，周天子自会理解父母的苦衷。”

金鹰啼鸣：“金曼快看，明月的柔弱之光洒满人间，如同千丝万缕，牵住每个人的思念。姬满不仅要与金曼相认，还会与金曼相扶相伴。”

西王母的开心地说：“雕爷爷，您这一番话，解开了金曼的心结，金曼要谢谢您！”

金鹰静静而立，再次啼鸣：“结天缘，必须先结人缘；结人缘，即结天缘。天缘所定者，人事难阻其成。金曼啊，耐心地等待吧！”

正午，和煦的阳光照耀着周朝东宫的楼宇。陈圆太后正在严厉地盘问陈宫。陈宫如实回禀：“天子命老奴，一刻不得离开太后身边，要老奴随时禀告太后的一举一动。而且，天子上朝不再沐浴、更衣、熏香，举止混乱，朝堂之上失声大笑。太后，快救救天子吧！”正说着，白灵王后前来请安。陈圆太后扶起白灵王后，环顾四周示意退下，迫切地说：“灵儿，坐在娘这儿，娘有话说。”

侍从离去，陈宫关闭寝宫宫门，白灵王后扶着太后坐下。太后迫不及待地说：“近日，天子每天早早地就来请安，下朝后，又匆匆忙忙来问安，言辞闪烁，心事重重，老妇真是着急呀！”

白灵王后贴近，悄声说：“太后，天子近日不敢入睡，入睡后也是噩梦连连，惊叫声不断，儿也是心疼天子！”说完，她泪如泉涌。太后忙为白灵拭泪，悲伤地说：“天子不肯相信自己的身世，也是怕失去老妇啊！都怪老妇让袁太师一语道破天机，才有天子这千刀万剐之痛呀！”太后急迫地高呼，“陈宫速去请天子，快去。就说，老妇生病了。”

不一会儿，周天子急匆匆冲进寝宫，大喊：“母后，你在哪里？母后为何身体突然欠安？”

太后站起来，厉声斥责：“姬满吾儿可知错？”

周天子闻声跪地，心中茫然，急问：“母后生病，儿来晚了，儿知错了！”

看着跪在地上的天子，太后心中无比痛惜，但为了治好天子心病，她只好咬牙说道：“姬满吾儿，你贵为天子，肩挑大周的社稷，为何近日行举荒唐，荒废朝政？”

周天子闻听此言，连连叩首，说：“儿近日被噩梦所扰，精神颓废，无心主持朝政……”

太后气急攻心，摇摇欲倒，白灵王后急忙上前将其扶住。太后推开白灵，指着周天子严厉训斥：“靡不有初，鲜克有终。天子被噩梦缠身，必是怕不好的事情发生。天子，只要你修好政事，励精图治，勤俭节约，一切噩梦自会消失。”太后又语重心长地劝道，“姬满呀！骄傲自满就会轻视贤士，自以为聪明就会独断专行，看清外物就会毫无准备。要想不闭塞，必须礼贤下士；要想王位不危险，必须得到众人的辅佐；要想不招致祸患，就必须时刻准备好。近日，老妇听闻天子惩处太师，这是何等不智的行为啊！”

周天子闻言，回禀：“太师妖言惑众，儿不得不杀！”太后失望地说：“天子啊，太师为大周日夜操劳，不可错杀！即使太师说破天子身世，天子为何不可认？跪乳之恩、反哺之义，动物尚且如此，何况天子乎？”

周天子捶胸顿足，大声说：“母后呀，这些儿心里都明白，可儿今生母亲只有一位，就是您呀！”

此言一出，太后也热泪横流，泣不成声，说：“老妇这心里，也只有孩儿一个，但是，天缘前定，儿也不能不顾亲娘呀！”

周天子泣不成声，说：“儿知道了，儿听娘的，这就去天牢向太师请罪。”

白灵王后早已哭成了泪人，催道：“天子呀，太师已经滴水未进几天了，快快救他呀！”

周朝天牢潮湿阴暗，厚重的石墙密不透风，圆木栏栅密密实实，兵士们举着火炬，照亮牢门。

袁太师坐在阴湿昏暗的牢房中闭目不言，形容枯槁。周天子来到袁太师身旁，鞠躬行礼，诚恳地说：“恩师，徒儿愚钝，让恩师受委屈了，徒儿向师傅请罪，请恩师原谅，快快离开这里。”

袁太师背对众人，面壁不理，半晌，叹道：“天子何罪之有？贫道自知不会绝命于此，本应再回仙境！先前贫道立下重誓，要助天子成就霸业，才能重回仙界，但贫道刚才立誓，永不见世人。”

见袁太师不肯出狱，白灵王后急忙上前对周天子耳语一番，天子会意，立即派人去请太后。不一会儿，太后即来，向袁太师行礼，自责：“都是老妇之错，万望太师谅解。老妇向太师认错，给太师行礼了。”

袁太师面对墙壁，断然拒绝：“太后使不得。贫道的誓言已出，已无颜面对世人了。贫道发誓永远不见世人了。”

周天子咳嗽两声，厉声命令：“袁太师听旨，袁太师一言九鼎，誓言已出，永不见世人。只因袁太师修行得法，已入仙界，其法眼所见之人，皆不是世人，皆是脱俗的得道之人。”白灵王后急忙上前，搀着袁太师胳膊，哄劝道：“太师，回家去了，灵儿我自制的蜜酒还等仙师去尝鲜呢。”说完拽着袁太师的胳膊就走。袁太师被拉着边走边说：“为师……可没违背誓言。”

太后紧随而来，开心地说：“谁能逃脱太师的一双法眼，太师所关注的都是得道神仙。”

周天子扶着太后，欣喜地快步走出牢房。

太后回头对周天子悄声说：“还是灵儿聪明睿智，化解难题，降服倔老儿，老妇的心也踏实了！”

周天子走出牢房，见到太阳，脸上露出了久违的笑容。

第三十回　巴布朝堂忆西途　陈芳抗命回周朝

一轮残月挂在天空，闷热潮湿的空气，笼罩周朝王宫的殿堂楼舍，没有一丝清凉。灯火处蛾虫飞舞，灯火的光芒刺破黑暗，照亮殿堂。周天子坐在桌前，盯着烛火，不停地叹气。

白灵王后悄悄地来到天子身后，说："天子为何愁眉不展？"

周天子板着脸，没看白灵王后一眼，依然盯着烛火。

见周天子转过头去，并不理会她，白灵王后坐在旁边，盯着烛火，自言自语："西王母妹妹叫金曼，金曼妹妹的舞蹈，真是出神入化。灵儿就不明白，金曼妹妹为什么不直接与天子相认？"

周天子闻听此言，装作没听见。

白灵王后面对烛火，继续自言自语："唉！天各一方，如果即使见面相认了，不过抱头痛哭一场，然后又是伤心离别。"

周天子转回头，冷冷地瞪了白灵王后一眼，气愤地大喊："小灵子，胆敢小瞧本王。本王要去西天国，风风光光地与金曼妹妹相认！小灵子记好了，金曼妹妹，是本王的亲妹妹，也是小灵子的妹妹！"说完，周天子用食指在白灵王后脑壳，狠狠地点了点。白灵王后调皮地往后一仰，立即拍手称赞："好呀！好呀！要去见金曼妹妹，天子带灵儿去吗？"周天子心事重重，并没回答。

白灵王后见天子神情郁郁，知道他要踏上西行之路，必然千难万险，九死一生，却是无可逃避，故而闷闷不乐。她只得强作欢颜，劝道："天子此去，定然能见到金曼妹妹，届时满载而归，统御四方！"

天子微微苦笑一声，道："本王此去路途遥远，跋涉之苦自不必言，山匪路盗、蛇虫猛兽更是不在话下，此外尚不知犬戎挡不挡道，金曼妹妹认不认本王……"

白灵劝道："天子吉人自有天相，上有观音菩萨保佑，下有先王圣恩眷顾，即使犬戎有百万铁骑，天子也能逢凶化吉，遇难呈祥。至于金曼妹妹，她三番五次托梦于天子，必定和天子心有灵犀，恨不得即刻就能与天子相认，天子不必忧虑也！"

天子闻言，心下稍安，却也不便多言此事，只得勉强展颜，谢了白灵，立即呼唤左右，下去安排。

白灵见天子心不在焉，便笑道："天子重任在肩，岂可为此等俗务劳心！天子远行在即，想来定须作准备，还要与大臣及诸侯作交代，此间烦琐之事，灵儿代劳便是了，事毕后再来觐见，向天子禀报，天子尽管放心好了！"

天子心中感动，道："多亏王后想得周到，本王此番西行深得王后鼎助，何其幸也！本王走后，朝中事务，大臣若有相求，便叫他们来请教母后和王后，还望王后看顾一二。"

白灵见天子此言竟然隐隐有托付后事之意，心中也不禁恻然，便正色道："白灵与天子虽相处日短，却是两心相照，情投意合。天子放心，只管和金曼妹妹相认，朝中之事便是白灵定然尽心照应！"

"唉！老妇在外边可都听到了，姬满儿啊，千万不可说丧气之话。"只见太后已到二人面前，白灵子急忙向太后行礼："母后……"周天子也跪拜："母后，尝闻人言，西天路远，更多虎豹妖魔，儿此去真是渺渺茫茫，吉凶难定，只怕有去无回，难保性命。"太后扶起周天子和白灵，叫二位坐下，语重心长地说："王后刚说的话，老妇可都听到了，不要怪娘偷听。天子此西去之行，一来与金曼兄妹相认，二来紧密联系各国，此二使命，皆要完成。不过，老妇听说，近日犬戎占据商路，无数商贾被其杀戮。商路都不通，如何去得了西天国？"太后缓和口气，说："陈宫，请各位大臣都来吧！今天在此，就商议西域和大漠之事，让老妇也听听。"

太后拉着白灵王后，悄声说："灵儿陪娘坐在一边，听他们议事……"

一时三刻，诸位大臣吃力地抬着巴布将军，进入殿堂。

周天子站起身，迫切地询问："巴布将军，你这是怎么了？"

巴布趴在地上，拱手行礼："天子，罪臣，愧对于天子……"

周天子指着说："免礼，免礼，快赐座，请巴布将军坐下。诸臣都请坐。今日太后懿旨：本王与众位合议西域、大漠之事，巴布将军，请先讲讲西域情况。"

众位臣扶着巴布坐稳，巴布语重心长地说："微臣与五百随从，出秦国境，西行百里之遥，即将进入西天国境内，即在昆仑山峡口，遇见大漠残兵。这些兵士，衣不遮体，身无刀枪，也不与我对战，却向峡口山上逃窜。只怪巴布好奇，引兵追赶。谁知，峡口内突然黑烟四起，巴布就什么也不知道了。等巴布醒来，已经在犬戎大帐之中。"

巴布稍作休息，继续说："犬戎和香蜀夫人劝降于我，巴布只好假意归降。后来引随从乘夜逃跑，未出大营，即被香蜀夫人识破，又被擒住。香蜀夫人使用妖法，使巴布不能站立，只能天天在地上爬行。"巴布伤心落泪，众臣一片叹息。

巴布接着说："大漠兵士见巴布成了废人，放松警觉，巴布才有机会逃出魔掌，用了半年，才回到关内。在关内路遇贵人相救，才回到镐京。今生有缘再见天子圣颜，臣万死不辞。"

周天子高声赞扬："巴布将军神威，千难万险未摧其志。巴布将军，你所遇贵人，本王也要封赏于他。"白灵王后远远地观望巴布将军，叫来陈宫，耳语一番。巴布拍着头，惭愧地说："对了，贵人还在殿外候着呢！"周天子挥手传旨："速请贵人，前来一见。"

陈宫跑到周天子身边，耳语一阵。周天子闻听，满心欢喜，赶紧说："巴布将军功不可没，历险归来，足见将军对大周忠诚。巴布，为了让诸位一见你的忠心，不如脱去战袍，让诸位一睹。"

巴布迟疑地脱下战袍，只见其两臂肌肉健如山峦。

诸臣心中纷纷叹息：可惜巴布的双腿再也不能走路了。

陈宫在巴布身后仔细地查看，近前悄声禀告："禀告天子，巴布将军腰间真的有两个红点。"

周天子挥手，悄声传令："速传太医前来，与之取出。巴布将军，请你继续讲。"

巴布接着说："犬戎已联合十三路狼主，只因装备不足，还未攻打周朝，如今拥兵十万大军，蓄势待发，我们要早作准备。”

此时，一位秀士身披黑色斗篷，走进殿内，并不行礼，也不下跪，挺直站立。

巴布指着秀士，急忙介绍：“此人便是巴布路遇贵人，是巴布的大恩人。”

周天子抬头，惊讶不已，继而掩面大笑，指着贵人直跺脚，笑道：“真是大贵人！姨娘，如此打扮，年年不变。”

众臣一片哗然，纷纷上前行礼。

太后看清了，拉着白灵上前说：“这位就是老妇时常提起的妹妹陈芳，可是女中豪杰，宫中无人能及。”陈芳板着脸，没有一丝笑容，抱拳行礼，说：“不必客气，白灵子王后，久仰大名，见礼了。”

周天子咧着嘴巴，指着陈芳笑着问：“祖训曰：秦地无颁诏，不得私自入朝。太师依你看，该以何罪论处姨娘？”

陈芳并不畏惧，撸起袖子，手掌外侧擦着鼻子，不屑一顾地说：“秦地已经被犬戎占据，百姓纷纷逃难，没见过逃难也要治罪的。姬满，你那姨丈，真是大傻瓜，带着两个谋士去和犬戎谈判……唉！秦地只有五千兵，怎能……秦子无诏书不得回朝，谁人不知，太师，一介难民还需诏书吗？”

袁太师笑而答曰：“逃难之民，无法管办。想当年，夫人执意下嫁秦子嬴战，龙颜大怒下旨，不许夫人再回镐京。”

周天子无比欣喜，打趣地说：“吕刑，本王来问你，难民四处逃窜，可治罪？这位难民上朝堂，该如何处置？”

吕刑急忙上前，笑曰：“回禀天子，周朝从未有难民不得出入殿堂之说，从未颁发此旨意。这位难民能回来，乃是周朝之福，是万民之福。”

太后急忙上前，拉着陈芳的手，激动地说：“既然是逃难投亲，先在宫中歇息。陈宫速去东宫安排，别妨碍朝堂议事。”

巴布坐着行礼致谢：“夫人，您真是巴布的大贵人，明天巴布去给夫人请安，再谢救命之恩。”

陈芳依然神色肃穆，曰：“巴布将军大可不必，都是逃难之人，不言谢！终于可以安歇了，老妇也太累了，陈宫，走了。”

太后悄声对白灵王后说：“你这姨娘，天大的事不上心头。”

白灵王后心生敬佩，说：“举重若轻，才是长辈之风度，佩服。”

周天子郑重地宣布：“陈芳夫人遇难投亲，明日东宫设宴，百官共享家宴，不得缺席。”

群臣齐声高呼：“天子圣明。”几名太医在巴布身后，用刀钳慢慢挖取出两样东西。太医走上前禀告：“回禀天子，已经取出巴布将军体内异物，是两枚金针。”周天子曰：“拿上来。”周天子又大声命令，“巴布将军有功，来人呀！拿酒来，本王要赏他美酒。”

袁太师命人端上一罐酒，亲自抱起罐子来到巴布身边，大声说：“巴布贤弟，天子赏赐将军的这酒，是王后娘娘亲自酿造的美酒，巴布贤弟，必须一饮而尽呀！”巴布接过大罐，一饮而尽。

饮完，巴布抹着嘴巴，交口称赞：“好酒，太美了！”群臣赞叹：“巴布将军神武，巴布将军海量。”

顷刻之间，巴布面红耳赤，通体发红，热汗流淌。巴布舒展臂膀，拱手谢恩：“谢谢天子赐酒，谢谢王后娘娘美酒，巴布好久没有如此酣畅地喝酒了。这酒喝完如同置身于沸汤之中，好舒坦呀！”说完站了起来，再次伸展胳膊，走了几步拱手说，“巴布回来了，各位兄弟，巴布行礼了。”

众臣惊讶地指着巴布的腿，叫喊：“巴布将军，你的腿……能走路了？”

巴布为之一惊，张着嘴巴，侧目向下望，惊喜地喊道：“啊！这就……又会走路了？容巴布再走几步。”巴布缓慢地迈着步子，回头看看众位，还是有些迟疑，随后脸上泛起笑容，放声大笑，“哈哈！太神奇了，简直难以置信，你们看，巴布还能快着走几步。”说完，在殿内围着众人快步而行，又高兴地蹦了几下，飞身跃起，取下一盏高挂的宫灯，稳稳落地。巴布提着灯，兴奋得热泪盈眶，走到周天子身边下跪，抱拳谢恩：“巴布又会跑了，感激天子再造之恩。”巴布泪如泉涌，手拍着地高呼，“自从巴布的腿残而不能行，认为此生已无再站之时，本想见完天子，了此残生，谁知……谁知……天子让巴布再生，巴布……”巴布跪地长哭。

殿堂内一片欢呼：“王后娘娘神酒，周天子英明。”

袁太师走近巴布耳语一番，巴布面向王后，连忙叩拜：“俺巴乃西天国人，白灵王后关心照顾我们这些异族兄弟，比亲人还要亲。今天又治好了俺的腿疾，让巴布再生，愿誓死效忠周天子、白灵王后。即使大漠十万大军，巴布手中之箭，绝不让他们进半步。”

白灵王后听到此言，心下甚慰，急忙说：“巴布将军请坐，这两枚金针，不仅封住你的穴路，而且有毒，虽然已经祛毒，将军还要静养，不宜劳累。”

巴布闻言再次叩拜。周天子龙颜大悦，说：“今日天色已晚，明日朝堂之上，如何西征，各位爱卿，一定要真诚献言。今日议事到此，各位大臣早早歇息。”

群臣拜谢，拥着巴布欢笑离去。

趁着夜色，周天子和白灵王后扶着陈圆太后急忙向东宫而行。陈宫早已在东宫门前迎候。

周天子大步进入东宫，径直向御膳房走去，见到陈芳就说：“姨娘，我饿了，粥煮好没？”

陈芳随口说：“贵为天子，还是小孩儿一样嘴馋，都盛好了，乘热喝吧。”

周天子拿起热粥便喝，随口说：“姨娘，这姨丈虽然高大威猛，还能手举巨鼎，可他把我的姨娘抢走了，父王都没同意，所以才下旨不让姨娘回周朝，唉，我恨死姨丈了。”

陈芳叹口气，说：“其实，你姨丈是个正直的人，不会装腔作势，所以，你父王才不喜欢他。”

周天子笑道：“儿也不喜欢装腔作势的人，只是姨丈抢走了姨娘。”

此时，气喘吁吁的太后被白灵王后扶着走进御膳房，说：“老远就闻到香味了，陈芳，有没有姐姐的一份儿？”

白灵王后急忙上前，给陈芳行礼：“姨娘在上，受白灵一拜。”陈芳急忙上前，扶起白灵王后，直言：“免礼了，快坐下喝粥。”周天子舔着嘴，催促：“姨娘，再盛一碗。明天设家宴，迎接你。”

陈芳问太后：“姐姐，怎么不见老祖宗和老太后。”

太后指着南面说：“老太后陪着老祖宗去了仙山温泉，姐姐已经派人去请她们回宫了。这粥真是好喝，多年不曾尝到了。”

“香！真香！喝饱了。”周天子起身便走。

陈芳站起来，同以前一样唠叨：“急急忙忙的，还是以前的样儿，姨娘还没说两句热心话儿呢，又要跑了。”

周天子拉着白灵王后要走，白灵王后眼巴巴地看着粥，委屈地说：“我还没喝粥呢！”

陈芳扬起手驱赶道：“姬满，自个儿忙去吧！小灵子，今晚陪姨娘聊天了。

这两碗粥给太师和吕刑送去。”周天子瞅着白灵王后，点头应承：“好吧！陈宫，多带些粥，巴布和众位都没喝着呢！姨娘！明天早上还喝粥。”周天子转身急步离开。

陈芳回头望了一眼，大声说：“知道了。”

太后笑得合不拢嘴，催促：“妹妹快坐下，忙了好半天了。”

第三十一回　群臣共议定西征　秦子闯殿求发兵

晨雾已散，镐京城内炊烟袅袅。金色的太阳，照亮宫殿的角角落落。百官急步汇集而来。

太后拉着白灵王后早已在殿后坐定，等待早朝。

周天子困顿地坐在殿堂之上，接受群臣朝拜。

群臣拜毕，周天子喝一口白灵配制的蜜露，环顾四周，顿时精神倍增，威严地说：“今日早朝，列位大臣一同商议西域之事，各位直言相谏。吕侯，请先道来。”

吕刑上前行礼，回禀：“自天子向诸侯各国颁诏新法以来，诸侯国废除弊制，兴农桑，通商贾。诸侯爱民如子，深受拥戴。奴隶们爱护工具，勤奋劳作。如今商品富足，买卖公道，流通便利。遵照天子法令：依法惩治盗匪，朝野上下安定，百姓安居乐业。镐京城大兴建设，以百姓安居为先，深受百姓拥护。虽然大漠频频来袭，区区万人，怎能作乱周朝？臣认为，应举各国之力西征，一举将其剿灭。”

周天子点头微笑，高声赞许：“讲得好，周朝礼法善，诸侯国均已受益。如今，周朝非同往日，国库充盈，百姓富足。吕侯推行新法，功不可没。”

周天子向着袁太师投去目光，大声请教：“太师，请您讲一讲。列位，都要洗耳恭听。”

袁太师向周天子和列位鞠躬行礼，进谏：“先祖武王祛除酷刑，以礼治天下。因各国纷乱，争端不停，百姓生于水火之中，于是，先王南征数十年，诸侯各国疲惫不堪。如今，新法虽好，仅仅实施数年，尚未恢复南征之疲。如今，我朝虽然国库充盈，却难挡数十万大军开战之需。犬戎身处大漠荒凉之地，难以一举将其剿灭。如果战事耽延，百姓又要饱受战乱之苦，对周朝极为不利。所以，依贫道之见，举大军征战不可取。贫道认为：先以防御为主，养精兵，待战机到来，一举收复大漠。请天子三思而行。”

袁太师再次向列位鞠躬行礼。

周天子频频点头，高声赞扬：“太师深谋远虑，说得极是，西域纵深广阔，大战一开，少则数年，多则十年。数十万之众，兵马和粮草，国库之备，杯水车薪。太师所言正是要害。”

周天子抬手，向巴布示意：“巴布将军，请将军讲一讲西域的情况。”

巴布站起来，向列位行礼，谨慎而言：“天子、太师、吕侯所言极是。巴布先以西天国使节身份，向列位介绍西域情况：同为华夏子民，巴布来到镐京城，如同生活在天宫一般，不用挨饿受冻，享乐无尽。西天国夏天炎热难耐，冬天天寒地冻，牧草枯竭，生活艰难。寒冬之时，只能以干酪、干肉为食。春季有时青黄不接，生活异常艰苦。如果遇到冰雪灾年，只能忍饥挨饿，能活命都难。寒冬到来，很多人畜被冻死，是常有的事。”巴布饱含辛酸地继续说，“大漠戎狄和西天国一样，都是以牧猎为主；犬戎的士兵，以兽皮为衣，平日是牧民，战时骑马射箭，且骑术、射术精湛，直接去讨伐，难以取胜。若让巴布选择，巴布情愿放弃弓箭和战马，用这张嘴，把周朝的繁盛讲给大漠兄弟。富裕生活，人人向往，西域各国不战自降。各位兄弟，巴布是地地道道的周朝史节，巴布情愿把周朝所见所闻传遍西域，叫他们都来学习。”

陈宫上前悄声禀告：“禀告天子，秦子嬴战求见。”周天子心下一惊，想：姨丈还活着？太好了！于是他忙下令陈宫去请，又赞巴布道：“巴布将军所言，句句属实。早前，黄帝大战蚩尤，兵戈相见，不战则已，一战定要分出雌雄。战是下下之策，不战也是下下策。一战即和，和为贵。而且，同为华夏子民，西征为了造福一方，此次西征，定要早作打算。”

秦子嬴战来到殿堂上，跪拜：“嬴战参见周天子。”

周天子站起来，指着训斥：“秦子嬴战，大胆之徒！没有诏书，私自觐见，死罪矣！来人，拿下！”

秦子嬴战不敢抬头，极力呼喊："臣，自知死罪难逃，犬戎召集大军，夺秦国八座城池，抢掳百姓无数。臣引两名谋士，前去讨个说法，两位谋士被质押，犬戎放臣前来报信，臣死里逃生。当初臣轻信了犬戎，犬戎前来讨要军需，臣还送他刀剑千余把，犬戎真是喂不熟的狼，没过一月，就背信弃义，都怪臣轻信犬戎，引狼入室，恳请周天子火速发兵，救救秦地百姓。"

袁太师拱手上前，禀告："回禀天子，先祖训：秦子犯臣，无诏不得回朝，私自来朝，死罪不赦。秦地只能存五千兵马，妇孺皆知。如今秦地不存，兵马已无，百姓逃散，逃亡之人无法治罪。"

众臣议论纷纷，恳请周天子赦免秦子。

周天子大声怒喊："先绑起来，等候发落。本王再问秦子，你的妻儿家人，现在何处？一个连妻儿家人都无力保护之人，留你何用？"

秦子嬴战站起来，并不畏惧，说："臣不怕死！犬戎召集十三狼主，白天并不攻城，晚上偷袭，先在城中抢掳，抢后放火烧城。臣前思后想，总是一死，臣这就去了，家人……"

周天子站起来指着秦子嬴战叫骂道："秦子呀！你撇下一家老小，还理直气壮，给本王绑起来，绑起来！"

兵士依令上前，秦子嬴战推开兵士，高呼："天子，要火速发兵才行，不然一切都晚了。"

周天子急红了脸，指着天说："秦子！你可真有能耐，不认罪呀！快快绑起来。"

秦子嬴战双手一挥，身边两名兵士被推出一丈远，摔倒在地。秦子嬴战依然叫喊："臣不惧死，只是死前想找到家人，再见一面。"周天子气愤地说："真是憨姨丈，认个错也不会。"

周天子无奈地挥挥手，叹道："今天的朝堂议事，都被你秦子给搅了，退朝吧！"

秦子嬴战急得直喊："天子不发兵也行，俺自个儿去借兵，总行吧？"

袁太师见此情形，急忙上前，把绳子递上，劝道："自个儿绑吧！绑好了，贫道请秦子吃酒去。吃完酒，就借兵。"

秦子嬴睁大眼睛，问："太师，此话当真？只要天子能速速发兵，寡人就绑自个儿，你们站在一边，别动！"

周天子站起，挥挥手高声命令：“传旨，本王三天后亲自点兵，西征犬戎。诸侯各国出五千精兵强将，护送商队。诸侯与本王一同出征，不得延误。拟旨：太后监管朝政，吕侯及各位大臣鼎力扶持。”

周天子拿出虎符，递给陈宫，小声对巴布说：“巴布将军听令，速点二万精兵，随时待命出发。”陈宫拿虎符与巴布去了。

周天子坐着思量了片刻，终于下定决心，指着袁太师高声说：“太师听令，速点雄兵五十万，随时待命出发。”

袁太师满脸错愕，心想：举国上下也没有三十万兵将，到哪去点五十万兵将呀！袁太师望着周天子没有言语，只得鞠躬领命。秦子嬴战听得真，心想：五万就够了，五十万兵，多了！他扑通跪地高呼：“天子，英明神武。”

袁太师上前，拉起秦子嬴战，无可奈何地说：“就你话多，快绑上，去吃酒了。”

内侍高呼：“东宫设家宴，所有臣前往赴宴，不得延误。退朝——”

周天子拉着袁太师急忙而行，秦子嬴战拿着绳子紧紧跟随，询问：“太师，在哪请俺吃酒？”袁太师回头强调：“自个儿绑好了，跟着贫道去吃酒，别说话。”

第三十二回　秦嬴战御宴举鼎　周天子御驾西征

正午的太阳，暖洋洋地照耀东宫，两尊石兽威严坐落于石阶两侧，守门卫士持戈而立。

太后和陈芳在台阶下焦急地等待，只见：五马拉着金色凤辇飞驰而来，停于阶前。“陈芳，你可回来了，快来让老妇瞧瞧。”凤辇还未停稳，老太后王香已经将头探出辇帘。

陈芳迎上前，对着凤辇急忙行礼：“陈芳给老祖宗和老太后请安。”

老祖宗肖莹也探出头，那头上的白发如雪，笑声若孩童，双眼炯炯，笑眯眯地打量着陈芳，说：“陈芳不必多礼，快来扶老妪下来，让老妪瞧瞧。昨天听说丫头回来了，老妪一刻也没歇，急急赶来。”

陈芳抱起老祖宗，放在步辇上。太后扶着老太后王香下了凤辇。老祖宗坐上步辇，拉着陈芳的手，说：“陈芳丫头回来了！还是秦地养人，你看陈芳丫头，皮肤虽然不如往日白皙，但这精神比往昔好多了。丫头，孩子们呢？”

陈芳直截了当地说：“老祖宗，您身体棒棒的，我们都跟您享福。孩子们好着呢！丫头给你讲个笑话：丫头去秦国第一天刮风，第二天刮风，第三天还刮风，丫头就对嬴战说：‘夫君，再这样刮下去，我就成枯树皮了，被风刮得没了，咋办呢？’”

老太后王香笑着问：“嬴战怎么说？”

陈芳一本正经地说：“没事，夫人你又不是沙子，一刮就没了。你也不是土，你要是土，寡人把你和泥巴，风也是刮不走。即便你是风，寡人把你含在嘴里，不叫你乱走。”

老祖宗笑得前俯后仰，眼泪都快出来了：“嬴战，可真有办法。”随从们全乐了。一行人欢快地步入东宫。

东宫内鼓乐声声，丰盛佳肴摆满桌案。周天子引群臣而来，在正殿分主次，整齐席地而坐。礼乐响起，陈芳紧靠在老祖宗身边不停说笑话，老祖宗笑逐颜开。老太后、太后和白灵王后围坐在一起，也唠叨家常，嫔姬、妃子们装扮齐整分坐左右。

侍从们不时前来禀报，白灵王后用眼神示意，侍从领悟而去，一切按部就班，井然有序。

朝臣拜贺后，陈宫上前宣告：“御宴开始，奏乐。”

宫女身着华丽衣裳来到正殿，管乐声声，编钟叮咚，歌声温婉，舞姿曼妙。

周天子举青铜爵，先敬老祖宗和老太后、太后，后敬众臣，顿时，四处酒香四溢，欢声笑语。

老祖宗眼花，瞅见桌后站着一人，问：“丫头，那站着之人，老妪瞅着怎么像嬴战呢？快让嬴战坐下吧！”

陈芳故意挡住老祖宗的视线，拿起长斗，从铜卣中挹酒，说：“老祖宗，丫头给您挹酒。”

秦子嬴战见此情景，急忙跪在地上，高呼：“嬴战拜见老祖宗，祝老祖宗吉祥，万寿无疆。”

老祖宗板着脸，指着又问：“怎么还绑着呢？是谁绑的呀！”

陈芳取斗盛酒于卣中，急忙转移话题，说：“老祖宗！陈芳敬您。”

老祖宗避开陈芳，看着陈圆，陈圆没说话，眼睛却盯着陈芳。老祖宗又回头，看着白灵王后，白灵眼睛也盯着陈芳。老祖宗见众人都盯着陈芳，心里明白，故意说：“太欺负人了！老妪早就不喝酒了。”

陈芳拿起筷子，装作若无其事地搛起菜，大声抱怨：“这野山猪嘴长、皮厚、性子烈，不用千刀剐，不用万火煮，难当一盘大菜。”

周天子急忙圆场：“每到年关，姨娘都会做白水煮山猪，今天御宴，本王特意为姨娘备了这道菜！”

陈芳给老祖宗喂，老祖宗也不推脱，满意地细嚼慢咽，仔细品尝。

陈芳又搛着鱼说：“这是蒜汁鳜鱼。人常说，一家人围着柱子转，一个人一出门，衣服全破了。如今，陈芳就是这盘中白蒜，七零八落，无依无靠。”

老祖宗听得清楚，摇头说：“丫头，你咋是白蒜呢？老妪可不敢吃了。”

陈芳瞪了秦子嬴战一眼，回头安慰道：“老祖宗，慢慢吃，丫头给您喂的是鳜鱼，这白蒜，谁也别想动。”

秦子嬴战跪地请求：“老祖宗！俺肚子饿得咕咕乱叫，求您赐口吃的。”

老祖宗终于明白了，摆摆手，说：“罢了，嬴战呀！老妪替陈芳丫头赏你了，先赏白水煮山猪，有心又有肝；再赏嬴战蒜汁鳜鱼，精贵会算计。这道现成的酱肘子摆在桌上，也赏嬴战吧！”陈芳夹菜，喂进老祖宗嘴巴里：“老祖宗仁慈，这是蜜汁八宝饭，团团圆圆。我们都团圆了！”

袁太师上前解去秦子嬴战身上绳索，拉其入座。

老太后高兴举爵：“陈芳丫头，你可回来了，今天如同过年关，杀猪宰羊，烹鱼蒸馍，真比过年还喜庆。陈芳丫头，你和嬴战多年没来镐京了，明天陪着老祖宗去仙山。”

秦子嬴战吃得香，赞叹：“这就是传说中的酱肘花呀！真好吃！谢老祖宗赏赐，寡人明天要引兵杀回秦地，夺回失去的城池。夫人，你待着，等寡人来接你回去。”众朝臣闻声，掩面而笑。袁太师举觥，高声说：“秦子嬴战，忠勇耿直，贫道敬你。”

群臣举觥：“秦子，请！”

陈芳看着嬴战，悲情地说：“俺是狂风，你是沙。你是土，俺是水，把你和成泥，谁也别想刮走。你是风，俺就把你挡住，含在嘴里，不叫你刮走。”

嬴战看见陈芳开心，毫不遮掩地说：“这是俺说过的话，婆姨咋个学着了？俺还没问婆姨，咱娃儿，咋样呢？”嬴战站起，自责地看着陈芳，陈芳没理他，依旧搛菜喂给老祖宗。

嬴战低头，轻声向陈芳道歉：“夫人，寡人知道错了，是寡人自个儿绑着来认错的。夫人，寡人错了！”

老祖宗听得清楚，逗趣：“陈芳丫头，这厚皮山猪，长嘴巴又软又烂，美得很，香着来！”

陈芳温柔地看着嬴战，不依不饶地说：“你看看，哪个酱肘子是自个儿绑的，厨子在哪儿呢？快拿去剁成肘花。”

嬴战伸长手臂，手护着桌案，制止道：“夫人，一道美味剁碎了，又难看，就不美了。老祖宗尝得，美得很！香就是香。”

众人欢笑得前仰后合。

周天子上前夸奖：“姨娘，秦地都是这样说话吗？太有气势，可得劲了。”

秦子嬴战拍着胸口，说：“天子，莫担心。犬戎惹火了寡人，寡人单手举鼎，不在话下。咱秦国汉子，日食斗米的汉子，多得去了，都不是㞞娃，哪怕过犬戎这杂㞞，只要天子给寡人刀枪，不用一兵一卒，寡人就把犬戎打得屁滚尿流，夹着尾巴逃回大漠。”

“姬满，别听你姨丈瞎扯淡，你姨丈把牛皮吹破了。”陈芳回头看着秦子说，“快把肘子吃光，要么叫来厨子，剁了。”陈芳说完，捂着嘴乐了。

秦子嬴战伸长脖子争辩道：“寡人可没吹牛，不信寡人立下军令状。决不食言！”

陈芳板着脸，质问：“别争强好胜，亡国之君，逞啥能呢！我的话，你啥时听过了？啥时候听过呀？”陈芳掩面抹泪。

嬴战双手捧起酒觥，大声立誓：“决不食言，一定要收复失地，决不做亡国君。夫人，寡人定能战胜！”嬴战举起酒觥，一饮而尽，然后放下觥，走向方鼎。

秦子嬴战豹眼怒睁，紧盯方鼎，大喝一声，上前蹲马步，双手紧握鼎足，用力一举，方鼎即被举起。停顿片刻，他找准平衡，松开一只手，单手托举方鼎，在座大臣立刻一片欢呼。

秦子嬴战再次双手紧握一双鼎足，放于原位，一气呵成。嬴战拍拍手，面不改色，气不喘，向各位抱拳行礼。大臣们再次一片欢呼。老太后看得眼急，尖声喊叫：“嬴战！过来，坐在这边来，让老妇看看，伤着没。”

嬴战窥看陈芳，见陈芳没理他，便低头走到老太后身边坐下。陈芳端着木盆走来，埋怨：“这是一斗米，快吃呀！你快吃完呀！”

嬴战侧过身，不敢看陈芳，惭愧得低下头去。太后急忙上前，拉走陈芳。老太后对周天子说：“孙儿，帮帮你姨丈吧！他是走投无路才来求你的。你的亲姨丈，你不帮他，他还能找谁呀？”

老祖宗笑嘻嘻地站起来，眼睛盯着在座诸位，委婉地说：“老妪明白了，偌大周朝又遭犬戎欺凌，姬满，到老妪这儿来。”周天子走到老祖宗旁边坐下。

老祖宗深情地回忆：“当年周朝统兵去大漠时，你姨娘可勇猛了，一直是先锋，整整五年，才战胜回朝。当时，你姨丈是你姨娘手下一名偏将，就是他生擒了大漠鹰王，才结束了那场战争。从那时起，你的姨娘就暗自喜欢上了你姨丈。那时姬满还没出生呢！灵儿！你也过来。”

周天子顽皮一笑，说：“老祖宗肯定有好主意，孙儿都猜到了。”

老祖宗故意不回答周天子，对着白灵耳语一番。白灵听得眼中放光，惊喜不已。周天子若有所思，端起嬴战面前的木盆，说：“祖训不可变，秦地兵将不得超过五千，这是祖上的惩罚。三日后，本王亲率大军五十万，西征犬戎。姨丈，请放心吧！看好了，本王也要吃斗米，举大鼎。”说着拿起饭铲，挖米饭往嘴巴里塞。

嬴战抬起头，站起来，抢过饭铲，挖着米饭，往嘴巴里塞，嘟囔：“天子，臣来吃，你别……”两人你一铲我一铲，围着饭盆吃个不停。

陈芳上前抢过饭盆，大声叫喊：“你们成啥样子！唉！”

太后急忙传令：“奏乐，来点喜庆音乐。”

老太后笑眯了眼，拉着陈芳说：“明天说定了，跟老妪去仙山温泉，当神仙去。”

酒足饭饱，人去桌空。

回到寝宫，周天子跪在太后脚下，说：“娘，儿又要西征了，您又要费心掌管朝政，大小事务都要娘操持，儿不忍心叫娘受累。”

太后泪水涟涟，心酸地说：“你父王南征时，娘都没这样难受。如今王儿又要西征，娘虽然心里难受，也要为王儿壮举打起精神。娘就是再苦再累，也要为王儿守住这江山，等王儿平安回来。王儿放心西征吧，不到西天国，见不到西王母金曼，就别回头。”

太后把白灵王后的手放在周天子手里，叮嘱：“娘知道天子舍不得灵儿，那就带着灵儿一同西征，灵儿机智，既能照顾天子起居，还懂得医道之术，定能保护天子平安归来。”

白灵一听太后允许她陪伴天子西征，又感动又激动，说：“娘，你放心，灵儿一定保护好天子，找到金曼妹妹，与她相认后，儿和天子就火速归来。天子一定会平安归来。”

太后擦干泪水，坚定地说：“娘放心，只要王儿广施仁德，替天行道，犬戎必败。姬满吾儿，要时刻想着你的妹妹金曼，她比你更苦，记住告诉金曼，陈圆是她的亲娘。”

太后剪下一缕青丝，交到周天子手中：“娘时刻在你身边，速去准备吧！”

周天子和白灵王后走出寝宫，陈宫紧紧跟随。周天子悄声问白灵王后：“老祖宗讲了什么？”白灵耳语一番，周天子吃惊不已：“这是真的？”

周天子一路思索，沉默了好久，才对白灵说：“本王明白了。”

周天子和白灵王后刚走出东宫，只见袁太师和嬴战等众臣在东宫门外等候。周天子赶忙上前，给袁太师行礼，大声发令：“太师，明日发兵，这五十万兵马，可否准备妥当？”

袁太师鞠躬，小声回应：“天子所说，为师也知道，可这举国上下……”

周天子高声打断袁太师的话语，命令：“太师不必辩解，不得延误。”说完，周天子转身拉着秦子嬴战快步向前走了。

白灵王后趁机拉住袁太师，躲在一旁，窃窃私语：“太师，兵贵于精。天子此次统兵两万，这些人都是精锐。如果发兵二十万，镐京城空虚，一怕犬戎偷袭镐京城，二怕诸侯生乱。”

袁太师笑着点头，心领神会，说：“娘娘放心，战贵于攻心，大漠兵士虽然勇猛，却是无道之师。传出天子亲率五十万大军西征，大漠兵定会闻风丧胆，退出秦地。而且秦地尚有数十万百姓，共同抗之，定能战胜犬戎。等到数月后，诸侯国精兵齐聚，周朝八万精锐，奔袭出击，胜券在握。”

白灵王后满意地点头，叮嘱：“又要太师背负重任，只能如此，不可声张。”

袁太师欣喜地点头，高声说：“王后娘娘令贫道佩服，贫道一定配足五十万兵士，一个不少，敬请放心。”

白灵王后上前耳语：“派遣嬴战和巴布将军为先锋，不许交战，只探消息。兵贵神速，明日即刻发兵。”

袁太师低头走向周天子，当着秦子的面，假装为难地说：“天子之命，臣即使再难，也要备足五十万雄兵，不少一兵一卒。”

周天子面对群臣，激情澎湃地说：“本王亲自统领五十万大军，一举扫平大漠，直抵西方。秦子、巴布将军，先锋疾行，不得延误。记住只探消息，不许交战，违令者斩。三日后本王率领五十万大军，一举扫平秦地。”

袁太师无奈地摇头，悲伤地喊：“镐京城男子呀！十有八九，要入丁参军了。”

周天子指着袁太师训斥："太师不必叫苦，若办不到，本王另选他人。"

袁太师鞠躬行礼，战战兢兢地复命："贫道就是拆了这把老骨头，也要凑齐五十万大军，不少一兵一卒。贫道先行告退。"

望着袁太师的背影，大臣们心想：袁太师真可怜，这可是苦差呀，城中男子十有八九都得去打仗了……

群臣早早散去，组织家中能应战的男子，皆持刀备马，整装待发。

不到天黑，人马已齐聚校场，列入军营。袁太师一一道谢。

明月高挂天空，薄云捧月，镐京城笼罩在夜色之中，四处犬吠之声不断。

宫中祭台，袁太师身着卦服，在供桌前焚香，挥舞拂尘，口念咒语："路过神仙道友，明日天子出兵西征，各位神仙道友解囊相助。"袅袅香烟升上天空，少顷，元始天尊、太上老君、太白金星，三圣来到祭台。

袁太师急忙行礼，委婉地说："三圣到来，周朝之福。三位仙圣，听贫道慢慢道来：周天子举义兵西征犬戎，兵士匮乏，粮草不济，可有办法相助？尚缺五十万精兵，请三圣帮忙。"

太上老君不住地摇头，咧着嘴巴说："这可难为老官了，我们几个老哥儿，造仙丹没问题，指点凡人得道成仙也还行，可从没造过兵呀！别说五十万了，就老官一个，明天随你从军去吧！"

"是呀！"元始天尊摊开双手无奈地说，"五十万精兵，万万办不到，太白金星，你可有神兵天将呀？"

太白金星瞪大眼睛，急忙说："袁太师，炼丹修仙、治病救人我们都成，调兵遣将，将老官无能为力呀！而且，下界纷争，不能再起烽烟呀！"

袁太师急忙行礼，悄声说："向你们借假兵，掩人耳目，可有办法？"

太上老君听明白了，寻思片刻，哈哈大笑："这倒不难，只是打了败仗，与老官无关呀！"

元始天尊拉下脸，一本正经地说："这么说来，假人充数，骗人勾当，老哥儿可不能干呀！不可坏了名声呀！不能答应。"

太白金星掰着指头，认真地说："我们乃仙圣，怎能骗人呢？声誉贵为天呀，不可骗人！"

袁太师急忙解释："周天子仁德，不愿百姓受战乱之灾，只带数万兵士西征，三位老官，这可是行善积德的美事，何不出手相救呀？"

三圣闻言，觉得有理，相互使眼色，避开袁太师，去一旁埋头私语。

袁太师也不声张，静静在一旁等候。

太上老君牵过青牛，把一口袋交给袁太师，叮嘱："这是老官的喂牛口袋，内有牛草，把牛草撒在地上，骑上青牛，说三声：'随我来！'百万兵即到，骑上青牛，青牛走到哪，兵士就跟到哪。切记，青牛脾气大，要顺着它。"

元始天尊爱惜地拿出一把破雨伞，交给袁太师，再三叮嘱："本座这把雨伞，虽然有点破旧，只要撑开伞，念三声'来随我'，即刻变出千万营帐，百毒不侵，水火不近。等用完了，可要还给本座。"

太白金星伸手在另一长袖桶中摸索，反复摸了几次，拿出一把勺子，放在袁太师手中，叮嘱："本座这汤匙，无论何时何地，只要拿出放于掌心，念三声'我来随'，它会教你识别方向，准确无误。"太白金星慷慨地说，"都是用旧的，不用还了。"

袁太师鞠躬行礼，万分感激，道："感谢三位仙圣。班师回朝之日，定当加倍供奉。"

"好自为之，再会了！"三圣行礼告别，迅速乘云而去。

清晨的太阳，很快爬上天空。镐京城弥漫在水汽之中，烟雨蒙蒙，阳光总是难驱潮气，每个人脸上泛着水润润的光芒。

沿街百姓，关门闭户，只有老儿老妇三五成群围坐在一起议论："天子西征，征五十万大军，你家儿子被征了吗？""我家儿子们早去外地做买卖了，都不在家。""昨天，还见着你家老二和老三呢！别糊弄人。""那你家儿子呢，不也藏起来了？""唉！我家老三是天子护卫，已经去西征了。我家老四可不能再去了，在家藏着呢，谁愿意把孩子一个个送去受兵役之苦呀？""这五十万大军，可不是小数，兴许抓着就走了。""要抓就把我们抓走，让我们老骨头替孩子去死吧！""走吧！去正阳门，把我们抓走罢了。"

老人们齐聚正阳门，正阳门被围得水泄不通。

周天子西征，满朝文武站在城楼隆重欢送，鼓乐喧天，低沉浑厚的号角声响彻正阳门。正阳门外，喊声嘹亮："周朝威武！将士威武！"

只见正阳门下，枪戈林立，旌旗飘扬，战马嘶鸣，雄壮的呐喊声此起彼伏。

袁太师站在将台上挥手示意，顿时四方静寂。袁太师向正阳门行礼："天子，五十万大军请检阅！"

周天子披挂铜甲金盔，站在城楼上，从太后手中接过青铜爵，高呼：“周朝天威，将士威武。”

城池上下高呼：“天子威武。”鼓声、号角声再起，周天子将青铜爵中酒一字洒开，跪拜太后，太后赞许地点头微笑。周天子起身回顾四周，迅速走下城楼，登上战车。四列兵士高举旌旗，在前方引路。周天子手持宝剑坐于战车之中，缓缓驶出正阳门。白灵王后一身金盔铜甲紧随其后。宫娥、彩女尽去粉黛，束衣骑乘而行，个个如同男子一般。

三声炮响，周天子站在战车上拔出宝剑，剑指西方高呼：“出发！”

战车疾驶，周天子回望城楼，挥手告别。

白灵王后回头，望见太后在招手，心中猛然酸楚，泪水涌出：“娘，再看您一眼。”太后站在城楼，不停在挥手。

将士们驾着装满兵器和粮草的车辆，疾行而去。

随后，五十万大军遮天蔽日，扬起滚滚狂沙，大地为之颤动：脚步声、马蹄声嘈杂一片，响彻天地。袁太师骑着神牛，稳住阵脚，飞驰而去！

太后站立在城楼上，遥望远去的滚滚沙尘……

大军消失在远方，太后命令：“吕侯，关闭城门！所有人员车马，侧门而行。正阳门只有周天子归来，方可开启。”

吕刑行礼领命：“遵命。”

太后又问：“吕侯，镐京城还有多少兵防？”

吕刑上前禀告：“兵部未动一兵一卒，二十三万兵马，依然在此驻守。”

镐京城防总兵上前禀告：“城中尚有三万兵马。”

护卫总兵上前禀告：“御林尚有八千。”

太后大吃一惊，大声责问：“什么，袁太师五十万兵马哪来的？”吕侯急忙跪地，说：“太师确实征兵五十万，镐京城中壮男皆入伍应战。这是天子给太后留的信。”

太后仔细看完笑着说：“太师真是神人也！早就备下五十万大军，老妇却被蒙在鼓里。吕侯，火速征集精良兵器和粮草运送秦地，不得延误。”

吕侯再次跪地高呼：“臣领命。即刻去办！”

太后继续发令：“天子已下诏，要各诸侯王亲领五千精兵，护送商队西去，不得延误。陈宫命你前去督办，不得延误。”

"老奴领命。"陈宫上前跪地接旨。

太后面对群臣，语重心长地说："列位大臣，今天子西征，国之大小事务，还要仰仗各位鼎力完成。先王东征之时，也是老妇监政，尔等齐心协力，帮助老妇渡过难关，如今就不必说了。老妇先谢各位了。"大臣们跪拜，齐声高呼："请太后放心，臣等尽心竭力。"

太后手拿兵符，说："一切还按老规矩：兵符在此，不得调动一兵一卒，大家精心操练，积极备战。城防用兵不变，严阵以待。再传旨：各诸侯国禁止朝见。"太后再次强调，"每日早朝，还是老规矩。"

大臣们叩拜谢恩，太后再次叮嘱："诸位共同努力，打理朝政，老妇就放心了。陈宫，起驾回宫吧！"

太后坐在凤辇上，心想：初生牛犊不怕虎，二万兵马如何能敌十万大漠虎狼之势呢？

太后拿出信又看了两遍，依然不放心，悄声问陈宫："天子的兵将是些什么人？"

陈宫贴近太后耳朵，悄声禀告："太师的门徒、先王南征荣立战功者、王公大臣的子嗣及健壮的家奴，都被天子征去了。还有，天子收留的敢死之徒和西域奇人、王后娘娘训练的娘子兵也参与了。"太后心中暗喜，这五十万大军把老娘都弄蒙了。

陈宫悄声禀告："王公大臣子嗣、家奴都西征了，百姓哪有不入丁之理！太后，您看，这大街上出来的都是老儿老太婆，家家户户关门闭户，这街市安静许多，王后娘娘这招儿真灵。"太后笑着说："陈宫，再贴告示招兵士。这样呀！所有壮丁，只能待在家里干活了，没人再敢闹事，闹事者一律充军。"

陈宫笑着点头，诡异地说："先让各诸侯王蠢蠢欲动，等他们了解真相，就消停了。"

太后内心在呼喊：姬满王儿！灵儿！一刻不在，娘心里好苦呀！

凤辇走过空旷的街道，太后好不心酸。

第三十三回　河套首战胜犬戎　大漠王金册求兵

周天子率领大军一路疾行，声势浩大。

白灵王后命兵士沿途呐喊："天子西征，替天行道，赶走犬戎。""周朝天威，将士威武，周朝必胜。"每日行军，呐喊声不断。沿途百姓，入伍、献粮者不计其数。秦国流亡之人，携家带子，尾随大军数十里。

出征数十日后进入秦地。夜晚行营中，周天子召集众将议事。

周天子询问："姨丈，前方城池何人把守？"

嬴战欣喜地禀告："前方尚有五座城池未被攻破，还在寡人手中。"

袁太师连连打着哈欠，周天子领会其意，挥挥手，说："连日行军，众将疲惫，散去休息吧！"众将退出大帐。

袁太师拉着嬴战和巴布在营帐外兜了几圈，重新回到帐中。

周天子早已拿出羊皮地图，示意袁太师、嬴战和巴布看图。

四人围在一起，袁太师悄悄地对周天子说："真是天大的好消息，为师早年在河套建城，那城墙是用石块砌成的，坚固无比，城内还建有暗道，在此伏击犬戎，必胜。"

"太师，你和巴布将军速去布防，如何？大军随后即到。"

"偃旗息鼓，引君入瓮。天子请看，这前方城池尽可……"袁太师手指地图，做收回手势。

"姨丈，胜败就靠你了。前方城池，"周天子在地图上打了两个 ×，"姨丈，明白没？只给你五百将士，你要把城中老少，全部撤回，仓皇逃亡。"

秦子嬴战领命："天子让姨丈大败而逃，明白了。得令！"

三位领命而去。

白灵王后走进帐中，见周天子眼观地图，悄声说："今天又有三千新兵，我方已拥兵六万，还有数万流民，数量上远远超过犬戎大军了。"

周天子笑了，欣喜地说："都是新兵，都是逃难之人，都是敢死之士，哀兵必胜！只要教会其射箭即可，定有大用。"

白灵王后又有惊喜相告："秦国人，个个会喂马骑马，射箭不在话下。"

周天子深情地抓住白灵王后的手，爱怜地说："一路奔忙，灵儿辛苦了，明日入城，先休息几日。"

白灵王后凑近周天子耳边，轻声说："知道心疼灵儿了？天子不必担心，明天就要进城了，这些流民不能前行的，让他们修房建屋，就地安家；能前行的依然跟随大军而行。"

周天子笑曰："不用了，给流民发配粮饷，就地安置。"

白灵王后明眸闪烁，交口称赞："看样子，天子已成竹在胸了。"

周天子自信满满地说："第一步，即要稳步实现了。"

白灵王后赞同："今天是个好日子，天子夫君必胜！周朝必胜！"

郡城四处漆黑，远处大河之水粼粼泛光，城楼上火炬呼呼燃烧，将士持戈站立。秦子站在城楼上，望着远方，焦急等待。周天子躲在暗处手扶城垛，心中焦急不安，心想："犬戎老兄，本王都等待十二天了，该现身了。"嬴战悄声说："天子别急，寡人连败数城，溃不成军，一路奔逃，犬戎一定会追来。"

周天子闭目冥想，静静等候。

周天子突然睁开眼睛，惊呼："来了。"

秦子嬴战问："哪呢？真神了，寡人看到了，大军像条黑蛇在动。"

周天子放眼望去，只见：远处大路之上，一股黑色暗流，如潮水般滚滚而来。

突然，大漠兵将点亮火炬，城下亮如白昼，继而战马嘶鸣，杀声震天。

大漠王位于阵中抬起双手，四周再次安静。

大漠王拍马走到城楼下，手指城楼叫阵："秦子，你的援兵在哪呀？规劝你早日臣服大漠，咱俩一同杀向镐京，建立功业，如何？"

嬴战指着大漠王，气愤地骂道：“犬戎，你别欺人太甚了嘛，三番五次，攻城略地。今儿个，爷爷让你有好果子吃。睁大你的狗眼，看清楚，这是谁？”

城上火炬四处点亮，顿时杀声震天，周天子来到城楼正中，挥手示意，四面安静。

周天子站在火把下，高声叫阵：“犬戎老兄，镐京一别，你又重操旧业，攻城略地，罪恶滔天呀！念你是兄长，赶快放下刀枪投降，否则本王五十万大军，将你踏平。”

大漠王在城下见到周天子，脚踩马镫直起身子，举起马鞭指着城楼叫阵：“姬满小弟，终于又见面了，上次镐京城被你羞辱，这次绝不放过你，大漠王要报仇。区区小城即使藏有五十万大军，又能如何？你敢出城与本王决战吗？”

周天子摇头，惋惜地说：“好吧！犬戎老兄，好言相劝，兄长不听，退后百步，待本王排兵布阵，与你决战。”

大漠王拍着胸口，怒气难消，叫骂：“姬满，本王十万大军已将你团团包围，料你插翅难飞。本王等着与你决战！”大漠王回马传令，“兄弟们，后退五百步。”大漠王引马退上左边高坡，立马登高下望。此时天色微亮，军师赤哈尔上前向大漠王悄声禀告：“这河泽之地，一面临水，不利于大军撤退，一旦大路被阻，如何退兵呀？”

大漠王怒发冲冠，气呼呼地说：“军师不必担忧，大漠骑兵，蹚河过水，有何不可？周朝哪有五十万兵士，即使有，也不敌大漠铁骑。传令：不等周朝排兵布阵，掩杀夺城。”

闻听三声炮响，袁太师从远处骑牛而来，城外顿时地动山摇，尘土飞扬。

大漠王放眼望去，袁太师率领的周朝兵将，黑压压的，望不到头。

袁太师举起角旗，刹那间，弓弦齐鸣，箭雨如织，射向大漠兵士。顿时，大漠兵士惨叫声四起，战马嘶鸣着相互冲撞。

箭雨过后，大漠将士再次列队，准备迎战。

袁太师再次举旗放箭，万箭齐发，再次射向大漠右边列队。顿时，惨烈的哀号声四起。大漠右列兵士向左边溃败，河套城右边大道已经被周朝兵士占领。

大漠王站在高丘上静观战局，命令军师赤哈尔前去稳定军心，军师赤哈尔拍马向右边列队疾行。

三声炮响，城门大开，周朝兵将从城门蜂拥而出，迅速在阵前列队。

周天子站在战车上擂动战鼓，出城而来。袁太师骑着神牛缓缓从右边向左边掩杀。袁太师再次挥旗，箭雨又一次倾泻而下，飞箭如蝗，依然射向犬戎的右边列队。大漠右边列队连连遭受重创，兵士们惊恐万分，相互挤压，惨叫声、呐喊声响彻河谷。大漠兵士右翼已经溃不成军。

此时太阳露出脸，洒下一缕金色的晨辉，东边敞亮了，四周的暗阴，不知何时不见了踪迹。

周天子走上战车，再次擂响战鼓。

大漠王站在高丘之上，此时才看清，高丘仅有两丈之高，还不及城楼高；高丘的后面，一片倾斜之地，绵延数里，落差百米，一直斜向河泽低凹之地；远处河泽芦苇丛生，一条大河蜿蜒曲折，河水浩浩荡荡，流向远方。大漠王气愤地大骂："背水临城，这鬼地方！" 大漠王镇定片刻，再次命令，"各位兄弟，正面攻城，决一死战。"

大漠王拍马向前，立于高坡，举刀高呼："大漠兄弟，紧握刀戈，冲杀！"

巴布带兵彻夜藏在暗道之中，见时机已到，乘机爬出暗道，悄然隐藏在高丘下。此时，巴布见到大漠王兀立于高坡，近在咫尺，心中暗喜。巴布躲在暗处，用十足之力拉满神弓，对着大漠王一箭射出。只见一道寒光呼啸而去，大漠王胸部中箭，从坐骑上摔落而下。

秦子嬴战早已做好准备，引兵冲上高丘。一个回合，抢下大漠王"尸首"，迅速撤离，再次回到暗道之中。

巴布高举大漠王战盔，骑马飞奔于两军阵前，高呼："犬戎已死，犬戎已死！"周朝兵士齐声高呼："犬戎已死！周朝天威，兵将神武……"

十三位狼主大梦初醒，面面相觑，急迫地问："鹰王，这可如何是好？咱怎能敌五十万大军，咱们还是撤退吧！"

鹰王拍马向前，举刀高呼："大漠勇士决不后退，用我们的箭，射穿周朝将士的心，听我号令！放箭！"

大漠兵士万箭齐射，射向正面周朝兵士，周朝兵士迅速举起丈尺长盾牌护身，箭羽如雨点般落下，击打着盾牌啪啪作响，纷纷滑落。

大漠兵士惊恐不已：我们的箭如此劣质吗，连盾牌也射不穿？周朝兵士真乃铁甲神兵。

鹰王举起右手，火兵迅速拿出硝石点燃，投向周朝阵中。顿时黑烟四起，恶臭难闻，令人无法喘息。周朝兵士拿出布巾，掩住口鼻，依然拉弓射箭，万箭齐发，大漠火兵不顾生死，冲到阵中拿出火器喷火吐焰。顿时，烈火熊熊，周朝数百兵将身陷火场，衣服战甲燃烧，将士们在烈火中挣扎，哀号声震天，伤亡惨重。

大漠火兵使完火器，不敢恋战，慢慢退出。

两军对峙，都不敢出击。火光已去，战场再次安静。

周天子眼望初升太阳的光辉，见时机已到，挥动三角幡旗，周朝兵士阵中迅速变化，护甲战马列在阵前，骑兵高举两丈长戈，平行排列，步步向前。

周天子拔出长剑，剑指前方："出击！"

铁甲骑兵驱动战马，长戈直指前方，战马长嘶，向前快速冲击。战马未到，长戈已将大漠兵将戳下战马。骑兵并不冲击，而是拔出长剑护卫，铁甲战马步步后退，长戈再次回勾大漠兵士，前排大漠兵士无法躲避，再次被长戈勾伤。

周朝步兵再次上前，用弓弩近射，大漠兵士伤亡惨重，节节败退。

军师赤哈尔大声怒喊，命令将士坚守。

周朝铁甲骑兵一字排开，再次冲击而来。大漠兵士从未见过战马穿铠甲，心生畏惧，疲于应付，一排排倒下，一排排战马空无一人。

鹰王见势不妙，传令火速退兵。狼主们见大势已去，无心恋战，引兵朝左路河泽方向疾退。大军涌向河泽滩地，拥挤不堪。

军师赤哈尔，引中路兵将向右边大路退却。没有遇到抗击，中路兵士沿右路急急退出。

兵败如山倒，军师赤哈尔领兵在大路上望风而逃，回头不见追兵，也不见鹰王和十三位狼主。

赤哈尔拍马边跑边想：这大道上怎么没有周朝强兵，是何道理？于是，他立马阻止败退军士，再回头察看，并不见周朝将士追击。

赤哈尔举刀高呼："折马回援，杀回去，救出大漠兄弟！"大军再次杀出去。

秦子嬴战再次从暗道杀出，引兵占领高丘。

高坡之上，周朝将士把巨大檑木点燃，放开引绳，檑木借高坡之势，跌跌撞撞滚下，顷刻间，战场变成火海，大漠兵士被檑木撞倒后，身上衣服着火，四处逃窜，战马受惊，四处奔踏，哀号声响彻四周。

不多久，高坡上无数燃烧的草球，冒着浓烟从斜坡向下滚，蹦蹦跳跳向更远处飞去，大漠兵士无法招架，前军陷在低凹之地无法快行，后军迅速败退相互推挤。前军刚蹚水过河，逃向远处河滩，后军挤在河泽低凹之地，行动迟缓。

鹰王见此情景，心想：战死又能如何？于是召集十三位狼主急忙商议。

鹰王引兵将向阵中反击，又遇铁甲骑兵，再次败退。

鹰王高喊："大漠兄弟，大路突围！"大漠兵将惧怕铁甲骑兵，行动迟缓，再次陷入重重包围之中。

周天子立于战车上，见大路上的大漠兵将回援，急忙挥动方旗，百辆四马战车一字平行而出，向大路步步紧逼，与军师赤哈尔回援人马相遇。即刻，箭矢从战车飞射而出，长戈再次挑落大漠骑兵下马，短矛从战车上抛出，大漠兵士又是人仰马翻。

赤哈尔回援兵马，被战车逼到坑凹小路，却在小路上迎来转机：在赤哈尔引领下且战且退，避开大路之上的战车，从小路向左翼突击，终于从侧面冲开铁甲骑兵，与鹰王和十三狼主合兵一处。

赤哈尔未作停留，集中兵力，再次从侧面沿小路突围。大漠兵士突围成功，鹰王和十三狼主引领将士，沿小路快速溃逃。

大漠兵士顷刻之间，消失在战场。周天子率领将士驾战车追赶，大漠将士快马如风，周朝战车与铁甲骑兵望尘莫及。

大漠残留兵士依然向河弯低处溃逃，陷阱使无数兵士的战马陷落坑中，束手待擒。只有少数兵士骑马渡水而走，其余兵士无路可逃，纷纷投降。

巴布引兵沿河追击，大漠残兵沿河逃窜，不出数里，尽被巴布所擒。

袁太师急忙收兵，跳下青牛，跑向高丘，找寻犬戎尸首，大呼："徒儿！犬戎徒儿！"

周天子命令收服降兵，秦子上前问："天子侄娃！这么些伤残兵士，如何处置？"

周天子命令："速救治，不得杀一人。周朝优待战俘，决不伤害，姨丈速去传旨：优待俘虏。"

十三狼主与鹰王狼狈退出二十里，与香蜀夫人合兵一处。

金色羊毛大帐之中，香蜀夫人面向空空的宝座掩面哭泣，抱怨道：“大王生死不明，你们这些兄弟为何不与周朝军队死拼到底？为何不救出大王，却把大王留在敌营之中？你们仓皇逃命是何道理？鹰王，各位狼主，你们都是大王的兄弟，抛弃大王，这是为何？”

香蜀夫人跪在宝座前，大声啼哭：“大王，您受苦了，大王呀！香蜀一定救你回来。”

见鹰王与十三狼主沉默不语，香蜀夫人止住哭泣，不动声色地走下宝座，来到狼主们身旁，眼睛直勾勾地盯着每一位狼主，那双明眸似乎在燃烧，让狼主们惴惴不安。

香蜀夫人环绕一周，呐喊：“大王的兄弟在哪儿？”

狼主们各怀心思，缄默不言。

香蜀夫人站在鹰王身边,发问:“你们都是大王的兄弟,有何打算,快说！”

鹰王自责道：“大漠王已死，周朝五十万大军已到，我们还打算什么呀！十万大军折损四万余，只有退回大漠，再寻时机为大王报仇。” 香蜀夫人果敢地断言：“大王还活着，如果大漠有五十万兵马，遇到十万兵马，鹰王你会怎样？”

鹰王闻听此言，心想：对呀！肯定是全部包围，彻底歼灭，不会让其逃脱。

鹰王如梦初醒，脱口而出：“中计了，周朝兵士只用箭弩射杀我们，并没用战车骑兵，我们中计了，可惜呀！大王生死未卜！昆仑神呀！保佑王兄平安回来呀！”

香蜀夫人回到宝座前，面向宝座举起双手，坚定地说：“大漠王，我们的昆仑神，上天保佑您。大漠王有九阳护体，必然毫发无损地回到兄弟们身旁。”

十三狼主齐呼：“杀回去！杀回去！救回大漠王！”

香蜀夫人心中暗想：如果杀回去，不仅救不出犬戎，大漠将会彻底兵败，失去王权，沦为阶下囚，万劫不复呀！

鹰王内心充满矛盾：杀回去，谈何容易！周朝的四马战车，既有战车和铁甲战马，又有射手和长戈，还有抛掷短矛，周围还有步兵强弩。今天能活着回来，真乃万幸。大漠不能乱，只有大王，才能镇住十三路狼主。如果他们要立新王，第一个要铲除的障碍，就是我这个鹰王。

香蜀夫人已经思索得很清楚，大声问鹰王："鹰王，你是大王的亲兄弟，咋想呢？快说。"

鹰王恭敬地行礼，明智地说："王后，当务之急，先探听大王下落。周朝军队装备精良，我们只有把他们引向大漠深处，发挥大漠轻骑精射的优势，才有可能将其歼灭。"鹰王挺直腰杆，面向狼主们大声说："今天，各位都见识了周朝兵士的方盾牌和铠甲，还有骑兵和战车的厉害，而我们要把周朝军队引向大漠深处，让周朝军队把笨重的装备，拱手送给我们。"

军师赤哈尔走进大帐，闻听鹰王之言，向鹰王行礼，点头称赞："鹰王所言极是，今日第一次见战马穿铠甲，威力了得。倘若今天不是天助，再有能耐，我等也无法……"

十三位狼主议论纷纷："难道就不去救大王了吗？""我们要去救大王，不能群狼无首。""没有大王，就新立王。""即使一死，也绝不怕周朝强兵！"

香蜀夫人环视各位狼主，耐心开导："鹰王说得极是，先去探听大王消息，我们的优势在大漠。而且，此次在秦国获得大量的财物，都已抢运回漠北。我们还有数座秦国城池，能与周朝抗衡，怕什么呢？我们还有数万大军，身后还有百万百姓。只要等大王回来，我们依然盘踞商道，周朝还是对着大漠叹息。不仅如此，我们的轻骑兵声东击西，周朝就是有百万雄兵，望见我们马蹄扬起的尘土，也无可奈何。只要我们自己不乱，谁能击败我们呢？你们说对吗！"

十三位狼主听到此言，议论纷纷："大王，还有我儿子，都被抓了，不救他们怎么能行呀！""要救回我们的家人。你们这群胆小鬼害怕了吗？我不怕死，一定要救回家人。"

香蜀夫人急中生智，极力劝解："各位兄弟，当务之急，是和周朝议和，这样才能救回大漠王和我们的亲人。"

鹰王上前，再次向香蜀夫人深深行礼，面向狼主们大声怒吼："兄弟们，谁不怕死，就去与周朝死战，结果就是战死。如今只有议和，我们的亲人才能平安回来。"

十三狼主个个左手扶肩，鞠躬低头致敬："昆仑神！感谢你！赐给我们王后。万能的王后，大漠百姓感谢您的智慧。"香蜀夫人非常感动，面向宝座再次高声祈祷："昆仑神，保佑大漠王和兄弟们平安归来。"狼主们齐齐跪拜，虔诚地祈祷。香蜀夫人站起身，高声赞扬："军师赤哈尔，舍身救了大军，论功行赏。军师！大敌当前，与周朝议和的重任，还要仰仗军师！"军师赤哈尔跪地谢恩，真诚地说："大王有恩于赤哈尔，赤哈尔领命前去，尽心竭力救回大王。"

香蜀夫人再次命令："从今日起，整顿军务，加强防卫。军师即刻带领使官去周朝大营，不得延误。"

军师赤哈尔领命快步走出大帐。

香蜀夫人站在宝座前方，环视四周，果断拍拍手。侍从得令，抬来一只宝箱，轻轻放在面前的桌案上。香蜀夫人环视诸位，自信地说："该是宝物出力之时，各位兄弟，你们来看，这是什么！"香蜀夫人打开宝盒，狼主们围着桌子观看，只见：三条金片，放在宝盒之中，黄灿灿耀人双眼。

香蜀夫人把金册放到三位狼主的手中，狼主们小心翼翼捧着，凑眼去看金册上的字迹，赞叹不已。

香蜀夫人细心介绍："大王早已打造好的金册，用真金去打造。即刻派出使官，依照金册上的文字，去各国游说。请各位兄弟看清楚，金册上刻有'周朝天子，暴虐无道，四方勇士，人人讨伐。犬戎大王，打造金册，以示诚心。各国勇士，见册发兵'。"

香蜀夫人随即命令："鹰王，即刻命令百名使官火速出发，游说各国，扶助大漠讨伐周朝。"

狼主们捧着金册，看着耀眼的金字，伸出大拇指，惊叹："真是神了，这是谁的主意，举各国之力，周朝此次必败无疑。"

香蜀夫人想起犬戎，伤心地落泪，耐心解释："犬戎将军，早已做好与周朝拼死之决心，早就赶制了金册。兄弟一心，周朝必败，大漠王必胜。"

狼主们小心翼翼放回金册，与鹰王领命而去。

第三十四回　香蜀退秦救犬戎　天子修城通大漠

郡城之内，四处拘押着大漠降兵。秦子嬴战引领官员，登名造册，安抚大漠降兵。百姓欢欣鼓舞，积极慰问周朝兵士，欢庆胜利。

郡城之外，行营遍布。大帐之中，周天子立于案前侃侃而谈：“昨日擒获大漠王犬戎，俘敌四万余，首战告捷，诸位将士辛苦了，请太师论功行赏吧！周朝兵士一不扰民，二不虐俘，三不抢掠，真乃威武之师、仁德之师。”

众将齐呼：“周朝天威，将士神武。”

周天子意犹未尽，继续赞扬：“太师的五十万大军功不可没，立头功。巴布智擒犬戎，立大功。秦国二万敢死之徒，固守家园，奋勇抵抗，都是无敌之师。”众将领一片欢呼。

白灵王后掩面而笑，大声提醒：“各位将军，首战告捷，还不能庆贺。秦国百姓遭受战乱之灾，流离失所，都城还未收复，强敌依然占领数座城池，当务之急，乃是恢复生产，扶助流民，积极备战。”

秦子嬴战突然闯入大帐，向天子禀告：“天子天威，亲征犬戎，造福秦国。战俘已经登名造册，这是册表。”

周天子命人接过册表，命令：“大军不入郡城，明日起兵西征，战俘随军而行。伤残将士留下，辅助百姓生产。”

袁太师气呼呼地走进大帐，向天子禀告：“天子，孽徒犬戎醒了，不愿投降。”

周天子起身向袁太师行礼，高声命令：“赐座太师，把大漠王犬戎带上来。”

大漠王被捆绑着，立于帐下，破口大骂：“姬满小人，施阴毒诡计，绝非君子。”

袁太师爱怜大漠王，上前劝道：“犬戎爱徒呀！都是同门兄弟，你就低头认个错，天子会放过你的。”

周天子上前，再次扶袁太师入座，回头劝大漠王：“犬戎兄长，咱俩从小同窗，本王不让兄长下跪，也不叫兄长受刑。兄长不服气，何必口出秽语骂人呢？”

大漠王无言以对，辩解：“反正……被你设计擒获，大漠王宁成刀下鬼，决不投降。”

巴布气愤难耐，上前骂道：“犬戎恶贼，太师恳求巴布留你狗命。白灵王后仁慈，改了箭头，只将你击晕。否则，巴布神箭早已将你这条恶狼射穿。”

大漠王蔑视巴布，嘲讽：“你这叛徒，也敢伤主！俺永远是巴布的主子，狗奴才，知道不？”

巴布听到此言，伸指指向大漠王，开口骂道：“我巴布去过镐京，见过真正的君子根本不动粗口。我要骂你这条恶狼，奴才都不如！”

大漠仰头哈哈大笑，不屑地骂道：“你这西天国的奴才，也不配做我犬戎的兵士！”

巴布被犬戎气得发抖，结结巴巴地说：“你、你这猪狗不如的恶狼，只会使嘴上功夫，有本事，你……”巴布气得说不出话来。

见犬戎满口胡言，狂妄不已，秦子嬴战二话不说，上前抓住他背上的绳索，双手举起来，高喊：“寡人要摔死你！天子仁德，不忍伤你；太师师徒情深，不忍杀你，你还得寸进尺，不如让寡人摔死你……”

大漠王被举得很高，仰面朝天大笑，说：“死于嬴战之手，本王无憾！”

秦子嬴战举着大漠王没气馁，高喊：“就让你在寡人手中死一回！摔死你，就像摔死一只硕鼠一样简单！”秦子嬴战随手把大漠王抛出一丈有余，众人吓得闭上了眼，不料大漠王稳稳落在地上，毫发未损。大漠王哈哈大笑，举手说道：“嬴战力能扛鼎，不过如此！不过本王要谢你不杀之恩！”

巴布气愤难耐，上前骂道：“你这毫无人性的畜生，还不如我西天国的一只羔羊，它尚知道跪乳之恩，你还自称为王，哪有王者气度！不如，让巴布把你手刃……”

周天子挡在巴布面前："太师对兄长一片苦心，兄长毫不顾及，兄长有本事骂人，却没本事成为大漠的胜利之王。"

大漠王闻听此言，心中有愧，就悲壮地说："姬满，你莫要羞辱本王。上次，你用铁链牵住犬戎的脖子，命人剪了本王的胡子，让本王受尽羞辱。这次，有本事，你就直接杀了犬戎！"

周天子毫不示弱，手搭住大漠王的肩膀，盯着大漠王眼睛，狠狠地说："以前，本王与兄长并肩而战。现在，是兄长背信弃义，还怕被羞辱吗？兄长成为不仁不义的人，有何颜面活在世上？让本王拔掉这些肮脏的胡子，看看兄长的真面目，还是不是以前那位可敬的犬戎兄长？"

周天子一把抓住大漠王的胡须，大漠王低头去咬天子伸来的手指，周天子没有躲避，另一只手拍着大漠王的脸，告诫："犬戎哥哥，本王从小就告诉你，咬人的是狗，哥哥是人，只有狗才咬人。"

大漠王松开口，跪在袁太师面前："太师，徒儿不孝，就此别过，来生再报太师之恩。"

袁太师上前扶起大漠王，伤心地说："你一心走上邪路，为师心痛！"

大漠王辩解："太师，天下纷争，胜者为王。我大漠子民也需食物，不攻城略地，他们吃甚喝甚？不掠夺财物，他们只能四处流浪，逐水草而迁徙，谁又心疼他们……"

袁太师哀伤地说："普天之下莫非王土，率土之滨莫非王臣。天子仁德，只要大漠子民归服，天子也会降恩沐泽大漠。"

大漠王果断拒绝："太师，要犬戎死可以，臣服绝对不行！"

袁太师闻言起身，对犬戎摇头，甩袖离开。

大漠王突然热泪纵横，跪地拜别："太师，即使师傅不要犬戎这个徒儿，犬戎永远不忘师傅之恩！"

白灵王后上前扶起大漠王，劝诫："犬戎兄长，都是自家人，什么都好讲。"

大漠王忧伤地说："尊贵的白灵王后，犬戎不能向周朝低头，否则对不起昆仑神，对不起大漠子民！"

白灵王后叹息："天地一家，华夏同根。一家人何必相残相杀呢？"

大漠王低头沉思，鞠躬致谢："王后言之有理。但是周朝百姓食黍吃麦、穿麻着丝、种植五谷，而我大漠子民虽然勇猛善战，但是食不果腹。王后说，华夏同根，但是同根不同果，我大漠子民苦啊！”

周天子闻听犬戎争辩，心内五味杂陈，只好如实相告：“犬戎兄长，真乃大漠之主，香蜀夫人已答应退出秦国，归还所有侵占的城池，用来交换大漠王。试问大漠王，本王该如何处置？”

大漠王大笑，不假思索：“恳请天子，杀了大漠王，再去决战。”

周天子笑道：“兄长明知本王不会杀你。本王不但不杀你，还要让兄长心服口服，让整个大漠子民心服口服。”

大漠王无望地说：“姬满，你不了解大漠，你更不了解我们白狼之族。”

周天子认真地说：“本王最了解大漠王犬戎，所以，本王要拔去兄长所有胡须，拔完胡须拔眉毛，拔完眉毛，还有头发，全拔掉，拔个精光，露出兄长真颜。”

大漠王不以为然，大笑说：“姬满，你就是剥掉本王的皮，本王也不臣服！”

军师赤哈尔见到大漠王，上前跪地，双手举过头，说：“昆仑神！伟大的昆仑神，您是大漠恩泽的太阳。王后神算，料定大王九阳护体，毫发无损。”

大漠王昂首挺直胸膛，斩钉截铁地说：“赤哈尔，回去告诉王后，不要救犬戎，大漠王宁死，大漠子民决不屈服。”

赤哈尔跪着过去，双手抱着大漠王的腿，苦苦哀求道：“大漠王，我们神圣的昆仑神，您是大漠的太阳。王后一定要救您回去，已经答应周朝所有的条件。昆仑神保佑！”

赤哈尔站起来，向周天子行礼：“请周天子善待大漠王，赤哈尔恳求您！”

周天子瞅着其貌不扬的赤哈尔心生敬意，大漠有军师赤哈尔，才能如此之强硬。周天子没回答，挥挥手，兵士将犬戎押出去。大漠王高呼：“不得答应周朝任何条件，不得羞辱大漠……”

秦子嬴战上前，拽住赤哈尔，威胁道：“你可看到了，大漠王还活着，别想耍花样，这是条件，快去准备，给你三天时间，否则大漠王人头落地。”

赤哈尔并不畏惧，责问：“城都还给你们，为什么还要二十万只羊、十万头牛、三万匹马、一万峰骆驼？连牧羊狗也要两千只呢，这是什么意思呀？”

秦子嬴战揪着赤哈尔的衣领，怒吼：“你们掠夺我们秦地多少财物，心里不清楚吗？寡人没有天子仁德，你们若不交换，寡人就亲手杀了犬戎，管他九阳护体，还是十阳护体！”说完，秦子轻轻一甩，把赤哈尔甩出一丈远，赤哈尔趴在地上，帽子也被甩飞。

秦子赢战又大喊：“不给也行，再立个大漠王统治大漠，听到没？快去准备！”

赤哈尔从地上爬起来，拾起帽子，匆匆离去。

赤哈尔回到金色羊毛大帐，拜见香蜀夫人。香蜀夫人听完禀报后，探问鹰王和狼主的意见。

鹰王看着众位，为难地说：“这……赔偿得也太多了，不答应可不行，再去谈谈。”

十三位狼主应声说：“是呀，哪有这样索要的！没道理！”

香蜀夫人点头微笑，不紧不慢地说：“大王有救了，这才是喜事。这还多呀？我们夺去秦城百姓的财富，光是金银珠宝，也不止这些。还有掳去的女人，有多少你们还不清楚吗？这点儿算什么！”鹰王随声附和道：“王后英明，大漠多的是羊、牛、马、骆，光羊有千万头。”

其中一个狼主追问：“军师，你看清大王了吗？大漠王怎么样了？”

赤哈尔急忙禀告：“看得清清楚楚，大漠王被绳索绑着，站立如山，不下跪。大漠王让我告诉王后，不要救他，他宁死不屈，要王后为他报仇。而且他说，不得答应周朝任何条件，不得羞辱大漠……”

众狼主跪拜香蜀夫人，齐声哀求：“英明王后，救回大漠王吧！”

香蜀夫人双手还礼，温柔地说：“众位请起吧！我们共同商量，如何救回大漠王。”

鹰王扶起各位狼主，一身轻松地说：“虽然周朝首战告捷，但是并未夺回全部城池。现在，我们为换回大漠王，可先退回大漠与周朝持久抗衡，再诱惑周朝大军，深入大漠深处，寻找机会歼灭他们，这才是上策。这些城池，还给周朝也无大碍。”

香蜀夫人环视十三位狼主，威严地说：“各位狼主，你们十三位都是大漠王的兄弟，与大王一条心，不能分开，还有什么话，尽管直言。”

十三位狼主纷纷表示：“只要能救回大漠王，还有被俘的族人，这个条件可以答应。我们愿意出牛、马、羊、驼，答应周朝条件。请王后发令吧，别让大漠王再受罪了。”

香蜀夫人语重心长地说："既然大家没有异议，就速去准备牛、羊、马、骆。鹰王和军师速去郡城，七日为限，迎接大王回来。"

……

一年以后，周朝大军一路西行千余里，远处可见巍巍的昆仑山。

周天子统领大军，十里修烽火台，百里夯土建城；又收集流民，在河泽之地开荒造田。大漠降兵放牧牛羊，饲养马驼，沿商路一直向西。

这日，烈日当空，赤日炎炎，众将领骑马而行。巴布骑在马上，说："天子，臣有一事不明？"周天子看一眼巴布，微微一笑，说："巴布将军请讲。"

巴布张开干裂的嘴唇，用嘶哑的声音说："出兵一年了，建城池，修烽火台，广种五谷。天子请看巴布的手，都赶上老农了，这样一路走，一路建，何时才能到西天国？"

没等巴布说完，周天子擦着额头上的汗水，指着前方干涸贫瘠的土地担忧地说："本王比将军还要心急，恨不得长上翅膀，飞到西天国。只是，商道盗匪横行，犬戎还在前方盘踞，如何是好？无数商队被其阻隔，就是花费再多时间，也不足惜。这才一年已行千里，够快了。"

白灵王后闻言，拍马上前劝慰："巴布将军，天子西征，造福一方。去年冬天，我们忍饥挨饿，都挺过去了。如果咱去年就走了，还能留下这百里城池吗？犬戎杀来，百姓还要遭殃，现在百姓点着烽火，自己就能战胜盗匪；如今百姓躲在土城的房子里，即使风雪再大也不怕了，即使野兽来袭也不担心了。"

巴布豁然开悟，抱拳说："王后娘娘一语道破天机，巴布这就去传达天子的话，让他们住嘴。"

周天子拉住巴布，诚恳地说："西征快一年了，将士们思乡之情在所难免，有怨言很正常。命令将官，不能粗言辱骂士兵，更不能用刑。巴布将军再传道旨：将官爱护兵士，兵士爱护兵奴；若将官粗言辱骂兵士，罪加一等。将士要爱惜粮食，颗粒归仓；爱惜牲畜，奖勤罚懒。"

巴布领命拍马而去。白灵王后忧虑地说："向西行去，冬季更加严寒，棉服和干粮草，要早作准备。"

周天子问："司官，你说冬季咋办？"

司官急忙回禀："诸侯国的马和粮草就要到了，天子不必担心。"

周天子焦急地训斥："这也太慢了！再发道旨：周朝军队首战告捷，犬戎已退回大漠，各路诸侯王亲自护送粮草、衣物前来补给。上次犬戎赔了好多只羊，收集了不少羊毛，将这些羊毛发与将士们，谁会编织奖励谁，谁织得好更要重赏。"

司官上前，恭敬行礼："天子英明，深谋远虑，微臣即刻传旨。"

第三十五回　十能人偷袭土城　四大圣急助天子

大漠的天空像海一样蓝，帐篷如草甸上的白菇，牧人欢歌，奶酒飘香。

大帐内，大漠王与十三狼主商讨议事，香蜀夫人陪在大漠王身旁。大漠王气愤地说："姬满，本王一定要活捉你，拔光你的头发，让你跪地求饶！"

鹰王上前行礼，禀告："大王息怒，探马回报，周朝军队一路向西，沿商道建城，找水源种地，绵延千里，已至昆仑山。"

狼主们议论："这些周人，与我们不同，地里难道有金子？"

"种地这种农活，将士能干，才见鬼了！"

香蜀夫人柔声说道："各位狼主，千万不可轻视耕种，这一粒种子种下，可得十粒，就如一只母羊产十只羊羔。周朝的富庶，多源自耕织种地。我们也要学习天子，爱民如子，繁殖牛羊，这样才能战胜周朝。"

狼主们纷纷赞扬："英明的王后，说得极是，等他们从地里挖出金子，我们也该收金子了。""对，他们从地里挖金子，我们就从他们口袋里挖金子。这样周朝永远都是我们的奴隶！"众狼主哈哈大笑。

鹰王忧虑地说："这千里防御，一旦形成，一城顶一师，可不一般呀！加上周朝精良的装备，又有固守的城池，我们的优势还有吗？"

大漠王毫不在乎地说："兄弟不必担心，周朝千里城池首尾难相顾，我们要声东击西，速战速决。"

军师赤哈尔建言："周朝精兵也不过两万，长途作战，兵疲马乏，我们只有凶猛出击，即可战胜！"

一名使官回到大帐，跪地禀告："禀告大王，小的带金册去西方，行千里遇见十位奇能异人，他们要与大王共同战胜周朝，活捉周天子，而且带来战马无数。现在帐外求见。"

大漠王兴奋地站起来，说："使官辛苦了，本王要重赏你，速去请能人们一见。"

香蜀夫人心想：只是无奈之时，才想出来的无奈之举。

六名壮汉和四位女子齐整走进帐中，右手扶左肩统一行礼。礼毕，一位红衣女子向前高声介绍："我们是西域千里部落十能人，听说周天子无道，前来讨伐，不知犬戎大王是谁？"

使官上前伸手介绍："十位能人，这就是大漠王，还不拜见！"

大漠王哈哈而笑，起身行礼相迎："十位能人有礼了，欢迎你们。来人呀！安排酒宴，为十位能人接风洗尘。"

红衣女子上前，凛然禀报："我等见到犬戎大王无比荣幸，但寸功未立，不能喝酒。大王立刻传旨，我等定将暴君周天子擒获。" 香蜀夫人向大漠王耳语，大漠王微笑点头。

大漠王向能人们抱拳行礼，坦言："既然十位能人愿意一显身手，不知你们有何能力，可否显露一下？"

红衣女子毫不犹豫地说："我们个个奔如闪电，力大无穷，大王发令，说出擒谁的名字，三刻必擒获。"

大漠王惊喜无比，激动地说："有如此神力？那就把周朝两员大将，一个叫巴布，一个叫袁太师的擒来……"

大漠王话没说完，一黑脸大汉和一红脸大汉，急急忙忙上前领命，红脸大汉说："大王放心，俺捉巴布，他擒袁太师，三刻便回。"话音未落，似一阵风，两位已不知去向。

红衣女子得意地说："只要大王一声令下，咱要多快有多快，周朝有再多的人，都可一一擒来。"

香蜀夫人美言相加："大王，天降神兵，可喜可贺呀！"

大漠王不由得向香蜀夫人点头，大加赞扬："王后金册求兵，真乃妙计。会有多少神兵天将前来相助，未可知呀！昆仑神感谢王后的智慧。"

没有一丝风，一轮火热的骄阳，暴晒着无边无际的金色的粟谷之地。巴布带领兵将在烈日下收谷子，汗水湿透他们的衣衫，脊背被晒得火辣辣地疼，但收获的喜悦难以言表。巴布恨不能使出浑身之力，一镰刀割完所有谷子。

突然，背后有人叫喊:“巴布大将，巴布大将。”巴布很纳闷:“谁在叫俺？谁在喊呢？”巴布四处寻找，半天不见人。

“你是巴布大将吗？”有人问。巴布更加生气，挺直腰，举着镰刀答应:“俺！乃是巴布将军，你是何人？为何鬼鬼祟祟的？快出来，报上名来！”

只见一根麻绳，已将巴布缠绕无数圈，一阵风吹过，巴布不见了。

袁太师牵着青牛，躲在树荫下正在给神牛喂草，听到身后有人在喊:“袁太师，袁太师。”

袁太师听到了，回头看看，不见人，皱皱眉头，没有答应。他身后继续又有人喊：“袁太师，袁太师？”

袁太师有点烦，心想谁这么没礼貌，回问：“哪位大仙找袁太师，没见贫道在吃草吗？”

“你是袁太师吗？”有人继续问。

袁太师心想：是谁这么没趣？竟然不认得贫道，于是逗趣说：“你不认识袁太师吗？你又是谁，为何不现身？”

“犬戎大王让我把袁太师捉拿回去，就是大功一件。老道，你刚不是说过，在吃草吗？”

袁太师感到此人一根筋，就指着青牛，回答：“贫道是说它在吃草。”

“啊哦，原来袁太师只是一头牛。”黑脸大汉现身，牵着青牛要走。

袁太师急忙上前拦住，追问：“不知仙人是哪里人？”

黑脸大汉牵着牛急忙要走，只得真实相告：“找到袁太师了，告诉你这老道也无妨。咱是西域千里部落的，犬戎大王金册求兵，咱为灭周朝暴君而来。老道！快告诉我，这袁太师为啥不走？”

袁太师捋一捋胡子，细细思量后，故意说：“它还没有吃饱，所以不走。你别想抢走袁太师。”

黑脸大汉看着青牛，伸出大拇指朝着自己，怪叫：“哦！别等袁太师吃饱了，看我的！”说着话，就把青牛用一根麻绳缠绕了无数圈，牵着青牛又要走。

袁太师伸手拦住，继续追问：“贫道问你，你们千里部落有多少能人来大漠呀？不告诉，别想走。”

“就十个，我也告诉你了。老道，快让开！”话音未落，牛和人都不见踪影了。

袁太师急忙收起口袋，赶快回到土城，禀告周天子。

正在这时，一个兵士前来报告：“巴布将军，被一红脸怪人用绳子绑走了。”

周天子紧急召集众将，大帐议事，急迫地说：“千里部落究竟是何方神圣？巴布将军能被生擒！”

白灵王后依稀听过传说，缓缓地说：“听说西域千里部落在天山，那里是天马的故乡，有无数骏马。千里部落能人，就是隐形的天马，或者是隐形人。”

周天子吃惊不已，急忙问：“能把巴布将军生擒，一定不简单。快快传旨：土城四周挖数丈深沟，将所有马匹赶进土城内，所有人员迅速回城。土城周围设绊马索，只要响铃声起，沟内火一起，怪人定不敢攻城。”

众将士得令而行，迅速回城，紧闭城门。

周天子惴惴不安，担忧地说：“太师，此法只能防御，如何擒住这十位异人？如何能救回巴布将军？”袁太师宽慰说：“天子，不必惊慌。这些异人善隐形，速度极快，力量强大，不易降服。为师自有办法。”

袁太师拿出雨伞，走到城楼，施法念咒，雨伞飞起罩住土城。

白灵王后向周天子建言：“听西域人说，羊皮水囊或大鱼鳞片，放在眼前，就能见到千里部落的奇人了。地面撒萤石之粉，夜晚能看到他们足印。”

周天子依然焦躁不安，自语：“本王要去救巴布，不管他们有多厉害，本王要设法救回巴布将军。”

白灵王后拉住周天子，悄声说：“天子莫急，事要得法，事半功倍。定有破敌之策。”

周天子依然心急如焚，来回踱步。白灵王后寸步不离，紧紧跟随。土城中人马齐聚，杂乱不堪。

金羊毛大帐内，众人焦急等待。

不到三刻，红脸壮汉扛着巴布进帐，众将一片欢呼。

红衣女子自豪地说：“大王，此人可是巴布？”

大漠王高兴地站起来：“正是巴布。各位能人，请坐。”

大漠王走到巴布跟前，得意地说：“巴布，你可好呀！你没射死本王，太可惜了。今天，本王要你，像你弟弟一样，挖出自己的心，看你这颗善变的心，长得是什么样，让本王瞧瞧你这个西天国的叛徒。” 巴布笑着说：“尊敬的犬戎大王，俺的花心，总比狼心好。俺期待展露真心，决不后悔。”

正说话间，只见黑脸壮汉，举着青牛走进大帐，与巴布放在一起。巴布乘机抓住牛尾。

大漠王眼见擒来了神牛，开怀大笑，满意地说：“能人神力过人，辛苦了，请坐。”

红衣女子上前，吃惊地问：“骠三，你抓一头牛干什么？” 黑脸大汉伸出大拇指，指着自己，自信满满地回答：“哦嗬！他就是袁太师，不信你问它！”

大漠王开怀大笑，赞道：“没错，只是让各位能人展示能力，我们见识了！千里部落各位能人的盖世神功，无人能及。”

香蜀夫人掩面而笑，上前称赞：“袁太师可是狡猾得很，这正是袁太师的青牛，抓它和抓袁太师一样，此牛乃是神牛。骠三能人，英雄神武，大王一定重重赏赐。”

红衣女子埋怨地说：“骠三大王，还不谢大王，行事莽撞。”骠三气愤地说：“谢大王，那老道真狡猾！下次遇到，决不放过。”说完走到青牛，踢了牛头几脚，“该死！该死的袁太师，敢骗人，我踢死你！”

大漠王上前，拦住骠三说：“骠三能人，不必动怒。骠三能人神威，能在阵前效力，大军如虎添翼。快设宴，本王要以最高礼仪，欢迎千里部落勇士。”

骠三不依不饶，又在青牛屁股上踢了几脚。

青牛本是神牛，不能受气，竟然连连受到击打，牛气上升，牛眼变红，鼻子冒出青烟。青牛挣开绳子，站了起来，“哞哞”狂叫，见人就顶，大帐迅速被青牛顶塌。巴布紧抓住牛尾不放，神牛钻出大帐，踏云而去。

巴布解脱绳索，翻上牛背，得意地说：“犬戎大王再会了，等大王再抓住巴布，巴布把心交给你。”神牛飞天而去。

一连几天，土城挂出免战牌。土城四周铃声频频响起，周朝兵将拿透明羊皮水囊观看，果然看见人面马形怪物，被绊马索绊住，依然前行。周朝兵将只能点燃火坑之柴，马形怪物不敢靠近。夜晚铃声四处响起，周朝将士人人惊恐，忙于应付，疲惫不堪。更有周朝将士来往于土城之间，失去踪迹，数百人被生擒活捉而去。

大漠王派兵士来到土城，在阵前叫阵：“周天子小儿，还不投降……”鹰王天天对着土城叫阵，恶语羞辱周朝将士。袁太师站在城楼上，看着近在咫尺的大漠营帐，无可奈何，只得严令将士不许出城。

还好雨伞神威，水火不侵，袁太师自叹：“挡不了几天了。”

巴布整天如同困兽，向周天子请求出城决战。周天子怕再出闪失，只好缠着巴布，问：“巴布将军，你说，什么是金册求兵？”

巴布挠头傻笑，说：“天子，巴布都回答几十遍了，您不如让巴布去割谷子，巴布向天子保证不出城。”

白灵王后看见周天子着急，心里不是滋味，心想：前几天还辛苦地收粟谷，如今坐牢一般，都挤在这土城之中。于是，她不禁哀叹：“唉！要是师傅们在这儿就好了。”刚说完，天边飘来一朵云，云中传来：“小灵子徒儿，你叫师傅吗？”白灵王后抬头，看见唐僧、八戒，还有沙僧驾云而来，急忙拉着周天子上前迎接。

祥云落在城楼，周天子引领众人上前行礼：“各位仙师远道而来，有礼了。这里不比王宫，本王去安排饭食，请！”猪八戒上前自荐：“师傅陪天子同去，尝美食为师在行。”

周天子礼让道：“师傅们是贵客，本王亲自前去安排膳食，师傅们稍等。”周天子拉着巴布，跑下城楼。

唐僧上前行礼：“阿弥陀佛，白灵徒儿定是遇到难事，咱师徒四人路过此地，能帮徒儿吗？”

猪八戒叫嚷道：“猪尾巴上一只猴，就是一只破烂猴。”

孙悟空这才现身，白灵欢喜地拉住孙悟空的胳膊，开心地说：“师傅们都到齐了，师祖请到厅堂。”

“还有我呢！”沙僧合掌，向白灵行礼。

唐僧在厅堂合掌坐定，对白灵王后悄声念叨：“想当年，师祖与你三个师傅四人路过天宫，看见徒儿守着一襁褓，哀求师祖，愿以性命换取襁褓中家人的性命。师祖向玉帝求情，玉帝不以为然，对你用尽酷刑。你死而复生，反问玉帝天尊：狐氏家族，为何祸乱人间？一时间，问得玉帝无言以对。你大师傅悟空为救你，急中生智，大喊：这事儿谁说与老孙无关，白狐乃俺老孙徒儿，是佛门弟子，俺老孙管定了。玉帝不信，请来菩萨前来对质。后来，观音菩萨为灵儿亲自受戒，并用你的话点醒玉帝。玉帝想了很久，封你祖母为灵慧大仙。你向玉帝发誓，愿用千年仙道换一世人生，太令师祖感动了……师祖有你这样徒孙，却不能点化成仙，太伤心了。”唐僧合掌，愧疚不已。

白灵王后向唐僧鞠躬致谢：“师祖不必伤心。徒儿有颗向善的善心、坚毅的恒心、大德无量的佛心，为人也受益无穷。”

周天子愁眉不展地走来，进入厅堂，再次上前行礼：“四位圣僧，有礼了。土城之内，人员众多，师祖和师傅们见谅了。”

孙悟空终于开口：“有礼、有礼，俺老孙见天子这俩字顺眼？”孙悟空快人快语，“小灵子是俺老孙徒儿，你是俺女婿，自家人，有何难事？快讲！”猪八戒急忙催促：“就是，快讲，为师还饿着呢！”唐僧絮叨：“周天子，你就说一说，看为师能不能相助。”

周天子低头不便说，叹气不已。

白灵王后向师祖与师傅们行大礼，迫切地说：“师祖、各位师傅，犬戎金册求兵，从西天千里部落，招来十位能人助战。这些西天异人，来去无踪，掳去我数名大将和近百名兵士。大周只得天天挂免战牌，出不了城，也不敢出城呀！师傅呀！快看，徒儿和兵将们种的粟谷都已熟透，无法收割，真急人呀！天子急得彻夜不眠。这儿缺水，能有收获，实在不易，却被这能人阻挡，眼见要绝收了。”

猪八戒一听，低声请求：“猴哥，都是弼马温干的好事，猴哥，你就帮帮忙吧！”

孙悟空嘿嘿笑道：“俺老孙，定有办法，变！”说完，他拿出一长一短两只马鞭交于周天子，“照此仿制，短鞭催马，长鞭驯马，马儿没有不听话的。还有咒语，要记牢。”孙悟空贴着白灵王后耳朵秘密传授。

孙悟空再次摆开架势，说声：“变！”手里拿出一颗洁白的明珠，举着炫耀，“这是西海龙王宝珠，拿水来，多拿一些！”

众人将孙悟空带到一口大水缸前，孙悟空拿明珠在水缸里绕几圈，告诫：“用此水点眼睛，无论白天还是夜晚，啥马都能看见。”

猪八戒腆着肚子，对众人说：“俺老猪还饿着呢！这么个土城，也没啥好吃的！俺老猪只能将就了。记住俺说的，千万别浪费，谁要浪费，老猪就要饿死他。”说完走出厅房。

猪八戒施法，肥硕的身躯立刻顶天立地，张开长嘴巴四处吸，又拿出衣带扔出。半晌，猪八戒抹着嘴巴回到厅堂，乐呵呵地说：“去看吧！万千粮仓已满，草料堆积如山。”

沙僧诚恳地向周天子行礼，谦称：“贫僧也不能闲着，天子见好吧！”只见他拿着铁铲出去，不一会儿，就听到咆哮的黄河水奔腾而来。自此黄河向北绵延数千里。

沙僧又挖数口甜井，满头大汗回来。

周天子跪拜道谢：“四位圣僧，无量功德，永世不忘。”

唐僧叮嘱：“徒儿细心照料夫君，不可妄开杀戒。君王之行，造福一方，早得正果。为师回天复命去了。阿弥陀佛！”

四位圣僧驾云而去。

第三十六回　天子三擒大漠王　藏王二见周天子

不准一兵一卒出城的将令如山，土城内人员密集，将士憋屈得难以言表。

“上天有好生之德。”周天子当众感叹，“战事迫在眉睫，大漠王已金册求兵，各路豪杰纷纷相助，我大周西行之路难矣！”周天子的一席话让人摸不着头脑。

兵士来报：“鹰王前来叫战。”

太师来到城楼，向下瞭望。鹰王拍马向前，对着土城叫阵：“袁太师，弃城可以留尔等性命，拒降必死！想要不死，速开城门，献出周天子，尔等已经没有逃路了！”

袁太师走到城墙边，双手扶住城垛，高声说：“正如鹰王所说，弃城可以，唯一条件，大漠王犬戎必须出面。倘若犬戎不来，尔等十年之后再来取城，决不食言。”

袁太师端坐城楼上抚琴，琴声悠扬……不到一刻钟，大漠王和鹰王带领随从来到土城下。周朝兵士看见十位能人分成二组蹑手蹑脚地隐身而来，有一组跨过绊马索，已经跳进深坑；另外一组，就藏在犬戎四周。大漠王勒马，对城上高喊：“姬满，只要周朝放弃商道，此地由本王管辖，本王就放尔等生路！姬满，意下如何？”

周天子指着大漠王说：“本王相信兄长是言而有信之人，本王即刻出城与兄长谈判。”周天子引兵下了城楼，城楼上不见一人，周朝兵士不知去向，帅旗低垂，在烈日下无力地摆动着。

烈日之下，时间一刻不停地在流失，地面被暴晒得滚烫，大漠王独自站在烈日下，如同一粒成熟的谷物，最后一丝水分就要被晒干了。犬戎在城下焦急等待，依然不见周天子出城。四位能人在烈日下隐身，已经等得不耐烦。大漠王愤怒地对着城楼大喊：“姬满小儿，你又骗人，还不速来投降。”

突然闻听大漠大营后方一声响，袁太师带领兵将从大营后方杀出，大漠营中大乱。鹰王领兵迅速应援。犬戎的营帐四处起火，变成一片火海。鹰王只得收拾残兵，弃营而出。

巴布突然窜出，只一回合擒获鹰王。大漠王不甘心，立在阵前，怒气冲天地叫骂：“姬满小儿，言而无信！”话音未落，又听得一声炮响，只见城门上吊桥放下，周朝将士蜂拥而出，迅速在阵前列队。周天子身披金盔铜甲冲出城门，驱马直奔大漠王面前，高呼：“犬戎老兄，本王来了。”

周天子不容分说，手中方天画戟横扫大漠王，大漠王急忙低头紧贴马背，躲过突如其来的一击。

周天子回转马首，再次双手举戟竖劈大漠王，大漠王急忙架刀横挡，“噹啷”一声巨响，大漠王的刀成两半儿。周天子再次立马用戟指着大漠王高呼：“犬戎兄长的气力，可比当年小很多，本王还有一样宝贝，兄长没见过。”

大漠王被刚才那一戟震得眼前发黑，手在颤抖，气得哇哇大叫：“有什么尽管使来，本大王什么没见过！”说着，又从背后抽出一把刀。

周天子再次快马加鞭冲向大漠王，左手举戟横刺大漠王，大漠王斜刀扫戟，周天子乘机右手撒出大网，将大漠王连人带马网住。大漠王在网里拼命挣扎，周朝兵将一拥而上，上前压住犬戎，将其捆绑。

周天子立于马上，用戟直指大漠王胸前，神气地问：“不出三个回合，生擒大漠王，服不服气？”

大漠王怒目圆睁，气恼得低头不语。周天子收回方天画戟，看出端倪，心想：以假乱真，本王不如将计就计。

兵士押着大漠王欢庆胜利。

千里部落四位能人，早被数百周朝兵将围在长鞭阵中，只听得“噼噼啪啪”如同爆竹在响，四位能人被长鞭抽打得浑身青肿，只得设法跳出鞭阵，迅速撤走。

骠三见到周朝兵将手中长鞭，很不服气。再次绕回时，正巧遇见袁太师骑着青牛收兵，骠三取出绳索迅速将袁太师绑定，一溜烟跑了。

周朝将士望尘莫及，急忙禀告周天子。

周朝将士手握马鞭，围在深坑边，红衣女子跳出深坑，又被马鞭再次打下深坑。二位女子和四位能人躲在坑里不敢出来。将士们拿出大网，将女子和能人们生擒，能人们誓死不屈。

周天子正要收兵，远处一众人马向土城而来，有人高呼："周朝暴君，放了犬戎大王，否则踏平城池，"周天子不敢恋战，急忙引兵回城。

一众人马来到城门下，马轿上坐着一位奇异之人。这人梳着无数小辫子，小辫与珠玉辫在一起。这人满头满身都是天珠、松石、珊瑚、玛瑙，透明琥珀刻成神鬼头颅也挂在胸前。数只猛雕在兵奴的手上扑扇着翅膀，异常骇人。数条巨犬狂吠，匍匐在马轿前方，摇着尾巴，缓缓而来。远处无数牦牛，驮人载物，向土城聚拢。周天子上城楼，高声问候："藏王赞布不在天都，为何突然到此？"

藏王仰望城楼，称赞："好眼力，汝又是何人，胆敢冒犯本王？"

周天子行礼笑道："本王乃周天子姬满，汝乃藏王赞布。本王见过藏王的牛皮画像，很是精美。藏王赞布与画中一模一样。"

藏王闻言，心想：这就是金册上所谓的周朝暴虐之君吗？嘿嘿，仇敌就在眼前。

藏王蔑视周天子，毫不留情地破口大骂："汝乃周朝暴君，竟敢欺凌大漠。吾乃藏王赞布，与周朝暴君势不两立，一定要决一胜负。"

周天子闻听此言，深知藏王已被大漠王蛊惑，才会口出狂言。于是，天子直截了当地说："藏王赞布定是应金册求兵而来。要说同根同宗，藏王与周朝更是亲如一家。赞布的祖母，乃周朝先祖武王之妹，周朝有赞布十二岁时的画像，与藏王完全一样。"

藏王愤怒地说："汝乃暴君，巧舌如簧，谁与暴君沾亲带故！暴君放了大漠王，否则吾决不罢休。"

周天子见藏王如此无礼，指着犬戎警告："犬戎在此，请藏王看清楚，本王没伤害犬戎。初次相见，藏王不知真相，竟然破口大骂，本王不与尔等一般见识。本王只想用大漠王来换袁太师，这条件并不苛刻，藏王一定能办到。"

藏王疑虑地仰望周天子，大声警告：“暴君，不许伤害犬戎大王。就依暴君所言，用袁太师交换大漠王犬戎，三日为限。”

周天子指着天，郑重承诺：“一言为定。初次相见，有礼了。”

藏王这才还礼：“一言为定。初次相见，还礼了。周朝暴君，不可食言。再会！”

藏王引马而去，一干人马扬尘而去。

军师赤哈尔带领大漠兵士，撤回营地，清点兵马，折损两千兵马。他迅速前往金色羊毛大帐，禀告香蜀夫人。

此时，藏王赞布来到营寨，前来拜见香蜀夫人。

香蜀夫人站在宝座旁，高兴地笑着说：“大王再也不会受牢狱之灾了。大王快出来吧！”

只见大漠王从后帐走出，笑哈哈坐在宝座上。赤哈尔瞪大眼睛，见到犬戎吃惊不已。

大漠王伸手拉住香蜀夫人的手，开心地笑着说：“速速准备，迎接藏王。”

大漠王亲自走出大帐，迎接藏王。藏王见到大漠王，吃惊不已，急迫询问：“适才见大王被周天子所擒，这么快就回来了。”

大漠王面露惭色，急忙解释：“多次被周天子擒获，实无颜面。此次，略施小计，躲过一劫。藏王远道而来，与本王共同讨伐暴君，大漠王要以最高礼节，欢迎藏王赞布的到来。”

藏王笑着说：“赞布答应了周天子，三天为限，用袁太师交换大王，赞布要食言了。”

大漠王行礼说：“赞布，请进帐叙谈！请！”

藏王回礼说：“请！”

进帐后，双方分坐两侧，香蜀夫人吩咐左右奉上酒水。

藏王含蓄地笑着说：“此次见双方作战，周朝兵士装备精良，一不用箭弩射杀，二不用长戈刺杀，为何只是生擒活捉，用网捉人？本王大开眼界，第一次见到不杀戮之战，罕见。”

大漠王笑着点头示意：“让藏王见笑了。赞布都看到了周朝以强欺弱，已射杀大漠兵士四万之众，哪有不杀戮的战争呢？周朝军队还未等到援军，援军一到，立刻会对大漠展开进攻。到那时，战车、长戈、利箭等着大漠上钩呢。”

藏王闻听此言，心存疑虑，却不好再问，说：“犬戎大王所言极是。可是，本王答应周天子了，三日为限，以袁太师交换大漠王犬戎。而且，久闻袁太师乃是得道高人，能否一见高人呢？”

大漠王无法隐瞒，如实说：“实不相瞒，袁太师是犬戎的师傅，本王想劝师傅离开周朝，来帮大漠。来人，把袁太师带上来！”

袁太师被人带进帐内，大漠天子上前给袁太师松绑，扶袁太师坐下。袁太师大声训斥：“你我虽然师徒情分已尽，可贫道依然要劝大漠王放下屠刀，造福大漠百姓。”

大漠王行礼谦称：“恩师，您不必动怒。请恩师前来，是想与恩师商量，如何战胜周朝精兵，恩师可否帮助大漠打败周朝？”

袁太师瞪着大漠王，手指着大漠王大声责备：“大漠王，你为何长期占据商道，抢掳过往商队，让商路不通呢？是你举兵侵犯秦地，还要怪罪周朝！你不了解为师吗？居然劝为师归降于你，助你偷盗劫掠，穷兵黩武！真是劝错人了。”

大漠王继续低头相劝：“太师，谁强谁弱，恩师您最清楚。这分明是周朝暴政，欺凌大漠。”

袁太师斥问：“为师乃周朝太师，难道是为师在欺凌大漠吗？”袁太师仔细打量犬戎，深深吸气，闻到浓浓的狐臊味，惶恐地说：“这大帐之内，怎么有妖孽之气。徒儿还是听从为师，赶快罢兵，与姬满言和。”

大漠王为难地说：“徒儿已金册求兵，各国兵马即到，藏王在此，愿意协助大漠共同讨伐周朝。”

藏王上前行礼告辞：“久闻太师大名，今日有幸得见，天赐纳福也！”

袁太师激动地说：“贫道劝不动犬戎，贫道却要劝藏王赞布。贫道死不足惜，但要劝藏王看清犬戎搞什么金册求兵，使多国陷入战争泥潭，兵士死伤，百姓遭殃，天道不容啊！”袁太师向藏王行礼，极力相劝，“藏王赞布与贫道有缘，多年前赞布来镐京，却中途遇险，只遣人送来书信和画像。贫道珍藏画像，如今不期而遇，实属难得。藏王赞布，贫道劝你回天都，勿与犬戎同流合污。”

香蜀夫人在一旁闻言，极其不满，急忙上前争辩：“明明是周朝恃强凌弱，欺凌大漠。大王！是您劝导师傅，还是太师劝导大王呀？太师妖言惑众，大王也能听下去？来人，把这妖道押下去！”袁太师睁开法眼，紧紧盯住香蜀夫人，已经看出端倪，点头笑道：“贫道明白了，犬戎不听良言，又是你这妖孽作怪。贫道拼了老命，也要杀了你！”

香蜀夫人急忙躲在大漠王身后，大漠王拦住袁太师，护住香蜀夫人，挥手说：“太师，就此告别，下次被本王擒来，决不留情。藏王赞布，大王绝对不让您为难，请您自己选择。”

袁太师拱手告辞，说：“犬戎大王就此别过，香蜀夫人，请收起你的狐狸尾巴，下次别让本道遇到！犬戎你是大漠王，为师虽然不是你的师傅，但总是希望大漠王能造福大漠，好自为之吧！藏王再会了。”

袁太师拂袖走出大帐，骑青牛而去。

大漠王目送恩师远去，向藏王行礼，惭愧地说：“藏王，让你见笑了，师傅离大漠而去，周朝强胜于大漠，这是事实。与之抗衡，更坚定本王之决心，大漠绝不屈服于周朝。”

藏王笑曰：“犬戎大王神勇，令人佩服。金册求兵已似箭在弦上，各国兵将都要汇集于此，谁又能坐以待毙？明天早上，本王再会周天子，赞布愿从中为大漠与周朝斡旋。先行告辞。”

香蜀夫人上前劝阻：“藏王远道而来，设宴迎接，不必急于离开。”

藏王鞠躬相谢，请求：“本王，已命随行安营，是否妥当？还有，此次前来，定要助大漠一臂之力，决不食言。”大漠王感到欣慰，直言道：“如此甚好。先请歇息，再作打算。”藏王起身行礼：“谢大王。吾先行告退，明日再见。”藏王引随从离开，大漠王与香蜀夫人一同出帐相送。

香蜀夫人见藏王远去，悄声埋怨：“大王怎么把袁太师说放就放呢？鹰王和西天千里部落六位英雄还在他们手中，周天子步步为营，一路向西，必然有我们不知道的秘密。他们在保存实力，我们也不能马虎丝毫。”

军师赤哈尔上前称赞：“大王，王后娘娘说得真好，连绵千里的烽火和土城，封土造田，移民耕种，周朝必然有天大的秘密。我们也把擒获的周朝将士两千多人，一起交换吧？”

大漠王还因为太师离开而耿耿于怀，失望地说：“太师，您怎么不帮助大漠呀？太师回去，便知所擒之人是假，军师速去面谈吧。不惜一切，换回鹰王和能人们。”

能人们闻言，跪拜高呼：“誓死为大王效力，感谢大王再造之恩。”香蜀夫人敬畏地说：“各位能人，还有什么能力，尽管使出。”骠三极力禀告：“请大王传令，在周朝兵士必经之处，排兵布阵，等周朝兵将进阵，一网打尽。”

大漠王高兴地称赞：“此计甚好，速去准备。”

土城，中军大帐内，周天子与众将领正在商议计策。周天子焦急指出：“太师被人捉走，要速与大漠交换犬戎。这金册求兵真是不可小觑，藏王已经前来助战，还会有很多人前来，真让人头疼。”

秦子笑哈哈，随口说：“天子甭着急，千里烽火和土城就要发挥作用，各诸侯国援兵就要到了，周朝精兵天下无敌，怕个把小蛮夷作甚！”

周天子悄声命令：“大漠使官就要到了，速将犬戎胡子拔光，绑在柱子上，等本王命令。”

兵士来报：“太师骑青牛，回来了。”

周天子跑出营帐，上前紧紧握住袁太师的手，激动地说：“师傅，受苦了，回来就好，快去休息。”袁太师对周天子耳语一阵。周天子大声笑着，指着柱子上绑的犬戎，悄声说：“太师，徒儿早知道了。您请看。”只见兵士拔光大漠王的胡子，大漠王正在痛苦地哭喊。周天子小声对袁太师说：“太师，就当他是真犬戎，按价交换不是更好吗？太师，您回来了，徒儿的心，就放进肚子里了。”周天子扶着袁太师，边走边说，“这金册求兵，把周朝和大漠紧紧绑在一起，谁也无法脱身，要早早打算，太师有何策略呀？”

袁太师悄声相告：“天子，金册求兵乃一毒计，战争已经无法避免，各国都将参与其中。不能退，退则失信天下；不能进，进则引起各国仇恨，只有走一步看一步。”

周天子自信地说：“太师，不必担心，坏事当成好事做吧！这是太师您教的。”

袁太师感到一丝宽慰：“难得天子能有如此心态，那犬戎能这样想吗？为师很担心。”

周天子安慰袁太师：“师傅，有你在，徒儿再无忧了。进帐休息吧！”

午后，大漠军师赤哈尔带领使官来到中军大帐。使官上前抗议：“周朝是礼仪之邦，为何将犬戎大王胡须和眉毛全部拔光？真是太无礼了！我们要求赔偿。”

众将士厉声辩驳：“我们已经对犬戎大王留全颜面，我们以为他是野兽所变，为看清他的真面目，就拔他毛发。可是他还嘴硬，真是头野兽。”

军师赤哈尔气愤地说：“太无礼了，说什么仁德天下，都是假话！我大漠愿以三千战俘，交换大王、鹰王和各位能人，还有我方两千将士。”

秦子嬴战上前，一手抓住赤哈尔的脖子上的衣襟，就像抓只小鸡举过头顶：“天子你听听，哪有拿将军换大王的，将军只能换将军，别把俺们当傻瓜。天子，大漠王三次被生擒，不思悔改，一刀杀了，以绝后患，不与他们谈判。”

周天子走到秦子跟前，望着赤哈尔，赤哈尔挂在秦子手中，脸被憋得青紫。周天子信誓旦旦地说：“军师赤哈尔，本王要杀了犬戎和鹰王，大漠就要改朝换代了，你说怎能只赔十万只牛羊呢？明天就要立新主，不必谈了。”

秦子把赤哈尔扔到一边，粗鲁地说：“快滚吧！没用的东西！”军师赤哈尔坐在地上，喘着粗气说：“十万只牛羊太多了，两万只可以。”

秦子上前，再次抓住赤哈尔脖子上的衣襟，大声呵斥：“为什么只给两万只？”使官胆怯地上前挡住秦子，哀求道：“因为犬戎大王是假的，只能值这么多。”

周天子指着柱子说：“谁说犬戎是假的？你去看清楚，你们那个才是假的，不用谈判了，你们也不要拿谎言来骗人。明日新立大漠王，昭告天下。”

军师和使官再次躲在一边商议。

周天子斩钉截铁地说：“不用商量了，你说这犬戎大王是假的，本王即刻封他为大漠王，再有多少个犬戎，都是假的。”

军师赤哈尔随机应变说：“交换所有战俘，和赔偿五万只牛羊。这条件我们答应。”

秦子嬴战上前，抓住使官怒吼：“这条件俺不答应，俺的条件和上次一样，一根羊毛也不能少。回去告诉你们的假犬戎，明日一早，天子要新立大漠王了，并且昭告天下，让所有大漠百姓都知道，这才是大漠大王。”

二位逃出大帐，急急回去禀告。

次日早晨，明媚的阳光照在土城上，燕雀飞舞，斑鸠鸟站在城楼旗杆上甜美地唱着歌，周朝兵士在无边的田野上紧张地忙碌着。

藏王来到土城下，派人上前禀告。

周天子来到城楼，见到藏王坐在两个人奴的肩上，笑着鞠躬行礼邀请：“藏王何不进城一叙？”

藏王笑曰：“昨日怪本王无礼，望周天子勿怪罪。本王劝天子留下犬戎大王性命，答应了犬戎大王与袁太师交换之事。谁知今日事有变化，使赞布失信于周天子。赞布愿赔偿损失。”周天子善解人意，笑道：“藏王赞布，太谦虚了，赞布的品德如同西域的天空，深邃宽广，令本王佩服。本王还要说，战事与藏王无关，赞布只是局外之人。”

藏王笑曰：“犬戎大王金册求兵，有求于吾，赞布引兵前来助阵，就是答应了请求。昨天，本王又向天子承诺交换之事，这事与本王就难逃干系了。”

周天子赞道：“藏王赞布德行令人敬佩，藏王说得对，受人之托，应当竭尽全力。本王还是想让赞布避开纷争，一旦和战事牵扯，累及百姓，这是本王最不愿意看到的。”

藏王佩服得五体投地，愧疚地说：“吾昨天见两军之间的战斗，并无血斗，便知天子仁德。吾祈愿大漠与周朝和睦相处。”

周天子高声赞扬：“藏王高瞻远瞩，让人敬佩。如今犬戎金册求兵，不知多少邦邻应声出兵。希望藏王从中斡旋，减少战事，使得天下黎民免遭战火。”

藏王点头应允：“本王是要接受的，也只能接受了。”

周天子行礼告辞：“本王在此等候藏王赞布的好消息了，赞布要多保重。”

藏王笑着答应：“本王只能站在犬戎大王这边，等候周天子的好消息了。”

周天子再次赞扬：“藏王赞布与本王有缘。藏王赞布，本王一封帛书交与你，请代交犬戎大王，犬戎不会为难于藏王赞布。就此告别。”

藏土命人拿着信，鞠躬行礼告辞：“周天子再会。”

一干人马消失在田野尽头。

第三十七回　大漠使节求西域　滴水狱囚身将死

天山雪峰挂在天边，雪峰与白云你中有我我中有你，总是分不清天边飘荡的是白云，还是屹立的巍巍雪峰。

西天国宫殿位于天山脚下，是一座黄褐色建筑群落，充满神秘色彩。宽厚的宫墙环绕四周，宫门大开，两侧兵士持刀守卫。

夏日的阳光，点燃了西天国每个人心中的热情。王宫正殿之中，西王母头戴王冕，身着天丝丽裳，青纱遮面，坐在宝座之上。

妮卡、拉汗、妮莎、拉娅站在右侧，牧果果、巴巴拉、文昌君站在左侧。

“仁慈的西王母，您整天忙于朝政，太辛苦了。”牧果果心疼地说。

巴巴拉伸出兰花指，附和道：“就是的，什么事都要西王母亲办，一刻不得清静！这么漂亮的宫殿，完全修建好了。那么整齐的街道，都铺上了青石。还有这城墙上能骑马走车。你看这城东有灵禽埘，城西有奇兽苑。你再看，城南有百花囿，城北有珍林园。”

拉娅上前赞美：“万能的西王母，西天国百姓真是享福，住在这么漂亮的城中，几辈子都享不完福。臣下愿陪仁慈的西王母观赏游玩。”

牧果果再次行礼，请命：“臣等愿为西王母解忧。”

西王母婉言拒绝：“各位大人的好意，西王母心领了。”西王母向妮卡询问，“老祖母，您请坐，金曼向您请教，大漠金册求兵是怎么回事？”

妮卡满头银色头发飘逸，精神依然硬朗，拄着龙杖，说：“仁慈的西王母，老臣有礼了。犬戎与我们西天国之战，败得很惨。犬戎并不甘心，就占据商道，抢掠商队财物，又去侵占周朝秦地。”妮卡坐下，继续禀告，“周天子亲征，河套之战大破犬戎十万兵将，还活捉了大漠王犬戎。大漠王的王后就派出使官，在西方各国拿着金册，请求各国出兵，共同讨伐周朝。大漠使者早已来到西天国，在等候西王母的旨意呢！”

巴巴拉闻听此言，伸着兰花指，高声叫骂：“犬戎这条恶狼，真不要脸，胆敢再来，本官用口水骂他三天三夜，叫他服服帖帖。”巴巴拉意犹未尽，继续叫骂，“犬戎还敢来借兵！仁慈的西王母千万不能借兵给这种狼心狗肺之人，借给他，不知要害死谁。”

拉娅赞许地向巴巴拉点头，禀告：“犬戎金册求兵，不能答应。大漠派来的使官，总是偷偷摸摸地打听两万大漠降兵的下落，来者不善呀！”

西王母关切地说：“大漠这两万降兵，为西天国建城建房屋宫殿，士气极高，已经是西天国臣民。拉汗大人，这两万人近况如何？”

拉汗上前禀告：“仁慈的西王母，这些大漠胡人，大部分被我们感化，卖命地干活。只有少数人，不愿意屈服，被我们关押在北漠滴水狱和西山蒸气牢里。这些奴隶不断杀害看守人员，简直是喂不饱的狼，西王母还是下令把他们全部处决，以绝后患。”

妮莎上前禀告：“如今西王母洞府已修好，百姓的屋都已建成，这数万奴隶也就没什么用处了，听话的留着继续服劳役；不听话的都杀了，或者都关起来。”

“快住口！”西王母勃然大怒，“拉汗大人，妮莎大人，这些奴隶在皮鞭下，为我们建城建房；也会在皮鞭下，毁了我们的城池、宫殿和房屋；更会再次拿起戈刀，与我们拼命。记住，皮鞭和酷刑，只能引起更深的仇恨和更多的反抗。”

巴巴拉从来未见西王母发火，他委屈地说：“仁慈的西王母，这些大漠胡人曾侵占我们西天国各部落，烧杀抢掠，没有一点人性。仁慈的西王母，你别忘了，他们用不灭之火烧过你，他们就应该世代为奴。”

西王母站起来，心痛地说：“各位大臣，我们为什么战胜了大漠强兵？因为犬戎无道。如果我们也和犬戎一样，背信弃义，不讲仁德，滥杀无辜，那我们就和犬戎没有两样，迟早也会沦为奴隶。”西王母又环顾诸位，语重心长地说，“我们西天国，世代以母者为尊。所有的母亲，所有的孩子，都是我们的臣民。西天国男人牧猎，女人劳作，没有贵贱之分，哪来的奴隶？战俘在西天国不是奴隶，是我们迷途的兄弟，我们要像对待家人一样，他们还有什么理由逃跑呢？”

西王母仰望东方，向往地说：“在东方，有一座百万人居住的都城，叫镐京，它无比的繁荣和富足。各位大人，如今西天国最缺的就是人，你们想一想，不足十万的西天国都城，人有多珍贵呀！”

巴巴拉心里极不平静，伸着兰花指，辩称：“让我和他们一样，没门！”

西王母瞪了巴巴拉一眼，巴巴拉自知说错了话，急忙改口：“我是说，大漠兄弟要像我一样，快乐地生活。”

妮卡上前恭敬地给西王母行礼禀告：“仁慈的西王母，各位大臣，西王母说得对，我的母亲来自西方，我的父亲来自大漠，我现在满头银发，以前我的头发金光灿灿。我的孩子们个个都很强壮，他们的父亲，都是从远方而来的男人。有像牧果果的，有像巴巴拉的，也有像文昌老师的。”妮卡又坐下接着说，“西天国各部落间早有规矩，不能娶同部落之人，必须找远方来的男人。如今，多次战争，你抢我的，我占你的，等孩子出生了，都是自己的亲骨肉，再也分不开了。各位大人，西天国从来没有奴隶，也没有战俘，都是姐妹兄弟。”

西王母起身命令:“妮卡老祖母所言极是。金册求兵之事等会儿我们再议，但北漠和西山牢狱之中的亲人，金曼要去看看，现在就出发。”

文昌君上前请示：“尊敬的西王母，本人来西天国已有多年，思乡心切。此次，大漠金册求兵，本人愿意领旨前往，与周朝和各国联络，通商友好！”

西王母微笑着对诸位大臣说：“老师要告假回家，你们说行吗？”众人围着文昌君，极力相劝:“文昌老师，您走了，我们的娃娃没人教，可不行。”“文昌老师，荷花姑娘夜夜盼着你，不可负人之心呀！”

众大臣纷纷上前挽留：“文昌老师，这宫殿才盖好，你还没享福呢，你不能走。”

只有巴巴拉伸着兰花指，指着西方，告诫：“那滴水狱和蒸气牢是惩治囚犯之地，西王母圣洁玉体，岂能前往！”

拉娅上前为巴巴拉壮胆：“有什么怕的，大男人，怕什么呀！巴巴拉，你是不是男人？”

巴巴拉向拉娅伸出胳膊，极力表现："走，我给你们带路，请你们见识，真正的男子。"

荒漠中矗立的土峰，在土峰的裂隙处，密密麻麻地插着细细的竹管，竹管里渗出水珠，水珠一滴一滴缓缓滴落。土峰周围有一圈土夯的高墙，形成了禁锢囚犯们的滴水狱。

西王母与大臣们来到围墙边，看守牢狱的人上前禀告："仁慈的西王母圣驾到此，囚犯正在受刑。"只见囚犯们衣不遮体、蓬头垢面地蹲在围墙边，如同一群瘟鸡，咧着一张张干裂的嘴唇，对准竹管，等待水珠落下。一、二、三、四、五，每个人只能得到五滴水，就这样一个挨着一个在等待。谁要想离开，没有人会阻止，但走不出一里地，就会被渴死。

这里的囚犯，因身体极度缺水，连眨眼的力气都没有，更不要说反抗了。他们常常因干渴产生幻觉，对着竹管或傻笑或狂哭。这时，有人总会用鞭子抽打他们羸弱的身体。

看到这一幕，西王母潸然泪下，感喟道："罪孽啊！这样的囚犯有多少？"

拉汗禀告："以前先王为了罚那些偷窃、打架斗殴的人，先是七天不准其喝水，然后再每天喝五滴水，多喝一滴就要受到鞭刑，那些人现在所剩无几。如今一些不听话的大漠俘虏也关在此……"

拉汗的话还没有说完，就被几名囚犯苦苦的哀求声打断："仁慈的西王母，请宽恕我们啊！"

西王母不忍目睹，转身走开。拉汗紧紧跟随，继续禀告："这滴水狱，囚犯共计两千。若大漠使官引水而来，这些人都会逃跑，如何是好？"西王母没有作声，重新来到墙边，对囚犯们说："你们都是罪恶深重之人，能听西王母之善言否？"

众囚犯拼命地喊："愿听西王母教诲！救命呀！"

西王母大声教诲："滴水狱之酷刑，世间罕有与你们的罪孽不分上下。只要你们认真悔过，明天滴水狱就没有了。但是如果你们重蹈覆辙，上天自会以其他罪恶来惩罚你们，让你们万劫不复。西王母金曼相信你们能改恶从善，请你们发下誓言，再离开这里。"

西王母拂袖而去，大臣们紧紧跟随。风中传来各种欢呼声："仁慈的西王母，天上的救星……"

第三十八回　蒸气牢悯赦囚犯　祈天冢智救老妪

太阳已落西山，夜风起，吹过戈壁滩，带来阵阵凉意，暑热慢慢消散。

前方怪石穿空，嵬岩峥嵘。劲风吹过，如同狼嚎狐叫，鬼魅欢唱，令人毛骨悚然。石丛中形成多处的洞壑，洞壑中冒出滚滚蒸气。西王母带着诸位大臣，骑马穿行在岩丛中。众臣来到洞壑处翻身下马，进入洞壑。

洞壑内，洞壁，洞底，处处有穴孔，从穴孔中冒出热腾腾的蒸气，弥漫四周。

牢头们将一个个赤裸裸的囚犯拉过来，强压在蒸气孔上，蒸气烫着活生生的躯体，囚犯连连惨叫，顿时昏迷过去。被看守们抛在一边，渐渐苏醒过来。

西王母和大臣们站在一边，听着惨烈的叫声，全身战栗，不忍心再看一眼。大臣们惊恐万分，只想快速逃离。

牢头上前禀告："仁慈的西王母，这些囚犯都是诓驾之徒。"

"什么是诓驾之徒？"西王母疑惑不解。

妮卡上前禀告："他们都是坐过金椅的，金鹰不栖于肩的。曾见先王不下跪、不让路的，顶撞先王的，等等，都称诓驾之徒，都在此处受刑。"

西王母又问："那些诓驾之徒，不是用铝水灌死了吗？"

妮卡急忙解释："那些当时就死了，这些是幸存者，死罪免了，活罪难容。就用这蒸气熏蒸惩治，让这些狂妄之徒永远安分。"

西王母问妮卡："这些诓驾之徒还剩多少？"

妮卡敷衍地说："不足百人，上次我来时还有百人。"

"仁慈的西王母。"几名囚犯跪下说，"我们有什么罪，能让我们痛快地死去吗？我们只求速死！”

西王母对牢头命令：“停止用刑，等待命令。”

牢头领命。西王母上马，大声命令：“去求嗣寺，再去祈天冢，各位大人，快快出发。”

妮卡禀告：“求嗣寺在东坪，那祈天冢在南塬，还是先去祈天冢，离这近。”

巴巴拉满脸惊恐，劝告西王母：“尊贵的西王母，连日来，你东奔西走，太劳累了，今日暂时歇息，天亮了再去。”

妮卡内心忐忑不安，责怪巴巴拉说：“猫馋了，总是说主人想吃肉了。巴巴拉大人，你害怕了，就不要去了。”

牧果果惧怕地说：“那些没人去的地方，有什么好去的，太恐怖了！”

拉娅紧紧拽住巴巴拉胳膊，鼓励道：“你是男人，快带路！”

各位大臣上马疾行，牧果果和巴巴拉无可奈何地跟在后边，一行人在漆黑夜晚，飞驰而去。

西王母突然悲伤地说：“牧果果大人，请把西天国的故事，讲给我们听吗？大师讲的笑话最好听了。” 牧果果精神大振，拍马穿行于马队中心，侃侃而谈：“谨遵西王母教诲，老汉给大家讲一个真实的故事。有一对老农夫妇，无儿无女，老两口养一只瘸腿驴，却从来不让这驴子干活，还精心照料驴。老儿年龄大了，眼睛看不清，驴就是他的眼睛，每次赶完集，驴都带老人平安回来。

这一天，天都黑了，老婆子在家等老儿。老婆子说：‘这人回不来，眼睛也该回来了，我赶快去找一找。’

老婆子就赶紧跑到集市上去找，却看见老儿一个人坐在市场上哭。老儿说：‘我没有眼睛了，他们把我的眼睛抢跑了。’

老婆子说：‘你的眼睛吗！谁都别想拿走它，它会回来的。’

两位老人失落地回到了家。

半夜，驴子竟然回来了，两位老人异常激动。老婆子高兴地说：‘我说吧，你的眼睛，它会回来的吗！我没说错吧？赶快关门，别让眼睛再丢了！’

第二天捕役跑来了，把驴子带走了，两位老人只好跟着驴到了衙门。

捕役拿出驴子身上的口袋，口袋里全是金子。原来抢盗抢驴去运金子了，其中一个强盗起贪心，杀了另一个，准备骑驴逃跑呢。谁知他忘掉了驴是个瘸腿儿，没走几步就从驴身上摔下来死了。驴大摇大摆地回家了。两位老人本来眼睛就不行，天又黑，压根就没看见驴身上的金子。

老婆子见驴是冤枉的，就求老爷说：‘求求您，大老爷，把我老儿的眼睛还给他。他可不能没有眼睛呀！’

老爷听得糊涂，大骂：‘谁拿他的眼睛了，你找谁去！’

老婆子指着驴说：‘这是他的眼睛。’

老爷翻着眼睛，好不容易看清楚：‘噢噢，知道了，真是只好眼睛呀！长毛，会跑，会叫，会吃草，真是一只好眼睛。’

这位老爷，也是眼睛看不清楚。老爷盘算：这驴可是个宝贝，比人都好使，本老爷以后出门可就方便了，就说：‘这眼睛是本老爷跑丢的，这金子你拿走。’老婆子急了，大声哀求：‘大老爷呀？这眼睛是瘸子，你要它没用处！’

大老爷也急了说：‘金子都给你了，你眼睛瘸了吗？没见到这瘸子眼睛，是老爷丢的吗？’”

众大臣在马上听着牧果果讲的故事，乐得合不拢嘴。巴巴拉追问：“那后来呢？”

牧果果开心地说：“老爷说：亲爱的巴巴拉大人，你眼睛瘸了吗？这瘸子眼睛是你吗？”

众人欢笑着催马疾行。巴巴拉说：“你眼睛才瘸了呢！你敢骂我是驴！”

牧果果急忙解释：“只是个笑话，俺可没说，是你自己说的。”

一行人马，在夜色之中飞驰。突然，前方有一处灯火。走近灯火，看见一高台上，放着一口黑漆棺材。棺材周围，老妪跪了一圈，她们年逾花甲且昏聩不堪，一个个闭目昂首，合掌默念，像死尸一般。在微弱的火光下，干瘪的嘴唇一张一合，显示出她们是还有微息的活物。

西王母与大臣们下马，走近高台。

“你们听着，神圣的西天国女王前来看你们了。”妮卡大声说。

“啊！西天国女王，她不在棺材里，咋跑出来了呢？”老妪们吃惊地看着棺材，又看看西王母金曼，这才反应过来。

“是新的女王来了呀！吓死人了！”她们想站起来，却因浑身无力站不起来，便一个扶一个勉强撑起来。

“老人家，你们不用站起来，金曼是来看你们的。你们辛苦了。”西王母刚说完，“阿嚏——”牧果果突然一个喷嚏吓得老妪们一个挨着一个倒下去。

巴巴拉伸出兰花指，指向棺材，生气地责备：“牧果果大人，你对王陵大不敬，怎么如此无礼呀！触动王灵，这可是诓驾之罪。”

牧果果悄声说：“俺打个喷嚏，就有诓驾之罪？那你手指谁呢？这又是何罪呢？俺可要报告呢！”巴巴拉急忙咬住手指，恐惧地说：“老汉，真厉害！走着瞧！”

西王母扶起老妪坐下。老妪絮絮叨叨地说：“仁慈的西王母，我从七岁进宫，侍奉三代女王，女王升天前赐我：终生为她祈求成神成仙。如今，我八十有余了，体弱多病，到处难受，只求西王母赐死。”

又一个老妪说：“我是六岁进宫，年已七旬了，求西王母赐死。”

另一个也说：“我是九岁进宫……”

老妪们只求速死，西王母深感同情，大臣们也暗自落泪。

妮卡辩称：“她们都是从小进宫侍奉女王的，女王驾崩，修建这祈天冢，让她们对上天祈祷，直至死去。”

妮莎叹息：“是呀！终生为先王祈求，真是不容易呀！”

老妪们哀求：“仁慈的西王母，我们无所祈求，只求西王母赐死。”

西王母手持香束，点燃敬献，然后两手合掌跪地祈求。少顷，棺材中传出声音，有人高喊：“我乃是西天国女王喀曼，妮卡听旨：本王喀曼早已成仙，不用再祈祷了，叫她们回家去吧。”

妮卡和大臣们急忙跪地谢恩：“老臣遵命。”

西王母站起来，命令：“明日祭天，将先王喀曼棺木厚葬，拉娅大人、巴巴拉大人，速作准备。”

第三十九回　求嗣寺再释老妪　黄土台撮配新人

大臣们再次上马，催马疾行。

妮卡引领在前，回头询问："仁慈的西王母，那求嗣寺离这有十几里，还去吗？"

西王母招呼众位大臣："各位大臣，再辛苦一下，明天金曼请大家吃风干肉，如何？"

巴巴拉耷拉着头，坐在马上，语气非常疲惫，说："这天呀！都快亮了，人都瞌睡死了。亲爱的拉娅，请帮我拉着马。"妮卡在前提醒："大家互相拉着马，别走散了。"西王母牵住牧果果的马，牧果果坐在马上，鼾声如雷。马儿摇摇晃晃地走着，人儿昏昏沉沉地行着，如同梦中回到母亲的摇篮里，一路走一路摇，直到天边出现鱼肚白。

早晨清新的空气，随风喷洒在脸上。晨露躺在草叶上，马儿走过，染湿马腿。草儿嫩芽吐绿，花儿含苞待放，鸟雀高飞，伴着一声尖厉的鹰啼，太阳的金光刺破晨雾，洒下万丈光芒。远处的山峦金灿灿的，仿佛披上了金衣。走上山梁，一院落藏在树丛之间。众位大臣下马，簇拥着走进院落。院落正中有一座高大殿堂，硕大的婴儿泥塑矗立于高台上。在它的周围，围绕着拿着泥人的妇女。妇女们苍白消瘦的脸上，愁云密布。她们一边不断地手捏泥人，一边还在不断地念叨。

西王母不动声色转了一圈，细细地观察，百思不得其解，就问妮卡："她们在干什么？为什么要捏泥人？"

妮卡上前，悄声禀告："因为先主女王喀曼无后，生前求子嗣无果，只得依照先王的遗旨，就让她们继续捏泥人，祈祷先王升天后子孙满堂。"

拉汗悄声禀告："当年她们进宫时才十几岁。先主女王喀曼驾崩时，她们还不到二十岁，现在都几十岁了。"西王母环视一圈，大声命令："拿香烛来，我们共同祈福，祝愿喀曼女王在仙国多子多福。妮卡老祖母，请您现场作法，祈祷先王死后子孙满堂。"

妮卡得令，戴上面具，敲打手中皮鼓，阵阵鼓声响彻屋宇。妮卡的口中狂喊神奇的咒语，疯狂抖动面具，进入迷离的幻境之中。

突然，妮卡面向众位僵直站立，众人听到先主女王喀曼的声音从妮卡口中传出。在场的大臣惊慌失色，急忙跪拜。妇女们闻声趴在地上，惧怕得浑身颤抖。

"西天国女王喀曼驾临，如今，本王已经是天宫仙子，而且子孙满堂，你们已经完成使命，都回去吧！"大臣们惊恐不已，纷纷磕头，念叨："喀曼女王，你的大恩大德，西天国百姓永远牢记。"

妮卡模仿喀曼的动作，指着妇女们："你们都去嫁人，多子多福。妮卡，别来打扰本王，别念叨了。"

妇女们兴高采烈，跪地欢呼："仁慈的西王母，你的到来，给我们无尽的幸福。西王母圣明！"

午后的阳光，照在发白的黄土高台上，红褐色的棺材雕龙刻凤非常醒目。

妮卡走上黄土高台举起双手，仰面向天高呼："至高无上的喀曼女王，让您的灵魂造福西天国。祈祷吧！至高无上的喀曼女王！入土为安吧！祈祷吧！至高无上的喀曼女王！您安息吧！"

四处人声鼎沸，雕龙刻凤的红褐色棺材，被稳稳地安放进墓穴之中，覆土一层层遮住了棺木及青石筑起巨大坟冢。西王母带领众人行礼，祭拜，敬献供品。西王母扶着妮卡，再次回到黄土高台。

西王母高声说："西天国臣民们，今天，我们为先王喀曼举行盛大的祭奠仪式，祈愿先主女王喀曼的灵魂，保佑西天国臣民。"

臣民欢呼："西王母圣明。"

妮卡上前示意众人安静，高声说："西王母金曼来了，好事就来了。今天不仅要祭奠先主女王喀曼，还要现场要男子女子配婚。请看，这边是大漠的勇士；请看，这边是西天国的真英雄；请看，中间是祈天冢的老妇；请看，最后便是求嗣寺的新妇。请牧果果大人上台讲话。”

牧果果走上黄土高台，向众人行礼，慷慨陈词：“仁慈的西王母，为大家提供了这绝好的机遇，请大家积极配合，而且要遵守以下规矩……”

众人着急催促：“牧果果大人，别啰唆了，快点说呀！”

牧果果拖长腔调：“你们越催促，老汉就讲得越慢；你们不着急，老汉就快快说来。规矩就是：老妇先选，无论谁被选中，都不可推辞，必须认老阿娘为母。谁赡养老阿娘，就给谁发钱，还给谁盖房子。”众人欢呼声雷动。

牧果果等众人渐渐安静，才开口：“老阿娘选好了，就该新妇们选择了，规矩不能乱。无论谁被选中，请别推辞；没被选中，也别气恼。要安家，找老汉，领钱养家。老汉帮你盖房子。”

西王母上前补充：“今天你们都是西天国的人，不管你从哪里来，也不管你以前做过什么事，从今天开始，西天国要求你端正做人。这是我的旨意，若有违背，恶行不改，羞愧而死。”

妮卡上前示意，对西王母说：“让我再说几句，仁慈的西王母金曼，会给每个西天国臣民一个幸福的家，愿种地的分地，愿放牧的分牛羊马，愿成家的就看你能为西天国女人做什么，一切都要靠自己的双手辛勤劳作，幸福的日子就在眼前。”

众人一片欢呼。

男子们排成一列，走过老阿娘，期盼能被老阿娘选中自己。甚至有几位向妮卡请求：“我不要钱，我们几个兄弟，想共同养一位老阿娘到终老。”

妮卡请示西王母，西王母点点头。

妮卡面向众人赞许：“几个人共同养，这样最好。”

此话一出，男子们三五成群商量着，老阿娘们早已心中有数，被男子搀扶着，一个个被带走了。

看到这一幕，所有人纷纷落泪。西王母也泪湿青丝面纱，默默祈福：“能为母亲尽孝，多幸福呀！”

巴巴拉站在众新妇面前说：“该姐妹们选了！姐妹们，听我之言，你们可是百里挑一，选进王宫的绝色女子，一定要擦亮了眼睛选。”

拉娅上前，逗趣：“谁要把巴巴拉大人选走，我倒贴钱。”

众男子齐声高喊："巴巴拉大人，我们爱你！"

巴巴拉向拉娅显摆："你听到了吧！这才是真正的男子汉，敢担当。"

男子们排列成行，在烈日下，新妇们走了一圈又一圈，只成了两对新人。妮卡和各位大臣叫来两对人，问其原因。女子哭诉："天赐姻缘，我俩曾逃婚时误杀人，这位哥哥就被关进滴水狱，小女子无奈进入求子嗣，感谢西王母再造之恩。"

男子跪拜西王母："罪人感谢西王母再造之恩，今生愿做牛马，效忠西王母。"

西王母高兴地说："祝福你们，祝愿你们幸福长久。"

妮卡问另一对新人。女子说："贱奴是从大漠来的，感谢西王母恩赐，奴找到自己的男人了。"

西王母真情地说："祝福你们一家团圆，希望你们在西天国幸福生活。"

男子无比激动，说："仁慈的西王母，感谢你的教化，我们一家留在西天国放马牧羊，过幸福日子。我的孩子都来了，我很幸福。"妮卡为难了，对西王母悄声说："天不遂人愿，这几百名新妇，只成一对。"

西王母站在高台上，高声说："西天国的男子们，不要着急，还有机会。"

妮卡上前劝慰："西王母金曼，为你准备了美食，先吃饭，再想办法。"

西王母悄声命令妮卡："将剩下的战俘分散到各处，妥善安排，不能以酷刑虐待，也不能放任不管。将这百名新妇，一并带回王宫，派人与她们的家人联系，再作打算。"

巴巴拉感到痛惜不已，大步走到台前，高声训斥："西王母一片好心，被你们辜负，你们还是西天国女子吗？为了你们，西王母几天都没休息。想让你们有一个家，就这么难吗？"

拉娅含泪劝解大漠俘虏："你们都是大漠的降兵，是西王母打败了你们，当得知你们在受酷刑时，她深深责备自己，立即释放你们，一心想把你们留下来，甚至给你们钱、房子和土地，还让你们牧马放羊，你们还不知足吗？"

众男子纷纷面向高台跪倒在地，请求："仁慈的西王母，我们虽然是大漠兵士，已深受您的教化，我们不愿选西天国女子，是因为我们希望将大漠的家人接来西天国，过太平日子……"

众新妇也纷纷跪拜西王母，请求："仁慈的西王母，你是我们的救星。

我们并不嫌弃这些迷途的兄弟，只是不想和生活习性不同的男子生活，请给我们时间，我们会找到自己中意的人。”

西王母瞬间理解，饱含深情地说：“都是受苦受难的亲人，战争来临时，我们紧紧相依，生怕失去亲人。战争已经结束，亲人永远不能分开。西天国地广人稀，欢迎各邦兄弟姐妹。亲人们，西天国再也没有酷刑下的囚犯，西天国再也没有皮鞭下的生灵。”

妮卡高声传旨：“西天国的臣民们，西王母谕旨：每人领钱，就地建立新舍。”

众人深受感动，一片欢呼。

牧果果开心地笑眯了眼睛，跑上高台，高喊：“兔子在盖房子，肥老鼠急了。蜜蜂在致富，花蝴蝶急了。懒驴上了磨，千里马急了。兄弟们要过好日子，咱老汉着急了。西王母这样说：想要好生活，就要靠自己！”

众人再次欢呼：“西王母圣明！”

巴巴拉欢喜地上前，掐着手绢，指着大伙：“好听的，人人都爱听，遇到事，没有一个不推脱的。西王母谕旨：就要在你们之中，选择德高望重之人，担当责任。西天国各部落，十户人选一位十户长，百户人选一位百户长，千户万户选一位部落统领，每个人要对身边的人负责。仁慈的西王母，给你们每个人钱，是要你们安家过好日子。不能把钱花完了，家还没有影子。”

众人欢呼：“巴巴拉大人，我们爱你，我们选你做统领。”

妮卡兴奋不已，高声赞许：“西天国的臣民们，你们爱戴巴巴拉大人，他就是你们的统领。你们面临的困难还很多，要赶在天热时建好屋舍，还要准备过冬的食物。你们选巴巴拉大人，可是选对了！他是热心肠，又是顶天立地、言出必行真正的儿子娃娃。巴巴拉大人将不负众望！”

西王母举起巴巴拉的手，高呼：“西天国的臣民们振作起来，行动吧！”

人群欢呼“巴巴拉，巴巴拉……”

第四十回　翻天山苦寻文昌　聚小屋试炼真金

月光柔和地洒在西天国宫殿，街道上几只家犬来来回回地嗅着，急匆匆地找什么，犬吠声传向四方。

王宫内灯火通明，西王母焦急地踱着步。金鹰站在宝座之上，扇动翅膀。

大臣们分立两侧，叹息不已：“都怪我们，开了文昌老师的玩笑，文昌老师失踪十几天了。”“文昌老师是多好的人呀！上天保佑好人。”西王母不住地踱来踱去。荷花老师泪水不住地滴落，用祈求的眼神看着众人。

妮卡安慰荷花说：“已经派人去寻找了，很快就有消息了。”拉娅拉着荷花老师的手，不住地安慰：“荷花老师，不会有事的，文昌老师一定会平安回来的。”

巴巴拉兴冲冲地走进殿堂，高声禀告：“仁慈的西王母，新部落选了新址，那里水草丰美，已有帐房千顶，人人士气高涨，都不叫我回来。”

巴巴拉看见荷花老师满脸泪水，关心地问：“出什么事了？”

拉娅上前拉住巴巴拉，悄声说：“文昌老师，走丢了。”

巴巴拉咬住食指，惊呼：“文昌老师，老师，他……”巴巴拉质疑地摇头，想起什么，急忙说，“对了！对了，文昌老师去捡石头了。他那天捡到几块石头，痴迷地看着，我抢过来，文昌老师很不高兴地说：‘这样品相的石头，能办多少事情呀！你拿着也没有用。’”巴巴拉从衣袖中拿出一小片石头，递给西王母说，“就是这种石头，很重的灰褐色石头。”

西王母接过石头，看了看，并没什么奇怪之处。

荷花老师接过石头，看了看，对大伙兴奋地说："这种石头能炼出金子。哪里有这种石天，就能找到文昌老师。"

巴巴拉又说："这石头，是文昌老师在干河沟找到的。文昌老师一定在河沟上游，我们快去找。"

西王母突然怒斥巴巴拉："巴巴拉大人，没我的命令，谁让你离开新部落的？如若有一人逃跑，治你的罪！"

巴巴拉咬住食指，跪在地上，满脸委屈地看着西王母，说："臣知罪。新部落遇到很多困难，会种地的没有几个人，大漠兵士只会放牧，他们不喜欢住房子，却喜欢住在帐篷里。请西王母治他们的罪！"

西王母更加气愤，瞪着巴巴拉训斥道："不习惯住房子，慢慢就习惯了；不会种地，多学习就会了！不能什么都治罪，你这个统领可不能退缩呀！"

巴巴拉流着眼泪，委屈地说："人家跟着您一天都没闲着。西王母，您可一定要保重身体。"西王母指着巴巴拉，命令："拉娅，你去送送巴巴拉大人，给巴巴拉大人调拨粮食，速速去办。巴巴拉听好了，没我命令，不许回来，擅离职守，死罪！你知道吗？"

巴巴拉擦干眼泪，坚定地说："西王母你放心，不把新部落建好，巴巴拉绝对不回来。"

西王母背过身，不看巴巴拉一眼，命令："立刻回去，不得延误。这是命令！"

拉娅拉着巴巴拉急忙而去。西王母对荷花老师说："荷花，你放心回去，我们一定会找到文昌老师，等文昌老师回来，我为你们举行婚礼。"

妮卡请命："仁慈的西王母，我们都准备好了，沿河滩向上游寻找。"

西王母握住妮卡的手，认真地说："老祖母！我们只能做个分工，你留在王宫处理日常事务，特别要紧盯新建部落，把这些大漠人细心安排，我去寻找文昌。"

妮卡鞠躬行礼，恭敬地回复："一切听西王母安排。"

金鹰飞向高空，西王母带领兵将，牵着荷花老师的马，沿河滩缓缓向上游而行。天山深处沟壑纵横，远处皑皑白雪，塔松屹立。清澈溪流潺潺流出，蜿蜒在两山深沟之间。绿草茵茵，草甸之上，繁花星罗棋布。

众人无暇顾及眼前美景，急急快马加鞭，蹚过清澈冰泉，走过河沟，一路崎岖不平，异常难走。

众人呼喊："文昌老师，你在哪里？"呼喊之声在山间回响。

众人走上冰川，洁白的冰雪晶莹剔透，能见人影，远处又是耸立山峰，像在梦境之中。

天气突变，乌云盖上山顶，四周变得阴暗，起初大雨瓢泼，不一会儿，冰雹嗖嗖而下。紧接着电光闪过，雷声隆隆。突然，一道惊雷在远处山梁炸响，令人心惊。众人惊魂未定，又见天空飘起零星雪花，雪花未落地，就消失不见踪迹。天山险峻，无人敢在这里生活。眼前奇山险峰，如同剑劈斧砍，层岩成片，好似登天的台阶。马儿蹄步稳健，踏步走上层层页岩，斜身走上高山。

阳光再次照在众人脸上，乌云已不知去向。再上高山，一山更比一山高。

金鹰飞来，落在西王母的肩膀上，没有带来任何消息。西王母拿出石片，细心揣测：这样的小石片，如果从崇山峻岭中滚落，再顺溪流、河水冲到下游，早已失去棱角，甚至变成沙粒。因此，文昌老师不可能在山上，而是在王城附近。

西王母命令众人停止前行。她放飞金鹰，金鹰声声啼鸣，很快消失在天际。

西王母引众人缓慢下山。真是上山容易下山难，万丈崖壁令人眩晕。

荷花老师忽然掉落马下，众人一片慌乱。西王母拿出仙药，喂服后，荷花老师渐渐恢复神志，趴在马背上，和众人小心翼翼地下了山。

夕阳落下，夜色悄然来临，深邃的天空，群星灿灿。众人围近篝火，依然感到寒冷。高山之上一天有四季，强劲燃烧的篝火把前胸烤得滚烫，后背依旧冰凉。

周围黑漆漆的，传来阵阵野兽的叫声。众人相拥着围在火堆旁，不敢移动。繁星点点，星河灿烂，北斗七星依序排列，伸手即在手中。天不再高，山不再险。西王母仰望天空，心想：文昌老师，你究竟在哪里呀？

天明时分，金鹰抓来两块石片。西王母拿石片比对，一模一样。金鹰飞起，众人一路追随。

太阳快要落山，穿过一片戈壁滩，金鹰站在一矮丘上。西王母拿出石头比对，这矮丘都是这种灰褐色石头，绵延至丘顶。

众人疲惫不堪，用沙哑的声音大声喊："文昌老师，你在哪里？"四处只有山风在吼。

西王母环顾四周，失落地爬上山丘。荷花站在山丘上，和众人一起高声呼喊：“文昌老师，文昌老师，你在哪里？”风中隐隐传来声音：“西王母，荷花……”之后，隐隐传来石头敲击的声音。声音是从矮丘后边传来。

众人来到矮丘侧面，只见：有条裂谷深不见底。金鹰飞下裂谷，把文昌君驮上来，放在西王母面前。西王母拿出仙丹，喂进文昌君口中，急切地说：“文昌老师，醒醒。”荷花拿水喂给文昌君，文昌君喉咙动了动，无力地咳嗽，把水从嘴角吐出，慢慢地睁开眼。

西王母欣慰地说：“文昌老师，会好起来的。”

“文昌没事，金曼，我摔落到谷底，无力动弹，你送我的宝马也跟着跳下裂谷，四处找水，没有水，宝马就站在我的头上，为我遮天蔽日。前天，它倒下了，再也没起来。”文昌舔舔干裂的嘴唇难过地说，“这四周都是燃石，我看过了，可产万斤铜、千斤金。这是上天赐予西天国的宝藏。”

西王母握住文昌的手，动情地说：“文昌老师，您才是取之不尽的宝藏，让金曼看看，老师伤在哪里？”

西王母细细检查，命令兵士拿来木棒，劈成木板，将文昌骨折处捆绑固定。西王母笑着说：“文昌老师，这下你哪儿也去不了了，得乖乖地躺一百天。荷花老师，你可有事干了，文昌老师交给你照顾，可不能让文昌老师再走丢了。”

众人欢歌笑语，兵士们抬着文昌老师一路向王宫进发。

西王母拿出灰褐色石头，左看右看，心里不解：这里面到底有什么，难道真有金子？它们可以换多少粮食和牛羊呀？

西王母迫不及待地来到荷花的住处。文昌君躺在床上，见到西王母，喜悦地说：“荷花，西王母要炼金子了，准备好了吗？”

荷花老师兴奋地回答：“都准备好了。”

文昌老师郑重地说：“第一步：先把石头放在石磨碾成粉末，越细越好。”

院子里，西王母和荷花推动大石碾，石头一块块地被压碎，慢慢被碾成粉末。

文昌老师称赞：“西王母一定能炼出真金，什么事都难不住西王母。”文昌老师又拿出小盘递给荷花，兴奋地说，“在水里把泥土淘去，剩下的就是金子了。千万不能着急，要慢慢地。”

荷花老师指着满院子的大水缸："就是这，学生们两天才盛满水。"

西王母拿着小盘，学着荷花的动作，慢慢地在水中淘洗，西王母兴奋地说："我看到金子了，细小的金子黄灿灿的。"

文昌老师再次叮嘱："不能急，那黄灿灿的是金子，那黑色的泥也是金子，黑泥可不能倒掉。"

西王母和荷花不停地在水缸中认真淘洗，一盘一盘，一缸一缸，最后只剩盘里浅浅的黑泥，有时还有几粒黄色金沙。两人精心将粉末收好，扶着文昌君进屋。

文昌君赞叹："从来没见过这么多金粉啊！"文昌老师高呼，"荷花，咱们开始吧。"荷花点燃木炭，只见文昌老师用皮囊吹火，吹出蓝白色火焰，将火焰吹向小碗，小碗被烧得通红，金粉不见了，变成黄灿灿的液体。文昌老师将液体倒进陶制的模具里。

"等它凉了，就是金子。"

西王母忧虑地对文昌老师说："采集这种石头，十分耗费人力，怎么办呢？"文昌刚要回答，只听妮卡进来大声打招呼："文昌老师，我们都来看你了。"原来大臣们闻听消息，齐齐赶来看新鲜，小院里挤满了人。大臣们围着陶罐里已经凝固的金子，赞不绝口。

文昌老师取出模具里的黄金，赞道："今天，西王母，炼成西天国第一颗金子，西天国以后富庶一方。"

西王母接过小小的金叶子，放在眼睛上看，那金灿灿的光芒炫目。西王母内心无比激动，不由自主地说："这要耗费多少人力呀！"

妮卡随口回答："不费事，仁慈的西王母，你就别操心了，这事一定能办好。"

西王母继续虚心请教："文昌老师，这炼金，怎样才能最省人力？"

文昌一本正经地说："仁慈的西王母，办大事，人是关键。没有人，怎么办大事呢？"

西王母灵机一动，催促拉娅："拉娅大人，速去叫巴巴拉把西新部落所有人马，都带回来，一个也不留。"拉娅不解地问："尊贵的西王母，巴巴拉大人走了十几天，又要把他叫回来吗？"

西王母兴奋地说："我们要办大事了。你快快去，一刻也不能延误。"

妮卡上前拉住拉娅，笑道：“哪有新娘子到处乱跑的，牧果果大人去一趟最合适。这是令牌拿好了。”

牧果果接过令牌，鞠躬领命：“仁慈的西王母，饭要一口一口吃，路要一步一步走，这两年来，所有事情都在长翅膀，偌大的王宫，偌大的都城，都建成了，还有什么做不了的？老汉这就长出翅膀，飞着去了，把巴巴拉大人叫回来，跟着西王母办事，一点不耽误。飞也！”

第四十一回　巴布奏乐逃魔掌　天子昆仑破奇阵

赤日炎炎，灼热的风在干旱的戈壁滩流窜，巨大的黄色旋风一个接着一个，似要把大地最后的水分吸干。

周天子带领周朝将士头顶强烈的阳光，脚踩滚烫的沙土，身体在热风夹杂细粉的沙尘的空气中摇晃，艰难地向前行进。将士们灰头土脸，似乎刚从土里爬出来，衣服上也是厚厚的尘土。突然，前方有片红柳林，将士们连滚带爬疾步前行。

终于找到巴布留下的印记！周天子对将士们传令：“前方有水源，在水源处休整，等待后方援军。”

无边无际的干旱大漠，满目苍凉，周天子满腔惆怅，心想：何时才能到达西天国，与金曼妹妹相聚呀？

金羊毛大帐内，大漠王坐在宝座之上，香蜀夫人陪坐身旁。众狼主和鹰王分两侧而坐。大漠王疑惑不解，询问：“周天子姬满一路向西，不知有何目的？周朝大军分封土地、造屋耕田，十里修烽火台，百里建土城。我们大漠兵士来到土城，周朝兵士闭城不出，以一当百，用箭弩射伤我军无数。而且沿途商队，居然从我们眼皮下向西方去了。烽火一起，周朝兵士迅速集结，我等占不到任何便宜。兄弟们有何高见？请直言相告！”诸位狼主议论纷纷：“四处流民都进入土城，为周朝垦荒造田。我们被俘虏去的兵士，周朝一个也没杀，不仅给他们治病疗伤，还给他们发军饷，大漠降兵给周朝养羊、喂牛、驯马，这是什么道理？”“周朝各诸侯国主都已领兵前来支援，都是精兵强将呀！”“周朝在我们的土地上用我们的人，干他们的事，真是太欺负人了！”“我们赔偿的牛马羊驼，被他们圈起来，喂得膘肥体壮，真是奇怪了！”

香蜀夫人再也憋不住了，捂着嘴笑出声了。香蜀夫人起身说：“我是周人，周人修渠引水、施肥耕耘，种植粱、粟、麦、菽（大豆）、稷、黍等，养民富民。修建城池虽然费工夫，但是能享用百年。就像百里建的土城、十里修的烽火台一样，即使周天子回到镐京，这里也可以与大漠长期抗衡。即使中原不出一粒粮食，周朝在大漠的兵士也饿不死。”

诸位狼主频频点头，向香蜀夫人投去钦佩的目光。

香蜀夫人环顾各位狼主，继续说：“我们已向各国金册求兵，各国都会鼎力相助，一场大战即在眼前。周天子的目的很清楚，一路向西保护商道，储存实力，准备与我大漠大战。”香蜀夫人见大伙听得仔细，继续分析，“周朝在我们的土地上建的东西，你们说是谁的呢？等大战胜利，不就是我们的吗？”狼主们和鹰王脸上露出狡猾的微笑笑容，犬戎则哈哈大笑，心中更加佩服香蜀夫人。

香蜀夫人站起来，一边用手比画，一边分析：“诸位兄弟，我们也要有长期的打算，要动员所有的力量，处处阻止周朝的意图。你们看，这是一条一直向西的长蛇，蛇头在这里，顶住蛇头，蛇就要与我们决战。各国援兵主要来自西方，应该选择在昆仑山下与周朝决战。先派遣精良人马，阻止周天子西进；大军至昆仑山，再将周朝军队包围；等待各国援兵到来，一举歼灭周朝军队。” 香蜀夫人充满自信，“有了各国援兵，我们真能生擒周天子。如果能活捉周天子姬满，你们想结果会怎样呢？”

大漠王闻言，率先说：“本人从小去周朝学习，而且与周天子姬满同窗学习，我俩就如一个牛圈里的两头倔牛。”

狼主们和鹰王哈哈大笑。

大漠王坚定地说：“牛不顶牛是孙牛。即使大漠暂时落在下风，也不能让周朝在大漠土地上胡作非为。即使我们战败，也要把造福大漠的商道抢回来。谁愿去阻止周朝军队西进？”

骠三如风而来，帐下请战：“骠三愿领兵前往，顶住周朝军队西进，活捉周天子。”

大漠王瞄了鹰王一眼，鹰王领会大漠王意图，急忙上前请命：“大漠鹰王愿领兵前往。”于是，大漠王传令：“骠三将军听令，带领一千人马先锋疾行，火速前往昆仑山下的古城，阻止周朝军队西进。只许骚扰，不许进攻。”

骠三激动不已，立即跪拜高呼：“得令，即行也！”

红骑前来拽住骠三，劝阻：“慢着！听大王之命，听全了！”

大漠王大肆赞扬：“骠三将军勇猛无比，红骑心思缜密，此次出战，必将旗开得胜！”

狼主们纷纷向骠三投去羡慕和赞许的目光。

大漠王继续传令：“鹰王听令，带领五千兵马，沿途骚扰周朝军队，只许佯攻，不许交战，一路向西，与骠三将军合兵一处，共同阻止周朝军队西进。二位将军要通力合作，共同完成使命，不遗余力坚守到大军到来。”

鹰王、骠三共同向大漠王行礼，同声高呼：“遵命！”

大漠王起身而立，高声宣布：“大战在即，各位狼主速去准备。兄弟们，同生死共存亡的时候到了！所有大漠儿女，齐聚昆仑山。昆仑神！保佑大漠臣民！昆仑神！保佑大漠儿女！”

众狼主跪地祈求：“昆仑神……”

昆仑山下古城，幽暗的小街，持戟握剑的士兵来来往往巡逻。

巴布和周朝将士被绳索捆绑，倒在地上。士兵们走过来，一名士兵指着巴布告诫：“他就是西天国使者巴布。被他的箭射中，无人能活命。捉住他，真不容易。骠三大王十面埋伏，才把他抓住。”士兵得意地高喊：“押走领赏去！”士兵们将巴布拉起来，推着走了。

月上枝头，古城尖楼前，排列着石桌石椅。千里部落能人和一群人懒洋洋地围着石桌，坐在石凳上闲聊。离石桌不远处，是一口冒着蒸气沸腾的大锅，锅下燃烧熊熊大火。滚锅旁围的士兵们，将押来的周朝将士拉去屠杀，完了将他们肉块投进滚锅。稍煮片刻，就从滚锅中捞出的肉，献给能人们。”

红骑举起酒碗，热情相迎：“多谢各位道友前来助战，这些周朝人实为恶魔，竟敢用长鞭抽打我们，食其肉，不解心中之恨。这次多亏各位道友赶来，才将他们一举擒获。大漠大王要为在座诸位赏赐。红骑敬大家一碗酒，道友们，干！”在座各位急忙起身，举碗热情回应。

巴布被押上来，经过石桌，向滚锅走去。

“站住！”骠三高声吆喝，“巴布，你已多次被擒，真是丢尽西域人的脸！

只要你跪在本大王面前，叫三声骠三爷爷，本大王就放了你。”

巴布鞠躬行礼，哀求：“骠三爷爷，只要你不杀战俘，不食人肉，巴布敢叫你一百声骠三爷爷。还有上次骑二大爷捉住了巴布，骑二大爷，巴布有礼了。”巴布跪在地上哀求。

红骑指着巴布叫骂：“你们这些周朝兵士，在大漠就是恶魔，马牛羊、猪狗驼、鸡鸭鱼，只要会跑的、会飞的、会游的，只要会喘气的，尽被你们吃得精光。今天我们道友替天行道，也尝尝鲜，吃吃细皮嫩肉的周人。”

红骑并不解气，瞪着巴布教训：“巴布，你与周朝人同流合污，我们先吃败类的肉，以解心头之恨。”

骠三吃惊地问：“红骑姐姐，你忘了观音菩萨的点化了，这肉——我们可从来不吃……”

“还不住嘴，你的脑袋叫驴踢了，一点小秘密也保不住。”红骑埋怨，“观音菩萨保佑，有缘人在哪里呀？咋还不来呀？”

有位道友闻言大怒：“谁再说驴，俺跟他拼命！”

道友的鼻子喘着粗气冲上来，怒火中烧。骠三和骑二同时上前劝阻：“户柱兄弟，别生气，喝酒、喝酒！”

户柱被满桌的肉食熏得恶心难耐，捂住嘴巴，气愤地叫喊：“谁敢说驴，俺就急，俺跟他没完！骠三，你们上这些人肉，是什么意思？明知俺们不吃肉，简直是禽兽不如，你们马家变成嗜血恶魔了吗？”

红骑急忙解释：“户柱好兄弟，这是吓唬周朝降兵的。你看这些，都是死羊肉，没有人肉。”

户柱捂住嘴巴，执意离席，破口大骂：“败类，户家天生不吃肉的。奉劝你们好自为之！户家与马家就此分道扬镳，告辞！”

红骑赶紧拉住户柱，好言相劝：“户柱兄弟骂得好，马家和户家，都与肉食者不共戴天，户家和马家永远是一家。户柱兄弟别生气，这爽口的苜蓿，油嫩的芨芨草，你都没尝呢！还有香醇的奶酒，你才喝了一碗，怎么能走呢？”

骠三和骑二同时上前，拉着户柱坐在石凳上。

红骑指着巴布，叫骂：“巴布！你得意什么？不是观音菩萨点化我们，我们早把你杀了喂狼。”

巴布并不生气，乞求：“红骑大姐呀！巴布才知道，您叫红骑大姐，这名字太好叫了，听一听都觉得美。红骑姐姐，只要你不杀战俘，不食人肉，巴布自愿跳进滚锅之中，成为红骑姐姐的口中美食。”

红骑被巴布说得心花怒放，语气缓和了好多：“巴布，你可真会说话，我们千里部落的能人从不杀生，从不食肉，刚才那是在吓唬人呢。骠三，都是你的破主意！”

骠三训斥士兵们：“把这些该死的肉，叫周朝俘虏全部吃光，这些肉太恶心了，快快从本大王眼前消失！只是，这讨厌的巴布，善于逃跑，咋办呢？”

户柱眼睛放光，围在骠三耳边，笑着说：“骠三大王，兄弟的耳朵里小虫子在唱，兄弟的心里小虫子在飞，你怎么忘记了？西天国流传：巴布巴布，善弹批把。何不把他双腿用绳子绑住，给我们弹奏批把呢？”

骑二拍拍大腿，感叹：“对呀！我咋没想到呢？”

大白闻言无比开心，赞同：“对呀！批把一响，疯狂来到；批把一响，啥事忘掉。”

红骑心花怒放，按捺不住兴奋，高声喊：“此法甚妙，只要批把响，巴布别想跑，明天留着他，等待犬戎大王的奖赏。”

骠三指着巴布，命令：“巴布！你可听好了，不好好弹，马上把手砍掉。”

巴布毕恭毕敬地说：“各位大哥，巴布遵命。”

士兵们上前，用绳子把巴布的双腿捆得结结实实，另一头牢牢地拴在老榆树上。

巴布斜靠着老榆树的树干上，向诸位点头行礼后，手握批把，手指拨到弦上，激昂、雄健、铿锵有力的乐声，顿时在巴布指尖飞扬，响彻古城。

士兵们献舞助兴，能人和道友们跟着节奏跳将起来。巴布一边弹着批把，一边命令周朝俘虏给能人和道友们倒满大碗美酒，众人一边痛饮，一边热舞，极尽欢乐。

夜深人静，松明下，巴布怀抱批把，疲惫地弹着，依然有几个士兵，酒兴未减，边喝边舞。

月下思乡，巴布想：多年奔波，就要回到家乡了，妮卡阿娘，你现在可好呀？巴布的腿被捆绑着，再不逃出去了……巴布不由自主地弹奏起阿娘的摇篮曲，以解思亲之苦。曲由心生，乐曲如清泉细流，无比柔情；又如同婴孩，躺在阿娘温暖的怀抱酣睡一样。顷刻，士兵闻乐鼾声四起，呼呼大睡。

两只长耳沙鼠，听到这忘情的乐声，从洞穴钻出，跳到了巴布的身上，又跳到批把上。一只在批把上用小爪来回划动着弦，另一只在批把把儿上上下踩着弦，来回跳动。

巴布慢慢地放下批把，两只大耳沙鼠在批把把儿上欢跳，乐声此起彼伏。

巴布解开绳子，来到周朝被俘的将士跟前，替他们迅速解开绳子，大家沿墙根匍匐而行，爬上城楼。百名将士，无声无息地消失在夜色里。

一群沙鼠围着批把，欢蹦乱跳，批把乐声不断。

清晨，太阳照耀土城，鸟儿欢快地鸣唱。

骠三睁开了眼，懒洋洋地爬起来，舞动胳膊，侧耳谛听。“巴布，你怎么乱弹？”说完，骠三急忙来到树下，拾起绳子。数百只长耳沙鼠闻声四处逃窜，即刻不见踪迹。

骠三大喊：“巴布逃走了，快给本大王追！”

众人倏然惊醒，迷迷瞪瞪地从地上爬将起来，茫然四顾。守门的士兵看着丝毫未动的大门，人怎么会逃走呢？难道飞出了城池？

“禀告大王，”士兵对骠三说，“巴布是从城墙上放下绳子逃走的。这是留下的绳子。”

“啊，巴布竟敢带人逃跑！”骑二气愤不已。

红骑感到被羞辱，气得哇哇大喊：“巴布巴布善弹批把！巴布巴布更善逃跑！骠三大王，还不快追！”

“你们看好古城，本大王去追。”骠三一摆手，众士兵跟随去了。巴布率领周朝兵士百余人，彻夜疾行，终于走出沙漠，来到茫茫荒原。再向前就是水源地，巴布极力催促：“各位兄弟，再加把劲儿，前方就是水源地，大伙儿快跟上。”

骠三引领众士兵，如同一阵狂风吹来，挡住了巴布去路。

骠三得意扬扬地嘲笑巴布：“巴布，你再长两条腿，也跑不过本大王。巴布别反抗，省得兄弟们受伤。”

巴布巧言以对：“偷偷摸摸地偷走本将军的宝弓，不算英雄！巴布敢与你打赌，骠三，你不敢还我宝弓。宝弓在手，巴布决不逃跑。”

骠三也不上当，拿出宝弓，大声炫耀：“宝弓在此，有本事夺回去。兄弟们听令，活捉巴布！”

众士兵上前与周朝兵士厮杀在一起，刀剑撞击声响彻荒野，周朝兵士再次被包围。巴布举刀怒喊：“还我弓箭，定将尔等射穿！”

骠三拿出巴布的弓箭诱惑：“你的神弓在我这儿，巴布休要抵抗，投降吧！巴布巴布又要投降，可是天下无双呀！”骠三开心地叫喊着。

这时，只听到远处传来喊声：“巴布将军，周天子在此。”“巴布将军，袁太师仙长，前来助阵。”

只见，周字大旗下，一千人马扬尘而来，周朝兵士迅雷般包围骠三等人。周天子一手持方天画戟，一手握长马鞭，对准骠三连打了数十鞭，骠三无法招架，连声尖叫。有一青衣女子被马鞭打翻在地，周朝兵士用大网将其活捉。骠三见势不妙，打个尖厉的口哨，一阵尘土飞扬，一个个都不见踪迹。

周天子望着飞扬的尘土，心想：西天千里部落的人真彪悍，日行千里行如风，谁人能及！周天子急忙上前安慰巴布：“巴布将军辛苦了。”巴布上前跪拜，热泪盈眶，激动地说：“多谢天子神兵天将，多谢哥哥救命之恩，罪臣前日被俘，昨晚逃跑，如此狼狈，献丑了。”周天子翻身下马，扶起巴布，安慰道：“巴布将军受苦了。兵无常势，水无常形，巴布将军能因敌变化而取之，是周朝福将。前日失去将军的消息，本王带人沿路找水源地，刚好在此休整，遇到将军被围杀。我们来晚了。”巴布惭愧地低下了头，自责道：“都是巴布贪功冒进，中了埋伏，损兵折将。只是这千里部落本应在犬戎大军之中，怎么会突然在这里出现？”

袁太师上前紧握巴布的手，说：“贤弟说中了要害，贫道担心，犬戎大军很快就到了。所以，请天子早作打算，不可冒进了。”

周天子拿出水袋，递给巴布，愁容满面，说：“恩师所言极是，犬戎终于被我们逼出来了，现在该找个水源充足的地方扎下大营，准备与犬戎决战了。”

巴布喝口水，抹着嘴巴说：“大漠纵深千里，犬戎、鹰王和十三狼主到底力在哪里？太难打了。”

周天子忧心忡忡，说：“还是稳步行进，先牵住西天千里部落，打打停停，故意露出破绽，引犬戎大军前来决战。只有这个办法了。”

袁太师指着远处群山，安慰道：“天子不用担心，大战已经无法避免，金册求兵使得各邦前来应战。天子请看，就在昆仑山下决战，要早作准备，不可耽延。”

巴布迟疑地问：“昆仑绵延千里，而且我们就在昆仑山脚下，就在此处决战吗？”

袁太师自信满满地说：“巴布兄弟，请看百里封城、十里烽火已至昆仑山下，该是它们发挥作用之时了。”

周天子跨上马，高呼：“昆仑山，本王来也！”

众将士跨马疾行，一路欢呼！山巅之上，周朝兵士安下营寨。千里部落尾随而至，营帐仅距周朝营寨一山之隔，与其遥遥对峙。周朝营寨居高临下，官兵们向下俯视，千里部落一举一动尽收其眼底。袁太师打开雨伞，挂出免战牌。千里部落，每天派出人马，营前叫阵。周朝兵士紧闭营门，免战不出。

没过几天，袁太师连夜拔营撤走，在紧临河口的高地上，再次安营扎寨。

河口高地，周朝将士和千里部落排列两边，严阵以待。千里部落九位能人，英姿飒爽地来到阵前，整齐地挥舞棍棒，三三两两幻影如风，不断变换队列。他们始终步调一致，动作如一，气势逼人。

巴布在阵前看得惊奇，心想：这阵势，没有千百次演练难成，周朝在气势上不能输呀！

巴布催马上前，叫阵：“可惜呀！西域十位能人，就剩下九个了，这阵势没有十全十美呀！可怜呀！青菊花小妹已经下锅成汤了，不在阵中，太遗憾呀！”

红骑闻言气愤不已，咬牙切齿地痛骂：“巴布败类！手下败将，休要骗人。周朝的百名俘虏在我们手上，巴布胆小鬼还敢攻阵吗？若破了奇阵，立刻还你宝弓，向你俯首称臣。若破不了奇阵，快快放了青菊花小妹，饶你不死。”

骠三指着背上的宝弓，诱惑：“巴布，宝弓在此，有本事来取！”

巴布见到自个儿的宝弓，两眼放光，举剑冲向骠三，数名将领紧随其后，一起向阵中冲去。

能人们迅速变阵，严密地围成两圈，以红骑为中心，不停地旋转，如同内外逆向旋转的两个轮盘。周朝兵士举刀迎击前方长棍，还没迎击，侧面长棍又打来，还未冲进阵中便被棍棒打翻。能人们依然高速围圈运动，阵脚不乱。

巴布感到数人合击自己，无法招架，眼见将领们个个被打翻。巴布心急，再次冲击，红骑在阵中用长棍猛击巴布，巴布手中的宝剑被击落。长棍从侧面又打来，巴布倒地躲过一击。又有棍棒带着呼呼风声打来，巴布在地上翻滚，无法脱身。

红骑在阵中高喊：“巴布，还不认输吗？叫你有来无回！”袁太师在城楼上看到这一幕，急忙命兵士放箭，万箭齐发，射向阵中。红骑听到弓弦之声，急令众将躲避，巴布趁机引兵撤退。

袁太师见情况不妙，急忙鸣金收兵。巴布带领兵将败回营寨。

西天千里部落士兵们，在阵前高喊：“周人，滚回去！周天子滚回去……”

骠三感到自豪，得意地说：“我等步步为营，周朝兵士不过如此，他们就要覆灭了。”

红骑感到焦躁不安，大声埋怨：“鹰王之兵啥时才能到来？这么久了，怎么还在路上呢？我们不可轻敌，上次吃的亏还不够吗？我们只要拖住周朝大军，就是立功了。等大王大军到来，周朝就灭亡了。”

周天子坐在营帐的虎皮椅上，平心静气地观看兵书。袁太师和巴布急忙走进营帐，周天子放下兵书，说：“巴布将军辛苦了，你看他们的阵法很严密，可以说滴水不漏。”巴布深有同感，说：“是呀，阵法十分严密，怎么样也攻不进去。能人们滚滚向前，我等只能招架，毫无还击之力。”

周天子笑道：“此阵叫横行双马盘槽阵，巴布将军，你明天定能破此阵。”巴布疑惑不解地问：“还有这种阵法？”

袁太师向巴布解释：“双马盘槽步步营，中心之马定输赢。你们看，中心马只是向前向后，如同一轮轴，所有马都围绕着中心马转。当你攻击时就感到一人在与数人相斗，无法招架。等你撤退时，他们并没迅速追你，你就撤回了。”

周天子拍着巴布的肩膀：“明日用双蛇阵，一路朝左攻，一路朝右攻，最后在中路会合，定将中心马抓住，此阵就破了。”

袁太师频频点头，称赞：“此招太妙了，用绊马索效果更好。”周天子谦虚地说：“恩师，弟子也是刚从书简中翻出来的，明日只需把中心马抓回，其他的摔倒了，叫兵士也别抓，更不要伤其性命。”巴布不解地问：“为什么不抓呢？”袁太师对巴布耳语一番，巴布高兴地说：“还有大鱼，会飞的鱼吗？”巴布捂着嘴憨笑，三人心领神会，哈哈大笑。

次日，周朝军营寨前的空地上，西天千里部落又来叫阵。许久，巴布率领兵士们慢慢出来，摆开阵势。

红骑高声叫骂："巴布，真不要脸！败了一次又一次，被抓了一次又一次，还敢出来迎战！你不嫌丢人，我们都懒得抓你！周朝无人，怎么每次只派你这常败将军来应战呢？"

巴布做个鬼脸，懒懒地说："红骑姐姐怎么了？虽然巴布一败再败，总是被姐姐抓住，巴布心里可高兴了。红骑姐姐有本事抓，巴布就有本事跑！气死你们这群牲口！"

骠三被巴布骂到痛处，怒火中烧，叫喊道："巴布，敢骂我们牲口，等我们抓住你，一定让你知道我们的厉害！"

"别跟他啰唆，抓住巴布，生食他。"红骑位于阵中，发出命令。

巴布上前假装胆怯地说："怕你们了，巴布先逃了。"巴布引兵后退，假败而走。红骑阵中催促，向前列阵紧逼。巴布缓缓退兵，来到周军营寨门口，才兵分两路迅速迎击，一列直击左侧，一列直击右侧。兵将拿出绊马索，将左边第一位骠三击倒，后边壮汉撞倒一片，又把右边击倒一片。巴布从中路突击，众兵将合围红骑，红骑正要还击，巴布宝剑已架在其脖子上，兵将一拥而上，按倒红骑，捆绑着拖回营寨。

西天千里部落能人们，眼睁睁地看着红骑被抓走，不依不饶地骂阵。巴布也不理会，径自回去了。

红骑被吊在寨门上，兵士一边狠狠地抽打她，一边羞辱："叫你不听话，你能听懂人话吗？"

红骑气愤地呼喊："巴布你这恶人，你杀了我吧！"

周朝兵将又把青菊花也吊在寨门上，红骑见到青菊花，向巴布高声哀求："巴布，我们都是西域勇士，你放了菊花妹妹吧！红骑求你了。"

巴布命令兵士，放下红骑，兵士骑在红骑背上，红骑气得咬牙切齿，怒骂道："巴布，我发誓，只要抓住你，我一定扒了你的皮！你对菊花妹妹做了啥？她怎么了？"

巴布哈哈大笑："你妹妹是哑巴了，以后不会讲话了。我仁慈，愿意给你疗伤。"

千里部落的人看得清清楚楚，这种羞辱，气得他们浑身发抖。骠三冲向营寨，被乱箭射回。骑二引领数百俘虏，来到营寨前叫骂。周天子上前高声训斥巴布："巴布将军不得无礼，快快停手！"说着走到红骑面前，摸着她背上带血的皮鞭印，惋惜地说："快拿疮药，给红骑将军疗伤！"

红骑看到白色药粉惊恐地尖叫，高声拒绝："别假惺惺的，快杀了我，别碰我。"巴布把白色粉末撒在红骑伤口处，红骑感到钻心的疼痛，连声惨叫，忍不住叫骂："巴布，你这恶魔，我要杀了你，我发誓……"

周天子告诫："疼痛才能叫你牢记教训，这药敷上去很疼，但很有效。巴布，放她走。"

红骑依然倔强地叫骂："你这恶魔，我不会求你，只求一死。"

兵士们抬着红骑和青菊花，打开小寨门，松开绳索，二位被推了出去。

巴布频频招招手，高声告别："二位姐姐，下次再会了。"

红骑回头，咬牙切齿地高喊："巴布，我一定要报仇。"

第四十二回　周天子夜袭鹰王　袁太师智占古城

千里部落营寨，挂出免战牌。

巴布每日引兵前去叫阵，叫骂声响彻原野。

千里部落大营内，骠三不住地唠叨：“我们攻打周朝兵士三十天了，鹰王咋没动静？他们再慢，也该到了。”

红骑愤愤不平地说：“我要雪胯下之耻，把巴布碎尸万段。周天子这个恶魔，对我的羞辱，我一定要报仇雪恨。”

青菊花失望地说：“唉！周天子不仅没有杀我和姐姐，还放我们回来，说明他不是恶魔。姐姐，休要气坏自己……”

红骑大声埋怨：“犬戎大军，为何还没有消息？这些天他们究竟在干什么？我去犬戎大营一探究竟。”

骑二闻听此言很赞同，说：“是呀，鹰王迟迟不来，是何道理？而且周朝军队也不急于消灭我们，为什么呢？”

骠三拍着胸脯，果断地说：“周朝军队不用害怕，明天摆下强阵，一举歼灭周朝军队，活捉周天子。此次一定要用骏马连环阵，叫周朝军队有来无回，为姐姐一雪前耻。”

红骑强忍伤痛，固执地说:“不能再等了，我要亲自去犬戎大营一探究竟。”

骠三直言:“姐姐伤还未痊愈，兄弟现在动身，明早定回。”这时士兵来报:“大王，大王，前方有一队人马，扎下营寨。”众位能人走出营帐，放眼望去，正是鹰王大军。

千里部落的人走出营寨，迎接鹰王。鹰王走进营寨，拱手行礼："各位兄弟，辛苦了。"

骠三急忙上前拉住鹰王的手，激动地说："鹰王一路车马劳顿，请帐内歇息。"

鹰王坐在大帐正中位置，能人们齐整地分两侧而坐。鹰王环视一周，谦虚地说："一路遭遇烽火城中的周朝军队，缓缓而行，不停侵扰，耽搁时日，请见谅。千里部落能人先锋之行，行如闪电，鹰王佩服。"骠三恭敬地说："鹰王客气了，我们已多次与周朝军队交战，互有胜败。如今正在商量如何破敌，鹰王有何高见？"

鹰王笑道："听说首战擒获巴布将军，可有此事？"红骑叹息："可惜让巴布逃跑了，早知先杀了他。""巴布宝弓在此。"骠三急忙献出宝弓。鹰王接住宝弓，高声赞扬："好！鹰王会向大王给众位兄弟请功。能人们阻止周朝军队西进，完成了大任，乃大功一件呀。大王亲率大军不日就到，定会论功行赏。"骠三欣喜地说："不等犬戎大王到来，西天千里部落明日用奇阵生擒周朝兵将。请鹰王观战。"

"哈哈哈……"鹰王高兴地站起来大声命令，"明日，各位将军共同出战，本王亲自助战！各位将军携手共同御敌，大漠大军必胜，周兵必败！"

营帐之中高声欢呼："必胜！必胜！"

宽阔的河谷之地，周朝将士与大漠兵士摆开阵势，战事迫在眉睫。巴布引马上前，叫阵："千里部落能人，终于有帮手了。鹰王你一人到此，这点儿人马，来送命呀！"鹰王并不理会，拔刀直指前方，西天千里部落十位能人整齐划一踏步前行，在骠三的口令下迅速变阵，三三成伍，列为三组，齐刷刷挥舞棍棒，幻影如梦，眨眼之间冲入周朝阵中，周朝将士队列一片混乱，数百人被击倒。

巴布根本没工夫看清奇异阵法，带领将士忙于攻击，但只要他们靠近阵脚，即被打倒，疲于应付。十位能人步步紧逼，周朝兵士被逼到河边，眼前已无退路，巴布率先跳河，兵将纷纷跟着跳入河中，被河水冲走。袁太师急忙引兵出寨，沿河用套马杆救人。

周天子火速引铁甲兵出营，迅速布阵。铁甲兵紧握丈尺盾牌，持长戈向前列成一排，铁甲兵步步向前，后方兵士火箭齐发，射向十位能人。

能人们闻听弓弦之声，快速抓捕俘虏，得意扬扬地退出战场。

袁太师沿河救人，遇见鹰王兵马，袁太师问：“来者何方神圣？”鹰王还礼，敬重地说：“太师在上，晚辈有礼了，太师不认得在下，在下可认得太师，您是犬戎大哥的师傅，乃是仙师。” 袁太师向鹰王行礼，讨教：“贫道不与无名之仙动手，贫道眼中皆是神仙，没有凡人，请报仙名。”鹰王挥刀向前，谎称：“大漠王犬戎之弟，鹰神是也！太师请接刀。”

袁太师拔出桃木剑相迎，笑曰：“既然是徒儿之弟，大漠鹰神，快快放马过来，过几招。”

鹰王急忙收手，直言劝告：“太师，拿了把木头剑，拿回去哄你徒子徒孙吧！鹰神，不想做不义之人！”

袁太师笑眯了眼，交口称赞：“大漠英才人品佳，小看桃木戒尺剑，打过阿哥胖屁股，能叫鬼神皆丧胆。”

鹰王谦虚行礼，高声呼喊：“既然如此，仙师，鹰神不客气了。”说完两人战在一起，刀光剑影，从马上战到马下。

周天子远远观战，生怕鹰王施火，伤了师傅，急忙鸣金收兵。袁太师行礼，谦虚地说：“鹰神刀法真不一般，佩服，改日再战。” 鹰王惊愕地说：“仙师，您请！”

鹰王不敢恋战，急忙撤回营寨，十能人上前道贺。骠三快人快语：“鹰王大驾光临，首战告捷，擒获周朝兵士数百人。”鹰王依然在回味袁太师的话，谨慎地说：“骠三将军过奖了，将军的连环阵威力巨大，更胜一筹。今日加强防备，明日再战。”

鹰王急匆匆回到帐内，脱去铠甲、护甲、将袍，细细观看，铠甲早已被利刃划破，连护心镜也被利刃划成数片。鹰王心里明白：袁太师用气场化剑，哪一剑，都可致命。

鹰王回想一招一式，袁太师剑法出神入化。但袁太师为何要手下留情呢？周朝军队为什么不伤大漠兵士的性命呢？鹰王心中的恐惧陡增，喃喃自语：“诡道也！”

周天子坐在河边石头上，闭目弹瑶筝。向东流的河水，映照遥遥昆仑之白雪，那筝声铿锵有力，浑厚苍劲，委婉悲壮。周朝将士肃穆而立，静听乐声，无不心中流泪。巴布手拿战盔，静静倾听瑶筝铿锵之声，不忍打断周天子。

一曲奏完，周天子凝视河水，静静沉思。

“天子！”巴布低声说：“您想白灵王后了？”

周天子动情地说：“是呀，何尝不想家人呀！巴布将军，您辛苦了。”

巴布无奈地说：“这次败得真惨，被逼到河里，只好领军投河了。还好太师兄长及时相救，将士们并无死伤。这西天千里部落勇士摆的怪阵，伤我将士数百人，巴布一人之罪也！真无颜面再见天子……”

周天子站在石头上，高声说：“巴布将军，王者之兵，胜而不骄，败而不怨。”

众将士上前举起巴布，高呼：“胜而不骄，败而不怨……”

周天子请袁太师来到大帐。

“太师，请坐。各位将军请坐。”周天子坐在虎皮椅上，忧心忡忡，“今日鹰王前来助战，本王断定犬戎大军不日便到，此地没有城防，并非决战之地，而且诸侯国援兵未到……太师您说如何是好？”周天子虚心向袁太师请教。

袁太师站起来，拱手行礼，指着沙盘说：“天子所言极是，诸位仙友请看：犬戎主力兵马即将到此，我三万兵士，分散数百里，只要烽火起，集结秦地几十万人，也不难。只是没有城池护卫，难以御敌。诸位再看：昆仑山口有座古城，距此不足百里，又是我等西去必经之地。那里三面环山，易守难攻，城中有深井，不愁久困。我们可前去那里，并在四周山上设烽火台，就能与千里烽火相连。”

巴布上前请命：“天子万岁，巴布就在古城被俘，定要争回这口气，巴布带五百人马，先去占领古城，迎接你们到来。”袁太师急忙阻止：“巴布兄弟，兄长帮你前去争回这口气。古城方圆十里，四面环山，只要占据此城，胜算就有一半了。今晚，贫道引兵前去，必然成功。巴布兄弟放心吧！”

周天子指着沙盘，坚定地说：“这古城是个绝佳之地，一定要一举拿下。今晚二更，本王和巴布将军前去劫营，太师乘机带领所有人马悄悄前往古城。各位，辛苦了！”

众将齐声：“天子放心，决不辱使命。”

袁太师捋捋胡须，镇定自若地说：“依此看来，还要速命秦子嬴战点兵，前来支援。若有五万精兵，又有天险城池对抗犬戎大军，大势可定了。”

周天子拍拍手，急忙命令：“诸位将领速去休息。天黑造饭，二更出发。”

众将信心百倍，走出大帐。

周天子发出密旨，传令官领命而去。鹰王坐在大帐正中，千里部落十能人分坐两边，共同议事。鹰王行礼，开口直言："各位能人，今日一战，周朝军队不过如此，尽被众位能人擒获，个个战绩赫赫。大王命令我们先困住周天子，不让其逃走，就是大功一件。兄弟们团结一心，迎接大军到来。"

能人们闻言，备受鼓舞。骠三内心早已飘飘然，得意地说："千里部落只用三分力，周朝军队就抵挡不住了，若用十分力，他们不吓得弃甲丢盔了？"

鹰王欣喜地说："今日设宴，为十位能人庆功。来人，上酒菜。"鹰王举觥相敬，"本王代表犬戎大王，敬各位能人、诸位勇士，干……"

一轮明月升上枝头，夜风起，四周渐渐凉爽，千里部落营寨周围漆黑一片，远处狐狼嚎叫声传遍旷野。突然，擂鼓之声大作，周朝兵士冲破西域千里部落营寨，巴布一马当先，直冲主帐。

"鹰王哪里走？"巴布大喝一声，骑马冲进帐中。鹰王急忙之中拿起一物，扔向巴布，巴布接过，正是自己的宝弓，说了声："多谢！"举剑便砍。鹰王翻滚在地，取出火石，喷出火焰，喷向巴布。巴布急忙躲避，引马退出大帐。中帐内顿时火起，能人们闻声急忙赶来。

巴布搭弓箭出，一箭射中鹰王，巴布说："留尔等性命，多谢鹰王归还宝弓。"

宝弓在手，巴布无比得意，搭弓又一箭射出，爽朗地说："骠三大王，巴布还你一命，谢你不杀之恩。"

骠三张着嘴巴，该箭从其两颊穿过，打掉两颗槽牙，顿时他满口流血。周天子持方天画戟，一路掩杀。周朝兵士四处放火，营帐四处火起，众能人合力围攻周天子。只见，周天子左手举戟，右手持长鞭，一阵疯狂抽打，鞭鞭无形无影，清脆作响，鞭法纯熟，众能人怎曾见过这鞭法，个个被抽打得浑身青紫，无法招架，只好退却一旁观望。周天子乘机解救被俘兵士，快速撤退，周朝兵士迅速消失在夜色里。

鹰王扶着左臂，眼见周朝兵士撤走，营寨处处烈火燃烧，心痛加上伤痛，大声怒喊："巴布，本王一定要报一箭之仇。"说完从左臂拔出箭。诸位能人赶紧上前劝道："鹰王，你受伤了，莫要生气。"

骠三嘴巴张得很大，嗷嗷怪叫，因为箭横穿他的面颊。红骑上前折断箭，将箭拔出。骠三口中漏气，含糊地说：“巴布，叛徒！本大王要报仇！我的牙，你竟敢打掉我的牙，本大王一定不会放过你！”鹰王急忙派兵去给犬戎报信。

袁太师领兵悄无声息地疾行，乘夜色来到古城。

古城上有士兵在巡逻，袁太师领少数将士潜在城墙根。两名士兵在城楼上争吵：“骠三大王说过，守土城很重要，一定要守住。春罗你要牢记，这是命令。”“福子，你凭什么说我没有记住呢？我们十一位神驾将士守古城，你整天说三道四、吆五喝六，我们都受够你了。福子，你要再不住嘴，我就再打断你一条腿，叫你爬着走。”

“你敢违抗我的命令？违抗我，就是违抗骠三大王，还不去巡逻！你这只懒驴！”

“你说什么呢？春罗最不想听到的，你竟敢说出来！看我踢死你。”

福子一记快拳，打在春罗脸上，恶狠狠地叫嚣：“你那小蹄子竟敢踢我！你敢吗？少啰唆，还想试试本座的铁蹄吗？”福子举拳在春罗头上重重地打了两下。春罗眼冒金星，只好屈从：“好吧！春罗这就去巡逻城，福子大哥，你又赢了。”

袁太师手中拂尘一拽，飞上城去，高喊：“福子，你也太霸道了。春罗，贫道给你出气。”

两人看到袁太师飞到眼前，惊奇地围上来，不解地问：“老道，你是怎样飞到我们眼前的？”

袁太师拽着拂尘，大声训斥：“骠三大王听到你们在打架，叫本座火速飞来。骠三大王早就知道你们不安心守城，命令本座把你们一个不留，全部绑回去问罪。骠三大王还命令你们，不许反抗，谁要反抗，就地把腿打断。”

春罗惧怕地说：“我们相信你的话，但你有什么凭证？”

“就是，你有骠三大王的腰牌吗？”福子也附和道。

袁太师拂尘一扫，手中拿一金腰牌，比画着说：“金腰牌在此，见此腰牌，如见骠三大王，还不赶快将春罗给我绑了！”

“你都知道我叫什么，准没错，绑吧！”春罗自认倒霉。

福子机灵地说：“慢着！老道，你要叫出我的名字，我才信。”袁太师指着他：“你叫福子，速速给贫道绑起来，都绑起来。”福子怀疑：“慢着，你叫什么，我咋没见过你？还有一句暗号呢，你还没告诉我。还有我问你，我为什么叫福子？”土城的士兵们高声叫嚷：“快说暗号，快说，说错了，你就是奸细。”

袁太师被逼无奈地随口叫骂：“我踢死你们，你们这群不识好歹的家伙，连骠三大王的话也敢违背！”

众士兵吃惊地看着福子，悄悄说：“福子哥，他是骠三大王派来的，而且是飞来的呢。”

袁太师继续叫骂：“福子你这败类，还想用暗号为难本座，我踢死你们，你听明白没？”春罗开心不已：“福子大哥总有人收拾你了，还不认错吗？暗号就是‘我踢死你们’，一字也不差！你的腿，确实是骠三大王踢断的，你才叫了这响当当的名字——福子。”

福子敬佩地说：“大哥，你是我遇见的真神，尊姓大名呀？以前为什么没见过呢？你是怎样来到千里部落的呢？大哥，你得说清楚。”

袁太师心中暗喜，却显得很无奈，故意说：“福子，你真会耍赖。老道叫全福，老道的腿全断了，回家养病好多年了，有幸遇到一位老神仙，才治好老道的腿，还教会老道飞天的本事。骠三大王请老道前来效力，你这毛神竟敢问老道的出身，还不快快自己绑了，去见各位能人和大王！”

福子对“全幅”敬佩得五体投地，感激涕零地说：“全福大哥，你病得太久了，这绳子绑不住我们，兄弟们拿仙绳，快绑上。”袁太师热心相告：“都是自家兄弟，全福也是仗义之人，不用绑了，不如你们直接去牢房，骠三大王路过这里，全福向骠三大王求个情，再让兄弟们守城。”

其他兵士跪拜，高呼：“恩人呀，全福真是咱们的大恩人！走，把这仙绳套在脖子上，别给兄弟们添麻烦，我们自己去牢房。”袁太师不放心，来到牢房，春罗和福子的脖子被仙绳牢实拴着，系在绑马石上。

袁太师匆忙告辞：“各位兄弟受苦了，全福要去巡逻，先告辞。”

福子说：“全福你去守城吧！别再像福子，因违反天纲，被玉帝的这天马扣绑着，永远别想脱身。全福放心，他们都跑不了。”袁太师欣喜告别：“忠心的好兄弟，后会有期。”袁太师关闭牢门。

周朝兵士已入土城，将士们把守各处，分兵潜入个个巷子暗道，探查深井、水源、地沟、地道，大批辎重运进古城，有序放置。

袁太师见到城楼上有一烽火堆，急忙上前询问：“这么快就堆起烽火了？”

将士回答："不是我们堆的，是千里部落堆的。"袁太师心头一惊：烽火起，双方都知道了，如何能诱惑人呢？袁太师命令："速将烽火撤去，不许有火烛之光。"

烽火撤去，袁太师依然不放心，叫来两名贴身兵士耳语一番，两人拿羽毛出了古城。

第四十三回　巴布诱敌陷土城　白灵挥鞭驯天马

清晨的阳光暖暖地照在河谷之地，周朝营寨前旌旗林立，两军对阵。

骠三脸蒙白布，见到巴布，恨不得上前将他撕成碎末，口齿不清地骂道：“巴布，本大王的一口好槽牙，被你射去，已食不甘味，本大王只能以你为食了。”

巴布拱手行礼，惋惜地说：“骠三将军，你现在还口齿伶俐，说明牙齿多着呢，要不巴布再射一箭？保证你有口难言！”巴布说着要拔箭再射，想了一下，又插入箭囊，“骠三，你别不识好歹！好吧！巴布今天不用宝弓，也能破你无名小阵，你们来吧！”

骠三怒吼：“巴布休要口出狂言，我身上的一根汗毛还未受伤。兄弟姐妹们，摆阵伺候。”

只见十位能人三三为伍，列为三组，在骠三引动之下，各持彩旗，挥舞着棍棒，行走着“之”形，扑向周朝兵士。

巴布率众将侧面强攻，直击骠三。巴布用御马长鞭，狠狠抽打骠三，骠三强硬坚持。将领们齐齐围攻骠三，无数长鞭打向骠三。骠三再也无力招架，只能步步败退，能人们的阵形顿时混乱。

一声尖厉口哨，千里部落能人和士兵们，再次像一阵风吹过河滩草地，回到千里部落营寨。巴布及将士们取胜，无不欢喜。

周天子站在营寨高阁上观战，见周兵已取胜，走下高阁，回到帐中。早有便衣使者帐中等候，周天子急忙上前问话：“袁太师派你前来，可有安排？”

“禀告天子，太师派我把它送来。”便衣使者将羽毛递上，周天子挥手：“辛苦了，先去休息。”

巴布和众将走进帐中，兴奋地说：“又被天子说中了，他们布的三三连环骏马阵，破阵必除黑头骠，我们对准骠三，一阵御马长鞭狂抽，就能破骏马阵了。”

周天子把羽毛交给巴布。巴布心里明白，点头示意，然后起身告退。

巴布在营帐外绕圈圈，见各位将军都回帐休息，再次钻进中军大帐。周天子早已等候，示意巴布靠近。巴布悄声说：“天子万岁，将计就计，明日约他们决战，我们一路假败，如何？”

周天子拿出金令牌交到巴布手中，贴近巴布耳朵悄声说：“一千铁甲骑兵只听金令牌，明日由将军率领，且战且退，明白吗？本王即刻乔装，把所有粮草、伤兵运往古城。请将军前去阵中下战书，拖延时间。午后放出消息：犬戎大军要夺镐京，周朝大军要立刻回援，收拾营帐准备退兵。切记，今夜鹰王必来劫营。巴布将军，咱们古城再会。”

巴布紧握金令牌，坚定地说：“天子放心，巴布马上去下战书。”巴布得意地哼哼着小调走出大帐。

三声炮响，巴布引兵出营门，来到阵前叫阵。鹰王命令兵士紧闭寨门，登台瞭望。巴布对准辕门一箭射出，正中辕门。巴布命令兵士叫阵，周朝兵士不停叫喊：“大漠鹰王，战书已下，明天与你们决战，有本事别应战。”周朝兵士坐在阵前咒骂不停，大漠营帐之中一片安静，无数眼睛在窥视阵前。

正午阳光充足，周朝将士在阵前搭起凉棚，巴布躺在阵前午睡，呼呼鼾声起。将士们停止叫阵，找阴凉休息。

下午时分，巴布舒适地伸着懒腰醒来，估计天子押运粮草已走得很远，吩咐兵士继续叫阵。巴布对高台上鹰王说：“鹰王，明日一战，定让你们命丧此地，血祭大漠。”鹰王搭腔：“巴布休要张狂，既然战书已下，何必着急呢？十日后与你决战，也不迟。”

拖延到太阳落山，巴布高喊：“鹰王，有本事今日决战，巴布绝不用箭。”

鹰王闻言，立刻感到箭伤疼痛，再次下命令：严阵以待，不许出营。

巴布不依不饶，使出各种花样，在阵前拖延时间。太阳西垂，使官神色慌张，急忙来到阵前跪拜禀告：“巴布将军，大事不好了，天子命令将军，火速撤兵回营。"

巴布挥手不理，大声叫喊："慌张什么？又不是天要塌下来，没见本将军在叫阵吗？"

使官来到巴布马前，右手遮住嘴巴欲说什么，声音太小，巴布没听清。使官又准备禀报，巴布在马上低头倾听，还是听不清，急得他催促："你说什么，为何不大声？嗨！急死我也！"

巴布翻身下马，使官对巴布附耳私语，巴布脸色凝重，吃惊地高呼："什么？镐京危机，不可能！"

使官点头，大声传令："巴布将军，天子命将军火速回营。"

巴布上马，引兵就走，对鹰王高喊："鹰王，明天与你决战，你可不能失信呀！"

只见，巴布引兵迅速离开。鹰王向巴布高喊："巴布，装得太差了慢走，不送了。"

骑二搀扶鹰王走下高台，骑二拿战书递给鹰王，说："巴布骂阵，迫不及待要决战，其中肯定有诈，不如让我去周朝营寨打探一番。"

鹰王行礼，关切地说："将军只需打探消息，不可交战。"

骑二向鹰王行礼，高呼："得令！"即刻消失，不见踪影。鹰王与众将向骠三营帐走去，骠三听到鹰王前来，急忙走出营帐恭候。

鹰王行礼，轻声问候："骠三大王，伤势如何？"骠三忙回禀："不碍事，一点皮外伤，只是面颊肿胀，很不舒服。请鹰王进帐一叙，鹰王，请！"

鹰王进帐居中坐定，直言："骠三能人，你受苦了。大军不出十日，定到此处，周朝三万兵马，不会是要逃了吧！在这时我们可要紧紧盯住，千万不能放走周天子。"细作来报："周朝兵士在收拾营帐。"

鹰王挥挥手，命令："再去探来，速来禀告，要看清楚。"鹰王心中打鼓，心想：这天色已黑，周天子不会趁夜逃跑了吧？鹰王命令："多派人去打探，不可放走周天子。"

骠三捂着脸，迟疑地说："如果周天子要逃跑，为何还要巴布下战书？"

鹰王四处打量，指着周朝营寨方向，小声地说："我们与周天子打打停停，吃尽苦头。你我都负轻伤，周天子总占上风，足见他足智多谋、用兵诡道。你我不可掉以轻心。不管他逃还是不逃，我们一定要不停地骚扰，让周朝兵士片刻不得安宁，难以西行，也不能让周天子从我们眼前逃走。”

骑二进帐，急忙禀告：“我刚刚去周朝营寨，见兵士正在收拾营帐。我还听到兵士们议论：‘镐京告急，回援镐京。’”

鹰王高声赞扬：“千里部落能人，个个神功盖世，个个行如闪电，骑二将军眨眼之间，去周朝大营如探囊取物，令人佩服！我要向大王请功，奖赏千里部落各位能人。”各位能人行礼拜谢，齐呼：“谢谢，鹰王奖赏。”

鹰王看着沙盘，静心地思索：险些被巴布所骗，周天子是要趁夜晚逃跑，该是我们出击了。只要能把周天子引向昆仑山，我们就等大王到来。于是，他指着沙盘，大声提议：“骠三大王，引领千里部落兄弟，趁夜偷袭周朝军营，如何？你来看，本座引领火兵在东去谷道设伏，这是周天子必经之地，虽然我们兵力不足，但是只要用火石布满山谷，定能阻止周天子向东逃跑。本座先去设伏，你们追击周朝大军到来，等到火焰一起，你们从后面追杀，周天子插翅难飞，哈哈哈……”

骠三眉飞色舞，赞同：“此计甚妙，请鹰王速传令，周天子，往哪里逃！巴布，我要报仇！”

鹰王拉着骠三，悄声说：“骠三大王，本座引兵马乘夜色悄然离开。三个时辰后，你前去劫营，就让周天子向东逃跑，依计而行，速速准备。”

一刻钟，鹰王引兵从营后疾行而去，消失在夜幕之中。

巴布命令兵士，手握兵器和衣而眠，再安排前方暗哨，等待大漠兵马前来劫营。巴布命令掩灭营中灯烛，静静等候。

巴布心想：天子的粮草车马此时已到古城了吧？鹰王和骠三，你们该来了吧？”巴布眼皮打架，困倦不已，即刻鼾声四起。

骠三带领兵士来到周朝营寨，见营寨内漆黑一片，鼾声、马嘶声、虫鸣声此起彼伏。骠三翻过高墙，打开营门，兵士悄声进入。突然三声炮响，火光四起，火把照亮营寨。巴布站在中军大营中，指着骠三大骂：“骠三，早就料到你要偷袭，等你好久了，快来受死！”骠三也不示弱，指着巴布叫喊：“巴布，今晚叫你插翅难飞，犬戎大王率兵到来，已经将你们包围，休想活命！兄弟们活捉周天子，给我烧。”

巴布引兵退出营寨，回望营寨一片火光。铁甲骑兵手持长戈，腰系短剑，列队向西面古城方向缓慢撤离。骠三引兵在后边急追，长戈铁甲骑兵列队整齐，骠三无法攻击，只能在远处以冷箭骚扰。巴布引领长戈铁甲骑兵且战且退。

天色已亮，骠三一路紧追不舍。阳光直射茫茫戈壁滩，一望无垠的戈壁上沙棘和红柳一丛丛、一片片。经过一夜混战，人困马乏。稍事休息，骠三引兵如风一样驰来，即到眼前。周朝将士，再次跨马列队，手持长戈的士兵们重整旗鼓。巴布引领兵士步步向前，再次突围。

十位能人到齐。能人们抖擞精神，奋勇向前大战巴布，巴布且战且退，还搭弓急射，一道道寒光，从各位能人身边划过，在四周如惊雷般炸响。能人们吓得急忙躲避，不敢紧追。

巴布吐一口唾沫，骂道："留尔等性命，若再阻拦，如同此石。"只听一声巨响，骠三身边巨石崩裂，碎石飞溅，崩落在能人们的身上。能人们掩面躲避，内心惧怕神箭再次飞来。

巴布引兵退向两山之峡口，前方古城即在眼前。巴布站在高坡向下观看，见到骠三引众兵士前来，赶紧命周朝兵士向古城退去。

骠三上高坡仔细观看，见到周朝大军在古城中，命令探子："火速报告鹰王，周朝军队已中埋伏。"

骑二飞速前来，大声责怪："骠三大王，与鹰王约定是东边峡谷，这是西边古城！如何是好？"

骠三拍着胸膛，无比自信地高呼："哈哈！快去传令，不得延误，周天子大军在此，已经中埋伏了，插翅难逃。"探子得令，疾风而去报信。

骠三引领能人们站在高坡，见古城四面环山，仅有狭长峡口方可出入，他心中得意，说："兄弟们，这古城我们太熟悉了，只要守住峡口，周天子有进无出，插翅难飞。周朝必败，天助吾也！这可是天大的奇功！"骠三高兴得忘乎所以。能人们满心欢喜，准备庆贺。谁知话音未落，周天子突然从后方冲出，手中的方天画戟疾如闪电，眨眼之间，挑落骠三头上的战盔。

周天子手中方天画戟左右开弓，能人们慌忙招架。周天子大展神威，先挑飞骑二和红骑，士兵们围攻而来，被方天画戟挑得四处乱飞。周朝兵将四面冲杀而来，重重围住十位能人，用御马长鞭拼命抽打，只听得鞭鞘声响彻山涧，回声不绝于耳。十位能人被打翻在地，卧倒翻滚，蓦地现出原形，原来是十匹骏马。这十匹骏马毛色光鲜，身如流线，围成一圈，昂首对天长嘶。天马现身，神光笼罩。天马围成圈，疾驶狂奔。周朝兵士手中御马鞭，依然啪啪作响。天马并不退却，围绕着中心踏蹄扬尘，奔如闪电。那马蹄如同鼓槌，大地如同鼓面，在马蹄的踢踏下，大地抖动起来。飞旋的气流卷起滚滚砂石，越滚越大，高速旋转，形成庞大的龙卷风。

周朝将士尽被吸入狂风之中，周天子和巴布随风疾转，渐渐昏迷不醒。树木、巨石在风中飞舞，十四天马急速狂奔，嘶鸣着，扬蹄示威。黑压压的龙卷旋风，蹿升万丈之高，宛如一条漆黑巨龙攀上天空，旋风之中电闪雷鸣。

白灵王后和秦子嬴战引兵到来，见此情景，惊愕万分。

白灵王后指着天马呵斥："尔等本是天宫神物，今日在凡间作乱，伤人害命，触犯天条，本后定然降服于尔等。这才是真正的御马鞭。"

白灵王后跳上黑色骏马，挥动马鞭。马鞭发出蓝色电光，只抽打两鞭，黑色天马稳稳站立，不敢走动一步。

十四天马围在一起："骠三大王，她怎么会有真的御马鞭？观音菩萨说过，谁有御马鞭，谁就是我们的圣主。""圣主能让我们重返仙界了！"骠三回望背上的白灵王后，敬畏地说："白灵王后，圣主娘娘，我们臣服于你。"

西天王宫，西王母感到天旋地转，恶心难忍，对金鹰说："金曼又看见姬满哥哥了。"金鹰啼鸣："他就在昆仑山脚下，他是为金曼而来。君王之行，必然造福一方。这是他的劫难。我驾您飞去，看看如何？"

西王母感到天旋地转，勉强开口："雕爷爷，速去，金曼只能等着姬满哥哥到来，上天会保佑姬满哥哥化险为夷。"

"好，老雕去帮他。"金鹰对天长鸣，展翅疾飞……古城之内，无数金鹰、兀鹫抓着伤亡的周朝兵士飞来，放入城中疾飞而去。

周朝兵士伤亡惨重，白灵王后急忙拿出药物为伤兵疗伤。周天子和巴布则长发披散，衣衫不整，昏迷不醒。

袁太师拜见白灵王后，上前问候："王后娘娘一路辛苦了，这些天马法力无边，如何处置？"

白灵王后附耳对袁太师说，袁太师交口称赞："妙计，妙计。"

白灵王后将十四天马引入帐中，真诚地说："各位能人，白灵有礼了！请变回人形吧！"

十四骏马恢复人形，一齐跪拜，齐呼："王后娘娘在上，圣主娘娘在上，西域千里部落能人誓死效忠于你。”

“各位能人，不必多礼，请起！”白灵王后迫切地询问：“众多将士晕厥不醒，可有方法，唤其醒来？”

红骑上前献计：“我们都顺向奔跑，只要逆向旋转身体，定能醒来。”青菊花说：“静养两日便醒。”骠三自责地说：“对不起圣主娘娘，观音菩萨教诲，要我们等你，没想到伤害了主人，我们罪不可赦。”

白灵王后安慰：“十位能人不必自责，今后定然会立奇功。眼下，有一件事很重要，我们一起商量。”白灵王后悄声吩咐，能人们点头默许，牢记于心。

白灵王后嘱咐：“此次战事结束，便是你们大功一件。现在去吧！叫上你们的兄弟姐妹。”

十匹天马又现原形，在土城内欢腾跳跃。古城内一片混乱，天马跳出古城，找寻鹰王而去。

鹰王引重兵乘夜而来，距古城十里安下营寨，牢牢卡住关隘，大漠将士一片欢腾。

次日，古城内哀号之声四起，城门挂出免战牌。周天子身穿孝服，在给阵亡将士守灵。周天子虽然醒来了，依然天旋地转，恶心不已。他思前想后，心生悔意：为何逼迫天马呀？一念之差，不但自己差点丧命，还导致数百位将士身亡。天子心中悔恨交加，与巴布相互搀扶着，蹒跚来到伤兵处，哀伤地说：“本王来和你们躺在一起，天在旋，地在转，本王愿意与你们同眠。”

兵将躺在地上高呼：“天子是最好的君王，是我们兄弟。”巴布指着前方，痴痴憨乐：“巴布今天一饱眼福，看人一串串，一个人可以看到十几个影子，为天子平添百万雄兵。”“你那不算啥，我的耳朵，现在还万马奔腾呢，天雷一样响。”“这都不算啥，天马盘旋乌龙阵，能有几人见过，几人还……”

第四十四回　天子昆仑下战书　藏王阵前苦调和

十天后，大漠雄兵一路西进，向古城开来。战马嘶鸣，响彻旷野。鸟雀惊飞，窜向天空。飞蝗扑跳出草丛，慌不择路，四处乱飞。战马踏过草场，留下一道道伸向天边的羊肠小径，绿草茵茵，繁花如同星月点缀在绿色的毯毡之上。

山谷峡口连营数里，远处古城位于群山之中。

鹰王走出大营，上前恭迎犬戎："神圣的昆仑神——大漠王，我们迎接你的到来。"

大漠王立于马上，高呼："昆仑神，保佑大漠！昆仑神，将可耻的盗匪赶出大漠！昆仑神，此战必胜，昆仑神必胜。"兵士们一片欢呼，号角响彻山谷。

次日，古城外草滩之上，大漠王带领十三狼主和鹰王一字排开，周天子带领袁太师、秦子、巴布和众将军出城，两军相对而立。

大漠王快人快语："姬满老弟，镐京繁华之城，你不去住，却来抢占我西方之地，是何道理？奉劝天子罢兵，早日回镐京吧！"

周天子行礼，高声笑劝："犬戎兄长，一别两年有余，兄长依然伶牙俐齿。这昆仑，乃是通往西方必经之地，更何况，华夏本一家，昆仑乃万山之祖，吾乃周天子，前来寻根祭祖，理所应当。"大漠王不耐烦地说："你别诡辩，我已经金册求兵，让各国知道周朝的暴虐行径。等各国兵马到齐，本大王要与周朝决一胜负。"大漠王给袁太师行礼，恭敬地说："太师，犬戎从小受恩师教诲，现送上熊皮一张，寒夜漫漫，就当徒儿陪在您身旁。"

袁太师惋惜地说："犬戎徒儿，你的心思，为师最清楚。徒儿心魔缠身，才会穷兵黩武。若你真有孝心，就此罢兵。为师将拜祭天地，感激涕零。”

大漠王坚持己见：“太师不必多言，箭在弦上，不得不发。”袁太师仰望天空，深深自责：“为师无能，无力劝阻徒儿们相争。为师要奉劝犬戎大王，大漠地广人稀，多风少雨，猛兽出没，不能与中原相比。大漠王，武力难以争夺人心；仁德，才能让人归顺和臣服。”

大漠王深受启发，激动地说：“太师，徒儿知道这个道理，等徒儿驱赶完盗匪，定会造福大漠百姓。这张白熊皮是徒儿一片孝心，恩师一定要收下。”

藏王赞布乘马而来，高声赞扬：“如此约战，世间罕有！昆仑为证，胜者必将造福各方。本王如约而至，他日定将见证。” 周天子再次行礼，高声呼吁：“同是华夏子孙。今日与藏王相见，亲如兄弟；明日开战，本王与犬戎决一死战，孰胜孰败，请藏王见证。”

大漠王再次行礼，高呼：“本王赞同大家同是华夏子孙这句话。藏王真乃诚信之人，如约而至。今日请藏王赞布见证，各国兵马到齐，方可决战，决不食言。”

大漠王疑惑不解，继续询问：“姬满老弟，兄长有个问题还是不明白，同是华夏子民，人人都争抢富庶之地，周朝还不够大不够富庶吗，为何要来抢占这荒蛮之地？”

周天子指着昆仑山发誓：“昆仑为证，一战定乾坤。决战之后，姬满会告诉兄长这个秘密。请藏王见证。”

大漠王也举手发誓：“一战定乾坤，一言为定。请藏王见证。”藏王宣称：“本王也赞同，同为华夏子孙这句话。藏王赞布将以天地生灵担保，决不食言。” 袁太师与大漠王激情相望，声泪俱下地说：“今天为师收下爱徒的馈赠，希望犬戎大王能信守诺言。大战结束，为师会送徒儿一件大礼。”

大漠王给袁太师行礼：“恩师保重。”

“请！”“请！”“请！”诸位告辞，各自回阵。

第四十五回　左右大臣结良缘　上下君臣同庆祝

西天国的王宫充溢泥土的气息，圆形穹顶充满西域特色。王宫内号角齐鸣，鼓乐声声。人人身着艳丽服装，向王宫汇集而来。

彩楼前架起一座高台，高台被装饰得五彩缤纷。高台前整齐地排列着乐师，他们弹奏热瓦甫和达卜，吹奏唢呐和鹰笛，敲奏木鼓和手鼓，乐声节奏明快，曲调流畅，让人心潮澎湃。

高台下挤满了人，人人喜气洋洋，引颈观看，大声喝彩。一对对新人欢天喜地通过彩楼，向高台汇集。

西王母依然如故，头戴王冕，青纱遮面，疾步走上彩楼。妮卡被牧果果搀扶着走上高台，来到台子中央。妮卡高声说：“大家安静，现在宣布好消息。”众人渐渐安静了，妮卡宣读，“诸位，今天是个好日子，西王母旨意：所有结合的新人，每家送一匹布、一串钱、一只羊，再送一罐蜜、一碗盐、一袋面、一壶酒，祝福新人们今后的生活像蜜一样甜，像盐一样有滋有味，像面一样紧紧揉在一起，像酒一样长长久久。老祖母也祝福新人，新婚美满，喜庆幸福。”

人群欢呼：“西王母圣明，西王母圣明……”

牧果果大人上前，挥手示意：“请安静，还有好消息，你们不想听，老汉就不说了。”人群再次渐渐安静。

牧果果大人故意拖腔说道：“第一个好消息，老汉的八个兄弟，他们都来了，大家赶快把他们赶走。”台下一阵起哄，好久才安静下来。牧果果大人拍手，高声说：“第二个好消息，请文昌老师和荷花老师、巴巴拉大人和拉娅大人两对新人，接受我们的祝福！”高台之下掌声雷动，欢呼声不绝于耳。

只见，文昌老师头戴红官帽，身着红色长袍，牵着红色彩带，拿着盘子，盘子里放着喜果：“恭喜恭喜，同喜同喜，请尝喜果。”众人回礼：“恭喜恭喜，早得贵子。”红色彩带的另一头，是穿红袄红鞋、戴红盖头的新娘。文昌老师引着红色彩带，走上高台。巴巴拉身披金色斗篷，脚穿暗花长皮靴，头戴红宝石束带，宛若仙境中走出的王子，英姿飒爽。

巴巴拉抱起拉娅，拉娅含羞地靠在巴巴拉的肩上，只见：拉娅满头珠链，胳膊上金环、金链金光闪闪；高高鼻梁，深深眼眶，长长睫毛含情脉脉。巴巴拉抱着拉娅快步走上高台。

众人一片欢呼：“巴巴拉大人，我们都爱你。”

妮卡再次挥手示意，高声说：“仁慈的西王母，感谢您赐福给西天国子民。今天，西天国喜事连连，这么多新人喜结良缘，让老祖母先来问一问：‘文昌老师，你的聘礼是什么？’”

文昌老师谦虚地回答：“文昌的聘礼是一颗真诚之心。”

妮卡又问：“荷花老师，你接受文昌老师的聘礼吗？”

盖头下传出荷花老师甜美的声音：“这是最好的聘礼，无比珍贵，荷花接受。”

妮卡再问：“荷花老师，你的嫁妆是什么？”

盖头里传出羞涩的回答：“荷花的嫁妆就是真心一颗。”

妮卡激动地高呼：“西天国臣民们，文昌老师教我们盖房子、炼金子、种麦子，还教育我们的孩子，他怎能没有聘礼呢？荷花老师教我们织出最细的毛布，绣出美丽的花布，她怎能没有嫁妆呢？”妮卡手指彩楼，高声宣布，“文昌老师请看：西天国的兄弟，为你准备了丰盛的聘礼。荷花老师请看：西天国姐妹，为你准备了丰厚的嫁妆。我们是兄弟姐妹，都有一颗金子般的心。看吧！这是你们的聘礼和嫁妆。”

只见，孩子们护卫马车走过彩楼。那匹白马头戴红花，拉着彩车缓缓驶来，车上满载着礼物。孩子们手捧鲜花，护卫马车高呼：“文昌老师，荷花老师……”众人纷纷把礼品和花束扔上马车。拉娅悄声问：“亲爱的巴巴拉，你能给我什么？”

巴巴拉满心欢喜，小声说:“亲爱的拉娅，你知道我是王族，我的心肠最软，而且，我是男人中的男人。拉娅，你想要什么？我上天能摘星星，下海能采珍珠。我有这么多兄弟，个个都是男子汉。你要什么，都没问题。”

巴巴拉伸出手，高声呼喊：“我的兄弟在哪里？都举起手来。”众人举手欢呼：“巴巴拉，巴巴拉，我们爱你。”

妮卡无比开心，高声问拉娅：“拉娅，今天，你是西天国最幸福的女人，你的嫁妆是什么？”

拉娅一改往日的豪爽，含羞地说：“上天赐给我智慧的心灵，我跟随西王母，懂得了用仁慈和美德战胜强敌，用勤劳建设城邦，用善良感化臣民。我的嫁妆就是，美丽富足的西天国。”

巴巴拉尖声高喊：“拉娅！我一见到你，就被你征服。拉娅，你是西天国最美丽的女人，巴巴拉要把幸福献给你……”

西王母站在对面的彩楼上，听着这一切，看着眼前的一幕幕，她的眼睛湿润了。

牧果果大人走近前台，高呼：“良辰吉日，吉时已到，新人先拜天地，再拜西王母，最后夫妻对拜。”

众人一片欢腾，新郎牵着新娘欢喜地走出王宫。荷花老师坐在马车上，文昌老师手牵白马，走出彩楼。牧果果站在台上，不住地显摆：“西天国里喜事多，老汉的兄弟有八个，逗得牛羊乐得叫，惹得呆马龇牙笑，乐得蠢驴开口把歌唱。大伙儿，想不想看呀？”

牧果果依然逗趣地高喊：“如果不想看，你就捂住耳朵；如果想看，赶快动手，把他们赶回家。”

乐声突然响起，八位小丑身着怪异服装，奔跑上台。他们有的是瘸子、拐子，有戴高帽子的，有把靴子套在光头上的，有翻筋斗的，有斗鸡眼的，有长眉飞来飞去的，有胡子会跑的；有踩到自己长袍摔倒的，有吐火的，有接棒的，有用手走路的，有把牧果果大人官帽抢走的……高台之上，顿时成为欢乐的舞台。牧果果滑稽地喊：“老汉的帽子，老汉的帽子，大家马虎哟！把这群不受欢迎的家伙，还不赶走吗？快快地，赶走吗！”观众高呼：“把讨厌的牧果果马虎哟！赶走吗！快快地！远远地！赶走吗！”

小丑们抓住牧果果，抢走其衣服、靴子，扔到台下，台下人急忙接住，众人一片欢呼。牧果果大人坐在地上假装大哭：“老汉的帽子，老汉的衣服，老汉的靴子。”

小丑们取下道具，拿起乐器，乐声响起，唱起来。

众人合唱：娃哈哈哟——（乐曲节奏加快）
世上的怪事多又多，
九十九天难说完。

甲、乙：一只牛虻从草原过，（乐曲节奏加快）
翅膀的纤毛向下落；
九十九头犍牛被压着，
九十九头没有一只活。

丙、丁：一只跳蚤在沙滩上卧，（乐曲节奏加快）
九十九峰骆驼围窝窝；
跳蚤翻身压骆驼，
九十九峰没有一只活。

众人合唱：娃哈哈哟——（乐曲节奏加快）
世上的怪事多又多，
九十九天没说完。

戊、己：一只蚊子叫口渴，（乐曲节奏加快）
嘴管插入九十九条河；
河水吸干还叫渴，
渴死了蚊虫没救活。（观众一起合唱一遍）

庚、辛：一只苍蝇从戈壁滩过，（乐曲节奏加快）
旋在上空找落脚；
九十九块戈壁相拼合，
不够落苍蝇的大脚趾。（观众一起合唱一遍）

妮卡、牧果果唱：娃哈哈哟——（乐曲节奏变慢）
西天国喜事多又多，
九十九天说不完。（观众一起合唱）

妮卡、牧果果：一只金凤天山来，
西王母金曼进铅锅；
九十九人吓得没话说。

九十九人吓得没睁眼。（观众一起合唱一遍）

小丑们合唱：一群虎狼天山来，

西王母拦住不让过；

九十九个被淹没跑掉，

九十九个成为好兄弟。（观众一起合唱一遍）

妮卡、穆果果：一粒金沙河里过，

西王母抓住没让过；

九十九个金娃娃没跑掉，

九十九个金屋等你住。（观众一起合唱一遍）

小丑们合唱：一只迷途羊变狼，

西王母教诲变真人；

九十九个美女没选上，

九十九个安家得幸福。（观众一起合唱一遍）

观众合唱：娃哈哈哟——

西天国喜事多又多，

美好的事情唱不完；

九十九天唱不完，

九十九年唱不完。

第四十六回　西王母街头救人　西斯国女王突临

篱笆小院内杂草丛生，一棵弯曲的杏树，拴着一头灰色的毛驴。

高大强壮的青年，从土屋里破门而出，大步向毛驴走去。

大娘紧跟而出，大声呼喊："黑蛋，你把抢来的驴和东西，快点送回去，人家多难过呀！娘求你了，把驴给人家还回去吧！"

黑蛋没好气地说："娘！你不用担心，他难过，他知道孩儿没钱之苦吗？"黑蛋一边说一边跨上驴，用手拍着驴屁股，骑着驴飞快地跑了。

大娘在后边一边追一边喊："黑蛋，你这是强盗行为，会惹来杀身之祸的。"

黑蛋远远地喊："娘，你放心，谁的东西，俺都敢抢，俺是在保护他们。娘，你快回去。"眨眼之间，黑蛋骑着驴已经跑远了。崎岖的小道上，大娘哭喊着，摔倒在地上。

托哈被打得满脸青肿，嘴角还存留血迹，一瘸一拐地走过来。见到大娘倒在地上，托哈蹲下，摇晃着大娘的胳膊轻声呼唤："大嫂，你醒醒——"

"你是……"大娘微睁双目，有气无力地说，"你是谁？好眼熟呀！"托哈急忙自我介绍："大嫂，你忘了吗？俺是托哈，在你家住过，大哥怎么不在家呢？大嫂，你这是怎么了？"大娘认得托哈，睁大眼睛看了看，喃喃地说："真的是托哈呀！你大哥和娃娃们地种得好，被西王母请去帮忙了。只有这黑蛋游手好闲，不愿出力气，刚才抢了人家的驴，还有东西，我叫他还回去，他却骑着驴跑了。我没追上，摔倒了。多亏了托哈，你是好人呀！"

托哈急忙解释："大嫂，俺是来找西王母的。俺走了二十天，路过你家时，想去看看大哥，结果碰到黑壮汉，把俺打倒。等俺醒来，驴也不见了，东西也丢了，才碰到了大嫂……"

大娘激动地说："肯定是黑蛋干的！你快扶大嫂起来，大嫂把驴和东西给你找回来。"托哈扶起大娘，背着大娘缓缓地向前走。

前方，有一棵沙枣树，树下有几个孩子昂头向上看，不停地呼喊，树上的孩子从鸟巢里拿出两只小鸟，缓慢地从树上滑下来。孩子们蜂拥而上，争着要小鸟。空中两只人头鸟飞向孩子们，发出凄惨的叫声。

一壮年男子气哼哼地冲过来，上前夺过孩子手中的小鸟，扔在地上，拉着孩子便走。两只人头鸟围绕着受惊的小鸟，哀鸣不已。

托哈吃力地背着大娘，颤颤巍巍走近那棵沙枣树。两只人头鸟在他们头顶翻飞，哀鸣。"啊！人头鸟！"大娘看见人头鸟，吃惊地喊。托哈抬头看清楚，吃惊地说："真是人头鸟！""唉！"大娘惊恐地说，"人头鸟拦路，凶灾难卜，快走吧！"托哈背着大娘绕过雏鸟，雏鸟发出吱吱的叫声，那叫声凄惨无比。

"多可怜的小鸟呀！"大娘怜悯地说，"凭着俺对西王母的虔诚之心，也该救救小鸟。"

"大嫂！"托哈疑惑地说，"你刚说'人头鸟拦路，凶灾难卜'，咱们还是赶紧回家吧！"

"不！"大娘坚定地说，"托哈，仁慈的西王母教化我们向善，不管遇到恶徒、禽兽，都要仁慈地善待对方，何况是它们是羽翼未丰的小鸟。托哈兄弟，放下大嫂，救救小鸟吧！把它们送回鸟窝吧！"托哈慢慢地放下大娘，高兴地说："大嫂，就听你的，仁心向善。"托哈轻轻捧起两只小鸟，小心地爬上树。他慢慢爬到鸟巢的细枝处，一阵风吹来，茂密的树叶遮风，细枝上下摇摆，托哈差点掉下来，吓得他出了一身冷汗。当他再次伸手，要把小鸟放进鸟巢时，"喂！"掏鸟的孩子跑来，在树下对托哈大喊，"你，还我小鸟！"托哈急忙向下看，一阵大风刮来，只听"咔嚓"一声，树枝断了，托哈掉下来，压在孩子身上。壮年男子闻声赶来，不由分说地拉起托哈，一顿拳打脚踢。托哈被打倒，捂着脸大骂："你这混蛋，凭啥打人？"

壮年男子没理会，扶起孩子，发现孩子已无气息。壮年男子见儿子死了，急红了眼，拿起木棒，对着托哈一边暴打，一边怒吼："你这魔鬼，打死你！"

托哈被那人打得全身是血，一动也不动了。

“你住手！”大娘指着壮年男子愤怒地说，“仁慈的西王母没给你善良之心吗？你竟下此毒手，打死好人呀！来人呀，杀人了，杀人了！”大娘因紧张过度，晕死过去了。

众乡邻闻声跑来，见杀了人，抓住中年男子，把他围起来。乡邻们吆喝着三头毛驴，拉着三张爬犁子，上面放着三具尸体，急忙奔向王宫。壮年男子双手托着死去的两只雏鸟，被乡邻们推着走。两只人头鸟跟随着人群，上下翻飞，凄惨地悲鸣。

街道上的行人拥拥挤挤地涌向集市。黑蛋夹杂在人群中，牵着灰色毛驴，扯着嗓子叫卖。一队兵士迎面走来，黑蛋慌张地想躲避，还是没躲开。

兵士上前牵住毛驴，询问：“黑蛋，这驴是你的吗？”

“怎么，我就不能有驴吗？”黑蛋反问，“我脚上蹬的靴子，能是别人的吗？这驴肯定不是抢的。”黑蛋咧着嘴巴，瞪着眼睛，不服气地说。

兵士怀疑地打量一番黑蛋，手搭在黑蛋的肩上，质问：“黑蛋，你站好了，你好好说，在公正的西天国，在仁慈的西王母面前，你敢说谎吗？这头毛驴是托哈大哥的，不会错，它怎么会在你的手上？托哈大哥在哪儿？”

黑蛋做贼心虚，丢下毛驴，转身就跑。兵士在后面高喊：“抓住他，他是贼。”小巷里，黑蛋在前面跑，兵士紧追不舍。迎面两名胖汉扛着木桩，木桩上绑着狂呼乱喊的疯癫之人。疯人在粗木桩上躁动不安，依然歇斯底里地发作，胖汉们吃力地向前走。

黑蛋慌不择路，不顾一切地冲来，撞倒了其中一个胖汉。粗木桩上的疯人挣脱绳索，旁若无人地跟着黑蛋又蹦又跳。黑蛋撒腿跑在前，众人在后面紧追不放，一边追，一边喊：“抓住他……”

王宫门前，兵士身披铠甲，威武地持戈而立。这时刚好西王母在妮卡和拉娅及众臣的陪同下走出宫门。

“西王母驾到！西王母驾到！”宫门口人声鼎沸，宫门被围得水泄不通。人们围着爬犁子，指责壮年男子。

壮年男子捧着死鸟，蹲在地上一言不发。

西王母来到人群中，地方的百户长鞠躬祈求：“仁慈的西王母，救救这些可怜人吧！”

西王母示意大家安静，围着爬犁子细心观察，命令：“把他们抬到树荫下，不要磕碰了。”西王母轻步紧跟上前，搬开三具“尸体”的眼睛，触触鼻子，来来回回，仔细地观察。西王母命人拿碗水，喂给大娘。她又趴在小孩胸口，听了很久，拿出丹药喂在小孩嘴里。众人扶起托哈坐稳，西王母拿出金针，直刺进托哈的头，又刺耳后，再刺托哈手指。托哈眉毛拧了一下，嘴角不停地抽动。西王母用清水将托哈的伤口清洗，拔出粗大金针，液体从托哈耳部流出，西王母又敷上草药。

西王母扶起蹲在地上的壮年男子，接过两只雏鸟，捧在手心里仔细观察，然后放在手心不停地抚摸。

看着西王母忙着救人，妮卡拄着拐杖慢慢抬头，猛然看见人群中伫立之人，吃惊不已，急忙上前跪拜，恭迎：“卡曼殿下在上，殿下何时回到西天国？老臣没走眼呀！老臣感到万分荣幸。”

只见此人肤若凝脂，头戴金色王冠，众多护卫和仆从在其周围，女子摆摆手，懒洋洋地启齿：“都起来吧！妮卡姑妈可好呀，一别多年，姑妈还能记得卡曼呀？你们这是在做什么？”

妮卡不敢怠慢，急忙禀告：“尊敬的卡曼殿下，你的荣光照耀西天国，老臣给你介绍，我们仁慈的西王母金曼。”众人急忙让开一条道，妮卡引领卡曼殿下来到西王母面前，虔诚地说：“仁慈的西王母，老臣向您禀告，这位是先王的妹妹卡曼殿下，十六岁远嫁西斯国，今日回到西天国，乃王族大事，西天国之幸事。”

西王母并不理会，仍然全神贯注地看着手中的两只雏鸟，它们耷拉着头，黄嫩嫩的嘴发出嘶嘶的叫声。

此时，臣民一片欢呼：“活了！活了！都活了！西王母仁慈！”

西王母把雏鸟放在拉娅手中，悄声说：“给它们建个窝吧。”西王母这才回头向卡曼致敬，恭敬地说，“欢迎卡曼殿下，西王母金曼有礼了。卡曼殿下远道而来，未能远迎，请见谅。妮卡大人，由您来安排，请卡曼殿下去驿馆歇息，不可慢待。”

妮卡急忙向卡曼表达敬意：“尊敬的卡曼殿下，西王母金曼仁慈宽厚，亲自命令，由姑妈迎接殿下回国，由姑妈安排殿下去驿馆歇息。”

卡曼盛气凌人，傲慢地说：“妮卡姑妈，早就没有什么卡曼殿下了，如今只有西斯国女王。”

妮卡吃惊不已，小声地问：“卡曼殿下，您是西斯国女王，为何不先派使节来，而是自己独来？”

卡曼骄横地说：“姑妈，女王回家，还要派使节吗？”

西王母听到此言，委婉地说：“既然西斯国女王回家，请妮卡先在城外行宫安排女王休息，明日设宴迎接西斯国女王。女王如果想住在宫中，我们为你修建行宫，以解你相思之苦！”

卡曼女王笑着说：“既然西王母金曼都安排好了，本王只有遵从了。只是，屈尊号称西王母，真颜却躲在面纱下难以见人，是何道理？”说完，卡曼女王大声狂笑，然后傲慢地抬起头催促，“我们走！”

五名奴仆头顶座椅到来，众奴仆匍匐在地上，卡曼踩着人背坐上轿椅，妮卡引领众卫士走出城外。沿途百姓见之，无不跪地膜拜。疯人不住地大喊大叫：“鬼来了，鬼来了，我要烧死了！”两位胖汉扑过去压住疯人，用绳子把他牢牢地绑住，疯人难以忍受地发出惨叫，继续狂呼：“魔鬼，真正的魔鬼要来了，快烧死它。”西王母走近疯人，与之对视许久。西王母眼中白光射向疯人眼睛，疯人呆滞地看着前方，突然跪在地上叩拜，迟疑地说：“仁慈的西王母，我如同从梦境之中醒来，感谢您，让我重生。”西王母命人放开疯人，胖汉诚恳地请求：“尊贵的西王母，不能放呀！放开他，他会杀人放火行凶的。”疯人委屈地说：“哥哥呀，我迷离多年了，今天终于醒来了，你带我回家吧！”胖汉哭着说：“弟弟，你终于醒了，可你一把火把家烧光了……”

此时，托哈、大娘和孩子都醒了。大娘跪拜，虔诚地高呼：“仁慈的西王母万岁，感谢您的仁慈之心，感谢救命之恩！”西王母上前扶起大娘，关切地说：“大娘，你要保重身体，遇到事不能着急。而且，天热时，要多喝水，不能生气。”

孩子爬起来，来到拉娅跟前，大声讨要：“还我小鸟，还我小鸟……”拉娅护着小鸟，两只人头鸟围着拉娅上下翻飞，发出凄惨的鸣叫。西王母对着人头鸟，发出鸟鸣。两只人头鸟落在大树上，静静等候。西王母走到小孩身边，俯下身说：“看见没，小鸟爹爹和娘在找孩子，多伤心呀！你把它们的家拆了，它们怎么生活呢？”孩子擦干眼泪，稚气地说：“西王母姐姐，我会给它们盖个新家，就在这儿。”说着指着老榆树。西王母伸出大拇指，大声夸奖：“你是个好孩子，说到一定要做到。”

大娘再次向西王母行礼，果敢地说：“人头鸟拦路，凶灾难卜。让大娘替仁慈的西王母挡过这灾难吧！”

西王母婉言相告：“都是西天国的精灵，定能为我们看家守院，就让它们在树上休息吧！白天再也别出来。”

卫兵押着黑蛋前来，黑蛋依然狡辩：“这驴就是我的，这印记是我打的，不信你问我娘。”

大娘见到儿子黑蛋，羞愧难当，抹着眼泪对儿子骂道：“在仁慈的西王母面前，你还想骗人？你整天游手好闲，不务正业，把我们家的颜面都丢光了。你抢的驴是托哈叔叔的，托哈叔叔是你阿爸的好兄弟，你快给托哈叔叔认个错，求他原谅你。快呀！”

托哈挣扎着站起来，极力掩饰地说：“大嫂，俺没事，就别怪黑蛋呀，他要认得俺，也不会做这事。都怪俺，日子长了，没来看望大哥和你了。”

中年男子跪在托哈面前，真诚地说：“大哥，我有罪，我急火攻心，把好人打得太重了。”托哈扶起中年男子，说：“远亲不如近邻，没事，我没事，我身体硬朗着呢！”

西王母问小孩：“你爹打人，你说怎样处置他？”小孩摸着头，望着壮年男子的脸色，胆怯地说：“我不听话时，俺爹说过，以前的女王把打架人的手砍了，把骗子的舌头割了，把不听话者的耳朵割了，还不叫睡觉，在滴水牢渴死，在蒸气狱蒸死。求西王母，别砍了俺爹的手，他留着手还要教训我呢。就罚俺爹给我们做好吃的，他做的烤馕，可香了。”

西王母拍着小孩头，鼓励说：“好，就听你的，叫你爹爹给我们烤馕，你说做多少个？”

小孩伸出手指开始数：“一个、二个、五个……”小孩摸着头，无法数清楚，惭愧地看着西王母，“我数不过来，就做好多，好多吧！”西王母指着中年男子说：“就依照你儿子所说，命你在王宫门前卖馕，就在这老榆树下，黑蛋帮你干活，你烤多少个，黑蛋就卖多少个。黑蛋卖不掉，就把黑蛋的舌头割掉。如果黑蛋跑了，就把你的手砍了。”

大娘急忙拉着黑蛋说：“还不谢谢西王母！”黑蛋勉强地说：“谢谢西王母，

不过我就是不卖馕。”大娘急忙说：“不卖馕，就把你的舌头割了！”西王母笑着问：“不想卖馕，你想干什么呢？”黑蛋说：“父亲是种地的，他的地种得再好，我也不想种。我有一群兄弟，都和我一样，数丈高墙如履平地，攀绳钩索无不精通，徒行百里不在话下。”

西王母拍手称赞：“好，黑蛋能把这两只小鸟放在树顶上，西王母就相信黑蛋。”黑蛋从拉娅手中接过小鸟，跳跃攀爬，瞬间将鸟儿放在树顶弯杈处的巢里，然后轻身跃下，站在西王母面前。西王母拍拍黑蛋的肩膀，称赞：“看不出来，黑蛋还真有两下。但是，还得找个人替你卖馕吧？还有你的这群兄弟，你要是全部招来，西王母定会奖赏他们。”

黑蛋不敢相信，还有奖赏，迫切地问：“此话当真？不就是卖馕吗，我们几百兄弟，一天都可以吃光，吃完给钱呗！我这就去召集他们。”

西王母和黑蛋击掌为誓：“一言为定。”黑蛋转身就跑了。大娘对着他的身影急忙喊：“慢点跑！黑蛋。”中年男子鞠躬行礼，感激地说：“仁慈的西王母，我的父亲顶撞了先王，惨死在滴水狱中。我的兄弟姐妹们，都远离了西天国。我要用自己的手，打出最香的馕，你就相信我吧！”

西王母逗趣道：“大家可都听到了，不光西王母相信大哥，西天国没有人不信大哥的。”

大娘急忙说：“咱老汉不在家，要不然，他会在俺家给你们做好吃的。”

西王母扶着大娘，开心地说：“大娘，你要好好休息，等大娘养好身体，西王母跟你学做好吃的。”

拉娅上前骄傲地说：“大娘，西王母连炼金子都学会了，还有什么学不会的。”

大娘急迫地争执：“黄金又不能吃，还得吃大娘亲手做的好吃的！”

托哈伤心地说：“在西天国你们能吃好的，我们那里是不毛之地，寸草不生啊……”

此时，妮卡回来复命，来到西王母面前，悄声禀告：“仁慈的西王母，已经把卡曼女王安排在城外的行宫。”

西王母悄声问妮卡：“老祖母，西天国可有不毛之地？”妮卡面色沉重，责问：“托哈，又在这里胡说了吧？”妮卡话没说完，托哈急忙抢着说：“妮卡大人，俺托哈找过老祖母没有百次，也有十几次了吧？我们那里连草都不长，到处都是污秽瘴气，叫人无法活呀！”

妮卡悄声对西王母说：“先王有旨，所有罪不可赦之人和其家人被押去那地方，无人生还，只有托哈跑出来了。老祖母也没去过那里，不知道啊！”

西王母鼓励托哈说：“你们那里，究竟是怎么回事？大叔大胆地说。”

托哈直禀：“我们那里有藤蔓树灵，结出的果子，苦涩难吃。我们以果子为食，得以生存。”

妮卡争辩：“你们种些好吃的，不就好了吗？”

托哈哀叹：“谁不想呀！我们试过很多次了！可我们那里天气热了，地里的毒气太大了，所有的庄稼都种不成。那些藤蔓树灵不怕毒气，才能开花结果。西王母，您的仁慈之心，一定能改变我们的厄运。我从十几岁起，就在各处求仙求神，求到如今这把年纪，托哈不甘心呀！求西王母去看看吧？西王母若说不行，我们就彻底地死心了。”

西王母不解地问：“你们以何为食，又能活到今日？”

托哈如实回答：“藤蔓树灵并不伤人，每年有大量果实，我们以果子为食，也不得病，而且身体也不中毒。以前先王押去的人，只要吃了果子，百病全消，活了下来。”

西王母点头答应：“托哈大哥，你放心吧！西王母一定要去看看。如你所说，即使不能解毒，也要去走一趟。首先你要养好身体，再带我们去。”

中年男子愧疚难当，请求：“仁慈的西王母，你就让托哈大哥在我家疗伤吧。”

西王母饱含真情地说：“都是骨肉亲人，饱尝艰辛之苦。拉娅，派人护送他们回家休息吧！”小孩早已在父亲怀中睡着了。西王母说：“大哥，托哈就有劳你照顾他，孩子叫什么名字？”

中年男子介绍：“我叫哈力，儿子叫哈索，小名叫尕石头。”

兵将护卫西王母准备离去，众人恋恋不舍，向西王母行礼告别。

第四十七回　卡曼惑众夺王位　金曼秘计救百姓

西王母和妮卡向王宫走来。

妮卡直言："卡曼女王突然回到西天国，要恢复旧制，如何是好？"

西王母回问："老祖母，你说旧制好，还是现在好呢？"妮卡实言相告："老祖母认为，新政不够完善，不能保证王公大臣的权力，王公大臣与贫民没有区别，干一样的活，住一样的房子，王族的权力、地位无法体现……"

西王母闻言，愁眉锁眼，在宫殿门口驻足哀叹："老祖母，金曼已经想好了，把王城、王宫让给西斯国女王，让他们恢复往日荣耀。但是，西天国百姓不能再被奴役，金曼要把百姓全部撤走。"

西王母在妮卡耳边细语，妮卡听得仔细，认真地回复："妮卡遵命，这样最好，老祖母通知各位大臣，即刻前来议事。"

西王母目送走妮卡，站在宫门口，心情无法平静：无论是西天国，还是富庶的周朝，百姓总是眼巴巴地看着天或苦苦地跪伏在地上，那些主宰命运的，是拥有权力的人，还是天地呢？

"西王母，敬爱的西王母，我们来了！"只见黑蛋引领几百名少年走了过来，严肃地说，"见了仁慈的西王母，还不下跪？"众少年黑压压地拜倒一片，异口同声高呼："仁慈的西王母，我们听命于你，誓死效力。"

西王母开心地微笑，说："都是西天国的年轻人，站起来说话，西王母要求你们同心同德，接受最严格最残酷的训练，用过人的智慧、坚强的毅力、超常的体能，担当重任。请跟我来。"

西王母带领少年们来到文昌老师的住处。文昌老师出门相迎。西王母对文昌老师说："这些孩子是西天国的希望，请您教导。"文昌老师心领神会。西王母急迫地说："文昌老师，时间紧迫，急速训练他们，本王还要他们担当重任。"

文昌老师自信地说："依文昌看来，他们个个天赋极高，不出月余，定能学会西王母的咒语和文昌的知识。"

西王母鞠躬行礼，恳切地说："文昌老师，有劳了。"

西王母把黑蛋叫到身边，在他耳边悄悄叮嘱一番，黑蛋举手保证："遵命，请西王母放心，黑蛋绝对办到！"

西王母对众少年高声教诲："少年们，文昌老师是西天国最博学的人，能拜他为师，是你们的幸运；能跟随他学习，相信你们将来定成大器，为西天国效力。现在，请文昌老师，为你们讲话。"文昌老师欣喜地走到众少年面前，语重心长地说："小伙子们，西天国百姓虽然现在生活安逸，但是邻邦的虎狼们紧盯着西天国这块肥肉，时时想把它吞进肚子里。因此，你们必须苦练本领，学更多的知识，抵御虎狼，守护西天国长久安宁！"

众少年欢声雷动，齐声高呼："愿为西天国效力，愿为西王母出力！"

文昌老师又说："一个人首先要孝敬父母，爱护家人，才能更好地效命于国家。今天，我们成为师徒，今后要同吃共行，亲如一家人，不能互相仇视，自相残杀。"

众少年齐声高呼："文昌老师，你有金子般的心灵，我们愿做你的学生。"

西王母挥挥手告别："期望你们学好功夫，守护西天国。"说完，西王母贴近文昌君，对其耳语一番。

文昌君请命："这种事要早作打算，不能伤了西天国百姓。文昌能干什么？"

西王母悲痛地诉说："西天国，将要经历一场无法避免的浩劫，只能请文昌老师和荷花老师带着孩子们一同去助战，见到金鹰再回来，不见金鹰，永远别回来。请守护这只金令牌，文昌老师就是西天国国师，以使节身份出行。"

西王母把金令牌，放在文昌君手中，再次叮嘱："此去，你等穿西天国服饰，用西天国语言。切记，文昌国师是使节。"

西王母又把黑蛋拉在身旁，再三叮嘱："文昌老师如同你父，荷花老师如同你母，黑蛋要痛改前非，带着你的兄弟们安全回来！黑蛋要发誓。"

黑蛋跪地发誓："我向仁慈的西王母发誓，安全归来，兄弟一个也不少。"

西王母无比爱怜地说："这些娃娃兵就交给文昌国师，请国师招募可靠之士，备足钱粮，准备出发。"

文昌君鞠躬领命："西王母勿忧。只是，你已中奇毒，如何抵挡这群恶魔？"文昌君怒指王宫。

西王母环视前方的宫殿，揪心地说："留给他们吧！也只能这样了。这咒语，老师别忘记，千里要传音。"

文昌君感慨万千，跪拜："什么都逃不过西王母的法眼。人们总是在获得时，忘记了为其幸福而献身的人；只有遇到灾难，才后悔，未听吉言善语。西王母金曼，保重！"文昌匆忙起身，再次躬身行礼，然后疾步而去。

文昌君明白西王母此时的心情：偌大的王城交给丧心病狂的王族，就是把西天国百姓多年的心血交给一群恶狼。文昌君只能在心里默默祈愿西王母平安。

傍晚时分，西天国宫殿沐浴在夕阳的余晖之中，西王母坐在宝座之上，妮卡、拉汗、妮莎、拉娅、文昌、牧果果及巴巴拉等人分立两侧。西王母环视四周，青色面纱内那双明眸灿若星辰，目光最终落在妮卡拄着龙头拐杖上。西王母起身，委婉相请："老祖母，您请坐。"妮卡同往常一样，欣然入座。

西王母婉转称述："西天国各位王公大臣，今天叫诸位前来，只有一件事：明天为迎接西斯国女王设立国宴，众位王公大臣有何高见？老祖母，您先说。"

妮卡面向列位大臣郑重地说："西斯国女王，就是先王喀曼的妹妹卡曼殿下。大家都知道，卡曼殿下十六岁出嫁西斯国，如今已是西斯国女王。她御驾回到西天国，这是西天国之喜事，我们不可慢待。"

此时，哈哈尔大人带领王族百人，款款走进大殿，所有人的目光尽被吸引。

他鞠躬行礼高呼："仁慈的西王母，微臣哈哈尔，出使西斯国已经三年之久，今天前来复命！微臣不辱使命，陪西斯国女王卡曼返回西天国。"众臣一片惊呼："哈哈尔大人，您与卡曼女王一同回来的吗？你是光明的使者……"

巴巴拉上前恭维："哈哈尔大人，真是辛苦了！我们今天都去行宫探望了卡曼女王，卡曼女王和喀曼先王一样慈悲，竟送我红宝石戒指！明天，我们一定以最高的礼仪款待卡曼女王。”巴巴拉伸手，亮出他手指上的戒指，眼放光芒。

拉娅上前教训巴巴拉：“夫君，你怎么随便得人好处呀？”

巴巴拉伸出兰花指，漫不经心地说：“亲爱的，卡曼女王又不是外人，是我的姐姐。各位大臣都收了礼物，我怎能拒绝呢？这是我们王族的特权，外人是不能干涉的。”巴巴拉继续欣赏着手指上的红宝石戒指，爱不释手。

妮卡慎重地说：“妮卡也是王族，老祖母没接受礼物。西斯国女王应犬戎大王金册求兵，路过西天国，我们才设宴招待。不过，是以西斯国女王的身份，还是以王族卡曼殿下的身份招待她呢？请诸位大臣商议。”

牧果果大人睥睨哈哈尔，挖苦说：“牛尾巴一扫，拍死个蚊子，苍蝇飞来哭蚊子，跳蚤和虱子跑出来打架，怪蚊子吃得太饱！臭虫没法把嘴拔出来，哼哼说：吵啥呢？都是寄生虫，还不滚蛋！”哈哈尔怒视牧果果，恶狠狠地说：“王族还要讲身份吗？王族到哪都是王族，卡曼既是女王，也是先王的妹妹，是至高无上的！”哈哈尔用嘴巴轻轻一吹戒指上的宝石傲慢地说，“牧果果大人，看到尘土没，只要轻轻一吹，都不见了！哈哈哈！你们这些尘土，怎能懂得王族？”

文昌君难以掩饰内心的愤怒，板着脸上前请命：“仁慈的西王母，大漠使官已在西天国住了很久，催促借兵，何时借兵？臣愿应金册求兵，领兵前往助战。”

西王母不假思索，高声命令：“文昌国师领兵五千，前去助战，得令疾行，这是手谕。”

文昌君接过手谕，高声谢恩：“尊敬的西王母，文昌不辱使命，领旨速行！”说完，文昌君转身离开。走到大殿门口，文昌君回望西王母金曼，只见西王母站起来，向他挥手道别。这无声的道别，让文昌君心内五味杂陈。回想这些年，他和西王母不是亲人胜似亲人，如今他突然离开，不知道西王母能否阻挡王族即将掀起的风雨。西王母似乎也看出了文昌君的不舍和纠结，给他暗自传音：“文昌老师，必须要安全回来。”

大殿之内，哈哈尔更加趾高气扬，高声说道：“明天，我要把这里安排得漂漂亮亮，迎接卡曼女王。”

西王母微微一笑，说："哈哈尔大人，明天的事，巴巴拉当主管最合适，本王已经安排他准备了。巴巴拉大人，本王问你，新部落人马在哪里？"

巴巴拉伸出兰花指，吞吞吐吐地说："这些大漠人不听规劝，我堂堂王族，怎能做他们的统领？我已经全部交给妮卡了。"

妮卡急忙上前禀告："这些人都在金沟，老祖母已安排好了，请西王母放心。"

西王母指着巴巴拉，告诫："巴巴拉大人，你是王族，所以王宫的事，你要尽心尽力。不过明天的事，本王提前声明：如果迎接西斯国女王，设国宴；如果迎接卡曼殿下，设家宴。家宴，是你们王族自家的事，外人无须参加。如果迎接卡曼女王，她必须以西斯国女王身份来，否则，别进宫来。巴巴拉大人，速去传旨。所有王族的人，都去城外行宫，和西斯国女王商量去吧。"诸位大臣面面相觑。王族们闻听此言，正中下怀，脸上露出一抹诡异的笑。

西王母对妮卡说："妮卡老祖母，您年事已高，暂时把兵符交出来，由本王一人独管。"

妮卡吃惊地站起来，脸上充满疑惑，不解地问："仁慈的西王母，您这是……"

西王母大声宣旨："从今天起，西天国兵部由本王一人掌管，兵符相合，方可调兵。否则，谁也别想动用西天国一兵一卒。"妮卡用颤抖的双手把兵符交给侍女，伤感地喃喃自语："这兵符，早应归西王母管了，还给你。"侍女接过兵符交给西王母，西王母示意侍女扶妮卡坐下歇息。

西王母手拿兵符，指着巴巴拉命令："你们王族赶快出城去商量，以免误了明天之事。"哈哈尔直勾勾地盯着西王母手中的兵符，示意王族不可轻举妄动，然后急忙引领王族快速下殿。

西王母无比气愤，厉声大喊："传旨，封闭城门，迎接西斯国女王。"群臣慌忙退下。

等大家退下，西王母快速离开宝座，搀扶妮卡走入地宫。来到地宫，西王母扶妮卡坐下，泪水打湿了她的面纱。她深情地说："老祖母，今天，西天国的劫难到了！因为你手握兵符，卡曼下令王族要先杀了你。天啊！喀曼女王要复活了。"

妮卡半信半疑，问："怎么会这样呢？"

西王母拿下瞰鸟宝石给妮卡戴上，无奈地说：“老祖母，你自己看吧！”

妮卡看完，脸颊不停地抖动。过了许久，她才说：“这些恶魔，刚才在殿上就要动手，妮卡死不足惜，可怜的西天国百姓被蒙在鼓里，我们都被蒙骗了！”

西王母指着堆积的宝箱，镇定自若地说：“这些都是西天国多年积累的财富，它是重建西天国的希望，绝不能落在恶魔之手。”西王母念动咒语，妮卡打开一个个箱子，里面空空如也，并无半个钱。妮卡微笑着点头，盖好每个箱盖。西王母贴着妮卡悄声叮嘱：“直接去西王母洞，念此咒语，神鬼就找不到西王母洞府。这儿有颗丹药，老祖母现在吞服，赶快回家，按计行事。”

妮卡擦干眼泪，气愤地骂道：“这么好的王宫，我们花了多少心血呀！这群恶魔！”

西王母劝道：“老祖母，只要每个人都在，一切会好起来的。”

妮卡昂首服下丹药，紧握西王母的手恋恋不舍地说：“金曼，我的好孙女，咱们不会是永别了吧？”西王母宽慰妮卡说：“老祖母，金曼送你出去，别让他们看出破绽，否则你会被他们毒害。记住咒语，西天国的命运就在老祖母口中，明白吗？”

西王母紧握妮卡的手，坚定地说：“西天国的男女老幼，都要躲过这场劫难。老祖母领着所有臣民，西王母就放心了。”

王宫中安静得瘆人，西王母独自坐在宝座上，金鹰拍打翅膀，西王母问：“雕爷爷，人人要有雕爷爷这双神眼，分辨善恶忠奸，该多好呀！”金鹰啼鸣：“少主已提前安排，避免生灵涂炭。明天这场恶斗，在所难免。善恶终有回报，不必过于担心。”

西王母无奈地说：“恶人罪不可赦，可是善良的百姓永远被蒙蔽，还助长他们的气焰，这才是最可怕的结果。”

金鹰再次啼鸣：“留一座空城，让他们自相残杀，也是罪过呀！”

西王母无奈地说：“雕爷爷，偏偏这时候，金曼身中奇毒，法力不足。有什么更好的方法保全所有人的性命？金曼情愿牺牲自己。”

金鹰铁爪抓得宝座咔咔作响，尖厉地啼鸣：“人间的事神鬼难测，又有什么办法呢？”

西王母叹一口气，坚定地说：“若能保全西天国所有臣民，金曼即刻赴死也行。”

金鹰呼扇翅膀，大声啼鸣：“金曼既是不败金身，又是天根地灵之奇葩，若劫难来临，老雕定当先殒命，也要保护金曼。人间可以无雕，但不可无西王母！”

西王母感动地说：“雕爷爷，金曼又被点醒了，舍我，才能成全我。”

妮卡哀伤地引领妮莎、拉汗一同回府。走到家门口，妮卡故意大声喊：“西王母金曼变心了，不要老祖母了，妮卡真没用，只有一死了之。你们别拦着我！”说完，她把药丸放进嘴巴里，不一会儿，她便倒地身亡。妮莎、拉汗呼喊着，众人乱作一团。

第四十八回　金曼妙计移臣民　卡曼作法夺王宫

月上枝头，王宫的宁静被打破，宫门外一片混乱。

妮莎气喘吁吁跑进宫，大喊：“老祖母妮卡大人，回到官邸，服毒自尽了。”

西王母吃惊地问：“这是怎么回事，速查清楚。”拉汗上前禀告：“老祖母口服毒药，当时就没气了。”

西王母站起，示意大家镇定，悲伤地说：“老祖母一生为了西天国呕心沥血，如同金曼的奶奶，是西天国神圣的象征。今晚厚葬老祖母，封闭城门，等待命令。”

兵将得到命令，拿着令牌急急忙忙行动。大臣们闻讯，急忙赶到王宫。哈哈尔大人怕推迟卡曼女王进入王宫，迫不及待地禀告：“仁慈的西王母，王族已经商量好了，以西斯国女王身份设国宴，比较妥当。”

西王母心知肚明，摆手示意：“那就好吧！速去准备。金曼现在要为老祖母送葬，该咋办呀？”

巴巴拉上前禀告：“是呀，迎接西斯国女王最重要，我们都准备好了。仁慈的西王母，不如悄悄地为老祖母送葬，免得引起西斯国女王误解。”

西王母显得无可奈何，念叨：“老祖母呀！您走得可真不是时候，没有办法，只能趁夜色悄悄地为您送葬了，只能把您安放在西王母洞，日后再安葬吧！”

西王母站起身，指着哈哈尔命令：“哈哈尔、巴巴拉、拉娅三位大臣，还有各位王族兄弟姐妹，你们留在王宫准备迎接女王。一定要彰显西天国气派，西王母拜托各位了。其余大臣悄悄出城为妮卡送葬，未经金曼同意，不得干扰迎接西斯国女王，这是御令。封锁王宫，所有人不得出入。”西王母引领众臣而去。

西王母亲自领着兵士挨家挨户地叫人，不分老幼男女，让他们或骑马赶车，或驱赶牛羊出城送葬。一片嘈杂过后，王城顿时寂静。

百姓们在睡梦中醒来，迷迷糊糊随着大军向西王母洞府急行。

深夜，西王母只身回到王宫，坐在宝座之上，金鹰拍着翅膀，呼呼作响。

西王母对哈哈尔故意大声叫喊：“哈哈尔大人，迎接西斯国女王的一切，是否准备好了？金曼要一一察看。”

哈哈尔大人高兴地介绍：“都是按王族最高标准，准备好了。”

西王母又问：“牧果果大人，八位小丑兄弟都到齐了吗？”牧果果极不情愿，禀告：“都来了。今晚，他们休息呢。”

西王母尖刻地说：“什么小丑呀，真是难登大雅之堂，丢尽西天国的脸，快去把他们赶到大殿排练！”牧果果内心气愤，低头领命而去。

西王母刁蛮地说：“哈哈尔大人，甭想糊弄了事，明日御用的牛、羊、马、驼、鸡、鸭、鹅、鸽和奶酒可准备了？”

哈哈尔禀告：“都准备好了，糕点正在准备。”

巴巴拉伸出兰花指，娇贵地说：“尊贵的西王母，您放心，都准备好了，如同焖香的抓饭，就等着开锅呢！只要锅盖掀开，所有的美味，保你眼花缭乱，垂涎三尺。”

西王母挑剔地说：“这桌布太难看，换红色的。这杯子咋是木头的？换银的。哈哈尔大人，又在捞黑心钱吗？你的金银酒具有好多套，价值连城，大人的这颗脑袋就不值钱吗？”

哈哈尔吓得浑身哆嗦，跪地祈求：“西王母恕罪，臣马上换来。”西王母紧盯几个护卫，命令：“这些武士，太瘦了，有损西天国国威，叫他们现在就去给妮卡祖母送葬，换几个高大威猛的。还有鼓手、号手都换成威猛的，再加点王族气魄。宫女们的舞蹈太简单，只配去给老祖母送葬，全部换掉。哈哈尔大人，你的家奴有多少，比御林军还多吗？这些空缺都补上。补不齐，你这颗脑袋落地。”

哈哈尔大人吓得魂飞魄散，不住地磕头，祈求：“西王母恕罪，臣马上补齐。”

西王母怒吼：“即刻办理，滚吧！”

哈哈尔被西王母的架势吓得魂不守舍，哆嗦地爬起来，跌跌撞撞地冲出宫门。

巴巴拉提着酒壶上前，恭敬地说：“尊贵的西王母，您辛苦了，请您品尝王族奶酒。”

巴巴拉凑近，悄声说：“西王母，您放心，一切按计划进行，我紧盯着哈哈尔，卡曼对我很信任。”

西王母拍拍巴巴拉的肩膀，悄声说：“假戏真唱，注意安全。”巴巴拉深情地向西王母表白：“跟着你，我高兴，生死也不怕，要与恶魔斗到底！”

西王母回到宝座，眼睛湿润了，依然假惺惺高声催促：“这奶酒真是美味无比，巴巴拉大人，取酒来，金曼要先尝为快。今日，奶酒一杯，不醉不归。今日所有人不得休息，留在宫中。”巴巴拉再次献上奶酒，殷勤地说：“尊贵的西王母，这奶酒真是美味醇香。”

西王母连喝数杯，交口赞叹：“真是美味醇香，拉娅大人，巴巴拉大人，干杯。”

众人酒过三杯，昏昏欲睡。

正午的太阳，强烈地照耀着西天国王宫。华丽的王宫，宫门前的护卫，高大威猛，威武而立。

五名健壮的奴隶头顶座椅，在使官引领下，缓缓走进王宫。

卡曼女王坐在座椅上，头戴宝玉镶嵌的王冠，眉宇之间朱砂点红，双眼深邃，高尖鼻翼之下唇红齿白，尽显王者威严；轻丝丽裳金光灿灿，珠光宝器遍布其身，尽显富贵华丽。

西斯国大臣们，衣冠整齐，紧随椅驾之后。

西王母坐在宝座之上，金鹰飞来，扑扇翅膀，立于宝座上。哈哈尔大人上前禀告：“仁慈的西王母，卡曼殿下驾到。”

西王母大声训斥：“哈哈尔你的脑袋有几个？西斯国女王亲口所说：没有卡曼殿下，只有西斯国女王。速请西斯国女王进殿。”

哈哈尔大人慌忙跪地，解释：“臣下的口误，仁慈的西王母恕罪，臣下这就去传话。”哈哈尔慌张地下殿。

众人拭目以待。

殿堂之上，鼓号乐声响起，只见：五名强壮奴隶头顶座椅，直入殿中。西斯国女王卡曼高高在上，目光环视后，紧紧盯住西王母，满脸杀气，欲要先声夺人。

西斯国女臣上前，高声训斥："不长眼的奴才，见了女王还不下跪？"

西天国王族六神无主，纷纷向西斯国女王下跪，口中齐呼："恭迎西斯国女王——"

西斯女臣指着西王母，高声喝斥："见了女王，为何不跪？"

西王母笑了，委婉地说："宝座和神鹰在此，西王母金曼在此，谁想坏了西天国的规矩，西天国王法决不轻饶！西王母听人说，只有西斯国女王，没有卡曼殿下。请问没有卡曼殿下，哪有什么西斯国女王呀？既然什么都不是，还跪拜什么呀，真是笑话。"

卡曼女王傲慢地大笑："哈哈哈，在西天国，卡曼才是真正的王族，卡曼的身上流淌着纯正的王族之血。"

巴巴拉依然跪地不起，高呼："尊敬的西王母金曼，卡曼是正统的王族，是西天国最高贵的女王，不可不尊呀！凡不下跪者，定受重刑，无人敢违抗。"

西王母温和地提醒："巴巴拉大人，你的记性太差了，你这一生，跪拜最多的人是谁？请告诉女王。"

巴巴拉哑口无言，搓着手，低下头，大声说："跪拜最多的只有西王母金曼！"

西王母威严地说："西天国有金鹰护法，西王母权力至高无上。西王母一再告诫，跪拜并不能代表忠诚，它只是表示对王权的敬畏。西王母提醒你们：王权虽至关重要，但西天国臣民只为西天国效命，对西王母表达忠诚，否则，就不是西天国臣民。西王母提醒各位，不要拿旧有的、废弃的、令人恶心的弊制，来欺骗善良的百姓。谁敢侵犯西天国至高权力？请站出来！"

西王母环视四周，厉声责问："巴巴拉大人，哈哈尔大人，别以王族自居，想叛变吗？铅锅伺候！"

哈哈尔大人极度恐惧，低头引众人跪拜西王母，高呼："仁慈的西王母，臣羞愧不已。"

西王母并没听他说什么，高声命令："今天欢迎西斯国女王，西天国和西斯国和睦共处，请西斯国女王入座。”

拉娅上前鞠躬，伸右手示意，不卑不亢地邀请：“恭请西斯国女王入座。”

西斯国女臣再次上前，指着西王母叫骂：“你是什么西王母，分明是妖孽，有本事取下面纱！”西王母婉转地说：“尊敬的西斯国女王，你们西斯国的人很没礼貌。西斯国女王不会管教下属，竟让这种无礼之人在西天国殿堂之上指手画脚，西王母来帮你管教她。”

西王母语气强硬地说：“来人，把这讵驾之徒，拿下，掌嘴一千。”

武士们上前押着西斯国女臣走出殿堂，西斯国女臣不依不饶，叫骂不止。

殿外即刻传来耳光声和西斯国女臣的哭喊声。

双方僵持着，卡曼女王恶狠狠地盯着西王母。西王母温和地说：“巴巴拉大人，再请女王入座，老站着多累呀！”

巴巴拉伸出兰花指，劝说：“西斯国女王，都是自家人。今天，以西天国最高标准，迎接女王的到来。请女王入座。”

卡曼女王内心气愤不已，心想：西王母金曼，胆敢跟卡曼作对，与卡曼作对的人都死了，西斯国国王已被毁容割舌，卡曼也不会放过你的。

卡曼女王轻蔑地说：“巴巴拉大人，你们这些西天国王族，怎么这么没出息呀！你们每个人多寒碜，既无金银珠宝，又无像样的衣服，看你穿的，这是什么呀！是用草织的衣服，这种衣服怎么能穿呀？”武士来报：“禀告西王母，掌嘴一千完毕，还有何命令？”

西王母借题发挥：“尊敬的西斯国女王，对这种讵驾之徒，是像西斯国国王毁容呢，还是割舌呀？您来定夺。不过，今天是迎接女王的日子，不能让这讵驾之徒坏了圣宴。”

卡曼女王吃惊不已，望着西王母，内心在说：她怎么知道，我的所思所想？

西王母故意打乱卡曼的思绪，继续说：“西天国是你的母国，总不能让女王失了颜面，西王母有礼了，请西斯国女王入座，圣宴开始。”卡曼女王无奈地示意。

西斯众臣匍匐身躯为梯，卡曼女王踩着人梯入座。

鼓号乐声响彻，西王母坐在宝座之上，与西斯国女王相对分主宾而坐。西王母举觥相请：“西斯国女王，请饮此觥美酒。这是哈哈尔大人亲自为女王准备的奶酒。”

西斯国女王举觥，还礼："尊敬的西王母，你我有缘，我们姐妹相称如何？"

西王母谨慎地说："尊敬的女王，以两国友谊，我们有缘共饮此酒，代表西天国与西斯国，世代友好。请！"

西斯国女王掩面而饮。

西王母委婉地说："尊敬的女王，你我确实有缘，如何相称并不重要，只是西天国还不富足，我们在穿草做的衣服，怎能与你这金银珠宝、华丽毛革相配呢？"

西斯国女王举觥回敬："尊敬的西王母，怎样称呼并不重要，本王代表西斯国，回敬西王母一觥。请！"

西王母以礼相待，向西斯国列位大臣行礼："西天国与西斯国世代友好，你们是友谊的使者。各位大人，请！"

列位大臣共同举碗高呼："感谢西王母盛情。"

西王母放下酒觥，娓娓道来："尊敬的西斯国女王，西王母曾想过与女王以姐妹相称，但有一个不争的事实，女王此行并非友善而来。一个把灵魄出卖给魔鬼的人，金曼如何敢与其以姐妹相称呢？卡曼不仅蒙蔽无知百姓，就连你的血缘亲人，也受到蒙蔽。卡曼女王收回你的魔爪吧！"

西斯国女王摔掉手中酒觥，狂笑："哈哈哈，一切都在卡曼的掌握之中，西王母金曼，你已无回天之力了。"

哈哈尔大人站起来，两眼发直说："饭里有毒，我……"说完吐血而亡。殿内一片慌乱。

卡曼站起，恶狠狠地直指西王母，大声指责："西王母，你摆下这毒宴，是何居心？毒死哈哈尔大人，是何居心？还要毒死本王吗？你这妖孽，连忠臣也不放过吗？你能放过谁？"

西王母点头微笑，盯着巴巴拉，又回看拉娅，对拉娅说："人心最狠毒，巴巴拉大人，如何确定西王母设毒宴呢？"

巴巴拉大人站起指着西王母确认："这宴席，是西王母安排本官放毒的。这是毒宴，没错。"

西王母心如明镜，依然继续假惺惺地演戏，好在表演就要结束。西王母大声揭示："巴巴拉大人，你已联合王族攻占宫殿，为何不叫他们都进来？"

巴巴拉起身，高声指责西王母："你这恶魔，总是把我们王族不当人，来人呀，把这恶魔抓起来。”

西王母更加沉稳，继续揭示：“金曼定将卡曼的恶行揭露！卡曼！你的姐姐——喀曼已经复活了，为何还不让她出场？她是魔王的行尸，定会为你的复位所用。”

卡曼拍手称赞：“哈哈哈，即使金曼都知道了，又有何用？告诉你无妨，你已中了卡曼的噬仙虫之毒，你的法力尽失，受死吧！”

西王母坚毅地说：“西王母死不足惜，一定要揭穿你们的险恶用心，你们才是真正的恶魔，甭想贪图西天国，甭想奴役西天国臣民，西天国臣民觉醒之日，就是你们自掘坟墓之时。”

此时，殿内混乱不堪，只见王族数百人越过宫门，抬着雕龙刻凤的红褐色棺材，来到殿堂中央。喀曼女王青面獠牙，坐在棺材上，鬼哭般嘶吼道：“卡曼妹妹，本王终于复活了，本王在祈天冢，暗无天日躺了几十年，今天终于复活了！给我人血，本王要喝个够。”喀曼跳下棺材，抓人噬血，见到哈哈尔死尸，扑上去噬血嚼尸。

众王族惊慌失色，跪地祈求：“喀曼女王，上天之神，保佑王族！”同时，哀号之声响彻殿堂。

金鹰飞起，伸出巨爪，抓向喀曼，喀曼眼射蓝光，口喷烈火，无数火蝠从口中飞出，扑向金鹰。

喀曼狂笑：“哈！喀曼复活了，世界都是我的，你这孽畜，还不归顺！”

金鹰飞出王宫，无数火蝠追逐而去。

喀曼紧盯宝座上的西王母，道：“这宝座从我出生到我死亡，都是我的。如今本王复活了，你说它属于谁？”

西王母稳坐在宝座，毫不畏惧地规劝：“喀曼女王早已灰飞烟灭，复活的只是魔王的行尸，魔王摄取了你的灵魂，你那空空的躯骸，还是回到地狱去吧！西王母金曼绝不会把宝座，让给一个魔王。”

喀曼被激怒了，尖声号叫：“你激怒了喀曼，喀曼是万物的主宰，谁敢违抗喀曼。”

说完，口中喷出黑色烟雾，烟雾变成无数蛇、蝎、蛆、虫，恶毒地扑向西王母。

西王母发出鸟鸣的声音，无数鸟雀瞬间飞来，抢食蛇、蝎、蛆、虫。

西王母坐在宝座上，口念咒语，宝座飞起，腾在空中。

宝座渐渐变大，西王母高呼："西天国臣民们，随我来。"诸多百姓、宫女、大臣、乐手、兵士都飞向宝座。

西王母见人已到齐，口念咒语，宝座变得像巨船一般，装载着所有人，冲出巨大的宫门，向东飞去。

喀曼女魔并不追击西王母，开心尖叫："都是我的，我的宫殿，我的财宝！"喀曼开心地在殿堂中飞来飞去。

卡曼女王躲着不敢出来，望着飞去的宝座，拍拍胸脯说："飞走了，太好了！"

卡曼看见哈哈尔的残尸，悲痛欲绝。心爱之人面目全非，令她难以接受，她的真爱再也无法复原了。

卡曼渐渐回过神来，抓住巴巴拉，质问："巴巴拉，你这恶人，为何毒死哈哈尔。"

巴巴拉惊恐地看着哈哈尔的残尸，咬着手指惧怕地说："是他要毒死我，我和哈哈尔换了酒碗！他就被……太可怕了！"巴巴拉捂住眼睛，不忍目睹。

卡曼看着哈哈尔的残尸，绝望至极，怒吼："巴巴拉！是你害死我的哈哈尔，还我男人！卡曼要你魂飞魄散！"

巴巴拉惧怕得倒在地上，哀求："卡曼姐姐，是哈哈尔要杀我，我只是换了酒碗。"

卡曼眼射凶光，一道白光射向巴巴拉，巴巴拉痛苦地在地上挣扎。卡曼极尽疯狂，怒吼："还我哈哈尔，哈哈尔回来呀！哈哈尔快回来！"

巴巴拉身体不停扭动，只见：两个灵魄的影子在激烈地争斗，时时传来："哈哈尔，你和卡曼真是狗男女，即使巴巴拉魂飞魄散，也要骂死你……"

最终哈哈尔的灵魂钻进巴巴拉的身体，巴巴拉，不，是哈哈尔活了下来。

第四十九回　宝座稳落荒芜地　三仙施药祛虫毒

宝座载着数百人向东方疾飞时，托哈突然冒出来，他不敢睁开眼睛。耳边的风急速吹过，托哈紧张地睁开眼睛向下望去，忍不住惊喜地喊：“仁慈的西王母，前方就是托哈的家乡，我们那里有藤精树灵，什么神仙魔道，都不敢来。”

西王母听到托哈的话，说了一句“落在这儿吧”，就虚弱地倒下了。拉娅急忙上前扶住西王母。宝座急速向下坠落，众人胸中的血液冲向头顶，全身僵直，头发竖立，惊愕地张大嘴巴，艰难地呼吸着……

宝座突然慢慢地平稳了，众人睁开眼睛，见到金鹰在头顶伸展巨大的翅膀，巨爪抓在椅背上，宝座缓缓地向下落。

宝座平稳地落在地面，恢复原来的模样。众人的心平静下来，一阵欢呼。

西王母躺在拉娅怀中，拉娅的眼中噙满泪水，绝望地说：“巴巴拉，这个畜生，我真是瞎了眼，相信了他！”

西王母睁开眼睛，关心地问：“各位都好吧？拉娅大人，别怪他。我早就知道哈哈尔的阴谋，他将卡曼的噬仙虫放在我经过的地方，我已中毒好久了，只剩这点法力了。还好，西天国臣民躲过了这场劫难。拉娅，快去安抚大家。”拉娅想起什么，吃惊地说：“就是小瓶子里天天都要噬鲜血的小虫子？”

牧果果大人上前劝慰拉娅：“拉娅大人，桃核再硬，心是软的。巴巴拉大人心是软的，是可信任的好人。”

拉娅没好气地骂：“王族个个是黑心狼，牧果果大人，你是王族的贱奴！”

西王母艰难地爬起来，劝解："牧果果大人，别听她说，快让大伙儿都去休息吧！"牧果果鞠躬领命而去。

西王母极度虚弱，闭上眼，想起文昌老师的劝告：哈哈尔大人很久以前就与西斯国女王联系紧密，犬戎金册求兵，哈哈尔大人早已联络王族蠢蠢欲动，就等西斯国女王驾到了。可怜的哈哈尔大人，被喀曼噬血嚼尸，也算是遭到报应了！想到这里，西王母陷入幻境，魂魄也飘飘悠悠。

拉娅抱着西王母，给她喂水，不停地呼喊："西王母姐姐，你醒醒，你可要挺住……"

托哈带领村民赶来，村民欢呼："西王母，西王母，我们日也盼夜也盼的西王母。"

拉娅守在西王母身旁，西王母坐在宝座上，奄奄一息。

众乡民围住西王母："西王母，你因为操劳而生命垂危，我们一定要救活你。"

众乡民抬起宝座，走过瘴气横生的污河，来到藤精树灵的树荫下，烧香祈福。

拉娅指着托哈命令："托哈，把所有人都安顿好，让他们休息，这是命令。叫大伙都回去休息，这也是命令。"托哈爽快地答应："遵命。"

拉娅被瘴气熏得晕乎乎，晕倒在地上，乡民们赶忙上前救治。

托哈大声叫嚷："西王母要休息，乡亲们，都回去休息吧！"乡民们恋恋不舍地抬着拉娅，挥手向西王母告别。金鹰飞来落在宝座椅背上，守护西王母。

藤蔓根部长着两个赤色的蘑菇，突然，蘑菇动了动，一股的白色烟雾冒出后，两位拄拐杖的老神仙，径直向宝座走来。看见西王母，他们的脸上乐开了花，向西王母恭敬地行礼，温和地说："西王母在上，神鹰在上，我是山神吐鲁山，她是土地祖母库乐地，我们恭候西王母金曼有千年之久了。"

金鹰站在椅背上，环视四周。

"山神爷，土地祖母！"托哈冲出来告诫，"西王母因操劳而生命垂危，你们就别再添乱了，快回自己的安乐窝吧！"山神爷急忙辩解："苍天终遂人愿，你这尕娃，别碍事，回家睡觉吧！"

土地祖母笑眯了眼睛，殷切地期盼："老天爷开眼了，千年等一回，你们都回去吧！别碍我们的事。十五天，一圆月，那时西王母定在我们吐库大地醒来。”

托哈急了，冲上前争执：“西王母是我们的救星，我托哈跑了十几趟，才把仁慈的西王母请来，你们能赶托哈走吗？”

山神爷摸着山羊胡，乐道：“你这毛头尕娃，真有能耐，办了件大好事。老神仙定叫托哈永远跟我姓。托哈，你是儿子娃娃，老神仙要是救活西王母，托哈就叫我儿子的名字吐鲁番，你敢吗？”

土地祖母重重地捣着拐杖，也来争执：“你这尕托哈，天天到处跑，请来了西王母，还真有本事。为救西王母，老天仙定要救活西王母，你就叫我儿子的名字库尔勒，你敢吗？”

托哈不敢应答，无奈地说：“西王母如有三长两短，托哈愧对天地，无法解脱罪责啊！”说着托哈从怀中掏出羊皮书和笔，“这样吧，你们可以救治西王母，但必须得留下姓名。”

山神爷笑哈哈地说：“那咱留下姓名，如果老神仙救活西王母，托哈就跟我姓，叫吐鲁番。”

土地祖母也立誓：“我也留下姓名，如果老天仙救活西王母，托哈也得跟我姓，叫库尔勒。”

托哈说：“你们若能救活希望，托哈即便是叫傻瓜也行。托哈只希望西王母早早恢复，把我们这儿变美变好，至于姓啥托哈无所谓了。”

……

土地祖母高声说：“长眼睛的明白人，无论谁救治了西王母，可都得叫这些名字，不得反悔。”

山神爷笑眯了眼，不住地点头，说：“我们一起等十五天，我一定叫西王母醒来。”

当夜，一弯弦月挂在天空上，在粗壮的藤树下，西王母金曼坐在宝座上，生死未知。

夜风吹拂树叶沙沙作响，藤条树摇晃着枝条，纤细的枝条搭在西王母脸上，一阵浓雾弥漫，三位仙女现身树下。

“姐姐你看，这位是传说中的西王母金曼，她是我们的恩人吗？”

“观音菩萨让我们等候她千百年，不会有假。金曼就是圣仙元丹，我们的苦难就要到头了。”

“她中了噬仙虫，如何是好呀？”

“你忘了，我们的灵根通向天宫，怕什么噬仙虫呀？”

“我们这苦涩之果百毒不侵、万虫不扰，定是仙药。何不将其化成汁液，与西王母共驱虫害？”

“姐妹们各自准备吧！观音菩萨说过：只有西王母金曼才能救我们脱离污秽，我们就能蜜露丰溢、硕果累累，造福人间。”

托哈闻声醒来，上前阻止：“你们要干什么？”

三位仙女挡住托哈，说：“我们要救西王母，尕托哈别误事，快让开！”

托哈推开仙子们，护在西王母前面叫板：“西王母是托哈请来的，俺不相信你们能救西王母，除非你们发誓，跟山神爷或土地祖母那样，跟托哈姓。”

三位仙子不服气地叫骂：“发毒誓？凭什么呢？我们能救西王母，一定能救。”

托哈手捧羊皮书挡在前面，摇着头：“谁信呢！如果你们能救活西王母，你们就在这儿留下姓名，否则，别碰西王母一下。”

三位仙子上前，用手指拽着托哈的脑袋，教训：“尕托哈，长本事了，不就是发誓吗，要发多少个都行，可西王母只有一个，为了救她，跟谁姓都行。”

三仙子心中的苦水由来已久，回想当年，跟随师傅神农氏学艺，那手艺世间罕有。王母娘娘蟠桃盛宴，哪一次少了三姐妹？玉帝命天官下凡，将姐仨儿招入天宫，封神拜仙。本想苦修道法，偏逢十位太阳闹桃园，王母娘娘盛怒，伐树去土移仙根，将姐仨儿抛弃西天千百年。想到这里，三仙位子一气之下，抓过笔，写下名字。

托哈捧着羊皮书，用嘴巴吹干，放心地说：“不许反悔！快把救命的仙药拿来。”

三位仙子小心地拿出一小碗药水，慢慢地喂给西王母。托哈觉得她们太小气，心存不满地叫嚷：“这是什么呀？真难闻，酸臭刺鼻，叫人想流眼泪，不会是毒药吧？”仙子怒气冲天，指着托哈叫骂：“尕托哈，闭上你的乌鸦嘴！这是我们心中的泪水，你这凡人怎么会懂呢？”

托哈越发觉得怪诞，惊叫道：“就这么一点点，怎么能救西王母呢？托哈可亲眼见到，西王母饮百兽之乳、万人之奶，将天下琼浆玉液，一气喝下。

你们这么一小碗，也想哄人吗？”

一位仙子推开托哈，不耐烦地说：“不想理会你这俗人，快来看，西王母有气息了。”

“我们把西王母放进树屋里，一定会好得快些。”另一个仙女说。

“就是，树屋可是养病的好地方。小托哈，西王母要休息，你也休息去吧！”第三个仙女附和道。

托哈挤过来，高声阻止：“那不行，俺要看着西王母醒来。”托哈推开仙女，护着西王母，不依不饶地说，“那么一点水，谁相信呢？别骗人，打死俺也不信。”

一位仙女推开托哈，诚恳地说：“我们都留下姓名了，你还不相信吗？你可以每天来看一看。”“快来看，西王母，好多了。”另一位仙女开心地拉着托哈上前看，托哈还是不敢相信。

山神爷、土地祖母走来，大声指责：“我说托哈尕毛孩，办事要认真，也没见你这种认真法，我们大家都留下姓名了，西王母也有气息了，十五天一定会好起来，回家去吧！别打扰西王母养病。”

西王母被三位仙子移进树屋。托哈把宝座扛起，放在树洞口，金鹰落在上边。

托哈拍拍手，舒坦地说：“这样托哈才放心。”众人欢欣鼓舞，许久才离去。

古城新城墙又高了许多，兵士们依然在加固。城中战旗林立，热闹非凡。

袁太师在中军大帐前踱来踱去，面部汗水流淌，心急如焚地等待。

大帐内，白灵王后满脸汗水，不停地擦拭周天子惨白的脸。白灵王后心想：天子呀！你怎么突然昏厥了？你一定要醒来！此时，周天子好似有了微弱的呼吸，白灵王后长出一口气，大声吩咐左右：“天子已有气息，速去告知太师，让他别担心了，快去休息。”

第五十回　妮卡领众隐洞府　文昌行途授兵法

西王母洞府，臣民们面向灵床上的妮卡遗体祈祷：“仁慈的西王母，我们向你虔诚祈祷，让老祖母回来吧！”才说完，妮卡竟然真的从灵床上坐起，苏醒了。妮卡从嘴巴里吐出兵符攥在手心，嘴巴嘟囔：“快扶我下来！”妮莎、拉汗急忙上前照顾，臣民们一片欢呼：“老祖母醒了，西王母显灵了，感谢仁慈的西王母！”

妮卡拄着龙杖站起来，高举兵符传令：“兵符在此，传达西王母谕旨：西天国所有兵马就在西王母洞府，所有粮草和财产都在这里。生产依旧，生活继续。所有出入洞府的人员一定要严密查问，以防有人泄露天机。妮莎、拉汗二位大人向各部落发出信息：西天国君城被恶魔侵占，西天国各部落子民，为防止恶魔侵略，不得靠近王城。”

妮卡想起咒语，启口默念，瞬间，西王母洞府消失在万仞高山之中。

茫茫戈壁，骄阳当空，热气腾腾，文昌老师倒骑着马，带领五千学徒，急急前行。

黑蛋上前请教：“文昌老师，你刚说：兵者诡道也，是让我们诡计多端，用计谋战胜对手，不是教我们学坏吗？”

文昌老师捋一捋胡子，说：“黑蛋将军，你这问题问得好。比如我有一颗善良的心，是对西天国百姓和周朝百姓，而不是对蛇蝎心肠的敌人。而‘兵者诡道也’就是教会我们用兵作战，要懂得战术。有能力而装作没有能力，实际上要攻打而装作不攻打；欲攻打近处却装作攻打远处，攻打远处却装作攻打近处。对方贪利就用利益诱惑他，对方混乱就趁机攻取他；对方强大就防备他，对方暴躁易怒就可以撩拨他怒而失去理智；对方自卑而谨慎就使他骄傲自大，对方体力充沛就使其劳累；对方内部亲密团结就挑拨离间，要攻打对方没有防备的地方，在对方没有料到的时机发动进攻。黑蛋将军，这不是教你们变坏，而是教你们学会保护西天国，明白吗？”黑蛋若有所悟：“这个学生听懂了，就是要以仁善之心对待自己的人；要懂得以术打败敌人。”

文昌老师称赞：“黑蛋将军，说得很对。西王母战胜犬戎，就是利用了诡道之术，否则西天国生灵涂炭，民不聊生。但是西王母不杀战俘，你们可知道？”

众人一片安静，无人回答。

文昌老师继续说：“两军对阵，难免互有伤亡。西王母不杀战俘，一是怕激起邻邦仇恨，二是西天国荒僻人少，需要人力。俘获战俘，并不是让他们肉体归顺，而是让他们内心臣服。”黑蛋受益匪浅，赞扬：“兄弟们，文昌老师讲得真好！你们服不服？”其他人欢呼：“好！讲得太好了。可是，文昌老师，你为什么倒着骑马？”

文昌老师坦然地说：“你们都是西天国未来的将军，就像西天国的千里马。老师骑乘的这匹马，是西王母特意给老师选的。它的性格很温和，脚力好，走路平稳，是西天国最忠实的千里马。”

弟子欢笑着说：“老师的老马跑不快，只能慢走，谁都不想要这匹马。”

文昌老师笑着说：“老师去年捡石头丢了，跌落深谷之中，是西王母送我的老马跳下深坑，不吃不喝十几天，为老师挡着烈日。后来，老师得救了，老马再也没有起来。它是文昌的恩人。我们做人要像马一样忠诚有担当，才能成大器。”

沉默良久，文昌老师接着说：“我相信我的马，更相信你们，马会带我要去的地方，即使老师倒着骑马，马也任劳任怨，带着老师到达目的地。”弟子们听完哈哈大笑。

文昌君坦言：“老师，若正着骑马走在你们前面，你们只能看见老师的背影，无法给你们传道；老师要是走在后面，只能看着你们的背影，难免有听不全的地方。所以，老师倒着骑马走在你们前面，这样你们才能听清。”弟子们恍然大悟，心中愈发敬重文昌老师，不断请教，文昌君有问必答，耐心解释。

黑蛋请求："老师，烈日当空，已到正午，前方有水源，我们安营吧。"

文昌老师意犹未尽地说："昨天，有一个人不洗脚，今天就有百人不洗袜子。牧果果大人给我讲过的小故事，我再讲给你们，这个西天国的小故事，可有意思了：有一个懒汉，从来不洗脚，有一天骑驴路过小河，毛驴怎么也不下水。懒汉用皮鞭抽打毛驴，毛驴急了说：你都不洗脚，还让我下河洗脚，真是驴都不如！驴打个冷战，把懒汉丢到河里。懒汉急了说：你这头蠢驴，快来洗脚。"

学生们一片欢呼："黑蛋昨天没洗脚！哈哈哈……"

穆王传

MUWANGZHUAN

李宇——著

敦煌文艺出版社

第五十一回　姐妹反目夺权力　母女相见会树屋

西天国宫殿笼罩在烟雾之中，城墙上巨大的火炬冒出黑色烟雾，如同参天大树在呼呼燃烧。骷髅标志的魔旗，在火光中随风摇摆。

各路魔王引领魔兵蜂拥而至，齐聚在城北山头打造兵器。山头上黑烟四起，火光冲天，无数灶台正在烧石炼金，黑烟弥漫整个王城。

卡曼女王坐在宝座上，看着附在巴巴拉肉身上的哈哈尔的灵魂，内心极度痛苦："哈哈尔表哥，这西天国是人住的地方吗？你说的金子呢？你说的臣民呢？你说的牛羊呢？一座空荡荡的王宫，有什么用呢？要饿死卡曼呀！"

喀曼魔王彻夜在王宫周围寻找活食。此时，她心满意足地飞进宫殿，尖叫："终于吃饱了，卡曼妹妹，快看看，姐姐的脸恢复得多么光鲜。姐姐要找回失去的一切。"

喀曼见到哈哈尔丑陋的灵魂，怒斥："哈哈尔，你这贱奴，快去找活人，否则，你就是午餐！"

哈哈尔急忙上前献媚，高声赞美："天下最尊贵的二位女王，你们想要什么？贱奴带你们去金子峡谷，那里到处都是金子。只要二位女王手一挥，西天国臣民，无不拜倒在你们的脚下，西天国漫山牛羊都归二位女王所有。"

昏暗死寂的宫殿，让卡曼女王感到心烦，她委屈地说："女王还没吃早餐呢，哈哈尔快去准备吧。"喀曼看见哈哈尔："哈哈尔，你这贱奴，不配做王族，哪点能配得上巴巴拉完美的躯体，真令人恶心！"

哈哈尔不敢吱声，低着头急忙离开，嘴巴里喃喃自语："两位女王稍候，贱奴去准备午餐，午餐马上就好了。”侍卫押着他走了。

卡曼见他已出宫门，轻声抱怨：“姐姐为何嚼食哈哈尔的肉体？叫妹妹好伤心，姐姐还是收敛些吧！为了姐姐复活，妹妹施尽法力。”

喀曼不屑地说：“巴巴拉魂飞魄散，你让老相好哈哈尔附体，妹妹可真有本事呀！不过，哈哈尔绝非善良之辈，妹妹可要当心呀！”

卡曼习惯于逆来顺受，假意地向喀曼点头称谢：“姐姐提醒得对。如今，姐姐已经完全恢复原形，比以前更加光彩照人呀！”

喀曼听到赞美，得意地说：“妹妹！这个世界都在喀曼的掌心，也包括妹妹的一切，都归喀曼所有！”

卡曼听到此言并不生气，嗔怪道：“真是笑话！没有妹妹，姐姐怎能复活呢？姐姐想要什么，就拿去吧！”

喀曼不以为然，大笑道：“喀曼复活了，这里就是最大的魔城，只要被噬血，都是喀曼忠诚的奴仆。哈哈尔大人，你说是不是？”

哈哈尔残破的尸身，发出鬼叫般的呼喊：“听从喀曼女王命令，已集结魔军百万，打造兵器，准备开战！”

卡曼见到哈哈尔的尸身，忽然悲从中来：曾经他是多么鲜活的身躯呀，如今却是让人无比恶心的行尸。卡曼难过得转过头，不忍再看一眼。

喀曼尖声狂笑：“哈哈哈！等到九十九个月圆之时，喀曼将拥有全世界。”

众魔王进入宫殿，高呼：“喀曼女王！”

喀曼傲慢地命令：“卡曼妹妹听令：速去备战！”

卡曼无法忍受心爱的人被人杀死，更无法忍受被人指使，但她不得不屈服于姐姐，只好假装温柔地说：“姐姐，把完整的哈哈尔还给我，我就完全服从姐姐命令，我的法力，我的噬仙虫，全部归姐姐所有。否则嗜我血者必死，抗我命者，必将覆灭！”

喀曼并不畏惧，笑嘻嘻地抚摸卡曼的脸，细声细语地说：“妹妹，别拿娘的咒语吓我。喀曼复活了，世界就是喀曼的。喀曼不怕死，喀曼还能再次复活。妹妹，你若不听姐姐的命令，连你一起噬血。别忘了，妹妹和哈哈尔是一样的行尸。”喀曼得意地拍拍卡曼的脸。卡曼低下头，深深地吸气，平静地说：“不必相争！妹妹为魔王去备战！”

卡曼召集人马，准备撤离西天国宫殿。哈哈尔跑来拦住去路，询问：“尊敬的女王，为何要撤走？”卡曼气恼地回看一眼，心里在骂：这都是你干的好事，喀曼复活成了魔王，好端端的西斯国女王，居然跟魔王去打仗。哈哈尔再次上前拦住，规劝：“女王，一切都在掌控之中，不能走。”紧接着，哈哈尔大声命令左右：“抬上来，这是千年难得一见的真龙血，魔王们无法抗拒。”侍卫抬着一个大陶瓮，小心地摆放在地上。

喀曼闻声飞来，尖叫：“卡曼妹妹，胆敢不辞而别，姐姐令妹妹如此厌烦吗？”喀曼嗅到血腥味，迫不及待地四处寻找。当看到陶瓮时，她贪婪地趴在瓮口，追问:“贱奴！这是什么？天下怎么会有如此生猛活物，快快打开。”喀曼不顾一切打开瓮盖，伸颈噬食。

哈哈尔躲在一边，假意相劝：“喀曼女王，慢着点，这些都是为女王精心准备的美食，请慢慢享用。”

哈哈尔向卡曼耳边私语：“亲爱的，哈哈尔对您无限忠诚，这是一瓮蛇、猪、蛙，还有各种毒物的血，只要喀曼喝下，一切就明白了。”

喀曼爬进瓮里噬食殆尽，在瓮中高喊：“哈哈尔！你这贱奴，这龙血太让我满足了，以后每天照此准备。”

喀曼爬出瓮，来到卡曼面前，卡曼闻到血液的恶臭之气，急忙避开，躲在一旁呕吐不止。

突然，喀曼尸身倒地，剧烈抽搐。她的嘴脸变形，变成青面獠牙的恶鬼面容。她的尸身变异，长出翅膀和无数手足，在地上爬行，向卡曼扑过来怪叫:“娘，你是我的好娘，我想娘了，我想和娘一起玩……”

哈哈尔并不畏惧，手拿锁链上前说：“这有个项圈，戴上真漂亮，这个笼子里真舒服，爹爹带你进去吃饭了。”他把怪物的脖子用铁项圈牢牢固定，用巨大的铁链把怪物拉进铁笼。怪物发出婴孩样的啼哭：“娘、娘……”

喀曼被制服了，卡曼得意得忘乎所以，心想：嗜我血者必报；抗我命者，必将覆灭！王权至高无上，谁敢与卡曼作对？这就是下场！

卡曼指着铁笼命令:“把它洗干净,拉回宫中精心饲养。”哈哈尔上前献媚:“亲爱的卡曼女王，您是天下至高无上的女王，酒宴齐备，为姐姐……”

卡曼伸出纤纤玉指，妩媚地搭在哈哈尔手上，开心地说：“女王快要累死了，今天，要好好地享受大餐。哈哈尔，你可不能辜负女王呀！”

卡曼转脸，发出命令：“哈哈尔，命令你的躯体，从眼前消失，叫他去打造兵器，别让它再丢人现眼。”卡曼把令牌扔在地上。

哈哈尔的尸身捡起令牌，鬼哭狼嚎一般：“遵命！”

哈哈尔的躯体，举着令牌，颤颤巍巍地走出王宫。

哈哈尔无比自豪地跪在卡曼脚下：“亲爱的至尊女王，哈哈尔敬仰你，哈哈尔的灵魂和躯体，分别为你效劳。如今，我们拥有至高无上的王权，让西天国最英俊男人的躯体，来满足你无尽的欲望。”

卡曼拉起他，扑进他的怀里，大声赞美：“哈哈尔，你的智慧，天下无人能及；你的手段，令卡曼真心佩服。为了真爱！卡曼打扮得漂漂亮亮的，时刻陪伴在你身旁，与你形影不离。”

哈哈尔激动万分，甜言蜜语喷涌而出：“亲爱的，你是至高无上的女王，心爱的人，哈哈尔，永远与你……”

西王母睡在树屋里，如同进入梦境一般，幻化的影子不停地介绍：“这是金曼的树屋，我来介绍树屋里的先辈：这是女娲娘娘，这位是伏羲，这位是后羿，这位是嫦娥。这是西王母金曼。”

金曼大声呼唤：“娘！我们终于见面了。娘呀！你怎么在冰封的世界里？娘！金曼来救你……”

金曼置身幻境之中，惊叹：“多么熟悉的地方呀！晓姨，你在哪里呀？为什么不理会金曼，我是金曼呀！”金曼万分着急，不住地呼喊，“我的影子，请你告诉我，怎样才能走出这梦境一样的地方？”影子回声：“只要说出愿望，即可实现。”金曼大声许愿：“金曼要见到娘。”只见影子回声念道：“千根万根路路通，一路通到广寒宫，通向月桂树屋……”

月宫，桂树巨大的树干的皮已皲裂，干枯的树皮似乎即将脱落。细枝上残留几片树叶，在刺骨寒风中摇曳。

西王母走出桂树的树屋。树干现出老翁的脸，他张着干枯的嘴巴，忧伤地说：“金曼，你可回来了，你娘每天都来树下祈祷。这是你娘做的桂花糕，你尝尝鲜。金曼要牢记，不能离开树影，否则，就会魂飞魄散。”

西王母舒心依附在桂树上，深情地说：“月桂老仙翁，金曼每天深夜盼望能见您，现在金曼如愿回到日思夜想的家了，让金曼再细细地看看您。”

桂树仙翁咧着嘴巴憨笑，满脸皱纹更加深了，说：“老朽活了亿万年，从来就没有像今天这样高兴过。这是老朽用心血泡的桂花茶，金曼喝了它，百病祛除，心想事成。”

金曼的脸紧贴桂树，泪水顺着脸颊流下，滴在巨大的树根上，她激动地说：“月桂仙爷呀！从月桂树影下离开时，金曼还是嗷嗷待哺的婴儿，您是金曼时刻思念的亲人呀！”

金曼啼哭不已。月桂仙翁感动得老泪纵横，树干晃动，枝条抖动。顿时，一串串金色的桂花竟相开放。

嫦娥在寝宫熟睡，被浓烈的桂花香气唤醒，心生疑惑：奇怪了，月宫久被寒冰严封，何时飘来桂花香？桂树已被冰封多年，怎能开花呢？待嫦娥去看一看。

嫦娥手拿扫帚，轻轻地走向月桂，远远地望见有个人对着桂树哭泣。嫦娥以为自己眼花，定睛再看：这难道是我的影子？

嫦娥仔细地观看，心猛烈地跳动着，扫帚从她手中掉落。她伸出双臂，不顾一切扑上前去，撕心裂肺地喊：“女儿呀！女儿！我的女儿呀！”

嫦娥紧紧地抱住金曼，欢呼：“金曼回来了！金曼回家了！娘不是在做梦吧？女儿呀！娘不是在做梦吧？”

金曼再也忍不住内心积压已久的思念，呼喊一声：“娘——”煌煌宇宙为之震撼，泱泱天宫为之颤抖。

金霞宫中，王母娘娘从梦中惊醒：“来人，这是什么声音？速去查来。”

玉帝很不耐烦，挥手制止道：“查什么查，大惊小怪，都去休息！移驾蟠桃园，娘娘一起去吧？”

王母娘娘心想：去了蟠桃园叫人想起嫦娥，往事不堪回首，还是不去为好。于是，她假装无精打采地说：“老妇要沐浴修心，请天尊速去速回。”

古城中军大帐内，周天子在梦中惊呼：“娘——娘——”王后焦急地呼喊：“夫君，你终于醒了，你又梦见娘了？”

袁太师闻声进帐，激动地说：“天子吾王，你终于醒了，可以督战了。”周天子坐起来，疲惫地说：“恩师，叫您担心了。”

袁太师长舒口气，缓缓道来：“天子，十里烽火，百里围城，初见成效，已绵延至此，各诸侯国财物已源源不断运来。各诸侯国兵将，不出十日将到古城。秋风起，我兵士狂扫犬戎残军。”

白灵王后闻言，赞同地说：“太师所言极是，犬戎的金册求兵，使西方各国兵至昆仑，此战不仅是兵器之战，更是开通西域商道之战，急速派出使官，摸清各国贸易往来情况？”白灵王后讲完，欣然走出大帐。

周天子悄声对袁太师耳语：“太师，金曼妹妹生了重病，本王梦见娘和金曼妹妹在月桂树下相见了。”

袁太师掐指一算，大声说：“不好，天魔重生，西天国宫殿遭遇劫难。西王母金曼生死未卜。”

周天子焦急地说：“太师，我们也要早作打算，这降魔可有仙法吗？”

袁太师自信地说：“为师今夜设坛，请道友一叙便知。天子请安心休养，尽管放心。”

周天子欣慰，说：“就是在梦中，能与家人相聚，也令人振奋。不过，有劳太师，寻到仙法，救金曼一命！”袁太师如释重负，急匆匆告退。

广寒宫没在冰窟之中，只有月桂战胜严寒，枝繁叶茂，桂花挂满枝头。

月桂仙翁泪如泉涌，感叹：“多少年了，老朽没有感动过，王母娘娘能冰封住月宫，却冰封不了月之神桂的一颗赤诚之心。今天团圆，应该高兴才是，老朽太激动了。”

母女情深，千言万语未及表达，嫦娥扶起金曼，迫切地问：“女儿，快告诉娘，你是怎样回来的？”

金曼泪流满面，慢慢地说：“噬仙虫使儿仙法尽失，儿在一树屋内休养。儿先看到了娘，娘却听不到金曼说话。于是，女儿着急得大声许愿，才与娘相见了。”

嫦娥脸贴着金曼，感激地说：“月桂仙爷，是您让金曼见到了娘，是您守护着我们的家，谢谢您！”嫦娥又拉着金曼前后打量，失声呼喊：“好女儿，噬仙虫是什么？女儿的病怎么样了？让娘看看。女儿呀！娘的心好疼啊！”

金曼赶紧安慰说：“娘，你看，女儿喝了三位圣果仙子的苦涩之泪，治好了噬仙虫毒，女儿的法力已恢复，否则，怎能见到娘呢？娘！您就放心吧！”

嫦娥为金曼擦着眼泪，心疼地说：“让娘再看看，娘日思夜想，天天在桂树下烧香祈祷，就想你们平安回家。每当在梦中，你们的影子出现时，娘就不愿醒来……”

嫦娥拉住金曼的手，面向月桂跪下，深情感谢：“月桂仙翁，这一切要谢谢您。是您，月之神桂，守护嫦娥的家，使得远游的孩子回家。今天嫦娥的女儿金曼回到家里，希望我们一家早日团圆。”

月桂仙翁咧着嘴巴憨笑，温和地说：“嫦娥，不必多礼，快起来。细听老朽之言：谁人不知相思苦。嫦娥乃月之仙，对天上人间的情劫无奈何。老朽乃月桂之神，对它又能如何？今日一聚，明日分离。来也匆忙，去也匆匆。希望你家早日团圆。”

金曼扑进嫦娥的怀里，泣不成声：“亲娘，娘亲，多少次梦见娘站在月桂仙枝下，儿想着和现在这样躺在娘的怀里，永远不分离……”

嫦娥听了十分心酸，含泪说道：“儿女是父母的心头肉，自从和你们分离后，娘日夜思念，怎奈这广寒宫被寒冰严封，娘寸步难行……这树屋中的天机不可泄露，金曼一定要严守。”

金曼深知母亲的艰难，小声说：“娘，天魔已经复活了，占领了西天国宫殿，噬仙虫就是魔王的法器，所有神仙难逃一劫。”嫦娥并不畏惧，扶起金曼站好，信誓旦旦地说：“娘不怕！九十九个月圆之时所有魔王复活，人间和天宫将受劫难，让它来吧，娘不怕！”

金曼惊异地问：“娘，你和复活的喀曼魔王说的话一模一样，这天究竟有什么秘密？”嫦娥双手牵住女儿的手，生怕再次失去，急忙解释：“女儿呀，娘是月亮仙子，九十九个月圆之时，我儿姬满，唉……”

金曼细心琢磨许久，安慰说：“娘不必着急，姬满哥哥，他一定会如期而至！月桂老爷爷，您一定知道这九十九个月圆之时？”

月桂仙翁慢条斯理地说：“月桂只知道月缺月圆为一月，不知今夕是何年啊！嫦娥，何不带着金曼通过树屋畅游天下。”嫦娥拉着金曼想起什么，催促：“女儿呀，娘很久没见你的仙姨们了，正好带些桂花糕去看看，让她们尝尝鲜。”

金曼无比欢喜，说：“娘！我想见爹爹，还有哥哥姬满。”月桂仙翁慎重相告：“此行万万不能离开树影，不能与任何人相见，速去速回，天机不可泄露。”嫦娥领着金曼走进桂树屋，嫦娥许愿：“嫦娥，要见我儿姬满。”

影子念叨：“千根万系路路通，一路通到古城老榆树。”

第五十二回　母女送糕探亲友　金曼作法救二仙

古城之中，老榆树的树荫下，数百米之外的中军大帐，众侍卫严阵以待，侍女们身着束身便装来回忙碌。

白灵王后闻到一阵桂花香气，赞叹：“好香呀！哪来的桂花香？”周天子醒来，冲出大帐，大喊：“娘！”白灵王后急忙跟随周天子来到老榆树下，天子拍着老榆树，大喊：“娘，金曼妹妹，不要走，不要离开姬满。”

袁太师闻声走出大帐，急忙来到榆树旁，闻着桂花香气，顺香循去。

周天子回过神，对白灵王后说：“姬满见到娘了，娘和金曼妹妹就在树下。怎么，眨眼就不见她们了？”

白灵王后也在树下寻找，看到树上之物，用手指着说：“夫君快来看，这挂着什么？太师快来看，这是什么？”

袁太师疾步上前，飞身取下。他手捧着桂花糕老泪横流，激动地说：“桂花糕呀，这真是喜从天降，恭喜天子，有佳音了。”只见陈宫急忙跑来，见到周天子跪拜，高呼：“听说天子身体欠安，臣一刻都没敢耽搁，飞奔而来。”

周天子扶起陈宫，不住地念道：“真是有佳音了，陈宫快起来，太后、老太后可好？”

陈宫说：“好！她们都健朗着呢！各诸侯国精兵已到，太后家书在此。老祖宗还有口谕让我转告天子。”

“快告诉本王”

……

火州火龙树下，数条火龙喷吐三昧真火，炙热的火焰汹汹而来。吴刚手持巨大的铁链，铁链已被烧红，吴刚受尽磨难，不再像以前奄奄一息，反而亢奋地说：“烧吧，反正吴刚卑微的身躯已炼成金刚之躯。历经千祸，吾心不灭；经历万难，吾志不灭。你们九条龙一起来吧，就让火焰来得再猛烈些吧！”九条火龙同时吐焰，三昧真火齐发，周围巨岩变成火红岩浆，四处横流。吴刚在烈焰中哈哈大笑：“火龙，让火焰再猛烈些吧！”

火龙慢慢停止吐焰。一阵热浪吹来，吴刚感到一阵清凉。那是久违的桂花香，沁人心脾。吴刚伸手，拿住一物，定睛看时，坚毅之心即刻化为拳拳爱意，喃喃自语：“桂花糕，桂花糕呀！今日又见桂花糕，百恙消逝，心病无存。”

吴刚仰天高呼：“玉帝呀！吴刚不及嫦娥，能保天宫于安危；吴刚不及喜眉福星，能十世脱生化成灰。吴刚只求万般历练于一身，吃得一世苦修行。”吴刚一口吞下桂花糕，泪如泉涌，高声吟唱：

“万世不曾有染，今生死不足惜，千古奉献者，万古永流芳。”

吴刚手舞巨斧头，高呼：“让火焰来得猛烈些吧！吾虽是一代仙儒，总不能苟且偷生，女娲补得天，吴刚不负苍天。让火焰来得猛烈些吧！历练坚贞不屈之志。”九条火龙喷出熊熊火焰，吴刚在烈火中酣畅如沐，眼射金光，周身如溶液一般透明。

空中传来嫦娥的歌声：

桂花呀！亲人在相思，不问在何方。

桂花呀！亲人总相望，近在咫尺间。

桂花呀！待得亲人相聚时，不知阴实阳缺，不知何年何月何更？

空中传来金曼的歌声：

历代一座文山，时刻一支破笔。

激情伐桂临火州，历练铮铮铁骨。

文儒风雅傲骨，英姿飒爽销魂。

父亲是山，昂然屹立。

父亲是地，坦荡无垠。

有峰有骨，一世称雄。

万顷碧波的蟠桃园，蟠桃树下，仙女们正在园中忙碌。一个仙女指着那棵万年桃树，高喊："姐妹们，快来呀！是我眼花了，我看见嫦娥姐姐，她和金曼在树下向我招手呢！"

长仙女急切地说："我也看到了，就在前边，这棵树下。"仙女们放下手中活计，急忙跑到树下四处寻找。

"快看，这是什么？哟，原来是一盒桂花糕呀！奇怪！这月宫冰封数年，月桂不曾开花，哪来的桂花糕呢？"玉帝闻声，过来询问："哎呀，你们大呼小叫，在吵什么呢？"

见仙女们围着一盒桂花糕咂舌，玉帝上前见一位仙女将盒子藏在身后，说："不就是几块桂花糕吗，大惊小怪！都与本王拿过来。"仙女们赶紧献上，玉帝接过盒子，小心翼翼地打开盒子，一整盒桂花糕，金黄透亮，整齐排列，香气扑面而来。玉帝难以掩饰内心激动，伸手从盒子中间掐住最大的一块桂花糕，又把盒子递过去，命令："这些，是本王赏赐给你们的。"

玉帝轻轻咬一小口软糯的桂花糕，闭上眼睛，细细咀嚼，又睁开眼睛，举起手中剩余的桂花糕细看，再放在鼻子上闻一闻，心下明了。但他唯恐他人看出破绽，急忙掩饰道："你们觉着本王这桂花糕怎么样，比嫦娥月宫中的哪个好？"

不提嫦娥倒罢，一提嫦娥，仙女们突然十分气恼，一个仙女说："只有嫦娥姐姐做的，才叫桂花糕，其他的都是假的。天尊的桂花糕，怎能和嫦娥姐姐的相比！"

玉帝自讨没趣，讪讪说道："你们这些狼心狗肺的，不知本天尊的好意，得了，土地爷，你来尝尝。"

土地爷乐呵呵，鞠躬行礼："谢玉帝赏赐。"

玉帝挥挥手，说："都忙去吧！明天，天尊一定赏你们桂花糖。"仙女们无比开心地走了。

玉帝手对土地爷说："本王要在树屋里休息，不许打扰。"

托哈来到藤精树灵下，不停地嚷嚷："都十五天了，西王母怎么还没醒过来？你们这些不守信用的家伙，我要把你们都砍了！"此时，西王母金曼神采奕奕地从树屋走了出来，向托哈行礼致谢："托哈大叔，金曼已经百病全消了，谢谢托哈大叔。"托哈欣喜万分，跪地高呼："西王母你御体康健，比什么都重要……"西王母扶起托哈，说："托哈大叔，多谢你救命之恩。"

托哈见到西王母真恢复如初，适才觉得自己言行鲁莽，得罪了刚才的三位仙子，赶紧致歉："仁慈的西王母，托哈这人没啥本事，真正救你的是三位仙子。"托哈四处寻找，不见仙子现身，焦急地自责，"哎呀！你们这些救人的全跑了，留下俺这多嘴多舌的，作甚？"

西王母恭敬行礼致谢："各位仙子，金曼感谢你们救命之恩，请你们现身。"

一阵雾气之后，山神爷、土地祖母现身，金曼再次鞠躬行礼致谢："谢过两位仙老救命之恩。"山神爷、土地祖母齐声说："救你的恩人不是我们，我们也是多嘴多舌的。"

山神爷笑眯了眼睛，娓娓道来："很久很久以前，我们这儿山好水好，草深林密，飞鸟成群，百兽结队，遍地奇花异果，胜过仙境……"

土地祖母拉住西王母的手，接着讲起来："一天，天兵天将将一些残枝败树、秽土污泥扔下来，再也不管了。从此我们这里寸草不长，污水瘴气不绝。奇怪了，这些残枝败树生根结果，这些酸涩之果，却使人们百病不生，也不中这污水瘴气之毒。"

托哈听上地母这缓慢讲述，心中好不着急，急忙上前搭腔："我以为托哈的废话最多，谁知还有比我话多的呢！"山神爷拍拍脑袋，高声邀请："请三位救命仙子出来吧！"

三位仙子现身，站在托哈身边，面向西王母跪拜，齐声高呼："小仙拜见西王母。"

西王母急忙扶起三位仙子，感激地说："感谢三位仙子的救命之恩。"三位仙子含笑起身。

香梨仙子委婉地说："西王母不必多礼，噬仙虫本无毒，只是它噬了人的骨血，才有剧毒。我们只是碰巧给西王母解了虫毒。"

西王母非常感激，关心地询问："三位姐姐本是仙子，为何流落于此？托哈大叔请求过我，如果能为姐姐度劫，金曼愿意一试。"

香梨仙子拿出天丝披肩和一封帛书递给西王母，说："仁慈的西王母，这是你落在树屋里的披肩，里面还有这封信。"

西王母接过披肩，慢慢打开信，只见信上几个字：深沟，换土，佛祖圣水。西王母心想：肯定是母亲送来的。

神鹰飞来，落在西王母肩上，三位仙子、山神爷和土地祖母吓得急忙后退。

西王母赶紧解释："大家不用惊慌，这是金曼的守护神。"西王母又转头问三位仙子："三位姐姐为何流落到此呢？"

葡萄仙子哭诉："我是葡萄仙子，是当年西方有个叫圣教主的送给仙父神农氏的一枝苗，神农仙父对我十分呵护，使我结出串串硕果。"葡萄仙子讲话的时候几近哽咽，土地祖母急忙上前安慰。

香梨位仙子上前哭诉："我是香梨仙子，仙父神农氏在山中发现了我，对我关心备至，我也结出香甜的果实，后来……后来……"香梨仙子痛哭不已，山神爷急忙上前安慰。

最后蜜瓜仙子委屈地走上前，哭着说："我的命运最苦，我的姐妹们本来就长在戈壁沙地之上，神农仙父年复一年，对我们精心栽培，使我们结出硕大甜蜜的果实，可惜我们……后来……"蜜瓜仙子也泪流不止，无法再讲下去了。

托哈急了，大声责怪："你们天天叫我去找西王母，现在西王母就站在你们面前，你们一个个哭成泪人儿，是要给西王母再制药吗？"

山神爷上前帮忙，抢着说："我来说，当年三位仙子跟着神农仙父学艺，学得一手酿制蜜饯的好手艺。王母娘娘下凡，将三位调上天宫，封仙封神，长期重用。"

土地祖母急忙插嘴："不想，十位太阳神闯进蟠桃园，祸害了蟠桃园。王母娘娘无奈下旨，让天兵天将悄悄将污泥秽土、残枝败树抛下天宫。"

托哈再也忍不住了，打断土地祖母："还是托哈来说，就是十位太阳神，留下的毒烟秽气，弥漫笼罩在我们这里，所以这里的大部分树呀、草呀、藤呀发霉腐烂，渐渐死了。个别活下来的，天天哭呀，如同鬼哭似的，叫人心痛。"托哈喘口气，接着陈述，"那年观音菩萨从这里经过，欲救他们。谁知，菩萨掐指一算，说这里劫数未满，劫数满时，自有圣仙元丹前来拯救。我走遍四方，听说西王母仁善，能救四方难民，所以就请您来救救我们这些受苦受难的姐妹兄弟，救救我们这些还没出世的孩子。西王母，救救我们吧！"托哈跪在地上，众人也跟着跪地齐呼："西王母，救救我们吧！"

西王母扶起托哈："众位都起来，只要能救这里，金曼定竭尽全力救你们。那就先从我们的脚下开始吧。"

金鹰在西王母肩上啼鸣："祛除污垢，必须有西方佛祖宝瓶圣水。佛祖圣水，是西方法老王献给佛祖的圣水，装在阿波斯坦宝瓶之中。老雕这就去佛祖那里求水来。”金鹰疾飞而去。

西王母对众位说：“还要把这些污秽深埋。这里可有深沟？”

土地祖母急忙应答：“距此百里远，有一深沟，深不见底，叫艾沟，是个天然的大深沟，足有百里宽。”

西王母满意地说：“深沟找到了，就要找适合香梨仙子生长的好土。”

香梨仙子上前请求：“尊敬的西王母，距此百里，有一片土丘，那土是千年万年积下来的。谁要去那里，馋得直流口水。”

西王母满意地说：“那好土也找到了，还有一样，大家等一等。”托哈看着香梨仙子高兴的神情，提醒：“看你美的，咋不哭了？我这有约在先，你若病好，必须跟我托哈姓了，不能反悔。”

土地祖母说：“托哈不要胡说，这是本仙的地盘，香梨仙子以后是我的女儿，跟着我姓，叫库尔乐！”

众人仰望天空，期盼着神水……

金鹰飞到西天极乐世界，落在佛祖宝座上。

佛祖侧卧而眠，酣睡不醒。一个时辰过去了，又是一个时辰，金鹰看到西王母眼望天空焦急等待，心想：“不就是水吗，取了先救急用，以后再还上。”

金鹰抓起佛祖的金钵盂，飞进阿波斯坦宝瓶，飞去取水。

佛祖睁开眼睛，呵呵笑了两声，继续睡。

金鹰飞来，将金钵盂放在西王母手中。西王母捧起金钵盂，谨慎地供奉在神台。西王母跪在神台边，口念咒语。少顷，地动山摇，污泥秽土汇集起来，污河恶泽已不见踪影。西王母使出全身法力，污泥秽土越来越小。西王母抛出披肩，将其包裹结实。

金鹰飞来，伸出巨爪，抓起包着污秽之物的披肩，向艾沟方向飞去。

西王母跪在神台边，依然施法，一个个小土丘飞来落在坑凹处，金鹰飞回来，用巨爪击碎土丘。西王母依然施法，地面越来越平整。西王母汗如雨下，疲惫不堪。她捧起金钵盂，口含圣水，向四方喷洒。四面八方，如同久旱遇甘霖，田野逐渐变绿，树木抽芽舒叶，白色梨花挂满枝头。男女老少从四处涌来，欢呼：“感谢仁慈的西王母……”

“这泥土怎么这么香？托哈你快来闻一闻。”

男女老少跑到河边，跳进河水里，欢呼："这水怎么这么甜？托哈你快来尝一尝。"托哈捧着一碗水，领着乡民走向梨树，脚下不再泥泞，田野绿油油，蜂舞蝶恋。

拉娅扶着西王母坐在宝座之上，托哈举着木碗敬献："仁慈的西王母，请饮一碗水，这是您赐予我们的圣水。"西王母接过木碗，一饮而尽。

土地祖母领着香梨仙子说："仁慈的西王母，我又多了个女儿，是您救了她。"

香梨仙子端来果篮，敬献："神圣的西王母，为了我们，您耗尽了法力。西王母之恩，小仙终生难忘，献上圣果，请西王母品尝。"

托哈急忙上前，抢了一颗香梨，拿在手里细看，忍不住摇头责怪："你看这梨，如此难看，一定酸涩难咽。如今这儿土壤肥沃，河水甘甜，你还结这样难看的果果，你能对得起西王母一片苦心吗？"

西王母接过梨，咬了一口，皮薄肉脆，汁水甘甜，不禁感叹："真是，难以下咽！大叔若不吃，给金曼吧。"

托哈把梨紧紧地攥在手心，蹲在地上痛哭流涕："费心又费力，却以这样的方式回报西王母，真是羞愧啊！"

西王母忍俊不禁，赶忙笑着扶起托哈，劝慰："大叔！我是说好吃得很，舍不得咽下去。大伙儿都来尝尝，无比鲜美。"

土地祖母品尝后，赞叹："此物只有天上有，甜而不腻，脆而不涩，皮薄肉嫩，世间罕有啊！"

托哈连梨柄都吃了，一时间释然："总算没有让西王母白白耗费法力。"

蜜瓜仙子和葡萄仙子分站托哈左右，吊着脸，一边一个拉着托哈的衣角，托哈走到哪，两位仙子跟到哪，寸步不离。

托哈无处可躲，悄声劝慰："你们俩别老跟着我，没看到西王母已经虚脱了吗……"两位仙子苦苦哀求，托哈只得推脱："说好了，谁跟托哈姓，就先治谁。""我们俩要一块治。""好了，我服你们了，可是西王母太累了，怎么办？"

山神爷怪罪道："催着要投胎呀！让西王母多休息会儿，别急呀！"

西王母擦干额头上的汗水，提起精神，快活地说："这水也喝了，梨也吃了，该干活了。"

众人顶着太阳，来到荒原，蜜瓜仙子指着一片瓜秧介绍：“我是仙子，她们都是我的姐妹。”

众人放眼望去，干涸的土地没有一丝活力，地上的一条条干秧被毒烟瘴气笼罩，秧叶干枯，果实时时发出“呱呱”的悲鸣声。

烈日下，西王母仔细观察：这里没有一丝凉意，干燥的沙土，没有一点水分。西王母问：“这里没有污泥秽土，只是毒烟瘴气太重。蜜瓜仙子，这里土质如何，是仙子想要的吗？”

蜜瓜仙子诚恳地回答：“我们世代生长在这里，这里的土质，最适合蜜瓜生长。就是毒烟瘴气难以消除，我们无法生存。”

西王母问山神：“这附近可有大河？”山神爷指着前方：“那里就是大河。”

西王母拿出香囊，放在金钵盂中浸湿，手指香囊作法，香囊飞向空中，变得巨大无比，抽吸着毒烟秽气。

西王母对金鹰说：“来点风，不要太大了，快来助我。”

金鹰飞起，扇动翅膀，一股风将地上的毒烟秽气收入香囊之中。

西王母收起香囊，说：“山神爷，借拐杖一用。”西王母指着前方问山神，“这是河的上游吗？”

山神爷回答：“正是。”

西王母口念咒语，扔出拐杖。拐杖如利箭飞出，顿时山崩地裂，拐杖深深插入土地之中。

西王母对托哈说：“托哈大叔，你要蜜瓜仙子随你姓，就要多劳动，河水马上就要流到这里，水不能多，也不能少，你要挖出小胳膊的深度、手臂粗的沟，不能伤着瓜秧，还要间隔两人高。”

托哈领命，大声说：“各位兄弟，都听清楚了吧？该是出力的时候了，赶快动手！”

众乡民挥汗如雨，按照西王母的吩咐挖沟。

西王母说一声：“收！”拐杖便飞回。山神爷拿回拐杖，看着一道河水流淌而来，乐得合不拢嘴。河水很快流到田间，灌入了浅沟。金鹰飞起，用巨爪在地头上挖出深沟，河水又顺河沟流淌，流向远处河滩。

托哈兴奋地呼喊：“我不是在做梦吧？引水灌田，世间罕有。”

托哈率众乡民跪拜，高声道谢：“西王母！我们做梦都想有这样的宝地，西王母的方法，我们一定要传下去。”

西王母扶起托哈说：“托哈大叔，我看蜜瓜仙子随你姓可以，只是托蜜瓜实在不好听，哈密瓜这名字好听，就像人吃了蜜瓜一样，甜得笑哈哈。你这地方就叫哈密，咋样？”

托哈笑哈哈地说：“西王母，哈密这名字起得好，我们的日子比蜜甜，天天笑哈哈！”

土地祖母心中疑惑，请教：“西王母在上，还请西王母重新赐名。”

西王母明白她的意思，若有所思：“仙长与香梨仙子刚刚相认，女儿叫库尔乐，很好听，不用改了。只是那河水，取自佛祖圣水，我们又见到许多孔雀在此安家，孔雀是佛之神鸟，就叫孔雀河，你说好吗？”

土地祖母满心欢喜，笑眯了眼，称赞：“库尔乐、孔雀河真美。西王母赐名，真有学问。”

众人还没来得及欢庆，只见葡萄仙子已昏昏欲睡，山神爷惊呼：“葡萄仙子已坚持不住了，仙藤即将枯败，这可如何是好？”

西王母大声催促：“火速出发，一刻也别耽搁。”

山神爷为难地说：“我那是山，山间有谷地，而且是火州，污泥秽土到处都是，就如同锅上的烧饼，烧饼上长着葡萄枯藤。”

西王母命令：“神雕听令：带着山神爷速去把枯藤连根拔出，放在金钵盂水中。”

金鹰架起山神爷，疾飞而去。

第五十三回　佛祖相助救仙子　老者协力驱魔王

烈日下，火州如烈火在燃烧。每一个生命渴望苍天能滴下细雨，期盼能有一片云朵遮挡烈日。哪怕有一丝清风，带来一丝凉意，他们也觉得有盼头。

山神爷守护着枯藤，金鹰飞来抓起粗壮的藤条，藤条被连根拔出，一根根、一棵棵放入金钹盂圣水之中。

西王母引众人赶来，看见金钵盂中的枯藤已经发芽吐绿，小小的叶片在热风中如同无数婴儿的双手在召唤。

西王母急切地问："葡萄仙子，有何要求？尽管讲来。"

葡萄仙子拿起一块红褐色砾石，细心介绍："这种砾石地再培些土壤，就是我最喜欢的土地。而这种黑色污泥秽土，太恶心了，要铲除干净。最好有些坡度，便于我爬藤搭架。"

西王母又问："葡萄仙子对水可有要求？"葡萄仙子说："需水不多，也不能少，低凹之地，有雨水贮存就够了。"

西王母举起金钵盂，计上心来：就这样挖下去，如果能挖出水来，一切都好解决。对了！就照着山岩，往最深处挖，不信挖不出水来。

西王母举着金钹盂口念咒语施法，四处依然平静如故。她连续虔诚地试了几次，都不见动静。西王母急得满头大汗，心想：怎么会纹丝不动呢？此时西王母使出浑身气力，再次施法。

金鹰领会西王母的意图，飞到高空，伸出巨爪俯冲去抓，坚硬的黑色岩石只留下几道深深的爪痕。金鹰一次次俯冲抓下，钩爪与磐石碰出火星，留下道道抓痕。金鹰再次飞起，依然俯冲而下，一抓再抓……

西王母聚集全身力量，眼射金光，磐石被烧出一道深沟。

葡萄仙子上前拦住西王母，低声劝说：“西王母，你已经尽心竭力了，能被您亲自搭救，我万分感激。但是不能因为我，让西王母失去宝贵的生命。我们可以另选他地，一样可以存活。”西王母不为所动，坚持己见：“仙子们无私无畏地救金曼，金曼舍命难报救命之恩。我们这么多人齐心协力，定能感天动地，眼前的困难定会被克服！让我再试一试。”

烈日毒辣地炙烤着，大地如同烧红的烙铁。西王母集中所有力量，眼射金光烧开山岩。黑色山岩，如千年万年未解的天书，一页页被打开。金鹰的悲鸣刺破长空，它闪电般向下俯冲，巨爪深深穿进巨石之中。山神爷和土地祖母，死命地用拐杖在地上敲，托哈领着村民到来，手握斧钺奋力去砍。火花飞溅，岩石被击碎，人人急红了眼，拼命去撞击、敲打、砍碰，期望挖下去。

西王母擦去汗水，果敢地说：“听我的，集中一点，我就不相信挖不下去！”众人更加卖力，齐整地喊着号子，与天抗争。

正当此时，西方祥云翻滚，射出金光，天空中法器齐奏，佛经诵唱。八百金刚、五百罗汉现身天空之上，摆开佛坛。夺目金光射向四周，佛祖如来通身金光，现出真身。只见，如来佛祖盘坐天空正中，伸出神指，笑曰：“雕兄为了苦难百姓，取了水，也不道声谢。西王母金曼，好事不可做满，满则亏。还是让如来助你一臂之力！”

西王母急忙行礼：“佛祖在上，受金曼一拜。西天国百姓，感谢您的圣水。西天国臣民，谨遵教诲。”

佛祖笑曰：“西王母金曼乃是原始神尊，今日如来助你，也是缘定。雕兄真会选，这金钵盂并非真金，是金色沙泥制成，是我苦修时的盛水器。西王母金曼，你为它选好了去处。你把它安放在地上，你们且退出百里，等本座作法。”西王母引领众人，跨上金鹰，急忙退出百里。

众人跪在滚烫的山岩之上，闭目合掌，虔诚祈祷。

顿时天空中佛光四射，佛经诵唱。木鱼叮咚，法器之声响彻大地，唱经声传遍天宇。大地颤抖，人人不敢有一丝懈怠，齐心协力，共同祈祷。

三个时辰过后，众人睁开眼睛，金钵盂不见了，群山围绕深谷，那谷深不见底，一棵巨藤伸向谷底。

西王母引领众人走下沟谷，沟底平坦，广阔无垠，咚咚泉水潺潺流出，众人欢呼雀跃。

葡萄仙子取来成串的葡萄，西王母命令：“先敬献如来佛祖。”金鹰抓起葡萄飞去，空中传来佛祖的声音：“西王母金曼，谢谢你，我们都尝到葡萄了，无比甜蜜。西王母去造福西天国的百姓吧。”西王母急忙领众人拜谢佛祖。

等送走佛祖，西王母刚起身，拉娅引领众臣拜谢西王母。牧果果上前说：“仁慈的西王母，石头再坚硬，不如我们的意志坚硬。恶魔挡道，我们不能在这荒凉之地坐以待毙，我们要奋起抗争！”

拉娅上前请命：“仁慈的西王母，我愿带人去王城打探消息。”西王母闻言，急忙劝阻：“诸位大人，喀曼女王复活变成魔王，西斯国女王占领了王城，百万魔兵占领了王宫。百万魔兵只要闻到一丝血腥和人气，就会捉活人噬血。众多西斯国人奴已被噬血，变成魔兵。所以，我们不能去王城，谁也别去当魔王和魔兵的点心。”

拉娅不解地问：“仁慈的西王母，我们在这里，魔兵肯定要追来，我们能躲藏多久呢？可恶的巴巴拉，我真是瞎了眼，相信这恶魔，我要消灭他们。”

牧果果细心揣摩西王母的话语，觉得西王母说得很有道理，上前劝阻拉娅：“拉娅大人，正如西王母所说，我们都是幸运的，得到西王母的保护，才没变成恶魔的点心。别想王宫了，那里已经是魔城，所以保全所有百姓的生命，才是当务之急；谁也别去跟死人打仗，太不值了。”

一位老者直言：“我是王族，却被恶魔欺骗，可怜的哈哈尔大人，他是我们的兄弟。如今，我们辛辛苦苦建设的家……唉！”

西王母汇集大家，高声说：“各位大臣和乡民，我们的家园不能让给恶魔只要我们同心同德，定能打败恶魔，夺回王城，夺回王宫！我们西天国的人不管走到哪儿，哪儿就是开心的乐园。即使明天，我们成为恶魔的点心，也要快活起来。牧果果大人，开心的笑话，哪儿去了？讲起来……“”

众人欢呼声一片。

牧果果上前用滑稽声调讲道：“哎哟！西天国臣民们，你们好好地想一想，哪一个魔城不是空城？那些可怜兮兮的百万魔兵，连牲口不如，天天给贪婪无比的魔王打造兵器，累了就像狗一样趴在地上……”

金鹰飞回，落在西王母金曼的肩上，啄来一片经叶。西王母拿着经叶，细细领悟。西王母心里想：这是驱魔经，有了它，就不怕魔王了。

牧果果更加开心，眉开眼笑地说：“昨天，老汉做了一盒点心。点心害怕被人吃掉，有两个点心趁老汉不注意，竟然打开盖儿跑了。没跑两步，被老鼠吃掉一个，还有一个被一群苍蝇绑架了，死得更惨。剩下的点心跟老汉吵架，老汉不得已，先吃了一个最不听话的，再吃了一个不太听话的，又吃了一个不听话的。就剩最后一个听话的了，老汉没舍得吃，唯一的一块点心，你们说，老汉该咋办呢？”众人欢呼：“给我吃，吃了它！”

牧果果开心地回答：“西王母说得好，谁也别做点心，谁也不要去送死。兄弟姐妹们，留个空城，魔王们还有点心吃吗？如今，我们就地开荒造田、休养生息，待到时机成熟，我们一举收复王城。”

阳光照耀着百亩葡萄园，西王母坐在葡萄架下，绿叶遮挡住强烈的阳光。清风徐来，望着一串串成熟的葡萄，西王母心里很是欣慰。

葡萄长廊尽头，一位白发长须老者，拄杖而来。

西王母见此人仙风道骨，急忙上前恭迎。老者讲的话语，西王母闻所未闻。金鹰飞来，落在西王母肩上。西王母虽然竭力听老者说话，但她一句还是听不懂。西王母急得直摇头。老者用周朝语言说：“我是圣教主，你可是西王母金曼？”这下西王母听懂了，惊喜万分地握住老者的手说：“感谢你，圣教主。我会周朝话，现在能听懂你讲的话。”

老者双手不停地比画，用生疏的周朝语言说：“我从你的宫殿来，那里已经是恶魔的天下。我要去天宫，找玉帝共同抗魔。只是有一件事，让我纳闷：这些葡萄树，我只送给老朋友神农，为何在这里出现这么多葡萄树？你要给我一个说法。”

西王母扶长者坐下，恭敬地说：“圣教主，请喝水。”西王母召唤葡萄仙子。

葡萄仙子闻声而来，见到圣教主上前行礼：“圣教主，又见面了，您不记得我，我却记得您。我是您送给神农仙父的那一枝葡萄仙藤，活了上千年，已经得道成仙了。十个太阳扰乱天宫，天宫失火，我姊妹被天将从蟠桃园扔到火焰山。西王母再次救了我，才使葡萄根深叶茂，有了百个姐妹。”

圣教主气愤地说：“送人之物，如此不珍惜，我要找玉帝讨个说法。”

西王母急忙劝阻："圣教主有礼了，我是西王母金曼，既然你这么慷慨，西王母有哈密瓜相送，还送你两颗瓜种，请您别让玉帝难堪。只要您能帮我们打败魔王，西王母还有神奇的果子相送。"

圣教主品尝葡萄，赞不绝口："嗯，这葡萄真甜，西王母你的能力非同小可。我相信你的品德。"圣教主又品尝哈密瓜，万分惊叹，"嗯，这个更好，我愿意交换。我不找玉帝麻烦了，我要帮助你们，打败魔王。"

圣教主拿着香梨，一边看一边尝："这个样子不好看，但非常好吃。"

西王母诚恳相邀："等圣教主帮我们打败了魔王，我们交换交换。一言为定。"

圣教主左手拿起西王母右手，拍在自己右手上，高呼："一言为定。"

西王母照样子拍了一下，高呼："一言为定。"

西王母又致谢："谢谢您的赐福，这两个哈密瓜，请您带给玉帝。"圣教主点头夸奖："西王母金曼，你的美好心灵，令人敬仰。我必会向玉帝转达您的敬意。"

第五十四回　天王接旨查原因　天将下界探究竟

天宫，云雾缭绕，紫气东升。金霞宫内，王母娘娘在凤榻上半卧，闭目养神。仙娥们昏昏欲睡，天仙们也睡意蒙蒙。

一阵蜜瓜的香味从窗外透过纱帘纱幔，慢慢飘到王母娘娘处，钻入王母娘娘的鼻孔。王母娘娘慢慢睁开眼嗅了嗅，惊问："什么味道？这么香！"仙娥们被惊醒，急忙围在床边。

宫人来报："西方圣教主与玉帝在前庭，请王母娘娘您前去。"

王母娘娘慢吞吞起来，说："那个老家伙来了，准没好事，本座不去，不去。他们在干什么？"

宫人禀告："他们在品尝一个叫哈密瓜的新鲜，是西王母金曼送给玉帝和王母娘娘您的，他们正在品尝。"

王母娘娘顿时来了精神，自言自语："金曼送来的，怪不得闻起来这么香！速去回禀，本座马上就来。"

王母娘娘在众仙娥簇拥下，来到前庭。

王母娘娘喜笑颜开，热情地说："圣教主远道而来，有失远迎，失敬，失敬。"

圣教主急忙起身，行礼问候"王母娘娘，我远道而来，专程来看望老朋友，娘娘可安好呀？这是我路过西天国，西王母金曼送给玉帝和娘娘的哈密瓜，请您品尝。"

王母娘娘在玉帝身旁坐下，笑着说："圣教主，不必客气，不妨我们一起品尝，请坐。"

圣教主款款落座，打开话题："此次前来天宫，一路之上魔怪复生。西天国都城已经被西斯国女王侵占，西天国前女王居然复活了，成为最大的魔王。西天国宫殿已经成为魔城，百万魔兵在炼金、筑城、打造兵器。而且，魔王说，九十九个月圆之时，魔王将要统领世界。"

王母娘娘随口问："那西王母金曼在哪里，她怎么不去抗魔？"

圣教主直言："百万魔兵，来势汹涌，见活人就噬血，西天国兵力有限，怎能抵抗？况且，西王母金曼中了魔王的噬仙虫之毒，法力尽失，只好逃到了火州。"

圣教主说完，突然感到浑身难受，痛苦地说："哎呀！我感到，浑身……"圣教主面色苍白，冷汗如雨。

玉帝怜悯圣教主，急忙吩咐："圣教主远道而来，先去休息，再谈抗魔之事。来人呀！扶圣教主去休息。"

圣教主虚弱地说："玉帝，我路过西天国，被巴巴拉大人盛情款待，可能也中了噬仙虫之毒。这巴巴拉大人，真阴险呀！"圣教主被宫人扶去休息。

王母娘娘满腹心事，一边品尝哈密瓜，一边说："难道西王母金曼的哈密瓜比老妇的蜜瓜还要好吗？"

玉帝恼怒地说："你都多大岁数了，毫无长者风范，竟然和孙儿较真儿。"

王母娘娘认真地说："谁是我的孙儿？天尊可得说清楚。"

玉帝无奈地说："娘娘当年不是说周天子姬满跟本王长得一模一样吗？那本尊问娘娘，西王母金曼不仅长得像嫦娥，还更像谁？"王母娘娘恍然大悟，气恼地说："姬满和金曼，不会是你和嫦娥生的龙凤儿女吧？"

玉帝连连摇头，说："娘娘真是糊涂啊！这一双龙凤，本来就是天宫之子，那金曼和你年轻时一模一样……"

王母娘娘打断玉帝的念叨："你刚说西王母金曼和谁一模一样？"

玉帝干咳一声，说："还有谁，年轻时的你呀！"

王母娘娘捂着嘴，惊恐万分，为掩饰心中不安，立即掩饰："本尊自个儿怎么就没发现呢？"

玉帝挖苦道："娘娘整天玩弄权谋，哪里有时间观看镜中的自己呢！"

王母娘娘感到玉帝话中有话，生气地说："分明是嫦娥与吴刚日久生情，生得一双私生子，怎和本尊牵绊起来了？"

玉帝一拍大腿，说："娘娘，提起这吴刚，倒让本天尊想起一件事，他在月宫伐桂，加上火龙树受刑，应该有多年了，刑期已满。启明天星一职尚缺，正适合于吴刚。本天尊这就下令先赦免吴刚之罪，再任吴刚为启明星君。速去传御旨。"玉帝挥手，旨意传出。

王母娘娘恨自己多言，气恼地说："吴刚这种违反天纲天纪之徒，天尊不但不重罚他，还给他新职，真是便宜了他。但嫦娥绝不能走出月宫，否则，天宫又无一日安宁。"

玉帝摇摇头，语重心长地说："天纲天纪，绝不能以个人私欲来定，一切皆有法度。娘娘，不可私心太重呀！"

王母娘娘一听玉帝护着嫦娥，又气又恼，立刻大声命令："速传托塔天王李靖来见。查清哪个大胆之徒，竟敢和天宫作对！这蜜瓜分明是天宫之物，怎能私下人间，成为凡物！"

玉帝笑呵呵地再次提醒："分明是娘娘把三位仙子赶出天宫，何来'私下人间'！真是胡搅蛮缠！"

少顷，天王李靖觐见，他恭敬地说："玉帝天尊、王母娘娘唤李靖前来，有何吩咐？"

王母娘娘急忙说："西王母金曼，私自为神农三女祛毒，胆大妄为，速差神兵下界收集证据。"

"臣遵命！"天王李靖向玉帝行礼，

玉帝关切地问："李靖爱卿，吴刚是否已任启明星君？"

李靖上前禀告："奉玉帝之命，罪臣已去火州，命火龙归天，颁御旨后，随吴刚去启明星，吴刚已到任。"

玉帝满意地说："李靖爱卿辛苦了，回去休息吧！"天王李靖眼瞅王母娘娘欲说又止，玉帝问："爱卿，还有事吗？"天王李靖急忙行礼告退："臣告退。"

李靖天王回到天王府，坐在桌旁，左思右想：玉帝不下令，王母娘娘叫本天王去收集证据，这西王母金曼有罪还是无罪呢？这差事真难当。

李靖正发愁时，只见随从带着米斗和曲哈前来禀告："这两厮，争吵不休，不听人劝，请天王定罪。"

曲哈和米斗向李靖天王叩拜，曲哈抢先说："参见天王，天王如何吩咐，小将万死不辞。”米斗争执：“拜见天王，好听的，都被曲哈说了，让我说什么呢？天王有何吩咐？”

李靖天王扑哧一笑，说：“二位都是忠心耿耿的仙道，何必争个高低？二位不必多礼，起来回话吧！”

米斗抢先又说：“谢谢天王。”曲哈看着米斗，迟疑地说：“天王，谢谢。”

天王李靖计上心来，示意左右退下。

天王李靖故弄玄虚，压低声音神秘地说：“王母娘娘有一重要之事，派你二位神将去下界探听消息，收集证据。这是王母娘娘的旨意，你二位马虎不得，速去下界查清楚。”

曲哈急忙说：“小将领命，谢谢王母娘娘，谢谢天王的信任。”米斗翻个白眼，瞪着曲哈，结结巴巴地说：“好、好话又让曲哈说完了，天王谢谢，谢谢王母娘娘信任，米斗领命。”

李靖天王声音压得更低，叮嘱道：“你二人若成兄弟方能领命，否则……”曲哈再次抢先说：“禀告天王，我俩本来就是兄弟，我比米斗年长一刻，所以米斗才说我事事都占先，不服气。米斗弟弟，你说是不是呢？”米斗急了，指着曲哈不服气地说：“报告天王，什么事都被哥哥曲哈抢先，当小弟，也太没脸面了。”

李靖天王挥手，正色命令：“不必争执，火速出发，不得延误，这是令牌，一人一块。”

曲哈和米斗二人举着令牌，并排来到南天门，出示令牌。两位一个筋斗向下界栽去，依然互不相让。

南天门守卫天将高呼：“二位神兄，别急着投胎呀！慢着点。”

晒棉场上的棉花堆积如山，曲哈和米斗如流星般坠落，栽进松软的棉花堆里。棉花四处飞扬，曲哈和米斗艰难地从棉花堆中钻出来，满头满脸，浑身上下贴满棉花，爬出棉花堆。

老农拿着木杈，照着米斗屁股上一叉，大喊：“偷花贼，俺看你还往哪儿跑？”米斗捂着屁股大喊：“曲哈，挨扎了你咋不抢了？”米斗捂着屁股蹲在地上，曲哈躲在棉花堆里不敢出来。

老农拿着木杈对着藏棉花里曲哈大声警告：“偷花贼，本事真高，藏在棉花里，有本事别出来，俺的杈子戳死你。”

曲哈赶紧求饶说:“别戳,别戳,我出来,我出来。”曲哈从棉花堆中爬出,跪在老农木杈下,一副可怜的样子。

老农上前教训:“两个毛贼,穿得还展挂,干啥不好,当飞贼!仁慈的西王母,没教导你们吗?老汉今天好好地教导教导你们。”

曲哈急忙坦白:“我们是天将,从天上飞下来的,不信我有令牌在此。”老农哪能相信,大声调侃:“你们要是天将,俺就是玉皇大帝。你们这毛贼不但贼胆儿大,还信口雌黄,吃老汉一杈!”

米斗委屈地说:“大爷为啥不戳他偏戳我?我们是天将,不是飞贼。”

老农随口说:“你抢先要跑,俺才先戳的你。”米斗跪地赞叹:“上天真不公平,大地太公平了,老汉你说的话太好了,我终于抢先了,你是我最好的证人。”

曲哈感到落后于人,竟然哭着说:“弟弟,你连证人都有了,当哥哥的不能输给弟弟呀!”曲哈放声痛哭。

见两人说话奇奇怪怪,老农疑惑不解,就问:“你们从天上掉下来,不是飞贼,干啥来了?”

米斗得意地说:“我们奉王母娘娘旨意行事,不能告诉你。”

老农摆开架势,吓唬道:“你们两个飞贼,若不从实招来,俺的木杈,决不放过小毛贼。”

曲哈辩解:“老汉,我们真的不是飞贼,我们是来寻找西王母金曼救三位仙子的罪证的。”米斗上前捂住曲哈的嘴抢着说:“我要抢先说,不许你说。”

老汉一听气上心头:“你俩毛贼,西王母救三位仙子,何罪之有?俺要带你们去见西王母,叫西王母治你们的罪。”

米斗依然捂住曲哈的嘴,曲哈脱开米斗,急忙说:“是王母娘娘要我们收集证据的,令牌在此。”

米斗气愤地说:“又叫你抢先说了。”

老汉看着令牌,摇摇头,说:“你们说自己是天神,除非你们会飞。”

米斗一听,立即驾云而飞,曲哈急忙追赶,米斗高兴地喊:“弟弟又抢先了。”

曲哈和米斗并行向前走,谁也不能多走一步。在路上,他们碰上了咕咕叫的长颈鹅、呱呱叫的扁嘴鸭和咯咯叫的花公鸡,它们列队向二位天将致意,曲哈和米斗向它们频频招手。走着走着，他们又碰到咩咩叫的山羊、吱吱叫的田鼠，哞哞叫的母牛，就连不会叫的野兔，也停下急匆匆的脚步，列队向二位天将致敬。曲哈和米斗向它们再次还礼。

晒毛场的羊毛堆积如山，曲啥和米斗并排走来，晾杆上一排排小鸟儿愉快地唱着歌，向二位天将致敬。喵喵的小花猫跳出羊毛堆、吃着青叶子的小白兔和跑在山冈上的小山羊，它们都向二位天将致意，二位天将也向它们招手。

荫翳的柳树丛，遮阴的凉亭，风吹柳摆，景色很美 。曲哈和米斗走近柳树丛，遇到一头长耳朵的毛驴正在吃草，长耳驴见到曲哈和米斗二天将，急忙竖起耳朵行礼。那长耳毛驴，竖起的耳朵，足足有一丈二尺长，就像天神顺风耳的长耳朵。曲哈和米斗心里赞叹："这双耳朵，比顺风耳听得还清楚。"

此时传来嬉笑之声，曲哈和米斗小心地循声而去，隐藏在垂柳林中，向前窥探。凉亭中，拉娅和众臣正在商量事情，见柳林中曲哈和米斗二天将在窥听，众臣只动嘴不出声。

曲哈和米斗认真窥听很久，很是着急。"哎！"曲哈指着长耳驴悄悄说，"那不是长耳朵吗？""对！"米斗说，"你借来戴上正适合，不信你试试？一定能变成顺风耳。"

曲哈和米斗恭敬地走到长耳驴跟前，长耳驴依然在向二位天将行礼。

"尊贵的毛驴阁下，"曲哈虔诚地说，"我们想借你的长耳朵，用完就还，决不食言。"

"对！"米斗也说，"毛驴阁下，我们保证用完还给你。"长耳毛驴看着二天将，向他们点了点头。

曲哈和米斗上前拿下长耳朵，如获至宝，精心把耳朵挂在曲哈的头上，米斗小心地托着长耳朵。曲哈听到远处风声、流水声，连蚂蚁咳嗽的声音都听得清清楚楚。任何声音都难以逃脱这双耳朵。

米斗焦急地问："听到什么了？"

"他们在说悄悄话呢。"曲哈说，"他们说西天国来了一位金曼，做了西王母。"

米斗点头应承："那，很可能是嫦娥和吴刚的女儿。"

"他们还说，"曲哈接着说，"西王母为西天国万民消灾解难，拯救万民，是救苦救难的菩萨。”

米斗又点头称赞：“嫦娥是好人，她女儿肯定是好人。”

“他们还说，”曲哈继续探听秘密，开心地说，“她拯救了神农氏的三个女儿，驱走了毒烟秽气，佛祖都帮忙了。”

“对！”米斗无比开心地声说，“咱们总算查清了，就是她干的。”

“查清了，谁又敢得罪佛祖呀！”曲哈惊恐地说，“佛祖的手掌连孙猴子都没翻过去，要把我们捏一下……”

米斗焦急回头一看，只见老农扛木杈追来，吓得他全身哆嗦，拉着曲哈就跑。向晒毛场跑去。

曲哈和米斗在前面跑，毛驴一边在后面追，一边嘶叫。

二位天将经过白兔时，白兔将曲哈拖着的长耳朵拽去一段，戴在头上。白兔竖起长耳朵，很满意地招手再见。

二位天将经过小猫和山羊，小猫和山羊各拽了点耳朵，满意地戴在头上，竖起了短耳朵，向天神致敬。

老农高举木杈追来，曲哈和米斗急忙向晒棉场跑去，毛驴也跟在他俩后面紧追不舍，狂叫不止。

二位天将经过长颈鹅、扁嘴鸭、花公鸡等，它们都想喙一截耳朵，但没喙到，气得乱叫。

老农把木杈向他们扔去，曲哈和米斗急忙驾云飞去。

老农拾起木杈，指着天空骂道：“再敢来，戳穿你们，臭飞贼！”

天王李靖显圣，迫不及待地问：“查清楚了吗？”曲哈和米斗急忙跪拜，异口同声：“禀告天王，查清了。”突然，从地上传来毛驴凄惨的嘶叫声，天王李靖责问：“这是什么叫声，如此难听？”

“那是……”米斗指着曲哈头上的耳朵说，“毛驴在要耳朵呢！”

天王李靖怒目圆睁，大声训斥：“这是驴耳呀，谁敢戴上，谁就变成妖怪，快还回去！气杀我也！”

曲哈急忙战战兢兢地取下耳朵，看着剩下的耳朵，为难地说：“借毛驴的长耳朵，被其他动物拽去了好多，怎么给毛驴还呢！”

天王李靖更加恼怒，高声训斥：“哎呀呀！毛驴听了太多闲话会不健康的，火速还回，不得拖延！气杀我也！”

曲哈和米斗飞回晒棉场。见老农依然举着木杈望着天空，曲哈和米斗不敢落下，对毛驴高喊："敬爱的毛驴阁下，你的耳朵还给你，你接好了。"说完，曲哈扔掉驴耳，拉着米斗驾云而去。

驴耳从空中飞落，正巧落在毛驴的头上。毛驴气得朝天尥蹶子，不住大叫。

天王李靖高声命令："回天复命。气杀我也！"

曲哈和米斗躲在天王李靖身后，嘀咕："嫦娥和吴刚多好的人呀！西王母也是好人，为何要治罪于他们呢？真是天不开眼！""

天王李靖喝道："回天复命，见了玉帝和王母娘娘，想好再说。"

第五十五回　二将复天命遭罚　玉帝启老妻讲道

金霞宫，飞天们齐奏仙乐，玉帝昏昏欲睡。王母娘娘无精打采地听着仙乐，早已哈欠连连。

天王李靖领着曲哈和米斗，前来禀告："玉帝、王母娘娘，微臣派曲哈和米斗二位天将下界，已探听到消息，掌握了西王母金曼夺取天物的证据。"

王母娘娘提起精神，示意："李靖爱卿，一路辛苦，快快讲来。"天王李靖对曲哈和米斗用审讯的口气大喝道："哇呀呀！曲哈和米斗二将，如实讲来！"

曲哈和米斗扑通一声，跪在地上。米斗吓得哆嗦，急忙讲道："王母娘娘在上，曲哈有罪，对不起毛驴，把毛驴的耳朵丢了半截。"曲哈感到愧疚，伤心地说："都怪我，不该借毛驴的长耳朵偷听，我犯了罪呀！"

王母娘娘心下好笑，这两天将憨头憨脑的，不如逗玉帝一乐，就威严说道："你们是怎么陷害毛驴的，快说！"

玉帝看到眼前一幕，精神大振，立即帮腔："你们胆敢欺侮毛驴阁下，本王要给毛驴阁下申冤，快快说来！"

王母娘娘见玉帝动了真格，急忙阻止道："你们既已知罪，那就下去吧！"

玉帝赶紧拦住，认真地说："这可不行，还没为毛驴阁下申冤呢，你们不能走。你们借驴耳又偷听，还借物不还，可知罪呀？还不把你二位都偷听的从实讲来！"

曲哈急忙坦白："是我偷听的，听到佛祖是帮凶。"米斗也坦白："佛祖的手掌太可怕了，孙悟空都翻不出去……我们若被佛祖捏一下，小命就完了。”

玉帝听了哈哈大笑，说：“曲哈和米斗，二将听令：命你们去御马间，伺候天马，每日祈福毛驴阁下平安无事，一月为期。若有一天不祈福，就会长出驴耳。这是对你们偷听的惩戒。下去吧！”天王李靖上前行礼，带着曲哈和米斗去了。

玉帝摇头叹气：“偷听他人，如此龌龊手段，竟然是盛行于天宫，真让人寒心！”

王母娘娘知道玉帝讥讽她，也不示弱，气呼呼地说：“即使本座变成驴，也不放过偷了蜜瓜的贼。”

玉帝挖苦说：“娘娘笑容动人，为何总喜欢拉着一副驴脸？”

王母娘娘心下酸楚，反问：“天尊，本座的笑容真的动人？”

玉帝长叹一声，说：“娘娘，你还会笑吗？”

王母娘娘强装笑颜，说：“老妇想起了，金曼的笑容和老妇年轻时一模一样，只可惜本座忘了给她嫉妒之心了！”

此话令玉帝厌恶陡增，他生气地说：“最好把险恶之心一起给她好了。”

王母娘娘惊讶地看着玉帝，伤心地问：“本座真的有那么坏吗？”

玉帝见王母娘娘表情伤悲，心有不忍，拉着她的手，说：“娘娘，万物是归向有德之人的，只有有德之人才会受到拥戴，无德之人则会被万物视为仇敌，这是非常危险的。娘娘敬思以德，备乃祸难。”

王母娘娘若有所悟，答：“谢天尊开悟……”

第五十六回　蒙巴昆仑历奇遇　金曼树下哭拜父

古城之中，阳光照在老榆树墨绿的树叶上，树下坚实的黄土地上光点斑驳。树叶在清风中沙沙作响，树下中军大帐，卫兵手持长戟威武而立。

周天子坐在中军大帐之中，袁太师与众将分立两侧。袁太师上前禀告："天子，各路诸侯人马到齐，钱粮辎重齐备，诸侯请求拜见。"

周天子容光焕发，笑容可掬，向袁太师行礼，说："太师，请坐！陈宫，快快传见。"

各位诸侯王齐聚大帐中，齐齐跪拜，同声高呼："拜见周天子！"

周天子站起，伸展双臂，迫不及待地说："免礼！各位远道而来，辛苦了！"

巴王都江快人快语，急忙站起，说："天子兄长，镐京一别，又是数载。愚弟想念哥哥，日夜疾奔而来。天子哥哥已雄霸昆仑，十里烽燧，百里封城，巍峨昆仑尽是华夏之风采。愚弟前来，助天子哥哥一臂之力。"

周天子无比欣喜："巴王贤弟过奖了。诸位爱卿，本王日夜期盼你们到来，请坐。"

楚王宏涛无比激动地说："今日行千里聚昆仑，愚兄前来，亦是助天子一臂之力。"

周天子自信满满地说："诸位爱卿，今日在昆仑与西方各国的百万雄兵相遇，为彰周朝之国威，显华夏之礼仪，需各位齐心协力，助本王一战。周朝必胜！"

诸侯王争论不休："今日见犬戎连营数十里，定有百万之众。吾方十万余众，且古城四面环山，若被犬戎大军包围，如同狼入虎口。”“何必长他人志气，灭自家威风！韩军个个装备精良，以一敌百，不怕他。”“燕兵虽五千，个个是精锐之士，破犬戎两万不在话下。”“赵兵更是无人能及，都是经历过百战之精锐，只是北方严寒，怕战时过长，将士水土不服。”

袁太师坐着行礼，道：“各位所言极是。没有金钩，如何钓到犬戎这条大鱼呢？兵贵以精，只要诸位一心事主，犬戎百万乌合之众，又有何虑？落雪之日，即是破敌之时。”

有将军向袁太师行礼自荐：“太师德高望重，所言极是。吾乃黄飞虎之孙，黄天虎是也，咱五兄弟到齐。”

“太师神人也！句句真言，定能如愿。吾是土地公土孙子，土行孙之孙。”

“太师，我乃雷震子之孙雷霆是也。头阵非我莫属！”

大见家不甘示弱，袁太师笑而不语。

周天子急忙制止：“诸位爱卿忠心可鉴。周朝治军严格，纪律严明，奖罚分明，还要根据各家所长，排兵布阵。”

韩王姜善上前大声说：“本王五千人马，个个都是被封之神的后人，此次连比干之孙比心都披挂上阵了，能人志士都在帐外恭候，请天子点将。”

袁太师站起，再次行礼，大声劝解：“诸位别争！听贫道一言：周朝此次兴兵，目的有二：一是解决大漠长期边患；二是通商道，加强与友邦联系。此战是先祖武王伐纣以来，周朝各诸侯国第一次齐聚，打而不滥杀，攻而不强占，是天子对大家的要求。”

天子传令：“诸位兄弟，与本王登上城楼点将台同阅兵。”诸侯王簇拥着周天子，欢笑着地走出中军大帐，直奔点将台。

绵延千里的昆仑山，皑皑雪峰高耸入云，雄伟壮观。八德湖碧波千顷，旖旎风光，一览无余。

昆仑山之主——昆斯神人和蒙巴神人，二神沿着八德湖边一边缓缓向前走，一边侃侃而谈。八德湖静卧于群山之中，湖水泛起阵阵波澜，渐渐形成白色浪花，推向岸边。浪花之中，游来万年神龟。神龟大若木床，周身如同白瓷，在阳光下，发出耀眼的光芒。

神龟迟缓地爬上岸，伸颈昂首望着昆斯和蒙巴，语气低沉地说：“昆仑山之主昆斯大神，咱兄弟又见面了，老哥可好呀？”

昆斯热情地走近神龟，抚摸神龟的脸，亲切地问候："千载难逢的老伙计，你好呀？我的万年老白兄弟，你比以前更健硕了，真为你高兴，你才是天下第一寿星。"

神龟很兴奋，继续夸赞："昆斯老弟风趣不减当年啊！老白在八德湖中闭目打个盹，已过百年，真是时如白驹过隙。昆斯老弟，这位是你的朋友吗？"

昆斯拉着蒙巴上前说："老伙计，我来介绍，这是我的朋友蒙巴大神。"

神龟睁大眼睛提振精神，仔细看着蒙巴说："蒙巴大神，欢迎你来到八德湖。有幸能见蒙巴大神，我老白太开心了！"蒙巴上前紧紧握住龟爪，行礼。

神龟意味深长地说："昆斯兄弟，你还记得吗？想当年，昆仑山被春、夏、秋、冬四条雪龙霸占，连年风雪不断，而八德湖也只是个冰封之湖，毫无生气。于是，你和我辅佐轩辕黄帝大战四条雪龙，才有今日之八德湖。"

蒙巴第一次听闻这件事，惊奇地问："昆斯老兄，此事是真？怎么从来没告诉过兄弟我呢？"

神龟并不感到意外，继续娓娓道来："蒙巴兄弟，那可是六千六百六十六年前的往事！那年，黄帝来昆仑山游历，知道是因雪龙暴虐昆仑山才被大雪覆盖，于是联合我们大战雪龙。我们征服了三条雪龙，将它们装进宝葫芦后放在我的嘴巴里，并约定日期。"神龟说着伸长脖子，从嘴里吐出一个金葫芦，葫芦正落在昆斯的手中。神龟诚恳地说："昆斯老弟，老白早已醒来，在此等候你。金葫芦在老白口中待了六千六百六十六年，今日约期已到，昆斯老弟是守信之人，宝葫芦就交还于你。"神龟如释重负，"虽然未见轩辕老弟来，老白有点遗憾，但是老白不用天天数着数等你们了，老白交差了。"

昆斯捧着金葫芦，急忙推脱："万年神龟老白兄弟，你得等到轩辕黄帝一起来呀！"

神龟很坚定地摇摇头，说："约期已到了，正好蒙巴兄弟作证，物归原主，我老白也该颐养天年了。还有一件事，老白拜托昆斯兄弟打听老白到底多少岁了，可曾问清？"

昆斯急忙答复："昆斯祈求女娲娘娘告知白兄生诞，女娲娘娘托梦于昆斯：八德湖诞生之时，白兄已有八百岁了。但恕兄弟愚笨，实在无法算出白兄是哪一天生辰。"

神龟仰望天空，若有所思。良久，他慢慢说道："那么说，老白比八德湖，还要年长八百岁了。谢谢你，昆斯老弟。其实老白每天都在数自己的年龄，从来就没数清过。昆斯再帮老白打听打听，老白到底多少岁了。二位兄弟，后会有期！”

二人刚要辞别，神龟就消失在深蓝的湖水中，掀起的白色浪花，拍打得卵石堆积的湖岸哗哗作响。

昆斯收起宝葫芦，拉着蒙巴介绍：“昆仑山乃万山之祖，老弟可要尽情游历。”

蒙巴驻足行礼，感慨地说：“感谢兄长的盛情。这雪山仙境，一池碧水，美不胜收，蒙巴必然尽兴一游。”

蒙巴极目远望，皑皑白雪覆盖山顶，连绵雪峰犹如翻滚奔涌的白浪，十分壮观。蒙巴心中惊叹昆仑之壮美，手指山巅，惊讶地问：“昆斯老兄，那雪山之巅，好像还有人家？”

昆斯望着山巅吟诗：“昔日女娲补天去，留此仙境不见人。”昆斯又失望地说，“那里本是仙境，与俗世无关。如今仙山静湖，也不平静了。今天兄弟神眼既已看见，不如一览。但是去之前，兄弟必须发誓守三条规矩，否则会变成石头人。”

蒙巴伸出右手发誓：“一切遵照誓言，蒙巴一定要严守秘密，决不外传！”

昆斯谨慎地告诫：“蒙巴，过去以后，一不能说一句话，二不许帮助任何人，三见到的不许告诉任何人。”昆斯拍拍蒙巴的肩膀，再一次警告，“蒙巴兄弟，你去了，就多了一件心事，等你出来，我再陪你游历。”

蒙巴诧异地问：“难道叫愚弟一个人前往吗？兄长不想一起去吗？兄长神通盖世，也不敢去吗？”

昆斯拉着蒙巴前行，边走边说：“天下总有无奈事，再大的神通亦无奈。前往那里，必须等待天机。时候不到，神通亦无奈。请兄弟原谅愚兄！”

蒙巴听了更加好奇，说：“神兄这么说，蒙巴一定要去看个究竟。”

昆斯只好答应：“好吧！蒙巴老弟，神兄冒死陪你去。”

明媚的阳光照在洁白晶莹的雪地上，一座黑色的石屋，向外冒着黑烟，黑烟冲向蔚蓝的天空，极不相称。

蒙巴向石屋里望去，黑烟弥漫看不清楚，只得捂住口鼻，走进石屋。

蒙巴走进石屋，蹲在地上待了片刻，方才看见一位老妇人在灶台前不停地往灶里添木材。木材很湿，黑烟四处乱冒。石锅里的冰雪正在一点点慢慢地融化。

石锅里的水，终于烧开了。老妇人把水舀进木桶，吃力地挑着木桶，走出石屋。木桶中的热水冒出的热气，如同白雾，她挑着木桶来到屋顶。屋顶上堆积着厚厚的干草垫，干草垫被掀开，一片绿色秧苗十分耀眼。

她拿勺从桶中取热水，热水很快变温。她小心翼翼地把温水浇在秧苗上，秧苗不停地抖动，仿佛洗了个热水澡，欢快地舒展身子。她愉快地说："等到姬满来了，你们就开花了。"片刻之后，她先将秧苗用干草垫盖住，再仔细地检查有没有透风，这才抬起头，向蒙巴微笑。蒙巴一直紧紧跟随她，焦急地想上前询问，被她急忙阻止，大声告诫："在这里，不能讲一句话！不许帮助任何人！更不能，把见到的告诉任何人！否则，蒙巴大神，您会变成石头！"

老妇从木桶里取了一勺水，递给蒙巴。蒙巴一饮而尽，感到那水像蜜露一样沁人心脾，又有着无尽的甘苦之味，如同历经了千难万险才获得收获的人生，让人回味无穷。

昆斯也来到屋顶，老妇人行礼致谢："昆斯大神非常感谢您，请您帮我打听周天子姬满何时上昆仑山，西王母金曼又去哪儿了？"昆斯笑着点点头，指指西方，又指指脚下。老妇人会意地拉住昆斯的手，激动地问："这是真的？周天子姬满要去西天国，必定路过昆仑山？"

昆斯保持舒坦的笑容，使劲地点头。老妇人开心地说："昆斯大神，我要谢谢您。这个消息令人振奋。也要感谢你这位朋友，我知道他是蒙巴大神，我们在蟠桃会上见过面。"

蒙巴敬重地行礼，连连点头，他也终于明白一切了。

昆斯和蒙巴走出石屋，挥手告别。

二人一路侃侃而谈，蒙巴不时地回头，回看石屋。

昆斯殷切介绍："蒙巴老弟，神兄乃昆仑之神，轩辕乃华夏之祖，所有华夏子孙，都与昆仑有个不期之约，下了山巅还有绝佳去处，神兄带老弟一览昆仑山。"

蒙巴赞不绝口："神秘之昆仑，深藏不露呀！登昆仑晓天下，蒙巴也与昆仑不期而约。万山之祖，壮美昆仑！"

昆斯介绍："前方胜景无数，在等蒙巴兄弟游览。"

雪山下，丛林茂密，一池碧水波光粼粼，旁边一座黄色的建筑古朴典雅，样式别致，高大雄伟。正门横书"轩辕墅宫"，两边门柱排列有两联：清净极乐远西天；不记人间亿万年。墅宫之周围怪石林立，绿草鲜美，山花点缀，落英缤纷。那里摆放着轩辕黄帝的那辆九龙沉香辇。

昆斯引蒙巴前来，叮嘱："蒙巴老弟！所见所闻心中记，不可泄露天机。"

两人并行而来，几名神童见之，前方引路。蒙巴心想："昆斯老兄提醒得对，人们都被好奇所驱，问东问西，殊不知，好多事本无结果。"

昆斯指着墅宫介绍："蒙巴老弟，这就是当年轩辕黄帝修建的墅宫。"

蒙巴欣赏眼前的建筑，赞道："千万年风吹雨淋，仍崭新如初，真是精美至极，华丽无比。只可惜，墅宫在西，主人在东，真是两只耳朵长在头上，总难相逢呀！"

昆斯感慨万千："黄帝老兄已经去了六千年之久，这座山头，能留下他的墅宫，真是不易呀！"

蒙巴触景生情，感叹："昆斯老兄，有个约期，也是盼头！人人像你一样，如约而至，太难得了。"

昆斯却不住地摇头，说："约期已至，空山已不见故人。人无信而不立，国无信则衰。"蒙巴闻此言，顿悟："听兄一席话，今生无悔。"

二位信步来到九龙沉香辇旁。昆斯无比自豪，指着沉香辇自豪地说："这就是当年我和轩辕黄帝战胜雪龙的九龙沉香辇。"

昆斯上前爱怜地抚摸沉香辇，说："可惜呀！九龙已飞天，只留沉香辇。当年我站在这驱辇上，黄帝坐在这儿，收复三条雪龙。现如今沉香辇静卧于此，任凭风雪侵蚀，荒废在杂草丛中，可惜呀！"

蒙巴上前，轻轻地抚摸车辇上的龙纹，说："神辇定有用处，神兄不必伤神。"

昆斯上前深深吸气，车辇上的奇香仍如当年，沁人心脾，令人陶醉。他说："蒙巴兄弟！你也闻一闻，这沉香辇百年不损，千年不朽，奇香无比。听黄帝老兄讲，这是开天辟地以来，用神木制成，魔障不近，鬼怪不侵。只要坐上此车辇，就能返老还童，起死回生。"

蒙巴贴近细闻，由衷感叹："果真奇香无比，闻之成仙增寿。只可惜这旷世奇宝，无人能驱动呀！”

昆斯抚摸车辇上的小木人，深深感叹：“当年黄帝驱驾九龙，这车辇能穿山过水，抵风灭火，日行万里之遥。就连我，只是车辕上的小木人。”

蒙巴吃惊不已，赶紧触摸小木人，惊讶：“这就是你呀？这么小？真是神通广大，天下第一。”

昆斯豪情高呼：“谁能驱驾沉香辇，天地只有轩辕氏。”

昆斯引着蒙巴一路游览，他们来到一水池边。蒙巴看着水池用方石砌成，足足有晒场那般大。进水有口，出水有碶。池水清澈见底，池内鱼群密布，见人跟随而来。

蒙巴赞叹：“兄弟只见过放牧牛羊，哪见过牧鱼呀！”

神童抛洒食饵，听到赞美，微微一笑。

蒙巴目不转睛盯着水池中的鱼，指着水池着急地说：“看，快看！鱼群都在攻击那条红鱼呢！这红鱼明知危险，为何不快速游走？昆斯老兄，想必天地间大事来临呀！”昆斯点头，赞同地说：“你看那红鱼，身形肥硕。而周围之鱼，腮尖尾长，蒙巴老弟，昆仑山已不宁静了。”

“祖师！”神童好奇地问，“这昆仑山有何大事发生？为何不安静了？”

昆斯不便泄露天机，就说：“因为老鼠不帮蚂蚁的忙。你两个看好墅宫，就是一件大事。”

二位神童应道：“师傅放心，俺俩一定会严格看管。”

昆斯对蒙巴说：“飞毯准备好了，咱俩走一趟吧！”

昆斯和蒙巴坐上黑白二毯，飞毯升腾于空中。蒙巴扶肩行礼：“昆斯老兄，请！”昆斯还礼说：“蒙巴老弟，随神兄前来。”

正午的烈日炙烤着滚烫的地面。西王母来到火龙树下，火龙树如同红色山岩，依然屹立。两条巨大的铁链，挂在熔岩般的枝干上。火龙已飞天，焦黑的地面上残留一双巨大的脚印。

西王母泪如泉涌，心想：父亲呀！你在哪里？上天呀！就让金曼拥抱父亲吧！

山神爷从浓雾中走来，上前献茶：“仁慈的西王母，这火龙树下，有一位大仙，受火刑百年。上月十五，天王李靖前来颁旨：吴刚受刑五百年已满，回天复命。那九条火龙飞天而去，只留下满地烧焦的石头，火龙树也死了，变成了石头。快来看，这树干上有字。”

西王母抬头，望见清晰的两行字：

火海炙烤万般炼，恒心不死化春风。

明月照我心。姬满、金曼牢记于心。

西王母拾起搭在树干上两条铁链，念动咒语，巨大的铁链变得细小，她把铁链套在自己的脖子上。

金鹰飞来，落在西王母肩上。西王母的泪水浸湿了面纱，她抚摸着火龙树干上的字，久久不能释怀。金鹰啼鸣：“少主不必伤心，这是天意，相思千般苦，总有相聚时。”

西王母的泪水掉落在焦黑的地上，焦土上竟长出青草，火龙树也不见踪迹。

山神爷说：“西王母，你真是救苦救难的活菩萨。”西王母行礼致谢：“老神仙不必客气，金曼有礼了。”山神爷鞠躬致谢：“小神谢过西王母。告辞。”山神爷化成云雾，不见了。

西王母走在草地上，心想：“父亲，金曼已见到了母亲，雕爷爷说‘总有相聚时’，可这相思之苦，教人把肝肠愁断呀！”金鹰啼鸣：“少主，巴巴拉命魔兵寻找西王母洞府，恐怕妮卡她们难逃一劫。”

西王母义愤填膺，怒不可遏，痛骂：“生时阴谋牟万利，死后化魔要复生。想找到西王母洞府，做梦！让它们来吧！让恶魔们都来吧！叫恶魔万劫不复……”

金鹰驾起西王母凌空飞去……

第五十七回　昆斯护佑大漠军　天子拜师二神师

明媚阳光照耀峡口，大漠王走出金色羊毛大帐车。

神巫们戴着邪神面具，身着巫服，口念咒语，敲击皮鼓，围在大漠王身边高速旋转着身体。神巫令人发怵的念咒声传向四野。大漠王跪地举起双手，高声祈祷："万能的昆仑神，昆斯神师，蒙巴神师，徒儿等你们好久了，你们显灵吧！保佑大漠子民。"众人望眼欲穿，殷切期盼。

昆斯和蒙巴听到祷告，降下黑白双毯。大漠王和鹰王急忙上前，跪地行礼："神师在上，受徒儿一拜。"昆斯急忙上前扶起犬戎，故意问："徒儿叫师傅前来，有何大事？请讲。"

蒙巴扶起鹰王，笑道："徒儿聚集百万之众，定是大战在即。徒儿有何请求，但说无妨。"

大漠王指着古城，委屈地说："二位神师，周天子无道，拥重兵侵占大漠商道，修千里烽燧，建城扩池，占领大漠土地，射杀成千上万大漠子民，徒儿正要与其决战，请神师出山，帮徒儿雪洗前耻。"昆斯将信将疑，心想：为师送徒儿去镐京学习治邦之道，徒儿在周朝待了二十年，周乃礼仪之邦，怎会突然争夺这荒凉之地呢？

大漠王见昆斯生疑，忙假装委屈地说："周天子姬满是个背信弃义之人，当年借徒儿三万大军，帮助父王平定漠北叛乱。谁知，徒儿中了姬满奸计，一回大漠，父王早已不知去向。徒儿独自平定叛乱，去镐京为父王报仇，又中了奸计，被其关进囚笼，在镐京城当街羞辱。如今，几次被骗，姬满命人拔光了徒儿的胡子和眉毛。此仇不报，誓不为人！”

昆斯闻言，耐心劝道：“华夏各邦如同手足，轩辕黄帝与为师亲如兄弟，我们共同战胜蚩尤，一统华夏，建立伟业。但是，总是有人为谋私利发动战争，祸害百姓。徒儿谨记要以仁德宽广的胸怀治理百姓，要与兄弟友邦和睦相处。”

大漠王焦急地说：“二位恩师，实不相瞒，周天子的各路诸侯援兵已到，大战在即，此战已无法避免。徒儿已派出使官，去各国金册求兵，已有神兵天将陆续来到大漠阵营助战。万能的昆仑神，请看，大漠儿女决不屈服于任何强敌。”

昆斯从腰间取下宝石宝刀，递给犬戎，赐福：“徒儿，神圣宝石宝刀在此，是用来保佑大漠子民，不可乱杀无辜。”

大漠王跪地接过宝刀，高声拜谢：“多谢师傅，徒儿谨记教诲。”

蒙巴看着昆斯，也取下月光宝刀，交与鹰王，赐福：“为师劝尔等速战速决，保佑大漠和平安宁。”鹰王跪拜接迎宝刀。昆斯和蒙巴再次伸手摸顶祝福：“昆斯和蒙巴，永远是大漠的守护神，我们祝福大漠子民免遭战乱之苦，永远安宁！”

大漠王站起，双手举着宝石宝刀高呼：“昆仑神，保佑大漠子民，昆仑神保佑！”大漠百姓一片欢呼。

古城内，中军大帐之中，周天子、袁太师与昆斯和蒙巴分坐两侧。

昆斯当仁不让，大声讨教：“周天子，同是华夏子孙，大漠子民世代逐水草而居，地广人稀，并不富庶，周天子在此修燧建城，不知是何用意？”

周天子低头行礼，谦虚地说：“两位神师在上，学生有礼了。二十年之光景，两位神师风采依旧，今日神临，弟子倍感荣幸。”说着，周天子抬手指向远方烽火台，“同是华夏子孙，大漠子民生活地方苦寒艰难，道路不通，盗匪横生，商贾绝迹。于是，本王引兵前来，十里造烽火台，百里建城池，使得各国互通有无，往来通畅，联系紧密，从而避免战争，弟子不知道错在哪里。”

昆斯打量着周天子，语气平和许多：“周天子雄才大略，令人佩服。这一路您确实做了不少兴邦利民的事情。但是大漠自古如此，让其部族自立，岂不更好？”

周天子谦虚地说：“神师所言极是，只可惜犬戎不安分守己，带着大漠兵士侵占秦地数十城，秦地百姓财物尽被掳去，流离失所，苦不堪言。如果犬戎不制造侵扰周朝之地，弟子何须沿途苦心建城造烽燧呢？”

袁太师伸出左手恭敬地说：“二位神师，你们看，土城之内货物堆积如山，如果没有城墙护卫，这些物品早被沿途盗贼抢劫一空了，谁人敢来此地进行贸易呢？”

蒙巴吃惊不已，疑惑地说：“这怎么可能呢？”

昆斯明白一切，说：“相互通商确实好，只是犬戎不愿放下刀枪，周天子有何办法能避免战争呢？”

周天子坦诚地说：“二位神师，犬戎已向各国金册求兵，各国兵马已到昆仑，如今此战，不只是大漠与周朝之战，请二位神师指点。”

袁太师怕引起更大误解，急忙插言：“两位神师，这些都是大漠子民，他们有的是流民，有的是降兵，我们不仅为他们治伤，还给他们发军饷，叫他们回家。可是他们没有走，都在土城效力。神师不妨去问问他们，就明白了。”

周天子、袁太师陪同昆斯和蒙巴来到大漠降民中间，大漠降民跪地高呼：“万能的昆仑神，保佑我们吧！”

昆斯愤怒地说：“你们应该追随犬戎大王，为何留在周朝营中？”

“万能的神主！大漠勇士只可战死，不能投降。我们也想回去，可是回去只有一死。我们不怕自己被处死，而是怕累及家人！万能神主呀！周天子不但给我们治伤，送衣服和食物，还给我们与周朝兵士一样多的军饷。万能的昆仑神，劝说大漠王放下刀枪吧！”

袁太师再次真诚相告：“二位神师，这才是大漠子民的心声，即使犬戎执迷不悟，我们也要造福一方。”

昆斯心下暗暗佩服周天子，不禁问道：“犬戎已被天子三擒三放，天子这次拿他如何？”

周天子捂住嘴小声说：“神师，让您见笑了，我和犬戎五岁相识，却不知大漠百姓如此艰辛，真是愧对兄长！此次若再擒兄长，让他知道大漠百姓之苦，学会治理……”

袁太师再次插话：“二位神师放心，犬戎是你们的徒儿，也是贫道的爱徒，贫道自会教导于他。”

蒙巴向袁太师行礼，大声讨教：“袁太师，有一事我一直不明，这场大战在所难免，兵对兵，将对将，连我也要参与其中，敢问天子去西天国，一人去就便是了，何必大动干戈？”

周天子急忙解释：“神师一语道破天机。天子西行将造福一方。此次西行，一为解除边患，二为打通商道。人生一世，不可碌碌无为。”

昆斯仰头大笑，称赞：“周天子西行修百里城池，使得商贾和百姓通行便利，周天子定将名留青史。如此壮举，昆仑大神和西方大神也助天子一臂之力。只是天子有位姨母，仍在昆仑之巅，是否告知她一声？”

周天子跪地拜谢：“谢二位神师提醒，大战在即，黎民百姓即是生身父母，弟子只能将个人亲情暂放一边了。请神师转告姨母，弟子不孝，等战事结束，弟子定会去探望她老人家。”

昆斯坦然相告：“我与天子有缘，愿以师徒相称，天子可认为师呀？”

周天子听到此言，跪在地上叩拜：“二位师傅在上，受弟子一拜。”

蒙巴回看昆斯，心里乐开花，大声夸奖：“昆斯老兄的智慧，令蒙巴五体投地。犬戎和姬满还争什么呢？都是一家兄弟，哪有深仇呢？蒙巴也能成为天子之师吗？”

袁太师行礼，大声赞扬：“昆斯大神与轩辕黄帝以兄弟相称，华夏一统。蒙巴大神乃西方大神，与天子有缘，快行拜师礼吧！”

昆斯和蒙巴同时为周天子摸顶祝福，虔诚地说：“徒儿，多施仁德之心，必成正果。造福黎民苍生，昆仑保佑！”

蒙巴低声提醒：“徒儿，昆仑山与周天子有不解之缘，西方与天子也有约定，周天子，一定准时上昆仑达西域，不可失约呀！”

天子郑重地承诺：“弟子谨遵师命，如约而至。”

昆斯和袁太师走到一边，悄声说：“有劳袁太师一件事，太师要应允。”

袁太师躹躬行礼，谦虚地说：“请神师指教，贫道洗耳恭听。”

昆斯从怀中拿出图卷，认真地交到袁太师手中，郑重地说：“贴身保存，定有大用，这是天命。”

袁太师心领神会，收了图卷。

古城的城墙修建一新，旌旗高高飘扬。将士在宽阔的城墙上忙碌备战，嘹亮的集训声传向四方。

天子搀扶着袁太师踏上城楼，各路诸侯王紧随其后。天子来到城垛旁感慨地说：“此乃新建城墙，不比镐京之城防低。犬戎大军就在眼前，大战一触即发。”

袁太师提醒：“敌暗我明，不可掉以轻心。那些遥远的西方国家都来助战，已探听到，目前有十二路勇士形成三万大军。”

巴王都江跟在天子身后，闷闷不乐，心想：这些日子，没少去大漠军营探听香蜀姐姐的下落，远远地见到香蜀姐姐，姐姐为何不理会本王呢？一定要找回香蜀姐姐。

秦子嬴战口无遮拦地说：“犬戎这厮还真有能耐，不仅有十三狼主助战，而且有白熊勇士、飞毯奇兵、喷火神兵，还有西域千里部落的奇人，西方各国勇士齐聚，蠢蠢欲动。”

周天子闻听此言，满腹心事：看来，犬戎金册求兵非常成功，本王必须与各路诸侯商议破敌之策。

周天子说：“各位兄弟，大军就在眼前，不可掉以轻心。各诸侯国兵士皆是精锐，要以一当十，逐个击破，战则必胜！”

诸侯王们齐声高呼：“谨遵天子之命，战则必胜！”

白灵王后悄声说：“天子勿忧，排兵演练，更有胜算。”

中军大帐沙场上，周天子与各位将士彻夜演练阵法。

第五十八回　悟空助香蜀还魂　灵慧教兰心向佛

夜晚的峡口，连绵的军帐灯火通明，各国勇士欢聚，歌声曲声彻夜不停，吆喝声、叫卖声、驼铃声响彻峡谷。

周天子和白灵王后趁夜色登上城楼，向峡口瞭望。周天子好奇地说："万邦齐奏，西域乐舞，本王不能一饱眼福，只能瞭望聆听了。"

灵王后挽着周天子胳膊，笑曰："天子若去，白灵陪同。"周天子深情地望着白灵王后，笑曰："本王一边倾听万邦之乐奏，一边思繁荣西域之策。"

白灵王后献策："此次犬戎所求之兵多来自西方和北方，大军并非一心，只要策反一国，其他必定军心不稳。天子不如召集降兵前去说服，定能达到奇效。既然大漠能金册求兵，周朝必能用计策退兵。天子可利用所带财物收服他国，若顽固无法收服者，围而不攻，派使者反复说服。"

周天子拍手称快："娘娘计策高明，本王佩服！古城四面环山，而且山势险峻，只有一个峡口，只要大军进入峡口，就很难迅速退出。如何让大军进入呢？本王和太师天天都在发愁呢，不知王后有无计策？"

白灵王后若有所思，鼓起勇气说："不如本宫前去会会香蜀夫人，定有办法。"

周天子小声嘱咐："小灵子！要小心行事。"

军帐之中，巴王都江正在犯愁："一连几天，本王前去见香蜀夫人，香蜀姐姐没有应邀，这是为何呀？"此时，白灵王后一行人进入都江军帐。巴王都江急忙跪拜，高声说："王后娘娘深夜到此，定有急事。"

白灵王后并不避讳，直截了当地说：“天子命本宫前来有要事相商。”白灵示意随从退下，拿出狐尾，轻轻抚摸，说：“香蜀妹妹，你可以出来了。”

巴王都江看得真切，香蜀姐姐的魂魄飘然而现，大放悲声，向他哭诉道：“都江弟弟呀，姐姐好惨呀！灵魂和肉体分离，都江要救姐姐呀！”

白灵王后再次轻轻抚摸狐尾，香蜀的魂魄又回狐尾，白灵王后再次提醒：“都江兄弟明白了吗？”

巴王都江气愤地拔出手中宝剑，立誓：“不除妖孽，誓不为人！王后娘娘，都江发誓：一定要为姐姐报仇。”

白灵王后耐心劝导：“都江兄弟，本宫有办法，叫狐仙女让出真身。都江发誓，不能伤其性命。”

巴王都江右手撑剑，跪在地上保证：“王后娘娘用心保护香蜀姐姐的魂魄，娘娘是大恩人，都江万分感激，都江一定要索回香蜀姐姐的肉身。”

白灵王后扶起巴王都江，催促：“巴王，请随我来……”

古城郊外山峦起伏，阵阵夜风吹拂草木，沙沙作响。月亮在云朵里穿行，皎洁的月光洒向旷野。白灵王后焚香祈福，巴王都江在暗中隐藏。

少顷，灵慧大仙乘云而来。白灵王后急忙迎上前，亲切地说：“祖母，灵儿想你呀！”

金光一闪，传来孙悟空的声音：“徒儿，不想师傅吗？”白灵王后欣喜万分，急忙迎上去说：“徒儿怎能忘了师祖和师傅呢！”

灵慧大仙急忙合掌行礼，上前说道：“四位圣僧，小仙有礼了。”

唐僧急忙还礼，念道：“阿弥陀佛，唐僧有礼了。灵慧大仙十世修福，有如此好的孙儿，令人羡慕。”

猪八戒急忙上前，大声唠叨：“你们都说好听的，怎么忘了俺老猪呢？俺可要生气了。”

白灵王后上前拽住猪八戒的衣袖，娇滴滴地说：“二师傅最心疼小灵子了，正好徒儿有事求你呢！”

猪八戒满意地点点头，开心地说：“俺老猪，是小灵子二师傅，咋会生气呢？天上掉下一头猪，那都不是事，你的心事，才是事。”孙悟空猴急地问：“徒儿，别绕圈子了，快快道来。”白灵王后如实地讲了香蜀的事情。孙悟空闻听大怒，高声怪怨：“灵慧大仙，你教什么不好，偏偏给徒孙们教这些旁门左道，祸害人间！”

灵慧大仙急忙行礼，歉然说道：“大圣息怒，都怪小仙教孙无方，小仙这就把她们抓来，任凭大圣处置。”

猪八戒不依不饶地说：“想当年，就不该救你一家子孙。你一人助纣为虐，也就罢了，如今孙子又助犬戎祸害西域，真是罪不可恕！”

唐僧合掌施礼，念道：“阿弥陀佛，这是上天安排，并非灵慧大仙之过错。善哉，善哉，阿弥陀佛！”

白灵王后大声哀求：“大师傅，大师傅，大师傅。”孙悟空摆摆手，跳到一边。

白灵王后又跑过去，拉住猪八戒的手哀求：“二师傅，二师傅——”猪八戒眼见白灵哀求的样子，早就心软了，他为难得不停眨眼，回头大声喊：“大师兄，大师兄！”

沙僧早已心软，上前拦住孙悟空，大声说：“大师兄，大师兄，灵慧大仙都已知错了，大师兄就帮帮忙吧！”

白灵王后跪在唐僧面前祈求：“师祖在上，徒儿恳求师祖了！”

唐僧上前去扶，白灵跪拜不起。唐僧本是菩萨心肠，只好劝孙悟空道：“阿弥陀佛，悟空，济世救人，行善积德，为师求你了。”

猪八戒看着悟空依然不为所动，生气地说：“大师兄，你是不是没有本事去救人，才这么生气的？”

沙僧赶紧捂住猪八戒嘴巴，劝道：“二师兄，这么个小事，还会难倒大师兄吗？”

孙悟空最怕激将，气得用拳头轻捣一下八戒的胸，大声说：“呆子，俺老孙怕谁了？俺老孙生气的是，灵慧大仙放任孽障祸害人不管，真的该吃俺老孙一棒！”说着，举起棒要打，这时巴王都江再也忍不住了，跑来跪在孙悟空面前，哀求：“求各位圣僧，救救都江姐姐香蜀吧！都江愿以性命相换。”

灵慧大仙鞠躬致歉：“孙大圣，都是老妪的错，老妪愿以自己的性命，换回香蜀公主。”

孙悟空的火眼泛出金光，摆摆手，说：“好了，好了，都起来吧，你们看，这是什么？”说罢，孙悟空单手叉腰，另一只手掐出一颗金色药丸，在手指间闪闪发光。

孙悟空给灵慧大仙作揖，说："灵慧大仙，劳您大驾，叫香蜀夫人真身前来一趟吧！"

灵慧大仙燃香，少顷，狐家姐妹们都到齐了，纷纷给灵慧大仙行礼问候："老祖母吉祥。"

灵慧大仙一把抓住香蜀夫人的手，催促："随祖母过来。"

孙悟空突然现身，喊了一声："定！"众姐妹立即呆若木鸡，一动不动。

灵慧大仙用纤丝仙绳捆住香蜀夫人的手，交与孙悟空，果敢地说："请！听凭大圣发落。"

香蜀夫人并不惧怕，依然高声地争辩："祖母！是您教孙儿迷惑之术，孙儿才与犬戎结为夫妻，日夜盼望他完成雄居天下的大业。周天子为周朝百姓励精图治就是英明天子，而犬戎为大漠臣民捕猎物就不英武了吗？金册求兵是孙儿一手策划，即使粉身碎骨，兰心也情愿。"

巴王都江冲出来，举剑欲刺向香蜀夫人，白灵王后上前拦挡，却被撞倒。白灵王后捂着肚子，倒在地上，疼得汗如雨下。三位师傅上前，制止巴王都江。

香蜀夫人定睛看向白灵王后腹部，忍住心中嫉妒，假意道喜："恭喜灵妹妹，灵妹妹有喜了，灵妹妹自个儿还不知道吧？"

灵慧大仙急忙上前扶起白灵王后，拿起白灵王后的手，细心诊脉片刻，朗声大笑，道："灵儿，真的有喜了，要当娘了！"

白灵王后不敢相信，口中念叨："灵儿每日向上天祈祷，愿王太子早日出生，几年过去，不见有喜，今日恰逢师祖和众师傅欢聚，忽闻得子，定是众位赐福所致，灵儿拜谢众位了！"

灵慧大仙感动落泪，忙拉起白灵，说："傻孩子，祖母为你高兴。"猪八戒和沙僧腆着肚子，拍手欢跳。唐僧连连合掌念："阿弥陀佛……"

香蜀夫人愤愤不平地说："傻妹妹，同喜同喜，我也怀孕了！"灵慧大仙眼睛盯在香蜀王后的腹部，不敢相信。孙悟空火眼金睛早已看出真假，急得他抓耳挠腮，不知怎么办。

猪八戒说："她的身体不是自个儿的，所以，怀孕的是香蜀夫人真身。"

孙悟空又捶一拳八戒的胸，惊叹道："你这呆子，真聪明！"

唐僧上前催促："既然如此，悟空，还不给香蜀夫人换回真身呀！"

孙悟空焦急万分，挠着猴头，无奈地说："师傅呀！真身好换，母子连心，难换。”唐僧闻听此言，顿觉不妥，不知如何是好。

香蜀夫人哀求：“各位仙圣，兰心盗取香蜀夫人玉体，自知罪恶滔天。只求诸位，让兰心生下孩子吧！”

众人面面相觑，无奈地摇头。巴王都江再次举剑，面对姐姐的容颜无法下手，只好收剑回鞘，蹲在地上连声哀叹。

白灵王后拿出狐尾轻轻抚摸，香蜀夫人魂魄出现，哀号：“兰心仙子，你占了我的真身，我恨你入骨。当年，犬戎杀死我夫君楚梁王，我恨他。如今阴差阳错，居然成为仇人的真身夫人，这是天意呀！香蜀该怎么办？孩子是娘身上的肉呀，是无辜的，兰心仙子呀！望你扶持犬戎，繁荣大漠吧。”

香蜀夫人跪地发誓：“只要香蜀生下这孩子，即使让我粉身碎骨，兰心也愿意。香蜀如此深明大义，兰心愧对香蜀，兰心向香蜀谢罪，这就把真身相还。”

孙悟空迟疑地把还魄丹喂进香蜀夫人口中，兰心现出原形，唐僧急忙上前规劝：“兰心仙子已现真身，不如拜唐僧为师，皈依佛门吧！”

兰心向唐僧跪拜行礼，虔诚地说：“师祖在上，兰心情愿侍奉香蜀夫人生下孩子，了却心愿，再入佛门。”说完，兰心跪在香蜀夫人面前哀求，“仁慈的香蜀夫人，兰心向你赎罪，只求您让兰心留在你身边，让兰心赎罪吧！”香蜀夫人扶起兰心，大声承诺：“为了未出世的孩子，你我共同向善除恶，共同扶持大漠王的大业，兰心仙子放心，香蜀信守诺言。”

兰心举起手发誓：“兰心对天发誓，即使犬戎不放下战刀，我们姐妹也要叫他扬善除恶，有一颗向善之心。”

香蜀夫人跪地拜谢：“各位仙师，再造之恩永世不忘！”

都江跪地拜谢：“感谢王后娘娘，感谢四位圣僧，感谢灵慧大仙和仙子们。香蜀姐姐，我们终于相认了！”

孙悟空指着兰心教训：“兰仙子既入佛门，也是俺老孙的弟子，俺老孙就教弟子七十二般变化，感化犬戎吧！”

猪八戒嘟囔道：“大师兄，当年师傅管不住你，观音菩萨送你紧箍咒。如今，大师兄怕兰心不服管教，才送七十二般变化。你们快看，兰心头上多了个头巾，就像母夜叉似的。”

众人都笑了。兰心摸着头上的头巾，鞠躬致谢：“谢谢师傅，徒儿谨遵佛法。”

唐僧语重心长地教导：“师祖赐给兰心一颗赤诚佛心，永远向善。”

灵慧大仙行礼道谢：“感谢四位圣僧，为老妪家门指点迷津，你们姐妹都要向佛向善，制止杀戮，造福人间。”

白灵王后激动谢恩：“感谢师祖、师傅，众姐妹一定要齐心协力，造福苍生。”

猪八戒再次嘟囔：“师傅、大师兄，你们都收徒了，就老猪没徒弟，香蜀就让俺老猪收为徒弟吧。老猪虽然不会像大师兄那样，送徒儿七十二般变化，老猪送香蜀好胃口，能吃能睡，生个健康的小犬戎。”

唐僧合掌念道：“阿弥陀佛，还是八戒最会收，一下收两个，连腹中的一块都收了。”唐僧施礼告辞，“灵慧大仙，贫僧告辞。阿弥陀佛！”说完，拉着沙僧乘云而去。

又到告别时，白灵王后放声哭泣。孙悟空心中酸楚，上前劝说：“小灵子，别哭了，想念师傅时念一声，师傅立马就到。小灵子有千般智慧，师傅们有万般能耐，能解万难。后会有期！”

孙悟空对兰心不放心，双手抓住兰心的胳膊，再次叮嘱：“兰仙子徒儿，谨记咒语，勤加练习，善始善终。师傅去也！”兰心跪地拜谢：“师傅放心，徒儿谨遵师命。”

猪八戒伸出佛掌，金光射向香蜀夫人。猪八戒高声传教：“香蜀徒儿，师傅用佛法罩着徒儿，今后谁也甭想欺负咱。”猪八戒向灵慧大仙行礼告辞。孙悟空拉着猪八戒而去。

月光下，狐家姐妹亲情难舍，大家叙述一番，这才怏怏散去。

第五十九回　虎熊二将争胜负　真假二妇辨真心

秋日的阳光和煦地照耀着金色羊毛大帐，大漠王坐在帐内正中宝座之上，各国将领走进大帐，分坐两侧。

大漠王起身恭敬行礼，大声宣布："各国将领，各国勇士，今日举兵齐聚昆仑，共同讨伐无道的周天子，夺回周天子侵占的土地，一举歼灭周朝军队。下战书，祭战旗，与周朝决战！昆仑神保佑！大军必胜！"

诸国统领上前请命：

"至高无上的大王，北冰国八百白熊勇士愿打头阵。"

"至高无上的大王，西斯国一百猛将听您号令。"

"至高无上的大王，西天国五千童子兵听您号令。"

"至高无上的大王，飞毯奇兵准备完毕，等待大王号令……"

大漠王高声传令："各国勇士忠心可鉴，号令如山，勇往直前，盟军必胜！"

远方，白雪皑皑的昆仑山巍然屹立，朵朵白云在湛蓝的天空中飘荡。清凉的风吹过旷野，秋草已枯黄，呼呼风声传向四野。

战鼓声响起，敲醒沉睡的大地。低沉的号角声划破长空，震荡山谷。两军列阵严阵以待，四周突然静寂，只有风吹衰草的嗖嗖声。

周天子拍马来到阵前，高呼："昆仑万山之祖，华夏万载千年。大漠王暴虐无道，阻隔商道，伤害黎民，摧毁城邦，天地共诛之。周朝天威，将士威武，疏通商道，造福百姓，恩威并施，繁荣西域。周朝必胜！"周天子又振臂高呼，"周朝天威，将士威武，战必胜！"

周朝将士齐声欢呼："周朝天威，将士威武，战必胜！"呼喊声排山倒海，响彻云霄。

大漠王拍马走到阵前，高喊："昆仑神，保佑大漠子民。今日，各国勇士共同讨伐周朝暴君。本大王将射出讨伐第一箭，开战！"

"暴君哪里走！吃大王一箭。"大漠王拉弓射出，飞箭向周天子急速飞来。

周天子身后一道白光闪过。"休伤天子，黄天虎来也。"话音未落，一白虎窜出，虎背之上一黑脸大汉，挥舞双鞭打落飞箭。

白虎飞将闪电一般，蹿到大漠王马前，举鞭向大漠王劈下。大漠王身体向后一仰，避让不及，坐骑被鞭子齐腰打断，犬戎人仰马翻。

"大王别急，白熊勇士在此。"只见，一位红脸壮汉，骑白熊呼啸而来，护住大漠王。

黄天虎举鞭直指，大喝："黄天虎鞭下，不死无名之鬼，报上姓名。"

白熊呼啸，壮士高喊："北冰国王子，达卡斯是也。接招吧！"白熊蹿起，直奔白虎而来。达卡斯手持长矛，直刺黄天虎。黄天虎左手举鞭迎击，打在长矛上，长矛划过；黄天虎右手举鞭击向达卡斯，达卡斯伸手抓住钢鞭，笑道："就这点力气，打马还行，打爷爷我还差很多呢！看吾铁拳！"话音未落，手起拳落，打在白虎两眼之间，白虎低吼一声，应声倒地，黄天虎顺势从虎背摔下。

黄天虎虽然倒地，却暗自挂起钢鞭，从腰间摸出流星锤顺势弹出，悄悄打去。达卡斯见黄天虎已经倒地，未加防备，迎面向前冲击。突然，一物如闪电飞来，达卡斯来不及躲闪，被流星锤重重击在胸口，口喷鲜血。白熊闻到血腥，暴躁地嘶吼，伸出巨掌，将白虎腹部抓烂。顿时鲜红的虎血飞溅而出，白熊咬住白虎喉部，巨掌再次拍下，白虎凄惨呼叫，倒在阵前。

达卡斯驱白熊扑向黄天虎，黄天虎举鞭打下，击中白熊鼻子。白熊立起身，嘶吼着逃窜，达卡斯从白熊背上滑落下来。

达卡斯一个筋斗翻将起来，指着黄天虎说："暗箭伤人，算什么好汉，不如我俩赤裸上身，比比谁的拳更厉害。"

黄天虎脱去铠甲战袍，赤裸上身，大声叫喊："来吧，叫你领教拳法。

达卡斯脱去战袍，冲向黄天虎。达卡斯挥拳，拳拳带风，直逼黄天虎，黄天虎灵巧躲避。达卡斯抓住黄天虎，两人扭打在一起。两军击鼓呐喊，两人难分胜负。袁太师见状，鸣金收兵。

大漠王惊魂未定，回到金色羊毛大帐中，稍微平静，高声赞道：“今日首战，达卡斯王子英勇救驾，首战告捷。周朝将士不可小视，黄天虎一将，使用三样兵器，技法精湛，诸位明日如何应战？”

军师赤哈尔上前行礼：“大王，在下有话说。”大漠王点头应允：“军师请讲。”军师赤哈尔面向众人直言：“古城之地，是一狭长隘口，不适合大军作战，周朝又建坚固新城墙，更是难攻，我军士并无优势。”达卡斯王子很不服气，上前请战：“大王，今日一战，领略周朝将士的战法，大军已将周朝军队包围，狭长隘口，双方都不易展开厮杀。长期围困，周朝必败。明天达卡斯还要出战，与黄天虎一决高下。”

大漠王赏识地说：“达卡斯王子勇猛无敌，大漠百万兵士，已将古城围得水泄不通。战可进，退可守。各位一定振作士气，再战周兵。军师赤哈尔，你的忧虑，本王都想过了，现在最重要的是粮草，粮草多多益善，军师速去征办。”军师赤哈尔站在一旁领命。

文昌君上前请命：“尊敬的大王，西天国前来助战，大王举大漠之力，只能速战速决。明日我们西天国将士出战，定能首战告捷。”

鹰王上前请战：“大王，不必动用西天国兵马。明天本王引火兵助战达卡斯王子，定能大败周朝军队。”

大漠王心想：这西王母可真有办法，派一群小孩，战不得，杀不得，还得供养，真是用心险恶。

大漠王笑着向文昌君行礼，安抚说：“文昌国师初来大漠，先作休整，等熟悉战场，再厮杀也不迟。”

文昌君行礼致谢：“谢谢大王，西天国谨遵大王之命。”

大漠王很得意，起身发令：“各位将领，今日鞍马劳顿，早早歇息，明日一同作战。”

见各国将领即刻退下，鹰王与军师赤哈尔上前议事。

大漠王焦急地说：“军师所言极是，周朝选择这狭长隘口与大漠兵决战，定有阴谋。先让大军试探，我等观察战情，再作打算。”

军师赤哈尔赞同地说：“此计甚好，赤哈尔即刻前去征集粮草，运往此处。”赤哈尔领命而去。

鹰王上前提醒："大王，此战定要慎重，不能像上次与西天国之战一样……"

大漠王听到此言，心想：此战与攻打西天国不同，即使战败，大军也会同情大漠。他嘴上却说："我们举大漠全部兵力，一定能战胜周朝。贤弟不用担心，本王早有准备。"

鹰王悄声禀告："藏王好似有不轨之心，用大量周朝商品换取大漠真金。"

大漠王急忙制止，低声告诫："此事是本王所为，藏王只是中间人。大军在此，兵器装备等极为稀缺，不从周朝购买，实在无处可来。不可声张。"

鹰王心中生疑，不禁问："大王，周天子到底要做什么？其中有诈，大王不可掉以轻心。"

大漠王闻言，坦诚相告："周天子为商道而来，却将仁义之道传向各国，让各国情愿称臣，不再与大漠成为兄弟友邦。这才是本王最担心的。昆斯神师说：战争很快就结束了。可见战争本身不是目的，而战后谁赢来机会，才是最重要的。"

鹰王心服口服，再次跪拜，激动地说："兄长！愚弟终于明白了大王的意图，弟弟还是担心我们和周朝存在差异，无法管制他们，最终变成残忍的杀戮。"

大漠上前扶起鹰王，坦诚地说："贤弟的忧虑得很有道理，哥哥深知周天子不会屠杀大漠兵，即使战败，只是兄长一人败了，大漠决不屈服于周朝。贤弟不必担心。"

鹰王手放在胸前立誓："鹰王向大王发誓：大漠鹰王、十三狼主全力以赴，集大漠所有兵力，誓与大王共生死。"

大漠王无比欣慰，上前握住鹰王的手，坚定地说："大漠兄弟同生共死，决不认输！"

鹰王诚恳地说："定与兄长共同进退，愚弟告退。"

大漠王上前再次拉住鹰王的手，深情地说："这些年，东奔西战。今天，哥哥险些被长鞭所伤。明天，贤弟要量力而行。多保重。"

鹰王感动得热泪盈眶，说："大王也要保重！"鹰王感慨地走出大帐。

香蜀夫人被兰心搀扶着急急忙忙走进大帐，焦急地问："大王彻夜忙于战事，香蜀打搅了！听说大王从马上摔下，没受伤吧？"

大漠王感到吃惊，急忙站起，上前扶起香蜀夫人，劝慰：“叫娘娘担心了，本王咋会受伤呀！请娘娘出个上策，多国勇士如何共同战胜周朝？”

香蜀夫人看着大漠王，吞吞吐吐地说：“大王，金册求兵，各国兵马已到齐，已将周朝大军层层包围，周兵如同困兽一样关进笼子，先让各国一展雄兵，与周朝军队交战，我们等待时机，一举歼灭。”

大漠王喜出望外，拉住香蜀夫人冰凉的手，交口称赞：“王后娘娘深谋远虑，智谋无人能及，真乃大漠之福也，犬戎之福气也！等大业告成，王后娘娘当立首功，王后娘娘想要什么？大王倾尽所能，决不食言。”

香蜀夫人推开犬戎的手，说：“大王，真会让香蜀开心！”说着，她拉着兰心的手介绍“给大王介绍一下，这位是我的表姐兰心，前来投奔大王。兰心，快！拜见大王。”

兰心深情地仰望大漠王，抑制悲痛，低下头愧疚地说：“兰心拜见大王。”大漠王上前扶起兰心，随口说：“兰心表姐不必客气，免礼了。”

当大漠王扶起兰心时，兰心全身都在颤抖，心里在说：造化弄人，本是床头夫妻，却宾客相见，真是让人心痛呀！

大漠王见兰心泪眼婆娑，欲言又止，感觉奇怪，关心地问：“兰心姐姐有何要求尽管提出，不必多礼。”

香蜀夫人怕犬戎看出破绽，立即岔开话题：“大王整日忙于战事，你看这胡子长得真乱，身边没有贴心的人，可不行。”

大漠王感到诧异，抬起头笑着说：“娘娘何出此言？有王后娘娘在身边，怎能说身边没有贴心人呢？”

兰心急忙上前搀扶住香蜀夫人，责备地说：“大王可真粗心，王后娘娘已有身孕，才叫兰心前来服侍您。”

大漠王闻言，激动万分，说：“本王要做父亲了，王后娘娘真乃大漠之福也！”说着，他扑通跪在地上，举起双手，高声祈祷：“昆仑神！赐福大漠，赐福王子，保佑母子平安。”

大漠王起身，再次伸手抱起香蜀夫人，开心旋转。香蜀夫人受到惊吓，急促地喊：“大王，大王，快放下，不能这样！”香蜀夫人想从他的怀中挣脱，大漠王高兴不已，快乐地说：“娘娘不用担心，本王要抱着你娘俩永远不放开，永远保护你们。”

香蜀夫人再次推开大漠王，为难地说：“大王的劲儿太大了，香蜀都快透不过气了，女人怀孕是不能碰的，否则孩子……”

兰心见状，上前拉住大漠王的手，大声劝诫：“大王可真粗心，咋能使出这股子力气呢？”

大漠王开怀大笑，轻轻放下香蜀夫人，温柔地说：“娘娘，请放心，让本王听听小王子的心跳。”大漠王蹲着，无比爱怜地摸着香蜀夫人的腹部，香蜀夫人强忍大漠王任性地抚摸，借机说：“大王，等王子出生了，咱回到大漠，大王教王子射猎牧马，香蜀则挤奶接羔，守护大漠呀！”

大漠王摆摆手，反驳道：“王后怀孕了，也变糊涂了，我们的王子，一定像本王一样顶天立地，东征西伐，茹毛饮血。”

兰心上前奉承：“我们的孩子，像雄才大略的大漠王，将来一定是大漠之主。”

大漠王无比惊讶，瞅着兰心看了好一会儿。香蜀夫人见兰心已失言，急忙辩解：“大王，兰心姐姐没有孩子，恨不得把大王的孩子当成自个儿的，都是自家人，不必介怀。”

大漠王放下疑虑，叮嘱兰心：“兰心姐姐既然如此爱孩子，定要精心伺候娘娘，不得有任何闪失。等王子出世，姐姐也要精心照顾，视如己出。”兰心激动地点点头，说：“兰心定将拿命守护娘娘母子，请大王放心。今日之战，大王之英勇无人能敌，只是黄天虎打死大王的马，好不惊险，吓得兰心不敢睁眼看……”

大漠王哈哈大笑，摆摆手，说：“刀剑无眼，水火无情，明日火攻周朝军队，一定会大获全胜。”

香蜀夫人故意扑在大漠王的怀里，极力劝告：“刀剑无眼，水火无情，为了香蜀腹中的小王子，大王要保重自己。”大漠王无奈地摇头，不敢再碰香蜀夫人，爱怜地说：“娘娘放心，百万军中，能取大王性命者，还没出生呢！”

香蜀夫人示意兰心，故意说：“大王莫要逞强，香蜀给你推荐一人。兰心！快叫他进来。”

大漠王见到此人，愤怒至极，大声斥骂：“夫人呀！上次的教训足矣！犬戎是堂堂大漠大王，战场之上，怎能以假替真。来人！将这金环赐予此人，嵌入耳朵，永远不得取下。昭告大漠将士，此人是大漠王的异姓兄长，不得认错！”兵士押着假犬戎而去。

大漠王牵住香蜀夫人的手，不住地安慰：“娘娘请放心。大漠百万雄师，战胜周朝大军，活捉周天子姬满，不到片刻工夫。娘娘不必牵挂，保护好我们的孩子，早些回帐歇息吧！”

香蜀夫人心绪杂乱，仓促告辞：“兰心姐姐！照顾大王起居，不得有误。大王！本宫和王子等着好消息，香蜀先回去歇息了。”

香蜀惴惴不安地走出大帐。仰望满天星斗，不住地哀声叹息。

第六十回　黄家将首战告捷　达卡斯俯首称臣

旷野上，秋风卷走衰草落叶。古城外两军对阵，鼓声阵阵，号角齐鸣，杀声震天。

黄天虎、黄天龙、黄天彪、黄天霸、黄天刚五兄弟齐上阵，冲入白熊勇士阵中，达卡斯抵挡不住，节节败退。

黄天虎高举双鞭，上下飞舞，鞭锋如刀锋，白熊勇士忙于招架。黄天彪、黄天霸各自挥舞双锤，呼呼作响，所到之处，人仰马翻。白熊勇士手中兵器如同泥塑的一般，被打断无数。

黄天刚是个少年，手握千斤鎏金镋，赤脚徒步，急如闪电，追上达卡斯战马，只一镋，就将达卡斯打落马下，他飞身扑向达卡斯将其摁在地上。周朝兵将一拥而上，将达卡斯捆绑结实，生擒而去。

黄天龙手持两把丈尺宝剑，只见剑影闪烁，似流星闪电一般，白熊勇士手中兵刃，如同草木，碰之即断。八百白熊勇士，眼见群龙无首，无人应战，跪地投降。

大漠王远远观战，急忙派出鹰王火兵布阵。

鹰王催马向前，引火兵迅速围困周朝兵士。黄家五兄弟再次冲入火兵阵中，与鹰王展开厮杀。鹰王拿出火石，火兵们齐齐喷火，周朝兵士在烈火中扎挣，五兄弟被围困其中，黑烟、黄烟、红烟顿时弥漫整个战场。火石发出嗤嗤的燃烧声，刺鼻的气味令人涕泗横流，几近窒息。袁太师远望，见到周朝兵士已被烟雾笼罩，急忙叫来土孙子，对其耳语一番。土孙子得令，眨眼之间入地不见踪迹。

土孙子在地里施展法术，只见地下无数细沙喷射而出，火焰立刻被沙土扑灭。鹰王的火兵分散四处，想点燃引火，怎么也引不着，四周细沙飞扬，尘土弥漫，连打火石也打不出火花。

黄家兄弟忍住火烧的伤痛，就地反击，掩兵杀向火兵，火兵并无刀枪，只能望尘逃跑。

大漠王见势不妙，挥动角旗，弓箭手拉弓怒射，箭如雨下，射退周朝兵士。

大漠王鸣金收兵，鹰王带领火兵乘机逃回大营。

土城中，秋风吹落榆树叶，地面上铺了厚厚的一层，将士们带着满脸沙土步入军营。

达卡斯被押入中军大帐，周天子厉声问道："下站者何人？"

达卡斯昂首，蔑视周天子，专横地叫骂："你这恶魔，吾乃北冰国达卡斯王子，只求一死，决不投降。"

周天子笑曰："达卡斯王子的白熊，已弃主而去，真令人遗憾！当年你父王卡麦斯国君，送给周朝白熊一只，以示两家世代友好。卡麦斯国君，是周朝的朋友，周朝百姓皆能叫出其威名。今日达卡斯王子驾到，请赐座。"

周天子亲自上前，解开达卡斯王子的绳索，扶达卡斯王子坐下。

"周朝侵占大漠领土，是事实；其以强凌弱，也是事实。犬戎大王万般无奈，不得已金册求兵，父王叫我点兵前来讨伐你这无道天子。"达卡斯王子手指周天子骂道。

周天子握住达卡斯王子的手，耐心地说："既然犬戎无可奈何，为何独占商道使得各国商贾无法通行？包括你们北冰国的商人，无法往来，这是事实吧？"周天子紧盯达卡斯王子的眼睛继续说，"金册求兵，各国所来兵将，是来帮助犬戎打仗的，是不是？犬戎大王为何不广开商道，使得各国往来畅通呢？请问王子，你北冰国近年与邻邦能正常交往吗？商贾互通吗？"达卡斯王子闻听此言，气焰减了不少，但仍然为犬戎争辩："各国大军已到，加上十三路狼主相助，犬戎大王有百万雄兵，周天子若想取胜，比登天还难。"

周天子否定地说："达卡斯王子，百姓拥立君主，是希望君主保住他们的财物和土地。现在犬戎攻打我们，是为了我们的百姓和土地。老百姓不管在我这里，还是在他那里，只要生活得好，有什么关系呢？现在，犬戎因为个人的利益侵占商道，用杀死别人的方式达到自己的目的，是无道的。战争的最终目的，是为了不战。”

达卡斯听了一脸惭愧，搓着手，很不自然地低头回应：“听闻天子一言，如读书百车。在下佩服！”

周天子握住达卡斯王子的手真诚地说：“老朋友，本王给你介绍一位新朋友，这位是藏王赞布。”

藏王赞布合掌行礼，笑曰：“达卡斯王子，赞布的老朋友。”

达卡斯王子紧握藏王赞布的手，羞愧难当，后悔地说：“赞布老朋友，早听赞布的话，何必刀锋相向呢？”

藏王笑着解释：“周天子祭祀天神，求得胜利，招降他国，安抚民众，把那顽敌斩杀一空，四方不敢抗周。如今，达卡斯王子该相信赞布的话吧？”

达卡斯点头赞同，委屈地说：“我们北冰国五百勇士，个个如同白熊一样强壮，怎么会被不足百人战胜？达卡斯要见一见战胜我的黄天虎将军。”

周天子拉着达卡斯向帐外走去，并信誓旦旦地说：“达卡斯王子，本王说到做到，决不食言。本王正要去探望黄天虎将军，他们被火烧伤，正在休息。”

周天子和达卡斯一行来到黄天虎营帐。周天子坐在黄天虎床边，慰问道：“爱卿，辛苦了，圣祖武王伐纣，就有黄飞虎兄弟帐下听命。今日黄家五位将军威震昆仑。”

黄天虎欲起身，急忙说：“天子驾到，未能迎接，请恕罪。”周天子劝其躺下，对医官问：“这火石之火，见水就燃，可有什么办法？”

医官禀告：“天子，大漠鹰王火兵之火，甚是狠毒，被其烧炙之处皮无完肤，伤口深邃，许多兵士全身起疱，昏迷不醒。黄天刚将军被烧得最厉害，全身破败，依然昏迷不醒，本王虽为其清疮，可这皮肤要长起来，不知要多久？”

达卡斯闻听此言，从怀中掏出一瓶巨鲸香油交到周天子手中，说：“这巨鲸香油，可治烧伤。速与各位将士疗伤。”达卡斯王子诚恳地说，“我一直在想周天子你刚刚说过的话，它让我明白了：用武力震慑并不能赢人，通过宣传文德教化收服人心，才能在日后长治久安。恳求周天子，对待犬戎大王，如同对待达卡斯一样，二位不要手足相残。”

周天子再次握住达卡斯的手，真诚地说：“要感谢犬戎大王把这些老朋友远道请来。老朋友来了，本王一定厚礼相送。周朝人一贯遵循礼制，维护宗法，本王也一向崇尚德义，广施仁政，期望以德服人。敬请王子放心。”

达卡斯王子激动地表示：“这是我的长矛，是独角鲸鱼的独角制成，达卡斯要把他送给黄天虎将军，让我们永不相杀。”

黄天虎命兵士取来流星锤，呈给达卡斯王子，委婉地说：“这是铜制流星锤，请达卡斯王子接受黄天虎的歉意，打伤达卡斯王子，实在是白熊太凶猛，迫不得已。”

兵士来报：“阿波斯坦国多哈王子，在城门外下战书。”

众人急忙起身迎战。

第六十一回　飞毯奇兵烧土城　天丝渔线俘多哈

周天子登上城楼，只见城门下一干人马，白衣白袍尽裹其身，只露出鼻梁和一双眼睛。

周天子站在城楼上行礼，高声问候："阿波斯坦国的多哈王子好，你父王可好呀？周朝有阿波斯坦宝瓶，是你父王多年前赠送的宝物，宝瓶上有书曰：阿波斯坦国与周朝永世修好。周朝视其为国宝，本王这里还有你父王金令牌为证，你可认识它们？"

多哈王子高声指责："周天子暴君，是你恃强凌弱，侵占大漠土地，父王命令多哈前来征讨，为犬戎大王讨回公道。如果周天子收回野心，退出大漠，多哈王子将不计前嫌，还有宝物赠送。否则，以死决战，这是战书。"多哈王子拿出弓弩疾射，一箭正中城楼主旗杆。"

周天子接到战书，并不畏惧，说："多哈王子，听说你们的飞毯神兵，很是厉害。明日只管来攻城，千万别手下留情。明日战后，本王设酒宴，欢迎多哈王子远道而来，决不食言。"

多哈王子高声应答："多哈只喝朋友的酒，不喝敌人的酒。周天子，多哈之箭不长眼睛，明天定能攻破城池，明日沙场见。"

多哈王子气焰嚣张，周天子微微一笑，招手告别。

当晚中军大帐内，周天子坐在宝座之上，袁太师前来禀告："天子，已将大宗货物、粮草藏于地下。早闻飞毯神兵来去无影无踪，所使兵器在空中飞行之时即刻燃爆，现已命人准备大量水缸，准备随时救火。"

周天子把雷霆招到身边，拍拍雷霆的肩膀，鼓励道：“义弟，可有好对策，没问题吧？”

雷霆急忙献策：“王兄，飞毯兵五百，雷霆的飞天兵只有二十人，若同时在天上飞，全部抓住，就难了。”

周天子为难地说：“义弟所言极是，本王已派土孙子前去打探，再等一等。”

说话之间，土孙子走进大帐。土孙子急忙禀告：“启禀天子王兄，已打探清楚，飞毯骑兵共五百人，五人一飞毯，飞毯上有火箭五百支，中间一人念咒语，周围人射火箭。每人身上还带有十枚燃爆之物。就是如此。”

袁太师拿出破雨伞，庆幸地说：“还是它管用，水火不侵，虫毒不扰，尽早做好防备。”

周天子信心十足地说：“有办法了！雷霆义弟，明天先佯装败退，诱惑飞毯神兵到城头，越近越好，定能取胜，而且要活捉多哈王子。”

雷霆拍着胸脯大声保证：“王兄放心，小弟定要活捉多哈王子。”周天子把线圈交给巴布，悄声说：“巴布将军，这是韩王姜善献上的太公天丝渔线，只要将箭头上换成鱼钩，射穿飞毯……巴布明白了吗？”

巴布上前，爽朗地回答：“天子爱放风鸢，这天丝渔线，就派上大用场了。天子放心，巴布现在就去准备，再来个愿者上钩。”韩王姜善行礼，谦虚地说：“能为天子出力，是愚弟的荣幸。”说着，又向袁太师跪地行大礼，“太师，姜善对不住了！”

袁太师没有理会韩王，对周天子谨慎告诫：“天子，这土城之内，人员货物密集，就怕失火。而且犬戎兵败，这百万之众，都将成为难民，如何安顿呀？”

周天子悄声对袁太师耳语，袁太师对韩王甩袖，转身拉着土孙子气呼呼地离开了。

韩王跪地而泣，周天子上前扶起，小声安慰：“太师早就原谅你了，时常念叨王弟，王弟不必介怀。”

韩王擦干泪水，愧疚地说：“弟子之中，唯有我最爱生病，太师最疼爱我，从未对我动过手，也不要我出重力。当年太师不让我回韩国，姜善不仅没有听从太师的劝告，还顶撞了太师，最终给自己惹来十年牢狱之祸！此生辜负了太师恩德。”

周天子告诫："太师一双法眼，看得明白。当年贤弟父王仙逝，而弟年轻气盛，称王之心尤著，与母亲相争，被母拘囹。是太师，劝说你母后，恢复你王位，师傅从没怪罪你。今天晚上，去陪太师说说话。"

韩王行礼致谢，感慨万千："这十年，姜善想明白了：只求一己私欲，何谈造福一方呢？此次，是母后要姜善统兵前来助天子西征。直到今天，姜善也不敢自称侯。"

周天子叹口气，拍拍韩王的肩膀，大声鼓励："师傅常说：贤弟天资聪慧，切不可妄自菲薄。贤弟的母后，用十年牢狱，才磨砺出真正的君主。贤弟，与本王并肩同行，造福一方吧！"

姜善如释重负，起身行礼，大步离开。

黎明时分，古城内炊烟升起，周朝兵士依然在最后一抹暮色中安静等候。几只犬儿为了寻食，漫步在街道，相互争咬。雀鸟欢唱，打破黎明的曙光，太阳升上地平线。

几个阴影遮住霞光，在地上急急而过。少顷，一片火光，炸裂之声，如同惊雷炸响，顿时古城之内火光四起。

锣声四起，周朝兵士跑出营帐高呼："着火了，快救火。"袁太师跑出营帐，见到火光冲天，随口责怪："破雨伞，四处是漏洞。"

韩王跟在袁太师身边，不住地安慰："太师别急，已经安排好了。"

周天子走出大帐，高声命令："雷霆，飞毯神兵来了，准备迎战。"雷霆展翅飞行，却不见飞毯踪迹，正要回撤，一支火箭顺光射来，雷霆躲避不及，左翅膀已被火箭点燃。雷霆急忙找水缸，跳入。

雷霆站在水缸中，非常气恼，心想：顺着阳光，谁都能看到，我也依法，叫你们上当。雷霆拍打着湿漉漉的翅膀艰难地飞起，越飞越高，飞到云端，他终于看清了，飞毯兵顺光飞来，逆光而逃，所以无影无踪。

雷霆飞到袁太师和巴布跟前说："看我旗帜，红旗射出天钩，一定要对着太阳射，白旗拉绳。"

雷霆飞向云端，着急地等待。不多时，看见多哈王子引飞毯兵顺光飞向土城，不停地射出火箭。临近古城上空，准备投出爆燃之物。雷霆举出红旗，巴布引弓疾射，一箭、两箭……雷霆举出白旗，众人开始拉绳，用大绞盘慢慢收回天丝渔线。飞毯上乱作一团，数十个飞毯，如同风筝一般，被收回到土城。

多哈王子见计谋被识破，正面出击，飞向古城。此时古城内火光四起，浓烟滚滚。巴布拉弓再射，袁太师引众兵射出强弩，箭镞带着天丝渔线射穿飞毯，飞毯如同风鸢一样，一个个又被绞盘收回土城，飞毯兵无奈地束手被擒。

多哈王子见势不妙，急忙驾飞毯逃跑。雷霆展翅急追，飞向云端。

多哈王子听到耳边风声呼呼在响，不顾一切地逃跑。雷霆追上飞毯，举棍就打，打落多哈王子手中之剑，众飞天兵齐上，将多哈王子按在飞毯上擒获。

众飞毯骑兵所剩无几，见多哈王子被擒获，纷纷拿下白色头巾，举在手上，将飞毯落在古城内。

古城之内依然烟火弥漫，烧毁房屋、军帐无数。

周天子瞅着熊熊大火，无奈地说："飞毯奇兵，真是厉害，足足烧了半个古城。"

大漠王和各国盟友观战，大漠王兴奋地说："周天子姬满，此次插翅难逃，你们看，古城全烧完了。"

突然之间，黄风大作，天空乌云密布，顷刻间，闪电划破天空，惊雷四起，大雨如注。大漠王指着天叫喊："周天子姬满，你的运气太好了，连老天爷都帮你。"

大雨过后，古城内一片狼藉，爆燃之后的焦黑残物满目皆是，倒塌之物堆弃在街道，街道杂乱不堪。周天子带领士兵挨家挨户清理街道杂物，救治伤者。周朝兵将井然有序地修房补屋，有条不紊地安营搭帐，街道上一片繁忙景象。

将士们正在修补中军大帐，周天子示意托哈王子走进中军大帐，周天子坐在宝座之上说："韩王姜善献天丝渔线，太师、巴布、雷霆和各位飞天兵，今日大胜飞毯奇兵，立了大功，传令封赏。立即设宴，请多哈王子、达卡斯王子、藏王赞布入席。

多哈王子惊奇地说："多哈烧了半个古城，周天子居然还有心情设宴？真是个无道的君主！多哈王子拒绝暴君之邀请。"

周天子诚恳地说："多哈王子，昨日本王邀请你，今日决不食言，请多哈王子在古城开怀畅饮。本王向王子保证，不出两个时辰，古城焕然一新。"多哈王子根本不相信周天子之言，愤然晃动食指，骂道："五百飞毯奇兵，万支火箭，千颗爆燃之物，已将古城烧毁。暴君虽然捉了多哈王子，但败局已定，休要胡言！今夜，周朝的兵将无帐而眠，暴虐的昏君，竟然还有心情喝酒，真是恶魔！”

周天子并不气恼，笑着说：“说得好，本王若是残暴昏君，必然不会与多哈王子共宴。本王敬佩多哈王子高尚品行，才设宴款待。王子何不以德审视周天子是不是残暴昏君呢？”

多哈王子起身，攥紧拳头，无比气愤，怒吼：“周天子，你这暴君，不许玷污别人的高贵品格，多哈誓死不与天子同宴。”

周天子知道多哈倔强，觉得直言相劝不如让其眼见为实，就说：“多哈王子总休要妄下断言，如若不信，请随本王去街上一看。”

多哈王子跟着周天子走出营帐，向街道走去。一路上的情景，令他吃惊：刚才分明已是一片狼藉的土城，怎么会焕然一新呢？周朝军队太神奇了！

周天子与多哈王子再次回到中军大帐，大帐已修补完毕，藏王赞布、达卡斯王子和周朝将领已分坐两侧。

多哈王子面带愧疚之色，说：“周天子治理有方，半日修好烧焦之城，多哈佩服！只是，多哈有一个疑问，我的飞毯奇兵从未被击败过，周天子的哪位神兵破解了我的咒语，让飞毯都落在了你们的城池？”

袁太师上前施礼，急忙解释：“谁也没破除多哈王子的咒语。贫道告诉王子真相，周天子自小爱放风鸢，而王子的飞毯只要接上天丝渔线，就如一只风鸢，任人摆布，只能落在古城了。这是贫道的爱徒姜善献的妙计。”

韩王起身向多哈王子行礼，多哈王子赞道：“周朝有卧虎藏龙之说。周天子营帐里面，到处是虎和龙，难怪多哈会败给一根线！”

袁太师称赞道：“多哈王子品德高尚，武功同样闻名，胜似龙虎！”

多哈王子听到赞美之词，手掌平放胸口，深深地向袁太师行礼，谦虚地说：“太师，多哈王子要向您学习！”

袁太师打趣道：“王子若能扯断此线，贫道将收你为徒！”

多哈王子拿着透明的天丝线，两手使劲扯，但丝线完好无损，他惊讶地问：“这线透明，又坚韧无比，多哈无法扯断。”

多哈王子看到雷霆，深感敬佩，上前请教：“大哥是真的在飞，而多哈王子，是用咒语在飞。大哥为什么不杀死多哈？”

雷霆行礼，笑着解释：“天子命令我等不得伤多哈王子丝毫，多哈王子，你是贵客，请入席……”

多哈王子紧挨袁太师坐下，不断请教。大帐之中喜气洋洋，欢笑之声不绝于耳……

第六十二回　西王母口水伏魔　哈哈尔死前从善

西王母洞府，隐藏在千山叠嶂之中。

西王母坐在宝座之上，金鹰飞来落在宝座之上，啼鸣不已。众臣民惊喜地涌来，高呼：“西王母来啦……”

妮卡引领群臣上前跪拜，西王母站起身来，走下宝座，开心地说：“老祖母、妮莎、妮娅，各位都好呀！金曼真想你们呀！”

妮卡上前禀告：“我们谨记西王母的嘱咐，都在洞府躲藏。”

西王母扶妮卡坐下，大声鼓励：“老祖母做得好，大家受苦了。”妮莎直言进谏：“巴巴拉这个恶人，每天派魔兵前来寻找西王母洞玄机，总有一天会找到我们，这如何是好？”

妮娅自信地说：“这驱魔经起了大作用，遇到魔兵，我们就念，总能化险为夷。我们给牛、马、羊、驼和牧羊犬都贴上了驱魔经，可管用了。”妮卡频频摇头，大声告诫：“就你胆子大，这魔兵天天搜寻，也有牧民被捉去，成了恶魔腹中餐！”

西王母鼓舞大家说：“我们封了洞府，谁也别想找到我们。大家放心，我们一定能战胜魔王。西天国臣民必胜！”

臣民齐声欢呼：“西天国必胜！”

兵士前来禀告：“仁慈的西王母，魔王率领魔兵已到山口，距洞府不足五里了。”

妮莎闻言，痛恨地指责：“真可恶，天天教人提心吊胆，何时是个头啊！”

西王母对妮卡悄声传授咒语，再三叮嘱："老祖母你要牢记咒语，所有人马藏在洞中，等金鹰飞来，才能出洞。万不得已时，念此咒语，洞府就消失在群山之中，无人能找到。切记咒语。"

魔兵在魔王怒斥下，三五成群，爬上山脊，个个龇牙咧嘴，面目狰狞，鬼哭狼嚎，好不唬人。

西王母走出洞府，飞向空中，口念咒语，巨石如层峦叠嶂，幻境重重，西王母洞府再次消失在群山里。

西王母在空中闭目冥想，只见身边千年云杉树现出人形，发出钟鸣般的吼声："西王母，抗魔可不能缺了我们，我们这些万年子孙，随时听您调遣。"

黑豹们窜出，对天低吼，山间猛兽齐齐出洞，扑向魔兵。

金鼠们跑到山顶，抱着小石头往山下滚，滚滚飞石，势不可挡，打得魔兵抱头逃窜，死伤一半。等明白是金鼠所为，魔兵被激怒，沿着山脊顽强地向上爬。金鼠在山顶欢呼，引得无数山鼠、松鼠、野兔聚来，大家都抱着石块从山顶往下扔。各种鸟雀也都飞来，抓起石块扔向魔兵。草木皆兵，巨杉树树枝抛起巨石，砸向魔兵，无数魔兵被击毙。

西王母站在山顶举目望去，远处山冈上黑压压的，全是魔兵。魔兵所到之处，草木无存。魔王更加疯狂，口里吐出的火乌鸦和火蝙蝠，如同黑色风暴一样遮天蔽日，即刻就到眼前。

西王母舞动双手，天丝丽裳的彩袖翻飞，射出无数丝箭，无数火乌鸦、火蝙蝠被丝箭射中，变成一股黑烟，瞬间灰飞烟灭。

魔王见状，吐出更多的火乌鸦、火蝙蝠，不断逼近洞府。金鹰抓起巨岩，扔进魔王口中。魔王狂喊："太好吃了，让我吃饱些。"一片黑压压的火乌鸦、火蝙蝠已遮住阳光，四周笼罩在黑暗之中，无数云杉树在烈火中燃烧，发出痛苦的呼喊。

西王母已被火乌鸦、火蝙蝠围困在中央，天丝丽裳射出的丝箭失去作用。火焰侵袭而来，青丝面纱被点燃，西王母急迫地撕去面纱，对天生气啐一口："呸，金曼就不信治不了魔王！"

这一口口水竟然让火乌鸦、火蝙蝠瞬间化为灰烬。

西王母灵机一动，对魔兵大喊："呸！呸！呸！你们这恶魔，啐死你们！"眼前无数魔兵纷纷倒下。西王母心想：原来你们怕这个，就让你们在无情唾弃中灭亡。

西王母将全身法力汇集在口中，不停地唾骂，口水如云如雾，飞溅四方。魔兵竟然不见了踪迹。魔王闭嘴不再张狂，惧怕地喊：“撤！撤！快撤！”

西王母长舒一口气，从胸口拿下铁链，扔向魔王。大铁环牢牢卡在魔王脖子上，魔王挣扎着，无法挣脱。

酣战一场，西王母口干舌燥，金鹰飞来，背起西王母飞向高空。西王母用尽全部气力诅咒道：“你们等着，我要把你们这些魔鬼全部消灭。”

西王母跳进天池，在碧波中畅游，痛饮天池水，天池水下降三尺。

金鹰再次背起西王母飞向魔王，西王母口喷雨雾，尽扫魔烟瘴气，光秃秃的山头雨雾散尽，烧焦的草木逢雨露再次萌发，大地重新一派生机盎然的景象。

魔王消失了，巨大的铁链卡着哈哈尔的残尸一动也不动。西王母来到哈哈尔尸体旁，向它施法。

哈哈尔的残尸发出鬼哭狼嚎般的声音：“西王母金曼，我，对不起西天国臣民，我的灵魂被魔王摄去，我又成了魔王的行尸，幸亏您破解了魔咒，拯救了我的躯体。我的灵魂可以升天了，我的身躯终于回归大地，就此长眠。仁慈的西王母，还有丧心病狂的恶魔，你要多加小心呀！永别了。”西王母问：“这些魔兵如何处置？”哈哈尔用嘶哑的声音回答道：“魔王死了，魔兵自然灰飞烟灭。我这就召聚他们在这山凹下围成一圈，永远安息。”

只见哈哈尔和众多魔兵围成一圈，仰面躺下，身体很快变成坚硬的石头。

清冽的雪山水，流淌在西王母脚下，汇集成水池。山石围绕着水，水映着山石，如同一颗存留着血液的心脏，拍打着心壁。水池又似明镜，映照着雪峰。

西王母悲伤地说：“哈哈尔哥哥，无辜的兄弟们，安息吧！”

第六十三回　西斯国摆下奇阵　周天子损兵折将

古城外，两军旗帜飘扬，黄家五兄弟、雷霆和众将领列在阵前。周天子陪同袁太师走到阵前，劝道："犬戎老兄，大军连输三阵，达卡斯王子和多哈王子，都成为本王的座上宾，劝兄长放下刀枪吧！"

袁太师上前劝导犬戎："犬戎，你与姬满握手言和吧！"

大漠王极不耐烦地说："太师不必多言，来犬戎大营，本王为您养老。"

"姬满暴君，胆敢挑拨太师和本王的师徒关系！区区三阵，言胜太早，本王还有十五路各国勇士要与暴君决战，请转告达卡斯王子和多哈王子，本大王很快营救他们。"大漠王手指右边霸气地说，"今天，是西斯国勇士的天下。请看红缨兵士。"

只见，一队头戴红缨高冠战盔，面戴银色面具，身着护甲，左手握圆盾，右手持锋利柳叶长矛，腰间配青铜短剑的勇士径直走来，在阵前排列出三角阵形。这些勇士虽然只有百人，但个个身形高大威猛，宛若天兵天将下界。一位高大兵士，戴黑色铁面具，极其显著，独自站在阵中最前方。他用嘶哑的声音呼喊口号，隐藏在面具下锐利的目光，杀气腾腾。

周天子手持方天画戟，拍马只身来到阵前："西斯国勇士，百闻不如一见，不知哪位是你们的统领？请现身一见。"

兵士们单膝跪地，面向戴着黑色铁面具男子高呼："阿克流斯统帅……"呼喊声整齐划一，排山倒海。

周天子拱手行礼，说："阿克流斯统帅，有礼了。本王倒想领教统帅的功夫！”

阿克流斯独自飞奔上前，右手举矛，大喝一声。周天子并不在意，双腿紧夹坐骑，坐骑扬蹄冲向阵前。周天子飞马跃起，举戟向阿克流斯刺去。阿克流斯并不躲闪，圆盾迎向戟尖，戟尖碰出火花，滑落一旁。天子急忙拽紧坐骑缰绳，坐骑双蹄扬起，嘶鸣不已。阿克流斯蹲在地上，长矛已刺进其坐骑的前胸，坐骑应声倒地，周天子摔下坐骑。阿克流斯剑指周天子，但并未出击。周天子赶紧从地上爬起来，站直身体，急忙回撤。

袁太师见势不妙，急忙挥三角令旗，顿时飞箭如蝗，射向三角阵。只见红缨兵士蹲在地上，手举圆盾，藏身盾下。飞箭打在圆盾上，如同爆豆，啪啪作响。周天子趁机换马，撤回古城，袁太师举旗停止射箭。

阿克流斯站起身，一边剑鞘击盾，啪啪作响，一边嘶吼。其他士兵也站起来跟着低吼，且有节奏地拍击着盾牌，声音如同巨钟被击，轰隆作响，惊得战马也嘶鸣起来。

黄家四兄弟率兵冲向三角阵，杀得天昏地暗，太阳落西时，周朝兵士死伤数百，黄天龙被长矛刺死，黄天豹被阿克流斯盾牌击中鼻部，黄天虎、黄天彪杀得眼红，稍事休整后，准备再次冲击。可是三角阵依然稳如泰山，纹丝不动。

周天子立即遣兵调将，土孙子、雷霆频频与之交锋，三角阵虽不足七十人，依然固若金汤。大漠王鸣金收兵，红缨兵士并不退阵，躺在战地中央，头枕圆盾而眠，战地鼾声四起。

夜色深沉，大漠王命人送去济养，红缨兵士也不为所动。

第六十四回　无影兵偷献计策　燕国主暗破死阵

中军大帐，各路诸侯和众将领齐聚，周天子请来袁太师共同商议。

“这阿克流斯是什么人？如同战神一般，一百红缨兵士，伤我周朝将士五百余人，连黄家兄弟也不是他的对手。那三角阵坚若磐石，我们太轻敌了。”周天子讲完，恭敬地向袁太师行礼。

袁太师深深舒口气，当众大声责备：“今日，天子行事莽撞，只身驱马挑战，险些丧命。今后天子不可轻敌，不可再冒失了！”

周天子满脸愧疚，急忙站立，低头行礼赔罪：“正如太师所言，今日本王行事莽撞，行为轻浮，造成将士伤亡，有失天子之责，请太师施廷杖之刑！”

众将齐拜：“天子不必自责，免于廷杖之刑吧！”

袁太师长舒一口气，手指布兵图，道：“天子不必自责，等解决了阿克流斯强敌，仙师定要亲自为天子行刑，决不姑息。当务之急，是商量破敌之策。贫道倒是有一方法，不过方法极为残忍，不知道天子是否愿意一试？”

周天子一语道破：“师傅，本王想过了，一千人将其围困其中，用火烧，足以将其化为灰烬，但胜之不武呀！有失周朝礼仪！”

黄天虎上前请战说：“天子兄弟，吾弟天龙虽死犹荣，与红缨兵士相拼，才是尚武之人的选择，明天天虎依然要与之交锋，决不退缩。而且天虎也只选七十人，长枪、盾牌、短剑、护甲，相同配置与之拼杀。”

周天子连声自责：“是本王轻敌，断送了天龙兄弟的性命呀！万万不能再让黄家受损了。本王要亲自厚葬天龙兄弟。”黄天虎跪地谢恩。

燕王赵勇上前请战："天子不必自责。众位皆知，吾乃赵公明之孙，本王也使长枪配短剑，有护甲小盾，正与阿克流斯配制相同。正有百名甲盾兵，随本王前来。明日燕王之长枪，定能刺穿阿克流斯的圆盾，将他击败。"

袁太师早就在想：诸侯之中，只有赵勇能与阿克流斯匹敌。徒儿之中，赵勇是武学奇才，不仅一点就通，而且力量与技法惊人。

此时燕王赵勇主动请战，袁太师手抚胡须，频频点头。

周天子突然眼前一亮，脱口而出："好呀！武把式出马，何忧阿克流斯呀！怎把战神赵勇忘了，就给一天，用七十对七十，绝对不以多胜少。"

燕王上前跪拜，高声领命："燕王决不辱使命，定让阿克流斯一命归西。"

周天子拉起燕王，劝道："贤弟如果把阿克流斯刺死了，阿克流斯成了英雄，贤弟却成不义之人，人人都会鄙视周朝的战神赵勇。"周天子继续说，"阿克流斯死在战场上，大军定然会疯狂报复，对周兵不利。贤弟，太师曾讲'先王耀武扬威不观兵，夫兵戢而石动，动则威，观则玩，玩则无震'。以德教化敌人才是关键。"

燕王听得仔细，频频点头记在心里，敬佩地说："王兄，愚弟明白了，这兵戎相见，犹如点火，能杀敌，亦可能焚己。天子放心，弟一定要将阿克流斯活捉。"

周天子解去铠甲，走到庭帐之中，向太师高声请求："弟子愿受廷杖之刑，请太师行刑！"周天子趴在刑案，等待受刑。袁太师手持廷杖，高呼："天子犯法，与民同罪，为师手下，决不留情。"

众将领上前阻拦，即被袁太师喝退。

袁太师手举廷杖拍下，打了不足五十下，众将领上前，夺下廷杖。周天子两腚生疼，不敢坐立，命令众人退出大帐。

不到一刻钟，袁太师手拿竹简，飞奔而来："天子吾王，为师为严明军纪，不得已施杖刑。刚刚在天子书案上发现此信，为师已验过，此信无毒。"

周天子正趴在床上敷药，来不及整装，就接过竹简细细读了一遍，说："太师，这信上说：阿克流斯乃西斯国国君，被卡曼女王夺权后毁容割舌，充当兵奴。信是影子兵所写，这影子兵是何许人也？速去查清。"周天子强忍疼痛，咧着嘴对袁太师笑着说，"太师，阿克流斯历尽磨难，意志坚定，无法摧毁，怕是无人能战胜他。看来大漠王大军能人不少呀！"

袁太师心里嘀咕：天子倒是把贫道的心里话给说了出来。他迟疑片刻，说：“为师在想，大军之中有如此高人，一定要提早设防，不可掉以轻心。这影子兵来去无踪迹，比那阿克流斯更可怕。”

周天子把竹简放在火盆里，竹简一阵噼啪响。袁太师望着火盆里蹿升的火苗，悄声禀告：“天子，为师明白了，要秘密行事，为师与天子一起去找赵勇。”

此时，正好燕王走进大帐，前来复命：“王兄，一切准备齐全，请王兄检阅。”

周天子走出大帐，叮嘱：“贤弟别急，过来，听王兄讲来。”周天子俯身对赵勇耳语一番，燕王连连摇头：“天子兄长，与死士之战，有何意义？”

袁太师上前对燕王小声说：“用兵之道，心战为上，兵战为下。”

周天子兴奋地说：“义弟，记住卡曼女王这个名字，攻克阿克流斯的内心，让他走向绝望，然后知道他自己真正的敌人是谁！”

燕王鼓足勇气，坚定地说：“王兄、太师，赵勇明白了：作战贵在伐谋，其次才是伐兵。要战胜阿克流斯的体力，必先摧毁其意志；要摧毁其意志，必先击破其内心，让其求生不能求死不得。”

周天子手拍床边，大赞：“义弟真是一点即通，不愧是战神呀！明天一早，义弟手中七十名兵士，以盾护体，以防柳叶长矛刺伤；再将长枪换成钩镰枪，加配三节棍，只将红缨兵手中兵器击落，不用拳脚，只要与其摔抱在一起即可。”

燕王笑着领命：“王兄放心，等王兄伤好了，可否与勇摔跤比赛？哈哈哈……”

袁太师补充道：“告诉兵士们，可以用牙咬，只能咬痛，不得咬伤。赵勇呀！师傅相信徒儿，是战神之神。”

燕王高兴地行礼，高声领命：“遵命！”

周天子不再掩饰腚痛，龇着牙说：“贤弟，本王实在难以忍受，先歇息了，明天王兄助战，一言为定。”

深秋的清晨，和煦的阳光洒在阿克流斯冰冷的黑铁面具上，阿克流斯像山一样横卧，左手紧握圆盾，让其盖在身上，右手紧握柳叶形长矛，腰间的短剑紧紧扣在腰带上。阿克流斯站起，手举长矛，红缨兵士整束铠甲，迅速列阵。七十勇士吃着干粮，喝着皮囊中的水，列队走进布帘的隐蔽之处。周天子双手扶腰，站在城楼上看得仔细，不住地赞叹：“西斯国的兵奴，乃战神也，真不想与之对战。”

红缨兵再次列队，走近古城阵地中央，有节奏地齐声呼喊，剑鞘有节奏地拍击盾牌，如同龙吟狮吼。

燕王引兵走出城门，七十勇士戴软甲只留双眼，左手握圆盾牌，右手持锃亮的钩镰枪，列三队而行，直逼红缨兵士。

两军对峙，燕王举枪高呼：“阿克流斯国君，你是一个失败者，你的百姓跟你受尽耻辱，你的姐妹、你的孩子都成为卡曼女王的奴隶，永远被卡曼女王踩在脚下。阿克流斯国君，卡曼女王夺走了你的一切，阿克流斯一无所有，即使战胜，也是一只待宰的绵羊。世上再无西斯国国君，只有兵奴阿克流斯！”

阿克流斯听到译官所说，怒火中烧，举起长矛，向前奔跑，使出全身力气，将长矛掷向城墙。长矛飞出数百米，深深地扎入城墙。阿克流斯心中的怒火被燃起，红缨兵士紧随其后。

燕王挺枪刺向阿克流斯，阿克流斯左手挥出圆盾，右手握剑，迎击而上。一场恶战就此开始。

双方列三角阵相互对峙，长矛刺盾，发出碰击之声，如同鼓点，啪啪作响。钩镰枪勾住柳叶形长矛，你来我往，不分胜负。阿克流斯指挥的三角阵非常紧密，燕王并不急于攻击，而是步步为营，直击三角阵之中的阿克流斯。

阿克流斯观察周朝兵士严密防守没有破绽，命令兵士不许出击。

双方你来我往，消耗时间。转眼日落西山，双方依旧严守阵地，一整天的对垒，难分高下。

夜晚来临，双方挑灯夜战。阿克流斯手持长矛，圆盾护体，三角阵依旧稳固。燕王稳扎稳打，钩镰枪起到作用，红缨兵士手中柳叶长矛，尽被钩镰枪夺去。

翌日黎明，双方都已不足五十人，无长矛阻挡，燕王短剑换成曲节棍，攻击圆盾牌短剑。阿克流斯依然手握短剑，圆盾护体，严密防护。

上午时分，大漠王命令狼主们前来助战，黄家四将、土孙子、雷霆上前迎击。狼主们抵挡不住，迅速撤兵回营，只好远处观战。双方击鼓，号角齐鸣助战。

正午时分，红缨兵士手中的短剑，已被曲节棍击落在地。燕王扔掉手中曲节棍，双方手中只剩盾牌。

燕王嘶吼道："阿克流斯，让我们比一比谁的盾牌更坚硬？"燕王挥舞盾牌，冲进阿克流斯三角阵中，击倒阿克流斯身边的副将。众兵趁机冲入三角阵中，拿盾牌相互砍砸，互相扭打在一起，盾牌被砸得四分五裂。

燕王抱住阿克流斯，两人翻倒在地，扭打在一起。燕王怒吼："你就是恶魔，我也要看清你的脸。"燕王一把抓住黑铁面具，想要取下阿克流斯的黑铁面具，这才发现，这面具与颈部铁环是一体的。燕王即刻明白，就是把阿克流斯的头砍下，面具头盔也无法取下。

燕王大声痛骂："你这可怜的家伙，被一个女子战败，颜面扫地，所以不敢以真面目见人！"

阿克流斯用头盔撞在燕王脸上，燕王满脸是血。燕王彻底被激怒，再次把阿克流斯摔倒在地，阿克流斯依然在地上僵硬翻滚。

燕王扑上前去，反身用肘卡住阿克流斯的脖子，极力地嘶喊："服不服？你这个被女子打败的人！"

听到译官的翻译燕王的这句话时，阿克流斯突然不再挣扎，双眼无神地看向天空，心如死灰，只求速死。流着眼泪的阿克流斯，被周朝将士高举着抬入古城。

看到这一幕，大漠王叹息："阿克流斯，谁也无法战胜的战地之神。西斯国的兵奴，才是真正的军人，太可惜了。"

众将领上前请命："大王，为何不把阿克流斯救回？我等愿领命前去，营救阿克流斯。"

大漠王非常清楚燕王的武功，指着战场喃喃自语："这是阿克流斯最好的归宿，谁也无法战胜阿克流斯。他是战神。"

第六十五回　白灵自荐救漠民　比心挖心捉西心

午后的阳光，照在连绵十里大漠营帐，营寨中金色羊毛大帐格外显眼。牛粪烧燃的青烟，弥散在空气中，奶茶的香气扑面而来。

金色羊毛大帐内，大漠王坐在宝座上，盟友们分坐两侧。

军师赤哈尔上前行礼禀告："尊敬的犬戎大王，您是大漠的太阳！有一件喜事，要告诉您，那就是明天大量的粮草就要运到了。我们这百万雄师，不出十天，定能大胜周朝军队。到时候咱生擒周天子，挥师中原，占领镐京。"

大漠王拍着胸膛高呼："阿克流斯的百人勇士，虽败犹荣。我们大军，个个都是阿克流斯！明日齐上阵，一举歼灭周朝主力，各位统领意下如何？"

西意国国师西心上前请战："尊敬的犬戎大王，尊敬的各位统领，明天西意国师西心要不费一兵，用西意国的奇术将周朝兵士消灭。请各位统领观战。"

各国统领把敬佩的眼神投向西意国国师，纷纷点头致敬。

大漠王闻听此言，无比期待地说："国师胜券在握，真乃大军幸事，我们列阵为国师助威。国师还有何要求，尽管提出。"

西心国师诡秘地说："各位统领列阵观战，听本国师指挥即可，今日好好休息，明天沙场见！"

大漠王闻言，感到十分欣喜，起身向西心国师鞠躬示意，大声强调："连日观战，各位统领都很劳累，今日议事到此，请回营休整，明日一同为西意国师助战。"

众统领退出大帐，只剩军师赤哈尔和鹰王留在帐中，犬戎低声说：“有件事，我们要私下说。”

军师赤哈尔悄声禀告：“大王，军中粮草不足十日，而且大漠百姓老幼都在这儿假扮兵士，一旦被揭穿，军心不稳，如何是好呀？”

鹰王悄声回话：“大漠百姓十之八九在此助战，一旦开打，死伤众多，后果不堪设想。我的想法，不如我带着他们回漠北，牧马放羊，恢复生产，留下的精锐，大王带去参战，一定要速战速决。”

军师赤哈尔表示赞许：“现在悄悄准备，今夜大王派鹰王去迎接征粮，只需在路途放几辆粮车，用火烧了，派兵回报，就说周朝烧了粮草，鹰王不知所终。届时大军只能背水一战，与周朝斗个鱼死网破了。”

大漠王反复斟酌许久，说：“此计太妙了，只需留下十万精锐，粮草被烧，友军会没有退路，奋力厮杀。军师和鹰王速去准备。”

古城中军大帐中，周天子挑灯夜读，困倦不已，伏案而眠。

白灵王后来到身旁，迫切地催促：“天子夫君！夜晚凉，夫君要躺在床上睡，不要受到风寒，累坏了身体。”周天子被唤醒，睡眼蒙眬地回答：“王后，本王这就去睡了。”

周天子收起竹简，竹简下露出新的竹简，他迷迷糊糊地看了一眼，大惊，睡意全无。

白灵王后为之震惊，担心地说：“灵儿来时只有一阵风吹过，不曾见到有人进屋。”

“影子兵不是来取本王性命的，王后小声点，别说话。”周天子做了安静的手势。

周天子轻轻打开竹简，与白灵王后埋头去看：

鹰王押送六十万大漠老弱、妇孺、伤兵，今夜撤离。

周天子和白灵王后看完竹简，放进火盆里，火盆里噼啪作响，忽然打破深夜的宁静。白灵王后长叹一声，说：“要是让太师知道此事，定会被气死，犬戎太残忍了！看样子，犬戎大军已无粮草了。天子，这事儿交白灵去办，他们不要这些残弱的百姓和伤兵，我们这里还缺人呢。这样一来，既能救人，也为白灵腹中的王儿积善积德。放心吧！灵儿定会办好此事。”

周天子牵住白灵王后的手，担心地说：“不许骑马，只能坐辇，要垫得软和些。”

白灵王后自信满满地说：“灵儿的娘子兵，还没用呢！天子，您就等着灵儿的好消息吧。”

周天子依然不放心，再次嘱咐：“一定要活捉鹰王，他是犬戎的亲兄弟，本王会派雷霆和土孙子帮你的。”

灵王后也不放心天子，急忙安排：“夫君，这是给阿克流斯国君治脸的药，每天都要记得给他换药。灵儿最舍不得夫君，夫君自个儿注意多休息。灵儿会快去快回的，夫君放心吧！”

白灵王后走出大帐，娘子军疾行，消失在夜幕中。

深夜，金色羊毛大帐之内，大漠王坐在宝座之上，盟友们被召集来到帐内，依然分坐两侧。大漠王环视一圈，见都已聚齐，这才慢慢道来：“深夜请各位盟友入帐，共议大事，实在是事情紧迫，刻不容缓。西意国国师西心，你是否有信心战胜周敌？”

西意国师西心上前行礼，自信地说：“至高无上的大王，西意大法还无人能识破，请大王和各位盟友放心，明日一举拿下古城。”

大漠王紧锁眉头，忧心忡忡地说：“连连数阵，我们损失了达卡斯王子的白熊勇士、多哈王子的飞毯神兵，又损失了阿克流斯的红缨战士，即使周朝军队被我们包围在古城，大军占有优势，也不能次次让诸位损兵折将。明日，大漠兵与周朝决战，将周敌一举歼灭。”

“大王高瞻远瞩，西方各国一致同心，大军必胜，周朝必败。”

“我方功夫还未施展，大王就要决战了，百万之众对付十万周朝军队，胜之不武。还是请西意国国师，一显身手。”

“大王我们支持您，大军敢死队先行，一定能战胜周天子。相信我们吧！”

军师赤哈尔上前行礼，高声赞美：“至高无上的大王，您是天上的太阳！大漠子民为你准备的粮草，正在源源不断地运来。等我们粮草运来，兵精粮足，战胜周天子指日可待。”

大漠王稳稳地坐在宝座上，面向众人威严地说：“大漠粮草源源不断运来，以备决战之需，粮草是军中大事，安全押运，不可掉以轻心。要不惜一切，保证粮草安全。”

鹰王上前请命：“鹰王愿带领强兵猛将，即刻前去押运粮草，确保粮草万无一失。请大王发令。”

大漠王急忙下令：“粮草之事不可延误，鹰王得令即行，不得有误。”鹰王鞠躬行礼，领命而去。

大漠王起身，再次强调：“诸位统领、将士，再也不能损失我们的战友，决战不能再拖延，力求速战速决。各位意下如何？”

盟友们议论纷纷：“是呀！难得大王痛下决心。”

“不过，速战速决的代价太大，那么高的城墙易守难攻。”

……

鹰王命令所有人员偃旗息鼓，熄灭火烛，轻装简行，所有人员静悄悄地向连营后方急急而行，迅速消失在夜色中的茫茫戈壁。

金色羊毛大帐之中犬戎和其他首领还在议事。西意国国师执意请求：“请大王放心，即使西意大法失败，大军不会损失一兵一卒，照样攻占古城。”

军师赤哈尔回到营帐，上前禀告：“大王放心，鹰王已引重兵，前去护卫粮草。”

大漠王如释重负，委婉道来：“各位统领，西心国师有必胜之法，明日与周天子决战，本王定会观战。西心兄弟尽管放开手脚拼杀，兄弟们与你并肩共战。”

大漠王起身，双手高举宝石宝刀，高呼：“今日，大王在此盟誓：十日之内战胜周天子，宝刀为证！诸位盟友为证！”

盟友们共同欢呼：“大军必胜！大军必胜！”

大漠王再次坐定，沉重地说：“决战在即，深夜请各位兄弟前来，实属无奈。今日深夜劳累诸位，请回营帐安心休息。”大家纷纷行礼，匆匆退出大帐。

周天子站在古城的城楼上，眼望无数大漠子民消失在漆黑夜色中，对大漠王无比心寒。

袁太师提灯到城楼巡视，见到周天子问道：“天子，在叹息什么呢？”

周天子指着峡口：“师傅！六十万百姓，不是个小数呀！”

袁太师万分震惊，急忙追问：“刚刚兵士来报，犬戎军中有军队出行，贫道这才匆忙而来，还是来晚了。天子是怎么知道得如此详细呢？”

周天子悄声说：“犬戎已机关算尽，将老弱妇孺冒充的六十万兵士全部撤走了，我们还要替犬戎隐瞒。”

袁太师气得全身发抖，指着犬戎大帐骂道：“孽障！这是要遭天谴的！我去和这孽障拼死一战！”

周天子上前制止袁太师，急忙劝慰：“师傅，不必着动气。”

不料，袁太师竟然扑通一声跪地，哀求：“天子，想办法，挽救众生呀！为师求天子了。”

周天子急忙扶起：“师傅仁慈，快起来，听徒儿说。”周天子对袁太师耳语一番，袁太师捂嘴而笑：“天子圣明，白灵王后聪慧啊！”

周天子深情地说：“师傅，所有的事，都要您操劳，徒儿于心不忍。如今，大军粮源已断，十日后粮草不济，必定要盟国之间出钱出粮，师傅你去找藏王，让藏王多做些交易，防止盟国互相残杀。”

袁太师领命：“天子圣明，我已占尽先机，不出本月大军必败！”

周天子握住袁太师的手，欣慰地说：“计将安出，先要避其锋芒，惹急犬戎，然后诱其入城，把犬戎与大军困在城中，来个反包围。”周天子又悄声耳语，“辎重等是否已藏妥当？”袁太师手摇浮尘：“天子放心，粮草辎重都已妥善安排，再不能叫犬戎逃走了，大漠王该臣服于天子了。”

周天子感叹：“师傅，本王不会叫犬戎臣服，本王会让犬戎兄长治理大漠，造福大漠百姓。”

袁太师望天长叹：“上天有好生之德，犬戎会醒悟。战争即将要结束了……”天子和袁太师相扶走下城楼。

深秋的太阳斜照古城城墙，大漠王率领大军来到阵前，各路大军一字排开，摆开阵势。鼓声阵阵，号角齐鸣。大军仰面观望城楼。

只见，城楼之上旌旗飘扬，诸侯王们围绕周天子高瞻远瞩，谈笑风生。见到大军列阵，视若无睹，不为所动。

大漠王拍马来到阵前，高声呼喊：“周天子姬满，为何不敢列阵与联军决战？众位统领，攻进古城，活捉周天子！”

狼主上前：“犬戎大王，十三位狼主寸功未立，还是让我们兄弟，攻城吧！”

西意国师西心，上前请命：“犬戎大王，西意大法即将施展，城门马上就会大开，请静候。”

西心带领侍从，走到城门前，对着城门将士诡秘地说：“诸位请看，西心身后的大军即将消失，再请看西心手中的这只小球变幻的小球，法力非凡。”

只见无数只小球在西心的引导下，来回摆动。

周天子和诸侯王们，眼见城下大军兵士全部从眼前消失，惊愕不已。

随即，众人无法摆脱小球在眼前的幻影，即刻出现幻觉。有的兵士双眼迷离，坐在地上昏昏入睡；有的看着那只小球，眩晕至极，呕吐不已。

比心飞奔上前，急忙遮住周天子眼睛："天子在上，各位兄弟！这是幻术，紧盯比心，勿看小球。比心即刻出城，会会这西意国国师。千万记住，大军兵士待在原地，勿开城门。"

周天子焦急地提醒："兄长，多加小心，勿上当。"话音未落，比心已带两名侍从飞起，落在城门外。他们径直走向西意国国师。

比心来到西心面前，自报家门："吾乃比干之孙，比心是也。久闻西方幻术闻名天下，西意大法果真厉害。在下愿与国师一比身手，请赐教。"

西心不甘心西意大法被阻止，回敬道："吾乃西意国师，西心是吾之名字。久闻比干大名，比心有何本领，尽管显露。"

比心大手一挥："国师请看，这座城还在吗？"比心拍拍手，古城在眼前消失，不见踪迹。

眼前城池消失，西心大吃一惊，心想：东方也有玩幻术高人。于是，他高声赞美："比心乃是东方幻术第一人，共同置身同一战场，你我只有生死一搏了。"

比心并不在乎，伸手就变出小桌一张，郑重地说："西意国国师，比心有礼了，这有小桌一张，请坐下来，比心与国师比比小技如何？比心不会赌，只想与国师比试技艺。国师请坐。"

西心把比心没放在眼里，不屑地说："你我以性命相赌，一局定输赢如何？"

比心也不示弱，坚称："人之发肤受之父母，焉能以性命相赌？恕我无能，只想与国师切磋幻术，别无他心。"

西心坐在桌旁，傲慢地说："怯懦的胆小鬼，这是战场，只能以性命相争，否则，赶快离开。"

比心拿出三个小碗，三颗红艳的小球，强调："比心再次重申，不会以性命相赌。"

西心更加傲慢无礼，讥讽道："比心快来受死，如同比干那样死后无心，开始吧！”

比心来回用碗转动小红球，西心紧盯不放，生怕有遗漏。比心停手示意：“国师只要猜对，哪只碗里有小球，就算国师赢了。请！”

西心认真盯着小碗，不屑一顾，说：“哼！这种小儿游戏，也敢拿来在本国师面前玩！我看见小球扣在这个碗里了，这个碗下肯定有球。”

比心慢慢掀开碗，西心没见小球，他生气地大喊：“本国师可以再猜，这只碗下肯定会有的。”

比心面露难色，西心紧盯着碗，胸有成竹地说：“这次肯定猜对了，这次如果输了，本国师就从这里撤出，决不回来。”

比心双手紧扣小碗，反问：“比心如果输了，国师会如何？”

看着比心眼神中露出担忧，西心认定比心要输，于是口出狂言：“比心如果输了，交出性命，本国师就要攻破城门。”

比心考虑了许久，才说：“若比心赢了此局，国师可以再来一局。”

西心不耐烦地说：“一言为定，比心肯定输了。”

西心急忙伸手，掀开第二个小碗，没见到红球，失望地说：“小把戏，暂时算你赢，不过还有个碗，怎么猜呢？”

比心无奈地低下头，嘲讽：“国师刚才说自己输了撤兵，结果不但食言，还耍赖再看！”比心摆摆手继续说，“罢了，罢了，这把戏对国师不公平，因为剩下的碗里没有小球。不过，国师不妨一猜，猜对了，算国师赢。”

西心一把捂住小碗，大喊：“一言为定！西心还是猜有，不可能次次都是你赢。有！有！有！”西心迫不及待地掀开小碗，没见到小球，气愤地扣住小碗，“设计好的骗术，根本就没有球。”

比心平气和地说：“这游戏对你不公平。看好了，我没碰小碗，请打开小碗，每个小碗都会有红球。”西心不再急于翻开小碗，紧盯三只小碗，心想：东方幻术出神入化，小把戏不可小视。

西心心生一计，说：“比心幻术了得，西心佩服。不过，西心有一个问题。”

比心抬手示意：“请讲，比心定然明确答复国师。”

西心毫不留情地说：“听说，比心的爷爷比干，把心挖出来以表忠心。比心如果能把心挖出来，吾能答应比心一切条件。此刻，愿击掌为誓。”

比心不住摇头，无奈地说：“这是家门之痛，因为爷爷的真心，错付昏君纣王。今天，若能化干戈为玉帛，比心可以像爷爷那样挖心昭天，让国师一见真心。但是国师要答应比心两件事，一离开这战场，二千万别说‘空心菜’。请国师答应所求，不可背信弃义，否则后果自负。”

西心听得此言，心想：无心之人，必死无疑，先答应他，其他的……西心举手发誓：“本国师如果说‘空心菜’，愿接受所有惩罚。我期待一睹东方掏心术。”“掏心术，已经很久未展示过，国师要言而有信，不可食言。”比心说完，变出刀，刨开胸膛，鲜血飞溅而出，将一颗血淋淋且还跳动着的心脏，交到西心手中，痛苦地呻吟道，“这是真心，国师，见到了吗？国师，看清楚了吗？”

西心伸长手臂，一只手捧着跳动得热乎乎的心脏，另一只手捂住鼻子，惧怕地尖叫：“这是真的吗，这颗心还在跳动，西心不愿害死你，但这是残酷的战争，即使西心输了，也要战胜你，西心答应不会说那三个字，但他们都会说。”西心向后方招手，西意国的将士出现在阵前，齐声喊：“空心菜，空心菜。”

比心绝望地看着自己的心，跪在地上，极度虚弱地恳求：“国师，能扶一把比心吗？在比心临死之前，不愿倒下。这颗心就交给你了，恳请国师，将比心安葬。”

西心上前，一把推倒比心，尖声喊道：“战场上，傻子才会把真心交给别人！去死吧，和你爷爷比干一样！”比心扑上去，牢牢攥住西心的手，向他狠狠掉说道：“国师践踏了真心，比心怎么能输给一个无情无义之人呢？”比心绝望地跪在西心面前，凄惨地呼喊，“还我真心，把真心还回来！”

突然，西心手中跳动的心脏，变成一个红色木盒。比心抓起西心，将西心变小，往木盒里一塞，任凭西心不停惨叫和求饶。西意国的将士见状，惊慌逃命。

大漠王挥刀向前，高呼：“攻城——”

比心飞起，哈哈大笑，手指着城池说：“犬戎大哥，飞也！”土城即刻飞旋在空中。

大漠王大声喊：“这是假象，勇士们，冲呀！”

比心和侍从飞在空中，比心手指大漠兵士，只见惊雷四起，箭羽嗖嗖如雨射下，大漠将士伤亡似哀鸿。

大漠大军，闻声心惊肉跳。大漠王面对眼前的幻象无能为力，便引着大漠大军退回大营。

金色羊毛大帐中，松脂燃烧，黑烟飞向穹顶。大漠王独自一人待在大帐之中，香蜀夫人冒雨来到大漠王身边，上前问候："大王，再忙也要歇息，越是战局不利，越要振作精神，香蜀和小王子给大王助阵，大王还怕什么呢？"

大漠王欣喜地牵住香蜀夫人的手，微笑着说："王后娘娘，外面下雨了吗？"

香蜀夫人指责兰心说："兰心姐姐，你是怎样照顾大王的？大王夜夜不眠，都成什么样了！"

兰心跪地，自责道："王后娘娘，都是兰心之错，兰心知罪。兰心有个法子，保证管用。比心的妖法叫土城飞在半空，一定是幻影。今夜大雨之中，必然再现原形。大王要作好长期打仗的打算，胜利如天所愿，败了也是兵家常事。周天子还能把我们全杀光吗？"

香蜀夫人赞同地说："兰心姐姐讲得真好，大王要考虑香蜀和小王子，还要考虑大漠的今后。此次决战不会太久，以后的生活还长着呢！"

兰心说："冬季来临，雄兵百万不能开战，只能罢兵。"

香蜀夫人催促："大王，不能总待在大帐中，雨中的风景一样壮美。我们出营走走。"

大漠王心情稍好，勉强答应："好吧！雨夜走走，散散心。"三人走出营帐，伤兵低沉的呻吟声从营帐里传出。兵士们悄悄议论："比心的盒子太厉害，能把天都装进去。"

香蜀夫人悄声说："哀兵必胜，明天大雨，一定能大破古城，长驱直入。"

三人走出寨门，兰心指着古城说："大王请看，比心妖法，不起作用了。那是古城灯火。"

夜风夹杂着雨水，冰冷地打在脸上，大漠王仰天长叹："冷雨飘寒何时休？大漠苍穹昆仑关。待得秋雨风寒重，弯刀直指是镐京。"

大漠王用披风护住香蜀夫人，指着古城说："明天大雨，一举攻占古城，尽快结束战斗。无论胜败，犬戎要带你们回漠北，定要王后享受荣华富贵，决不食言。"

此时袁太师站在城楼上，望着大军兵营，叹息：“爱徒犬戎，为师老矣！如若捉住你呀，定要在你的屁股上重重地打几巴掌，叫你回家，好好爱惜大漠的百姓啊！”

第六十六回　文昌献计占古城　太师挖壕设陷阱

天空中的阴云如滔滔洪水飞流而过，雨滴如拳砸向旷野，古城外积水横流，城墙周围形成一片水洼，进城的道路泥泞不堪。

大漠王引领十三狼主，急速来到古城下，大漠兵士不容分说举云梯，迅速攀城。

城上锣声响起，周朝兵士拉弓疾射。没有鼓声，也没有号角声，只听到断断续续的锣声，嗖嗖的箭雨刚落下，就传来大漠兵士的惨叫声，叫声瞬间被雨声拍打得模糊。

周朝兵士再次鸣锣，城墙上滚石檑木一齐滚下，大漠兵士被砸中，凄惨地呼喊着纷纷掉下云梯。

十三狼主命令兵士们，一队接着一队攻城。大漠兵士在雨水中，冰冷的甲衣紧贴在身上，显得更加的笨重。他们顾不得伤痛和饥饿，一队队举着云梯，向城上爬。

城墙根堆满了大漠兵士，受伤的兵士躺在水洼中痛苦地挣扎着，已经死去的兵士面色苍白且直挺挺地躺在地上，任凭雨水和血水汇成小河。

大漠王在暴雨中疯狂地呼喊着，弯刀直指城墙。狼主们上前禀告："大王，已有两千兵士伤亡，这样进攻不利于大漠将士，损失太大了。"

大漠王举刀狂喊："冲呀！决一死战，谁要退缩，就地宰了……"大漠王声音嘶哑地狂喊道，"大漠勇士，胜利在即，冲上城去，占领城池，城内的一切，都是你们的。冲呀！勇士们，冲呀！活捉周天子姬满！"

风雨中只听得一人高喊："大王不用猛冲，文昌国师有一计，不出一刻，定能破城。"只见，西天国文昌国师来到大漠王身边。

雨水沿着大漠王的战盔流淌，他板着脸，紧紧抓住文昌的君胳膊，怒目而视，急切地追问："西天国文昌国师有何高见？尽管讲来。"

文昌君擦干脸上的雨水，大声禀告："大军数万将士，每人一包石土，只堆在土城一边，定能破城。"

大漠王赞同："好计，诸位听令，立即执行。"军师赤哈尔领命而去。

大漠王放开文昌君手臂，冷雨如注，文昌君贴近大漠王耳朵高声喊："尊敬的大王，西天国勇士寸功未立，战争就要结束了。"

大漠王直指城墙，哈哈大笑，大声夸奖："只要攻破城池，文昌国师立大功一件。本王要重赏国师，决不食言。"

文昌君擦拭脸上的雨水，兴奋地说："大王，一言为定，大王请看，古城之内粮草堆积如山。古城被破，周天子就无立足之地了。"说话之间，大漠兵士从四处取来土石，在城门边堆起一座土丘，已与城池齐高。大漠王爬上土丘对城楼高呼："周天子姬满，大军就要破城了，还不快快出城投降。"

大漠兵士站上土丘，拉弓射向城池，箭矢如同雨倾泻而下，周朝兵士迅速溃败。十三狼主引兵迅速攻占城楼。城门打开，大漠兵士奋勇攻进城门。

周天子、袁太师、巴布引领将士从侧门杀出，再沿山间小路杀出血路，周朝兵士风一样向峡口退逃。

大漠王乘势夺取古城，大漠将士攻入城门。

军师赤哈尔引兵追至峡口，巴布引兵回击，黄家四将从两侧杀出，赤哈尔无力抗衡，退回古城。

大漠大军引兵进入古城，古城内又是一片欢呼声。

大漠王闯进周天子中军大帐，坐上虎皮椅子，无比开心。

诸将领前来道贺："大漠兵士神勇，今日一战，周朝军队不堪一击，周天子狼狈逃离。大王请看，这中军大帐之中，连帅印都未带走。"文昌君疑惑地追问："周天子兵败，大王为何不率大军乘胜追击呢？"

大漠王摆摆手，笑着说："军师赤哈尔已领重兵追击去了。文昌国师，且看这连绵阴雨，道路泥泞，周朝兵士已无路可逃了。待得天空放晴，国师陪同本王，咱们一路杀向镐京如何？"

大漠王急忙传令:“配发粮草,休整待战。”统领欢欣鼓舞,久久不愿散去。

大漠王召回文昌君,耳语:“国师呀!本王能战胜周朝吗?”文昌君贴近直言:“大王一语道破天机,犬戎与姬满……”文昌君没敢说完。

大漠王急迫地问:“文昌国师,怎么不说了?犬戎决不弃义,愿与盟友生死共存。”

文昌君指天,侃侃而谈:“前日观天象,北斗望西,东西方共荣!这是天意。大王尽可放心!”

大漠王早对西天国不怀好意,逼问:“文昌国师,大王我杀人无数,恶贯满盈,还有造化否?”

文昌君明白大漠王的心思,故意装作高深莫测:“大王顺天道,顺人意,何罪之有?”

大漠王伸出大拇指夸赞:“文昌国师机智过人,听尔一言,感悟至深也!”

文昌君鞠躬致敬,谦虚地说:“大王过奖了!吾不及神,天下为师,神非能极乎?”

大漠王抓住文昌君胳膊狂笑不已,直言:“仕途艰辛,尽敬美言。文昌国师不止一智,本王必知天意。杀千回,不解仇。”

文昌君反应机敏,急忙道谢:“谢大王不杀之恩,愚臣还能赏光否?”

大漠王言归正传:“定赏其光。”文昌君鞠躬拜谢:“文昌谨遵大王之命。”

众盟友在古城中欢呼:“大军必胜!”大军将士在雨中饮酒欢庆,载歌载舞,城内一片欢腾。

次日,十三狼主私下拜见大漠王,其中一位狼主愤愤不平地说:“大王,西天国之仇刻骨铭心,大王难道都忘了?大漠三万将士消失在西天国,就是文昌国师所为,该是我们报仇的时候了。”其他狼主互相点头。

大漠王抬起头,瞪大眼睛,环视四周,威严地说:“眼下最大的敌人是周天子,如果杀了文昌国师,大军必乱。你们要严密紧盯西天国兵士,不许一个娃娃兵出古城。切记,不许西天国将士出城作战。大败周天子之后,再……”大漠王做出杀的手势。

十三位狼主感到满意,纷纷上前表达敬意:“大王圣明,令在下佩服。”

大漠王上前拥抱,摸顶赐福:“去庆贺吧!把盟友们招呼好!”

秋雨连绵,一连几日没见太阳,土城周围一片泽国。

周天子命黄家三兄弟，冒雨在城墙下叫阵。大漠大军免战不出。黄天虎恶语相加，命令将士不停地讨骂："犬戎，退还古城，退还吾军军粮，犬戎无赖，厚颜无耻！"

周朝兵士连续三天站在雨中，叫骂不止。大漠王站在城楼上，沾沾自喜地说："回去告诉姬满，等天放晴，一战杀到镐京。"

大漠大军在古城中庆贺胜利，一连几日，免战不出。峡口的山坡上，周朝兵士沿山坡扎下营寨，帐篷如同蘑菇扎满山坡。只是，寨门上旌旗在雨中低垂。周天子与众将领走出大帐，沿路慰问将士："各位将士，辛苦了！"周天子放眼望去，经过几日挖掘，战壕沟堑已初具形状。

袁太师拄着拐杖，吃力地指着前方说："天子，这峡口经过三天的苦干，已经做成三道防线：最前方是数丈宽的深沟，掩藏在草木之下，已灌满雨水；第二道是布满荆棘的陷阱；第三道就是绊马坑。大军若来，必陷其中。而且，四面崇山峻岭，重要关口都已派兵把守，犬戎插翅难飞。天子请看，土孙子引兵已将地道挖得四通八达。"

周天子扶袁太师坐下，心疼地说："师傅操劳过甚，快快坐下来。峡口地势高于土城，放眼望去，土城内一目了然。预留给大漠的粮草，足够其二十万大军安享半月。冷雨过后，不出十日，必有大雪。那时，滴水成冰，围而不打，大军定会乱作一团。"

袁太师疲惫不堪，满头白发如银雪飘飘，低声说："兵士们很辛苦，连夜挖深壕，径直通向古城，不出一日，土城周围都是深壕，犬戎想出来都困难。咱们的兵将可随时从地道进入古城。早日结束战争吧！"袁太师抬头仰望阴暗的天空，眼睛烁烁发光，露出疲惫的笑容。

周天子眼望绵延数里的防御，心内五味杂陈：为了活捉犬戎，让大漠军士无路可逃，太师如此操劳，各位将领连夜奋战，真是苦了他们啊！想到这里，周天子高声命令："善待兵士，为其加衣加粮。"

众兵将信心满满，纷纷赞扬："天子英明，狼已入圈，虎也入笼，周朝哪有不胜之理！犬戎定然举兵投降。"

袁太师坐在椅上吃力地说："天子，最后一搏，不可让犬戎颜面无存，要善待各路大军，只擒不伤。"

周天子向袁太师深深地鞠躬，说："太师为大周劳心劳力，殚精竭虑，废寝忘食，本王不知以何谢太师。”

众将领齐向袁太师行礼：“太师，辛苦了。”

袁太师笑容满面，笑而不答，收起羊皮图，藏于胸口，乐呵呵地转身拄拐杖而走。

巴布看见袁太师远去的背影，心里念叨：老哥从不拄杖，今天是怎么了？巴布急忙请命：“天子万岁！微臣去去就回！”巴布迈步追去，宏涛看见袁太师缓慢的身影，对都江说：“太师黑发尽白，这才几日，腰背弯曲，日渐衰老。”

都江责怪姜善说：“贤弟天天与太师吃住在一起，是怎么照料的？”

赵勇行礼告退：“天子吾王，都去看看太师吧！”

众人皆去追袁太师的身影而去。

古城之内，金色羊毛大帐之中，犬戎与将领们齐聚。

大漠王举觥高呼：“各位盟友，古城已经被大军占领，周朝军队已无立身之地，连绵阴雨，已使周朝军队损失殆尽。如今，大军得到休整，周朝大军依然在受冷雨浸洗。明日天空放晴，大军一战定能大败周朝军队，让我们痛饮此酒，一举将周朝军队赶回镐京。”

“至高无上的大王，西方十五路勇士前来助战，明日定能战胜周朝军队，周天子已经无处可逃。”

大漠王哈哈大笑，得意地说：“饮尽此杯，明日兵分九路，围攻周朝大军，生擒周天子姬满。”

“明天兵分九路，一举歼灭周朝军队，请大王发令吧！”

大漠王站起，手持令牌，威严地说：“周天子万万没想到，我们用他的令牌传令。明天兵分九路，杀出古城，杀出峡口，杀向镐京。众将领听令，速去准备，不得延误。”

夜晚天空之中群星闪耀，峡口高坡之上，周朝营寨灯火通明。

中军大帐之中，周天子坐在宝座之上，各将领分坐两侧。都江上前禀告：“天子仁慈，给古城与犬戎补给，否则，犬戎连今天都活不过。”

宏涛上前禀告：“天子王兄在上，王兄为何要让犬戎休养好了才与我们拼杀？”

姜善上前禀告：“犬戎兄长已入囚笼，大漠不再深广，天子已定乾坤。”

赵勇上前请命："天子吾王，明日赵勇出马，定能生擒犬戎兄长。"

陈宫拿来奏折，呈献给周天子，悄声说："太师叫人送来。"

周天子看完信，笑着说："九路大军，齐齐出城，犬戎大军在后，他们就此一招了。各位有何高见？"

比心上前请战："比心依然制造幻境，叫大军止步不前。"周天子赞扬比心："明天一战，只等本王将大军引诱过第一道防线，义兄再制造幻境，将大军与犬戎大军分割在狭窄之地，定能将大军手到擒来。"

土孙子拍着胸口，狂言："天子兄长，制造幻境，战到何时才休呀？与其拼死一战，不如生擒九路大军，那才是大功一件。"

雷霆子赞赏土孙子，大声夸赞："说得好，多哈王子、达卡斯王子、阿克流斯国君都是向善之人，都是朋友，这九路当然也是我们的朋友，只能生擒活捉，不可伤。太师有言在先，我们要谨记！"

众将领百人齐声嚷嚷，还未显身手，战争就结束了，纷纷要求参战。

周天子急忙劝阻："诸位兄弟，就依兄弟之意，露过脸的守城，未露脸的上阵。先由本王败逃，诱敌深入，分割包围之后，再由各位兄弟兵分九路与之争斗。只能生擒活捉，不许伤其性命。今日休息，明日待战。"

将军们欢呼着散去。

陈宫上前悄声禀告："太师高热不退，昏迷不醒。"

周天子夺门而去。

第六十七回　犬戎遣文昌求和　天子宴诸将欢庆

清晨，温和的阳光撕破连绵秋雨带来的阴霾，太阳缓缓升上东方，照亮了洁白的雪山和湛蓝的天空，照亮了古城和狭长隘口绵延数里的营帐。一切都沐浴在晨光中，空中弥漫秋雨后枯枝败叶和泥土的气息。阵阵秋风萧瑟，冷冷地吹过湿漉漉的帐房，吹过衰草，干枯的草茎摇摇摆摆，枯叶在风中飘荡。

晌午时分，太阳当空，大地蒸腾，绿色的草甸如喝撑了似的，鼓蓬蓬的。

战马嘶鸣，齐整的队列，一排排踏过草甸，飞溅起一片片水珠；马蹄再扬，蹄下生成一道道七色彩虹。九路人马，在阵前整齐排列，大漠王列在阵中高呼："壮士们，勇往直前！"将士们齐声高呼："胜利！胜利！胜利！"呼声排山倒海，响彻山谷。

周天子引兵来到阵前，抱拳行礼，揶揄道："犬戎大王，古城粮草充足，被兄长抢占。今日一见，犬戎大王容光焕发，一定是养足了精神。不必多言，就此决战，一决高下。等兄长战败，依然册封犬戎为大漠王，决不食言。西域其他兄弟，本王今夜设宴款待诸位，周天子决不食言！"

大漠王闻言，无暇与天子相互嘲讽，直言告诫："周天子，切莫口出狂言，贻笑大方，今天犬戎定要活捉你！"

此时，阿育王子拍马上前请战："大王，请您观战，吾之神兵一举歼灭周朝军队。"

大漠王拔出宝石宝刀，直指前方，大声命令："各位盟友，胜利即在眼前，冲呀！"

狼皮鼓敲出整齐的节律，号角齐鸣，九路人马，队列齐整，冲向周朝阵营。

阿育王子冲在最前方，舞动蛇枪，抛向周天子。蛇枪顿时化成无数条毒蛇飞向周天子，周朝兵将被蛇缠绕，惊恐万分，手中钢刀落地。

“休伤吾主，魔捷四兄弟在此！”只见魔捷老三抛出飞龙剑，飞龙剑化成几条恶龙，见蛇就吞。

周天子急忙向后撤退，魔捷四兄弟围住阿育王子。阿育王子并不慌张，取出口袋，拿起竖笛吹奏，只见一条巨蛇从口袋伸直头颈，怒目圆睁，发出呼呼吼声。巨蛇愤怒地龇着獠牙，扑向魔捷四兄弟。

大军列队冲击，周朝将士见势不妙，向两山之间峡口之处疯狂逃跑。

九路兵马齐齐跟进，阿育王子拍马在前，高声祈祷：“神蛇保佑，周朝不堪一击，战胜周朝！冲呀！”

“阿育王子，沙哈助你一臂之力！”只见，沙哈王子用长管喷出熊熊烈焰，火焰喷向周朝将士，烧得他们哇哇乱叫，慌乱奔逃。

九路兵马再次列队齐整，步步跟进。周天子拍马在前狂逃，周朝兵士紧随其后，丢盔弃甲，狼狈不堪。大漠王在后方观战，见周朝军队败逃，命令兵士奋力击鼓。九路大军，杀声震天，冲锋向前，直抵峡口。

突然，三声炮响，巴布、宏涛、都江、赵勇、比心、西心、秦子赢战、雷霆子和土孙子，分别引兵从两翼山坡杀出，直扑向大军后部。

黑烟四起，遮天蔽日。

大漠王被升起浓烈烟雾屏障遮目，看不见九路大军踪影。

大漠王心急如焚，惧怕烟雾有毒，命令十三位狼主指挥大漠兵士紧急后退。

周朝军队兵分九路齐齐出击，将九路大兵士团团围困在中间，在峡口将其包围。周朝兵将如神兵天将，迅速合围。纵观全局，周朝兵士重重叠叠包围之势，一只鸟也飞不过去。

大漠王抬头仰望大军，虽然与大军近在咫尺，大军却无法营救他。大军望着与犬戎大王仅一臂之遥，却有心无力。

黑烟散尽，大漠王看清九路大军被围困得水泄不通，亲自引兵上前救援。此时，突然万箭射来，他急忙躲避。大漠王抬头，只闻箭声，不见箭落，看见巴布、比心和西心挡在中间，在阵中狂笑。

大漠王挥刀气愤地喊："这是比心妖术，大王就不信，难道这些周朝兵士是从地里钻出来的吗？兄弟们，冲呀！"

十三狼主紧紧围绕在大漠王周围，大声禀告："大王，地域狭窄，大军无法展开。"

大漠王气急败坏，大声命令："分兵冲击，一定要把九路兵马救出包围。"十三狼主亲自向前冲击，巴布引兵在高处放箭，阻止十三狼主爬上高坡。

又是三声炮响，大水从两侧高坡侵袭而下，迅速灌满数丈深沟，无数大漠兵士落入水中，在深水中挣扎。大漠王眼睁睁地见到眼前深沟变成小河，狼主们和将士在泥泞混浊的水中挣扎，战马互相踩踏，无法前行。

后军齐上救援，狼主们拽住马尾，奋力爬上深沟，获得一线生机。

巴布命令兵士高喊："投降不杀。救一人，赏金一百。"周朝兵士们抛弃所有，只顾救人。无数大漠兵将被拉出泥水，无不投降。

巴布、赵勇、宏涛、都江、比心，引兵站在高处。秦子嬴战立马站在水边粗声大喊"犬戎侄娃儿，认输不死，别丢个精光，听姨丈的劝，认错不丢人。"

巴布收起神弓，嘲笑："犬戎大王，快跳下来，否则，巴布神弓利箭，一箭把大王射穿。"

宏涛却深情地相劝："犬戎哥哥，太师生病了，恳请兄长放下刀枪！"

都江满脸怒气："宏涛别与狼子费口舌，他已不是犬戎大哥，我们没这样的兄长。"

赵勇直言相告："犬戎哥哥，这是依照昆斯大神的布防图，太师精心布局，兄长放下刀枪吧！太师真的病了。"

比心对大漠王行礼规劝："大军已被分割包围，你这大王还有何能耐，再给哥哥来点更厉害的。大王哥哥接着吧！"说完无数强光射向大军，四周如白昼。

大漠兵士被强光刺眼，不敢睁眼。战马被强光惊扰，惊恐万分，嘶鸣着扬蹄逃窜，众多大漠将官掉下马，军中一片混乱。

大漠王大声安抚兵士："兄弟们不必惊慌，这是妖术。听大王命令，从两侧占领高坡，一定要救出大军。"大漠王引马向右侧移动，十三狼主紧紧跟随。

比心收起法器，劝慰："犬戎大哥，识破小弟的小小法术。兄长请看，城门已被围攻。”西心追着比心请教：“比心师傅，请赐教，这是怎样……”

大漠王在高坡立马，回望古城，见周朝兵士正在举云梯攻城，他笑着说：“比心义弟，又用假象唬我，大王决不上当。”

比心使出攻心战术：“西天国文昌国师安心守城，犬戎哥哥能放心吗？”

此时，快马来报：“大王，大事不好！周朝兵士从后方杀来，正在攻占古城。”

大漠王不得已，引马回撤，命令：“不惜一切，回援古城，不惜一切，守住古城。”

大漠王引兵迅速回援古城，到了古城城门，周朝兵士已消失得无影无踪。大漠王只好引兵进城。

大漠王急急忙忙爬上城楼观战，眼见盟友三万重兵，被围得水泄不通，他的内心被揉碎般痛，暗暗发誓：是谁？敢与大王儿戏，定将他碎尸万段！

大漠王正欲分兵营救大军，只见，大水在城墙外涌来，眨眼之间，城墙周围成了泽国，草木不见，汪洋一片。

大漠王站在城楼上，远观九路大军仍在厮杀，心想：这三万人马，被包围在狭口之地，周天子想一时战胜，也并非易事，不如迂回到峡口后方，来个反包围。

大漠王在万般无奈之下，叫来军师赤哈尔，悄悄对赤哈尔传旨。赤哈尔点头听命。

大漠王再三叮嘱：“只有战死，没有投降。”赤哈尔领命，带领兵士向古城后方的高山而去。文昌君和骠三能人来到城楼。

骠三请命：“大王别急，西天国千里部落十勇士，一定将盟友救回，大王下命令吧！我们愿正面杀入包围圈。”

骠三话音未落，文昌君急忙上前劝解：“大王别急，三万大军，被围在峡口的不足二里之地，没有两日时间，要想围歼很困难，毕竟大军都是各国精锐之师。大王快看，周朝兵士已撤退了，围而不打了。大王你说，这是何意？”

大漠王见大水围城，束手无策，深知救出大军已无可能，但他依然固执地说：“国师所言极是，周天子狗吃老天爷，无处下嘴。我们得设法将军饷供上去，否则，不击而败呀！”

骠三逞强地说：“大王，趁夜定能将军饷送去，又有何难？”

大漠王无比心痛，追悔莫及，心想：这阴雨之天，怎会有如此多的变数？但是，大漠王故作镇定地说："多谢文昌国师，这方圆不足三里之平地，围困三万之重兵，若能坚持二日，等待洪水退去，大漠将士必然突破重围。但愿，大军能坚持到破围之时呀！"

文昌君请命："大王，文昌愿统兵前去营救大军，请大王下令。"大漠王瞪大眼睛，紧盯各位狼主，和气地对文昌君说："文昌国师在此与大王观战，你那五千孩童，怎能担当重任？兄弟们休整得如何了？"

狼主们自觉地上前领命："大王，随时听令，请大王发令。"

大漠王当机立断，大声命令："十三狼主引兵二万，出城沿高坡而行，火速救援大军。"

骠三能人上前请命："大王，西天千里部落兄弟，愿一同前去营救大军，请大王发令。"

大漠王制止道："骠三能人神勇盖世，如今守城一事同样重要，各狼主前去救援足矣。本王与能人一同守城观战。"

此时，周天子引领周朝将领和盟友们站在高坡之上。周天子满面笑容，高声邀请："各位盟友，远道而来，早早放下刀枪，尔等不是投降，是与本王聚会，你们都是周朝的宾客。"

阿克流斯用刚学会的周朝语言高呼："各位盟友，相信周天子的话，周天子以礼治天下，不是我们的敌人。"

托哈王子举双手高喊："各位盟友，放下刀枪吧！一同携手，共建大业吧！"

卡麦斯王子极力高喊："盟友兄弟们，我们言和吧！我们并无深仇大恨，何必如此呢？"

阿育王子站在阵中，坚定地高呼："战争才刚刚开始，蛇神保佑我们，我们是不会被战胜的，除非谁战胜阿育王手中的神枪。我们西方勇士，决不屈服于周朝，要想让我放下刀枪，就从我们尸身上走过。"

达魔国君子指着周天子大骂："周天子使用阴谋诡计，战胜不了达魔国千般变化。暴君不会得逞的！"

周天子再次行礼，坦荡直言："尊敬的各位盟友，周朝从不以强凌弱，就在狭窄之地，兵对兵、将对将，一个时辰，结束战斗，请各位盟友尽显技法，不必谦让。”

阿育王子听到周天子所言，气愤地说：“周朝暴君，不得狂妄，别说一个时辰，就是一年，休想战胜吾之蛇神。”周天子委婉劝道：“阿育王子远道而来，水土不服，周朝占尽天时、地利、人和，周朝必胜！请吧！”

周天子面向城楼行礼，高呼：“犬戎大王，请作个见证，一个时辰为定。”

大漠王闻言，心想：一个时辰，莫非姬满疯了？要屠杀吗？大漠王怒吼：“不许伤害盟友性命，否则，本王与姬满杀个你死我活！”周天子并不言语，举出两把旌旗，上下翻飞。听得三声炮响，周朝兵士分九路列阵，排列齐整。周朝兵士迅速穿插到位。六万之众，一一对应。

周天子再次挥旗，战令一下，战鼓响起，号角响彻峡口，大战开始。狭小之地，兵器无法施展，双方兵将干脆扔掉兵器，肉搏起来。

大漠王喘着粗气，手扶城垛，气得咬牙切齿。一个时辰已到，战场变成泥潭，泥泞的黄泥没过膝盖，将士们浑身裹满泥浆，已分不清是周朝的兵士，还是大军武将，大家混乱地抱在一起，扭打一团。大军的勇士们深陷泥潭之中，再有本领，也无法施展浑身武艺；再有意志，被敌人如同那面团一样反复搓揉，心里的巨石也被击碎了。打着，打着，看着彼此的泥脸泥身，大家不禁捧腹大笑，相互扔起泥巴来。

大漠王站在城楼上，失望地观看最后的战局，心想：这肯定是恩师的计策，真令人佩服。大漠王无奈地摇头，陷入沉思，许久才说：“是谁陷入战争的泥潭，结果却令人啼笑皆非？大军不再令人痛惜。”大漠王面色阴沉，心情沉闷得难以言表。

香蜀夫人和兰心很早就在城楼观战，面对这一结果，心下甚喜，跑到大漠王身边献言：“大王，这种打法，我们也是头一回见到。大王，何不派出使官，先讲和，再寻战机？”文昌国师在城楼观战，见此战局，赶紧上前宽慰犬戎：“尊敬的大王，眼下只有派遣使节去交涉，为大漠找到良机。周天子以和泥巴胜了大军，看似荒唐，实则深谋远虑；看似是一团泥，实则是一团和气，盟友虽败，但不失颜面。大王何不效仿，握手言和？”

大漠王满脸无奈，回头审视文昌国师，内心苦不堪言，说：“文昌国师所言极是，回想当年在镐京，文昌太师飞天而去，犬戎呼天不应之窘迫，今日再现！恳请文昌国师，带领两位狼主前去交涉，文昌国师不必推辞呀！”

文昌国师不敢领命，直言禀告："大王，西天国与大漠本有亲缘，但因西王母水淹大漠兵士，致使大漠损兵数万，还有三万滞留大漠，大王一直心存芥蒂，不敢用文昌，也不用西天国兵士。用兵不疑，恕文昌无能，不能前去。"

大漠王闻见自个儿的心思已被揭穿，此时此刻若再多个敌人，有害无利。于是，他放下身段，请求说："文昌国师何出此言？别伤了西天国和大漠千年之和气，文昌国师要帮助大漠百姓渡过难关呀！"

文昌君眼见战场之上人马正在撤出，担心地说："大王，恕文昌直言：此战若胜，大王借机发兵西天国，西天国无论男女老幼，都是大漠王刀下之鬼；此战若败，大王定会发难西天国，这五千兵卒就是人质。大王，您说对吗？镐京乃吾伤心之地，谈何师徒之情？"

大漠王行礼致歉："国师，你替本王想一想，数万兵士消失在西天国，大漠百姓狼族本性，为战而生，为战而死，怎能在你西天国耕种放牧，忘记大漠的亲人呢？亲人的背叛，让人不痛心吗？但是，此刻本王必须敬国师为上宾，因为只有国师才能帮助大漠。我虽想把你碎尸万段，但是大漠的臣民不能死，此刻他们需要您。"

文昌君见犬戎坦诚相告，真诚地说："大王就不怕文昌一去不回？文昌在古城还可以做大王的人质，大军不会反目；若是文昌不在大王手中，大军都倒向周朝与大王为敌，大王可什么都没了。"

犬戎向城外观望，大漠将士吃力地走出城门口，笨拙地在水中前行，自嘲："战已至此，留国师为人质，又有何用？文昌君国师乃饱学之士，定能为罢兵出力。国师，尽管去也！"

狼主们急急回到城楼，禀告："大王，我们引兵出城，四处泽国，浅处齐腰，深处两人之深，才行两步，周朝兵将泛舟而来，所以吾等急忙回城。"

大漠王摆摆手，随口说："罢了！罢了。本王正在与西天国文昌国师商谈和谈之事。狼主兄弟，文昌国师很清楚，大漠与西天国是一对穷兄弟，地广人稀，逐草牧羊。周朝占领大漠土地，占据商道是实。我们不武力夺之，又有什么办法呀？"

香蜀夫人上前插言："大王，这有何难。在周朝，商贾都要交赋税，我们何不向所过商道之人收取税赋，这样就可以解决问题了。"

文昌君向香蜀夫人鞠躬行礼，大声赞扬："香蜀夫人所言极是，他国货物流通，但凡路过大漠关口，必须纳税。其他国也一样。”

大漠王对文昌君刮目相看，恳求：“文昌国师，帮助大漠百姓呀！此去交涉，关系各国利益，是改善大漠和西天国的大事，本王恳请文昌国师，担任使节。”

狼主们跪地，齐声高呼：“文昌国师，答应吧！”

文昌君还礼，真诚地说：“各位狼主请起，文昌答应担任和谈大使之职，为大漠和西天国百姓，为各邦世代友好，即使粉身碎骨，也要完成使命，不负大王之托，不负大漠百姓之托。”

大漠王紧握文昌君的手，走近二位狼主大声命令：“搏达拉、赤尔峰两位狼主，协同文昌国师一起去谈判。各位狼主都要全力支持。”

狼主们齐齐向文昌君行礼。

文昌君再次还礼，谨慎地说：“尊敬的大王，尊敬的各位狼主，文昌与各大王约定时间，立刻前去周朝大营谈判。各位，事不宜迟，文昌先行一步。二位狼主，请随同前来。”

夜色笼罩的峡谷，古城依然灯火闪烁。

峡口高坡上，灯火从营帐中闪出，射向远方。半坡上中军大帐之中，灯火通明，曲乐声声，周天子与众将领分主宾而坐。

周天子居中，手举爵，起身致辞：“昆仑乃华夏之祖，今日有幸与各国统领、使节齐聚于此，真乃天下之大幸。俗话说四海之内皆兄弟，本王要说，天地之间皆兄弟。兄弟们，共饮蜜酒，欢庆团聚，共叙友谊。请！”

大家举觥，相互示意：“请，请，干！”贵宾痛饮杯中酒。

阿育王子疑惑地问：“周天子，我有疑问，你已败退出城池，为何还能战胜各国雄兵，而且不伤一兵一卒？真是太神奇了。”

沙哈王子随声应和：“就是，我也不明白，一个时辰的混战，我的兵士没有一个死亡，这是为何？”

达魔王子也好奇地问：“就是，这样不分胜负的作战方式，周天子是怎样想出来的？”

周天子鞠躬行礼，谦称：“此次摆兵布阵，皆是本王的师傅袁太师，也是大王的师傅一手所为，太师今日不便前来，就请师傅的义弟巴布将军代他说几句话吧！”

巴布站起行礼："我叫巴布，是袁太师的义弟，巴布是西天国人。太师兄长选择古城为决战之地，费尽了心思：既不能伤害大军，又不能伤害大漠兵士。所以数万周朝兵将在袁太师监督之下，尽快修造了这条峡谷和古城新城墙，表面上是防御战事，实际上暗藏玄机。袁太师说过，不战屈人之兵。犬戎虽然用金册求兵之法来攻打周朝的，但都是道义之师，也是扶弱征强的正义之师。大战之初，已经选好了决战之地。决战开始，峡口布满荆棘，大水灌满深沟，再加上连日阴雨，草甸上积水很多，六万人在此打斗，自然就变成泥潭了。你们见地上的小洞，这是袁太师兄长让巴布带领兵士挖的，还灌满了水。太师兄长用心良苦啊！"巴布再次行礼说，"诸位盟友，周天子以仁德治天下，今天请各位来做客，诸位请欢饮。"

周天子起身举爵，慷慨称词："周朝是礼仪之邦，既然各位远道而来，也不能空手而归。周朝盛产粮食，铁器、铜器应有尽有，本王已经备好，各位回去时可以带一些。"正说着，兵士来报："大王派来兵士，送来帛书。"

周天子看毕，高举来帛书说："诸位，好消息，大王要求议和，这是天大的喜事。本王请各位一起谈，如何？"

众位将领面面相觑，议论纷纷。

阿育王子直言："不如请周天子为大王，共商大事。"

阿克流斯国君赞成："阿育王子所言极是。"

周天子摆摆手，直接推辞："各位，听周天子一言，大漠王依然是大王，这样才能表示本王的诚意。本王希望各位共同给大王回信，以示诚意。"其他欢欣鼓舞，一致赞同。

陈宫兴冲冲来到周天子身边低声禀告："王后娘娘回到营寨了，已到帐外了。"

周天子急步冲出帐外，迎向白灵王后。转瞬之间，如同三秋，千言万语来不及讲，周天子上前紧紧抓住白灵王后的手，急迫地说："本王向灵儿介绍新的朋友。"

周天子牵住白灵王后走进大帐，盟友们逐一上前鞠躬示意，白灵王后一一还礼。

白灵悄声相告："一切在掌握之中。不是六十万，是八十万，鹰王已弃暗投明。"

周天子惊奇地睁大眼睛，示意各位统领坐下，爽快地说：“各位盟友，请满饮此杯。”

白灵王后入座，兴奋地说：“各位贵宾，远道而来，周朝欢迎你们……”

周天子回头，深情望着白灵王后，悄声说：“整个大漠十之八九，大多……”

白灵王后在周天子手心指了一下，悄声回应：“把心放在肚子里，喝酒！”

第六十八回　烽火连城出奇果　大漠伤民得救济

原来，鹰王带领几十万老弱妇孺和伤残兵士，浩浩荡荡地才行几十里，就遇到阴雨天，饥寒交迫，行动极其缓慢。鹰王命人杀马充饥，挨过一夜。

天明时大雨如注，大队人马无力前行，哭声震天，哀鸿遍野。鹰王依然紧逼而行，一夜一天，行了不过数十里。

白灵王后邀见鹰王，鹰王如约而来。

白灵王后一针见血地说："犬戎大王与鹰王是同胞兄弟，与周天子也是兄弟。这些大漠百姓正在遭受苦难，周天子不能见死不救，请问鹰王怎样才能不让他们饿死冻死呢？"

鹰王转过身，紧张地握住月光宝刀，依然强硬地说："周天子好意，鹰王代大漠百姓感谢了。战争仇敌，大漠子民永不屈服，告辞！"鹰王回手行礼，转身要走。白灵王后轻叹："唉！"

鹰王听到叹息止步，望着帐外淅淅沥沥的雨水，喃喃低语："白灵王后，实不相瞒，我的战马昨天也被杀了，我恨不得让亲人把我吃了充饥，我这鹰王，就不用再催促他们走向死亡。"

鹰王望着帐外，仰天长叹："苍天呀！大地呀！唉！叫天天不应，叫地地不灵。昆仑神开开眼吧！救救这些人，让我们回到大漠吧！"

白灵王后并不强求，坐着未动，又一声叹息："唉！谁想走投无路呢？鹰王兄弟，白灵有办法，不饿死冻死一个人，鹰王会听白灵的话吗？"

鹰王半信半疑，回头迟疑地问："我知道你是白灵王后，可这些灾民，谁能救活他们呢？若能让他们活着，您就是活菩萨。鹰王誓死效忠于您。”

白灵王后慢慢起身，高高地昂起头，自信地说：“鹰王兄弟，去命令所有人不要离队，向烽火疾行，去了就有吃的。传令吧！”

鹰王迟疑得不知所措。

白灵王后急迫地催促：“事已至此，鹰王，还慢吞吞做什么呢？八十万条人命，谁敢与你戏言。”

白灵王后上前拍拍鹰王的肩膀，诚恳地说：“白灵在前方与你引路，鹰王在后方跟随，不能走失一个人，鹰王明白吗？外边是我的马，鹰王快去。”

鹰王感动得热泪盈眶，大声祈求：“昆仑神，保佑大漠子民吧！”

鹰王骑在马上，一声令下，八十万人疾行。

白灵王后引领在前，向烽火疾行。冷雨如注，阻不住求生的脚步。风雨猖狂，挡不住生命的狂流。道路泥泞，摔倒了爬起来，一颗颗强大的心，喷发出对生的渴望。向东，向东，一路狂奔。向着烽火的光芒，挺进……

陈芳早已安排就绪，搭帐点燃篝火，配发干粮。

鹰王来到白灵王后帐内，跪地拜谢白灵王后：“王后娘娘，您是仁慈的活菩萨，您是大漠的恩人。”

白灵王后再次轻叹：“唉！鹰王，都是自家兄弟，不必客气，这八十万大漠臣民，你接下来怎么办呀？”

“唉！”鹰王叹气，对白灵王后万分感激，再次行礼，为难地说：“王后娘娘，您是活菩萨，救了大漠百姓。兄长命我将他们带回大漠，恢复生产。现已深秋，寒冬即将到来。大漠寒冬滴水成冰，这些人十有八九会被饿死。无法想象呀！”鹰王无奈地摇头，继续说，“军命难违，等天气好点，再上路。还是回大漠吧！”

陈芳伸出大手，抓住鹰王教训：“大漠臣民，侵占秦国城池，杀害秦国黎民百姓。今天，陈芳却要救你们。鹰王，你说这是什么道理？要不是王命在身，陈芳恨不得你们个个冻死、饿死。鹰王，没看见吗？王后有孕在身，仁德、慈悲，又宽宏，不仅为你们引路，还给你们想出路。陈芳实在无话可说，还说什么呀！一切听王后吩咐吧！”说完，陈芳把鹰王丢在一边。鹰王踉跄摔倒在地。

白灵王后上前扶起鹰王，温和地说：“陈芳姨娘，也是犬戎大王的姨娘，她是仁德之人呀！”

陈芳指着鹰王告诫：“姨娘可告诉你！人心都是肉长的，咋能见死不救呢？再不听话，饿死你！”

白灵王后慢慢地解释：“鹰王兄弟，不必着急，这八十万大漠臣民，周朝先供养他们，等到明年天气暖和，再回大漠也不迟。这十里烽火，百里围城，正适合他们就地生产，牧羊打猎、挤奶接羔，自力更生。周朝不会妨碍你们随时去留，但你们要服从周朝的管理。鹰王赶快去商量，商量后再作决定。”

鹰王感激涕零，跪地谢恩：“王后娘娘！您是救苦救难的活菩萨，今天，您救了大漠百姓，我们相信您，没什么商量的，就依照王后娘娘所说，就地驻扎。鹰王愿做王后娘娘的人质，决不反悔。鹰王向昆仑神发誓：决不背叛周朝王后娘娘。”

白灵王后反问：“鹰王，为什么呢？”

鹰王闻听此言，真乃神人相助，再次拜谢：“虽然鹰王违背了盟主的命令，但是，这八十万人回到大漠，一个冬天，十有八九的人死去了，鹰王就是屠杀他们的罪人。鹰王宁可违抗命令，也不愿做罪人。”

陈芳高声赞许：“你小子还算识相，比犬戎那坏蛋强。我们可以保证每个人活命，只要你们永远不进犯，能答应吗？”

鹰王举手发誓：“能答应，鹰王永远追随白灵王后，永远做人质。请陈芳姨娘为鹰王作证，请相信誓言吧！”

陈芳漫不经心地说：“陈芳可没留鹰王做人质，鹰王是自愿的。没人强迫你。”

鹰王果断说：“大漠人决不做背信之人，鹰王再次向昆仑神发誓，自愿做人质。”

白灵王后催促：“好了，去传令，百里土城就地驻扎，听从命令。”

第六十九回　太师舍命点犬戎　玉帝求药劝王母

中军大帐旁边的袁太师之帐，灯烛挣破黑暗，柔弱之光照亮帐内。诸将领分批进帐探望，感谢袁太师的大德，祈福老人家快快苏醒。

周天子焦急地踱来踱去。白灵王后守护在袁太师身旁，望着袁太师暗自流泪，内心惴惴不安：短短几天，太师肥硕的身体消耗殆尽，如今骨瘦如柴，高热不退，昏睡不醒，真让人心急呀！

白灵王后换了湿巾，敷在太师额头上。袁太师微微睁开眼，看到白灵王后说："王后娘娘回来了，为师就放心了。王后娘娘有身孕，快回去休息呀！"

周天子急忙来到床边："太师，您醒了？"

姜善守在床头，扶着袁太师坐起。袁太师大口喘气，说："王后娘娘快快回去休息，为师已经好了，天子陪着为师，宏涛、都江、巴布仙弟你们都去休息。为师乃得道神仙，偶感风寒，不足为奇。"

白灵王后急忙安慰："我们都去休息，太师您放心吧！等灵儿生下小王子，您还要教他呢。"白灵王后一边用勺给袁太师喂药，一边含泪说道。

袁太师咧嘴笑着说："到时候，又要打屁股。"

众人围在床前，强颜欢笑，一个个回忆起来："太师用板子打屁股，我现在还有感觉呢。"宏涛说完，都江接着说："我记得太师把我从地上拽起来，就这么一手夹着，掀开衣服，我的屁股就被打开花了。"巴布逗乐："仙兄，等你病好了，你还要教巴布这打屁股的技巧呢！"

袁太师感动得流泪，动情地说："师傅老了，宏涛，都江，赵勇，你们要协助姬满把你大哥犬戎……”话没说完，袁太师一阵咳嗽，白灵王后拿出布巾，给太师擦嘴，悄声说：“太师累了，都回去休息吧！”周天子示意，巴布引领众人悄声退出寝帐。

白灵王后将炭火盆加足，又换了湿布巾。袁太师欣然赞许：“白灵王后心真细，为师最放心，快去休息，别累着。”周天子命令侍从：“护送娘娘回营帐。”

白灵王后只得领命，起身行礼告退。她依然不放心，回头说：“药已煎好放在桌上，天子别忘了。”袁太师向白灵挥手，白灵转身欲走，又叮嘱说，“布巾要及时换，天子别忘了。”袁太师再次向白灵挥手，白灵王后转身走到帐门，再次回头说：“太师，我去了。”袁太师最后向白灵挥手，欣慰地说：“去休息，别累着。”

寝帐内只剩天子，袁太师絮叨：“他们都去休息了吗？天子，犬戎叫为师放心不下。”

周天子急忙安慰：“太师，白灵已将大漠百姓妥善安置于百里封城，大漠即将重建。”

袁太师叮嘱：“天子，为师已是灯尽油枯，阳寿将尽，为师有一请求。”周天子心领神会，说：“太师！徒儿知道了，您要姬满善待犬戎兄长，徒儿谨遵师命。”

袁太师意味深长地说：“不仅如此，你们的路还很长，此次去西天国拜见西王母金曼，犬戎定会协助天子，犬戎定能帮助天子。魔道重生，路途艰险，为师不放心呀！”

周天子再次劝慰：“古城战事结束，待到来年春天时，咱师徒二人一同去西域，拜见西王母金曼。”

袁太师用不舍的目光看着周天子，缓缓地说：“天子，为师心中已无牵挂，你也去歇息，留侍从即可！”

周天子唤来侍从，再次命令：“好好照顾太师，不得有误。”

袁太师紧握周天子的手，心满意足地说：“为师，此生足矣！”

……

次日清晨，赤哈尔军师引领大军从峡口后方列阵杀来，直冲向周朝营寨。周朝后营被冲破，兵士一片慌乱，冲出营帐，手持兵刃准备战斗。

巴布率先挡住赤哈尔的去路，弓响箭出，一箭射去赤哈尔的头盔。巴布说：“赤哈尔军师，犬戎大王已同意和谈，军师带领数万兵士杀奔而来，是何用意？”

赤哈尔军师捂住头，惊魂未定，毫不犹豫地说：“大漠决不屈服，大军必胜。兵不厌诈，谨遵犬戎大王之命！翻越天险，来个反包围。五万大军昨夜翻过险峰，将尔等团团包围。尔等已无法逃脱，快快投降受死！”

巴布别弓，高声规劝：“赤哈尔军师，你看这是谁？你带领五万兵马，从山崖翻山越岭，冲进周军营寨，已中周朝军队包围，军师还不知道吧？可鹰王的话，军师总要信吧？”

鹰王上前劝说：“军师，大战已结束了，留下兄弟们的性命吧！”赤哈尔愤怒地叫骂：“鹰王，你这软骨头，竟然投敌，永远不配做大漠勇士，别挡路，快滚开！”赤哈尔军师举鞭打在鹰王身上，大声高呼，“赤哈尔与你恩断义绝，决不留情。”赤哈尔挂鞭刚拔出弯刀，远处一老妇呼喊：“哈尔，哈尔，娘又见到你了，快放下战刀吧！战争结束了。”

赤哈尔立住马，把弯刀插入鞘，回看老妇，深情地呼唤：“阿娘，你怎么也在这里？你也被俘了吗？阿娘，你别急，儿救你回去。”

老妇上前拽住赤哈尔的马缰绳，恳求道：“周朝白灵王后娘娘，不光救了阿娘，还救了你的孩子，救了所有的大漠百姓，没有周朝的王后娘娘救我们，我们在回大漠的路上就会饿死冻死。哈尔呀！可怜阿娘吧！可怜这些老人和孩子吧！为了大漠，放下手中的战刀吧！”

赤哈尔军师，不敢面对母亲，辩解：“这是骗局，这是周天子的诡计，阿娘快让开。”老妪紧紧抓住缰绳不松手。

赤哈尔引马，军马未动。赤哈尔急了，举起皮鞭打在阿娘手上。老妇依然紧抓马缰绳不松手。

“这些人冬天返回大漠必定死路一条，军师不清楚吗？”鹰王伤心地说，“就在几天前，军师没看到吗？我们的亲人，那些老人、妇女和孩子，还有伤残的兄弟们在凄风冷雨中、在狂风中、在泥泞的道路上爬行。他们每个人，那种绝望的眼神，军师呀！你没看到吗？咱们现在只有一条路，放下战刀，为大漠百姓留下性命吧！”

周天子骑马而来，交口称赞：“赤哈尔军师神勇盖世，用兵如神，如此险要之地也能飞出来，令人佩服。赤哈尔军师才智过人，这是犬戎大王亲笔和谈书，你总该相信吧？”

赤哈尔军师看完帛书，发给兵士传阅，大漠兵士不约而同地高声叫道：“和平！和平！”

赤哈尔征询道：“没有大王的令牌，赤哈尔无法退兵，赤哈尔要进入古城，是否可以？”

周天子为难地说：“古城粮草匮乏，犬戎大王都快支撑不住了，你们进去，也是忍饥挨饿。严冬马上到来，请回去转告犬戎大王，尽早撤兵，金册所求之兵，都要回去了。”

赤哈尔下马，向周天子鞠躬行礼，坦言：“请周天子静候。”说完，赤哈尔招呼将官们，齐齐走向古城。土城周围，积水退去，草甸露出，大漠残部走进古城。

金色羊毛大帐之内，大漠王像一头愤怒的恶狼，嘶喊道：“你们还是大漠的将士吗？你们还是狼族血性的男人吗？赤哈尔！你是军师，你接到大王的军令了吗，四万兵马，没有军令，拱手相让，军师还有脸回来吗？还有鹰王，我的好兄弟，丢下大漠臣民也有脸再回来。你们把大王这颗头砍了，献给周天子姬满去领赏吧！”兵士来报：“大王，袁太师只身一人在城下求见。”

大漠王心想：恩师此时前来，定是劝降的。恩师呀！您知道犬戎决不会投降，为什么还要来呢？就不怕犬戎杀了你吗？犬戎拍手称快，起身高呼：“来得正好，请进来，本王必杀之，谁也别想撼动本王死战之决心。”

众将跪拜说：“大王，请赐我们一死吧，我们无颜面对大漠百姓，更无颜面对大漠王和我们的昆仑神。”

大漠王咆哮道：“战争并未结束，都给我站起来。大漠狼族，怎能被凄风寒冰吓倒？怎能被花言巧语、诡计所迷惑？怎能在强兵仇敌面前低头呢？大漠狼族在严寒冰冷的大漠出生，在贫瘠荒芜的大漠成长，个个都有恶狼的本性，无人能驯服我们。狼到天边要吃肉，环境越恶劣，越能激发我们的意志，大漠狼族还没到山穷水尽的地步，谈何失败？本王还要引兵再战，决不罢休！”

众将官面面相觑，跪地立誓：“愿与大王共生死，决不投降。”

袁太师进入大帐，听到大漠王的咆哮，拍手叫好：“爱徒所言极是，为师不是来劝徒儿的，为师是来帮助徒儿的，为师再也不离开爱徒犬戎了，再也不走了。”

大漠王急忙上前搀扶，恭敬地说：“恩师，请坐，徒儿也不让恩师再次离开犬戎，徒儿要为恩师养老送终！”

袁太师拄拐杖坐下，婉言相告：“为师将要脱离凡间，成仙得道，不会麻烦爱徒太久了。”

大漠王仔细打量袁太师，大惊失色，几日没见，师傅怎么头发胡子雪白，如此消瘦？

袁太师捋顺胡子，坦言：“这古城是为师亲自设计，围困大军的防御也是为师耗尽心血所筑，想必犬戎爱徒，再也逃不出古城。”

大漠王难忘旧情，坦诚地说：“恩师待犬戎最严厉，在您的徒儿中，犬戎受惩罚最多，挨的打也最多。恩师的惩罚，从没使徒儿屈服，却使徒儿更加的倔强，更加的坚强。徒儿今天明白了，犬戎是大漠王，犬戎拥有大漠族人坚强的本性，决不屈服于任何势力，决不向任何人低头。您是犬戎的恩师，犬戎本应为恩师养老，可徒儿要杀了恩师，以示大漠王必胜之决心呀！决不投降！来人呀！把袁天师推出去斩首。”

鹰王跪地请命：“大王，恩师不能杀呀！”

大漠王高声咆哮：“大漠王犬戎，并非惨无人性，但在这大漠百姓生死存亡的关头，大漠王只能大义灭亲。大漠王不得不杀太师，徒儿会为恩师守孝三年。不必多言，来人呀！把袁太师推出去斩首。”袁太师摆摆手，喘息着说：“为师老了，大漠王也不必亲自动手。为师死之前，有话要说。”

大漠王浑身颤抖，狂吼：“不听虚假废话，押下去斩首。”

狼主们跪地请命：“大王，请袁太师把话说完，再杀也不迟。”

大漠王跪在袁太师面前，泪水夺眶而出，悲壮陈词：“恩师，如同生身父母，犬戎自小离开父王来到镐京，太师既是师傅，也是父亲呀！但是，太师呀，犬戎不仅是您的徒儿，还是大漠的雄主，大漠的子民让犬戎不能屈服啊！就让恩师为徒儿祭旗，以此来展示大漠王之决心吧。来人，拿酒来！”

袁太师抚摸着大漠王的脸，爱怜地说：“为师知道，徒儿没那么狠心。所以，为师才来引爱徒走出迷局，为师不能为大漠子民造福，怎么能称得上是大漠王的师傅呢？徒儿要听为师把话说完，人生不过一死，师傅早就看透。”

大漠王眼望袁太师，低声说：“谨听恩师教诲。”

袁太师费力地说：“徒儿自称狼族之人，为师要问您：没有群狼，何来头狼呢？头狼要护群狼之周全，而不是一意孤行，只显自己的威力。犬戎徒儿，名利、财物、权威固然重要，但是相比大漠的久安，这些都是灰烬。大漠王金册求兵，能汇集各国勇士，说明犬戎确是头狼，但是头狼要恩威并施，威已尽施，恩还未施。为师有三建议，一打通商道，让各国受惠，就是施‘恩’，犬戎徒儿，你说呢？”

大漠王看着袁太师突然脸色苍白，惊呼：“恩师，你怎么了？脸色如此难看！”

“听为师说，别打断为师。第二点，大漠离不开周朝，周朝也离不开大漠。周朝的商品要通过大漠流向西方各国，因为西方百姓需要大宗周朝商品。所以，周天子和为师从战争开始，就没有残杀大漠百姓，而是十里修烽火台、百里筑城，垦荒造田，收养流民，大漠降兵全在土城效劳，才聚集起大战所需物资。为师为围困大军，耗尽心力。这古城四处的峡谷都设有玄机，处处都是为师的心血，不光是为了徒儿，也是为了所有兵士不被残杀。为师营造了没有杀戮的战场，而且没有投降者。”

“恩师，您怎么了，怎么如此衰弱？”犬戎惊恐万分。

袁太师深深地喘息，无力地说：“第三点，姬满诚心邀请大王议和，这……不是……投降……”

看着袁太师快要支撑不住，大漠王惊慌失措，催促：“快叫医官，快来！”诸将慌作一团，袁太师拉住大漠王的手，环视四周，示意众人勿慌乱，轻声说：“爱徒，给……为师酒喝……”

大漠王扶住袁太师，把酒碗放到袁太师嘴边，袁太师张开嘴吃力地抿着。

“恩师，你是犬戎最亲的人，你是最了解犬戎的人，你是最疼爱犬戎的人，恩师不能走……”犬戎万分悲痛。

袁太师喝完了酒，抚摸大漠王的脸，深情告别：“爱徒，饮了这碗酒，天地两分离呀！为师真的要成仙了，我们师徒即将告别。今生走一回，尽饮一碗酒，痛快！这把戒尺剑给姬满……”桃木剑落地，一道白光飞向天宇。

香蜀夫人和兰心闻声，飞奔来到大帐。袁太师眼神迷离，伸手指着香蜀的肚子说：“小……犬……戎……”

“太师，您不能离开我们，您还没见俺们腹中将要出生的小王子呢！”香蜀王后和兰心跪地哭泣。

袁太师坐正，怒目圆睁，直视前方，字正腔圆地说：“见到了！”说完，袁太师已无气息。

大漠王跪地痛哭：“恩师呀，徒儿以香蜀夫人腹中胎儿蒙誓，决不弃义，与姬满共创繁荣。恩师，您不要离开我们。”

诸位跪地而泣，哭声震天。

大漠王悲痛欲绝，跪在袁太师面前，命令：“打开城门，去周朝大营发丧，全城为袁太师守孝。”

雪花像一片片空中游荡的精灵，带着亲人们的问候，飘落在山间、峡口、树枝、屋顶、营帐外的空地，四野皆被堆满。

“天在哭，人在怨，昆仑更无奈。”周天子身着孝服，仰望天空。纷飞飘落的雪花，预示冬季的到来，人的心，也在冬季来临时，等待休眠，再也不愿纷纷扰扰争斗，心境如同雪花一样静悄悄落下，沉静地盖着天地。

“太师，大漠退兵了，您却仙逝，离我们而去。今后的路更艰难，徒儿要坚定地向前走。”周天子无比哀伤地望着皑皑古城，泪淹心扉。

赵勇指着古城说：“太师仙逝，不能这样就完了，我要找犬戎，要他陪葬。”

都江更是怒气难消：“犬戎这恶徒，竟然对太师下手，禽兽不如，我要替太师报仇。”太师的其他徒儿也痛骂犬戎。

周天子端详着桃木戒尺剑，上有一行蝇头小诗：

仙桃皮外之桃毛，锋芒向外显章程，不被侵蚀，不惧惑，轻抚散不尽，知痛又识痒。

周天子轻声读完，把木剑递给赵勇。

周天子环视古城，心痛地说：“这峡谷古城，坑坑道道，沟沟坎坎，都是太师亲自建造，这古城新墙，与镐京外墙一样。还有城下众多暗道，更是太师耗尽心血所建。师傅督造峡口三道防线，在雨中一刻也没歇息……”

诸位眼望高大的城墙，心情沉痛地走进古城。

灵堂上，大漠王身着孝服跪在地上，低头焚香，泪水扑簌簌落在地上。

众人上前，见袁太师栩栩如生，肃然而坐。

突然，大漠王哭喊：“太师呀！是徒儿不孝，害死了恩师，您教一条狗，也比教犬戎强呀！”灵堂内顿时哭声四起。周天子拿汗巾递给犬戎。大漠王手捧汗巾，双手不住地抖动，喃喃自语：“恩师爱出汗，这汗巾是犬戎送恩师的，依然如新。”大漠王打开汗巾，汗巾上写着一行字：爱徒犬戎，见此汗巾，为师已乘鹤归西，留此绝笔。世间万物，纷纷扰扰，为师久已厌倦。做人难，峰回路转，磨砺成金。做个好人，不求圣主明君。”

大漠王手捧汗巾，向天表白：“恩师，徒儿谨遵教诲。徒儿明白了，恩师呀，您却离我们而去。”

周天子上前扶起大漠王，自责地说：“兄长，是姬满害了师傅，兄长不必自责。姬满知错，不该羞辱于兄长，造成战事，祸及四方，让太师操劳呀！太师不愿见到你我同室操戈，才离我们而去呀！”

大漠王举手发誓：“就此撤兵，永不再战。”周天子与大漠王紧紧拥抱。众人焚香，磕头祭奠。周天子盟誓：“待得春暖花开时，昆仑峰顶盟誓词。报答恩师之恩德。”

天宫，凌霄宝殿之中，凌云翻滚，雾气冲天。

玉皇大帝坐在凌霄宝殿之上，王母娘娘疲惫地坐在一旁，无精打采地说：“玉帝，这圣教主一病不起，如何是好？如今，老妇也被这噬仙虫闹得浑身无力。”

李靖上前禀告：“听说西王母也被噬仙虫所侵，但她治好了。”太上老君急忙上前禀告：“这噬仙虫在人间不犯病，在神仙身上犯病，天宫尽被其污染，如何是好呀？”

元始天尊上前禀告：“周天子大败犬戎，袁重天为避免天下百姓受战争之苦，魂魄归天，尽心竭力，感天动地呀！”

王母娘娘撑起头，有气无力地说：“喜眉福星这祸害投胎不好好地做人，挑起战端，危害一方，你们还说什么‘尽心竭力，感天动地’。在本座看来，死有余辜，再让他投胎，好好做人。”

玉皇大帝说：“天宫祸事不断，还是多行善事。周朝与大漠之争，未伤及百姓，袁重天功不可没。喜眉福星投胎转世，修得正果，元始天尊前去与之召回魂魄，命他回天复命，还是做喜眉福星吧！让他忘记世间烦扰。”

元始天尊行礼：“谨遵玉帝之命。”

玉皇大帝试探地问王母娘娘："要不命月宫仙子嫦娥去下界，向西王母金曼求取仙药，如何？"

王母娘娘抢过话语，大声责怪："天尊依然不死心，想解封月宫吗？这才安静了几天呀！老妇就是被噬仙虫吃了，也不去求那嫦娥。谁都不许去月宫。"

玉帝笑着说："神仙如往事入青云，人生若白驹过间隙。花心飘雨春心常在，形影相随年长更长。还是本王去请西王母吧！为了娘娘，本王愿意。各位爱卿，我们一起走一趟吧！去冰山天池，一游如何？"

王母娘娘不依不饶地大声制止："不能去，谁也不要去！老妇即使咽气，也不求任何人。"

冰雪覆盖天山，千山万仞之中，西王母洞被冰雪覆盖。

妮卡与众臣在洞中商议着什么，牧人挂鞭安歇，牛羊围栏嚼干草，妇女挤奶沏茶、纺线织物。

西王母坐在宝座上，悠闲地说："今年冬季不同以往，外有卡曼魔兵，随时都会来进攻，所以冬季封洞不出，养足精神，积极备战。"

妮卡点头，笑哈哈地说："仁慈的西王母，咱们储备的物资和粮食，还有布匹特别多。而且牛羊马等早已准备了饲草，即使三年不出洞府，生活依旧。

西王母欣慰地说："好呀！正好将洞府隐藏起来，谁也别想找到我们。我们就此冬眠了。"

西王母口念咒语，洞府消失在刀砍斧劈的群山之中。

第七十回　风雪昆仑酬壮志　琼浆御宴醉至尊

古城之中，白雪覆盖屋舍。金色羊毛大帐之中，大漠王与周天子坐在正中主座之上。

大漠王内心不安，自嘲：“犬戎这大王，让各位见笑了。言归正传：冬季漫长，粮草不济，大漠兵士吃饭都是问题，还得请周天子替我们想办法。”周天子笑着起身，应答：“兄长，金册求兵之旷世奇功，当属大王，无人能及。各位统领，如今战事虽已结束，但大王一职仍需有人担任，本王觉得它非大漠王犬戎莫属。”

众统领纷纷向犬戎行礼，不约而同地说：“犬戎大王，金册求兵号令各国，此等功业非常人所能建，我等仍尊您为大王。”

周天子直言不讳：“大战以和解大获人心。太师之前就作过准备：十里烽燧，百里围城，烽燧用来防止外族侵扰，围城收集流民，鼓励其造田种粮，牧羊放马。经过三年的积累，已有百万之众生活在这里，可供给诸位两年粮饷。”众人听完，惊叹声不断。

周天子站起来继续说：“古往今来，大漠、西方各邦交往甚多。武王先祖西进漠北，与戎狄一战即和。在本王未出生时，父王与大漠鹰王决战，一战即合。周朝与大家亲如兄弟。”众位盟友闻听之后，一片欢呼。

周天子兴奋地说：“告诉诸位好消息，此次大战之时，已有大宗货物运到大漠，西天国文昌国师和藏王赞布，建议大家交换所需之物，互通有无。”

托哈王子站起来发言：“真是闻所未闻的奇迹，战争的损耗，通过交换物品得到弥补。周天子，你是怎样做到的？我要向你学习。”

周天子谦虚地介绍：“巴布将军既是西天国使者，也是周朝的将军，请巴布使者讲给诸位。”

巴布站起来向天行礼，谦称：“尊敬的袁太师是巴布可敬的兄长，他不能说话了，巴布就替兄长说：十里修建烽燧，百里建围城。周朝的兵士又拿刀枪，又拿锄头，整整在地上刨了三年。还有四处的流民和大漠兵士，大家都亲如兄弟，围城造田种地，放牧牛羊，所有粮草都是从地里种出来的。请看巴布的手，就像个老农民。”

“白灵王后省吃俭用，与我们一同收割庄稼，收获种子，打磨粮食。”巴布心酸地说，“今天，巴布明白了：大战结束，无论敌我，都要以食为天。连吃的都没有，谁还能举起刀枪呢？所以，我们就……”

宏涛站起来行礼，激动地说：“尊敬的各位盟友，宏涛也替太师说两句。当时接到周天子的命令：楚国五千精兵护送商贾去大漠，我们任务繁重，带着丝麻、铜器、漆器、海珍，应有尽有。诸位可要关照楚国的货品，不能让楚王空手而回吧？”

沙哈王子站起来说：“楚王宏涛，你的货我全包了，我国的商队，在等我的消息呢，只要战争结束，商队就会源源不断地来。”

都江也站起来直言：“尊敬的各位大王，都江也要替太师说几句，巴国备受战乱之苦，和平来之不易。此次本王带来大宗商品，希望尽快交换。本王厌倦战争，希望不要来临的就是战争。太师在天之灵，一定会保佑我们。”

周天子心存感激，说：“看到我们和睦相处，亲如一家，师傅在天有灵，倍感欣慰。本王还有一事，请文昌国师告知……”

文昌君上前行礼：“周天子，犬戎大王，各位统领，文昌有礼了。商路通畅是大事，西天国的天丝，西意国的蜜果，北冰国的皮货，西斯国的玉石，周朝的铜器，等等，大家都可以交换；西天国的枇杷，周朝的编钟，还有西意国的弹拨尔，等等，如果合奏，一定能变成美妙的音乐……”

沙哈王子迫不及待地争辩：“尊敬的文昌国师，互相交换没有问题，但是我们的商队一路向东而来，路途遥远，耗费甚多，货物到达周朝，周朝不会要这么贵的货物。”

托哈王子站起来行礼，抢先说：“尊敬的文昌国师，我也有个问题，我们一路通关，关口也交赋税，这些钱谁掏？”

文昌君笑着回答：“二位所言极是，具体所涉，周天子会跟大家讲明。”

阿克流斯仰望穹顶，不言不语。

大漠王急忙缓和气氛，恭敬地说：“尊敬的各位统领，国家不分大小强弱，一律平等。税赋平等，流通才会通畅，各国同时受益，才是打通商道的目的。”

周天子站起身来说：“尊贵的各位统领，前些日子，我们大战一场，争的是什么？无非是平等，平等相处，平等交换物品，平等缴纳赋税。今日，我们要放远眼光，制定出统一标准，让各国都受益。”

周天子鞠躬行礼，真诚邀请：“阿克流斯国君，西斯国是强大的，你是国君，请提出西斯国的看法。”

阿克流斯频频摇头，大声拒绝：“我不是国君，我只是兵奴。那可怕的晚上，我喝醉了，我的孩子、妻子都死了，是我害死了她们。我的国家四分五裂，我是个罪人。我的面容如此丑陋，不能代表西斯国任何人。感谢周朝王后，救了一个没用的人。”

文昌君上前，揭露卡曼女王恶行，气愤地说：“卡曼是个恶魔，不仅夺取了阿克流斯国君的西斯国，还侵占了西天国宫殿。卡曼的姐姐喀曼复活了，成为魔王。西天国被恶魔侵占，西王母在与恶魔战斗。阿克流斯国君，请你醒醒吧！卡曼是个狠毒的女人，先害死你的父王，又迫害你的家人。她惧怕你的真面目，才把你藏在铁面具下。阿克流斯国君，你该醒了。”

大漠王怒指西方，大声声讨：“天底下会有这种事？一个国家被恶魔侵占，人神共愤。阿克流斯就是西斯国国君。统领们，与本王一起杀向西斯国，为阿克流斯国君夺回王位，我们要杀了卡曼女魔。”在座诸位都义愤填膺，纷纷抱打不平。

周天子挥挥手，示意各位安静，心平气和地说：“阿克流斯，只有你，才是西斯国国君，只有你能让西斯国复活。你一定要代表你的国家，代表你的百姓在这里发言。阿克流斯国君，你代表着正义的力量。”

阿克流斯站起来，感激地说：“是周朝王后，让阿克流斯恢复自由，阿克流斯又会说话了；是白灵王后取下了铁面具，让阿克流斯这张丑陋的脸叫人生畏。但是，阿克流斯还有一颗善良的心表达感激。”

众盟友敬畏地纷纷表示：“我们相信阿克流斯国君的意志，相信阿克流斯国君的善良。相信阿克流斯国君无畏的精神。”

阿克流斯站起来，拱手致意，诚恳地说：“阿克流斯感谢你们，阿克流斯相信你们，你们都是我的兄弟，阿克流斯以西斯国国君的名义在这张帛书上签字。不仅与各国交换物品，还要在战术、耕织、牧养等方面，向大家学习经验。”

大漠王把手放在胸前，感到无比自责，真诚地说：“各位统领，大王首先要检讨自己，让大漠百姓陷入战争之苦。若不是周天子相助，大漠百姓就要在寒冬中饿死、冻死。明天，犬戎要向大漠百姓谢罪，恳请天下人训斥。”

众人默默不语，都在扪心自问，只有阿克流斯国君，来到大漠王身边，拉住大漠王的手，恳切地说：“大王，阿克流斯陪着你，阿克流斯也要向西斯国百姓谢罪，恳请天下人，训斥阿克流斯的罪责……”

风夹着雪，一场接着一场，大地白茫茫一片，昆仑山的雪，足足有一丈深，古城已被冰雪覆盖。太阳升起来，强烈的阳光照在白雪上，发出刺眼的光芒。寒风呼啸，树梢发出嗖嗖的风声，枯草被风吹得四处飞舞。

周天子缩紧脖子，捂住脸瑟瑟发抖，嘴巴不停哆嗦：“太冷了。下雪时，还没感到，这雪停了，风吹来，像小刀割肉一样，让人难以忍受。这眼睛也疼，还不停地流眼泪。眼前美景，本王享受不起呀。”

大漠王脱下大衣，披在周天子身上：“姬满小弟是第一次在昆仑山过冬，所以很不适应。古城在昆仑山脚下，四季分明。这雪后才是捕猎的最好时节。这时的皮货最上乘。”

卡麦斯王子不屑一顾，说：“这点小雪，比起我们长期生活的地方差远了。我们冬季住在雪屋里，也没觉得冷。不如我们进行一场捕猎比赛，怎么样？”

周天子恨不得把头缩回衣领里，为难地说：“这也太冷了，本王是比不了，只能给你们助威。”周天子把头也缩进皮衣里，包起来。

卡麦斯王子上前，鼓励道：“像我这样，天子就不冷了。”卡麦斯解开衣服，赤裸上身在雪地打滚。

周天子伸出头，见到卡麦斯之举，刚伸出脖子，就浑身不停地打寒战，牙齿咯咯打起架来，汗毛竖起，鸡皮疙瘩起了全身。他赶紧说：“这……太可怕了，这会被冻死的。”

大漠王也上前鼓励：“天子也试一试，保准就不冷了。”

周天子裹紧大衣，迟疑不决，勉强地说：“本王也不想冷，可还是哆嗦，这办法真能行吗？”

卡麦斯拍拍赤裸的胸口，坚定地说：“肯定行，百试百灵。我们的孩子都要光着身子，做这种训练，就不怕冻了。”

周天子慢慢脱去衣服，赤身躺在雪地滚来滚去，兴奋地说：“果真不冷了，原来雪是暖和的。”

卡麦斯说出真相：“这是耐寒训练，天子已适应了寒冷，不怕冷了。”

周天子开心地说：“这可解决了怕寒冷的难题，本王不再怕冷，可以捕猎了。”大漠王大声讨教，“分成两组怎么样？”

众人引马领犬，弯弓搭箭。文昌君一声令下，两队人马纷纷向山上进发，号角齐鸣，犬吠马嘶，杀气腾腾，山中野物，竟相逃散。

当夜，周天子饮酒而归，来到白灵王后处，侍女上前禀告：“王后娘娘身体不适，先睡了。”

周天子酒后无比兴奋，说：“今日游猎而归，收获无数猎物，真痛快！小灵子，快快与本王饮酒庆贺。”

白灵王后躺在床上心中气闷，心想：声色犬马，天子若荒淫，就是昏君。不行，现在就要劝一劝。白灵忽然计上心来，起身对侍女说：“设宴，与天子同乐。”侍女惊奇地问：“王后娘娘，很晚了，还要……”

白灵王后斩钉截铁地说：“夜夜笙歌，还有晚的吗？速去准备，请统领、侯王、狼主、鹰王全都赴宴，不得有误。而且，嘱其携夫人赴宴。厅堂设宴，速去准备。”

周天子手搭在白灵肩上，夸奖：“娘娘真是痛快，大摆宴席，请大伙都来，痛快地吃，痛快地喝，快去准备。”

诸位齐聚厅堂，酒菜飘香，齐备桌案。

众人吃惊：白灵王后一向节俭，今日大摆宴席，还是头一回。百桌之宴，山珍佳肴，极其奢华。

众人端庄而坐，白灵王后举觥祝酒：“从未宴请诸位统领，各位兄弟，是白灵之失误。今日设宴，请诸位尽情畅饮，共叙友情，诸位都要尽兴，请！”

周天子醉眼蒙眬，大喊：“一定要尽兴，痛快地吃，痛快地喝！”

大漠王也微醺，举爵行礼，致谢：“谢谢王后娘娘，干！”

香蜀夫人向白灵王后感激地说：“感谢王后娘娘大恩大德，大漠百姓感激王后娘娘。”

白灵王后举觥相敬：“各位夫人，先敬我们的夫君，今日游猎满载而归，辛苦了。请满饮此酒。”白灵王后扶起周天子将觥送到嘴边，周天子张嘴饮下，激动地欢呼：“真痛快！”

各位夫人举觥回敬：“王后娘娘一向节俭，今日……”

白灵王后坦言：“各位夫人，我们姐妹同心，为了扶持好夫君，让夫君们喝好才是。”

周天子慢慢抬起头，唱起来：“牛儿、牛儿吃草草，顶杠杠……”

大漠王摇晃地站起来，举着空酒爵，跟着唱：“山梁梁、河沟沟，叮铃铛啷过小桥，阿娘在家纺线线，阿爸打柴山岗岗。”大漠王再次举着爵说，“我们一起回镐京，喝！”

阿克流斯扔掉酒碗：“这碗太小了，给阿克流斯拿大的，喝完阿克流斯就回西斯国。”

文昌君举觥相敬：“王后娘娘，本人不胜酒力，先告退了。”

阿克流斯举起酒罐，高呼：“尊敬的白灵王后，娘娘救了阿克流斯，阿克流斯感谢王后娘娘，干！”

白灵王后对侍从说：“酒器不能空，全都斟满。”

香蜀夫人对白灵王后谨慎地说：“王后娘娘，喝这么多了，少喝些。”

白灵王后断言：“即使要喝，就一次喝好，不要天天满身酒气，又让人操心，还叫人心烦。”

香蜀夫人会意地点头说：“今日痛快了，明天娘娘一道戒酒令，这帮男人们，就老实了。”

阿克流斯醉倒在地，口中酒水直流。

文昌君急忙搀扶阿克流斯先走了。

都江、宏涛、比心、赵勇、雷霆、土孙子，众兄弟更是疯狂，与西心国师、鹰王和狼主们猜拳行令，各位狼主频频向白灵王后敬酒。

白灵王后豪放相告：“今日喝好，不醉不归，请。”

狼主们站起来齐齐鞠躬，相敬：“周天子，我们俯首称臣，感谢天子再造之恩，大漠永远是周天子的臣子。”

周天子接过酒盏，信誓旦旦地说："本王与犬戎是兄弟，周朝与大漠永远是兄弟，为兄弟干，本王先干为敬。"

都江举觯对大漠王说："姐夫，都江是第一次这样称呼你，姐夫一定要照顾好香蜀姐姐，你能发誓吗？"

周天子急忙插话："我们都是一家人。犬戎兄长，快发誓。"

大漠王举爵发誓："犬戎向天发誓，永远与香蜀夫人不离不弃，各位兄弟，你们听清楚了吗？"

都江满意地说："听清了，干！"

周天子酒气上涌，豪气相敬："来，兄弟们，喝酒，不醉不归！"

白灵王后与众夫人离席，围坐一边，悄悄议论，一片笑声。

都江上前举觯相邀："我们巴国盛产美酒，各位兄弟，这酒是从巴国千里之遥运来的，尽情痛饮。"

宏涛说："沙哈王子，楚国盛产米酒，本王这就取来，请诸位品尝。"

多哈王子说："我的国家盛产葡萄美酒，色泽艳丽，芳香醇厚，酿造精良，世间佳品，大家品尝。"

鹰王举觥相邀："我们大漠奶酒飘香，香美异常，大家品尝，喝个够。"

大漠王诗兴大发，随口而来："浊尘恶误痴迷醉，昆仑酒香觉醒来。拿笔墨来，赋诗一首。"

周天子随口赋诗："苍天怒目子离分，昆仑坦荡酒弥合。"

第四天早晨，古城内四处传着周天子、犬戎大王喝醉不醒的事情。兵士们议论纷纷："大王犬戎说：'浊尘恶误痴迷醉，昆仑酒香醒不来。饮酒误事，今后十日，食玉屑，宰牲供膳！'"

"周天子说：'苍天怒目子离分，昆仑坦荡酒弥合。饮酒误国，今后十日，食玉屑，宰牲供膳！'"

白灵王后闻听此事后，知道天子要为大祭做准备了……

第七十一回　晓仙女山巅护苗　周天子山下祭祖

春风轻盈地吹开冰雪之门，春雷炸响，春雨淅淅沥沥，明媚阳光普照大地。昆仑山下冰河解冻，磅礴河水急速奔流。

雪峰依然被千年冰盖覆盖。艳阳照耀山脊露出的灰色磐石，石之缝隙青草依依，绽放有红、黄、蓝、紫、白色的艳丽山花。春风轻轻吹拂，烂漫山花像小孩一样点头微笑，在明媚春光的照耀下尽情怒放。花粉随风飘散，花香飘向远方。草木一夜之间，急不可待地开花结果，似乎即将完成一季。峡谷之地，绿草萌发，四处生机盎然。晓仙女挑起木桶，来到石屋顶上，轻轻地掀起草垫，慈祥地对小苗微笑，欣喜地说："又是一年春早时，你们就要含苞待放了。周天子姬满如约而至昆仑之巅。等他来到了，你们尽情地开放吧！"晓仙女伸直腰，擦拭额头上的汗珠，遥望远处山间峡谷，殷切地盼望着。她拿起木勺，盛满温暖的水，一棵棵地浇水。秧苗咕咚咕咚地痛饮，欢快地点头。

黄帝墅宫旌旗飘扬，鼓乐齐鸣，人潮涌动。大队人马，层层围绕黄帝墅宫摆开阵势。

昆斯大神和蒙巴大神，站在宫门迎候。周天子和大漠王引领数百人，身着衮冕，款款到来。

宫门前，昆斯大神上前恭敬行礼，盛情相迎："尊贵的周天子、犬戎大王，尊敬的各位统领，昆仑山之主昆斯有礼了。诸位齐聚昆仑仙山，共同盟誓，真乃天下之盛世，华夏之兴旺，人间之幸事也！请上祭台。"

蒙巴大神上前恭敬行礼，热情迎接：“今日正值三月初三，春光明媚，各位如约而至，与周天子在昆仑盟誓，实乃昆仑之幸事，万邦之幸事！请上祭台。”

鼓乐齐鸣，周天子与大漠王在前，昆斯和蒙巴左右相随。文昌国师引领各国统领紧紧相随，共同走上祭台，奏《王夏》。扮演祖先的“尸”也走上祭台，奏《肆夏》。周天子在太祝的帮助下，九次向“尸”献酒。天子献完郁鬯酒，其他人也跟着献酒，然后大家一起出去迎接祭祀的牲。天子亲自牵牲入祭台，太宰辅助，其他人从之。太祝以币告神，然后周天子亲自杀牲，手执鸾刀，先取牲血，祭告先祖和昆仑神；再将牲首，放在祭台北面；最后将剩下的牲肉解为七个部分，放在大鼎中煮成半生半熟的肉。

接着，周天子先献泛齐酒，再献醴齐酒，后献熟食。献礼完毕后，台上台下，合奏乐。周天子高声咏唱：“亘古天地，昆仑矗立。女娲先祖，炼石补天。巍巍昆仑，华夏根源，子孙万代。拜祭先祖，拜祭昆仑。”周天子面向昆仑主峰，鞠躬行礼，高声咏唱：“雄关漫道，龙腾凤展。苍穹之巅，雄浑壮丽。今朝各邦共聚圣灵之地，祭天地之英灵，祭华夏之始祖。牢记先祖美德，永世传承。”周天子将爵中酒一字洒开，再次向昆仑主峰行礼。礼毕之后，周天子向东方再拜。乐声再起，悠扬婉转，响彻天空。

一曲后，周天子再次咏唱：“列位仙师，诸国盟友，为黎民苍生，今日如约而至，共同盟誓：世代友好、永修和睦，相辅相助、亲如兄弟。”周天子面向各位盟友，再次举起爵杯。

众人同声高呼：“世代友好、永修和睦，相辅相助、亲如兄弟。”

周天子面向祭台，高声咏唱：“苍天为证，仙灵为证，昆仑为证。”

众人同声高呼：“苍天为证，仙灵为证，昆仑为证。”

鼓乐声再起，震破天宇。

第七十二回　天子孝心解天咒　晓姨苦修感天庭

一轮圆月升上昆仑，周天子夜宿黄帝墅宫。清风徐徐，吹开轻丝幔帐，一场春梦，惊醒梦中人。

周天子从睡梦中醒来，呼喊："晓姨，你是晓姨吗？晓姨怎么会在这里？"

白灵王后也从梦中惊醒，扶着头回想："夫君，小灵子也梦到了。天子相信吗？就在山巅，晓姨在等天子，小灵子陪天子即刻前往。"两人匆匆忙忙穿履系带，夺门而出。

周天子手提吊灯，扶着白灵王后，走出黄帝墅宫。银色月光柔和地洒在小径上。前方小径洁白如玉，一只蹦蹦跳跳的白兔在前方引路。小径曲折，通向山巅。

周天子搀扶白灵王后急匆匆向前追赶，来到山巅石屋，白兔不见了踪迹。

周天子摸索着走进石屋，屋内昏暗，炉火闪耀的光，依稀照亮四周。周天子定睛仔细分辨，终于看清楚，灶台边坐着一位妇人。这位满面烟尘的妇人，与梦里见到的晓姨，判若两人。周天子失落地四下寻找。

白灵王后仔细打量老妇人，拉着周天子坐在老妇人身旁。白灵王后正欲开口，老妇人抢先告诫："勿忘规矩，免遭祸患。此地，不许说一句话，见到的一切，不可告诉任何人。否则，即刻变成石头。姬满、小灵子谨记。"

妇人端详周天子，用颤抖的双手一把拉住周天子，发自肺腑呼喊："周天子呀！姬满呀！晓姨的心肝呀！今天你终于如约而至，咱们终于团聚了！"

老妇人泪如雨下，紧紧抓住周天子的手，深情地诉说："天子不知道我是谁，让晓姨告诉天子，好吗？”周天子泪水盈盈，频频点头。

“姬满你可满意，如果满意，你就笑一笑。”老妇人伤心地说，“晓姨这就帮你。”周天子迷茫地凝视满面泪水的老妇人，伸手给老妇人擦眼泪。他不知道老妇人为何这般说。

老妇人嘴角抖动，哽咽着说：“这两句话是晓姨与天子分别时对天子所讲，天子没有任何记忆，晓姨可一直不敢忘啊！”

周天子抱住老妇人，情不自禁高声呼喊：“这究竟是为什么呀？”这喊声穿透石屋，震天动地，如同利剑刺破天空；这喊声冲破时空，冲击天宫中的楼堂殿宇，天宫为之震动。玉帝被惊醒，不知所措。

王母娘娘惊恐地问：“是谁在叫喊？”

周天子跪在老妇人脚下，万分悲痛地高喊：“晓姨，您被谁诅咒？为何成了现在的模样？谁将你变成这样？”

玉帝在天宫听到喊声，心中酸楚。

王母娘娘虚弱地喊：“谁在叫嚷？老妇的心在颤抖，太难受了！叫他别喊了！”

老妇人扶起周天子，周天子惊喜地喊道：“晓姨，你怎么变回梦中的晓姨了？小灵子，快来看，晓姨变回年轻的模样，和梦中的一模一样。”

白灵王后开心地欢呼：“天河花开，咒语即破。晓姨恢复天仙之身，复原成仙子了！”

晓仙女牵着周天子和白灵王后走出石屋，来到屋顶，掀开干草垫，露出一片秧苗。秧苗发出欢快的笑声，姹紫嫣红的花骨朵儿，在月光下竞相开放。花蕾释放出闪光的花粉，花粉随风飘散，变成一个个飞舞的精灵，闪烁的荧光在空中飞来飞去。

花粉精灵围绕在晓仙女身旁，上下翻飞，欢唱舞蹈，渐渐聚合在一起，组合成一幕幕绚丽的画影：嫦娥出现在月宫，轻歌曼舞，十个太阳闹月宫……四处花香沁人心脾。

晓仙女指着绮丽的画影，惊讶：“姬满和金曼妹妹出生在月宫，这是月桂仙翁用法力制造出的曾经的幻影。”

白灵王后抚摸着腹中胎儿，惊喜地赞美：“太可爱了！这一时刻，天子刚刚娩出呀！多么可爱呀！”

晓仙女也指着幻影喃喃自语："姬满成了周天子，晓姨变老了，变丑了。快看，这就是宝宝出生的月宫，宝宝是天宫之子，下界再投胎，又是大地之子。"

望影生情，白灵王后喜极而泣："这是周朝王宫，这是娘呀！陈圆母亲费心极力，还未娩出天子，谁识慈母心呀？"白灵王后低头安慰自己腹中的胎儿。

周天子目不转睛盯着幻影，眼前的一切如梦如幻。

"百位仙姨们，为金曼施法，眨眼之间，金曼就亭亭玉立了。"

晓仙女，回顾眼前盛景，无比欣慰地说："这是西天国西王母洞府，西王母金曼，就是姬满的孪生妹妹呀！"

眼前的一场场、一幕幕，在周天子和白灵王后的内心深处形成永久的记忆，早已刻画在其灵魂深处。

花粉精灵在三人身边飞舞歌唱，周天子捧着晓仙女的脸，感慨："上天无奈，人有情。晓姨，您像娘一样，是您，给了我第二次生命。"白灵王后的脸紧贴在晓仙女胸口，感恩地说："晓姨，您是天下最美丽、最坚强的母亲。"

无数的精灵，萦绕在晓仙女身边欢快地舞蹈，尽情地欢呼和歌唱。

天空之上，百名仙女手持花篮，飞翔而来。仙女散花，花瓣纷纷扬扬，飘飞如雪，花香四溢，弥留山巅。

仙女们高声呼喊："晓妹，天河圣花在昆仑之巅已盛开。玉帝有旨：玉兔仙子回天宫复命。晓妹，快快随姐妹们一起回天宫复命。"

晓仙女及时提醒："姬满，快向仙姨们问好。今天是团聚的日子，周天子如约而至，破除王母娘娘毒咒，晓姨就要回天宫复命去了。晓姨还是要问天子：与你选择周朝陈圆为母，天子可满意？不会怪罪晓姨吧？"

周天子双膝跪地，紧紧抱住晓仙女的腿，失声痛哭："晓姨，您为姬满和金曼妹妹受尽了苦难，岁月让您受尽磨难，您为我们选择的都是最美好的人生。我们生怕辜负于您。"

众仙女飘在空中，欣喜地说："今天是团圆的日子，姬满！小灵子！我们团圆了，仙姨们无比开心。""这是玉帝赏赐的百花蜜糖，你们快来品尝。""快来看，快看，姬满和白灵子，真是郎才女貌、天生一对。""你们看，多么相配呀！嫦娥姐姐，该放心了。""晓妹，天命难违，该告别了。"

晓仙女叮嘱："小灵子已有身孕，姬满要好好照顾她。相聚时难别亦难，殷切期盼再相聚。”

晓仙女松开周天子的手，哀哀告别：“晓姨完成天命。姬满，记住呀，一定要找到你的妹妹金曼。告知金曼，晓姨没能守护她，晓姨想她。”

晓仙女腾云飞起，与众仙女飞向夜空。

空中传来歌声：

仙女散花春满园，千花万瓣暖人间。

仙葩倾心芬芳尽，留得春光在人间。

浩瀚天宇，星河淼淼，璀璨星光，交相呼应。一轮圆月静卧昆仑之巅。登高望远，心旷神怡，周天子和白灵王后静静沐浴在银色月光下，花海浸香夜深沉，一夜无眠。

第七十三回　天王求仙药被骗　玉帝会二神心安

春回大地，昆仑山四处春意盎然。天山仙池依然被冰雪覆盖。西域大地经过漫长冬季，即将迎来春天。

天山深处，石洞门楣有清晰的大字：西王母洞府。

洞府之中，卡曼女王坐在宝座之上，珠宝遍布其身，显得其越发富贵妖娆。

附在巴巴拉的肉身上的哈哈尔的灵魂围绕宝座，寸步不离地献媚："亲爱的卡曼女王，好戏就要开场了。"

卡曼女王欣赏手中的药丸，把手搭在他的肩膀上，傲气地说："亲爱的哈哈尔夫君，这是本王的心血，定能惊天动地。"卡曼女王把手中药丸放入宝盒。

托塔天王李靖一手托宝塔，一手高举圣旨，与二郎神君一同暗下云端。二位走到洞口，眼望清晰的金光大字，互相满意地点头。

侍从见到二位天神到来，急忙前去禀告。二位天神被恭敬地迎接进洞府。

卡曼女王起身行礼，恭敬地说："二位尊驾一路辛苦了，西王母未及远迎，请恕罪。天王与神君驾临天山仙洞，令西王母洞府邸蓬荜生辉，在下西王母，有礼了。"

李靖昂首挺胸，怒目圆瞪，指着圣旨威严喝道："哇呀呀！适才便是西王母，西王母不必多言，速来接旨呀！本尊奉玉帝之命，前来讨取仙药，以解天宫之危机，玉帝定有重谢，西王母速来接旨呀！"

卡曼女王并不领情，挖苦说："偌大天庭，没有噬仙虫解药，谁信呢？

西天国荒凉之地，区区寒洞，虽有解药，也不敢贸然增设，恕本王不敢领旨。”

二郎神闻言，从李靖手中夺过圣旨，双手高举过头顶，高声命令：“西王母听令，玉帝有旨，天宫为噬仙虫所害，请西王母相赠解药，定有重谢。”

卡曼女王镇定地说：“什么噬仙虫？闻所未闻，二位尊驾，去他处传旨吧！”

二郎神怒指卡曼女王，怒吼：“西王母！你好大胆，为何不跪地接旨？”

卡曼女王婉言相劝：“二位尊驾，不必动怒。恕西王母不敢接旨。天恩浩荡，本王只能奉送仙药。若仙药祛除噬仙虫之毒，则是大功一件；若仙药没解噬仙虫之毒，天庭玉帝怪罪，西王母难当罪责，恕不敢接旨。巴巴拉大人，请把仙药敬献给天神爷。”

“甚好是甚好也！只是仙药是否为真呢？”李靖天王依然心存疑虑。

卡曼女王指着药盒命令：“巴巴拉大人，把药盒打开，与本王亲自试药。”

卡曼女王从药盒取出药丸，吞服一粒，委婉地说：“敬请放心，定能药到病除。”

二郎神君心存疑虑，指着卡曼大声问：“听说西王母的颜面从不示人，你，为何不束面？”

卡曼女王闻言，生气地辩解：“神君好眼力，西王母之容颜，只是不显露于人，但天王与神君尊驾亲临，西王母也要假面相迎？”

“巴巴拉”笑着上前作揖，解释：“二位尊驾，这就是西王母，怎么会有假呢？”

卡曼女王讽刺道：“二位尊驾，说西王母是真也好，是假也好，西王母哪敢得罪二位神仙，哪敢冒犯天宫玉帝天尊，哪有什么仙药呢？”

二郎神君气愤不已，怒斥：“小小毛神，也敢张狂，看本尊扫平洞府，叫你见识二郎神三只眼的厉害！”

卡曼女王伶牙俐齿，针锋相对，叫嚷：“哎哟！就你长三只眼，厉害呀！在西王母洞府，还没有人敢造次！来呀！用三只眼杀死本王呀，神君今天不杀死西王母，不扫平西王母洞府，西王母就跟杨戬姓。”二郎神被气得哇哇大叫，握紧拳头，牙齿咯咯作响。

卡曼女王并不解气，继续叫骂：“二位尊驾，明明说我这西王母是假的，请二位找真的去呗。巴巴拉听见没？送客！”二郎神气愤不已，不愿纠缠，拽着天王李靖就走。

哈哈尔陪同二郎神和天王李靖走出西王母洞府，天王李靖埋怨二郎神君："贤侄呀！就你火气大，完不成圣命，如何回天宫复命呀？"

哈哈尔假意行礼告辞："二位天神爷，请一路慢走。"二郎神君怒气难消，匆忙向天王李靖行礼："有劳天王，回天宫复命吧！侄儿正要去二郎山走一趟，告辞。"

哈哈尔赶忙上前阻止，婉言相告："二位尊驾，请留步。西王母小庙怎敢得罪天宫玉皇大帝呀！仙药早已准备好了，这就奉上。"哈哈尔拍拍手，高声命令，"快来，把仙药献上。"侍女捧出药盒，天王李靖伸手正要接过药盒，一只金鹰急速而来，抢走药盒，转眼之间，不知去向。二郎神君不顾一切，驾云急追。

天王李靖拍腿，遗憾地大叫："仙药呀！弥足珍贵呀！这可如何是好呀？"

哈哈尔急忙上前安慰："天神爷，不碍事！西王母早就料到魔王定会抢仙药，早就多备了一份，巴巴拉亲自取来，献给天神爷。"

天王李靖这才放心，急忙行礼，催促道："有劳巴巴拉大人，请速速取回药！"哈哈尔转身进入洞府，好久也不见出来，急得天王李靖在洞外直跺脚。

天王正要冲进洞府，哈哈尔却神神秘秘地出来，从怀中把大包藏药取出来，小心翼翼交到天王李靖手中，强调："天神爷，这次可要拿好了，别再让魔鹰抢去了。"

天王李靖口念咒语，将药压在宝塔之下，威严喝道："多谢赐药，等候玉帝赏赐吧！告辞。"

哈哈尔仰望天王李靖，跪地请求："恳请天神爷，在玉帝面前多多美言。"

天王李靖昂首定睛，威严相告："不必多言，玉帝定有封赏，告辞。"

天王李靖驾云而去。

哈哈尔兴冲冲回到洞府，来到卡曼女王身边："亲爱的，大事已成。光是噬仙虫，就叫他们成为无力神仙。再把这魔咒丸服下，所有神仙的法力都将汇集于至高无上的卡曼女王。亲爱的卡曼女王，您将拥有无边法力。天上人间都唯有卡曼女王独尊了"

卡曼女王心花怒放，说："哈哈尔夫君，你这主意是怎样想出来的？太高明了！该死的金曼，这回彻底地栽在本王的手掌心了，哈哈哈……"

哈哈尔再次献殷勤："尊敬的卡曼女王，不仅如此，天下魔兵为我们收集所有的财富，我们不用刀枪，不花一分钱，魔王会为我们累死，就要消失了。世上再也无人与我们为敌了。"

卡曼女王压低声音："各路神仙不必惊慌，玉帝的天宫唾手可得，只是金曼躲藏极深，永不现身，该咋办？"卡曼女王又转忧为喜，"不过，王母娘娘一旦服下魔咒丸，她的所有法力会被本王拥有。不到月圆，本王的神力就与天宫同齐，就是十个金曼，也被本王找出来了！"

哈哈尔再次进言："亲爱的卡曼女王，静心想想，刚才这一毒计，天宫定会帮我们找到金曼，我们只要坐着看金曼怎么死就行了。"

卡曼女王忧虑地说："还有一事，一直是本王的心头大患，就是喀曼姐姐还关在笼子里，各路魔王都要拜见她，怎么办呢？"

哈哈尔再次献上计谋："亲爱的卡曼女王，您法力无边，今天您是金曼，明天您还可以是喀曼，后天您就是王母娘娘，还怕什么呢？"

卡曼女王依然惧怕担忧，谨慎地说："亲爱的，我们暂时瞒过了李靖天王，可那二郎神心存疑虑，被其识破，阻止了魔咒丸，我们就要前功尽弃了。"

哈哈尔贴近耳朵，悄声说："这好办，再演一出戏。看我的，好戏开场了。"哈哈尔扬手，发出令牌。

顷刻之间，魔王带领魔兵，蜂拥向石洞冲来。闯进洞府的魔兵，四处杀戮，洞府中混乱不堪。

哈哈尔点燃火石，西王母洞府中一片火光，黑烟滚滚。哈哈尔高声惊呼："喀曼来了！魔王来了！"众侍从闻声恐惧万分，慌张逃命，竟被魔兵包围，难以逃脱。

二郎神驾云一路追寻，不见金鹰的踪迹，只好驾云飞回西王母洞府，却远远望见洞府中火光四起，浓烟滚滚。二郎神急中生智，变化成魔兵的模样，潜入洞府。只见众魔王正在噬血嚼尸，西王母、巴巴拉及侍从倒在血泊之中，竟被魔王嚼尸，惨不忍睹。

魔兵们齐声高呼："喀曼万岁！喀曼万岁！进攻，进攻。"魔王高呼："西王母香消玉散，烧毁仙药，烧毁洞府。"魔王口吐火焰，所有人的尸骨化为灰烬。

二郎神被激怒，变幻成三头六臂，奋战魔兵。魔王抵挡不住，节节败退。魔兵们仓皇逃跑，逃出洞府。魔王带领魔兵，疯狂败逃，化黑风而去。

哪吒引领天兵前来助战："神兄，哪吒前来相助。"

二郎神望着满地的灰烬，前思后想，感到被愚弄，对天怒斥："喀曼女魔，本神必然灭了尔等，替西王母讨回公道。"

哪吒上前相劝："神兄，父王已取回仙药，要哪吒前来接应神兄，一同回天宫复命，快走吧！今后为西王母报仇，不迟。"

二郎神依然是愤愤不平，怒喊："气杀吾也。"

浩渺天宫，千条彩虹萦绕。楼阁殿馆，弥漫于雾霭之中。云雾升腾的凌霄宝殿之中，元始天尊、太白金星、太上老君、八大金刚和各路天神天将分立两侧。祥云飘荡，紫气东来，玉皇大帝端坐正中，王母娘娘被噬仙虫侵害，强打精神，应付眼前一切。飞天们失去往日神采，个个无精打采，哈欠连连。

天王李靖上殿禀告："启禀玉帝，微臣去下界一趟，于西王母仙洞取药，前来复命。"

玉帝欣然挥手，坦荡直言："李靖爱卿免礼，怎么不见二郎神君一同归来？"

天王李靖护住宝塔，环顾四周，小心翼翼地禀告："仙药弥足珍贵，西王母献上第一份仙药，却被一只魔鹰抢去，二郎神君前去追讨。"

玉帝闻言，勃然大怒："是谁？竟敢如此胆大，与天庭作对？那仙药呢？"

李靖天王左右环顾，口念咒语，仙药包从宝塔内射出。

李靖天王献上药包，继续禀告："还好，西王母又献上第二份仙药。老臣怕再被魔王抢去，将药藏在宝塔内，这才安全回到天宫。"

玉帝转怒为喜，大加赞赏："李靖爱卿费心了。如今，天宫被噬仙虫作怪，已使众多神仙道友染病，火速配发，不得延误。取仙药来，天尊要亲自与王母娘娘喂服。"

元始天尊上前劝阻："且慢！玉帝天尊别急，先试药。"

玉帝接过药包，掏出药丸说："也好，谁来试药？"

"我来试。"圣教主被抬上殿，有气无力地低着头说，"玉帝老兄，老弟已没有一点气力，让老弟先试吧！"

仙圣们涌进凌霄宝殿，呼喊叫嚷："西王母献的仙药在哪？我们尽被噬仙虫闹得浑身酸痛无力，玉帝开恩，我们都愿试药。"凌霄宝殿之中一片混乱。

玉帝急忙维持混乱场面，高呼："肃静，肃静，先让圣教主试药，再选十位病重的一起试。”

众侍从快速发药，圣教主与十位神仙一同服下药丸。

“这药服下，顿感腹部温热，气力大增，全身酸痛感顿时消失，真乃神奇之药。”圣教主夸奖此药。

十位服药者焕然一新，欣喜若狂地说：“这仙药真是上乘，立竿见影，太神奇了……”

玉帝急忙取药，亲自给王母娘娘喂到嘴里。

王母娘娘感动地说：“天尊为老妇求药，还亲自喂药，是老妇万年修来的福分，妾身即使粉身碎骨，也知足了。”

玉帝长舒一口气，满脸堆笑，指着药包命令：“火速配发仙药，不得延误，重谢西王母。大家都散去吧！静心调养，都散去吧！”

天将急忙而来，匆匆忙忙禀告：“孙大圣骑着金鹰，闯过南天门。”

“不用禀告了，俺老孙来也！”话音未落，金鹰落地，孙悟空跳到玉帝面前。

孙悟空抓起空药包，急得抓耳挠腮，埋怨：“阿弥陀佛！雕兄，紧赶慢赶，还是来晚了。”

孙悟空跳起，盘腿坐在地上，向玉帝抱拳作揖，直言：“玉帝在上，佛祖要俺老孙前来告知，这是卡曼的魔药，吃不得，吃不得。玉帝，可认得雕兄？”

天王李靖闻言，面向孙悟空，怒斥：“大胆猢狲，休得胡言，这是西王母所赐之仙药，怎能有假？竟敢说是魔药！”

王母娘娘高声责备：“孙悟空依然不改焦躁猴性，不得危言耸听呀！”

此时，二郎神和哪吒回到凌霄宝殿，听到孙悟空所言，气愤至极。二郎神抓住孙悟空的手，不依不饶地责问：“你这妖猴，既已成佛，为何还要与盗药贼同伙？”

孙大圣反手抓住二郎神的手，小声说：“金鹰乃西王母守护神，它抢走仙药，仙药能是真的吗？”

二郎神也小声追问：“大圣如何知道真假？小神亲眼所见，西王母已死，还想骗仙圣吗？”

孙悟空继续解释：“俺老孙不想骂人，神君这三只眼，真的白长了。动动脑子吧！西王母怎么会被魔兵烧成灰烬呢？俺老孙现在与神君传音，是怕被魔王听到，王母娘娘已经着魔，马上要发作。不信，你等着瞧。”

玉帝大怒，指着追问：“你们两个拉拉扯扯的，在干什么？孙大圣，这是雕兄没错，只有如来佛祖说是假药才能算真。可佛祖为何不来呢？”

孙悟空有口难辩，抓耳挠腮，急忙辩解：“佛祖让我们赶来，告诉玉帝您呀！佛祖说两次药都是魔药，才派俺老孙前来……”

玉帝惊恐地问：“杨戬侄儿，大圣所言是否为真？”

二郎神更加疑虑，紧盯孙悟空，抱拳回复：“侄儿还没验证。”

二郎神急忙向王母娘娘行礼，问候：“舅母，吃药后，感觉怎么样？”

只见，王母娘娘胡言乱语：“我吃药，我不吃药，谁吃我的药？”

二郎神再次询问：“舅母，你还吃药吗？”

王母娘娘双眼失神，魔性发作，高呼：“二郎神，大胆猢狲！卡曼女王和哈哈尔大人！不会放过你们！”

只见，圣教主冲进凌霄宝殿，手舞足蹈，高呼：“卡曼女王是万能神，卡曼女王是万能神。”

凌霄宝殿内一片混乱，吃过药的仙官和神将们，跪地疯狂膜拜，口中高呼：“卡曼女王万能神……”

孙悟空对二郎神直言：“神君见过假的西王母，为何不变化起来？”

二郎神拍拍脑门：“对呀！这就变来。”二郎神即刻变成卡曼的模样。孙悟空大呼：“卡曼女王驾到，快快前来见驾！”

王母娘娘、圣教主、仙官和神将们，纷纷跪倒膜拜。

玉帝乘机拉住孙悟空，躲在宝座之下，悄声询问：“大圣快来，魔道已侵袭天宫，这可如何是好？”

孙悟空贴近玉帝的耳朵，悄声说：“佛祖说过，只有用元始天尊的天地时空阴阳宝镜，将他们收入其中，再用女娲娘娘的神冰，封冻其中，等有解药，解除魔咒，再化开。”

元始天尊躲在玉帝身后，闻听孙悟空所言，爬到玉帝身边，悄声说：“大圣，此计甚好。玉帝天尊要忍耐，等有解药，再将王母娘娘请回来吧！”。

玉帝感激不尽，悄声说：“就听如来佛祖的，只有如此了。爱卿，不必迟疑，速取宝镜。”

元始天尊爬出宝座，向宝座行礼，道：“谨遵圣命，手到擒来。”

元始天尊单手高举天地时空阴阳宝镜，口念咒语，手指癫狂众神。只见，宝镜射出金光，将王母娘娘、圣教主、仙女、天官、神将等尽收其中。元始天尊手捧宝镜，献给玉帝观看。

玉帝轻轻抚摸宝镜，叹息不已，口中祷告："娘娘保重！娘娘多保重呀！"

孙悟空上前提醒："玉帝先别伤心，还要用女娲娘娘的寒冰，封住宝镜才能安全。"

玉帝手忙脚乱，慌慌张张地向天一指，取来女娲寒冰，将宝镜冰封。

孙悟空眼疾手快，从玉帝手中夺过宝镜，开心地说："俺老孙看看，都装进去没？"孙悟空拿着宝镜转过身，又蹦又跳，高声喊，"好冷呀！冻着了！"

玉帝焦急地叫喊："大圣，不可造次，把宝镜还与元始天尊。"孙悟空右手摸摸耳朵，若有所思，难为情地说："俺老孙，就是看看。"

孙悟空双手递还宝镜，小心翼翼地放在元始天尊手上，叮嘱："老官，可要拿好了！"玉帝拂去额头冷汗，怪罪："大圣，不可造次，这就对了。"

元始天尊收起宝镜，忐忑不安地问："玉帝天尊，如果没有解药，魔界来抢，该如何是好？老官自身难保，只身无法与魔道抗衡呀！"

玉帝无奈地摇头，再次拉住孙悟空请教："大圣，还得想个万全之策呀！"

二郎神恢复原形，对孙悟空直言："大圣，依俺看来，把这宝镜变小，藏入大圣的耳中，再用金箍棒压在上边，就是将猴头砍了，也是无法找到。"

孙悟空不住地摆手，叫嚷："不妥，不妥，你都能想到，卡曼女魔早就知道了，万万不可！"

"老孙有个法子。"孙悟空对元始天尊耳语，"先将宝镜放入太白金星阴阳宝镜之中，再收进李靖天王宝塔之内，就万无一失了。"

元始天尊点头称赞："大圣所言极是。"元始天尊拉着天王李靖和太白金星，背着仙圣们……

玉皇大帝坐在宝座之上，心痛不已，悲情地说："众位爱卿，天宫不幸，噬仙虫毒未除，又引来魔道相逼，这可如何是好？"

此时，昆斯大神和蒙巴大神在仙女引领下，与晓仙女一同来到凌霄宝殿。

玉帝见到二位起身相迎，委婉地说："二位大神到此，有失远迎，快快赐座。"

蒙巴大神和昆斯大神行礼，习惯地问候："拜见尊敬的玉皇大帝、王母娘娘，有礼了。”

二位大神抬起头，空位之上不见王母娘娘，大吃一惊，迫切追问：“怎么？不见王母娘娘，王母娘娘呢？”

玉帝愁眉不展，叹息：“咳！王母娘娘身体不便，已去歇息，二位大神，不必多礼。”

玉帝顾于情面，转移话题：“二位神兄神采奕奕，容光焕发，难得呀！”

昆斯行礼，幽默地说：“尊敬的玉皇大帝，您总是在天宫万般操劳，而我们这些土神仙，在您脚下逍遥自在，让玉帝天尊见笑了。”

玉帝听到昆斯之言，非常羡慕：“昆斯神兄，听你之言，心情也舒服些许。”

蒙巴大神上前禀告：“尊敬的玉皇大帝，恭奉玉帝天命，玉兔下界，已让天河之花开遍昆仑之巅。而且，周天子上昆仑，祭奠黄帝宫。玉兔已完成使命。”

玉帝强忍悲伤，激动地说：“蒙巴神兄，辛苦了！请为二位大神赐座，侍从，都哪里去了？”玉帝环视四周，不见侍从前来，只得缓缓说道：“既然玉兔下界已完成使命，就恢复玉兔仙身，回天宫待命。二位神兄，还有一事，迫在眉睫，请二位神兄相助”

昆斯直言：“玉帝天尊，不必客套，请讲。”

玉帝委婉地说：“如今魔障横生，听说轩辕老祖的九龙沉香辇是驱魔神器，如能复原神辇之神力，一举消除魔障，不知何人何法能使九龙沉香辇恢复神力？”

昆斯向前，拍着胸膛保证：“玉帝天尊，敬请放心。如今有个好消息，各国奇能异士齐聚昆仑，周天子和大漠王犬戎，还有众多盟友都是千年难逢的圣主仁君，定能驾九龙沉香辇一扫魔障，必然不负天命。”

玉帝心情激动地说：“请二位神兄暗中帮助，不可违背天道，一切顺其自然。”

蒙巴并不知晓王母娘娘已经遇险，依然坦荡直言：“此次未能见王母娘娘，甚是遗憾。望王母娘娘早日康安。”玉帝眼含热泪，哀伤告别：“天地同根，还请各位神仙道友加倍努力，共御大敌吧！”

昆斯宽慰玉帝，直言相告：“尊敬的玉皇大帝，万事不必过于担心。草原上有句话：羊可以过去，牛和马一定能过去。不必过于操心，我们再会吧！”

玉帝委婉道别："借神兄吉言，本尊等着你们的好消息。祝二位神兄万寿无疆。"

"祝福玉帝万寿无疆！"蒙巴大神和昆斯大神行礼告别，大步离去。

第七十四回　凌霄殿仙魔斗法　蟠桃园神妖不侵

凌霄宝殿，已经不见往日的喧哗。玉皇大帝想起王母娘娘，暗自伤神。玉帝忧伤地问："大圣，如来佛祖为何不亲自前来，解天宫之危难呀？本尊欲去向佛祖求无量大法，痛杀这群恶魔。"

孙悟空用腹语回禀："玉帝不必忧虑，天宫劫难也是前缘所定，即使佛祖也无法解救。听说魔王在九十九个月圆时重生，玉帝可派大圣与金鹰暗中相助西王母，驱除噬仙虫与祛除魔咒，恢复天宫清静。乾坤轮回，少安毋躁。阿弥陀佛！"

玉帝反复琢磨大圣的话语，豁然开朗，说："佛祖无力改变缘定，本尊也只能顺天道而为。娘娘呀，一切劫难，皆有前缘，你在宝镜中也反省一番。"

元始天尊上前请命："玉帝，我等定与魔道势不两立，拼死保卫天宫。"

太白金星上前请命："就是，与魔道拼了，决不投降。"众仙家齐声呐喊："拼了，决一死战。"

孙悟空大声狂笑，躺在打滚儿，大笑道："玉帝，你看神仙一个个有气无力，没精打采，怎能战胜魔王？还不如早早投降！"

众神仙一听，气得咬牙切齿，骂道："你这泼猴，顽劣不改……"

天将前来禀报："有两位凡间使者求见，说丢失了东西，前来讨要。"

玉帝不住摇头，指着南天门惊呼："来了，不请自来，讨命的来了。"玉帝无奈传旨："请卡曼女王和巴巴拉大人上殿吧！本王要以礼相待。"

玉帝端坐宝座之上，神仙分立两侧。孙悟空眨着火眼金睛，愤愤不平地指着南天门骂道："竟有如此无耻之人，俺老孙金箍棒决不饶他们！"

天王李靖见到卡曼女王和哈哈尔来到殿堂，气愤至极，跪在地上请罪："臣老眼昏花，请玉帝赐愚臣一死。"

二郎神见到二位，气得哇哇大叫："你们两个恶贼，不是死了吗？"

听闻神仙们个个恶语相加，玉帝示意诸位少安毋躁，从容说道："卡曼女王和巴巴拉大人，请坐。"

卡曼女王掩面向玉帝行礼，大声夸赞："玉帝不愧是一统天地之至尊，本王来是要一样东西的，巴巴拉大人，快告诉他们。"

哈哈尔摸摸胡子，傲气地说："玉帝派李靖天王和二郎神君前来讨要仙药，很不巧，却走进了西王母卡曼的府邸。卡曼女王不计前嫌，赠送仙药。但是，卡曼女王要讨回的，并不是仙药。"

孙悟空拍拍头，上前质问："噢！不要仙药，要什么？"卡曼女王抓住孙悟空的手，辩称："本王前来向天宫讨要的，是被你们无端藏起来的那些人是无辜的，本王必须要讨回去！"

李靖天王急忙将宝塔藏起，举手发誓："玉帝，此乃天宫之中，魔道压迫天道，本王不忍这奇耻大辱，宁愿一死！"

李靖天王抛出宝塔，欲将自己震死，宝塔刚飞到空中，卡曼轻轻一指，宝塔竟然落在卡曼手中。

卡曼笑道："老天王，快收起小把戏吧！宝塔还你。"卡曼口念咒语，宝塔齐从手中飞起，又回到李靖手中，李靖惊诧："怎么会这样呀？吾之法术竟被破解。"李靖呆若木鸡地站在那里，卡曼女王将崭新的宝镜扔给太白金星，讥讽道："这种小儿把戏，就别玩了。"

元始天尊大惊失色，面对拿在卡曼手中的天地时空阴阳宝镜，威胁道："卡曼女魔，若将此镜打开，时光将倒流，你也将要回到世俗。"

卡曼女王轻蔑地笑道："只要一个时辰，寒冰完全解冻，里面的人自然出来。到那时，宝镜还与元始天尊。"

玉帝心想：事已至此，何惧之有？他厉声追问："卡曼女王，当年神农氏将噬仙虫与解药分地而藏，卡曼女王是怎么得到的呢？"

卡曼女王傲慢地答道："哈哈！玉帝真乃万物至尊，了解世间万物。当年卡曼远嫁之时，妮金阿娘怕卡曼受欺侮，叮嘱卡曼将此宝物随身携带，卡曼便用心血养着它们，才有今日之威力！”

玉帝故意笑眯眯地挑拨：“巴巴拉大人，何时恢复哈哈尔之美名？本尊欲封你为天王，想让哈哈尔大人上天谋职，名列仙班。哈哈尔大人，你意下如何？”

哈哈尔自知被玉帝识破，急忙向卡曼女王恭敬地低下头，默不作声。

卡曼女王一阵狂笑，一语道破：“玉帝一番美意，真是煞费苦心，此等小职，哈哈尔不稀罕。”

玉帝笑着说：“哈哈尔大人不稀罕，也罢。卡曼苦心修炼的魔咒，漫漶天宫上下，已无神仙能与你抗衡。但是，本尊知道有一人，她在劫取你的法力。”

卡曼女王啧啧咋舌，说：“玉帝天尊，本王从不担心哈哈尔忠心与否，因为他的至爱在本王腹中。玉帝，废话少说，本王只有一个要求，要玉帝天尊答应，天宫依然归天尊所有。”

玉帝一眼看穿卡曼的目的，直言道：“卡曼女王要求本尊找到西王母金曼，并且杀死她，因为西王母金曼是魔王的克星。本尊不会说错吧？”

卡曼女王拍拍手，道：“不愧是玉帝天尊，知晓万事万物。废话不必多说，再有一刻钟，寒冰就要融化了，玉帝答不答应呢？哈哈哈！”卡曼仰天大笑，竟然松开了紧抓孙悟空的手。只见一道金光闪过，一声巨响，光芒照射天宫。孙悟空手举金箍棒，将天地时空阴阳宝镜击得粉碎。

“卡曼恶魔，别得意了，天地时空阴阳镜，已被俺老孙击碎，哈哈哈！你的人已经烟消云散了，别想控制天宫！”

“我的宝镜啊！”元始天尊伤心欲绝，坐在地上指着孙悟空，大骂：“泼猴，我与你势不两立！”

卡曼见宝镜被击得粉碎，气愤不已，叫骂：“多事的猴子，破坏本王的好事，既然大圣是金刚铁石，本王正缺一只金钗，这就把猴子炼了吧。”

卡曼食指指向孙悟空，一道金光射出，围绕着孙悟空高速旋转。

孙悟空上下翻飞，就地翻滚，全身被金光火炼，很快被炼成一只金钗，只留小脑袋还是猴头。卡曼满意地把金钗插在发髻上。

众神仙大吃一惊：大圣法力无边，竟然成了一支金钗。

玉帝瘫坐在地上，虚弱地声讨：“卡曼女王，你还是人吗？本王答应你一切要求，恳请卡曼女王，不要把天宫变成魔城，不要在天宫杀戮，干什么都成，否则……”

卡曼追问“否则，怎样？”

玉帝已绝望，威严相告：“否则，本王自绝仙气，天宫尽毁，与你一同覆灭。本王可以自毁扶桑，本王可以关闭龙潭，本王可以让你腹中的孩子……”玉帝不愿说完，心里明白战胜魔道需要时间。

卡曼很清楚玉帝要说什么，蔑视地看着玉帝，嘲讽：“玉帝想要关闭生门吗？我们都是人，凭什么由你主宰？”

玉帝捋捋胡须说：“记得自己还是人，本尊答应人的要求。”

众神仙跪地哀求：“玉帝不能答应呀！臣等愿以死相拼。”

元始天尊拿出震天宝印，盖向卡曼女王，怒喊：“还吾宝镜来。”卡曼伸手掠走宝印，狂喊：“各位仙道，有法器尽管献上，多多益善。”

太上老君高举宝葫芦，金丹喷射，射向卡曼。卡曼并不躲闪，手指一点，将宝葫芦收入囊中。

“还有多少，一起拿来。”卡曼极尽疯狂，开心狂笑。

太白金星拿出金刚圈，击向卡曼。卡曼口念咒语，随手取走金刚圈，如同手镯，戴在手腕。

卡曼女王举起手臂，说：“你们这些仙道，自不量力，快快俯首称臣。”

玉帝瘫软在地上，命令：“不必多言，赶快找到西王母金曼，雕兄带路吧！只有雕兄知道，西王母金曼在哪里。”

金鹰飞起，伸出巨爪抓向卡曼女王，却被卡曼抓在手里。卡曼不停地揉捏，金鹰变成金冠。卡曼女王把金冠戴在哈哈尔头上，命令：“哈哈尔夫君，本王封你为天地王，掌管天地间一切事物。”

卡曼女王扶起玉帝，拍拍玉帝的肩膀，宽慰：“玉帝请起，不必劳烦你了，这些天兵天将尽属本王统管。天宫将是卡曼的行宫，不得阻碍本王在这里走动。”

卡曼伸手搭在哈哈尔的肩膀上，款款离去。

卡曼女王广施魔法，天兵天将无不着魔，个个唯命是从。哈哈尔带领天兵天将，在天宫四处搜寻，天神天仙无一幸免。

凌霄宝殿内，众位神仙慌作一团，围着玉帝，大声呼喊：“玉帝天尊呀！天宫不保，这恶魔随时要来，如何是好？”

玉帝伸伸懒腰，故意说："本王有何办法，就让她来吧！这凌霄宝殿尽被噬仙虫污染了，尽快离去吧！本王要去月宫祭奠王母娘娘了，与嫦娥冻在一起。"

喜眉福星上前，请命："臣等与玉帝同去，保护玉帝。"

玉帝早已拿定主意，心里念叨：吃吃仙桃，保养仙体，天宫之上，蟠桃园才是唯一的净土。

玉帝高声叫嚷："喜眉福星、晓仙女，扶本尊去月宫。"

第七十五回　二神设计送神辇　黄帝显圣赠真言

鸟儿欢畅于田野，燕儿衔泥于殿堂，蝴蝶飞舞于花丛，蜜蜂采蜜花间忙，明媚的阳光照耀黄帝墅宫。

昆斯和蒙巴回到大殿之中，与周天子和大漠王共同议事。

昆斯直言：“战事已经结束，各路兵马都已散去，为师还有一件事，想问周天子。”

周天子起身行礼，坚定地说：“神师，徒儿要去西天国，拜会西王母金曼，完成这一夙愿。如今，魔王占领西天国都城，西天国之行迫在眉睫，必须即日启程，再不能耽搁。”

大漠王拍着胸膛，仗义执言：“天子老弟，喀曼女魔复活，西域路途遥远，非常凶险。为兄愿与天子同往。西王母金曼，也是犬戎的妹妹，如今妹妹有难，本王必须与天子一同去营救。”

周天子感动地说：“谢谢犬戎兄长。西王母金曼与本王一母同胞，西天国路途遥远，一路凶险，本王一定要加快脚步，消除魔患，早日与金曼妹妹团聚。”

蒙巴把昆斯拉到一旁，躲起来悄声问：“难道这些传说都是真的？西王母和周天子，真是嫦娥的一双儿女？”

昆斯并不隐晦，指着巅峰，坦荡地说：“天河圣花昆仑盛开，石屋消散顽石残存。玉兔仙子飞天复命，东王公拜见西王母，一洗残魔妖障。蒙巴老弟，是真的！”

蒙巴悄声说："蒙巴与昆斯两兄弟，共同助周天子一臂之力，岂不美哉？昆斯老兄，那宝贝该登场了……"

昆斯欣然点头，说："这事原本与昆斯无干。念在周天子造福大漠子民，又是爱徒犬戎之弟，也是昆斯之爱徒，且要与喀曼魔王开战，昆斯责无旁贷，辅助徒儿一举扫平魔障。"

二位悄悄地嘀咕了很久，才若无其事地回来。

昆斯表情严肃，认真地说："两位徒儿，请与为师前去。"

黄帝墅宫四周，深草丛中，九龙沉香辇尘封已久，破败不堪。昆斯引领周天子和大漠王来到车辇前。蒙巴若有所思，紧跟其后。

昆斯思绪万千，不停地捋胡须，指着车辇赞叹："千年不倒，万年不朽，徒儿，你们快看。"

蒙巴早已思虑妥当，故意说："神兄，小弟猜测，神兄要把这破车卖给周天子徒儿。这破车有什么用？连他的主人轩辕黄帝都不待见它，神兄何不送与周天子徒儿呢？"

蒙巴凑近九龙沉香辇，闭目嗅闻那悠远淳厚的气息，故意叹息："墅宫在西，主人在东。留下九龙沉香辇，千年不曾一见。"周天子和大漠王用袖子拂去尘土，俯首近前，仔细鉴赏。

大漠王赞美："上天所造，精湛绝伦。宝物，宝物，旷世珍宝。"

昆斯指着蒙巴，厉声辩驳："谁说主人在东？昆斯也是半个主人。破败了不假，谁说神龙归天，只留空物！眼拙，不识天物。"

蒙巴顺着话题，继续说："依小弟看来，这么一个破烂之物，如同一堆尘土，送给蒙巴，蒙巴都不会要的。"

周天子轻轻抚摸，爱不释手，赞叹："蒙巴师傅所言差矣，这九龙沉香辇精湛绝伦，世间罕有，真乃天地无双之宝器。请看这车轴，千年无损，与车轮严丝合缝，还有……"

蒙巴上前把周天子拉到身后，挡住不让其说话。

大漠王闻到香气，感叹："这种木材，漆黑如墨，奇香无比，恳请师父，将宝辇送给周天子吧！"

周天子上前阻止大漠王，道："兄长，弟怎能夺了神师所爱？"

大漠王再次向昆斯行礼，请求："师傅，徒儿有一请求，将这宝物赠与周天子吧！徒儿求您了。”

蒙巴上前拦住大漠王，故意道：“徒儿不要求他，就这么一辆破车，还说什么他自己大战三条雪龙，所向披靡呢，都是吹牛！”

昆斯回头瞥了一眼蒙巴，结巴着说：“你、你，贤弟怎能信口雌黄说昆斯吹牛呢？轩辕黄帝与本尊大战雪龙一统华夏时，贤弟还没出生呢，岂能说吹牛呢？昆斯发誓，从来没有吹牛。”

蒙巴故意嘲笑地说：“谁信呢？就这么个破车，放了这六千年之久，还有甚用？周天子喜欢，神兄就送给徒儿吧！”

昆斯笑了，无奈地摇头，说：“徒儿，这等旧辇，上眼否？”

周天子行礼，谦和地说：“二位神师，这可是稀世之宝呀！徒儿岂敢夺人所爱？”蒙巴再次拉开周天子，劝道：“周天子，就这种破车，千万年了，风雪侵蚀，既然喜欢就拿去吧。”

蒙巴抓起昆斯右手，又拉住周天子的右手，击掌为誓，开心地说：“这就对了，一个大大气气地相送，一个痛痛快快地接受，我和犬戎徒儿，都是证人，昆斯老兄，不许反悔，一言为定。”

“决不反悔，一言为定。”昆斯说。

周天子兴奋不已，连连行礼：“神师，弟子夺你所爱，愿出黄金一车，送与神师修缮黄帝墅宫。而且，年年贡奉。”

大漠王早已心领神会，上前行礼：“师傅！徒儿也要年年祭奠、年年贡奉，决不食言。”

蒙巴拍手赞同：“这样最好。”

昆斯如释重负，对天感叹：“此乃天定呀！这九龙沉香辇，非周天子，无人能驱驾呀！”昆斯紧紧握住周天子的手嘱咐，“这九龙沉香辇，乃神功天造，必须有龙驹神驱，才能使他大展神威。徒儿，潜心琢磨，任重道远呀！”

天空中传来笑声：“哈哈！昆斯贤弟，你不好好地守住墅宫，却拿神辇做买卖。真言相告，能驾驭此辇之人，可是过得水银神湖、汤金仙池，能得银鱼引渡、金鸟相随的旷世圣主，轩辕拭目以待。”

昆斯仰望天空，长叹：“轩辕老兄，总是神龙见首不见尾。今天，轩辕黄帝终于显圣昆仑，恰逢周天子要了这九龙沉香神辇，谁能驱驾九龙沉香神辇，你我兄弟，都要拭目以待。”

天空传来笑声:“周天子,大漠王,轩辕送你们几句话,月下花间尘封不现,一脉相承亘古不变。驾驭神辇，更待何人？”

周天子行礼,对天高呼:“谢先祖教诲。一脉相承,承古训,过得汤金仙池,金鸟相随；做仁德天子，造福天下百姓。”

大漠王行礼,对天高呼:“谢先祖教诲。一脉相承,承古训,过得水银神湖,银鱼引渡，做旷世圣主，谨遵天命。”

昆斯对天追问：“轩辕老兄！你还不放心吗？小弟要问老哥，这金葫芦如何处置？交给谁？”

空中传来吟诗：“黄帝久去留空山，一目之景空无人。一切自然天成，不可勉强。昆斯老弟、蒙巴大神，我们再会了。”

蒙巴向天行礼,高呼:“轩辕始祖与蒙巴有缘,虽不曾谋面,但金言开解,足矣。我们再会吧。”

昆斯高举金葫芦仰望天空，大声追问：“轩辕黄帝老哥呀！这金葫芦里，还有三条雪龙，如何处置呀？你不回答，又要昆斯做买卖呀？”半晌，无声应答。昆斯仰望天空，无奈地拉着蒙巴边走边说：“我们也就此告别，蒙巴兄弟，这闲事，我们也不管了。”

大漠王跪拜二位神师：“弟子承蒙二位师傅教诲，不忘师傅再造之恩。”

周天子鞠躬行礼,请教:“两位神师,谆谆教诲终生不忘。只是这水银神湖、汤金仙池在哪里？银鱼、金鸟又在何方？请神师明示。”

昆斯把金葫芦交到周天子手中，手指前方，急忙说：“八德湖就在前方，徒儿把葫芦送还神龟。神龟老白会告诉徒儿一切真相。”

昆斯昂首向天埋怨：“轩辕老哥，你真是逍遥黄帝，不管世事。昆斯也不管了，昆斯也要逍遥于世。”

蒙巴上前鼓励周天子和大漠王说：“兄弟相帮，砥砺前行。我们再会了。徒儿起来吧！”

昆斯和蒙巴为大漠王摸顶祝福,急匆匆乘飞毯而去。周天子自责:“兄长,真不应该要这车辇，叫师傅们为难。”大漠王心领神会，坦言：“一脉相承,承古训。师傅们为难的是咱是不是驱驾九龙沉香辇之人。”周天子手捧金葫芦,仰望飞毯远去的方向，痴痴发愣……

第七十六回　圣主渡水银神湖　仁君越金汤仙池

周天子和大漠王来到八德湖，一连两天不见神龟出现，两人每天乘兴而来败兴而归。

第三天，大漠王终究耐不住性子，向八德湖内扔石块，高声喊："神龟老祖宗——你再不出来，我就把仙湖填平。"湖面依然平静如故，银鳞闪闪。

周天子手捧金葫芦，对湖面深情道白："神龟老祖宗，昆斯大神，要周天子将金葫芦献上。"平静的湖面，只有倒映的群山与之相伴，周天子不厌其烦地对湖行礼作揖，祈祷了六天，还是不见神龟出现。周天子和大漠王无奈地回到黄帝墅宫。

白灵王后和香蜀夫人前来问安。香蜀夫人疑惑地问："天子和夫君每日早出晚归，为何事劳烦，而且夜夜心事重重的，在找什么呢？"

白灵王后笑着说："天天去八德湖，见祖宗呀？早就听说，轩辕始祖善养白龟，而一统天下。这神龟老祖宗，是轩辕始祖钓到的。"

香蜀夫人反应极快，连声说："就是，连钓鱼都不会，还能钓到龟？看我们的吧！"

周天子和大漠王睁大眼睛，傻呆呆地瞅着二位娘娘，沉默不言。白灵王后赶紧说："忙了一天，快休息吧，别着急，明天由我们陪夫君前去，神龟老祖宗，定来与天子和大王相见。"

第二天，太阳已经升得很高，天气暖洋洋的。周天子和大漠王犹豫地来到八德湖边，竟看见一只白色巨龟趴在供台边，他们便欣喜地快步跑过去。

白灵王后和香蜀夫人正热情地往白龟嘴里喂吃的。二位急不可待，上前行礼，高呼："老祖宗，老神仙，可等到您现真身了，您可好呀！"

神龟回头瞥了他们一眼，又把头伸向供台，问："这供台之上所供之物，都是为老白准备的？奇香无比呀！这些都是什么美味呀？二位娘娘给老白说道说道。"

白灵王后指着供品一一介绍："这些美食都是为老祖宗您特意准备的。您老要一边品尝，一边听白灵介绍。"

香蜀夫人将一片美食放进神龟嘴里，如同哄小孩一般说："老祖宗，您要细嚼慢咽，那才香呢！"

神龟闭着眼睛慢慢品尝，白灵王后慢慢地道来……

神龟不停地吧唧着嘴巴，称赞："真是美味！"

白灵王后提起酒壶斟酒，说："这是千果酿的美酒。"

神龟开怀大笑，说："今天的太阳真暖和，让老白想起当年还是小白龟时在江南五湖四海游历，遇见轩辕黄帝，那时小白可年轻啊！是轩辕黄帝把小白带到这昆仑山，小白就再也没回去了。这八德湖呀，因小白当时八百岁而得名。听昆斯老弟说，这又过六千六百六十六年了。"

白灵王后急忙介绍："我叫白灵子，这是我夫君周天子姬满。这位是他的兄长，叫犬戎，是大漠大王。这是我的嫂子，香蜀夫人。"

神龟意味深长地说："千年等一回，老白知道，你是白灵子，我们以前就见过面的。"

白龟回过头，瞥了一眼周天子和犬戎，不耐烦地说："我说周天子和大漠王，是昆斯叫二位来的吧？他叫你们来，是来找汤金仙池和水银神湖的吧？我就知道昆斯和蒙巴要哄你们来，你兄弟二人是不是一位去汤金仙池，一位去水银神湖呀？老白还要问周天子一个问题，老白今年多少岁了？老白数了一年又一年，还是没数清楚。周天子答上了，才能去汤金仙池。"

周天子急忙鞠躬，直截了当："老祖宗，今年七千四百六十七岁了。"

神龟点头应允："周天子谢谢你，那就从老白背上取两片龟甲，你俩先向北走七天，然后周天子朝东走，大漠王向西走，定能找到神湖和仙池。记住，见到金鸟和银鱼，就问它们：'老白问，想不想回家？'"

神龟瞅着大漠王，懒洋洋地说："大漠王犬戎，老白还有个问题，问完了，再去水银神湖也不迟。老白来问你，八德湖有多深？”大漠王拍拍脑袋，想了很久，慢慢地回答：“神龟老祖宗，犬戎也不知道自己能否回答您提出的问题，恕晚辈冒昧，晚辈认为思量有多深，八德湖就有多深。”

神龟吃惊不已，赞叹：“老白问过很多人，还是大漠王犬戎回答得最准确。有过分离，有过忏悔，有过奢望，有过失败，总之尝过人生百味，做事才能用心思量。希望大漠王用心思量完成每一件事。犬戎，你的深刻经历，必将是你最大的财富。你的回答令老白满意。”

香蜀夫人兴奋地握住大漠王的手，赞扬：“夫君强壮的身体，插上了智慧的翅膀，香蜀佩服。”

周天子拿出金葫芦上前献上，直呼：“昆斯神师命令徒儿把这金葫芦交给您，请老祖宗接受。”

神龟气愤地说：“别提这事！一提这事儿，老白就来气。你们可知道，老白为了信守诺言，这六千六百六十六年，都将这金葫芦含在嘴里？如今，既然在周天子手中，就归天子所有。天子，切不可忘记，里面有三条雪龙，要珍惜呀！”

香蜀夫人上前劝解：“老祖宗，消消气，我们天天为您做好吃的，孝敬您老。”

神龟抬起头，开怀大笑，赞不绝口：“真是太好了！谢谢二位娘娘！”

周天子捧着金葫芦，看着神龟委屈地说：“这是昆斯神师的命令，要本王交给老祖宗您的，本王也要信守诺言。”

神龟没有理会周天子，烦闷地摇摇头，说：“白灵子娘娘，你这夫君不解人情，这金葫芦作为见面礼，老白转送给天子，总可以吧？”

白灵王后上前宽慰：“好的，好的，见面礼。”

神龟伸颈昂头看着刺眼阳光，不住地眨眼，为难地说：“二位娘娘，帮老白揉揉眼睛，太痒了。”神龟低下头，白灵王后和香蜀夫人一边一个，帮神龟揉眼睛，眼皮里掉出两颗圆润的粉色大珠，每人双手捧着一颗圆珠，吃惊不已。

神龟仰首大笑，开心地说：“这是见面礼物，给你们一人一个，祝福你们圆圆满满、平安幸福。”

白灵王后捧着圆珠，圆珠在阳光下发出五彩的光，她激动地说：“老祖宗，这是夜明珠，我俩怎敢接受？”

神龟昂首摇头，怪怨：“哎呀，你怎么也和他一样小气了？令人不快！”神龟看着周天子和犬戎，再次叮嘱：“拿着龟甲，投进湖水，才能如愿！快去吧！”

周天子和大漠王背着龟甲急速而行。

春季的昆仑山依然是冰雪世界，强烈的阳光与冰雪斗争，冰雪变得松软。消融的雪水汇聚成小溪向山谷流淌。

雾气弥漫山谷，白云飘来未作停留。顷刻间，乌云遮日，又是雪花纷飞。

一年有四季，昆仑山一天就有四季，雪过天晴，大太阳直射，冰雪消融。磐石缝隙之间，一抹绿色在招手。

眼睛被阳光照耀，如同被针刺伤，大漠王眼睛眯成一条缝，拉着周天子艰难而行。鞋上捆绑的草绳，没走多久，就断了。一路走，一路编草绳打草鞋。眼前一座又一座山，冰峰一座更比一座高。两人拿出绳索攀爬，风餐露宿，无比艰辛……

第七天早晨，二人分手。周天子拿着龟甲向东而行。大漠王拿着龟甲向西而行，翻过雪峰，举目望去，四周重峦叠嶂，雪峰兀立，谷底之下一片银光。大漠王急速下坡，来到水银神湖边。

此时已是午后时分，水银神湖平如镜面，人影清晰倒映水中，晶晶闪亮。湖水与阳光交相辉映，形成无边无际的彩虹，挂在湖面。一池净水，清澈见底，粼粼波光如同白银一般四周白雪相映，更显圣洁。

大漠王疲惫不堪，坐在湖边高声呼喊：“银鱼，银鱼，你在哪里？”山间回声连连，湖面依然平静如镜。大漠王从背上取下龟甲，心想：龟甲呀！如何能渡过水银神湖？他举着龟甲再次对着太阳看，接着又对着湖水看，龟甲透出微微银光。

大漠王把龟甲放在水中，上下划动，龟甲开始伸展，变得透明，足有一人之高，漂在水面上。

大漠王爬上龟甲，龟甲依然漂浮。大漠王仰首，两手当桨，向水银神湖中心划去。

天上汇集着银云，湖中泛起银白色浪花。突然，银色巨浪翻滚而来，龟甲被巨浪掀翻，大漠王沉入冰冷的湖水，一边挣扎一边竭尽全力地呼喊：“银鱼，你在哪里？”

银色巨浪依然翻滚，龟甲早已不知去向。巨大的漩涡，将他吸入湖底。湖底漆黑一片，他在无望的挣扎中慢慢失去了力气。冰冷刺骨的湖水，正在夺去他身体中微弱的热量，几乎夺去他的生命。他的眼前出现迷离的世界，袁太师就在湖面，正向他招手。他初次看到自己惨白的脸和静止不动的身躯，浸在深水的阴暗之中，向黑暗无光的深渊处下沉。他不得不仰面，看见太师依然在湖面招手，又看见那些牧民、那些兵士、那些商队、那些骆驼、那些骏马、那些羊群、那些帐篷，一闪而过。香蜀夫人举起奶茶碗说：“夫君，为我们腹中的小王子……”

大漠王看到自己的躯体，还在向下沉，忍不住呐喊：“上天呀！我是大漠王，我是不是要死了？过去的犬戎，是穷兵黩武的昏暴魔王，残害了大漠百姓，他为什么不死呢？现在的大漠王珍爱臣民，团结邻邦，又为什么要死呢？他感到胸腔内的心脏猛然迸发出巨大的力量，剧烈地搏动了一下，紧接着猛烈地搏动第二下……他的眼睛有了微弱的光，再一次看见了湖面闪动的银色光芒，他的心剧烈地跳动起来。

一条银鱼游来，托起他的躯体，缓慢地向湖面移动。

他感到眼前越来越敞亮，自己的身体变轻了，正在迅速向水面漂浮……他终于冲出水面，面向天空，深深地吸了口空气，兴奋地呼喊：“我还活着，我要新生。”

那尾银鱼游到大漠王前方，引领他向湖对岸游动。大漠王慢慢地游动，看到自己身体如黏液一样透明，且浮出水面。

大漠王站起身，在水面行走，巨大的银浪在他脚下翻滚。

蒙巴兴奋上前，拉着大漠王道贺：“爱徒，你已脱胎换骨，成了神仙。”

昆斯上前道喜：“你是大漠圣主，真正的昆仑之神。”

大漠王身轻如羽，漂在水面上，悲伤地说：“我的灵魂使大漠王获得重生，犬戎不想做什么神仙，只想做一个真正珍爱大漠子民的男子。”

昆斯拉住大漠王的手，说：“对！我们兄弟俩，做个真正的男子。”

银鱼在水里告别：“再会了！大漠王，您已得到银鱼引渡，过了水银神湖，脱胎成为神仙。”

大漠王辩解：“我并不是为了成神成仙，但是魔鬼犬戎已经死去，仁善犬戎却重生了。”

银鱼浮在水面，向大漠王告别：“过得了水银神湖，绝非常人，您一定是旷世圣主，再会了。”

大漠王急切地问：“银鱼仙子，请您等一等，老白要转告一句话，老白问你，是否想回家？”

银鱼哀叹：“想呀，想了几千年呢！谁能帮小鱼儿回家乡？小鱼儿也不愿做这千万年不死的神仙。”

昆斯大神自知天命如此，说：“唉！银鱼仙子呀，天机已到来，你也该离开昆仑山了。昆斯这就施法术，让大漠王犬戎带你回去。遗憾呀！水银净湖再也没银鱼引渡了！”

昆斯伸手默念咒语，只见，银鱼飞入大漠王口中。

原来，大漠王与周天子分开不久，周天子拄着木棍没走几步，已经疲惫不堪，寸步难行。

此时，头上有只小鸟飞过，小鸟围着周天子鸣叫不停。周天子无暇顾及，双手拄着木棍，仰望山尖，艰难地移步前行。

没多时，山野小精灵齐聚而来，站在两边排列齐整，向他行礼，欢快地叫喊：“他就是周天子姬满，看他走不动了，白鹿，你背着他去汤金仙池吧。”

周天子骑着白鹿，身后跟着山野小精灵们，转眼间，就来到汤金仙池。

蒙巴、昆斯二位神师，早已在那儿等候。蒙巴紧张地问：“周天子能过汤金仙池，得到金鸟引路，就成神仙了吗？”昆斯紧盯周天子，大声鼓励：“周天子，汤金仙池非你莫属，只是，金鸟很难顺服于人。”

周天子下了白鹿，自信地说：“两位仙师，各位精灵们！姬满并非要得道成仙，西域之路漫长，魔障当道，只有过了金汤仙池，才能杀死魔道，造福万物。即使过不了汤金仙池，得不到金鸟引路，驱驾不了九龙沉香辇，本王也要设法到西天国，铲除妖魔鬼怪！”

山野小精灵们热烈欢呼。

蒙巴内心更加紧张，紧紧握住周天子的手，激动地说：“周天子，胸襟宽阔似海，一代仁德天子，我们拭目以待。”

昆斯直指前方，再次鼓励：“周天子，你与昆仑有约，你与金汤仙池有缘。请吧！”

周天子取出金葫芦，鞠躬敬献：“二位神师，八德神龟不受此宝，只得奉还原主，请笑纳。”

昆斯鞠躬致敬，笑称：“周天子行事稳重，此物乃稀世珍宝，开天辟地之神器，不可轻言笑纳。谁是真正的主人，上天自有定数。”

蒙巴行礼致敬，催促：“周天子，既然在你手中，请先妥善保管，上天自有安排，何必因此延误了时间。请看这金汤仙池，就在眼前，师傅助你过池。”

周天子坚持己见，鞠躬致谢：“谢谢二位神师，谨遵师傅教诲。本王自有办法，过得金汤仙池。”

昆斯不放心，再次叮嘱：“金汤仙池汹涌无比，要小心呀！”

周天子来到池边的巨石上，把龟甲放在前方，面对金汤仙池，盘腿而坐，合掌闭目冥想，渐渐平心静气，心若止水。

那片龟甲飞入仙池，汤金仙池泛起层层细波，细波粼粼呼应霞光，霞光萦绕的水面和阳光交相辉映，光彩夺目。山野小精灵们看见眼前盛景，高声欢呼。昆斯急忙示意它们安静。

周天子凝神静气，感到万物平衡，万籁俱寂，如若在空寂的宇宙飘荡，万事万物瞬息万变，瞬间如若千年，千年瞬间而过。突然，一轮金色的太阳缓缓地呈现在脑海之中，逐渐幻化成一位金发长髯的长者。那高大雄伟的背影，巍然矗立，充溢脑海之中。那老者背对他站立，面不示人。周天子禅心涌动，谦恭地问候。

长者高声训斥：“周天子，吾乃轩辕黄帝，吾战胜蚩尤，一统华夏。吾来问周天子：天子与大漠王打不是打、和不是和，既无帝王气概，也无统帅意志，这是为何？”

“轩辕黄帝始祖，晚辈有礼了。昆仑之巅，冥冥相见，乃千年之幸事。蚩尤亡，犬戎生。杀一千死一万，无情无义难当大任；儿女情长心系子民，百里封城千里一线；一荣则荣维系生命，传播文明繁荣西方。帝王之行，必将造福一方。”轩辕黄帝依然背对站立，怒不可遏地训斥：“懦夫！竟敢口出狂言‘帝王之行，造福一方’！周天子存有私心，要去见妹妹西王母金曼。如此自私之人，怎能是仁德天子、一代贤德之君王呢？”

周天子解释：“轩辕始祖，此言让晚辈明白天道。这混沌的世界，总有强弱之分，战火纷飞，生灵涂炭，是天道混乱了吗？唉！天地浩浩荡荡，无情无义罪孽深重，恒心毅力感召天地，去伪存真轻装简从。就留下姬满这颗私心，揭穿虚伪的事实：即使见不到西王母，周天子也要把百里封城、千里烽火台修到天山脚下，开出一条平坦大道，让所有人互相了解，让所有的人自由往来，打破壁垒，消除隔阂，这就是周天子之私心。轩辕始祖，晚辈请教：您为何总是背对于后人？”

周天子内心澎湃，依然闭目冥想。汤金仙池波涛汹涌，拍打着岸边，滔滔巨浪沸腾了，如万马奔腾，响彻云霄。

蒙巴惊呼：“无风竟起千层浪！”

深山小精灵们，一双双懵懂的眼睛，紧紧盯着眼前盛景，丝毫也不放松。

昆斯关注周天子的一举一动，低声说：“眼前似风景，心源似大海，冥冥似宇宙，汤金仙池怎比周天子的胸襟博大呢？”

周天子依然闭目禅坐冥想，内心愤怒至极：“华夏子孙没有懦夫，传承轩辕祖训，仁爱治国，造福百姓。这汤金仙池怎能阻挡奋进的脚步？只是轩辕始祖总是背对于后辈，不显真容，实在令后辈惶恐。”

轩辕黄帝依然背对，继续训斥：“周天子不得狂妄，轩辕与你冥冥相约，并告诫周天子：狼是养不熟的，蛇是要咬人的。”

周天子内心愤怒地呐喊：“盘古开天辟地，女娲采石补天，后羿射日，哪一个先祖非要分清彼此，分出你我，再依权势轻重、身份尊卑、族别贵贱行事做事？您是一统华夏的轩辕黄帝，是华夏始祖，人人都认你为祖为父；强大的人类也好，弱小的动物也罢，都是你子民，都是你的后代！”

汤金仙池掀起数丈巨浪，拍向岸边巨石，飞溅在山野小精灵身上。汤金仙池沸腾了，大浪排山倒海，小浪汇集向前，后浪击退前浪，前浪又被推向前。山野小精灵们欢呼雀跃，呐喊助威……

轩辕黄帝浑厚之声向四方传播：“一脉传古训，万世永流芳。轩辕与周天子有缘。轩辕从不以始祖自居，请周天子飞渡汤金仙池，大展宏图。”

眼前，浪退潮息，汤金仙池即刻恢复平静，粼粼金光闪耀，水雾升腾，巨大的彩虹高悬湖面。

一只金鸟湖心飞来，飞临周天子眼前。周天子依然禅坐，闭目冥想。金鸟飞起，周天子腾空而起。金鸟引路，飞过汤金仙池。金鸟再次飞来，周天子依然闭目冥想，合掌端坐在汤金仙池水面。昆斯上前祝贺：“周天子，你觉得怎样？”

周天子睁开眼，飘飘然行走在汤金仙池水面，说：“坦荡胸怀筋骨舒展，朗朗乾坤神清气爽，在长，在长，一切都在长。”

金鸟飞来，周天子伸手，金鸟落在其手中并化成一枚金指环。周天子将其卡在拇指上。

蒙巴上前道喜：“周天子，你已脱胎换骨，成了神仙。”

昆斯道贺：“就是，成神成仙了。现在还要有神器，嘿！就是它了。”昆斯指着金葫芦。

周天子虔诚地说：“成神成仙并不重要，做个好人，完成一世伟业才是本王要做的。如今，姬满夙愿未完，还是凡夫俗子，不敢造次。”

汤金仙池传来轩辕黄帝的声音：“昆斯仙弟，轩辕与周天子有缘，当年轩辕与昆斯驱驾九龙沉香辇，众兄弟和睦，天遂人愿；今日周天子汤金仙池飞跃，金鸟引送，也是天遂人愿。周天子，轩辕的金葫芦就赠送于你，助周天子降魔。那九龙沉香辇，非一人之力所能驱驾，必须众兄弟和睦才行。那三条雪龙，本作恶多端，今遇英主，也是造化，给它们一个好去处，修得正果吧！切记：仁德天子，造福一方。”

周天子对天拜谢，高声道谢：“轩辕黄帝始祖，晚辈谨听教诲，只是有一事不明，老祖为何不现真身，不显容颜，是何道理？”

“万物生灵，生于自然，死于自然，有生有死，一切顺其自然。周天子自然会明白这个道理。后世若有缘，自会见真面。”

“昆斯仙弟，蒙巴大神，再会吧！二位为何不与轩辕一道去那空山虚境，而是在这纷扰世间做那个泥菩萨呢？”

昆斯闻言，内心忐忑，向天行礼，谦称：“谨记兄长之言，再会了。”

蒙巴闻言，惭愧难当，对天而拜，自责：“天命难违，谨听教诲。今后谨言慎行，行善积德。轩辕老祖再会了。”

周天子向深山小精灵们，深深行礼致谢：“谢谢你们帮助了姬满，再会了，朋友们！”

岸边一片欢呼！那一双双懵懂的眼睛，一刻也没离开周天子的身上……

第七十七回　人神共驱轩辕车　王臣同驭沉香辇

众人围绕在九龙沉香辇周围，焦急等待。

阿曼王子赞赏地说：“久闻轩辕黄帝的东方之车能行万里，穿山过水不留痕迹。如今，珍宝即在眼前，不知道能否驱动呢？”

阿克流斯国君感言：“传说它能藏数万雄兵，不知是否为真。”

十位能人上前，大白站在车辕架之中心，信誓旦旦地说：“快来看，这是龙驹驱驾的位置，正好适合我们。骠三大王、骑四兄弟，你们的位置在前方。你们共同合力，定能超过九条神龙的力量，能拉着九龙神辇飞奔，你们就是真正的龙驹。”

骠三能人欢呼：“千里部落十位能人，定会让它日行千里。”

昆斯、蒙巴、周天子、犬戎四人乘飞毯回到黄帝墅宫，来到九龙沉香辇旁。白灵王后和香蜀夫人上前迎接。

白灵王后看见突然来了一位白衣长者，正欲问他是谁，昆斯眼急，抢先鞠躬行礼，询问：“八德神龟，老伙计也要回家了？昆仑又少了一位好兄弟。”

白衣长者向昆斯行礼，说：“天命难违，老白即将再次护卫九龙沉香辇，前往西方慢行。少了老白这只龙龟，怎能行呢？老白还是老位置，就在车腹。”白龟现出原形，附在车腹。

众人一片哗然，围着九龙沉香辇议论。众统领纷纷站在香辇旁，摩拳擦掌。

金鸟从周天子手心飞出，落在车辇的伞盖正中，鸟头指向前方。银鱼从犬戎口中跃出，附在前辕上。十位能人现出原形，前后两排，左右排列整齐，套上软辕套。

周天子殷切期盼的时刻终于到来，他向众统领诚挚相邀：“各位兄弟，眼前的九龙沉香辇已经复活，兄弟和睦才能驾驭九龙沉香辇。让我们合力驾驭神辇，让每个兄弟尽份责任和力量吧！”

大漠王自信满满，真诚地邀请：“各位兄弟，大漠王相信，我们团结一致，定能驱驾神辇。让我们的手紧紧相连，汇集所有的力量，造福四方。”

众人手拉手，闭目，聚精会神。

不到一刻钟，众人睁眼，眼前的自己身着金盔铜甲，已在神辇之上。

周天子居中主使，大漠王手握缰绳，众统领各就各位、各司其职。

十四龙驹跃蹄，老白已让车辇腾起，离开地面。沉香辇围绕黄帝墅宫，缓慢行驶。

昆斯上前，高声指导：“人的数量不够，要所有兵士，共同乘行。”

所有人立即加入，九龙神辇竟能平稳飞驰。

当夜，所有人员兴奋得难以入眠，亘古开天之宝物，定能飞驰。夜深了，还有很多人守护九龙沉香辇，不愿离开。

次日清晨，鸟儿在欢唱，无数小精灵聚在黄帝墅宫围着九龙沉香辇欢呼雀跃。

昆斯和蒙巴走出黄帝墅宫，在门前行礼，与众位匆匆道别：“各位兄弟，再会了……”

众人排列齐整，逐一向昆斯和蒙巴行礼致谢，向昆仑山行礼告别：“谢二位神师，再会了！昆仑！再会了！仙灵！期待再相聚。”

十四骏杰再次跃蹄，九龙沉香辇飞驰而去。

黄帝墅宫门前，再次欢腾。

蒙巴大神目送远去的九龙沉香辇，激动地说：“神兄，数万之人只乘一车，蒙巴这心里七上八下的，总是担心呀！”昆斯胸有成竹，镇定自若地说：“莫操心，先能驱动即可！磨合之后，定显神奇法力。万人之力，定能胜天。你我兄弟完成天命，也该归空山虚境，捕风捉影去了，莫操心……”

第七十八回　西王母舍生取义　观世音领命护根

春风化雨，春雨淅淅沥沥飘洒下来滋润大地。仙池浮冰消融，一池净水，天山雪松像刀锋般倒映水中。西王母畅游仙池，洗去冬季垢尘。

一只金蝶飞来，落在西王母耳边，对着西王母呼喊。

西王母回到岸边，金蝴蝶飞来落在手上叫喊着，西王母把它放在耳边，才听清："西王母金曼，我是孙悟空斗战胜佛，卡曼女王要杀你。"

西王母千里传音："大圣，一向可好？卡曼女王杀不了我的，她根本找不到我。"

金蝶在西王母耳边叫喊："你都知道了，老孙就放心了。受佛祖之命，我和雕兄以此仙法潜藏，这是将计就计。佛祖担心，九十九个月圆之时，魔道复生，天地间有场浩劫。"

西王母传音："我已洗浴完毕，都准备好了，等待卡曼把我杀了。金曼也要将计就计。"

金蝶扑翅高飞，留下余音："老孙会暗中保护你。再会了。"

突然，天空中乌云密布，狂风大作，雷电交加。乌云中现出托塔天王李靖和天兵天将。天王李靖大声喝道："你可是西王母金曼？玉帝有旨，要本帅将你魂飞魄散，可惜呀！可怜呀！"

二郎神和哪吒三太子出现在云端。二郎神直摇头，低声埋怨："三太子，给你爹说说，别总是乌云滚滚雷电交加的，我们是天兵天将，又不是地狱的牛头马面。"

二郎神来到天王李靖身边行礼，指着西王母金曼介绍：“天王大叔，叫他们把家伙都收了，看清楚吧，这才是西王母金曼——大叔当年没追上的绿色襁褓中的婴儿。”

天王李靖头摇得像拨浪鼓，拍手叹息：“愧对嫦娥，惭愧呀！西王母金曼，你为何不逃走呀？我真糊涂，抓你干什么？”

二郎神和哪吒恭恭敬敬地向西王母行礼。

天王李靖行礼后，来到西王母身边，小声说：“金曼呀，快跑呀！本帅会网开一面。”

西王母行礼，坦言相告：“三位天神驾临，来到天山仙池，有何指教？”

天王李靖羞愧难当，支支吾吾地说：“金曼呀！西王母呀！天宫尽被噬仙虫所扰。玉帝无奈，只好答应了卡曼恶魔的要求，本王实在难以启齿。”

西王母悲伤地说：“是要将我西王母金曼魂飞魄散吗？”

天王李靖转过脸去，无颜面对。

哪吒行礼，坦然地说：“西王母金曼，我们敬仰您，只是天宫有难，玉帝也是迫不得已。”

二郎神气愤地摇头，深深地自责：“无奈的天宫，我们帮着恶魔来杀一位女子。”二郎神转过脸去拭泪。

西王母仰望苍天，悲情说道：“母亲呀！当年，你舍生取义为天宫下嫁，挽救天下苍生。今日，女儿金曼，也要为天宫魂飞魄散。女儿和母亲不同，没必要为天宫去牺牲生命。但是，女儿也是大义之人，永远不会退缩。”

西王母手指千山，悲壮地说：“请看吧！在天山怀抱之中，这一池清冽的仙池水，是它为金曼洗尽凡尘，赐予金曼净白的身躯，为金曼作好舍生的准备……”

西王母无限留恋眼前的风景，凄婉地诉说：“金曼做梦都想在圣洁的仙池，与家人团聚。我的哥哥，我的父母，我的妮卡老祖母，还有西天国善良的百姓，你们都听到了吗？善待自己，保护家园，保护仙池的圣洁，守卫天山的神圣。”

天王李靖、二郎神杨戬、哪吒纷纷低下头，天兵天将都黯然泪下，伤心哭泣。

西王母行礼，断然相告：“仙池为证，兄弟姐妹们，别沾上金曼的鲜血，卡曼恶魔要杀金曼，你们把金曼送给恶魔，叫它杀吧！”西王母果敢地向前走，高声催促，“上路吧！把金曼送去西天国王宫！兄弟姐妹们，勇敢点，金曼一人的死亡，唤醒万众觉醒，金曼愿意。”

天兵天将押着西王母，乘云而去。

西天国宫殿，高台之上火炬呼呼燃烧，冒出浓浓黑烟。西王母被绑在石柱上，王宫四周漆黑如墨。

魔王们猥琐地齐聚高台之下，惧怕地窥视西王母，向卡曼女王焦躁不安地说：“这西王母金曼神通广大，无数魔将魔兵惨死在她的手中。就连她的口水，都是锋利的兵器。伟大的卡曼女王，您是怎样绑住她的呢？”

“各位兄弟，不必惧怕，本王已破除了西王母的法力。如今，西王母金曼在本王手中插翅难飞。而且，那是捆仙绳，本王用魔咒将她绑住。”卡曼指着捆在石柱上的西王母金曼怒喊，“金曼！今天叫你插翅也难飞，叫你魂飞魄散。哈哈哈！”

哈哈尔上前，难以掩饰内心的惶恐不安，叫嚣道：“赶快行刑吧！本王实在不想看了。真是的！让天兵天将把她杀了，不就完了，还要我们亲自动手。”

卡曼女王看出哈哈尔异常的举止，内心难以理解。于是，他大声责备：“天地王，杀了金曼，你为何不高兴？看来，你对金曼有深厚的感情呀！本王告诫你！想对本王不忠心吗？谁敢违抗天命，本王随时可以取走一切，包括天地王。”

哈哈尔不再掩饰内心的惶恐，直言：“拿去吧，都拿去好了，我早已厌倦了虚假。伟大的卡曼女王，您知道吗？阴谋是我的强项，但杀人让我害怕。”

卡曼女王感到哈哈尔很可爱，故意挑逗：“亲爱的，你是天地王，留着那点人性吧！不过，卡曼要求你亲手杀死金曼，你敢吗？”哈哈尔很为难，又不敢抗命，勉强地说：“我不敢。我要是杀了金曼，我就有胆量杀掉所有的人。伟大的卡曼女王，求您选择他人动手吧！”

卡曼女王极其开心，任性地说：“本王知道哈哈尔不敢，其实本王也不敢。本王从来没有亲手杀过生命。亲爱的天地王，我们怎能做出如此残忍的事呢？”

哈哈尔颤颤巍巍走上高台，对着西王母尖声大喊：“西王母金曼，你盗取西王母宝座，助妖为孽，滥杀无辜，认罪吧！”

西王母轻蔑地睥睨哈哈尔，故意说："巴巴拉大人，你是高贵的王族，拥有高贵的血统。如今，你自封为天地王，真了不起！请你睁大眼睛看看吧！这还是西天国吗？这还是你亲手建成的宫殿吗？你亲手缔造的王宫，还有人气吗？"哈哈尔发现西王母不知道自己的真实身份，他很得意，但内心的恐惧更加强烈。

西王母不能理解，一位曾经信赖的亲人，变成彻头彻尾的恶魔。西王母怜悯地说："可怜的巴巴拉，你那热血心肠去哪儿了？金曼请求巴巴拉，保留西王母的尊严，请不要揭开金曼脸上的面纱，就让金曼灰飞烟灭吧！"

哈哈尔内心更加惧怕，笨手笨脚地走近西王母，虚伪地说："是的，巴巴拉是王族之人，所有人都是王族的奴仆。如今，天宫已臣服，不管天地神仙，谁也别想骑在我们王族人的头上。巴巴拉发誓：保留西王母金曼的尊严，但我会划破你的皮肤，在座的魔王就会冲上台来，你也会和他们一样，变成魔王，比他们更嗜血。"

西王母昂起头，蔑视哈哈尔，一语道破："这王冠可真漂亮，怎么会戴在你的头上呢？太难看了！"

哈哈尔内心慌乱，怯懦地辩解："金曼，你敢羞辱我？这是你的金鹰变的，它归我了，西天国都归我了。"哈哈尔把王冠拿下，藏在身后。

西王母用嘲讽的语气大声揭露："终于承认了，金鹰是西天国君权的守护神，金鹰怎能戴在恶魔的头上？一群恶魔！"

哈哈尔无法掩饰内心的慌乱，说："你……你……你，不光羞辱我，还羞辱我们王族的所有人。"

西王母眼睛似要喷火，口若利剑，向哈哈尔发出命令："巴巴拉，你好大胆子，西天国臣民决不会放过你！巴巴拉大人，金曼命令你，把金鹰还给我！"西王母的语气变得惊雷一般，巴巴拉的躯体再也不听使唤，不由自主地双手捧着王冠，给金曼戴上。

卡曼见势不妙，走向高台。西王母见卡曼来到身边，轻蔑地嘲笑："卡曼殿下终于忍耐不住了，屈尊前来与西王母告别。请静心享受西王母临别美言：占人家园，欺人丈夫，还与同族乱伦，即使你的孩子出生，也终生遭人唾弃，永远苟且偷生。"

卡曼女王似乎并不在乎，心平气和地说："金曼，你已经在本王手上，本王随时让你住嘴，让你灰飞烟灭。”

西王母怒斥：“巴巴拉大人，你还在等什么！快把这贱人休了，这等贱人，不配做你的妻子！你忘了拉娅和你的孩子了吗？在她们眼里，卡曼连贱妾都不是。”

卡曼被激怒，再也沉不住气，指着西王母骂道：“你……好自为之，本王会叫你体面地死去，而且荡然无存。在天地之间，再也无人敢谩骂和阻止本王！”

西王母冷嘲热讽，继续揭露卡曼恶行：“卡曼，你在西斯国的恶行，巴巴拉想听吗？让西王母来告诉你。”

哈哈尔内心难以承受，慌乱地问：“亲爱的卡曼女王，我相信你，你没有杀死西斯国君。”

卡曼眼看自己的恶行被揭穿，伸出食指，将一道白光射向西王母：“住嘴吧！这是点天灯。请放心，本王会让你和你的守护神有尊严地灰飞烟灭。”西王母惨叫之声撕裂长空：“啊！谢谢你，给西王母尊严。”

金曼从头开始燃烧，发出撕心裂肺的呼喊。卡曼惧怕得全身颤抖，杀心陡增，眼睛射出愤怒的白光，金曼全身燃烧起来……

哈哈尔胆怯地捂住眼睛，惊恐万分，嘴巴不停地唠叨：“快点烧，快点烧。”

卡曼面部不住地抽搐，双手不住地颤动，不停地施展法力，生怕没烧尽。

捆绑西王母的石柱上青烟直冲向天空，石柱上已不见西王母金曼，灰烬随风飘舞。

一阵阴风刮起烟灰，扑向哈哈尔的脸面。他内心恐惧，被吓破了胆，蹦到卡曼身边，拉住卡曼，大声叫喊：“啊！啊！烧完了，一点儿也不剩！”

一阵风吹来，灰烬再次迎面飞来，两人紧紧抓在一起，看着烟灰随风飞舞，惊魂未定。

众魔王在高台下，高呼：“卡曼女王，卡曼女王。”

卡曼回过神来，张开僵硬的嘴巴，露出呆板的笑容，说：“宿敌已亡，无论天上人间，顺吾者昌，逆吾者亡。西王母金曼，已经魂飞魄散，天上人间还有谁敢与本王作对？哈哈哈……”

卡曼继续命令：“亲爱的哈哈尔，你依然是天地王，明日东征。本王要一统华夏。”

四位小魔王上前，请命：“东征何须天地王亲自出马，有我们四个小魔王，就可以了。请卡曼女王下命令吧！”

众魔王齐声请命：“卡曼女王万岁，等到九十九个月圆之时，八十一路魔王复活，再东征不迟。”

卡曼内心无法平静，依然叫喊：“本王的法力天地无限，还要等到什么时候？四小魔王明日东征，一统天地。”魔王在高台下高声响应。

卡曼恍恍惚惚眼望石柱，阴风阵阵吹来，卡曼全身战栗。“天地王，移驾天宫。走吧！”卡曼催促奴仆，迅速离开。

周天子、大漠王和各位统领共同驱动九龙沉香辇，十匹骏马怒目圆睁，低颈喷鼻，嘶鸣声声，奋力扬蹄，勇往直前。

茫茫草原、荒山戈壁、泥泞河滩都一闪而过。九龙沉香辇疾驶千里。

（歌）

天子寻亲天地应，诸神群仙保战功。
英英仪仗急先锋，旌旗旄旒映天红。
威武将帅干戈动，骏马驰骋光照尘。
辚辚车辇驭西方，十骏腾跃三万里。
穆王举兵山河动，长驱西天决雌雄。

周天子感到无比劳累，依然高声说：“日行百里，风雨无阻，大家歇息吧！”

周天子疲惫地回到古城中军大帐，白灵王后上前，拿出一封帛书交到天子手中。

周天子看完帛书，迟疑地说：“金曼妹妹被卡曼女王处死在西天王宫，这怎么可能呢？金曼妹妹与本王有心灵感应。此次，本王只感到周身乏力，怎么没感到痛苦呢？定是假象。”白灵王后追问：“难道此信有假？”

周天子感到疲乏至极，无力地说：“此帛书必真无疑。影子兵这是要我们将计就计。”此时，文昌君身披孝服进帐，周天子急忙询问：“文昌国师，在为何人守孝？”文昌君行礼，伤心地禀告：“西王母金曼被卡曼女王所杀，因此，本国师在为西王母金曼守孝。”

“这事非同小可，明日我们共同祭奠西王母，然后急速前往西天国。为西王母金曼讨回公道。”周天子睡眼蒙眬，不忘询问，“文昌国师，你的消息，来自何方？”

文昌君坦言：“不瞒周天子，西王母金曼每天都和文昌千里传音，这两日没有了传音，西天国老祖母妮卡千里传音：西王母金曼被卡曼女王杀死在西天国宫殿，魂飞魄散。西天国各部落祭奠西王母金曼，随时准备集结，为西王母金曼报仇。”

周天子困倦乏力，又问：“千里之外，西天国是如何传播消息的？本王一直不明白，想问文昌国师，这影子兵是怎么回事？”

文昌君坦言：“这是秘密，如今西王母金曼仙逝，影子兵就消失了。天子看见山间反射的强光，那就是西天国的信息。”

周天子打着哈欠，困倦极了，迷迷糊糊地说：“本王明白了。明日启程前往西天国国都，请国师多费心。”周天子伏案而眠，白灵急忙上前行礼，叮嘱文昌君退下。

大雷音寺，西天极乐世界。祥云飘荡，佛光普照。

八百金刚，五百罗汉，诵经奏法。法器浑厚，乐声悠扬，传遍天际。

如来佛祖显圣，佛坛宣法：“佛法乃是内由心生，魔障也是内由心生，魔障与佛法是同道。佛法顺应天道，慈悲为怀，普度众生，转世轮回，顺其自然。魔障悖逆天道，私心贪念，惑患异己，图谋私利，利欲熏心，贪得无厌。俗话说：道高一尺，魔高一丈，佛法无边，回头是岸……”

佛祖暗中传授佛旨，观音菩萨领受佛旨：“观世音菩萨，请谨遵佛旨，时机已经到来，金鹏与西王母金曼功德圆满，必定造福一方。万物总是相生相克，魔界总是蠢蠢欲动。噬仙虫本是天地之物，怎能传播魔咒？西王母金曼不受魔咒毒害，必有因果。护其真身，正大光明行事，极为重要。”

观世音菩萨鞠躬领命，向佛祖行礼：“弟子明白，谨遵佛旨，弟子这就走一趟。”

第七十九回 观音施法救元神 菩萨合力赠法器

冰封的月宫，嫦娥在梦境中呼唤："金曼！女儿呀！娘的乖女儿呀！"悲凄的哭声穿过厅堂，穿过院落，穿过月桂，跨过莽原，掠过静湖，越过剑峰千山，在天空与大地间回荡。梦中：嫦娥看见剑峰千山下，一条深谷中躺着女儿金曼粉碎的身体，身体上飘浮一缕白雾，白雾渐渐形成了人形——修长的乌发，翩翩裙袂随风飘荡，那魂魄时而激愤，时而叹惋，时而悲泣。

（歌）

孤魂飘荡不附体，含冤怀愤苦诉谁。

仰对空际痛声泣，残月灼星悲凄凄。

俯身大地发悲语，空山平湖静寂寂。

浮萍蓬丛无所及，转瞬即在绝命期。

从丛林、莽原、静湖、剑峰传来"我等来也"之声，几缕黄、绿、蓝、红雾飘飘而来，浓雾渐渐形成身着黄色、绿色、蓝色、红色绣衣的仙子，她们是林精、草灵、水仙、花圣。仙子们轻轻走近魂魄，向魂魄拜谒毕，翩翩起舞。

（歌）

圣法魂魄飘逸来，精灵仙圣齐拜谒。

悲悯难忍遭凶劫，爱莫能助堪自哀。

林精、草灵、水仙、花圣看着金曼的魂魄，施法相助金曼的碎体，叹息着，无可奈何地离去。

（歌）

仙子灵精莫急走，孤魂怅然谁伴游。

悲悲切切愁更愁，孤孤单单忧更忧。

嫦娥在梦中呼喊："女儿！金曼！快回来，娘替你去吧！"

嫦娥从梦中惊醒，回忆这凄惨的梦境，一切如此真实，让她忐忑不安。

嫦娥急匆匆来到月桂树下，焚香祷告。月桂现出人形，上下张合皱裂的嘴唇说："嫦娥莫急！金曼乃天地之根，有金印护体，不会有事。"

嫦娥悲愤地说："月桂仙翁，嫦娥的心要碎了，祈求女娲娘娘，让嫦娥替女儿金曼受过吧！"

浩渺的南海，碧波万顷，一望无际。蓬莱仙岛，烟波渺渺，紫日东升。

观音菩萨身披蛟绡白绫，手持插柳阴阳宝瓶，亭亭立于莲花台之上。白鹤、青鹿二位仙童，左右侍立。

观音菩萨放眼向四处观望，心有所思：金曼徒儿，真的魂飞魄散了吗？

观音菩萨迫切地问二位仙童："徒儿，为师自去西天极乐世界后，可曾有人登门来访？"

"尊师！"仙童回禀，"徒儿二人，天天把守，不曾有人登门来访。"

"此乃天劫，时机未到。"观音菩萨说完，走进净堂。

仙童提醒："尊师，即使有贵客登门拜访，为何不去迎接？"

"是呀！"观音焦急地走出净堂，嘱咐二仙童，"徒儿，看护好家院，为师去去就回。"

观音菩萨驾起祥云，升腾于海空，迎风向西而去。

"观音菩萨，哪里去呀！"

观音菩萨听到孙悟空在说话，回头却不见孙悟空，大声责怪："大圣在哪里，为何不现身？"

"老孙在千里传音呢。菩萨，客人在宝瓶之中，弟子不便现身，要保密。"

观音菩萨回到庭院。青鹿、白鹤二位童子行礼问道："尊师！怎么这么快就回来了？"观音菩萨内心着急，埋怨："关门谢客，所有人来访，就说师傅闭关云游了。"

青鹿、白鹤二仙子行礼回应："谨遵师命。"

观音菩萨走进净室，坐在莲花宝座上，手持阴阳宝瓶。金鹰从阴阳宝瓶中飞出，落在观音菩萨肩上。

观音菩萨迫切地询问：“雕兄，为何不见西王母金曼？”

金鹰啼鸣：“观音菩萨，金曼耗尽法力，净白之身惨遭卡曼女王之毒手，已经化成粉末了。多亏孙大圣移花接木，才来到阴阳宝瓶，求观音贤妹相救！”观音菩萨欣慰地握紧宝瓶，长舒一口气，慢慢道来：“佛法无边，阿弥陀佛。佛祖说，雕兄和西王母金曼已修成正果，只是还要造福一方，噬仙虫怎能传播魔咒？金曼徒儿为何能与之抗阻？本座不明白。”

金鹰大声啼叫：“请观音贤妹，火速救活金曼少主吧！迟了，热血冷凝，想救也无法了。”

观音菩萨合掌，慢慢道来：“雕兄，不必惊慌，金曼乃是天地之灵根，又是净白之身，怎能用移花接木之法呢？悟空真是在胡闹！还好灵根无损，复原净白之身也非难事。别说一个卡曼女王，就是十个，也无法伤及天地灵根，更无法叫金曼魂飞魄散。”

观音耳中在响：“观音菩萨，又说徒儿的不是了，俺老孙如今身处魔境，地狱一般，这移花接木之法，又有何错呀？”观音菩萨听得大圣所言，笑着解释：“大圣辛苦了，本座错怪大圣了。”

“求菩萨救救西王母金曼，尽快破解魔咒。”

观音菩萨千里传音：“大圣功德无量，真不愧是斗战胜佛。观世音这就施法，敬请放心。”

“谢过观音菩萨。还有一事，哪吒和二郎神君，已中卡曼魔咒，前往蓬莱仙境拜见菩萨，菩萨要多加小心。”观音菩萨心领神会，静心道来：“悟空放心。阿弥陀佛！”

观音菩萨变化成千手，手持法器，取下蛟绡白绫，抽出插在阴阳宝瓶中的柳条，掐下五片柳叶，在蛟绡白绫上对出人形，托起白绫说声“去”。那白绫飘飘而去。

观音菩萨施法，乐声起，法器叮咚，诵经咏唱。只见白色雾气，从阴阳宝瓶中飞出，落于白绫柳叶之上。

四处法器之声激荡，悠扬乐声不绝于耳。空中传来观音菩萨诵经声：“五叶柳育净白之身，化就金身无量劫。变化来！金曼回来。”白绫托起白雾，渐渐形成金曼体形，腾空飘至观音面前。

观音菩萨向金曼眼睛传授神光，再次诵经：“鸿蒙初开尔居先，混沌追忆亿万年。”

金曼轻微地呼吸，身体有了血色。观音菩萨现回原形，放心地笑了。金鹰啼鸣：“多谢观音菩萨，受哥哥一拜。”

观音菩萨和金鹰驾起祥云，蛟绡白绫护住金曼身体，徐徐飞于蓝天白云之中。

（歌）

烟云滚滚起南海，慈悲观音托生来。

借得仙柳五片叶，仙葩真身化凡胎。

啊——

起南海，托生来，五片叶，化凡胎。

幸蒙观音慈悲怀，净白真身救凡世。

随着歌声，观音菩萨见到天空中出现异象：嫦娥和吴刚的幻影显现。金曼凝视幻影，虚弱地喊了一声“娘”。

观音惊诧：“为何只叫娘，没叫爹？难道其中还有不解之谜？”

观音菩萨引领金曼，徐徐下降，接近海面，金曼只身进入南海。

观音与金鹰立于海面之上，湛蓝的海水，清澈透明，金曼独自畅游于南海，徐缓而行。她穿过鱼群，绕过珊瑚群，经过海草丛林……

（歌）

天魔残暴致天灾，骨肉分离苦悲哀；

观音教化传真谛，未知亲缘始悟开。

啊——

致天灾，苦悲哀，传真谛，始悟开。

蒙受佛法真功果，一抖雄威乱天魔。

随着歌声，观音见到海中呈现异象：嫦娥、十位太阳天子、后羿、玉帝和众神仙点头微笑。

金曼在海水中凝视着幻影，远处传来“金曼，我的女儿呀！我的女儿”的呼唤，只有嫦娥清晰地喊：“金曼，我的女儿呀！”悲戚之声令人心碎。

金曼轻声地喊：“娘——”

观音菩萨立于海面，掐指算来。

金鹰啼鸣："菩萨，可算到什么了？"

观音菩萨无奈地摇一摇头，叹息："千年万世，不解其中乱象。"

观音菩萨抬头看着太阳，忧虑地："阳光下也有不解之谜。善哉，善哉！"

观音菩萨慈祥地微笑，缓缓道来："雕兄，西王母金曼法力尽失，如此虚弱，只能去普陀山吸纳天地之精华，滋补元气。请随妹妹前来！"

普陀仙山，苍松翠柏，层层叠嶂；莺飞燕舞，凤翱龙翔；一泓静池，池中藕叶撑伞，嫩绿放翠；莲绽荷放，争奇斗艳。两匾上书：极乐常有总觉无，尽悲常无总觉有。正中是观音菩萨超度的法台，金光闪耀，瑞气横生。

观音引领金曼飘飘而来，立于莲花台，收起祥云。

观音菩萨端坐在莲花台上，金鹰飞来落于高台，蛟绡白绫贴身围绕金曼身体，金曼立在观音菩萨身旁。

观音菩萨手指金曼，再次诵经："性灵本同天地存，万劫千番超凡生。"伴随观音菩萨的话，金曼长呼一口气，睁开了双眼。金曼站起，轻轻走到法台正中，跪拜观音菩萨："弟子金曼，拜见菩萨，弟子谢观音菩萨再造之恩，感念大慈大悲救命之恩。"

观音菩萨婉言拒绝："西王母金曼，不必言谢。受命于佛祖，从西天极乐世界，置你于南海极乐之圣地——普陀山。一路之上，以浮想、梦幻、启迪教化于你，金曼可否领悟？"

金曼感激地说："菩萨，弟子深深领悟，金曼乃上天之仙，嫦娥与吴刚之女。"

"悟得就好！"观音菩萨进一步启迪，"金曼，你的母亲嫦娥，依然被冰封在广寒宫，你的父亲吴刚大仙，曾被贬于西天火龙树下受刑五百年，如今已授命启明星君之职。金曼可悟到？"金曼感激地说："如同久眠不醒，如同梦中飘飘然然，许多事情记不得了。有件事记得清，周天子姬满就要驱驾九龙沉香辇前来，与金曼相认。噬仙虫解药，想不起。"

观音菩萨缓缓道来："阿弥陀佛！佛祖说，西王母金曼与金鹏已修得正果，还要造福一方。"

金曼有些迟疑，疑惑地问："佛门法度高深莫测，还请恩师与弟子明示，何况弟子并没身受真经，哪来的正果？"

观音菩萨细心观察，发现金曼思维反应极慢，心想：佛度有缘人。当年，后羿求取仙药，嫦娥喝药后再次成仙，重回天宫。这些往事，不能再说了。天地轮回，谁又能看得清呢？

观音菩萨观察金曼不仅思维呆滞，而且行动迟缓。观音菩萨心里虽然着急，但依然平心静气地说："什么是正果？修得万载千年未必修成。西王母金曼，你是佛门有缘人。雕兄，你给西王母金曼说说吧！"

金鹰啼鸣："老雕在西方极乐世界听佛法数千年，也不曾得正果，如今受观音贤妹点化，倒是悟到一点。佛祖说'已得正果，还要造福一方'，说明肉身虽然修成，但是心灵还需开解。"

金曼望着金鹰，似曾相识，侧目相望，并不知道金鹰为何而啼鸣。观音菩萨看出端倪，暗暗对金鹰传音："雕兄，当年你问我要了精灵之脑，今天观音要问雕兄，如何恢复西王母金曼精灵之脑？"

金鹰啼鸣："这好办，吾这就施法，唤醒精灵之脑。"金鹰对空长鸣三声，观音菩萨拿出天丝丽裳、鸟瞰宝石、青色面纱、香囊和两根铁链，金鹰啼鸣："观音贤妹，这天丝丽裳，当年是老雕破损了它，今日又要劳烦妹妹了。西王母金曼要去抗魔，求观音贤妹能传神功，助其一举消除魔障。"

观音菩萨传音于金鹰："西王母金曼本身就是仙胎灵根，并不缺什么神功法力。如今看来，在这普陀山没有三五十年，西王母金曼难以恢复精灵之脑！雕兄呀，没有精灵之脑，西王母金曼就是呆仙。"

金曼鞠躬请命："恩师，不必着急，金曼好久没有游历了，金曼这就畅游一番。"

观音菩萨对金曼诵经："渺渺无为传大法，如有神通大无边，去吧！就看金曼的造化了。"

金鹰疾飞，对空长鸣，奇禽异兽、蝼蚁草虫、仙根地灵齐聚普陀山。

观音菩萨召回金鹰："雕兄，现在是正午，正午花红，天丝丽裳以红为主，你看如何？"观音伸手在空中抓来抓去，修补天丝丽裳。

金鹰把荷包献上说："这荷包太破旧了，贤妹一起修补了，如何？"观音菩萨拿过荷包仔细看，放在鼻上若有所思，问道："这里装的不是香料，是何物？"

金鹰啼鸣："这是金曼的绿色襁褓，金曼精心把它制成香囊荷包。西王母金曼救治蜜瓜仙子时，尽将毒烟秽土，收入香囊荷包之中，现在这里面都是天宫污秽之物。除了香囊、青丝面纱和天丝丽裳，还有鹰羽和鸟瞰宝石，西王母金曼就再无其他之物。金曼为这毒烟秽土起了名字，叫草木炬燃灰。老雕叫金曼扔了，可金曼说，仙桃佳果与花红柳绿时时相伴，木炬烛泪与金曼有缘。”

观音菩萨拿起荷包放在鼻上闻，若有所思：“雕兄，枉费心思无人赞，一厢情愿自然来。”

金鹰啼鸣：“说得好，老雕这个老粗，今天又被点化。这解药定在其中。”

观音菩萨会心一笑，交口称赞：“西王母乃原始神尊，绝非小模小样。谁也不曾传授神功法力于她，金曼依然能与魔王相斗。”金鹰猛然觉悟，大声鸣叫：“是呀！西王母金曼当时被噬仙虫所害，法力尽失。而得此污物秽土身体恢复，法力大增，噬仙虫就治好了。老雕当时用翅羽扇得污尘四处乱飞，不知吸入多少毒烟秽土，不仅没得噬仙虫，而且法力大增。”

观音菩萨看着满池莲荷，轻声念道：“乌泥藕白莲自青，荷花自然香。佛祖说西王母金曼不受魔咒影响，定与其有缘。静心想想，噬仙虫传播的魔咒，这魔咒的主人究竟是谁？为什么她饮苦泪便自愈，难道这世间最苦的是人生？”

金鹰兴奋地高声啼鸣：“观音贤妹，说得好！当时葡萄仙子、香梨仙子、蜜瓜仙子用泪水化药，说能解百毒。而且，西王母大败魔兵，用的是口水。”

观音菩萨掐指算来，内心欣喜，微笑点头，缓缓道来：“天解奇缘，阿弥陀佛！雕兄这才是正果呀！将要造福一方。”

金鹰扇动翅膀，按捺不住喜悦，尖厉地啼鸣：“观音贤妹，解药真的找到了吗？”

观音菩萨点头微笑，谨慎地说：“未经尝试，还不得而知。”

金鹰低声啼鸣：“空欢喜一场，孙大圣还在魔法控制之中，王母娘娘、圣教主和众神仙道友都在病痛之中。老雕恨不得抓破天空，以死求药，破解苍生之苦。”

“急不得，急不得雕兄，试药的机会来了。”观音叫来二位童子，悄声传命。

青鹿、仙鹤二位童子，领命前去。山门前，哪吒和二郎神前来叫门。

二郎神迷迷糊糊地叫喊：“奉玉帝之命，前来请观音菩萨，速去禀告，这是圣旨。”

仙鹤仙童行礼，随口问道："二位神君，如何称呼？尊师外出云游，不曾回来，等回来，定给你们禀告。"

青鹿仙童接过圣旨，反复观看追问："二位神仙，玉帝请观音尊师，从来不发什么圣旨。这圣旨一看就是假的。"青鹿把圣旨扔给二郎神。

仙鹤又问："二位神君，还没报上姓名，如何禀告呀？二位可曾来过普陀山？"

二郎神一脸茫然，疑惑地问："我叫什么？我想不起了，哪吒能想起吗？哪吒兄弟快想想，神兄如何称呼？"

哪吒也迷迷糊糊，疑惑地问："我叫什么呢？二郎神兄长，快说兄弟名叫什么？我何时来过这儿呀？"

"被尊师说中了，不是装的。"仙鹤仙童笑着提醒，"我来提醒你们，是卡曼女王，假传玉帝的圣旨，是不是？"

哪吒直言："对，对，小哥是怎么知道的呢？"

青鹿仙童故意挑逗："刚刚听说，卡曼女王殁了，你们不伤心呀？"

只见：哪吒与二郎神号啕大哭不已，哭了足有一个时辰。

青鹿仙童收集二位的泪水，放入茶碗。

仙鹤仙童乐开了怀，逗乐："别伤心了，卡曼女王没死，被救活了。"

二郎神止住哭泣，命令："速去禀告观音菩萨，我们要回天宫复命了，你们不得延误。"

仙鹤献上仙茶，劝解："天气炎热，请用凉茶。"二郎神抓起茶杯，一口吞下，责骂："这茶如此咸苦，但后味儿甘甜，再倒些。"

哪吒喝了一口，讨教："这茶虽然苦涩难咽，但我们一路前来，口干舌燥，也顾不得许多，再倒些茶来。"

青鹿仙童命令："卡曼女王有令，要我们款待二位神君，请禅房歇息。卡曼女王有令，两日之后必回。"

哪吒和二郎神唯命是从，迷迷糊糊走进禅房。

金曼静坐在飞泉下的静湖中，蜂蝶成群，如同数条彩带从天而来，围绕金曼周围，上下翻飞，授蜜传粉。金曼来者不拒，张嘴接收天地精华。彩蝶轻飞曼舞，蝶翅噗噗作响，虫鸣草蝼欢唱。静湖被渲染成五颜六色，若沸腾之水。

（歌）

蓬莱仙境会神灵，天地精华尽收容。

甘泉蜜果自献奉，滋筋壮骨显奇能。

金曼轻歌曼舞，穿行树林之间。蜂蝶狂舞，紧紧相随。

深山老林之中，怪石嶙峋；奇猿怪兽，豺狼虎豹，或散或聚，友好无欺。一只麒麟献宝，送与金曼。众猛兽对天咆哮，呼吼之声在山间回响。母兽献乳，金曼来者不拒。金曼骑狮坐虎，穿行于密林深谷，逍遥自在。

（歌）普陀仙山聚圣尊，日辉月晕尽采存。

丰膏腴脂自生成，修身养性积奇能。

金曼夜夜与虎狼共寝，与狮熊共娱，与虎仔争乳，与幼猿争宠。

密林深处，梧桐高耸，奇禽珍鸟翻飞盘旋。金曼吹箫引凤，箫声悠扬，一只彩凤长鸣天际，翱翔而来，落于梧桐。彩凤落于金曼身前，金曼骑凤。彩凤翱翔，百鸟朝凤展翅相随，天空中形成鸟雀之彩虹。

（歌）

啊——

荡荡之长空悠悠翔凤，坦荡之大地匆匆纵横。

以箫引凤随来即去哟，一天长地久与世共存。

观音坐在莲台之上，合目静思，金鹰立于莲台之上。

二郎神和哪吒拽着白鹤、青鹿二位仙童，叫嚷着来到莲花台。

二郎神大怒：“再找不到观世音菩萨，唯你是问！”

哪吒愤怒地说：“天宫告急，卡曼女魔已侵占天宫，尽施魔法。你们二位小仙，胆敢阻路！”

观音菩萨睁开眼问道：“徒儿，何事惊扰，请二位神君，进来吧！”

二郎神和哪吒，一同拜见观音菩萨，委屈地说：“我们在禅房足足待了七天。二位仙童阻路不让觐见，是何道理？”

哪吒接着责怪：“天宫出大事了，玉帝去了蟠桃园，不见踪迹，卡曼女魔侵占凌霄宝殿，尽施魔法，只有我二人逃出，观音菩萨救难呀！”

观音菩萨微笑点头，传音：“一语惊醒梦中人，二位神君，听我之言，不要言语。”

观音菩萨传音安排，二郎神和哪吒细细倾听，连连点头，暗记心中。此时，彩凤引金曼落下。

金曼神采奕奕，光彩照人，向观音菩萨行礼拜谢："恩师，金曼恭敬聆听恩师教诲，仙药之事金曼已尽知，请恩师尽管吩咐！"

观音菩萨传音："西王母金曼，天地造化于你，竟能如此神速修复精灵之脑，本想叫你在普陀山多留一时，沐浴灵气仙风，增长道行。现如今，卡曼魔王侵占天宫，天宫告急，只有西王母金曼才能解噬仙虫之毒，破除魔咒。西王母金曼，你的母亲嫦娥依然被冰封于广寒宫，你也该去探望母亲。"

金曼传音："弟子领命，这就去了。"

观音菩萨劝阻："且慢，魔兵天将横行霸道，西王母金曼势单力薄，不可死拼。"

金曼坚定地说："恩师放心，金曼已恢复净白之身、精灵之脑，就是粉身碎骨，也要战胜卡曼女魔。"

观音菩萨再次劝阻："不可。佛祖说：九十九个月圆之时，八十一路魔王复活，抗魔才开始。西王母金曼明白吗？这彩凤是王母娘娘心爱之物，金曼不计前嫌收纳，天丝丽裳为师给你改成喜庆红色，蛟绡白绫与金曼有缘，也能为你增强法力，金曼要细心收好。"此时，彩凤变成粉钗，插在西王母金曼发髻，金曼身着红色天丝丽裳，分外妖艳。

观音菩萨抬头，望见天边祥云飞来，云中传来话语："观音妹妹，佛祖说了，让我们姐妹来助你一臂之力。"

观音菩萨站在莲花座上行礼，传音："四位姐姐远道而来，有礼了！妹妹恭迎了。"

四位菩萨来到金曼身边，围着金曼，你一言，我一语，互相传音讥讽观音菩萨营救不力，说个没完。观音菩萨受不过，气恼地争辩："又挖苦，又损人，你们有完没完呀！"

金曼行礼，传音："恩师对金曼有再造之恩，恩比天高、情比海深，金曼不敢忘怀！"

观音菩萨笑着对金曼摆摆手，示意她别说了。

"遵佛祖之命，我们前来把西王母之百宝囊归还原主，千百神器回归，万千咒语令其领悟。"四位菩萨把金曼围在圈里，急忙施法。

顷刻之间，金曼摇身一变，手握降魔杖，腰间系百宝囊，配阴阳宝刀，云髻珠光灿灿，耳朵上宝光夺目，一双宝鞋步步生辉，所过之处皆是朵朵莲花，臂上绕奇葩仙花，手上嵌蜀，脚上戴环，狐貂毛皮紧贴其身，仔细察看，狐貂眼睛在动，原来都是万年精灵。观音菩萨挥手，无数细小粉珠结成珠纱，护住其面，如同肌肤一般。

金鹰落在西王母金曼肩上，西王母金曼跪拜，传音谢恩："感谢四位菩萨仙师，再造之恩。"

四位菩萨传音："使不得，西王母乃是原始神尊，我们只是物归原主。这降魔杖，是女娲娘娘送给西王母的开天宝物。百宝囊中，件件宝物包罗万象，谁也不知其威力，还得西王母金曼破解其中奥秘。"

"快看，谁来了！"话音未落，一只漆黑如墨的黑豹，身披金鞍，呼啸而来。黑豹皮毛乌黑至极，只有双目闪现白光，它依偎西王母金曼脚边卧下。

"此乃天山之尊——乌豹，西王母的坐骑。"

观音菩萨合掌，传音："阿弥陀佛！原来西王母是万代神尊，金曼乃天地仙胎神根，我们只是唤醒了沉睡中的西王母。"

众菩萨传音，真诚道贺："如今我们才明白，女娲娘娘送降魔杖给西王母是为什么，西王母乃原始神尊，远在你我之先呀，有开天辟地之能，有金石补天之法，何愁魔障不除呀！"

二郎神和哪吒惊呆了，内心无比羡慕：这还是金曼吗？天仙不及其华贵，帝女不及其妖艳。

金曼行礼告别："感谢恩师再造之恩，徒儿必然不负众望，除妖降魔，造福一方。"

观音菩萨无比激动，挥手告别："快去吧！"

第八十回　卡曼火烧广寒宫　金曼悲哭姨和娘

西王母端坐在乌豹之背上，乘云来到南天门。二郎神和哪吒紧随而来。天兵天将左右各一，把守南天门。

西王母正欲走下黑豹，黑豹站立不卧，对着守门天将昂首龇牙，不停地呼吼。二郎神上前训斥："见了尊驾为何不跪？"

二位天将言语含糊地叫嚷："卡曼女王未传圣旨，所有神仙，不得进入天宫，违令者斩。"

一位天将上前，歪着嘴巴大喊："无卡曼女王手谕，不得进入。"

二郎神举拳欲打，却被哪吒拦住。哪吒急忙解释："神兄已经着魔咒了，不识众仙了，打死也没用。"

"啊呔！"左边守门天将大声喝道，"哪来的小仙，胆敢在天门窥视！赶紧让开，快快回避！"

二郎神气不打一处来，捶胸顿足，不知所措。

右边天将如酒醉一般，大声驱赶："去！去！去！快快离开天界，别惹恼了爷爷，否则，将你们打下凡间，永世不得翻身。"

哪吒上前，打了左边天将一个嘴巴，大骂："看清没？西王母祖母，是卡曼女王的祖母，还不让开！"

二位天将跪拜，齐声高呼："卡曼女王祖母在上，小神迎接西王母祖母大驾。"

西王母驱黑豹上前询问："祖母问你，卡曼女王在凌霄宝殿吗？"右边天将捂着脸，急忙禀告："在，在凌霄宝殿。"

左边天将却说："不在，去月宫了，月宫被冰封，卡曼女王就要攻占月宫了，哈哈哈！快要攻克了。"

右边天将迷糊地说："快去助阵吧！就要攻破了。请进吧！"左边天将说："请进吧！活捉嫦娥！"

三位进入南天门，二郎神提议："不如我们变化了再进入，如何？"

西王母赞同："这样更好，多谢神君提醒。"

二郎神变化成天将，哪吒和西王母变化成侍卫侍女。三人变化妥当，疾步向月宫而去。

很远就见到，天兵天将押解一群宫女和神仙们跪在地上，在月宫门前齐声高呼："杀了她，杀了她！杀了兔子精！"

西王母震惊不已，只见晓仙女被钉在广寒宫宫门上。西王母内心酸楚，眼泪暗流，心中呐喊："晓姨，咫尺之间，恕金曼不能相救，晓姨保重。"

卡曼女王坐在轿椅上，五名兵奴头顶轿椅。卡曼女王指着晓仙女开心地说："喜眉福星，算你识相，快去规劝这只该死的兔子，让她赶快说出开启广寒宫的咒语。否则，你和她一样，被钉死。"

"开门，开门！"喜眉福星站在广寒宫门口，用拳敲打宫门大骂道，"该死的，晓仙女想害死大伙吗？快讲出开门咒语，否则你会被冻死的。"

晓仙女横眉冷对，愤怒直言："卡曼女魔，即使你玉兔祖母被冻死，休想得到一个字，玉兔永远不被魔咒驱使！喜眉福星，你这恶贼，下界一遭，还是恶人！可惜呀！玉帝还相信你。"

喜眉福星假惺惺地劝解："晓仙女，别哄人了，玉帝传我们去蟠桃园，实际是藏在月宫中，这怎么会假呢？我亲眼所见，玉帝和你进了广寒宫，快把咒语讲出来，等我们魔性发作，一切都晚了。"喜眉福星脸贴在晓仙女身上，晓仙女拧着身体没能躲开，急得叫骂："你这恶人，快让开！别碰我！即使我死了，也不会告诉你广寒宫的开门咒语。"喜眉福星望着晓仙女，喃喃自语："来不及了，我已经和你冻在一起了。"

喜眉福星高声喊："卡曼女王，您放心，广寒宫门就要打开了，玉帝跑不了了，一定也被冻在里面，跑不了了！"

喜眉福星贴着晓仙女冻在广寒宫宫门上，一动也不动了。

卡曼女王气愤地说："该死的喜眉福星，竟敢骗本王，冻死也活该！"

哈哈尔献计："这女娲寒冰有何难破，命令天兵天将，火烧就是了。"

卡曼女王指着宫门，命令："给我烧，烧化她们。"

哈哈尔传令："准备火器，给我烧。"

雷公、电母、火德星君和天兵天将都已着魔，领命前来打开法器，对着广寒宫宫门喷火吐焰。广寒宫门前雷电交加，火海一片。

西王母急了，正欲出手阻止，金鹰啼鸣："少主别动，这些火器无法消融女娲寒冰，卡曼会知难而退。老雕先去找孙悟空大圣，再作打算。观音菩萨说过天宫尽染噬仙虫，天神们法力尽失，不可轻信任何天兵天将。少主哭时把泪水收集，这是仙药。"

金鹰化成灰尘，飞向卡曼女王，落在金钗上。

西王母听到孙悟空传音："卡曼女王施魔法，派二郎神和哪吒前去诱惑观音菩萨来天宫，巴巴拉巧用魔咒丸、噬仙虫攻占了佛山。玉帝不在广寒宫，在蟠桃园呢。俺老孙施法，所有人立刻跟你一起哭，好吗？"

西王母如同着魔一样，伤心哭泣，大喊："别烧我呀，痛死我了！"卡曼女王突然觉得心里难受，身不由己，泪如泉涌，痛哭不已。众仙姬仙女齐声痛哭流涕，哭声震天。

卡曼女王泪水涟漪，依然伤心，无法抑制。她心里明白：自己着了他人的咒语。卡曼女王立即命令兵奴，迅速离去。

西王母哭得伤心，心想：娘呀！女儿就在广寒宫门外，近在咫尺，不能相见。晓姨呀！你被冻在广寒宫门上，金曼无力救你呀！

西王母越想越伤心，泪流成河，顺面颊奔流。

二郎神和哪吒走到西王母面前，拉着西王母赶快离去，众仙姬仙女依然哭声一片。

哈哈尔气愤地大喊："别哭了！"

哭声依旧……

第八十一回　铜壶洒药洗乾坤　天门施法除魔障

二郎神和哪吒引领西王母急忙来到蟠桃园。

“万亩蟠桃园，怎样才能找到玉帝呀！”西王母眺望满目桃林，正在犯难。

“贵人到来，请喝茶。”土地神满脸堆笑，献上仙茶。

西王母眼见土地爷的白发长眉，倍感亲切，鞠躬行礼，请教：“老仙翁在上，有一事想向老仙翁讨教，是否可以？”

土地爷对二郎神和哪吒叮嘱：“二位神君，先坐此品茶，小神带贵人在桃园走走。”

土地爷转身，引着西王母走向万亩蟠桃林。土地爷讲解：“万亩的蟠桃林，万年桃树如同蟠龙伏兽，枝干却挺立峻拔。只是年年修剪不及，呈现一派衰败凋零之景象。奇怪的是，你这贵人到来，桃花竞相开放，枯枝败叶不见踪迹。这些万年仙枝树藤最讲仙缘，当年嫦娥来时，也是千花万树争艳斗芳。神尊乃是大贵之人呀！”

西王母心急如焚，心想：如今玉帝见不着，这可如何是好？这解药如何发散？时间实在不多了。

土地爷拿出一把锈迹斑驳青铜的旧壶，递到西王母手中，慢条斯理地说：“有的是时间，浇浇树吧，甭急呀。”

西王母端详青铜旧壶，看清壶身上的铭文：乾坤净洗，尘封不见。西王母问道：“这是什么壶？”

土地爷拽起长胡子，解释：“这是浇桃树的喷壶，贵人请看，喷出来像雾一样。漫漫天庭雨雾缭绕，尽被浇得透彻，尘灰尽洗。”

西王母灵机一动，计上心来，开心地问：“敢问老仙翁，此壶能否将所藏仙药尽洒天地人间呢？”

土地爷笑得合不拢嘴，问道：“贵人，小神能问，是何仙药吗？”

西王母悄声对土地爷说：“天仙辛酸泪，草木炬燃灰。是否可借宝贝一用？”

土地爷笑眯了眼，把喷壶交给西王母，催促：“快浇吧！用这把壶把乾坤浇个透彻。”

西王母拿出荷包，将药倒进壶中，将收集的泪水倒入，封上壶盖，顺向摇匀，提壶浇树，却不见药水从壶嘴喷出。

西王母焦急万分，大声自责：“坏了，咋这么不小心呢，把壶嘴堵住了！这可如何是好呀！”

土地爷笑着搭腔：“这是乾坤净壶，永远不堵。贵人把它抛向空中，即可净洗乾坤。”

西王母使出十足气力，把壶高高抛起，乾坤净壶悬停在空中，变得巨大无比，雨雾从喷头喷出。

土地爷笑眯了眼，夸道：“万亩桃林半个时辰。朗朗乾坤，定被浇透。”

云雾扩散到四方，如轻丝帷幔，起伏飘动，或聚或散，桃林仙枝尽被其染，桃花仙叶含苞待放。

两个时辰，天宫充满云雾，淅淅沥沥的雨雾凝结成水珠，亭台楼榭如水中倒影，浸润水汽。地面坑凹之处聚集积水，积水源源不断，流进仙井之中。天宫中雾气萦绕，大地细雨蒙蒙。

土地爷对西王母赞不绝口：“仙药弥足珍贵，贵人赐福天地，不愧为天地之神尊。”

西王母被赞誉，感到羞愧，沉默不语。

土地爷领着金曼，唠唠叨叨：“贵人休怪小神多言，当年孙猴子闯进桃林，吃了万年桃，王母娘娘恼羞成怒，一怒之下，再不来桃园了。”

西王母故意询问：“谁都知道，玉帝天尊再也没来过桃园。”土地爷心领神会，说：“贵人机敏过人，小神悄悄告诉贵人桃园的秘密……当年嫦娥来时，小神也是这样说的。这是贵人的树屋，快进去吧！进去什么都明白了。”

西王母走进树屋，见到玉帝在树屋内焦急等待。

玉帝见到西王母金曼，慌忙上前，迫不及待传音：“金曼孙儿呀！天宫尽被魔咒所染，佛国世界也被恶魔攻占，魔咒已经控制天上人间，如来佛祖不知去向，只有蟠桃园这些万年老木仙根，不受侵扰。天宫神仙法力尽失，无法与卡曼恶魔抗衡。观音菩萨对孙儿交代的事，孙儿要牢记心中。金曼贤孙，此处不可久留，不得暴露。”

西王母跪拜玉帝，深情相告：“玉帝尊祖在上，受孙儿一拜。孙儿有一法，先引卡曼离开天宫。解药已经洒满天地，不出一日，定见功效，天宫可恢复仙境。”

玉帝急忙扶起金曼，叹息：“金曼贤孙呀！本王乃浅薄之徒，贻误天庭，助长魔道，如今你的母亲嫦娥和王母娘娘同被寒冰所封，本王心痛，天宫安乐仙界，遭此横祸已是必然。仙班神将养尊处优、阿谀奉承，献媚谗言、胡作非为，经此一劫，本尊也清醒了！”

西王母感慨万千：“当年是玉帝，给我们兄妹脚盖金印，才让我们有了誓死守护天地的决心。”

玉帝惭愧地低头，感叹：“金曼贤孙呀！本王再次被你们母女感动。如今，孙儿是万代流芳的原始神尊西王母，实至名归。快去吧，就让仙姨们送你。切记！担天地重任于一身，万不得已，不得暴露神尊身份。孙儿呀！多多保重呀！”

玉帝掩面而泣，扶起西王母，将其紧紧拥入怀中，失声痛哭。西王母早已成为泪人，失声哀号：“至亲呀！金曼为了你们，千难万险，何惧之有呀！”二人久久相拥，泣不成声。

仙女们引着西王母走出树屋，西王母百感交集，泪眼蒙眬，呼唤：“仙姨呀！好想你们呀！这些年你们好吗？”金曼说着泪如雨下。

仙女们围着西王母，开心地说：“贵人回来，我们好开心呀！我们都是快乐天仙。我们一想到贵人就开心。”

西王母止住泪水，心中酸楚，悲伤地说：“金曼好孤单，时常想起仙姨们。想娘时，只能悄悄地哭。”

长仙女上前搂着西王母，心疼地说：“傻孩子，人总是要快乐地生活，千难万险，须乐观面对。”

西王母依偎在长仙女怀里，心情稍为平静：在桃树下就这样依偎着，在西王母内心里如同梦中的奢望。

一行人前行，西王母拾起地上的桃核，开心地笑道："耶！快来看，这颗大桃核，皱巴巴的，看到它一点都不快乐。"

仙女接过桃核，指着旁边的万年桃树，叉腰顿足，大笑道："呀！就是这棵最老的万年老树，它结的桃子又大又甜，好吃极了，但都让孙猴子受用了，才惹恼了玉帝和王母娘娘。"

"是呀！"又一位仙女上前接过桃核，放在鼻子上闻了闻，扇着鼻子说，"嗨！准是孙猴子吃过的，你们闻，还有股猴骚味儿呢！"

仙女们围着西王母满面笑容，逗乐："对呀！就这棵树下，孙猴子使了定身法，把我们定住了。"其中一个仙女回忆道："当时，王母娘娘指着树上的孙猴子，叫他下来。孙猴子在树上放了个屁，正巧打在王母娘娘的脸上。这一屁，打得王母娘娘晕头转向，直到现在……"仙女们听了笑得前仰后合，不知如何接话。"王母娘娘怎么样？"土地爷插话问道。"她呀！不敢来桃园，闻到猴骚味，就头痛。"另一个仙女笑着回答。其他仙女听了又笑得上气不接下气，说："要它何用，一股猴骚气！"

西王母上前拾起桃核，噘着嘴，撒娇说："我要。你看他笑得满脸皱褶，多可爱！我要把桃核拿到西天国，种在西天国的土地上，开出幸福的桃花，结出快乐又幸福的鲜桃。一见到它，金曼就会想起快乐的仙姨们。"

土地爷果断地上前阻止："上天之物，下界定然是无法成活，拿去也没用，只能做个念想。贵人，就别要了。"

西王母扯着土地爷的胳膊，撒娇说："就送我这个嘛，就送一颗，我一定会精心栽培。"

"贵人！"长仙女告诫，"听仙姨的话，天宫是非多，王母娘娘又不在，多一事不如少一事，就算了吧！"

"老祖宗！"西王母拽着土地爷的胳膊，摇晃着撒娇道，"你就送一颗吧！好吧！就要一颗。"

仙女们把土地爷围在中间，不住地献殷勤："贵人想要，就给她一些吧，这有啥为难的？""就是，又不是稀罕之物，遍地都是。"

土地爷瞪大眼睛，不敢看众位，无奈地摇头叹息："唉！你们都知道，天宫之内为何只有小神一个土地爷吗？小神告诉你们，先有万顷桃园，才有天宫的，我这土地是下界带来的。天条明记，天宫草木不得私下凡间。这是触犯天条的死罪呀！”仙女们闻言，嬉笑声戛然而止，纷纷散开。西王母很无奈，恋恋不舍地把扁桃核放在土地爷手中。众仙女沉默不言，内心沮丧。西王母自知惹得大伙无趣，满脸堆笑地上前去宽慰仙姨们。话还未出，传来玉帝洪亮的传音：“贵人重任在身，难得开口。颁旨：每位仙姨送贵人桃核一枚，土地爷接旨吧！”

只见，空中飞来圣旨，飘飘落在土地爷手中。土地爷手中拿到圣旨，细读之后，高兴地说：“这仙桃呀，桃可吃，核必须留下，就连孙猴子也不曾得到一枚桃核。今天，天逢喜事，福降蟠桃园，众仙可帮贵人赠送一颗！”

仙女们欢天喜地四散而去，在桃园地上捡拾桃核，并将最饱满的一颗交到金曼手中。金曼一数，一颗不多，共二十九枚。

西王母捧着桃核，泪水盈盈，深深鞠躬，痛哭谢恩：“再次劳烦仙姨们，此恩永记！”

仙女们泪水涟涟地告别：“金贵人向前走，别回头。”

（歌）

一年春风春雨时，双枝开苞吐春花。

（仙女合唱）

群芳争艳争春怒，万树春桃挂果实。

千年万年桃树迎喜贵，千树万树桃花竞相开。

（土地爷伴唱）

千枝万蔓桃木生新芽，一心一意浇灌万年桃。

仙女们挥泪而别，目送西王母远去。

二郎神和哪吒变回原形，依计急忙去凌霄宝殿向卡曼女王禀告。

卡曼女王坐在凌霄宝殿宝座之上，不耐烦地问：“这雾气蒙蒙的，几个时辰不见消散，令本王心烦呀，这天宫天天如此吗？”

天王李靖上前禀告：“至尊女王有所不知，天宫上下，每月十五必降雾雨，所以，天宫总是一尘不染。”

二郎神前来禀告：“至高无上的卡曼女王，那观音菩萨在南海闭门不出，后来逃去西天佛山。我们跟随而去，却见大雷音寺内一片混乱，尽被噬仙虫所占，佛祖已不知去向。至高无上的卡曼女王，我们大功告成，已经侵占大雷音寺，赶走了如来佛祖。”

哪吒跑来，急忙禀告：“禀告至高无上的女王，玉帝从南天门逃跑，被小神遇见，他将小神击伤，小神法力不足，前来报信。那玉帝放出狂言：要与至尊女王在南天门决战。”

哈哈尔怒气冲天，质问：“什么？竟有这种事，玉帝是怎样从月宫之中逃出来的？”

天王李靖大怒，直指南天门，哇呀呀地大喊：“气杀我也！杀鸡焉用牛刀，卑职即刻领命把守南天门，亲手将玉帝擒来。”

哪吒回看父亲托塔天王，心想：真是太可怕了，这魔咒能使父亲这一介天王变成傀儡。哪吒假戏真唱：“可恶的玉帝，我要和他拼命。”哪吒搀扶父王李靖而去。

卡曼女王指着哈哈尔，命令：“天地王，带领天兵速去讨伐，别让玉帝再次逃离。本王随后就到。”

西王母变化成玉帝模样，大摇大摆走出蟠桃园，径直走向南天门。

两位天将见到玉帝，盘问：“来者何人？报上姓名。”

“本尊乃是玉帝，赶快让开！”

左边天将接话：“玉帝，没听说过。小小毛神，火速离开南天门！至高无上的卡曼女王有令，任何神仙不得下界。”

右边天将叫骂：“玉帝小毛神，可别惹麻烦，快快离开南天门，这是天命！”

“本尊也试试定身之法。”玉帝无奈地摇头，“好吧！天宫连玉帝都不认识了，谁叫你们不听话。”玉帝手指一挥，说声“定”，两位门神站立不动。玉帝阔步走出南天门，身后传来天王李靖威严的叫喊声：“玉帝，哪里走！”

天王李靖带领天兵天将从南天门冲出，将玉帝围在台阶上，天将举刀砍向玉帝。玉帝抬手拂袖，袖风把天兵天将吹得七零八落。李靖见势不妙，抛出七宝玲珑宝塔，宝塔腾空而起，变得巨大，向玉帝射来，将玉帝罩于塔中。

天王李靖哈哈大笑，狂呼：“玉帝小毛神，你也有今天。”李靖正要收回宝塔，轰隆一声巨响，宝塔爆裂，震成碎片。

“啊呀呀！”李靖吃惊地说，“本座的宝塔弥足珍贵呀！”李靖和天将猛扑过去，要与玉帝拼命。

玉帝撸起长袖，伸出手指，一一指点，天王李靖和天兵天将呆若木鸡，像泥人一样。哪吒趁机抱着父亲李靖，急忙躲藏。

此时，哈哈尔赶到南天门，大喝："玉帝赶快投降，你的九龙真气，已经被卡曼女王法咒取代，赶快投降，否则，不得好死！"

玉帝并不理会，吹箫引凤，彩凤飞来。玉帝骑上彩凤，孑然向西方翔去。浓云深处，魔兵顶轿椅驾云而来。

卡曼女王坐在轿椅上，眼射魔光，射向玉帝。玉帝勾手护面，手指甲变得如同一面面银镜，反射魔光。反射出的魔光刚好射向急忙追赶而来的哈哈尔的腿上，哈哈尔应声栽倒，手捂右腿，右腿已不存在。

玉帝笑曰："卡曼女王，省省力气吧！听本王之规劝，回西斯国去吧。否则，就别想再回去了。"玉帝手一挥，袖风疾吹，哈哈尔被劲风吹飞，魔兵们被吹得东倒西歪，卡曼差点掉下轿椅。卡曼见状，急忙施法阻止。

玉帝哈哈大笑，继续引凤向西飞去。

卡曼女王怒不可遏，命令魔兵紧追不舍。

第八十二回　佛祖传音点金曼　吴刚举斧劈卡曼

玉帝飞向大雷音寺，来到西天极乐世界。卡曼与哈哈尔紧随而来，卡曼女王来到雷音寺殿堂，不见玉帝踪影。

卡曼小心翼翼涉足向前，眼前的宝殿已是瓦砾废墟，杂草丛生，狼藉一片，佛陀早已不见踪影。

卡曼女王慢步走向佛坛，内心忐忑不已，轻声叹息："唉！可惜了。"

哈哈尔上前询问："至高无上的女王，您应该高兴才是，为何叹息呢？"

卡曼女王深深责备："天地王呀！谁能懂得本王之心呢？战胜强大内心，总是令人无望呀！"

卡曼轻身走向佛祖坐坛。突然，几只鸟雀扑棱着翅膀飞向殿堂高处。惊鸟扑飞，卡曼女王心中一惊，慌乱地躲避飞鸟扬起的灰尘。巴巴拉急欲伸手，想射杀，却被卡曼女王厉声制止："天地王，别开杀戒，留一个清静世界吧，离开吧！"卡曼女王向四周环顾，心有余悸。

天将急急前来禀告："玉帝攻占了天宫，天宫告急。"

卡曼女王大吃一惊，疑惑不解地问："这怎么可能，难道……"

哈哈尔慌忙解释："我们中了玉帝调虎离山之计。至高无上的女王，不用怕，天宫神仙法力尽失，哈哈尔即刻前去收复。"

哈哈尔命令左右："护送卡曼女王，急速返回天宫。"卡曼女王回望雷英寺神坛，若有所思。兵奴们用头颅顶着轿辇，驾云而去。

西王母现身，面对如来宝座神坛，跪地而拜，默念："佛法无边，天宫上下遭此大难，西王母金曼定要重塑佛祖金身，重修雷英宝殿。”金鹰飞向高处，传来佛祖传音：“西王母金曼，不必立此誓言。盛极一时，定要衰败。轮回往复，自然天成。自然大德，修成正果。佛法立于万众之心，而不是立于殿堂神龛，无须膜拜。”

西王母顿然开悟：“谨遵佛祖教诲，弟子明白了。”

佛祖传音：“金曼乃西天王母原始神尊，万世神祖，有开天辟地之能，有补天炼金之法，源自亘古，大若无边无际。西王母自成一派，不可与佛家师徒相称！今后，西王母自然会明白一切。”

西王母闭目冥想，宇宙，星河，风雨雷电，在她的脑海闪现……

卡曼女王和巴巴拉一行，向天宫疾行。卡曼女王气愤地说：“天地王，快说，谁的法力如此强大，能在本王之上？”

哈哈尔心存疑虑，谨慎回答：“至高无上的卡曼女王，哈哈尔也不解。玉帝已经被噬仙虫所伤，法力尽失，怎么会用袖风把哈哈尔吹翻呢？依我看来，还是先回西天国宫殿休整较妥。”

卡曼女王坚持己见：“不行，一定要去南天门搞清楚，就是拼命，也要夺回天宫。”

卡曼女王一行，来到南天门。见到二郎神和哪吒把守南天门，哈哈尔挥手，大声命令：“快让开，给卡曼女王打开天门。”二郎神愤怒至极，高声讨教：“巴巴拉，没找你算账，自个儿找上门来了。”

二郎神怒睁三只眼，举三叉戟飞身直刺卡曼女王。

哪吒奋勇冲出，举枪便刺，大叫道：“巴巴拉你这恶魔，魔咒已被玉帝所破，巴巴拉，吃我一枪！”哪吒举枪再次刺向哈哈尔，卡曼女王并不躲避，伸手抓住二郎神的三叉神戟，轻轻一划，二郎神飞出数丈，倒在石阶上。

哈哈尔也不避让，轻轻一指，哪吒如触电一般，红缨枪脱手掉落。

哪吒急忙扔出混天绫，混天绫如同利剑出击，却被哈哈尔伸手接过。

哪吒气恼地说：“巴巴拉恶魔！我跟你拼了。”

二郎神爬起，气得面红耳赤，紧握手中长戟，站在天门下，感叹：“可惜呀！吾之神力还没恢复。即使如此，卡曼恶魔！休想闯进南天门。休——想——呀！”

“吾儿休怕，老父来救你。”天王李靖领天兵天将前来。哈哈尔睥睨天王李靖，嘲笑："嗨呀！托塔天王李靖，您真是唯命是从的木头疙瘩，谁的命令天王都奉若圣旨，愚昧至极！"天王李靖满脸疑惑，不知所云。

祥瑞彩云滚滚而来，云端传来声音："老天王，别急！七十二星君前来助你一臂之力。""老天王，别急！三十六天罡前来助你一臂之力，共同战胜魔道。""老天王，别急！二十四星宿来也……"

一时之间，天罡和星君齐聚南天门。

天王李靖眼见吴刚列于首位，急忙拱手行礼，谦称："吴刚星君，都是老夫愚钝不开，叫吴刚星君受累了。"

吴刚竖起神斧回礼，谦虚地说："天命不可违，命中注定，吴刚要修炼成金身，老天王不必愧疚。吴刚不怕什么噬仙虫，更不怕什么魔咒。快快看来！吴刚用这开天神斧，劈下这双魔头。"吴刚怒指前方。

卡曼女王闻听此言，啧啧咋舌："小小毛神，也敢口出狂言，让你们试一试无量女王的无尽法力。"卡曼手指点点，各路仙圣痛苦倒地。

卡曼眼射强光，众星宿、天罡合力施法与之抗衡，两道强光汇集一点，相互胶着。

吴刚举起神斧，巨斧如一道闪电劈向哈哈尔，哈哈尔举刀相迎，一声轰隆巨响，震得天宇颤抖。哈哈尔被震得飞出南天门。

众星宿、天罡合力施法，一道强光射向卡曼，顿时雷电交加，狂风大作。卡曼女王在雷电中肆意狂笑："哈哈哈！天宫就这点能量？你们都来吧！"

吴刚气愤不已，怒斥："胆敢欺辱天庭，叫你身首异处。"吴刚飞身跃起，双手高举神斧，使出全身之力，奋力劈向卡曼女王。

卡曼女王蔑视吴刚，眼见巨斧劈下并不避让，举右手迎向巨斧。只听得一声巨响，一道白光刺破天宇，众神仙被白光掀翻在地。

吴刚被震翻倒地，嘴角流出鲜血，神斧依然被其紧握手中。

卡曼女王痛苦不堪，低头看见右臂被砍落，魔性大发，叫嚣道："我要你们全部灰飞烟灭。"吴刚双手持斧，艰难地撑起身体，怒目圆睁，吼道："吴刚要将妖后劈成碎片，再来，再来！"

此时，金光闪现，玉帝乘金龙而来，笑曰："吴刚星君，留卡曼女魔性命。"

玉帝手握金龙的龙角，金龙怒视着卡曼女王，疾步走向她。玉帝轻蔑地笑道："卡曼女魔，天宫已破除魔咒，带上你的噬仙虫远离天宫吧！"玉帝右手一挥，袖风强劲吹出，卡曼女王被突然而来的袖风，狂卷着吹出南天门。

哈哈尔化风潜藏而来，拾起卡曼的断臂，与众魔兵迅速溃逃，追寻卡曼女王而去。

天兵天将一路追杀，风雨雷电齐向魔兵射去，魔兵伤亡殆尽。哈哈尔救起卡曼女王，化云逃走。

吴刚见魔兵败逃，胜利在望，强撑的身体再也无法支撑，口喷鲜血，倒在台阶上。

玉帝脸色煞白，鲜血从口角流出，从金龙上掉落在玉石台阶上。

“这二魔盗取天宫所有法力，本王已拼尽全力了。”玉帝倒在石阶上口喘粗气。吴刚爬到玉帝身边，握住玉帝的手，激动地说：“吴刚本是一介文弱书生，以笔墨为生，今日却手持巨斧，威震天宇。痛快！真痛快！”

玉帝伸手紧紧抓住吴刚的手，坚定地说：“本王乃是天地之主宰，今日却在无奈中沉浮。即使耗尽所有，也要拼死一战，与恶魔势不两立。”

玉帝连声叹息：“空洞的天纲天纪，并没阻止恶魔挡道，却约束了能人志士，发人深省。”

吴刚扶起玉帝，尽诉衷肠：“真正的能人志士，可接受万般磨砺，在危难之时担当重任。”

玉帝举起吴刚的手高呼：“雄宏壮志，再造辉煌……”

各路仙圣一拥而上，高举起玉帝，高举起吴刚，齐声欢呼：“雄心壮志，再造辉煌……”

第八十三回　西王母神尊归位　麦收选才种仙桃

西王母洞府，神坛之上宝座居中安放，臣民们抬着一尊木头人，小心地摆放，栩栩如生的木头人安然坐在宝座上，与西王母金曼大小一模一样。

妮卡带领着拉汗、妮莎、拉娅等众臣在前，托哈带领庶民在后，众人向着偶像顶礼膜拜：“上天呀！保佑西王母平安回来吧！保佑西王母金曼早日归来。”

牧果果深情高呼：“山泉有情，高山有义，西王母有恩于百姓。羊在哭，马在泣，牛犊在落泪，小毛驴深情地呼唤，山雀嘹亮地歌唱：‘西王母！亲人呀！回家来。’”

妮卡站上神台，站在宝座旁边，高声宣告：“宝座归位，西王母金曼一定会回来。西天国百姓团结一心，一定要夺回王宫，一定要把恶魔卡曼打回地狱，让我们祈求西王母保佑。”

祷告之声，响彻洞府。西王母金曼乘彩凤而至，听到悲壮的祷告声，感动得泪水涌动。她收起凤钗，渐渐下落。金鹰飞来落在宝座上，扑扇翅膀，对天空尖厉啼鸣。少时，一只黑豹蹿上神坛，卧在宝座旁。黑豹身披金鞍，光彩夺目。

那木人动了动，继而现出西王母金曼的真形。西王母笑着说：“金曼回家了。”

众人一片欢呼：“咱们的西王母，回来了，回来了。”

西王母拉住妮卡的手，激动不已：“老祖母，你身体还好，金曼非常想您。”

西王母回顾诸位，激动地说："拉汗、妮莎、拉娅，我们终于团圆了，金曼好想你们。"

众人看着西王母，这哪是西王母金曼呀，她周身珠光宝气，就连面纱也是珠光荧荧，光灿夺目。

众人心里打鼓，纷纷围向妮卡这边，闪躲的目光充满怀疑。

妮卡从头到脚细细打量着西王母，然后开怀大笑，坦荡直言："真神回来了，大伙却不认得了。你们忘记了刻在石头上的图画了吗？西王母真身就是这样的。"

拉汗惊喜地说："对呀！还有这宝座上刻的图画，也是这样的。金曼成了西王母真神，法力无边呀！我们西天国臣民可要享福了。"

拉娅果敢地说："就是，再也不怕喀曼恶魔了。"

西王母委婉地说："如果大伙无法接受这种打扮，金曼即刻恢复以前的装束。"

众人再次围住西王母，说出真心话："金曼这种装扮，更像西王母女神，是我们真正的西王母神尊。"

众人扑向西王母，热情拥抱。

西王母手遮刺眼的阳光，遥望着望不到边的金色麦浪，高兴地赞叹："又是一年丰收时。"

妮卡上前，不住地唠叨："西王母金曼一回来，卡曼再也不敢张狂，再没敢进犯。"

西王母思索片刻，才说："就让卡曼占着王宫吧，那里没有一丝的生机，更没有丰收的喜悦。"

托哈领着十几个人，沿地埂一路跑来，边跑边说："俺们天天跟着西王母沾光，吃得香，穿得好，老人孩子不得病，身体健康顶呱呱。你们说是不是？"

各位壮汉齐齐点头，赞同："托哈大哥，你说得太好了，西王母在哪儿呢？我们一定要当面致谢。"

托哈见到西王母，急忙跪拜："西王母，有啥吩咐，尽管言传，我们快快地办成。"

西王母惊喜地问："托哈，这些兄弟，都是会种果树的能人吗？"

托哈拍着胸膛，大声保证："西王母请您放心，托哈像挑千里马一样，把西天国最会种树的人都挑来了，一点麻达都没有，保证把树种好。”

托哈指着同来的壮汉，介绍：“他叫依思满，树种得最好。他种下所有的树，果子又大又好，都能压弯树枝，他还给压弯的枝头，搭个胳膊，再撑起来。”

托哈示意壮汉们说：“见了西王母，快快行礼。”“西王母在上。”壮汉们整整齐齐两排，有模有样地跪拜，齐声欢呼：“您忠诚的仆人，像勤劳的老牛一样，为您效力。”

西王母掩面笑出声来，大声责备：“谁给你们教的？托哈大叔，是不是你教他们这样说的？”

托哈摸着头感到羞愧，急忙辩解：“是俺教的，都排练几百遍了。他们都争着抢着要见你，俺给他们说，见西王母要有礼貌，要守规矩，就像依思满种的树一样整整齐齐地跪在一条线上，站也要像胡杨树一样挺拔笔直。仁慈的西王母，您看他们怎么样？”

西王母捂嘴乐了，隔着面纱说：“各位兄弟都是好样的。我们都是亲兄弟亲姊妹，除了殿堂之上，其他场合不用跪拜。如今麦子熟了，一年的好光景就在眼前，每个人都像勤劳的老牛，为自己、为家人尽心尽力收好麦子，提高收成比啥都强，赶快起身吧，别耽误割麦子。”

壮汉们咧着嘴笑，跪地不起。

“都起来吧！”西王母双手示意。

“谢西王母。”壮汉们整齐划一地站起身来。

托哈慎重地对大伙说：“仁慈的西王母请大家来，有一个重要任务。你们知道自己要做什么吗？”

壮汉们齐声，坚定地高喊：“我们要承担重任，就像双肩担山一样的重任。”

西王母拿出小布袋，举在手上，大声宣讲：“这是一项重任。在这布袋里有二十九颗种子，是蟠桃树核。蟠桃树是王母娘娘的宠爱之物，只有天宫才有，极难成活。冬天怕冷，夏天怕旱。如果能在西天国种植，那可是造福西天国子孙万代的大好事。哪怕再难，我们也要种活蟠桃树。各位兄弟，有信心吗？”

“请西王母放心，俺们一定没麻达儿。”壮汉们拍着胸膛，再次齐声说，“我们要用智慧和勤奋，一定栽种好蟠桃树。”

"这就好！"西王母把布袋交到依思满手中信任地说，"依思满大哥，快去吧！快快下种。"

依思满激动万分，咧着嘴巴憨笑，不住地摸头，嘀咕："托哈大哥说过，西王母神通广大，有很多珠宝法器，还有很多珍稀毛皮。原来托哈大叔在吹牛。今天一见，和我们西天百姓没啥两样。"

西王母开心地说："托哈大叔没说错。西王母的珠宝法器很多，但它们是用来对付魔王的，有大用途。今天的任务是割麦子，西王母，怎舍得大材小用呢？种好麦子，种好蟠桃，西王母也叫你们穿金戴银，叫你们的女人珠光宝气，依思满大哥，你说美不美？"壮汉们整齐划一行礼，齐声高呼："遵命。"

西王母目送壮汉们远去，继续弯腰割麦子。

妮卡来到西王母身边，继续絮叨："这麦子可真神奇，被雪埋了一冬天，没冻死。天热才几天，就金灿灿地熟透了。"

西王母手遮日头，随口说："种麦子，是三位仙子教的。听说神农仙祖，也是跟圣教主学来的。"

妮莎把镰刀扔到一边，凑近诉苦："这天气越热，麦子熟得越透，恨不得一镰刀把它们全割倒！"

妮卡被烈日暴晒，笑眯了眼睛，挺直身体，长舒一口气，擦擦脸，依然鼓劲说："这些日子从南到北，所有人都在地里忙，地里的麦子都已悉数归仓，就要收完了。"

西王母细心盘算许久，说："西天国虽干旱少雨，但最适合麦子生长。你们看，麦子已经收完了。丰收是件多么幸福的事！我已经割了一垅麦子了，再加把劲儿，就要割完了。"

一会儿，远处传来托哈的叫骂声："你个瞎货，叫你别拿出来看，你偏不听，这下好了，闯祸了吧！"

托哈叫嚷着揪着依思满的耳朵，急匆匆地向地头走来。

托哈来到西王母面前，跪在地上自责："怪俺没看好桃核，丢了九个桃核，俺死的心都有了。西王母，你降罪吧！"

依思满跪在地上哭着认错："都是俺不好，西王母，请降罪吧！俺死了活该。"

西王母闻听此言，气愤地责怪"大男人不许哭，站起来！咋回事？快说。"

托哈如实回答："俺们沿着河边走，这瞎货，拿出袋子，非要打开看，结果丢了九个桃核，真气人！俺们沿着河滩走过的路，找了好几遍，还是没找到。西王母信任俺们，俺们却犯了不该犯的错，请治托哈的罪吧！"

西王母拉起托哈，催促："走，去看看，西王母命令你们，不许互相埋怨。错了就错了，别再把人冤枉死了，不值得。赶快带我去找。"

一行人火速向河边跑，河边两侧枝树茂密，河水清澈透明。深绿的水草，在河水中飘动，分不清淌的是水还是草。一行人低头在地上细细寻找，不放过一草一木，每一寸土地都仔细查找。

西王母举目望着河岸高地，那一片空地，杂草丛中有一排两人高的小树，棵棵秀丽挺拔，西王母伸指细细数了两遍，自言自语："是九棵，一棵不少。"

托哈紧紧跟在西王母身后，不解地问："桃核掉在地上，又不在树上？"

西王母兴冲冲地跑到树下，指着小树赞叹："蟠桃宝贝落地了，到家了！这是蟠桃树，一排齐整的蟠桃树，大伙儿别再找了。"

西王母走到树下，满树桃花竞相开放。众人走近，目瞪口呆，围着九棵树，视若珍宝，心中嘀咕："难道……这就是……"

西王母抓起一把河滩土，放在鼻子上闻，称赞："这是上天的安排，这是最好的土呀，这是最好的水呀！托哈大叔，依思满大哥，沿着九棵桃树再种两排，把所有的桃核都种下去。"

壮汉们除草、翻土，挖坑，打出两排田埂，小心翼翼地把桃核点种，盖上浮土。

西王母走在田埂上，眼见新种的桃树苗竟神奇地破土而出，两个一排，十个一行，长势喜人。

妮卡令人运来木桩，壮汉们搭起数丈篱墙。

妮卡开心地笑着说："真是仙桃神种，雨露恩泽不愁长，你看这桃树苗长得多好呀！多喜人呀！"

托哈跑来报告："西王母，请放心，俺们已经排班，精耕细作，日夜守候，绝对不会再疏忽。"

"托哈大叔和大伙忙了一天了，该吃饭休息了。妮莎大人，请安排大伙吃饭。老祖母，安排守卫。拉娅，我想走一走，陪我一起去好吗？"

西王母招呼完毕，与拉娅漫步而去。

第八十四回　卡曼变身寻救治　金曼幻术识真相

河滩岸边曲折的小径上，沐浴在黄昏的阳光下，西王母心事重重地走在前面，拉娅带着卫兵尾随其后。

在曲径的拐弯处，老柳树垂枝叶茂，柳絮挂满枝头。西王母看见一位老妇人坐在柳树下，抱着流血的胳膊，闭着眼睛，痛苦地呻吟着。

西王母上前扶起老妇人，耐心地问候："老人家，你的胳膊怎么啦？"

"你……"老人睁开眼上下打量西王母疑惑地问，"你是谁？"

拉娅上前介绍："这位是咱们的西王母，仁慈的西王母就是她。"

"啊！"老妇吃惊地睁开眼睛说，"你就是仁慈的西王母呀！"

"老人家，"拉娅同情地说，"你有啥病痛，就对西王母说，她会救治你。"

老妇人伸出右臂，伤心地哭诉："仁慈的西王母，救命呀！都怪我家老儿。今天早上孩子们都去割麦子了，他要劈柴火，要我帮忙扶着柴火，结果不小心把我的手臂劈掉了。老儿，你把驴拴住了吗？快来拜见仁慈的西王母。"

一位白头发老翁闻声颤颤巍巍地走过来，上前扶住老妇人，自责地说："老婆子，你疼不疼了？只怪我老眼昏花，把胳膊给你劈掉了。"

老妇人凄惨地哭喊："痛呀！痛呀！快痛死我了，谁能救救我呀？"老翁跪在西王母面前祈求："仁慈的西王母，救救她吧！"

西王母没说话，揭起老妇断臂的袖子，拿起断臂，用仙药均匀地涂抹，将两断处紧密连接。然后，西王母眼射金光，照在伤口处，只见伤口发出光芒，严丝合缝，胳膊恢复如初。

老妇人高兴地说：“真舒服，西王母医术精湛，真厉害呀！”西王母无奈地摇头，说：“卡曼女王，这点小伤，你也不用再哭爹喊娘了。”

“嘿！嘿！嘿！”老翁突然面目狰狞地对西王母笑着说，“金曼，我早就说过，心善总是要上当的！马善被人骑，人善被人欺。你又上当了，哈哈哈……”

“啊！”拉娅吃惊地说，“巴巴拉，怎么是你？这是怎么……”

西王母心平气和地说：“正因为我是西王母，所以早就知道你们要来寻求救治了。卡曼女王，金曼实在想不出为什么救治你的理由，后来，金曼找到了理由，那就是为了母亲腹中的孩子，金曼才最终说服自己救治你。金曼不想揭穿你们拙劣的把戏，金曼救的不是卡曼，而是一个孩子的母亲。”

拉娅深情地走到哈哈尔身边，哀声质问：“亲爱的巴巴拉，卡曼怀有你的孩子，那我腹中的孩子不是你的骨肉吗？巴巴拉，你这个伪君子、小人、骗子，你还是孩子的父亲吗？”

哈哈尔依然欺骗拉娅说：“亲爱的拉娅，一切责任，由我巴巴拉来承担。”

拉娅拽住哈哈尔的胳膊，哀求：“孩子他爸，只要你离开卡曼，回到拉娅身边，拉娅不要你承担任何责任。”

哈哈尔悄悄拿出尖刀，猛地刺进拉娅腹中，大声叫骂：“卑贱的下人，去死吧！我是王族，我只能选择高贵的卡曼女王，咋会有野种？”

拉娅痛苦地倒在地上，凄惨地呼喊：“巴巴拉，拉娅至死也不相信，巴巴拉会杀死自己的妻子和未出世的孩子。”拉娅倒在血泊之中。

卡曼女王指着拉娅，高傲地说：“金曼，你不是能救吗？再救一对母子也无妨呀！”卡曼女王仰面狂笑。

突然，又一个拉娅急促跑来，指着哈哈尔大骂：“巴巴拉，我全都看到了。巴巴拉，你这无耻的恶魔，身为人父，怎能拿起尖刀杀戮腹中亲生之子！苍天开眼呀！苍天呀！”拉娅悲痛至极，深感绝望。

哈哈尔诡秘地笑出声，捋着小胡须坦言相告：“拉娅，对不起，我是哈哈尔，不是巴巴拉，你误会了。”

西王母手扶拉娅，恍然大悟，连连自责：“今天，金曼终于明白了。国宴时，你想毒死巴巴拉，却被巴巴拉识破，把自己毒死了。而且，你被喀曼噬尸，无法还原。卡曼女王念你是她腹中孩子的父亲，施法摄杀巴巴拉魂魄，哈哈尔趁机附体，难怪魔兵都叫你哈哈尔。哈哈尔！你演了一出又一出，仙池一战你给自己尸身找了个好去处，让西王母相信哈哈尔已死。但是，你的举止没有半点像巴巴拉，更不必说你这颗恶魔之心有多歹毒了。”

卡曼女王气愤地叫喊：“可恶的巴巴拉，害死我王子的父亲，罪该万死。本王送他红宝石戒指，就已经锁定了仇人的灵魂。逆我者亡，巴巴拉的灵魂，消亡了。”卡曼女王仰天狂笑。

拉娅疯狂拔刀，指着卡曼女王声讨：“杀我夫君的魔鬼，我和你们拼了，还我夫君身体，还我夫君巴巴拉！”

西王母拦住拉娅，极力劝解：“巴巴拉已经死了，巴巴拉是真正的男子汉、大丈夫。”

“哈哈哈！”哈哈尔狂笑，讥讽道，“西王母金曼，你的智慧，怎能与我的诡计相比！你们看，那是巴巴拉的魂魄。”哈哈尔挥手指向西王母和拉娅身后，西王母和拉娅随手势急忙回头看，哈哈尔趁机化风逃走，瞬间不见了踪影。

卡曼女王眼见哈哈尔逃走，并不惧怕，疑惑地问：“那个倒在地上的是谁呀？”

西王母无法想象，就在眼前，再次被险恶的哈哈尔所蒙骗，真不该让哈哈尔轻易逃走。

西王母镇定片刻，微笑地瞅着卡曼的伤口，不住地摇头，轻声地叹息：“唉！女王的手西王母给你接好了，哈哈尔要再次刺穿它，金曼也无能为力。这点伤，请卡曼女王自己处理吧！”西王母突然厉声警告，“卡曼女王请看好自己的手臂，下次见面时，钢刀刺穿的就是那颗可恶的魔心，钢刀砍下的就是那颗万恶的魔头。”

卡曼颤抖着抚摸自己右手臂上刺穿的尖刀，痛苦地尖叫：“哈哈尔！你咋把刀刺穿本王的手臂上？啊，疼死本王也！”

卡曼女王强忍疼痛，拔出尖刀，刀尖指向西王母，说：“金曼，凭这小小的法术，岂能与本王抗衡！本王要将你……”这时，黑豹窜出，对天呼吼。西王母神尊显圣：西王母被神光萦绕，端坐在黑豹之上。

西王母坦言：“西王母的袖风，卡曼女王已经试过一次了。不必客气，再来试一次，也无妨。”西王母右手一挥，卡曼女王被强劲袖风吹走，呼呼风声同时带走了刺耳的呼喊。

拉娅跪地祈求："苍天开眼呀！拉娅今天终于明白了一切，巴巴拉，亲爱的夫君，你是真正的男子汉，一位真正的好人，一位真正的英雄。"

拉娅低下头，伸手抚摸孕婴，无限爱怜地说："孩子，爹爹在保佑我们。你的爹爹巴巴拉，永远爱着我们。"

第八十五回 老少田田同宴客 君臣祭台齐论道

浩瀚的戈壁滩一望无际，低矮的红柳遮掩不住漫漫黄沙。周天子与众盟友驱驾九龙沉香辇，疾驶而来。十匹神驹相互呼应，奋力扬蹄。九龙沉香辇如风疾驶，飞驰向前，嘶鸣声阵阵，传向远方。巴布上前禀告："天子万岁，前方是西天国之田田，有妮和阿娘的家。"

只见前方，一条蓝色的长河蜿蜒曲折，波光粼粼，水中倒影如画，水天一色。河岸两侧，巨树成荫。众人惊叹眼前美景，似在梦中。

巴布上前介绍："天子，这是玉龙河，是由一条黑龙河和一条是白龙河在此汇聚而成的。昆仑之山孕育百川，却在此不再向东，所以山凹之中尽是戈壁沙漠……"

周天子和统领们放眼望去，河水清澈，河床宽广，并无巴布所言之景象。众人再放眼望去，河岸两旁巨树苍翠，飞鸟飞旋，游人欢歌，河中孩童戏水畅游。

周天子见此美景，陷入幽思：金曼小妹还没有消息，哥哥就要见到你了，金曼等着哥哥呀！

文昌君上前禀告："田田，已属西天国之地，西天国臣民热情好客，各个部族，穿着不尽相同。"

周天子焦急地问："前方就到西天国宫殿吗？就要见到西王母金曼了吗？大家作好准备。"

大漠王急忙劝解："周天子老弟呀，急不得，还有千里之遥。当年，哥哥被金曼妹妹击败，足足走了几个月，才走出西天国。”

周天子遥望远方兴叹：“没想到西天国竟有千里之大，不到西方，不知地界之广博，不知风景之秀美。前方还是苍凉戈壁，眼前大河清清沥沥，巨树幻影，真是太奇妙了。广阔西天国，本王来也！”周天子恨不得飞到妹妹身边，白灵王后上前对周天子耳语一番，周天子听后兴奋不已，对巴布说：“巴布将军，速去安排，去阿娘家做客，如何？”

巴布激动地说：“天子若能去，妮和阿娘必定盛情款待。巴布先去安排。”

大漠王豪气地说：“俗话说：走过我的帐篷，请您快下马，你就是尊贵的客人。数万兵马，老阿娘家里肯定坐不下，田田总有好客的好去处，请贵客安心下马。前方就到了。”

九龙沉香辇飞驰而来，走近城池。举目望去，古朴的补天台坐落在集市的中心，围绕补天台形成繁华而独特的集市。

周天子和统领们，走下九龙沉香辇，来到集市，驻足观赏。只听鼓乐声起，人群欢呼着共同迎接远方的客人。

巴布搀扶着一位老妇前来，介绍：“周～天子，各位盟友兄弟，这位阿娘，名叫妮和，是田田的部落之统领。”

妮和右手抚肩行礼，盛情相迎：“尊敬的东方周天子，尊敬的大漠王圣主，尊敬的各国统领，妮和代表西王母欢迎你们，欢迎来到西天国田田部落做客。”请跟我来。”文昌君急忙翻译。

周天子和统领们向妮和逐一还礼，同声高呼：“谢谢您，妮和统领；谢谢您，老阿娘！”

妮和引众人走过熙熙攘攘的人群，一一介绍所经之地，人人热情行礼相迎，以物相赠。

妮和统领引众人来到补天台，指着介绍：“这是补天台，传说是女娲娘娘补天留下的。今天，在补天台设宴接待尊贵的客人，展示西天国饮食之风采。”周天子引众人向补天台行礼，妮和引领众人登上补天台。

高台之上铺着各色织毯，众人驻足，俯视观赏。

周天子好奇地问：“妮和阿娘，久闻田田之部的人善织毯物，如此巨大织毯极为罕见，这奇异图案精美至极，可有名称？”

妮和谦虚地介绍：“这巨幅织毯是田田百名织匠十年心血，中间是女娲娘娘补天图，四周是田田特色花纹图案，只有田田独有。愿听东方天子周天子赐名。”

周天子行礼，谦称：“晚辈斗胆献名，请妮和统领海涵。”

妮和还礼，谦虚地说：“东方天子请赐教！但说无妨。”

周天子细细观瞻，说：“恕晚辈直言，这千丝万缕，密密织织，纹形图案曲回流折，五彩之色搭配均匀，如同自然流成，又在补天台之上，自然应该叫补天纹。不知是否得当？”

妮和将敬佩的目光投向周天子，伸出大拇指，大声赞扬：“周天子真是眼力非凡，令妮和佩服。补天纹非常贴切。请入席。”

众统领分宾主坐于毯上，品尝各种佳肴，赞不绝口。突然，台上传来娓娓动听的玉磬之声，继而是玉箫玉笛合鸣。大家闻声，举目仰望，侧耳聆听。只见，四处射来十二色彩光，相互萦绕，汇集在补天台中心，渐渐形成人形，变幻成身着十二色彩衣的仙子。仙子们随着玉磬击打之声赤脚曼舞，舞蹈奔放，曼妙至极。

周天子细心观看，舞者抬脚示足，急速旋转，与金曼妹妹之舞如出一辙。

周天子回头向白灵王后点头示意，白灵王后会意。曲终舞散，那十二条彩光循着玉龙河悠然而去。

周天子赶紧询问：“敢问妮和统领，此舞可是西王母金曼所授？”

妮和欣然点头：“好眼力，西王母经常乘凤而来，与十二彩女一起舞蹈，一起畅游玉龙河。”

白灵王后示意巴布，巴布寻着玉龙河疾步而去。玉龙河湛蓝清澈，潋滟旖旎。巴布走在河畔芦苇丛处，悄悄地隐藏起来。十二彩女翱翔于玉龙河上空，飘落于河畔。彩女们散开发髻，脱去绣衣，披发赤身，沐浴畅游，逐波追浪，泼水嬉戏。不久，彩女引颈高歌，委婉歌声水中传来。

（歌）

亘亘古往四极废，九州分裂昊天方。

萌萌女娲炼石济，弥补苍穹安四极。

遴优淘劣弃顽昧，汲精取灵白成绩。

无才补天甚逍逸，天生废才堪殊奇。

巴布悄悄地走出芦苇丛，轻轻走到河边，抱着彩女们衣物逃走。彩女们看见衣物被人偷走，高声叫喊着，不敢出水。

巴布跑到补天台，将彩衣放在台上。白灵王后指责道："巴布将军，不得无礼，怎能这般羞辱彩女！赶紧引领白灵前去，向彩女们赔不是。"

巴布引领白灵王后来到玉龙河边。白灵王后行礼致歉："适才是巴布将军无礼，搅扰了姐姐们的雅兴，白灵王后给姐姐们赔礼了。久闻各位仙子厚德济世，才艺非凡，今日一见，更是才艺出众，天地之仙葩也！"

十二彩女藏在水中，愤愤不平地埋怨："传闻周天子昆仑盟誓，造福天下百姓。我们姐妹十二人念其为仁德天子，不请自来，为其敬献歌舞，不料竟被这男子羞辱一番。你又是何人，为何要为偷衣贼道歉？"

白灵王后行礼，自我介绍："吾乃是周朝王后白灵子，是巴布将军无礼，恳请姐姐们原谅巴布将军。"

"噢，你就是白灵王后，你说的是谁，是不是善弹批把的巴布？"

巴布背对着河水，白灵王后指着巴布介绍："正是巴布，我替巴布将军赔礼了。"

彩女们在水中哈哈大笑，欣喜地说："众位姐姐，巴布回来了，请我们原谅他。"

彩女们着衣上岸，向白灵王后行礼，谦称："白灵王后让你见笑了，巴布跟我们很熟，从小我们就听他弹批把，可他不到十岁就去了西天国宫殿，再没回来。巴布，你都长了大胡子，结实得像头牛了，可你还记得忠、孝、义、廉、耻吗？"

巴布激动得热泪盈眶，说："各位姐姐，巴布有罪呀！巴特弟弟因我而死，我离开了阿娘去了大漠。后来，受西王母金曼感召，在周朝为使。今天巴布回来了，这才有幸与姐姐们重逢。巴布要感谢苍天呀！"巴布跪在地上痛哭起来。

彩女们扶起巴布说："远游的巴布回家了，我们又能听到悠扬的乐声。巴布依然记得忠、孝、义、廉、耻，姐姐们为你高兴。"

彩女们拉着巴布，其乐融融地入席。妮和命人抬来大瓮，指着大瓮说："这是石榴美酒，石榴代表团结、热心、多子多福。各位都是仁德的统领，田田夜色美，不如我们一起谈经论道，如何？"众人兴奋不已，互相点头赞同。

妮和笑曰："今日在补天台谈经论道，老妪先说一题：人之美德都有哪些？

先请周天子论道。”

周天子站起行礼，走到补天台中心，说：“在周朝，文雅之士欢聚一堂，以茶为饮，谈经论道。这是常有之事。谁料今日在西天国田田之地的补天台上，以石榴美酒为饮，谈经论道。可见，西天国与周朝一脉相通，华夏文明传承之深远，传播之宽广。”周天子稍作停顿，继而侃侃而谈，“人之美德有哪些？周朝人常以美玉喻人之美德，美玉有五德，人亦有五德之美。仁爱与心相通，乃博大精深之美德。周朝广施仁德，和睦邦交，造福百姓，此一美德也。孝敬是人之根本，君王孝敬百姓，顺从百姓的善意，此二美德也。忠义要求每个人为家邦和臣民做事，遇到困难，要排除万难解决问题，此三美德也。温润要求关心别人，宽容、接纳别人的缺点，循循善诱，使其走上仁德之路，此四美德也。正义和善良是为人之根本，扶弱济贫，惩恶扬善，此五美德也。自古以美玉祭天，今本王有幸在补天台上，以美玉比喻人德，不当之处，各位指正。”

众统领赞叹周天子之才学，啧啧咋舌。妮和赞扬：“周天子语出惊人，才学深广，周天子所言，乃华夏文明之精髓，令人钦佩。”

妮和笑眯了眼，伸手邀请大漠王说：“尊贵的大王，西天国与大漠世代结亲，大漠王和我又是老朋友，请大漠大王也以人之美德有哪些为题，谈谈自己的见解。”

大漠王应邀起身，急忙行礼后，快步来到台中，羞愧地致歉：“妮和阿娘，犬戎要先向您谢罪，向西天国百姓谢罪。”大漠王跪拜磕头后接着说，“今日有幸，在补天台谈经论道，人的美德有哪些？犬戎发动过战争，也被迫迎接过战争，战胜过，失败过，但是经历诸多，才明白非礼的战争并不是爱护百姓的手段。只有学习其他部族的优长，或者和其他部族互相学习，才能保证‘德’在。一个人缺失德性，失败是迟早的，因为高尚品德是做人的基础；一个国家失去崇高品德，就失去了强大的支撑，必将陷入战争和混乱，从而失去长远发展的动力和眼光。人人都在追逐蝇头小利，失去正确的主导。君王短志缺德，国民百姓遭殃。”

统领们点头赞许，拍手鼓掌。

妮和向白灵王后行礼，邀请：“尊贵的王后，请白灵娘娘讲讲人之美德有哪些？”

白灵王后来到补天台中心，行礼之后委婉道来：“田田月色真美，补天台上谈经论道。与众多姐妹相识，真乃有缘。白灵想说：人要食五谷、三禽、六畜，不食将亡。无论君王与百姓，无一例外。人要哺养后代，每一位母亲都想让孩子衣食无忧、生活富足。当年轻气盛时，时光充裕；当年老体衰时，黑白颠倒，母者为了哺育后代，终生与生活抗争，直至生命的枯竭。今天，姐妹们共同来到补天台，深感女娲娘娘为天下苍生献身之伟大，始知母者孕育儿女之艰难。女子之美德，不过如此。”

白灵王后说完泪如雨下，香蜀夫人上前搀扶起白灵王后，径直走下补天台，其他统领的夫人相约离去。

周天子瞅着白灵王后远去的身影，回头盯着大漠王，心想：她们怎么了，怎会这样离开？太无礼了！

哈曼王子直言不讳：“真搞不懂，我们把心都给她们了，她们还缺什么呢？”

妮和笑着解释：“对于女人来说，哺育，即是美德。她们，需要男子的尊重。”

妮和对彩女们说：“这石榴酒，是你们亲手酿制，快给大伙满上。我活了这么久，君王、大臣、女子同时论道者少有。大家一定要喝个痛快！”

红衣彩女款款行礼，一边给天子斟酒，一边说：“今日听得谈经论道，小女子受益匪浅，十二姐妹是女娲补天时留下的废物，一直无用武之地。今日，愿与天子同行，助天子一臂之力。”其他彩女殷切的目光，齐聚在周天子身上。

周天子左右环顾，急忙向彩女们行礼。

阿克流斯站起行礼，请示：“妮和统领，阿克流斯想说几句，您同意否？”

妮和点头赞许：“西斯国君，请讲。”

阿克流斯跑到补天台中心，向大家致意，说：“阿克流斯是酷刑的牺牲品，自己制定了酷刑，最终却被酷刑所伤，仇恨的种子一直潜藏于内心。在梦中思念妻子和自己的孩子，可无情的现实把阿克流斯的心已经揉碎，爱恨交织，无法自拔。周天子和白灵王后娘娘心地善良，待人谦和，为人诚恳，是他们，驱散了阿克流斯内心的阴霾，让阿克流斯抛弃了仇视，见到了曙光，真正复活了。刚刚白灵王后娘娘所说‘深感女娲娘娘为天下苍生献身之伟大，始知母者孕育儿女之艰难’，阿克流斯认为，奉献自己，造福后代，传承高尚品德，便是美德。”

众人赞不绝口，周天子恍然明白白灵离去的原因，女子身兼养育和哺育的重任，他们是仁政的基础，需要被世人重视和尊重。

妮和趁机对十二彩女说：“你们都听到了没？周天子和白灵王后贤德，不会丢下任何人。你们曾是女娲娘娘炼造的石精，明天与周天子一同启程，去拜见西王母，去听从西王母派遣，做些真正的实事。”

白龟仙灵一身素白，行礼告白：“妮和统领，这田田之地，不仅人杰地灵，酒香肴美，这补天台上论道更是修身修心修道的好地方。老白要去看守香辇，先行告辞。”

周天子极为满意，高兴地说：“本王与玉有缘，才能以美玉喻美德。”

大漠王拉住周天子的手，无比开心地说：“这月下美酒，也可以喻美德。犬戎也要向西王母金曼讨要美玉和美酒。”

阿克流斯上前请求：“别忘了，阿克流斯也要温润的美玉，精心潜藏。”

妮和统领说：“再会了，西王母定会送你们美玉，再会了。”

文昌君搀扶着妮和边走边说：“下月将有大量商队，护大宗货物前来，可否作好了准备？”

妮和报告：“国师放心，已按要求，十里烽火已修，百里土城已建，就要完工了。”

文昌君告诫：“喀曼魔王依然侵占西天国宫殿，我等此去生死难料，妮和统领静心等待消息，见到金鹰，才能让商队通行。”

第八十六回　四小魔头漫沙尘　太阳部落多奇病

沙漠中，大小不一的沙丘，漫无边际地绵延伸向远方。突然，狂风大作，沙尘如同一堵黄色的万丈高墙，遮天蔽日，呼啸而来。九龙沉香辇，在风沙中摇摆不定，迷失在茫茫沙暴之中。

黑烟笼罩的西天国宫殿，四处一片狼藉，焦煳的气息弥漫四处，滚滚浓烟升腾，王宫内白天如同黑夜。

卡曼和哈哈尔躲在王宫的角落，卡曼惧怕地紧抓哈哈尔的手说："快封锁城门，把宫门赶快关上，西王母金曼要来了，她要抢夺本王的一切。"

哈哈尔命人关闭所有宫门、窗户，卡曼女王依然畏惧地说："本王的胳膊伤还没好，本王该怎么办？"

哈哈尔抱起卡曼，劝慰："至高无上的女王，您的王冠还在头上，没人能夺走它。"

"本王无法闭上眼睛，她们会像噬仙虫一样，不仅会喝光本王的血，还会把本王敲骨吸髓。"卡曼失魂落魄地惨叫，"啊！西王母金曼，西王母金曼，怎么到处都是西王母金曼？哈哈尔，快把西王母金曼从本王眼前赶走。"

哈哈尔不知所措，只能紧紧拥抱卡曼。

在众魔王的陪伴下，喀曼女魔走出地宫。远远地望见卡曼和哈哈尔，喀曼声嘶力竭地喊："卡曼妹妹，你可知道背叛的后果？我是喀曼，谁敢背叛我？"

喀曼冲向卡曼，双手掐住卡曼的脖子，狠狠地说："把属于我的还给我。"

喀曼露出獠牙，咬向卡曼的脖颈，卡曼用手抵挡喀曼的头，两人扭在一起，可惜卡曼不敌，最终喀曼的獠牙刺进卡曼的脖颈。

卡曼痛苦地挣扎，一道白光，从喀曼獠牙旁射出，将喀曼远远地抛出。

卡曼终于清醒，指着喀曼怒斥："姐姐，你只是一具复活的僵尸，竟敢挑战本王的法力和智慧！"

喀曼无奈地爬起来，恭敬地说："妹妹，算你有能耐，但这宝座是姐姐的。"

众魔王向喀曼整齐跪拜，齐声高呼："喀曼女王，我们效忠于你。"

喀曼敬畏卡曼的法力，只得安慰卡曼，说："你们都看到了吧！我们是姐妹，谁坐在这宝座上，还不一样吗？等到九十九个月圆之时，就是我们魔家的世界，到那时卡曼妹妹跟姐姐享福吧！"哈哈尔上前搀扶起卡曼，心疼地说："至高无上的女王，您终于醒了。你们都是姐妹，让出女王宝座，您依然是至高无上的女王。你俩都是王族，怎能争得你死我活呢？"

哈哈尔上前，贴近卡曼的耳语："听说周天子九龙沉香辇，日行千里，魔道不侵。而且西王母金曼已复原西王母神尊元神，法力无边。你们姐妹还在自相残杀，后果不堪设想，我们要尽快拿出对策呀！"卡曼女王对哈哈尔使个眼色，说："喀曼姐姐，这一切就交给你，本王浑身伤痛，法力尽失，本王要保胎休息了。"

喀曼欣喜万分，上前夸赞："真是好妹妹，真懂事。"

卡曼贴近哈哈尔耳语："以后我们必须用眼语交流，魔咒传旨。"卡曼女王频繁地眨眼，哈哈尔会意地搀扶卡曼而去。

沙漠中，沙暴呼啸了三天，遮天蔽日，势不可挡。九龙沉香辇在沙暴中迷失了方向。周天子迎着热风席卷的黄沙，迎着猖狂的沙尘，坚定地指着前进的方向。大漠王极力操控神辇，神辇在漫漫无边的沙海中跌宕起伏。众人饥渴难忍，依然与沙暴进行较量。

沙暴更加凶猛，飞沙走石席卷而来，即将击毁阻挡的万物。炙热的风，就要吹干最后一滴仅有的湿气。兰心艰难地来到周天子身旁，高声说："各位夫人都昏睡不醒，将士们……"

周天子揭开脸上裹着的纱布，问："夫人说什么呢？听不见。"只有风声在耳朵里，折磨着人的耳朵，什么也听不见。

兰心在周天子耳边大喊："各位夫人都昏迷了，将士们也顶不住了。"

周天子满脸焦急，急忙进入辇帐内，九龙沉香辇即刻停了下来。

阿克流斯上前请命："周天子别急，阿克流斯去找水。"阿克流斯引领兵将走出九龙沉香辇，向着高大的沙丘顶风疾行。阿克流斯一步一滑爬上一座高大沙丘，沙暴在眼前突然消失，看到一片蔚蓝的天空。

阿克流斯隐约听到孩子的嬉闹声，仔细倾听："真好玩，用火烧沙子，再用风吹沙子，太好玩了。"

阿克流斯示意众将士隐蔽，自己快速潜伏着爬上更高的沙丘。眼前的情景让阿克流斯吃惊，他不敢相信自己的眼睛，这些嬉闹的孩童，分明是自己日思夜想的孩子们。

阿克流斯不顾一切冲上前去，狂喊："玛丽莎，爹爹的女儿。罗尼卡、依斯力、卡乐，爹爹的孩子们，你们在梦里做什么呢？我是你们的父亲阿克流斯。"阿克流斯飞奔而去，展开双臂，抱住玛丽沙。玛丽莎推开阿克流斯，躲开了。阿克流斯哀求："玛丽莎、罗尼卡，我是你们的爹爹，我是爹爹阿克流斯呀！罗尼卡你是哥哥，你们在干什么呢？"玛丽莎推开阿克流斯的怀抱，躲在哥哥身后。

罗尼卡手指阿克流斯，怒骂："你这恶人，快让开，别想阻止我们四小魔王。我们终于复活了，魔界将统治世界，我们是世界的主宰，要将可恶的人全部清除。"

罗尼卡命令："别停，再来点火焰，再来点大风，他们就成肉干了。"

阿克流斯跪在地上，伸出双手祈求："都是爹爹不好，不应该喝太多的酒，迷失了自我，害了你们。玛丽莎，爹爹可爱的女儿。"玛丽莎躲在哥哥身后，从哥哥腿后露出脸，悄悄地偷看日夜思念的父亲。

罗尼卡告诫："玛丽莎，是这恶人夺走了我们的生命，不要理他，他不是我们的父亲。"

玛丽莎用手捂住眼睛，天真地问："哥哥，爹爹还爱我们吗？"阿克流斯流着泪，不住地哀求："孩子们，都是爹爹的错，爹爹爱你们，回到爹爹身边，快来呀！"

卡乐毫不隐瞒地说："我想爹爹，天天都想，这是爹爹给我们打剑用的皮囊，烧火用的铁炉，爹爹亲自为我们每个人打了一把剑，那时候我们是多幸福呀！"

玛丽莎挣脱哥哥的手，跑向阿克流斯，亲昵地抱住阿克流斯的脖子，稚气地说："爹爹我好饿呀！他们从来不给我们吃的，我只能吃小蚂蚁、小蜘蛛。我今天还没找到小蚂蚁。"

阿克流斯拿出食袋，打开，拿出干粮，喂给玛丽莎。

玛丽莎拒绝，天真地说："爹爹我不吃这个，我要吃活物。"

依斯力扯住阿克流斯的胳膊，不停地摇着，撒娇说："爹爹，我好饿呀，带我回家吧！"

罗尼卡继续命令："我们四小魔王就要成功了，不能放弃。卡曼女王说过，只要我们战胜周天子，想要什么都可以。难道你们不相信卡曼女王，要相信这个可恶的人吗？"

孩子们怀疑地盯着阿克流斯，好像不认识他了。这时周天子引众人赶到，看到眼前令人心酸的一幕，他们唏嘘不已。

"我要吃了你！"罗尼卡、依斯力、卡乐同时魔性大发，眼露凶光，口露獠牙，扑向阿克流斯。

阿克流斯没有抗拒，紧紧抱住玛丽莎，虔诚地说："孩子们，爸爸爱你们，你们吃了爹爹吧！"周天子见势不妙，抛出金葫芦，说一声："收！"葫芦口射金光，收进四位小魔王。

阿克流斯绝望地喊："不，不要杀了我的孩子！"大漠王上前扶起阿克流斯，解释："不会有事，只是将孩子们的灵魂冰封在宝葫芦，虔诚祈祷，让孩子们进天堂吧！"

周天子把宝葫芦收起，交给阿克流斯。阿克流斯摇头，拒绝接受："周天子，阿克流斯拿着葫芦会放了他们，还是由周天子保管吧。阿克流斯会每天虔诚地祈祷，就让孩子们升上天堂吧！"

"这些就让阿克流斯收起来吧！"阿克流斯指着地上的东西一一介绍，"这是我的铁匠炉，这个皮囊能把炭火吹得很旺。这把小铲子，是玛丽莎三岁时的生日礼物，玛丽莎用它挖土种花种树，那是多么美好的时光呀！"

周天子拉着阿克流斯的手，二人一同走向九龙沉香辇。阿克流斯仰面看着天空，高喊："我太幸福了，能在这沙漠里与孩子们见面，感谢上天的安排。"

巴布上前禀告："我们就要走出沙漠，前方有一大湖，大湖北岸就是太阳部落。"

众人走近九龙沉香辇，发现神驹只剩八匹。周天子走到骠三处，骠三躁动不安，扬起前蹄，嘶鸣不已。众人急忙乘上九龙沉香辇，统领们合力驱动，八骏扬沙踏尘在前方引路，九龙沉香辇飞跃沙丘，疾驶而去。

沙漠边缘，巨大的胡杨古树如同古朴的老者守卫在绿色的边缘，树叶随风摆动，似在向远方的客人迎风招手。黄沙渐渐退却，前方是一片湖泽之地。众人口渴难耐，都想在湖边痛饮一番。

巴布上前，急忙向周天子禀告："这湖水不可饮，他乡之人饮水之后，就会眼突、颈大、手脚变形。大家再忍耐半个时辰，进村就有甜水井。"

文昌君上前介绍："这湖水并非有毒，你看湖内水草丰美，鱼儿、水鸟众多，只是外乡人饮用此水，几天后就会出现畸形。说来奇怪，本地人饮此水并无不适。"周天子急忙传令，命令将士不得饮用湖中之水。

九龙沉香辇穿越稠密的芦苇，野鸭尖叫着扑水疾飞，鸿雁排阵直冲云端，仙鹤成双成对飞起，水鸟飞舞盘旋而来。

前方黑压压一片，如同乌云压在湖面。乌云滚动直扑来，继而传来巨大的轰鸣声。九龙沉香辇疾驶，直入湖水。原来是无数蚊蚋，空中飞舞，遮天蔽日，如同黑色旋风上下翻飞，水中鱼儿跃出水面竞相争食。

突然，一尾数丈银色巨鱼在九龙沉香辇前方跃起，掀起巨浪。众人惊呼，纷纷回头观望，又有数十尾巨鱼在水中腾跃，水下暗潮涌动。

周天子惊呼："这鱼怪是要吞没我等，看本王施法将其驱散。"

巴布上前阻止："周天子不必担心，这数丈大银鱼以水草为食，就像牛马，并不伤人性命。天子请看，那些追逐大鱼的一尺之鱼，却似水中恶狼猛虎，它们是以大鱼为食。"

众人回头观看，九龙沉香辇已经渡过深水，来到浅滩。浅滩上无边无际的芦苇丛，无数的蚊蚋黑压压上下翻飞，无数燕雀鸟儿争相抢食。

巴布指着前方介绍："前方就是妮泊阿娘的太阳部落，这里的湖鱼有数十种，味道鲜美。妮泊阿娘擅长烹鱼，今夜兄弟们有口福喽！"

周天子问大漠王："兄长，可曾来到此地？"

大漠王不停地摇头，断然说："从未来过，这湖泽之地无比险恶，表面平静，暗潮汹涌。错行一尺，大军即可从眼前消失。而且，沙漠腹地百里无人，没有能人引路，谁也不敢上路。天子兄弟莫急，西域道路漫漫，兄弟齐心协力共赴征途，定能见到金曼。”周天子激动万分，频频向大漠王点头。

周天子大声疾呼，为将士鼓舞士气：“前方，阿娘已准备鲜美鱼汤，等着兄弟们尝鲜呢！”

众将士一片欢呼，忘记了饥渴。

湖岸百里是茂盛的草原，一条清澈湛蓝的河，水流缓缓注入湖内，两岸巨树穿天，牛羊遍布，远处村落炊烟袅袅，景色优美迷人。

九龙沉香辇转眼之间，进入村落。远远望见一群奇形怪状的人，这些人头大、圆肚、长臂、短腿。他们排列成行，一个个手拿粗劣的土陶大碗，焦急地注视着一对夫妇。

前方站着两匹天马，闻听八匹龙驹嘶鸣，它们对天嘶鸣回应。两只小马驹，在母马身下跪地吸乳。

一位老妇人，蹲在青菊花身下，对着木桶挤着奶汁。一位老汉拿着木勺，从木桶内一勺一勺地舀着奶汁，分发给伸过来的一个个土陶大碗。分到奶汁的畸形人，赶快将奶汁喝下。奶汁入肚，这些畸形人便昏昏沉沉地倒地，立即鼾声如雷，酣睡不醒。

巴布引领周天子上前，走向两匹龙驹。八匹马现出人形，急忙围拢过来。骠三万分激动，抱住青菊花的脖颈亲吻，说：“青菊花小妹，辛苦了，上天终于开恩了，骠三有后了。”

骑二抚摸着小红驹，激动不已：“红骑姐姐，辛苦了，太好了。”

老儿和老妇人一眼就认出人群中的巴布，老妇人停止挤奶，大步走过来，抱住巴布说：“巴布，你总算回来了，可想死阿娘了。”老儿上前，拍着巴布的肩膀豪放地说：“巴布，你可回来了。昨天飞来天马，在此产驹。你妮泊阿娘就说：上天终于赐福太阳部落，定是巴布快回来了。今天巴布果真回来了。传言天马奶能治畸形病，天马到此产驹，你们看，上天开眼了。你阿娘都忙不过来了。”

巴布一一向妮泊介绍：“妮泊阿娘，这位就是周天子，这位就是大漠王……”

巴布扶着妮泊，向诸位介绍：“这是巴布的妮泊阿娘，是太阳部落的统领，这位是塔黑阿爸。”

妮泊握住周天子的手，盛情相迎：“妮泊已接到西王母的命令，要太阳部落盛情欢迎您——东方周天子和所有盟友兄弟们，欢迎你们来到西天国太阳部落。”

妮泊指向远处，周天子、大漠王和众人顺着指去的方向看去。“啊！”巴布惊叹，“这是跑丢的西天千里部落的青菊花和红骑，二位能人神勇盖世，今日产下神驹，真是天意。”

“对！”周天子大声赞扬，“两位能人千里飞奔，在此地生产，来人，速备上好精饲料喂之，精心照料。”

妮泊轻抚两匹神驹，激动地说：“二位能人，乃是救苦救难的菩萨呀，我们已经用上好的饲草供养，它们是天上的神呀！”妮泊再次介绍，“我们这里水草丰美，可这些年怪事频频，先是河水变少变咸了，远处商人经过此地，误喝此水就生怪病。还有湖中来了一群小鱼，兴风作浪，甚是厉害。我去问过湖神，湖神也很无奈，说不清小鱼的来历。所有商人绕行千里，也不敢来太阳部落。”

塔黑老汉拉住周天子的手如实相告：“这些异乡商人误喝湖水，真是生不如死。还好，太阳部落受西王母教化，人人向善，精心照顾异乡商人。仙人指点说：天马奶能当药，可治此畸形之病。真是被说中了。”

众人闲聊之时，只见畸形人从沉睡中苏醒了，个个神清气爽，身形如常人。他们纷纷跪拜两匹天马。

巴布直言：“这两匹天马，是周天子的骛马，要去拜见西王母，阿娘要还与周天子。”

周天子站在能人之中，赞道：“西域千里部落的能人们是神骥，九龙沉香辇仰仗能人们的神威，才能驰骋西域。今日，神乳救得病患，功德无量。”

骠三谦虚地说：“周天子过奖了，能驾九龙沉香辇，能解世间疾苦，是天驹的造化。我问过二位夫人，今后，每年都会在太阳部落脚，造福人间。”

周天子频频点头，赞扬：“西域部落能人，忠心可表，本王欣慰！”周天子拜谢，众盟友纷纷跪拜。

八位能人赶快上前还礼说：“天子过奖了，此乃天马之天职，能为周天子驾驭，必将功德圆满，重返天宫。”

塔黑引领向前相邀：“周天子引天下豪杰到此，又解救各国商贾，拯救一方百姓，真是万民之福呀！你看这甜井如同一个石锅，千人万人也喝不完。

请大家尽情享用。”众人取水开怀畅饮，湖神前来献鱼，土地神前来献果。

妮泊询问：“河神，今日为何如此慷慨，献上如此之多湖珍？”湖神恭敬地向各位行礼，急忙自我介绍：“我乃西海龙王之子，掌管太阳泊之水务。今日有幸拜会周天子，有一事想求周天子，能否将我的三位异兄放出来，我们共同造福干涸沙漠？敬献薄礼，请笑纳。”

土地爷上前行礼，说：“今日周天子有幸来此，老仙献上沙漠珍果，请笑纳。老仙有苦难言呀！此地虽有百里湖泽，却日渐干旱，这几年只有盘根老树存活，不曾见小树萌发，不知为何？”

周天子先向河神解释：“龙王说的可是三条雪龙？这是轩辕老祖所赐，寡人也是待天命，天机未到，只能等待。三条雪龙定有好去处，不必牵挂。”

老白上前行礼：“小龙王，再次相会，可记得金鸟和银鱼？真是有缘千里相会。”

湖神眼前一亮，高呼：“白兄在上，何曾到此？金鸟银鱼仙圣为何离开昆仑？”

老白说：“九龙沉香辇必须有神翁仙驾，伙计们奉天命，助周天子去西天国降魔。”

金鸟上前说：“一路前来，见你的湖中小鱼口生利齿，成群结伙，很是凶猛，不知是何神圣？”

湖神摇头叹息：“唉！太阳泊龙宫尽被小鱼所害，我这河神，也不怕丢脸，请各位仙道出个主意，助我一臂之力，还湖泽以宁静。”

银鱼说：“不妨捉几条来一探究竟。”

湖神又说：“稍等片刻，就捉来。”

妮泊指湖水说：“千里湖泽就不缺鱼，这小鱼虽厉害，在水中如狼似虎，离水即亡，其肉无刺，极其鲜美，比那巨鱼还要美味。老妇已命人设全鱼宴，宴请宾朋，请入席。”

众人围长桌而坐，一道道鲜鱼美味，近在眼前。湖神引众将士湖边归来，每个人的草筐中有几十斤鱼，将士们满载而归，欢呼不已。

篝火点燃，将士们围绕篝火烤鱼煮鱼，欢乐无比。妮泊感叹：“今天，周天子驾临，天赐太阳部落福气。回想两年前，圣教主路过此处，我们盛情款待，湖神你说，当时多美好呀。”

湖神无奈地摇头，叹息："唉！都是被小鱼闹得没了心情。"白灵王后急忙询问："敢问小龙王圣教主路过太阳部落吃的可是这种鱼？"湖神惊讶地回问："王后娘娘如何知道？"

白灵王后笑道："本宫还知道，巴巴拉大人还邀请圣教主一同用餐。"

湖神思索后，才笑着回答："王后娘娘，全被你说中了，圣教主走后，小鱼就成灾了。"

白灵王后细细品尝小鱼，心想：这鱼简单烹制，美味无比，只可惜小鱼也中了噬仙虫之毒。可是这位湖神为何只是回答，不求助呢？

白灵王后给周天子耳语一番，周天子吃惊不已，惊愕："鱼也能着魔，传播魔咒？真是太可怕了。"

村民抬来大瓮美酒，众人围绕篝火，载歌载舞，尽情欢唱，篝火映红了每一张笑脸。

第八十七回　取药引彩女拭泪　祛魔咒河神送别

太阳部落沐浴在晨辉中，村落四周炊烟萦绕。牛羊挤出围栏，一路欢唱，奔向草场。

湖边架起锅架，燃起火堆。妮泊命人杀羊宰牛，准备向神灵祭献。周天子和大漠王紧紧相随，白灵王后和香蜀夫人引领将士来到河边，将草木灰向河面抛洒。

眼望着沿河流入湖中的灰烬，白灵王后心想：草木炬燃灰，到处都是。这天仙辛酸泪，到哪儿去找呀？此时，正巧十二彩女来到河边，白灵王后见到十二彩女，拍手称快："仙女辛酸泪。"

彩女们围住白灵王后和香蜀夫人上前问候："二位娘娘都已显怀了，还在忙碌，令彩女们佩服。"白灵王后挺着肚子，请求："姐姐们，早上好！有一事相求，要些你们的眼泪，可否？"

彩女们围着白灵王后笑着说："王后娘娘，能伴随天子西行，十二彩女开心得都能笑出泪来，随便集些！"九妹上前说："本姑娘只要眼睛不眨，凝视一处，即刻就会泪如泉涌，不信给王后娘娘试试。"白灵王后摇头说："事出有因，娘娘需要的是辛酸泪、伤心泪，其他的泪水都不行。"

九妹为难了，惋惜地说："这可不好办呀，我们姐妹每天开心都不够呢，哪里来的辛酸泪！"

白灵王后急中生智，说："姐姐们敢打赌吗？白灵只说一事，十二位姐姐必定大哭，只怕得罪姐姐们了。"

十二彩女听说要打赌，纷纷围上来讨教："赌什么呢？我等倒想一试。"

白灵王后伸手攥紧香蜀夫人的手，指着肚子说："就赌这两个。姐姐们输了，请姐姐们做干娘。姐姐们赢了，我禀告天子，让他重赏你们。妹妹决不耍赖。"

彩女们疑惑地相互对视，看到白灵表情坚定，她们迟疑地说："看样子是真的，娘娘尽管说。"

白灵王后指着身旁的帐篷，大声说："进帐篷。你们准输。"十二彩女们气哼哼地走进帐篷，白灵王后关紧帐篷的门，不让一丝光线进来。

帐篷内一片黑漆，十二彩女静心恭候，渐渐昏昏欲睡，进入幻境。

只听有人高亢地歌唱："亘亘古往四极废，九州分裂昊天方。萌萌女娲炼石济，弥补苍穹安四极。遴优淘劣弃顽昧，汲精取灵白成绩。无才补天甚逍逸，天生废才堪殊奇。"只见，在漆黑无光的世界，女娲娘娘的身下，孩子们吓得瑟瑟发抖，紧紧依偎在一起。女娲娘娘支撑起身体，亲切地安慰："孩子们，别害怕，娘一定能补好苍穹……"女娲爱抚每一个孩子，让孩子感受母爱，生怕孩子幼小的心灵留下阴霾。天穹再次崩裂，四处传来撕心裂肺的哭喊声，令人心碎。女娲娘娘已经没有精力炼造精石，更没有气力再飞起来。她已耗尽所有，干瘪的身体疲惫不堪，渐渐地合上了眼睛……女娲的灵魂托起她那瘦弱的身躯，飞向空旷、阴暗、寒冷、无边无际的天穹，将天穹最后一处缺口堵上。天空一片明亮，大地也被阳光所照，孩子们仰望天空，大声呼喊："娘，你回来吧！娘！别丢下我们呀！娘……"

天空中再也没有女娲娘娘的影子，孩子们的呼唤是那么急切和悲伤，彩女们听闻呼唤，也跟着大放悲声，泪水滂沱……

白灵王后泪眼蒙胧地走出帐篷。此时，文昌君闻听哭声赶来，说："王后娘娘睿智过人，真情感天动地，令人折服。只是吾要先行引路，前来告辞，王后娘娘一路保重。"

白灵王后疑惑地问："国师这是为何？与我们一路前行，相互照应该多好。"

文昌君鞠躬行礼，如实相告："此地离西天国都城不再遥远，西王母要求吾等督建烽火台和土城。王后娘娘切记，喀曼女魔占领了西天国宫殿，请王后娘娘告诉天子，不能去西天国宫殿，要去西王母洞府。"

白灵王后感激地说："文昌国师，后会有期，多保重。"十二彩女泪水涟涟走出帐篷，将收集的泪水交给白灵。自此，十二彩女形影不离地跟在白灵王后身旁，对白灵王后言听计从。

灰已洒，泪已润，太阳部落的河湖即刻改变，水中肆虐的小鱼不见踪影。河神前来告别，走近九龙沉香辇，不住地点头，对周天子说："真乃开天辟地之神物，可否近前观瞻？"

白灵王后上前制止，打断河神的话，机警地说："多谢河神相助，就此告辞。"

河神躲开白灵王后，指着八匹骏马对周天子说："此马只有天上有，定能助天子早日凯旋，小神有帛书一封，请代交于西王母。"

白灵王后警觉指出："河神的帛书，为何自己不去交付？"

周天子避开白灵王后走近河神，鞠躬行礼谦称："河神所托，本王一定办到，敬请放心。"

河神取帛书，呈给周天子。周天子再次行礼，接过帛书，放入怀中。

河神瞥了白灵王后一眼，极为不满，匆匆行礼告别："周天子一路顺风，就此告别。"

众人合力驱动九龙沉香辇，八骏跃蹄飞驰而去。

众人高呼："再会了，太阳部落，谢谢妮泊老阿娘……"

妮泊眺望远去的沉香辇，招手告别……

第八十八回　犬戎迷途知身世　天子魔部被讨债

八骏牵引九龙沉香辇飞驰向前，巴布迷迷糊糊地醒来，疲惫地眼望前方熟悉的风景，惊恐地高呼："天子，大事不好了，怎么来到这里了？赶快调转马头！前方就是传说中的一目国，也就是西天国妮金部落，万万去不得呀！"

八骏依然奋力踏蹄，牵引车辇飞奔，风驰电掣向前疾驶。巴布拉住周天子的手，请求："天子，必须停下，前方不能去，前方古称一目国，如今是卡曼母亲——妮金阿娘的部落。妮金老阿娘是个守财奴，雁过拔毛，贪婪无比。天子，请快停下呀！"

大漠王闻言，直言劝告："天子，快停下吧！兄长早就听说过妮金部落富可敌国，她有三个女儿，大女儿是喀曼，二女儿是佳曼，三女儿是卡曼，都是妮金的摇钱树，喀曼是西天国先女王，卡曼是被她卖给了西斯国君，如今是西斯国女王。只有佳曼争夺王位时死在西天国君宫。妮金已有百岁了。噬仙虫就是妮金留给卡曼的兵器。"

巴布耷拉下脑袋，自责："这是为什么？连八骏也不听指挥，看到了吧！八骏如同着魔一般。"

大漠王低声相告："我早就放开缰绳了，先别告诉别人，以免引起恐慌。"

老白闻声，向周天子传音："天子不用担心，只要不离开沉香辇，谁也别想靠近。三条雪龙听天子号令，天子怕什么呢？"

周天子传音："一车老小全靠老祖宗您了。真让人想不到，八骏居然中了噬仙虫之毒。千般小心，本王竟然忘了八骏是天神，没吃解药。”

老白传音：“一路干旱没得到天宫雨露，所以噬仙虫竟在湖泽成怪。天子不用怕。天子和大漠王已是神仙，定能破除妮金之围。这是天意。”

周天子紧握大漠王的手，愧疚地说：“兄长！许多秘密太师不便告知，只能一探究竟。”大漠王瞅着周天子，不以为然地说：“天子兄弟何出此言？太师一生光明磊落，不曾有秘密，咱兄弟和睦，妮金部落又能如何？”

周天子握紧大漠王的手，坚定地说：“兄弟和睦，其利断金。”大漠王坚定地说：“放心，没有难倒咱兄弟的事。”

八骏引领九龙沉香辇风驰电掣，走过茫茫戈壁，又翻山越岭，向北方疾行。

一会儿，前方一条宽阔清澈的大河蜿蜒曲折向北流淌，八骏沿着青河岸边缓缓而行。最后，八骏闯进一个牛粪围砌的简易院落，止步不前。九龙沉香辇稳稳落地，停下来。

巴布捂住脸，懊恼地说：“真该死，又回来了！”

只见院落中央，一群人围着一位拄拐杖的老太太，向着九龙沉香辇走来。

老太太弯腰驼背，稀疏的白发耷拉在粉色的头皮上，面部皮肤如同揉皱的破布贴在脸上，干枯的手指如同苍老的树枝，张开干瘪的嘴巴骂道：“苍天开眼，周天子呀，您终于来了，妮金就要交代了。这一百二十岁的躯壳，该了结了呀！”

老太太走近九龙沉香辇，尖声叫嚷：“把这八匹畜生给我从车辇赶出来，好生喂养，别叫畜生再跑了。”她的手下一拥而上，利索地卸马龙套，八骏未做一丝反抗，即刻就被牵走。大漠王和巴布厉声制止，无人理会。

周天子无比震惊，侧身指着八骏问：“巴布，这是咋回事？”巴布捂着脸蹲在角落，埋头不语。

妮金昂首，眯着眼睛端详车辇上的周天子，满意地点一点头，尖声叫道：“东方周天子，妮金有礼了，你我有个约定，妮金不见到你，是不会死的。请周天子快下车辇，一见面吧！”巴布上前阻拦，不让周天子下车辇。

周天子有些为难，叮嘱：“诸位，请在车辇中休息，没本王命令，不得离开沉香辇。”

大漠王并不畏惧，坦荡直言：“天子别怕，哥哥有九阳护体，由哥哥陪着天子，我要看看，老妖婆有何能耐？”

周天子左右权衡，仔细观察妮金的举止，回想老白的话，感到并无性命之忧。于是，他恭敬地向妮金行礼，大声问候："妮金统领，本王是周天子姬满，这儿有妮泊统领、妮和统领，带给妮金的礼物，本王这就下辇，转送与妮金阿娘。"

妮金瞅着破旧的九龙沉香辇，内心嘀咕：唉！依我看，周天子也是徒有虚名，太令人失望！

妮金围着九龙沉香辇，用拐杖敲打沉香辇，尖刻地责问："周天子，妮金有十个问题要问你，你必须如实回答。否则，就别想离开妮金部落。"妮金拄着拐杖，拦在车辇前方，不停叫骂。

许久，周天子和大漠王拿着礼物，走下香辇，恭敬地送给妮金。妮金厌烦至极，愤怒地质问："周天子！你为何不听巴布坏小子的话，非要赶着这么破的车辇来到妮金部落？你要找死呀！"

妮金回头，指着车辇上的巴布叫骂："巴布，坏小子，老天有眼把你小子送回来了。巴布，你还想跑吗？在阿娘这里待了四年，欠下钱，为何逃跑？巴布！见面就还钱，把欠阿娘的金子拿来。"

周天子见妮金是个无理之人，不愿再忍让，没好气地说："本王送上礼物，妮金统领并不高兴。本王问你，你的三个女儿对你无情无义，不曾来看望你，你也不想一想原因。今儿你对巴布也没兴趣，一味讨债，没有一丝人情味。"周天子见妮金忽然沉默，便走进妮金高声责问，"本王猜测，你这 个妮金，是没有生养过的女人，本王第一个猜测对不对？"

妮金瞥了周天子一眼，并不生气，也没好脸色，傲慢地说："没有人敢这样对妮金说话，周天子是第一人。在妮金部落，想说话可以，但要有本钱，否则，别说话。"

周天子被激怒，大声责问："你逃避了这个问题，说明本王猜得很准确。你不生养的原因是你深爱的人，永远无法和你结合。这是寡人的第二个猜测，对不对？"

妮金内心的秘密被无情揭露，痛苦得难以言表，愤怒地盯着周天子叫嚷："你……为何如此无情？你，有一颗狠毒的心。"妮金又尖声地告诫，"前两个问题你都猜对了，后边的你无法猜了。周天子，除了财宝，妮金对什么都不感兴趣！"

周天子觉得自己击中妮金的软肋，继续逼问："妮金统领，只要敢告诉本王，你出生在哪儿，本王就能猜对第三个问题。"

大漠王不假思索地说："这个我知道，妮金出生在大漠，天子，这个大家都知道。"

妮金看见大漠王眼前一亮，追问："娃娃，你怎么会知道这些呢？"

周天子继续说："妮金统领和哥哥是龙凤胎，本王是否猜对了第四个问题？"

妮金睁大眼睛，痛恨地盯着周天子，大声辩解："周天子，你为什么要刺痛我的心？为何伤百岁老人的心呀？"

周天子见妮金面如土色，气喘吁吁，便扶着妮金坐下，说："本王并不想伤害阿娘，本王无意中闯进了阿娘的内心，阿娘还想听后边的猜测吗？"妮金依然傲气地说："妮金活了这么久，还从未见到像周天子这样能偷盗人心里秘密的人。你还能猜多少？尽情猜吧。妮金只关心你手中的钱，它才是命根子。"

周天子迟疑片刻，无奈地揭示："阿娘，你只有五十五岁，并不是什么百岁老人。你为何借用他人的容颜呢？本王来揭开秘密吧！"周天子感到为难，回头小声询问，"犬戎兄长，伯父鹰王今年多少岁？"

大漠王眨着眼睛，细心算了一阵，答："天子老弟，父亲鹰王要是在世，应该也是这个年龄，五十五岁。"

"你是大漠王犬戎？"妮金不顾一切冲上前，抓住大漠王的衣襟，奋力扯开，见到九阳印记，她用力捶打着大漠王胸口，"戎儿，你怎么乘这么个破车辇来到这呀？唉！全完了……"

"老阿娘，你到底是谁？"大漠王感到莫名其妙，本能地护住胸口，"若是以前，本王……"

周天子上前想要制止妮金，可妮金仍然牢牢抓着大漠王衣襟，丝毫不松手。周天子又问："犬戎兄长，你亲眼见到伯父鹰王死去了吗？"大漠王特别想掰开妮金的手，挣扎着回答："那年统兵来大漠，就没见到父王。"周天子肯定地说："鹰王伯父还活着，就在妮金手中。"妮金睁大眼睛，惊诧地说："周天子，你是怎么知道的呢？"周天子一语道破："这又不是天机，太师知道犬戎的身世，暗中查到的。还有，阿娘怎么会有百岁呢？喀曼女王仙逝后，妮金和女儿佳曼因争夺王位双双毙命。妮金早死了，现在活着贪财的妮金，都是假的。所以，阿娘不是真正的妮金。”

大漠王依然没能甩开妮金纤细的手，喃喃责问：“阿娘，怎知我有九阳护体？阿娘快说！”

妮金放开大漠王，叹息：“唉！戎儿呀！周天子说得没错，破不了妮金的魔咒，这一切又有什么用呀！”

周天子悄声告诉大漠王：“阿娘就是伯父鹰王的胞妹，兄长的姑母。自你母亲佳曼过世后，是姑母抚养你。她溺爱你，伯父鹰王无奈，恳请昆斯大神和蒙巴大神收你为徒。后来，兄长就来到镐京城了。”大漠王迟疑，阿娘的长相他深深牢记，又怎能忘呢？大漠王不停地摇头，难以置信。

妮金拉住大漠王的手急忙解释：“不是这样的。戎儿，我是你的德玛阿娘，让阿娘说出实情吧！当年，你父王统领大军与周朝交战，西天国佳曼殿下前来助战，你父王和佳曼双双相恋。战后，佳曼殿下怀着你回到西天国。阿娘领命去西天国照顾你，可是阿娘刚到西天国，你母亲佳曼和你的外祖母妮金已经双双毙命。阿娘掩埋了佳曼，可是妮金的尸身怎么也找不到，阿娘只好把她的衣服下葬了。谁知，戎儿刚去镐京，阿娘就中了妮金祖母的魔咒，日渐苍老，慢慢就变成了妮金的模样。今生无论如何，也要见戎儿……”

大漠王激动万分，扑通一声跪在妮金脚下，呼唤：“阿娘，儿日思夜想的德玛阿娘呀，今日……”

妮金用颤抖的手抚摸大漠王的脸，哭着说：“戎儿呀！当年你父王把戎儿从阿娘身边抢走，没有戎儿，阿娘的生命毫无意义！阿娘被魔咒控制了，没有人再认得德玛，只有重生再世的妮金，阿娘再也无法回到大漠了呀！”妮金扶起大漠王，痛苦地说：“戎儿呀，只要踏进妮金部落，无论是谁，都被妮金的魔咒控制。你父王来找德玛，被妮金魔咒控制，无法离开。戎儿！妮金的魔咒，比卡曼噬仙虫强百倍，戎儿怎么才能逃出去呢？”

妮金回头，瞅一眼周天子，内心无比失望，说：“周天子，妮金要问你十个问题，一天一个，第二天必须回答，而且还要见到实物。否则，妮金祖母魔性大发，所有人必须在这荒凉世界为奴了。”

妮金紧紧牵住大漠王的手，回头提醒周天子，大声警告：“周天子，你可要竖起耳朵听好了，妮金的第一个问题：什么花，在昆仑之巅尽情开放？

明天，要有答案，还要有实物，听清楚了吗？否则，就会亏欠妮金部落，周天子听清楚，亏欠妮金部落，是要付钱的。”大漠王感到羞愧，急忙松开妮金的手，轻声责备：“德玛阿娘，您为何变得如此狠毒呀？不能这样对待孩儿的兄弟。恳请阿娘，把父王还给孩儿。阿娘，请不要吓唬我们。巴布和巴特兄弟，为何能逃出妮金部落？戎儿不信妮金魔咒，德玛阿娘，永远是犬戎的亲人，不是传言中的守财奴。”

妮金再次牵住犬戎的手，苦苦相劝：“戎儿呀！这是妮金的魔咒，没有钱，谁也别想离开。戎儿，我是你的阿娘，你不向着阿娘，好没良心呀！”

大漠王蹲在地上，捂着脸无言以对，低头不语。周天子拉开大漠王，向妮金大声地保证：“德玛阿娘，明天一定兑现承诺，请阿娘放心。”

第二天清晨，太阳刚刚跃上地平线，妮金就拄着拐杖来到车辇旁，尖声地叫喊：“周天子，你为什么不去昆仑之巅寻找尽情开放的花呀？你是个言而无信之人，你欺骗了妮金部落。”

周天子急忙走下车辇，行礼：“妮金阿娘，昆仑之巅尽情开放的花，您要多少？”

妮金埋怨道：“周天子，你这懒鬼，还不去找。你的承诺如此不算数吗？”

周天子口念咒语，从宝葫芦飞出一条雪龙。周天子手握雪龙，雪龙喷出雪花，对妮金说：“昆仑之巅尽情开放的花，就是雪花。本王信守诺言。”

妮金用拐杖不停地敲打地面，生气地说：“周天子，你竟然用两片雪花来骗妮金，妮金可不上当，今天你必须给我们钱！”

妮金尖酸刻薄，不停辱骂，大漠王忍无可忍冲下了车辇，气愤地说：“阿娘，都是自家人，留一点情面吧！”

妮金更加气愤，骂道：“犬戎，你这无情之人……”

妮金喋喋不休地叫骂了一个多时辰，大漠王无地自容，蹲在地上痛苦不堪。周天子不得不上前，耐心地劝慰：“德玛阿娘，周天子认账，请阿娘放心吧！”

妮金指着周天子继续叫嚷：“周天子，你失信天下，已经欠妮金部落五千两黄金，认账吧！”

周天子无奈地说：“德玛老阿娘，你放心，本王的欠账，一定还给你。”

就这样，妮金每天准时前来讨债，周天子只得好言相劝。一次次被妮金逼迫，周天子就一次次好言相劝，送走妮金。

第十天早晨，天蒙蒙亮。周天子走下车辇，静候妮金到来。妮金按时拄杖前来，周天子急忙上前行礼，笑着说："阿娘每天不辞劳苦前来讨债，令人敬佩。今天，周天子猜测，阿娘您是该要人了。车辇上的人都不属于本王，请阿娘高抬贵手，放了这些人，把本王带走吧！"

巴布在一旁摇头，说："阿娘，当年我和巴特从妮卡部落来此，带着马匹和牛羊，还有很多钱，阿娘，你说一夜之间咋就没了呢？"妮金睥睨巴布，大声地指责："巴布坏小子，你吃我这里的，喝我这里的，不算钱吗？你说算不算……"妮金喋喋不休，巴布无奈地摇摇头，说："好吧！巴布欠阿娘金子。"

巴布又在妮金准备好的羊皮契书上，画了押。

第八十九回　天子豪买北群山　破除魔咒定乾坤

一连二十天，妮金天天上门讨债。

“你们这帮穷鬼，天天不干活，还要吃好的。从明天开始，去干活，还我所有的金子。”妮金恶狠狠地说完就走了。周天子走近马棚，拍拍骠三，抓把饲草，又扔进马槽。骠三小声地自责：“能人们对不起周天子呀！西天千里部落离此不远，欠了妮金许多钱。所以妮金索债，还扣压了众多兄弟，我们对不起周天子呀！”

周天子拍着骠三，笑着说：“妮金魔咒，就要破解，已无大碍了。”

第二十一天，妮金天还没亮，前来讨债。周天子见到妮金，急忙行礼，感慨地说：“德玛老阿娘，周天子仅有一个请求：用一百两黄金，买车辇范围一里之地，可以吗？”

妮金盘算了好久，才勉强答应：“好，谈钱妮金很高兴，妮金不卖寨子里的地。周天子小子听清楚：眼前的群山，下面的青河。以北的所有群山全部卖给你，天子必须全部买下。”

周天子摇头，大声拒绝：“阿娘，寨子里的地好，本王要石头山没用，不能要。德玛阿娘痛快点，一里地总共要多少钱？”妮金盘算着，开出价：“一千两黄金，可以成交。”

周天子辩解：“德玛老阿娘，都是荒地，哪能要这么多金子呢？本王还欠着老阿娘多少钱呢。”

妮金瞅瞅周天子，心想：真是八面玲珑的人。她指着周天子威胁：“想听妮金阿娘开出的价，准保吓死你小子，一万两黄金，你有吗？”

周天子气呼呼地说：“德玛老阿娘，太多了，本王只能出两千两。”

妮金不假思索，直言：“两千两只够买山地，没有五千两就别谈了。”

周天子继续讨价：“就照阿娘说的价，五千两买寨子里的地！”

妮金闻言，内心欢喜，嘴上却说：“五千两，只把山卖给你。”

周天子为难地说：“本王买石头山，又有什么用呀？还是算了吧！”

妮金气得牙痒痒:“小子,你哄阿娘玩呀？马上拿羊皮立字据,不得反悔。”

周天子故作委屈状，说：“本王只求妮金部落一里之地，阿娘却要卖给本王北面群山。本王太吃亏了，本王反悔了。”

“周天子听好了，反悔没用。你的五千两都在妮金手中，这破山要也得要，不要也得要。”妮金着急地说，“巴布快写，车辇前百米，青河以北的山，都归周天子所有。”

巴布无奈地拿起笔，不敢看周天子，绝望地说：“天子呀！我们只有穷山了，什么都没有了。”周天子叹道：“巴布，本王把自己卖了，已经身无分文了。”

妮金夺过巴布写好的羊皮书，捧在眼前逐句读完，疾步走到周天子身边，抓住周天子的手按了手印。

妮金得意地说：“手印都按了，一切都办好了！”周天子急忙拉住妮金，据理力争：“德玛老阿娘，不忙，那噬仙虫和魔咒如何破解？还没讲好。”

妮金很失望，破口大骂：“周天子，你已经是穷鬼了，还解它干吗？”

周天子昂首立誓：“本王誓死破除妮金毒咒，以性命求德玛老阿娘相告，如能破解妮金咒语,定将阿娘带回大漠。”妮金嗤之以鼻,讥笑:“嗨呀！穷鬼，你的命能值几个钱，再给阿娘钱，阿娘就告诉你小子。”

此时，周天子内心感到悲哀：难道人世间真有如此贪得无厌之人？到底是中了魔咒的德玛爱钱，还是施了魔咒的妮金要钱？本王一向视金钱如粪土，如今被逼到了无钱寸步难行的地步，始知世人为何因钱财而争得头破血流了；方才悟到仁德的人，钱财是他帮助人的拐杖，不仁之人，钱财是他祸害别人的匕首。西行之道，也是悟道之道啊！

周天子不再沮丧，笑着说：“本王这辆旷世神辇，乃是无价之宝，本王也敢向德玛阿娘做押。”

妮金白了周天子一眼，不敢相信：“别把阿娘当小孩哄，阿娘不相信。”

周天子感到哭笑不得，讨教：“那咋办呢？德玛阿娘，你想让本王一生一世也走不出妮金魔咒，还是阿娘一生一世不回大漠呢？”

妮金表现出满不在乎的样子，说：“周天子，什么都不用押，只要周天子留在这里，就像鹰王在这里，年年都有源源不断的金子。废话别说，何时把钱还了，再告诉你破解魔咒的方法。”

周天子被逼无奈，向着车辇，打了两声响指。不一会儿，兵士从车辇，抬出十只箱子，整齐地放好。周天子豪气地说：“这是万两黄金，德玛老阿娘，请点收。阿娘，请告诉本王破解魔咒的方法，本王与阿娘的债务就两清了，互不相欠。”

妮金眼前一亮，回头瞧瞧车辇，不住地摇头，心想：这么个小车怎能放下这么多箱子呢？

妮金挨个打开箱子，仔细地察看，心满意足地高声叫喊：“金子呀！再多也不够呀！这点金子，撒不了半个山头。”

大漠王羞愧难当，冲着妮金嚷嚷：“阿娘！你的心真狠，你也太贪心了！”

妮金并不理会，推开大漠王，不让其靠近箱子，随口说：“戎儿，你懂什么？要破妮金魔咒，这点金子还早着呢？”妮金再一次一箱箱点着黄金，开心地叫喊，“分毫不差了，周天子，荒山不会长金子，是个穷山，明天再会了。”妮金喜形于色，命人搬走金子。

周天子挡住去路，大声责问：“德玛阿娘，还没说出解除魔咒的方法，否则，阿娘欠本王两千两黄金。明天，就要重新立字据了！”

“你们，别停下，赶快抬走我的命根子！”妮金漫不经心走向周天子，边走边说，“周天子请听好了，妮金魔咒就是：北边的群山，撒满金子。听好了，阿娘再说一遍：北边的群山，撒满金子。”

妮金推开周天子，径直向前走了十步，又慢慢回头，说：“周天子，山都卖给你了，阿娘就不管了，带领穷小子们，撒金子去吧！”

巴布听完，气愤地低声骂：“恶婆，请等着，巴布要报仇。”

大漠王攥紧拳头，高喊：“妮金部落富可敌国，原来是阿娘把金子全部撒了。”妮金听了满眼含泪，蹒跚而去。

巴布回想逃出妮金部落的艰辛，再次蹲在地上，懊恼地说："唉！金子都叫妮金骗去了，妮金彻底击败了我们。"

见巴布和大漠王十分沮丧，周天子上前安慰："太师给我们讲过，一个金老鼠的故事，犬戎兄长你没忘吧？我们的群山，用黄金买的，它就是金山，以后就叫金山。该是我们出手的时候了。召集所有的妮金部落的人，告诉他们，所有债务本王替他们还。"

巴布擦干眼泪，伸长舌头，悄声地唠叨："天子吾王，没搞错吧？所有债务，我们替他们还，这能行吗？"

大漠王笑着点头，伸出大拇指，大声赞扬："真是高招，哥哥支持天子。"

周天子拿出羊皮书说："就用它做抵押，所有兵士沿着九龙沉香輂一里范围安营扎寨，接待妮金部落所有的人。只要与妮金有关的债务，本王全收。迅速传告妮金部落，不得延误。"

晨雾散去，阳光照射清澈的河水，宽广的河面波光粼粼，银光闪耀。周天子引领盟友们，沿河岸漫步。周天子诚恳地说："各位兄弟，让你们在香輂委屈了二十一天，还请见谅。"

阿育王子伸出大拇指，大声夸赞："周天子，我们敬佩你，我们都听见了。第一天天子让雪龙给她吐雪花，妮金说不是昆仑山顶盛开的花，就开始耍赖了，什么都成了债务，要天子偿还，真是没完没了呀！"

多哈王子接过话说："周天子兄弟，别怕，多哈还藏有十万块金币。随时可取。"

"快来看，这青河水，多么透彻。河岸松林遍布，绿草青青，多美呀！"白灵王后赞叹不已。

周天子感慨："藏王告别时留下一句话，本王今天才明白，西域之地至善至恶者，皆有。遇见妮金，本王才明白了。到了西天王宫，也是本王与兄弟们分手告别时，珍惜吧！"

"周天子兄弟，阿克流斯怎能与天子分开呢？阿克流斯情愿留在妮金部落，永远不离开。"阿克流斯饱含热泪说完，挥剑砍断树干，"留个纪念吧。这是我的心，就留在这里。"

"魔咒不除，即使有天大的本事，也是无济于事。眼前的群山撒满金子，怎么可能呢？"多哈王子说完蹲在地上，捡起片石，向青河里打水漂。

周天子拿起大片石，开心地说："本王能打十五个水漂，就能破解这魔咒。你们数着。"

"一、二、三……十二，唉！"众人叹息。

"事不过三，你们数着。"周天子挑拣一块扁的小石片，用巧劲儿打出。石片飞速旋转，在水面向前飞溅。

"一、二、三……十九、二十！哎呀！"众人欢呼，"成功，必定成功。"

次日，院落中央搭起足足有一人高的木板高台，牧民们从四处聚拢而来，三三两两围着高台，窃窃私语。木板高台上孩童们上下攀爬，翻滚打闹。木台下牧人侧坐马上，低声私语。爬犁子上，妇女们互致问候，诉说家常。青年男子排列在显眼处，拿着乐器弹唱，欢歌一片。姑娘听着悦耳的琴声，眼睛一刻也没离开心上人。小蚊蝇围绕着人群热烈飞舞。马儿们甩动尾巴驱赶蚊蝇。不一会儿，马尿、马粪遍地，马蹄踩出月牙形小水凹，四周弥漫着草原的气息。

周天子搀扶着妮金走上木台，妮金慢慢坐在凳子上，巴布上前高声宣布："兄弟姐妹们，你们好，东方周天子，买下了北边所有的山，周天子还要还清你们所有人的债务，把你们的契书换回来。现在，请妮金统领给大家说一说。"

妮金用拐杖捣着地面，挪挪屁股，稳坐在凳子中央，昂起头环视一周，尖声地呼喊："部族的姐妹和兄弟们，周天子是买了北边所有的山，他已经身无分文了。妮金奉告姐妹和兄弟们擦亮眼睛，不要被周天子蒙蔽了！"

牧民们闻言，一下子失落到了极点，沉默不语。

巴布向周天子行礼，向牧民介绍："这位就是东方的周天子，请周天子讲一讲。"

周天子直接问妮金："妮金阿娘，千里部落的人欠您多少金子？本王一次还清。"

妮金不愿搭理周天子，对台下牧民慢声细语："你们都竖起耳朵，听清楚。不多，就一千两黄金。"

周天子向天拍拍手，将士们吃力地抬着木箱，摆上高台。巴布迫不及待地打开箱子，金光灿灿的黄金耀人眼目。牧人们惊呆了，有的紧紧搂住孩子，有的紧紧握住马鞭不敢相信自己的眼睛。

周天子直截了当地说："把千里部落的每个人的契书拿来相抵，妮金阿娘，有多少契书，全拿来，本王一次全抵清。”

妮金闻听此言，心花怒放，憋足了劲儿说：“五万两黄金成交，决不食言。”

周天子抓住妮金的手，与妮金重重地三击掌，信誓旦旦地说：“一言为定，妮金阿娘，请把所有契书交给本王，所有人员都归本王所有，立即照办。还有，以后阿娘每提一个问题，本王就少还一万两黄金。”

妮金疑惑地追问：“周天子，你有那么多黄金吗？别吓唬阿娘，先拿出来，阿娘才谈。”

周天子毫不留情地说：“阿娘已经提出第一个问题，现在就剩四万两了。阿娘如果不把契书拿出来，本王就要还价三万两了。还有四个问题，本王就要放弃了。”

妮金双手紧握拐杖，惊讶地瞪着周天子，许久才说：“妮金签字，就四万两。”

巴布写好羊皮文书，一式两份，周天子和妮金同时签字画押，互交了羊皮文书。

妮金拄着拐杖，一箱一箱清点黄金，颤颤巍巍交出契书和权杖。

交付完毕，周天子上前搀扶妮金，妮金甩开周天子的手，拄着拐杖转身便走，并告诫周天子：“周天子，这点金子怎能撒满群山呢？你能破解魔咒才是真本事。”

大漠王拦住妮金，大声祈求：“阿娘，还我父王，父王的契书在哪儿？”

妮金抹泪，惋惜地说：“戎儿，阿哥没有一页文书，阿哥是自愿的。他在那里。”妮金挥手指去，只见人群让开，大漠王望去：一匹黑漆烈马上，端坐着一位面如青铜的白发老者。他正是老鹰王。

大漠王快步冲上前，拉住马缰绳，跪地高呼：“父王，儿终于见到父王了，儿想念你呀！”大漠王搀扶老鹰王下马，父子俩紧紧相拥。部族牧民齐声欢呼：“周天子万岁，周天子万岁。”

三天之后，妮金卧床不起。白灵王后陪同周天子，前来探望妮金。妮金在床上大骂：“妮金部落已不存在，所有仆从都被你们买走了。阿娘身边一个人都没有，喝口水都难，留下一个仆从就要钱，喝杯水也要钱，唉！阿娘就要被巴布逼死了。阿娘情愿用所有财物，赎回部落。”

白灵王后上前安慰：“德玛阿娘，这是白灵女儿特意为您做的蜜制野草莓，请阿娘品尝。”

妮金支撑起身体，摆手拒绝：“不敢吃，吃了你的草莓，巴布会要钱。”

妮金用手遮住脸，再也忍不住悲痛，含泪吐露心声：“周天子，多少年来，阿娘天天盼夜夜盼，就等富甲天下的周天子来破解魔咒。终于，周天子来了，可你坐着破辇，怎能破解魔咒呀？阿娘就想：别指望谁能帮忙，只能靠自己。于是，阿娘处心积虑地积攒钱，就是为破解魔咒。说了这么多，又有何用呢？周天子，远方的客人，牢记阿娘的贪心，离开这魔咒横生的地方吧！”

白灵王后真诚地劝导：“德玛阿娘，我们知道阿娘的一片苦心。阿娘要保重身体。”

妮金哀叹：“唉！如今只得实言相告：很久以前，妮金部落很穷，男人女人都跑了。妮金无可奈何，就使了魔咒：所有到此之人，不把群山撒满金子，就别想离去。没有人，会像傻瓜一样，遍地撒金子，所以没有人能离开。”

周天子请教：“阿娘，本王有一个疑问，魔咒如此，为何巴布可以逃避出去？”

妮金痛哭流涕，绝望地说：“周天子，我把一切都告诉你，只有身无分文的人不受魔咒控制。如今，周天子买下了整个妮金部落，我们都是你的仆人。天子可以自由离开了。但是，我们这些人永远被魔咒控制，谁也别想离开。恳请周天子，立志破除妮金魔咒，妮金苦心埋藏的百万两金银，全部送给你。”

大漠王感动得热泪盈眶，捧着妮金的手，贴在自己的脸上，哽咽着地说：“阿娘，是您一人作恶，万人受益呀！孩儿终于明白了，阿娘的贪婪和吝啬，只是为了让所有人能离开这里。”

周天子上前，紧紧握住妮金的手，郑重地说：“老阿娘，请放心，不破妮金魔咒，本王绝对不离开。”

妮金老泪纵横，惭愧地说：“阿娘天天盼望东方周天子到来，破除万恶的魔咒，还德玛之真颜。今天见到天子的实力，德玛为天子欣喜。如果破除了魔咒，德玛梦想着和阿哥重回大漠，回到思念的家乡。周天子，这是妮金苦心积累的百万财物，这是妮金埋藏它们的羊皮图，都给你，破除魔咒吧！”周天子行礼致谢：“部落牧民已获自由，拥有自己的土地山林，他们拥有藏满金子的金山，不会离开妮金部落了。这藏宝图阿娘自己留下吧！今天，本王和阿娘一同祭天，破解魔咒。”

第九十回　吴刚仙父破双殒　玉帝天尊喜添寿

月上枝头，木台上摆有供桌，众人焚香，跪地祷求："太师，在天有灵，您给我们的智慧，帮我们破解魔咒，让阿爸阿娘回家吧！""父亲呀！您在哪里？母亲呀！姬满已经到了西天国，就要与金曼妹妹相聚了。姬满坚信一家人，一定会团圆。"祷告之声此起彼伏。

吴刚被唤醒，急忙来到青霞宫，向玉帝鞠躬禀告："深夜前来打扰，请玉帝谅解。"

玉帝非常高兴，摆手要吴刚近前，亲密地说："吴刚爱卿不必拘礼，请坐。爱卿呀！是不是也是为周天子的事情所扰？咱们边下棋边说。"

吴刚上前鞠躬行礼，说："天尊真是无所不晓。"

玉帝叹息一声，说："周天子破解妮金魔咒，法力还不足。什么是金子撒满群山，谁也不知道，但要使群山变成金山，倒不难。"

吴刚行礼，禀告："玉帝所言极是。只是，这金山名不副实，也无法破除妮金魔咒。"

正说着，托塔天王前来禀告："回禀玉帝，犯仙带到，是两个陨星小仙。"托塔天王回头高声呵斥："见到玉帝，还不跪下！快快认罪。"

玉帝责问："你二位鬼鬼祟祟的，扰乱天宫，可知罪？"

一位陨仙蹦跳而来，扑通跪拜，急忙禀告："玉帝天尊在上，我乃吸金小陨星，所到之处，金银竞相飞附而来，融入身体。天命如此，并不曾偷盗。"

"玉帝天尊在上，我乃积宝小陨星，所到之处，宝物尽被我收藏，天生如此，并不曾偷盗。”

玉帝闻听，笑曰：“二位神仙不必拘泥，快快演示，本王与二位定夺。”

积宝小陨星领命：“谢玉帝，我们走两步，周围近处金银就会飞来。多走几步，远处金银尽被吸走。”

玉帝闻言，指着积宝小陨星，谨慎地告诫：“只许走两步。你来走。”

“得令！”积宝小陨星边走边喊，“一步，二步。”走完站住，众人身上金银宝物竞相飞附其身，连玉帝手中攥着的棋子，也从手中溜走，不见踪迹。

玉帝慌忙大喊：“不许走了，相信了。还请陨仙退还棋子和宝物。”

积宝小陨星无奈地摇头，鞠躬禀告：“无法退还，只能将我们破碎。”

吸金小陨星跪地恳求：“恳请玉帝天尊指点我们兄弟好去处，不愿再落偷盗之骂名。”

“玉帝天尊，我兄弟二仙已在空际流浪千万年，仙寿将尽了，要有个归宿。此行前来，与天尊告别。”

玉帝好不心酸，问：“二位陨仙，有何要求，尽管提出。”

吸金小陨星请命：“玉帝天尊在上，小仙情愿将金身抛撒，造福天地，让人再别叫骂小仙盗贼。”

积宝小陨星拍着胸膛说：“一生默默所藏，愿造福天地，不足为惜，恳求玉帝仙尊，指引光明大道。”

玉帝闻言心下一惊，上前扶起二位陨仙：“天意呀！天将降大任于是人也！二位必能造福天地。”

二位陨仙感激万分，相拥而泣，激动地说:“兄弟，我俩光明磊落走完一生，感激天尊指点。”

玉帝急急命令：“天王李靖、吴刚星君接旨，护送两陨仙于西天国北部群山之上，吴刚星君破陨。”

黎明时分，东方启明星显亮。周天子和妮金祭天。众人遥望北方群山，两个火球先后从东方飞来，在天边拉出白雾，飞速降临群山。天空中吴刚显圣，手举巨斧向一个火球劈去，瞬间金光闪耀天空，火球破裂四处飞溅，冲击顷刻之间，地动山摇，轰隆隆天雷巨响，震耳欲聋。吴刚再次显圣，手举巨斧，追向另一个火球，奋力劈下。只见火球爆炸，金光闪闪，飞溅四方，大地震动，嘈杂声四处传来。部落百姓惊呼：“老天呀，保佑我们，保佑我们的家园。”

周天子跨上天马，天马飞向云端。周天子高声呼喊：“父亲，父亲大人，请留步。”吴刚肩扛巨斧，思虑许久，才回头说：“姬满吾儿，快去忙吧！魔咒已除，造福一方，终有全家团圆时。”

吴刚转身急欲离开，难以忍受的悲痛突然涌向心头，让他不禁回头想看姬满一眼，手中巨斧滑落，坠落而下。真乃：万般历练不折腰，刚正不阿不低头。一见亲儿泪横流，巨斧滑落愁上愁。

吴刚上前牵住天马，掩饰悲痛，不忘叮嘱：“姬满吾儿，别下马，与父亲一同前去，找寻斧头。”

周天子轻声问候：“父亲！今日相见，真是天造奇缘。爹爹，您可好呀？”吴刚掩面擦拭眼泪，迅速降下云端。眼前群山兀立，吴刚抹泪笑曰：“爹爹今天高兴，就带姬满吾儿去群山游玩。儿呀！坐好了！别下来。”吴刚牵马走向茂密森林。

树荫下，昆斯大神、蒙巴大神坐在毡毯上与老鹰王和妮金促膝而谈。昆斯大神指着帐外，高声说：“贵客临门。”

众人走出帐房，热情相迎。妮金迎上前，鞠躬行礼，欣喜相迎：“给吴刚星君道喜。父亲给儿子牵马，儿子即将大展宏图。”

昆斯和蒙巴上前行礼，昆斯谦称：“吴刚星君，今日父子相逢，给你道喜了。蒙巴兄弟，何不一展嘹亮的歌喉呢？”

蒙巴举着奶酒，放声高歌，走向吴刚，双手举碗敬献。

吴刚放开马缰绳，回身抱起周天子下马，爽朗地说：“儿子，爹还可以抱起你。哈哈哈！”

吴刚牵着周天子的手，父子一同走到蒙巴身边。吴刚上前双手接过蒙巴手中的碗，右手点酒，敬天，敬地，举碗喝了一半，把剩下的一半递给周天子，爽朗地说：“儿子，干！”“干！”周天子举碗一饮而尽。

妮金上前邀请：“尊贵的吴刚星君，请进我的帐篷，喝奶茶。”

“天神驾到。”人们高声欢呼，奔走相告。白灵王后在帐篷中闻讯跑出来问：“是哪位天神？”

“用斧劈星的吴刚星君。”

白灵王后拽着香蜀夫人，快速回到九龙沉香辇。从香辇上抱出包裹，骑上马，催马向妮金帐房赶去。

妮金递上热气腾腾的奶茶，笑着说："父子相见，真是难得，怎么光是傻笑呢？"

大漠王来到帐中，急忙跪拜，高呼："吴刚星君在上，受戎儿一拜。禀告星君，神斧找到，正在运来。可惜，一半斧刃断入山石中，无法取出。"

昆斯大神打趣道："妮金的山，人过留财，雁过拔毛。谁让巨斧落在这儿呢？"

大漠王望着妮金失了神，惊讶："阿娘，你的白发没了，你不是妮金了，魔咒消失了！"吴刚无比自豪地说："陨星爆裂，群山撒满金子和宝物，这是玉帝恩典所致。妮金，你这儿可是金山宝山了。"

妮金羞涩地说："黑心狼妮金，已经不复存在了。从今以后，慈祥的德玛阿娘在金山部落欢迎您。"

空中传来李靖天王浑厚的喊声："吴刚星君，该回天复命了。"吴刚站起身，一双坚强的手牢牢箍住姬满双臂，愧疚地说："姬满吾儿，爹爹办完公事，定会来看你。"

周天子频频点头，千言万语只能暂时留在心中，极其不舍地送吴刚向帐外走。

昆斯大神赶来："吴刚星君，别急，稍等片刻，我们一同回天宫复命。"

"吴刚星君请留步，仙父大人请留步。"白灵远远地喊道。

吴刚看着周天子，沉重地说："儿呀！爹爹很快就能来看你了。"

周天子指着飞奔而来的烈马，急忙向吴刚介绍："爹爹，前来的是你的儿媳小灵子呀！"

吴刚回头，迫切询问："是哪一个？"

周天子大声告知："这个，白灵子，你的儿媳。"周天子来到马前，扶白灵王后下马，催促："快来拜见父亲大人。"白灵王后泪眼汪汪，走近吴刚下拜，深情地呼喊："父亲大人在上，受儿媳小灵子一拜。"

吴刚措手不及，慌张地扶起白灵王后，匆忙说："来去匆匆，没……"吴刚迟疑片刻，急忙从怀中摸索取出布包，一层层仔细打开，一件件拿出金钗、玉梳子等，又重新包好，把布包放在白灵王后手中，"这是准备送给你娘的贴身物件，时间仓促，就当为父的见面之礼，送给小灵子。儿媳收好了。"

吴刚快速脱去战甲护具、战盔、战靴，捧着递给周天子，笑着说："爹爹是文儒，这些都给吾儿防身。姬满吾儿，要听为父之言，小灵子已有身孕，即将分娩，儿呀，可要好好照顾小灵子，爹爹很快来看你们。”

吴刚转身走向爬犁子，手持巨斧，挥手告别。

白灵王后哭成泪人，说：“儿媳不曾一天尽孝道，这是孝心，请父亲带上。”

周天子把三个大包裹，塞在父亲吴刚手中。

白灵王后从香蜀夫人手中接过一个酒壶和三个食盒献上，介绍：“这是白灵亲手制成，请父亲大人尝鲜。”

昆斯上前帮腔：“吴刚兄弟，昆斯帮你拿。”

吴刚惋惜地说：“天命在身，爹爹一定回来看你们，姬满吾儿，照顾好小灵子和孩子。不言再见。”

吴刚、昆斯、蒙巴三位驾云而去。

凌霄宝殿，玉帝见三位神仙笑逐颜开，故意高声询问：“三位神驾不用行礼。吴刚爱卿呀，你是遭劫了吗？丢盔弃甲，连战靴也跑丢了，怎么成赤脚大仙呢？”

众神仙一片哗然。

“微臣吴刚深感对不起孩儿，又匆匆而别……姬满、小灵子呀，爹爹对不起你们呀……”吴刚猛然跪在地上，捶胸痛哭，众神仙暗自抹泪，纷纷上前劝慰吴刚。

玉帝委婉地说：“见了儿子、儿媳，又见了未出世的孙儿，吴刚真有福气。难道本王这天尊不是老曾祖吗？众位仙君，谁人不是姬满和金曼之父呀？吴刚，你把白灵献给我们的孝礼呢？”

吴刚拍拍脑袋，放下包裹，禀告：“天尊，这是儿媳白灵子敬献的孝礼，臣只顾悲伤，忘了敬献，请玉帝降罪。”吴刚急忙献上包袱。

李靖天王上前禀告：“劈天斧掉落，吴刚星君去寻找劈天斧，延误了一刻钟，在下亲自和吴刚星君下界寻找。请玉帝开恩。”

玉帝挥手，要吴刚靠近，迫不及待想看孝礼，吴刚赶紧递过去。玉帝接过孝礼，放在龙案上，喜笑颜开地打开包裹。包裹内是一件黄色九龙万寿夹袍和一封帛书。玉帝打开帛书，高声朗读：“九龙万寿夹袍，孝敬玉帝天尊，祝天尊万寿万福。”玉帝高兴得哈哈大笑。

玉帝迫不及待地穿戴寿袍，整个人看起来雍容华贵。

玉帝不忘打开第二个包袱，又有一封帛书。玉帝毫不犹豫地打开帛书，高声宣读："麒麟送子天袍两件，孝敬吴刚仙父，祝吴刚仙父寿比南山，祝太……"玉帝没念完，点头赞许："小灵子真是不错，吴刚真有福。"

玉帝急忙打开第三个大包袱，拿出帛书，大声宣读："鹤鸣九天千寿夹袍，共有百件，孝敬仙翁、仙叔。每人一件，量尺而做。"玉帝示意分发给大家。

列位仙圣欢喜不已，上前认领。

众神仙身着鹤鸣九天千寿夹袍，无不赞叹："这才是孝道，咱太有福了。"

巨灵神说："吴刚兄，寿服如此舒适，你我尽受孝敬，我也有子嗣了，兄弟好激动呀！"

玉帝心里乐开了花，大肆赞扬："看吧，这才是孝敬，多大气呀！真乃天宫之媳。"

玉帝挥手，要吴刚靠近。吴刚沉浸在回忆中，未曾发觉，玉帝只得叫喊："吴刚爱卿，你可穿着麒麟送子呀！这么开心的事，你咋就不开窍呢？元始天尊，开导开导吴刚。各位爱卿，天宫正在恢复，我们都会万寿无疆。"

昆斯提着酒壶，敬献："这是小灵子亲酿美酒，敬献给天尊。"

蒙巴提着食盒，敬献："这是小灵子和大漠王后香蜀亲自做的美食，还有大漠王和妮金酿制的奶酒，敬献给天尊。"

玉帝小心翼翼，打开食盒的第一层，牛乳奶糕上一个金'寿'，左边写'万寿万福'。

第二层食盒，牛乳奶糕上双寿字，左边写寿比南山。

第三层食盒，牛乳奶糕上三寿字，左边写万寿无疆

众神仙扶起吴刚，吴刚才回过神："今天高兴，吴刚请仙兄道友喝酒，请、请……"

太阳照在金山上，德玛骑马向前，引领众人翻山越岭。八骏牵引九龙沉香辇，缓缓跟随。路途之上，群山险峰，风景美不胜收。

翻过一山又一山，眼前树木白色树皮，黄色树叶，金灿灿连成一片，遍布山间。

又翻过一山，只见一泓碧蓝的水，在山峡间蜿蜒曲折，那湖水碧蓝，如同琼浆玉液样醇厚，又如同碧蓝色宝石镶嵌在山峦之间。两岸山影倒映水中，深褐、深绿、嫩绿、金黄、艳红，就在碧蓝的水中流淌，真乃：世外仙境不

如其美，人间之天堂。

巴布高声介绍：“这是西天国最美的风景，不到一目国，不知金山之美，不来图瓦，不知金山之奇。我的妮采老阿娘，就住在湖边木屋。”

只见前方古朴的木屋炊烟袅袅，更是美不胜收。

九龙沉香辇尚未停稳，盟友们迫不及待地跳下龙辇，向湖边飞奔。

第九十一回　西王母神尊显圣　文昌君率众归来

喀曼魔王率领九路大军扫荡田野，十万魔兵黑压压地呼啸而来，铺天盖地踏进田野，成片的庄稼惨遭蹂躏。

喀曼女魔躲在巨伞之下，尖声命令："全部烧光，我就不信，西王母金曼，你会永远躲着，不敢出来。"

九位魔王魔性大发，四处喷火，田野一片焦黑。

西王母站在山丘上，眼见魔王们丧心病狂地破坏庄稼，痛心疾首。西王母默念咒语，所有人马都藏进西王母洞府。西王母洞府再次消失在群山中。

西王母全副武装走下山丘。天山之尊迎着巨伞勇猛向前。

西王母抓把沙土用力挥出，一阵强光射向魔兵，魔兵被强光射杀成粉末。

魔兵躁动不安，见到西王母，更加疯狂，如潮水般冲向她，将她围困中央。

喀曼魔王走出巨伞，举起手，魔兵停止进攻。

喀曼女魔尖叫道："金曼，还我宝座，西天国属于喀曼，喀曼永世都是西天国女王。"

西王母怒斥："没有永世不变的王，也没有永远不灭的魔。喀曼，你这魔王的行尸，火速回到那口龙凤棺材之中，西王母为你超度。否则，让你灰飞烟灭。"金鹰飞来落在西王母肩上，尖厉的啼鸣声穿透原野。

喀曼女魔疯狂地叫嚣："金曼单枪匹马，怎能抵挡魔界九路大军十万魔兵呢？只要我的手放下，灰飞烟灭的是你。"

天空传来冥冥之声："西王母神尊别慌，我们教你如何用百宝囊。"四位菩萨已立于空中。

西王母急忙行礼，热切呼唤："恩师在上，恳请四位恩师指点。"

"你的百宝囊中有万件法器，变化成千形万状。女娲娘娘炼金石的吹火，后羿射日的神弓宝箭，流传千古的神功兵器、礼法仙器，还有奇异法咒，都在其中。金曼你快试一试。曾听传说：西王母原始神尊，救苦救难，做一件善事，就多一件神器，后羿求仙药，就将神弓宝箭相赠，西王母也没推辞。西王母原始神尊，掌握生命繁衍。行善积德，来者不拒。所以受人相赠，也是来者不拒。金曼打开百宝囊，也让我们见识原始神尊之风采。"

喀曼魔王偷听到此言，右手依然举着，不敢放下。

九位魔王也偷听到此言，狂笑不已："闻所未闻，骗谁呢！"

喀曼魔王知晓西王母的古老传说，心想：宁可信其有，不可信其无。她悄悄引领众魔王，急忙化风走了。

西王母念叨："百宝囊开，行善除恶。"

只见西王母金曼立于天地之间，变换成千形万状，握着各种法器。瞬间，奇异香风沁人心脾，万方乐奏感动心灵。西王母天籁之声，响彻天空：

（歌）

西域神尊西王母，大若无形似有形。

千形万状开天地，百宝囊开除恶来。

有求必应显神通，千事万事自然来。

刀光不见易无影，惩恶扬善于无形。

西天王母游千山，洗涤万恶千山来。

畅游千重万仞山，降福黎民千万年。

天籁之声响彻云霄，万物尽被洗涤，庄稼又是绿油油的，一望无垠。鸟雀飞于原野，百花争艳，果实飘香。

观世音菩萨现身，四位菩萨纷纷感叹："阿弥陀佛！十万魔兵荡然无存，变成了积肥。""大德无量，万物重生。""无影无形，无量功德。阿弥陀佛，善哉，善哉。""千形万状不留痕，广施善德于无形。妹妹，快看，西王母又多了一件法器。"

观世音菩萨急忙提醒："就你们眼尖，金曼快将百宝囊收起来了。我们要去西天拜见佛祖，就此告辞了。"

西王母刚收起百宝囊，四位菩萨已化光而去。西王母高呼："恩师，不要留下我。"空中传来："西王母金曼，九十九个月圆之时，再会了。""师傅们就在你身边，万件法器，你要件件领悟在心。熟练得法，不可盲用。"西王母望着远去的五位恩师，合掌行礼。

此时，已是秋风起，果实丰产时。秋收时节，百姓们一刻也不得安歇，不分昼夜地忙碌于原野。西王母望一眼无垠的庄稼地，满怀憧憬。

妮卡引着众臣，挨家挨户督促秋收。收起一年的汗水和辛劳，大地母亲永远将丰收馈赠于勤劳的人们。

托哈搀扶大娘而来。大娘挎着一个红柳筐子，见到西王母，赶忙行礼。托哈埋怨："大嫂，跟你说了，西王母忙得很，大嫂，看到了吧？西王母帮人收大麦呢！"

西王母上前热情问候："大娘，您老人家这么远来了，真辛苦，等秋后闲下来，我去看你。"

大娘瞅瞅西王母，激动地说："我用新麦子磨的新面，亲手做了拉条子，送来请西王母尝尝。"

西王母拉住大娘的手，感动地说："一直想跟大娘学做拉条子，能尝到大娘做的拉条子，真是太美了。大娘你看，托哈大叔都流口水了。"大娘笑眯了眼睛，大方地说："做得可多呢，大家一起来尝尝嘛！只可惜文昌国师尝不到。"

托哈急忙拉开大娘，悄声说："大嫂，你说啥不好，别瞎说。"

西王母笑得开心，大声宣布："大娘，你是不是想黑蛋了？"

大娘不好意思地搓搓手，假装无所谓地说："都是为西天国驱赶敌人去了，不想，不想。"

西王母笑着说："大娘，你吃完饭，黑蛋准回来。先吃饭。"

托哈上前，放下篮子，召集大伙儿吃饭。众人一边吃，一边赞不绝口。

金鹰从高空盘旋飞来，落在西王母肩上。

西王母扶起大娘，催促："大娘！快走，去迎接黑蛋将军。"

大娘疑惑地瞅着西王母金曼，问："是迎接黑蛋，还是迎接将军呀？"

西王母不作声，扶着大娘快步而去。众人走上大路，只见远处旌旗飘扬，人声鼎沸。一支队伍，整齐有序地迎面行来。最前方的黑蛋身着金盔铜甲，护卫在文昌君和荷花老师身边。

文昌君翻身下马，扶着荷花一同来到西王母面前，跪拜："仁慈的西王母，臣不辱使命，回来了。未损一兵一员，安全到家。"

西王母上前，扶起文昌君，高声说："文昌老师，荷花老师，辛苦了。"

大娘远远瞅见黑蛋身着金盔铜甲骑坐在高头大马上，如同天神一般威武，不敢相认，躲得远远地凝视。

西王母欣喜上前，高声致辞："欢迎西天国勇士回家，请下马。"

黑蛋高呼："所有将士下马，拜谢西王母。"

一声号令，众将士动作整齐划一，齐齐翻鞍下马，手持马缰绳跪地齐声高呼："仁慈的西王母！"西王母伸出双手说："快快起来，辛苦各位兄弟，现在回家休息。"将士们一片欢呼。

黑蛋将军，拉马跑到大娘身边，跪在地上和大娘相拥在一起……

西王母洞府，妮卡、妮和、妮泊和各部落统领都已聚齐。

文昌君上前禀告："尊敬的西王母，西天国各部落齐聚西王母洞府。微臣还要禀告：百里封城，十里烽火台，已经全部建成。大宗物品源源不断从东方而来，西天国兵士严密护卫，正在安全转运。"

西王母欣喜地说："这条商路通达四方，周天子的宏图已经实现。听说周天子破除了妮金魔咒，正在前来西天国的路上。这是西天国之盛事。妮卡听令，以最高礼仪，沿途迎接周天子和各国盟友。"

妮卡内心欢喜，急忙禀告："臣已传令，请西王母放心。我让巴特前去迎接东方周天子。还有天大喜讯，巴布也带来消息了，他们都要回家了。"

西王母提醒大家："喀曼女魔侵占王宫，绝对不会轻易认输。我们要最后一搏，彻底铲除恶魔。传令下去，秋收结束，所有人依然躲进洞府，不得外出。"突然，妮泊统领跌倒在地不省人事，众臣一片慌乱。西王母上前，施法救治。妮泊慢慢苏醒，拍着胸口说："羊皮书。"妮泊再次昏厥。西王母从妮泊怀中掏出羊皮书，只见哈哈尔变成一寸小人，跃然而出，粗野地叫喊："金曼，我告诉你，善心总是要受欺的。还有七天，你们的末日到了。哈哈哈！"羊皮书荡然无存。

西王母为之心惊，恐惧久久难以从心中消散。西王母把仙丹喂进妮泊口中，妮泊睁开眼睛，慢慢苏醒，虚弱地说："河神，河神就是巴巴拉大人……"

夜晚，半个月亮爬上枝头，西王母畅游仙池。西王母坐在岸边的石头上，金鹰飞来落下。西王母深情地说："雕爷爷，姬满哥哥就要到了。可是，这群恶魔依然不依不饶，善心总是被欺吗？世间永远不公平。"

金鹰啼鸣："是什么使我们忧伤？是人与人之间失去的信任。善良的人也会隐藏事实，那是善意的欺骗。而恶魔隐藏险恶用心，使用卑鄙手段，那才是真正的欺骗。打败欺骗，就要把一切险恶的魔鬼暴露在阳光之下，让它们无处藏身。"

"雕爷爷，金曼又有信心了！是您，再次为金曼洗去凡尘杂扰，让金曼更有力量了。"

西王母跃入仙池，在净水中畅游……

第九十二回　长河冲沙积平原　豪情飞越松树头

夜已深，周天子走出帐房，极目遥望，月下帐房前的大河泥沙滚滚，岸边一丛丛野玫瑰，匍匐在黑暗的夜色之中，绵延到远方。帐房中炊烟袅袅，奶酒飘香，牧民席地而坐，尽情地弹奏乐曲，欢快地高唱牧歌。优美的旋律，嘹亮的歌声，让夜色沉醉。远处的河滩，天马在月光下或引颈啃食水草，或昂首嘶鸣。母牛急促地呼唤牛犊。夜色更深沉。

骠三豪情万丈地说："天子，这就是千里部落——骏马的家乡。这河多美呀！请看湍急的河水冲刷出广阔肥沃的平原，我们无数的兄弟扬蹄飞驰，就在这水最美、草最香的家乡。"

周天子被骠三豪言感动，情不自禁地问："各位能人乃是神仙天物，为何迷恋这里？"

骑二仰望天河，昂首长嘶："自由驰骋，沃野千里。天上天河不过如此。家乡四季分明，远比天宫饲栏强。"骠三自豪地高歌："马儿就要驰骋，风驰电掣，才是最好的骏马。"

周天子被能人们的豪情所感动，举起酒碗感慨地说："这奶酒一喝，本王也想驰骋天下。"喝完酒，周天子激动地吟唱，"今天走过松树头，不知何年再相望。"

大白好奇地问："周天子，那月亮之下与天相接的险峰就是松树头，天子是何时得知此处的？"

周天子顺着大白所说，望着远方月下险峰，无比向往地说："这是巴布的诗，今日本王才知松树头之险峰。西域之壮美，难以踏归途。”周天子仰望半个月亮，心潮澎湃。

白灵王后翩翩来到周天子身边，拉着周天子的手走上土丘。

白灵王后百感交集地说：“天子夫君，再有几日，我腹中的胎儿就足月了，天子快看，那银鳞水浪中，金鳟大腹便便逆流而上，天如人愿呀！”

周天子爱怜地护住白灵王后，白灵王后开心地说：“夫君，先给孩子起个胎名吧！”

周天子望着月亮思虑片刻，畅快地说：“有了，伴月银河岸，萧萧班马鸣，就叫腾儿。”

白灵王后轻轻抚摸腹中的胎儿呼唤：“腾儿，腾儿，我们回去休息了。”

清晨，太阳升出地平线，阳光金灿灿地照耀大地。白灵王后起得很早，沿着矮树丛采了许多菌子。炊烟起，白灵王后提着菌汤，走进大帐。

周天子闻到香气起身相迎，开口赞美：“鲜白的蘑菇，鲜美的菌汤，难得的山珍。”

周天子举碗喝汤，急切地说：“再有几日，就能见到金曼妹妹了。我们快快出发。”

众人齐聚九龙沉香辇，周天子行礼，挥手告别：“千里部落兄弟，不必相送，告辞了。”

周天子直指前方：“听本王号令，向松树头出发。”

千里部落万马奔腾，在前方开道，顿时踩出一条笔直大道。

八骏飞跃而出，九龙沉香辇沿着沟谷爬上山坡，顺着山坡奔向远处天山，扬尘而去。八骏奋力踏蹄，前方山谷，道路曲折蜿蜒。

巴布频频摇头，难为情地说：“天子吾王，还有坦途可走，何必翻越高山险峰？当年我和弟弟巴特被逼迫得走投无路，才翻越松树头。巴布的诗只是随口乱说的，天子不必当真呀！”周天子望着前方险峰，豪情万丈地说：“不畏险峰在尽头，准备挑战松树头。”

大漠王为周天子助威：“望山跑死马，天子不气馁，哥哥助你一臂之力。”

巴布也来劲了，奋力狂呼：“豪情飞跃松树头，再次感受天地情。”

八骏极力飞奔，从蜿蜒曲折的山谷，向山顶攀爬。九龙沉香辇飞跃层层塔松树顶，万丈沟壑就在脚下，深不见底。翻过一山一壑，又过千山万壑，似要步步登天。眼前山峰更加险峻，笔直若梯，众人双手紧握，围成一圈，施展所有能力。前方两峡壁上两棵高塔般巨树，如同巨神站立在天门，守卫着峰顶。

八骏盘旋而上，巴布指着头顶高呼："那就是松树头。兄弟们，加把劲。"

周天子用余光回顾左右的山涧，真是万丈深渊，雾气缭绕的山涧深不见底。一山一路，沟沟坎坎，曲曲折折。八骏喘息着，使出所有气力，步步登高。四周云雾围绕，似乎天有多高，山就有多高。

八骏曲折迂回，沿着山梁再次盘旋，终于攀上峡口。峡口足有百米宽，众人仰望两侧，两棵巨松高百尺，守在山巅，直穿云霄。八骏慢慢停下来，九龙沉香辇缓缓落在松针遍地，柔软的草甸上。

众盟友一片欢呼，纷纷跑下车辇。

周天子和大漠王走下车辇，走近八骏，八骏如水洗一般。冷风吹过，它们周身冒着白气。周天子深情地抚摸它们。众人急忙卸下笼头，拿出毛毯，护住八骏。

周天子爱怜地拍着骠三，深深自责："适才能人们辛苦了。若知如此艰难，本王绝不铤而走险。"

骠三依然逞强地说："这山并不很高，就是陡峭。"

骑二毫不示弱地说："若不拉香辇，如履平地。"

大白更是语出惊人，豪气地说："天马龙驹，行险峰宛若踏平地，此处高不及天门，再来十级天梯，也无妨。"

兰心跑来，悄声说："二位娘娘眩晕呕吐，肚子痛。"

周天子和大漠王脸色骤变，急忙上香辇察看。

白灵王后轻拍腹部，开心地说："腾儿呀！父王带你去看松树头，我们一起去，好不好？"

香蜀夫人轻轻推开大漠王，安慰说："夫君，香蜀没事，香蜀也想出去走走。我们的小宝贝，叫什么呢？兰心快来！"

兰心紧紧跟随，在后面唠叨："可怜我没人疼爱，瞎操心……"

第九十三回　骨亲相遇松树头　君臣同吟壮志酬

巴布独自走进铁塔般的松树森林，不由得想起弟弟巴特，黯然神伤。他拿出腰间的批把，忧伤地弹起来。

远处一位少年径直走来，腼腆地笑着说：“你是巴布叔叔，你就是。”男孩转身，飞快地跑向远处的木屋。

只见一个熟悉的身影，从木屋现出。巴布擦亮眼睛，心里默念：“这是巴特，这是弟弟——巴特呀！”巴布跑两步，跪在地上，伸开双臂高呼：“亲爱的弟弟，梦中的巴特呀！”

巴特跑来俯身抱起巴布，不停旋转，大声欢呼：“哥哥！你可回来了，巴布哥哥，巴特久候松树头，终于与你相见，金曼妹妹让我在这等候哥哥呀！巴布哥哥，巴特想你呀！”

巴布捶打着巴特的肩膀，心酸地说：“亲人哪！兄弟呀！你死了，你咋又活了呢？你让哥哥好伤心好自责好痛苦，哥哥一直因为杀了你而赎罪啊。”

巴特紧紧抱着巴布，哽咽地说：“记得那天，我被你抱着去松林，金曼妹妹就让金鹰跟去了。哥哥放下巴特，再没找到巴特。巴特一直活得很好，一直在娘身边！这是巴特的小儿子，和哥哥的名字一样叫巴布。哥哥，你去哪儿了呀？哥哥，巴特想你呀！”巴特伤心得难以自持，缓缓地说。“阿娘想你时常说：西北风就要刮过，东南风吹起时，冰雪就要融化了，孩子们都会回来。巴布哥哥！你终于回来了。”

巴布仰望天空，尽情呼喊：“阿娘！巴布回来了。”

巴特领着巴布走向木屋，开心地朗诵：“今日走过松树头，不知何年再相望？这是哥哥的诗，弟弟终于等到哥哥回来了。哥哥进屋吧！”

巴布哽咽着说：“巴特，请等一等，幸福来得太快，哥哥要与朋友分享。”

山高林密，众人都坐在草甸上休息。巴布跑来，兴奋地说：“好消息，俺巴布终于找到弟弟巴特了。”周天子吃惊地问：“巴布，是真的吗？巴特兄弟还活着？真是天大的好消息，太好了，带我们去向他问好。”

大漠王调侃道：“犬戎的假话，巴布将军你也全信呀？没见到可不算数。”

巴布见众人坐在树下，指着前方催促：“你们怎么待在这儿？前边有美景，就在前方，快随我来！”

周天子牵住白灵王后的手向前走，白灵王后透过树丛望去：那是天蓝还是水蓝呀？水连着山，水连着天，水天一色。

白灵惊叹：“天呀！那是什么呀？”

众人穿过高塔般的松树林放眼望去，眼前一汪天蓝色的净水，纯洁无瑕，神圣的圣湖宽广无边。

巴特来到众人中间，热情相邀：“远方的朋友，我就是巴布的弟弟，巴特就是我。你们走过我的木屋，请你快下马，你们就是尊贵的客人。”

一行人向湖边走来，牧民闻讯，举着飞鹰，赛着马，赶着羊群，唱着歌，从四处赶来，没多久湖边遍布白色的帐篷。帐篷外奶茶飘香，歌声嘹亮。老牧人拿起古老的乐器，弹唱着古老的牧歌。雄鹰飞翔在宽广的湖面，湖水中的巨石，沟沟坎坎，清晰可见。湖水拍打湖边的粒石，哗哗作响。

白灵王后说：“天子，你看天空有多美好，大地有多辽阔。牧人把湖水比成情人的眼泪，多么美好呀！”“如果我是蜉蝣，哪怕只能飞舞一天，也要留在你身边，也要快乐地与你相伴。”周天子紧紧盯着白灵王后清纯无邪的眼睛深情地说，“生活多么美好，每一刻的幸福都在你身边。”

巴布喝了很多酒，来到周天子和白灵身边，感激地说：“白灵王后，你是巴布的恩人，你的心灵就像湖水一样圣洁，我要歌颂你。周天子，我们是亲密无间的好兄弟，我们就是松树头站立不倒巨松，我们的友情万古长青。”

大漠王摇摇晃晃走来，指着天空上的雄鹰高呼：“巴布兄弟，你们俩是松树头，犬戎就是飞过松树头的雄鹰。”巴特走来，豪气地说：“兄弟们，松树头就是见证，我们都是雄鹰。我们的心像湖水一样纯洁，友情像松树头坚毅不倒。白灵王后，巴特听了你的故事，巴特要歌颂你。东方周天子，修通商道，破除妮金魔咒，造福西域，巴特也要歌颂你。你们的心灵就是这圣洁的湖水，千古流传，万古流传。”

周天子扶着白灵王后漫步湖边，回望松树头，迎面阵阵凉风吹拂。

周天子眼望湛蓝梦幻般的湖水，情不自禁地吟唱：“碧海青天，水天同一，凌峰扶摇入天际，白云寐影衍生情。峰骨情泪结真谛，奇异险峰在征途。”

白灵王后留恋眼前的一切，贴近姬满耳边，轻声地吟诵：“举案齐眉两厢凝，烽火连城壮志酬。天马指日腾飞去，情人之泪暗自流。”周天子听得仔细，欣喜万分，抱起白灵王后走向九龙陈香辇。

巴特赶着十五匹马拉的帐房车缓缓驶来，巴特高声喊：“周天子，天子，白灵王后有身孕，巴特这帐房车平稳，请王后娘娘坐帐车吧？”巴布拍马迎上前，耐心地说：“天子吾王，敬请放心，巴布引骑兵紧紧跟随，绝无问题。”

十二彩女闻言，上前搀扶白灵王后下辇，大声责怪：“娘娘，这沉香神辇，风也似的，不如帐车舒坦，咱们坐帐车去。”

兰心搀扶香蜀夫人走下香辇，走向帐车。

白灵王后回头注视周天子，眼中满是不舍。周天子向白灵王后招手，高声喊：“慢着点，要小心。”大漠王拍拍周天子肩膀，劝解：“天子老弟，放心吧！”周天子再次回头，见到白灵王后已被扶上了帐车，探身不停地向自己挥手。

八骏引领九龙沉香辇缓慢而行，帐车紧随其后。

巴布跨马持弓，左右护卫，向东疾步而行。

第九十四回　周天子误入陷阱　众神仙被捆石柱

西天国宫殿已经破败不堪，卡曼女王的寝室隐藏在地宫幽深的角落，寝室四处密封，只有昏暗的烛光，依稀照亮四周。

喀曼女魔来到地宫，在烛光下见到卡曼女王，开口就大声责备："妹妹，这里只有蜘蛛和老鼠，你的伤能养好吗？妹妹多久没出地宫了。"

卡曼女王闻声，急忙牵住哈哈尔的手，娇气地说："姐姐，我的手还痛着呢！没养好呢！"

卡曼女王口风急转，嘲讽道："听说姐姐的十万大军，被金曼一人所破，这也太离谱了吧？"

喀曼女魔被激怒，气愤地叫骂："过不了三天，妹妹你就瞧着吧！姐姐定要叫金曼魂飞魄散。"

卡曼女王懒洋洋地抬起头漠不关心地说："这些破事都与卡曼无关。姐姐听说了吗？周天子破解了阿娘的魔咒，就要前来拜见西王母金曼。姐姐还等什么呢？姐姐再不出洞，周天子与西王母金曼合兵一处，即使等到九十九个月圆，又能如何呢？"

喀曼女魔闻言更加气愤，气势汹汹地回答："妹妹，你没说错，你什么都知道，为何坐以待毙？快给我起来！"

哈哈尔上前，自信满满地说："这些秘密，怎能离开我们的视线呢？我们就像一条蛇，就躲在黑暗角落，随时出击。"

喀曼从内心里仇恨哈哈尔，闻听此言，怒火中烧，再也压不住心中复仇的火焰，对哈哈尔说："哈哈尔表弟，你也听到周天子的谈话了？不是吗？"喀曼在想：当年妮金阿娘扶持佳曼，佳曼深爱鹰王，陷入情网，生下犬戎。谁会下毒手杀死了阿娘和佳曼呢？"

卡曼女王悲情地哈哈大笑，无奈地说："姐姐，你既然都知道了，还问什么呢？这些往事捕风捉影，只让人万分心痛！"喀曼不住地摇头，心想：傻妹妹，你怀着仇人的孩子……喀曼女魔再也无法忍受，大声提醒："妹妹，如今真相已经大白，母亲和佳曼妹妹之死，连同我的不幸，都是哈哈尔所为。妹妹为何执迷不悟呢？"

喀曼趁势用干枯的魔爪牢牢抓住哈哈尔的手腕，怒目圆睁，恶狠狠地对哈哈尔说："恶贼，喀曼复活，先噬了哈哈尔的死尸，报了仇，这难道不是天意吗？"喀曼又温柔地问，"哈哈尔表弟，喀曼始终不明白，你为什么不放过我们呢？能快点说出真相吗？"

哈哈尔立刻装出满脸无辜的样子，转动眼珠，开始诡辩："喀曼姐姐，您还不清楚吗？妮金阿娘说我是穷小子，要把哈哈尔赶出王宫。你们知道，我深爱着卡曼，卡曼是哈哈尔的一切呀！"哈哈尔跪在卡曼面前捶胸痛哭，举手发誓，"卡曼，哈哈尔发誓，一切都是为了你呀！是她们狠心，把你卖给了西斯国国君。卡曼，你出嫁前，要我救你出去，可我当时叫天天不应，叫地地不灵。你出嫁后，我知道如果我再不动手，就没有任何机会了……"

卡曼女王惊呆了，喘着粗气指着哈哈尔结巴着说："你、你，真的……就是你！"卡曼女王瘫坐在椅子上，喃喃自语，"今天，卡曼才知道，是你杀了我的娘和妹妹。那你为何杀死佳曼？"

哈哈尔见事已败露，极力狡辩："我没杀死佳曼，佳曼是殉情。犬戎被鹰王抢走，佳曼伤心，服毒而死。之后，妮金阿娘也被气死了。我对天发誓，我说的是真话！佳曼妹妹真的是服毒而死。" 卡曼心里顿时觉得轻松，哭着说："卡曼相信夫君所说的都是真话，句句都是真话……"

喀曼女魔用魔爪牢牢抓住哈哈尔的手腕，丝毫不放松，恼怒地说："哈哈尔，你可以欺骗爱你的卡曼，但是逃不过喀曼的魔眼，快点说出真相吧！"喀曼眼中发出绿色光芒，"哈哈尔我来问你，妮金阿娘见到佳曼已死，为何立下谁抚养犬戎就变成她的模样的诅咒呢？妮金阿娘为何还立下西天国国君必须是金鹰守护且还要过得了铅毒滚沸的锅的天规呢？"喀曼女魔又转头对卡曼女王说，“妹妹，你已经吃了他多少毒药，你都不知道吧？还好，噬仙虫魔法化解了你体内之毒。哈哈尔你这恶人，你别忘了，至今你也不知道噬仙虫的诅咒。我会让你讲实话。”

哈哈尔急于摆脱喀曼的束缚，伸出另一只手牵住卡曼的手，说：“亲爱的卡曼，哈哈尔对天发誓，哈哈尔绝对没干这些，哈哈尔是清白的。”

喀曼女魔见此情景，气愤至极，一只手牢牢卡住哈哈尔的手腕，另一只干枯的手抓在他的天灵盖上，狠毒地对他施魔法：“魔咒、魔咒，听我施法，让这恶人说出真相。”

哈哈尔被魔咒控制，机械般疯狂大喊：“我是王族，只有叫你们一个个都死去，我才能拥有至高无上的王权，我哈哈尔才是至高无上的君主。”

“喀曼姐姐，哈哈尔给姐姐服了毒药，姐姐是安安静静地失去了生命。而佳曼不顺从我哈哈尔，出兵大漠与周朝开战，她居然爱上鹰王，还生下孩子！我让她喝了我精心泡制的蜜露精华，让她看着自己刚刚出生的孩子，无比悲痛地失去生命。最可气的是妮金，她舍尽法力救犬戎，居然把九阳护体给了该死的孽子，到死也不讲噬仙虫的秘密，还不停地诅咒我哈哈尔。她死得最惨，我撬开了老妖婆的嘴，灌下天下奇毒——化尸粉，不仅毒死她，还毁尸灭迹，老妖婆化成水，消失了。

大漠鹰王来时已是三天后，见到佳曼的尸体和妮金的衣服，他已经万念俱灰，居然要为佳曼殉情。鹰王的妹妹德玛不仅救了他，还认养了犬戎，妮金的魔咒就在她身上显灵了。他们准备抱着犬戎逃回大漠，我沿途追杀，但还是让他们跑脱了。我哈哈尔即将顺利成为西天国的君主，没想到妮卡老妖婆掌握了妮金的遗书，又有金鹰保护，占据了西天国宫殿。我多次下毒想毒死金鹰和妮卡，每次都失败了。后来，金曼来了，天哪！我的王权在哪？连巴巴拉都骑在我哈哈尔头上，我毒死他，还要毒死你们……”喀曼女魔再也听不下去，一道绿光过去，一口将巴巴拉肉体吞没。

卡曼悲伤地哀求：“姐姐放了他吧！他是孩子的父亲。”

喀曼女魔，见到妹妹的举动，无比痛心，尖声呼喊：“妹妹呀！你快醒醒吧！姐姐是魔王，要统治世界，我们姐妹该出手了……”喀曼眼中发出绿色的光，魔性大发，伸展双臂仰天发出怪异的吼声，令人毛骨悚然。

卡曼女王失神地凝视前方，深陷绝望之中。也许是喀曼女魔高声的尖喊，让卡曼腹中胎儿不停地动起来。卡曼缓慢地回过神来，愤怒地呐喊："该死的哈哈尔，害了我们一家人，我居然还相信他！"卡曼内心的愤怒，如火山爆发，咆哮："我恨你……"

卡曼终于苏醒，不住抚摸自己腹中的胎儿，悲愤地说："姐姐请放心，为了腹中的骨肉，卡曼要坚强！妹妹就听你的，听从你一切调遣！"

卡曼女王挺着大肚子化风而去。

烈日当空，旱风席卷一望无际的戈壁滩。四处一片金黄，只有梭梭草依然深绿，勾画戈壁浅淡的线条。

八骏牵引九龙沉香辇缓慢地行进，巴布护卫大帐车，远远地跟在九龙沉香辇后方。巴特站在大帐车上，面向巴布高喊："哥哥，告诉周天子，前方不远处就是西天国宫殿，千万不能去王宫。我们要绕行，去西王母洞府。"

一阵风沙后，巴布没有听清巴特在喊什么，回马靠近巴特，大声问："弟弟，你说什么？再说一遍。"

巴特被风沙吹得睁不开眼，急忙说："前方绕行，千万不能去王宫，听清楚没？"

巴布听得清楚，拍马上前，高呼："弟弟放心，哥哥前去告诉周天子。"

巴布快马赶上九龙沉香辇，对周天子高喊："天子，前方就是西天国宫殿，千万不能去，要绕行去西王母洞府。"

周天子听得很清楚，向巴布招手，巴布回马，吩咐大帐车左右的护卫。

风沙一阵接着一阵。眼见九龙沉香辇渐渐消失在前方红柳的沙包之中，向王宫方向驶去，巴布和巴特急得大喊大叫。

漫漫戈壁，沙丘遍野。周天子停下九龙沉香辇，回头不见大帐车，甚是着急。

此时，文昌君引兵前来，见到九龙沉香辇下马行礼，禀告："周天子，前方是西天国宫殿，西王母正在与喀曼女魔激战，请天子绕行，去西王母洞府，这是西王母的命令。"

周天子听得此言，果断地说："不必绕行，神辇神兵，正好助战。文昌国师前方引路。"

大漠王急忙阻止，果断地提醒："前方战况不明，请天子老弟三思。"

阿克流斯上前，低声劝阻："文昌君为何突然出现？不如停下车辇，问清楚。”

“不会有假，犬戎兄长和各位兄弟，本王就要见到金曼妹妹了。”周天子焦急地说，“文昌君，前方战事如何？”

文昌君大声回禀：“正在决战，就要攻占王宫了。你看前方战斗正酣，西王母请天子绕行，前往西王母洞府，不得去西天国王宫。”

周天子不顾一切，指引神辇，飞速向前。大漠王睁大眼睛，见眼前熟悉的道路，没有战马蹄迹，也无厮杀喊声，只有黑烟，赶紧停止驱驾。八骏站立不前，沉香辇缓缓落地。

周天子焦急地说：“兄长为何停辇？大战在即，加速冲击呀！”大漠王再次提醒：“天子贤弟，先作好战斗准备，你看前方，翻过土丘，可看到西天国宫殿，既然是攻城之战，怎么没有厮杀声呢？”

阿克流斯高声质问：“文昌君，为何没有厮杀声呀？”

文昌君拍马来到沉香辇跟前，含含糊糊地说：“也许已经攻下王宫呢。”

周天子毫不犹豫地说：“金曼妹妹怎能敌得住百万魔兵呀？诸位兄弟，冲过山头，冲进王宫。”

众盟友意气风发，齐声欢呼：“周天子必胜！必胜！”

大漠王只好作罢，高声命令：“作好战斗准备，冲杀。”

周天子擂动战鼓，八骏即刻变身成为铜甲龙驹，所有战士变身成为铜甲人，飞驰而去。眨眼间抵近王宫，来到王宫城下。魔兵如同潮水一般涌来，围攻九龙沉香辇，浑厚的呼喊声震天响。

八骏奋力踏蹄，拉着九龙沉香辇，围着圈飞驰。九龙沉香辇如同巨大碌碡，魔兵被撞得四散而去，无法近身。

众魔王被九龙沉香辇神威震慑，躲在城楼上悄悄观看，不敢迎战。喀曼女魔走来，大声说：“魔王兄弟，听喀曼指挥，你们八个快去控制八匹金马。”喀曼手一指，八个魔王飞去，变成马蹄扣锁，锁住八骏前蹄。八骏跃起前蹄，后蹄蹦跳，依然前行。阿育王子手指马蹄抛出蛇剑，马扣锁纷纷落地。八骏牵引九龙沉香辇，再次飞奔向魔兵，魔兵碰到香辇纷纷毙命。

八位魔王落地，恢复原样，一同向金马口喷火焰，金身八骏并不躲避，冲向魔王，跃蹄奔踏。魔王们无法招架，望风而逃。魔兵从城门推出巨大铁滑车，铁滑车前板布满一尺长菱形尖刺，冲向八骏牵引的九龙沉香辇。

八骏扬蹄飞跃而过，沉香辇重重地撞在巨大铁滑车上，发出巨大的轰鸣，铁滑车被撞碎。魔王弃车，四散而逃。八骏即将越上城墙，喀曼女魔见势不妙，急忙躲避。

地魔急中生智，抓起一把泥土，向城墙下撒下。泥土即刻变成滚滚泥流，倾泻而下，冲向九龙沉香辇。天魔抛出巨网，把八骏和九龙沉香辇罩在其中。天魔和地魔站在城楼上哈哈大笑。喀曼女魔无比开心，来到城边，准备欢庆胜利。

此时，传来嘹亮的鸟鸣声，金鸟画出一道金光，飞出又飞回，用喙撕破魔网，展翅飞去。

白龟现身，吸光泥流，吐向城上的魔王们。顿时，城楼中稀泥飞溅，魔王四处逃散。

九龙沉香辇变得巨大，与城墙齐高，向四周发射火箭，无数魔兵灰飞烟灭。

喀曼女魔并不罢休，高喊："道高一尺，魔高一丈，我是喀曼，周天子，我要让你领教喀曼女王的魔咒阵吧！"顷刻，天空传来耳的尖笑声，无数条魔咒从天而降，遮天蔽日，无数尖刻的叫骂声四起，恶毒的诅咒震碎人的心灵。

顿时天昏地暗，九龙沉香辇失去神力，立刻变回原形，原地不动。车辇中将士痛苦地紧捂耳朵。突然，天空中传来玉帝的声音："周天子，天尊来帮你。"只见，托塔天王李靖、二郎神杨戬和哪吒三太子引天兵杀奔而来。天兵天将杀得魔兵无法招架，所剩无几。

众魔王引魔兵向王宫增援，魔兵与天兵天将在漫山遍野厮杀。

喀曼女魔再次施法，千条万条咒符挂在天空，如同巨伞，覆盖西天国王宫上空，刺耳嘈杂的咒骂声响彻天空。天兵天将捂住耳朵，迅速逃回天空。

玉帝施法，放出九条天龙，天龙口喷火焰，咒符尽被烧毁。

刚烧完，无数咒符又挂满空中，嘈杂声再次响彻天空。九条天龙乘机复位，护住九龙沉香辇。

西王母在洞内焦急等待，金鹰飞来，落在宝座上。西王母搀扶妮卡急忙迎出洞外，远远望见巴布骑马护送大房车前来，她们匆忙相迎。巴布未下马，远远地高呼："大事不好！周天子被骗去王宫，正在与喀曼厮杀。"说完，巴布急速调转马头，拍马飞奔，去救周天子。

妮卡看见巴布拍马远去，急跑两步欲去追赶，却失足跌倒在地，只好粗声高喊："巴布，巴布，你快回来！你回来！"

西王母急忙上前搀扶起妮卡，对着飞去的烈马打个尖锐的口哨，巴布骑的那匹烈马，前蹄跃起，调头返回。

西王母不顾一切，训斥巴布："做事鲁莽，跑去送命呀！"

巴布翻身下马，跪在妮卡面前："阿娘，巴布回来了。"妮卡拄着龙杖站定，从头到脚端详巴布，许久才哭出声："儿呀！巴布，你可回来了！"

见此情景，巴特将帐车缓缓地停好，急忙从帐车上下来，上前宽慰："阿娘，巴特把巴布哥哥接回来了。"

妮卡擦干泪水，舒展满脸沟壑般的皱纹，露出笑容，满意地说："孩子们都回家了，我有福了。巴布！和娘回家。"妮卡抓住巴布的手，再也不愿松开。

白灵王后和香蜀夫人挺着肚子缓缓下了帐车，兰心和十二彩女紧随其后。

西王母迎上前行礼，亲热地说："二位姐姐不辞辛劳，千里来见妹妹，费尽周折，姐姐们辛苦了，请受金曼一拜。请姐姐们入洞府歇息。"

白灵王后上前拉住西王母的手激动地说："金曼妹妹，太后要白灵转达问候，太后亲口说，陈圆是金曼的亲娘，陈宫快把礼物献上。"

陈宫献上红色襁褓，西王母感动得泪水盈眶，急忙说："自家人不必客气。第一次与姐姐相见，你看这称呼错了，该叫白灵嫂嫂和香蜀嫂嫂。这就改口，白灵王嫂使大漠百万之众避免灾难，再受金曼一拜。"西王母再拜白灵王后和香蜀夫人。白灵王后急忙扶起，谦虚地说："自家人，就不必多礼。"

香蜀夫人上前，行礼拜见西王母，说："香蜀替犬戎向西王母谢罪，西王母万福。"

西王母掩面而笑，急忙上前搀扶，说："香蜀嫂子，使不得，都是一家人，万万使不得。兰心，快扶起香蜀娘娘。妹妹先立个规矩，姐妹之间不许再拜。荷花老师，快接各位娘娘回洞府休息。"

文昌君前来禀告："西天国宫殿一片混战，厮杀声十几里可闻。"

巴布冲上前抓住文昌君的手，大声讨教："恶人，就是你传假消息，诱惑周天子去了王宫。"

白灵王后上前阻止，婉言相告："巴布将军，那是魔王扮的，明眼人都知道，偏偏天子寻妹心切，才上当去那里。九龙沉香辇乃轩辕黄帝至宝，魔道不侵，水火不近。"

西王母赞同地说："王嫂所言极是。要除魔道，将他们一网打尽，不如施法引各路仙道齐聚，共同商讨抗魔之策。"

这时，洞府外走来一伙人，传音："西王母，我们早就到了。"唐僧、八戒、沙僧及一位秀士匆匆走进洞府。白灵王后见秀士与姬满真是无比相似，只是一老一少。白灵王后对西王母点头，两位一同下拜，齐声呼唤："天尊，尊驾到此，有礼了。"

秀士嘘着食指，千里传音："知道了，别声张。听你们议事，不得露声，千里传音。"

众天神天仙端坐，千里传音："本王是玉帝，已施法，九龙护卫沉香辇，周天子和众兄弟不会有危险，大家齐心协力，共破魔敌。"

其他神仙也纷纷出谋划策，商议好，大家决定依计而行。

唐僧师徒三人闯进西天国宫殿，猪八戒上前叫阵："卡曼女王，还俺大师兄，快把猴哥还与老猪，否则老猪就冲进去了。"

喀曼女魔站在城墙上，叉着腰，嘲笑："猪八戒，你也敢来？看我把你做成馅饼。"喀曼手一挥，魔王齐出，与猪八戒和沙僧厮杀。几个回合下来，被猪八戒打败。

猪八戒不依不饶，继续叫战："喀曼，你这懒婆娘，不亲自来与老猪比试，叫你妹妹来，我是她外公，快让她放了俺猴哥。"

喀曼女魔拿出咒符，指向猪八戒，笑着说："猪八戒，叫你骂人！"

只见咒符变成无数手掌，飞来打在八戒脸上，八戒捂着脸，四处奔逃。

卡曼女王闻声来到城楼，对喀曼女魔行礼说："姐姐，还是让妹妹收拾他们吧！"

卡曼女王施法，伸出手一挥，已将唐僧、猪八戒、沙僧三人抓来。魔兵上前捆住师徒三人，猪八骂个不停。喀曼再次拿出咒符，贴在的猪八戒脸上，开心地笑着说："猪八戒叫你再骂人，打烂这张臭嘴！"

突然，周天子拿方天画戟，飞上城池高呼："师傅们！徒儿来救你们。"

只见，大漠王从周天子身后闪出，举宝石弯刀冲出来。众统领如有神助，齐齐飞来。

周天子责怪大漠王说："犬戎兄长，叫你们待在沉香辇中，你们怎么不听本王之言呢？"

大漠王举刀砍向喀曼女魔，豪放地说：“天子贤弟，犬戎与你同生共死，咋能让贤弟独自前往？”

众统领齐动手，齐声高呼：“同生共死，冲呀！”

众统领冲向前，与众魔王混战。

卡曼女王闻言，轻轻抚摸自己的肚子，关切地说：“孩儿呀！你们的犬戎哥哥来了，娘把犬戎哥哥收编。”卡曼使出无边法力，伸出无数条锁链，未等众魔王出手，已把众统领捆在石柱上。众魔王一片欢呼。

喀曼女魔围着捆绑着大漠王犬戎的石柱转了几圈，抓住犬戎的手，细细打量，然后走上前，轻轻抚摸犬戎的脸，问：“你就是犬戎，佳曼的儿子？你可知道，我是你大姨，那位是您的姨娘？”喀曼女魔招呼卡曼女王快快前来。

大漠王恼怒地转过脸，大骂：“呸！没有这样的亲人！恶魔，去死吧！”

卡曼女王挺着大肚子高声指点魔兵：“都给我绑在柱子上，明天祭天。”众统领都被绑在柱子上无法逃脱，魔王们又是一片欢呼。

卡曼女王挺着肚子，缓慢来到大漠王身旁，上下打量。喀曼女魔上前撕开大漠王衣服，见到九个金阳发出光芒，她满意地点头，露出淡淡的笑容。

大漠王挣扎着高喊：“你们两个失去人性的恶魔，你敢吃我，烧死你们！”

卡曼女王不屑一顾，说：“佳曼那般柔弱，却有如此强悍的儿子。犬戎是我们王族的血性男人。”

大漠王闻言，怒视二位，高喊：“恶魔，杀了我，不可侮辱俺娘。犬戎是人，你们是恶魔，和犬戎没有一丝血缘。”

喀曼女魔上前再次抚摸犬戎的脸，开心地说：“这脾性真像佳曼，犬戎贤侄有九阳护体，是妮金阿娘苦心留下的继承人。听说贤侄已过水银神池，得道成仙了，没人能杀你。”

大漠王悲痛高喊：“杀死我，我要自杀。绝不和恶魔，有一丝瓜葛。”

昆斯和蒙巴大神乘飞毯前来助战，高呼：“犬戎徒儿别急，师傅来救你。”

卡曼女王对天向昆斯和蒙巴行礼，好意相劝：“我家的事，不用外人操闲心，请二位大神回去吧！好自为之！”

蒙巴气愤地跳下飞毯，举拐棍就打。喀曼上前大骂：“野蛮人！不说话，就动粗！”

蒙巴气得结巴了：“你……你……你，太可恶！让、让……谁、谁……

好自为之？”

昆斯走下飞毯，拉住蒙巴说：“贤弟不必生气，对付她们女流之辈，不用动粗。看老哥的。”

卡曼大声说：“既然都到齐了，就一网打尽，小女子就不客气了！”

昆斯行礼，拿出宝葫芦打开，低沉地呼喊：“喀曼、卡曼——”

喀曼女魔笑着回答：“你那老把戏也太落后了，吓唬人还行，骗不了咱姐妹。”

喀曼女魔伸出手，抢过葫芦，转眼之间，就把昆斯和蒙巴吸进葫芦里。喀曼接过葫芦，封上盖。

大漠王无比悲愤，痛苦地呼喊：“恩师，弟子无能，害了师傅！你们这些恶魔，犬戎誓死要诅咒你们！”

喀曼女魔再次上前抚摸犬戎的脸，赞扬地说：“真是一家人，会诅咒。只要你叫我一声大姨，大姨就放出戎儿的二位师傅。”卡曼女王抚摸着肚子，关爱地说：“犬戎，承认吧，你是王族的继承人，快承认吧！”

大漠王感到羞愧难当，昂起头怒视着天，再也不理会。

喀曼女魔不愿放弃，依然在不停地说服犬戎，大漠王无动于衷，令喀曼女魔极度失望。卡曼在一旁也感慨万千：为什么王族如此命运，亲人相见却无法相认？

周天子打破僵局，兴奋地对大漠王喊：“犬戎兄长，不屈服妖魔，真是本王的好兄弟！”喀曼女魔气急败坏，走近周天子，伸出干枯的手，一巴掌打在周天子脑门上，绑着周天子的石柱猛烈晃动。周天怒目瞪着喀曼女魔，吼道：“恶魔，就是杀了本王，本王决不屈服。”周天子极力狂喊之后，突然耷拉下脑袋，昏昏欲睡。

众人高呼：“快来杀了我们呀！”喀曼女魔走过所有人，口嘘食指，众人都沉沉入睡！

大漠王昏昏沉沉，迷迷糊糊地说：“你们，要是把我当作继承人，犬戎就命令你们，放了恩师！”

卡曼女王夺过喀曼女魔手中的葫芦，放出昆斯和蒙巴。她手一挥，昆斯和蒙巴大神，已被绑在石柱上。

喀曼女魔很得意地说：“犬戎爱侄，我只是暂时放了你的师傅。你的师傅和兄弟们，明天都是八十一路魔王的口粮，只有你能活下来。”

“哈哈哈！”卡曼女王手一挥，所有石柱贴满符咒，她厌烦地说，“姐姐放心吧，捆仙绳和魔咒，他们没一个能逃脱。妹妹要去休息了。”

卡曼女王围绕犬戎从头到脚看得仔细，叹息一番，心情复杂地走向地宫。

喀曼女魔开怀大笑：“哈哈哈！明天晚上，就无人敢与喀曼作对了。”

西天国宫殿沉浸在夜色之中，四处烈火熊熊燃烧，空气中弥漫着烧焦的味道。城楼松脂燃烧冒出浓浓黑烟，火光把周围照得更亮了。城墙下堆积着魔兵的残肢断臂，城墙上沾满泥巴，就像一道道伤疤。

二郎神和哪吒引领各路天神又来挑战卡曼女王的无边法力。

喀曼姐妹和魔王们躲藏在地宫之中，彻夜闻声而动。整整一天一夜，王宫的广场之上，立着上千个石柱，石柱上绑满了各路神仙和各国各部族统领。还有各路仙家前来助战，卡曼女王不屑一顾，施展法力一一收服。

喀曼女魔好奇地与众魔王来到九龙沉香辇，还未触碰，火龙喷火，魔王们只得逃窜，再也不敢上前。卡曼女王早已恢复了法力，挥舞巨大的铁链，卡住九龙沉香辇车轮。

此时此刻，又是宁静的秋夜，月上枝头，昆斯和蒙巴大神，昏昏沉沉地入睡，蒙巴鼾声如雷。

大漠王不停地自责：“师傅，徒儿无能，让你们受难了。”昆斯很烦闷，直言相告：“爱徒，为师刚刚睡着，你不能安静会儿吗？”

周天子醒了，不住地自责：“都是本王愚笨，轻视了敌人，让各位受苦了，如有来生，本王愿以死相报。”

四周一片安静，鼾声四起。唐僧口中不停念着经文：“阿弥陀佛……”猪八戒喋喋不休，依然在咒骂不停……

所有前来挑战的人，皆被魔王控制……

第九十五回　众魔王破天重生　西王母补天降魔

圆圆的月亮升上天空，一阵阵犬吠之声，传遍四野。

月轮出现了一丝阴影，黑影从一边慢慢吞噬着银白的月亮。

众魔王齐聚在祭台上。喀曼女魔搀扶卡曼女王走上祭台，望月高呼："所有的魔王，复活吧！今天是魔鬼的世界，都复活吧！"

随后，刮起阵阵阴风，月光变曲了。

卡曼女王仰望月亮，正在对天祈祷，突如其来的腹痛，让她几乎窒息。坐在祭台上，卡曼默默地说："孩儿呀，你怎么……会选择这个时间……"卡曼女王疼痛得难以忍受，侧坐在椅子上呻吟。

喀曼女魔对着月亮，双手举起，高呼："八十一路魔家兄弟们，今天是魔道复活之日，让我们复活吧！"阴风四起，吹得人东倒西歪。

阴风大作，一阵阵黑影从天空飞来，围绕着石柱飞舞着嬉笑着，发出尖厉的号叫："哈哈，我们复活了，这是魔鬼的世界！"

喀曼女魔大声地命令："祭献开始，魔王兄弟们！眼前都是你们的大餐，请享用。"

喀曼女魔兴奋地仰头，头上的金钗飞出，掉在地上。孙悟空现出原形，高呼："这世界，还轮不到恶魔当道，来吧！俺老孙会让你们回到地狱。"孙悟空拔下汗毛，说声："变！" 即刻变换出的无数个孙悟空，护卫在石柱左右，魔王们张着贪婪的嘴巴，被无数个孙悟空举起金箍棒痛击。

天空中阴黑的影子不断飞来，狂笑肆虐，兴高采烈地呼喊："我复活了，我乃后羿，谁能奈何我后羿！”一支支神箭射向孙悟空，孙悟空应声倒地，变成猴毛。”

孙悟空举金箍棒砸向后羿，后羿并不躲闪，好似金箍棒砸在如风虚影之中，没有丝毫反应。反复试了好几次，孙悟空无奈地摇头。

后羿仰天大笑，高呼：“无奈的天，无奈的地，我乃无形的后羿。千年以后，我后羿依然独行，谁奈我何？这世界唯我独行。”

“悟空！别惊慌，如来佛祖在此，问世间谁能普度众生？唯无边无际的法也。后羿休走，佛祖来超度后羿。”只见如来现身云端，佛光普照。佛陀、菩萨、五百罗汉、八百金刚齐齐现身，天地间佛经颂扬。

后羿举弓连射九箭，佛祖一一化解。后羿高喊：“佛祖！甭想超度后羿，我后羿能让世间毁灭一万回，让天空永远漆黑一片。天空之中，唯我后羿独行。请看吧！”

天空出现九个黑漆的空洞，吸引着世间万物。只听一声声巨响从天际传来，继而地动山摇，黑洞中传来：“我们复活了。”

佛祖惊奇地问：“你们是何方魔怪？快快现出原形！佛法无边，回头是岸。”佛祖伸出手掌，捂住一个黑洞，黑洞穿透佛祖掌心，黑洞中传来声音：“没用的，宇宙都没了，哪里还有岸呀！”

只见天崩地裂，地动山摇，万物向黑洞飞逝。

黑洞肆虐地吞噬苍穹，月亮已经完全被暗影吞噬，残存一圈微光。天地黑漆一片。

天空传来嬉闹声：“我们要收走一切，天穹再次破裂，谁能让女娲再生？”

生命在母亲的阵痛中诞生，白灵王后哀伤的呼唤声震撼天地，一道白色灵光升腾，如同闪电刺破黑暗飞向天空，飞向黑洞。

白灵王后高歌：“亘亘古往四极废，九州分裂昊天方。萌萌女娲炼石济，弥补苍穹安四极。”嘹亮的战歌响起，如同胜利的号角，唤醒沉睡的大地。那道白光坚毅地飞向苍穹，十二彩女紧随其后，一路高歌：“遴优淘劣弃顽昧，汲精取灵白成绩。无才补天甚逍逸，天生废才堪殊奇。”十二彩女飞身补天，化成一颗颗晶石，向黑洞飞去。

金鹰尖厉啼鸣：“火凤凰，金凤凰，五彩凤凰翱翔天际。”无数的草虫精灵，无数的燕雀，汇集成一道彩虹，一波波地飞向遥远的天际，飞向漫漫无边的黑洞。

昆斯、蒙巴、周天子、大漠王、神仙们齐齐飞向九龙沉香辇。八骏跃蹄，九龙腾飞，九龙沉香辇向着空旷的黑洞挺进。

西王母在西方显圣。只见西王母骑在天山之尊之上，高举降魔杖，天籁之声响彻天空："往昔女娲先祖无奈栖身，今朝万众一心共同补天！危难时机舍我其谁，万众同心更待何时？"西王母矗立于天地之间，西王母变化成千形万状，挥舞万般法器。瞬间，奇异香风沁人心脾，万方乐奏感动心灵，千形万状显神威，法器变化大无形，纷纷弥补黑洞周围，降魔杖射出万丈光芒凝聚在黑洞中心。黑洞即刻变小，渐渐消失。

玉帝骑乘金龙缓缓飞行，高声说："西王母神尊，本尊来助你一臂之力。"玉帝手一挥，射出女娲寒冰，将九个黑洞彻底封闭。

天空之中乍现女娲娘娘伟岸之身影，慈母微笑充满浩渺的天穹。她灵光闪现，随即慢慢地淡化，永久存留在天空。星空再现，群星璀璨，天空宁静，大地平静。

九龙沉香辇飞驰在天空，神仙们尽其所能与魔王展开厮杀，毫不懈怠。

此时，月亮渐渐地摆脱阴影，一丝月光挣脱黑暗，射向大地。阴风依然大声呼啸，大地之上杂乱不堪。四处传来婴儿的啼哭声，它穿透黑漆寂静的夜色，召唤万物苏醒。婴儿的啼哭声更加剧烈，似要撕破重重阻隔，宣泄生命抗争的力量。婴孩的啼哭声使魔王们六神无主，魔王们纷纷坠落，摔在地上。无论是魔咒，还是魔法，都在婴儿的啼哭声中戛然而止。

没过多久，弯弯的月亮挂在天空，阵阵阴风吹得树叶沙沙作响。婴儿的啼哭声更加剧烈，它在喧嚣，生命扩张力量无限；它在喧嚣，新生才有意义，生命需要延续，新生命需要传承无限的、坚不可摧的精神和力量。只有新生命，才能破除肮脏的、腐朽的、邪恶的、丑陋的势力，将其彻底地铲除干净。婴儿的啼哭声似无形的利剑，拯救世界。

过了许久，天空中寂静无声，星空变得深邃，星光若隐若现。月亮露出面颊，月光柔和地洒在地面。微风轻轻拂面，婴儿还在啼哭，一刻也不停止。它在喧嚣，生命的活力坚不可摧。

九位太阳魔王坠落在西天王宫，兴奋地欢呼："谢谢西王母补天成功，我们又可以在天下玩耍了！"

后羿紧随而来，破口大骂："九位恶魔，不得放肆，我后羿绝对不放过尔等。后羿之神箭还要将九位恶魔射穿，让尔等陨落。"九位魔王齐声说："后羿！恶魔之箭不足为奇，已无法射落九日了。如今，九日也是无影无形幻化的幽灵，都是恶魔的影子。后羿，你也是复活的恶魔！"

九龙沉香辇缓缓落下，继而传出欢呼声。玉帝高呼："不可懈怠，将恶魔一网打尽。"

众神仙将西天王宫包围得水泄不通。

第九十六回　恶魔自省入宝盒　诸仙互救圆功德

月亮摆脱阴影，又大又圆的一轮满月挂在天空，银色的月光洒满大地。

嫦娥和晓仙女如轻丝细纱一般飘然落下，四处飘溢着桂花香。吴刚也降下祥云，他身着文官朝服，温文尔雅地站在嫦娥和晓仙女身后。

嫦娥走上祭台，抱起卡曼刚刚娩出的婴儿。婴儿大声啼哭，嫦娥抱着婴儿无比爱怜地轻轻安抚。

嫦娥抱着婴儿，慢步走向魔王们，愤愤地声讨："恶魔啊！是你们，肆无忌惮地杀戮鲜活生命；是你们，让一个个无辜者为你们牺牲；是你们，为自己的私欲而复活，成为一个个贪得无厌的嗜血恶魔。恶魔们，你们将子孙后代置于何地？"嫦娥又指着九位太阳魔王和后羿控诉："就是你们九位，侵占月宫，羞辱于嫦娥，你们九位咎由自取，十恶不赦。后羿，您原本是顶天立地的大英雄，为何万念俱灰不思进取呢？你的神弓难道要指向后世子孙吗？"嫦娥轻抚啼哭的婴孩叹息，"看看吧！在这月亮之下，有多少思念，有多少泪水，有多少亲人不能团聚呀！这里不属于你们，你们还想遭人唾弃吗？"

嫦娥脸贴着婴儿，婴儿不再啼哭。嫦娥温情地说："月亮之下，永远是净洁的、宁静的、祥和的世界；永远把美好梦境赋予孩子们，永远让他们在宁静中安然入睡。"

后羿大声询问："嫦娥娘子，金曼和姬满是你和吴刚生的吗？"

九位太阳魔王同声问："嫦娥快说，金曼和姬满这一双孩子，不会是我们和你生的吧？”

嫦娥抱紧婴儿无比痛惜地摇头，继而怒目圆睁，责骂：“孩子是谁的，还那么重要吗？你们还要愧对后世子孙吗？”婴儿又号啕大哭起来，嫦娥轻轻拍着其背安抚。

嫦娥缓和口气，委婉地劝道：“不要再被后人唾弃，你们复活了，难道就要断子绝孙吗？”

后羿羞愧地来到嫦娥面前，坦言：“嫦娥娘子依然是我后羿心中的月亮，能驱除后羿心中阴霾。后羿听嫦娥娘子的话，永远造福子孙后代。”

后羿跪拜佛祖，大声恳求：“佛祖在上，超度后羿去极乐世界吧！佛祖可否收留这破碎且无望的灵魂？”

九位太阳魔王同声高呼：“嫦娥，你的心灵再次感动了我们。佛祖，请给我们一个光明去处吧！”

喀曼女魔也跪在地上请求：“嫦娥仙子，你的美好心灵让我们恶魔深受感动。八十一路魔王，不要再遭子孙们唾弃了，我们一起求佛祖超度吧！”

八十一路魔王齐声高呼：“佛祖超度我们吧，让我们去光明之地吧！”

佛祖哈哈大笑，高声颂扬：“世间万物纷纷扰扰，恶即是善，善即是恶，无恶即无善，无悲即无乐。观音菩萨，这魔道可有好去处？”佛祖的手指着西王母。

观音菩萨会意地点头，对西王母微笑着说：“西王母神尊，你的宝囊之中可有魔幻宝盒？”

西王母坦言：“观音菩萨在上，适才补天，是多了一件宝物——魔幻宝盒。”

观音菩萨接过宝盒端详，点头致意：“阿弥陀佛！正是魔幻宝盒，谢谢西王母。回禀佛祖，宝盒拿到了。”

佛祖如来接过宝盒，置于掌心。佛光普照，佛祖如来坐坛宣法：“魔神道友一心向佛，魔幻宝盒胜似宇宙。宝盒内空间广深，大若无边。宝盒内魔境奇丽，幻想如神，乃独立之新宇宙，是个好去处。喀曼女王何不先行？”

喀曼女魔拥抱卡曼女王，委婉告别：“妹妹，你已经生了孩儿，姐姐祝福你。姐姐这就去了。”喀曼女魔再次回头不舍地回望大漠王，大漠王背过身，气愤地骂：“该死的大姨，戎儿会给大姨年年供奉、日日上香，再见吧大姨！”

喀曼很开心，上前拥抱大漠王，匆匆告别：“犬戎贤侄，永别了。”

喀曼女魔轻轻地走向嫦娥，极力看着婴儿。嫦娥护住婴儿，生怕她对孩子下毒手。喀曼女魔停止脚步，十指伸展，急忙解释："嫦娥，别误会，我想和孩子告别。其实喀曼知道，自己无颜面对孩子们，就此永别吧！"喀曼女魔只身飞入宝盒。宝盒传出快乐的笑声："喀曼真的复活了，这里太宽广了。"

八十一路魔王跪地道别，欢快地飞身进入宝盒。

后羿和九位太阳魔王围住嫦娥一一道歉，嫦娥也不再纠结往事，一一原谅了他们的恶行。九位太阳魔王还向诸位行礼，委婉地道别："有劳各位，每天见到太阳，问声好。"说完，拉着后羿一同飞进宝盒，佛祖、菩萨、罗汉、金刚们诵经超度。宝盒合上盖，佛祖施法，收起宝盒。地灵来到佛祖身边，佛祖如来和地灵会意地点头微笑。

卡曼女王嘶喊着，使出最后的气力，又生下一女婴。西王母来到卡曼女王身边，卡曼女王指着女婴，大声哀求："西王母金曼帮我照顾女儿。卡曼自知作恶多端，只有以死谢罪。我的孩子是那么的无辜，求你收养她吧！她是西天国的孩子，求你教养她吧！"

阿克流斯跪在卡曼身边，低声哀求："卡曼女王，您是西斯国的母后，我们一起回家吧！回西斯国吧！不要让阿克流斯孤单地回去。"

卡曼女王跪在阿克流斯面前，深深地自责："阿克流斯呀！是我害死了你父王，卡曼罪不可赦。阿克流斯不会孤单地回去，这是我的孩子，答应我，养育他！卡曼的贪婪，害死了阿克流斯的四个孩子，卡曼向你谢罪。阿克流斯，你是好国君，去造福西斯国吧！让我再看看孩子们吧！"嫦娥抱来婴儿，交到阿克流斯怀中。卡曼深情地看着两个孩子。

卡曼女王跪在地上，举起双手忏悔："孩子，娘罪孽深重，无法原谅自己，让卡曼与可恶的魔咒一同化为灰烬吧，永世不得出现。"

佛祖善言劝导："善哉，真心悔悟，佛法无边，回头是岸。卡曼皈依佛门吧！"

卡曼面向佛祖，无望地说："作为母亲，不能原谅恶行，就让卡曼向上天谢罪吧！卡曼唯一要做的，是为孩子们撑起一片蓝天。"卡曼说完，全身化作一道金光射向天穹，真身化成灰烬。

哈哈尔不知从何处悄悄溜出来，看见卡曼灰飞烟灭，他想化风逃走。

孙悟空早已盯住他，上前一把抓住他的手，气愤地说："哈哈尔！该是了断的时候了。犬戎，是他毒死了你的母亲。他才是最恶毒的人。”

西王母上前责问:“哈哈尔，你抢占巴巴拉身体该还了吧？”孙悟空叫嚷:“哈哈尔，你真是法力无边呀！喀曼摄取了你的魂魄，你居然能脱逃！”

“喀曼进入了宝盒，卡曼魂飞魄散，包括阿克流斯的四个孩子也是我杀死的。”哈哈尔傲慢地抬着头，吹吹手指上的戒指得意地说，“如今，只有我哈哈尔知道噬仙虫和魔咒丸，你们能奈我何？ 而且我已盗取卡曼所有的神力，你们这休想战胜至尊女王！哈哈哈……”

大漠王举起弯刀，对着哈哈尔的头颅砍下，只见火花四射，弯刀断成两段。大漠王愤怒地大喊：“还我母亲性命，你这恶魔！”

大漠王气急，举起断刀不停地砍哈哈尔的头，哈哈尔毫发未损，大声讥笑:“哈哈！这点法力，还想伤至尊天帝。”

阿克流斯闻言，把孩子交到嫦娥手中，气愤不已，举着拳头冲上前去猛击哈哈尔的脸。不知打了多少拳，阿克流斯的手都流血了，可哈哈尔连眼皮都不眨一下。哈哈尔轻轻一挥手，阿克流斯便被击飞到数丈外的地方。

孙悟空气急了，愤怒地说：“你这十恶不赦之徒，要你尝尝孙爷爷手段吗？”孙悟空用分身术，分出无数金箍棒，猛击哈哈尔，好不痛快。

玉帝拜见佛祖如来，诚恳地请求：“佛祖魔障已平，恳请佛祖施法，请王母娘娘回来！”

佛祖慧眼扫去，笑曰：“斗战胜佛，且住手，哈哈尔之法力是窃取的，主人来了，自然就要物归原主。”

孙悟空住手，细心领悟：“佛祖提醒得极是，物归原主！”

孙悟空兴奋地靠近玉帝，从耳朵里拿出阴阳时光宝镜，双手献给玉帝说:“玉帝天尊，物归原主。”

玉帝激动不已，轻轻地触碰阴阳时光宝镜，握住孙悟空的手，大声赞叹:“大圣，佩服呀！被你打碎的是……连本王也被瞒过了。”

孙悟空沾沾自喜，说：“俺老孙手段如何？快打开呀！王母娘娘快被闷坏了。”

玉帝急忙取出女娲寒冰，只见王母娘娘、圣教主和众仙臣仙姬飞出宝镜，齐齐向孙悟空鞠躬致谢。

孙悟空开心至极，谦虚地说：“不用谢，不用谢。”

圣教主指着哈哈尔，大声地教训：“这恶人，传播噬仙虫魔咒，偷盗天宫法力，可恶至极，还我法力。”

王母娘娘向各位行礼致谢：“劳烦各位仙圣救我们出苦海，感激涕零呀！”王母娘娘说着泪如雨下，玉帝拂袖，为王母娘娘擦泪。

此时阎王带判官前来，高声禀告：“玉帝天尊在上，这恶人偷人躯体，触犯天条，还是交与在下，带到地狱法办如何？”玉帝指着哈哈尔，怒斥：“恶贼！下地狱去吧！让哈哈尔之魂魄受尽十八层地狱之苦，彻底悔悟！”

玉帝细心盘算，说：“听说巴巴拉大人深受西天国百姓爱戴，而且只身一人机智斗魔，被恶魔所害，是个大英雄！这巴巴拉大人鲜活躯体不能冷却了，阎王快叫巴巴拉灵魄还阳，加寿百年。此次战魔，各路仙家功不可没，一并奖赏吧！”

如来佛祖开怀大笑，大声宣讲：“今天，天遂人愿。八十一路魔王，如愿去魔界。人在世间，佛自然于心，真乃吉祥如意，称心所愿。”如来佛祖心满意足，双手合十虔心颂扬，“阿弥陀佛，大圣功德无量，我们也该去极乐世界了。”佛祖高坐云端，孙悟空急忙回应：“佛祖，等等俺老孙。”唐僧和众金刚、罗汉齐整地踏上云端，随佛祖而去。

西王母上前拜别师傅，观音菩萨微笑着合掌告别：“功德无量，为师心慰，团圆去吧！”

王母娘娘拉住嫦娥的手，愧疚地说：“都怪老妇心胸狭窄，让你母子受尽苦难，老妇最应该去魔幻宝盒。”嫦娥不住地拍王母娘娘的手，说：“天母过谦了，要怪就怪嫦娥，不该盛气凌人，目空一切。今天的愿望都能实现，嫦娥有一事相求。”

王母娘娘急忙说：“不用求老妇，老妇也知道，白灵生子，香消玉殒。这是毒誓。”

周天子跪在王母娘娘面前，请求：“求娘娘开恩，孩子不能没娘，让姬满替白灵子去吧！”

王母娘娘宽慰道：“今天魔咒都能消，这毒咒自然不存了。只是白灵王后已有天命，就要与姬满和腾儿两分离，姬满你可愿意？”

嫦娥气愤地埋怨：“求天母开恩，求的就是母子不分离，白灵不能再走奴家的路……”玉帝急忙上前劝解：“嫦娥仙子别急，这是天纲，白灵补天入列仙班，出任善智长使，功德所致，无法改章。”

王母娘娘无奈地解释：“白灵功德圆满，列入仙班，永享天禄。白天与老妇出谋划策，她的善心和智谋能造福天宫，老妇也要言听计从。晚上在月宫为嫦娥尽孝，你我之间有她周旋，不是很好吗？天命不可违，就当老妇是行善吧！”

嫦娥拉着姬满：“儿子呀！白灵为娘尽孝，儿能理解吗？”周天子痛苦不堪，但知道自己无法改变天命，心痛地说：“儿理解，这是天命，儿夜夜与白灵梦中相聚。”

王母娘娘拉着周天子说：“功德圆满，定能团圆。今天喜事连连，嫦娥、吴刚，你们一家人终于团圆了。金曼已是神尊，功德圆满。周天子行万里，造福西域，功德无量。白灵儿媳已是善智长使，名列仙班，又喜得贵子，喜事多呀！”

西王母上前：“玉帝天父、王母娘娘天母，这王宫尽毁，恶魔之地尽留白骨呀！金曼在仙池已摆盛宴，移驾仙池如何？”

王母娘娘拉着西王母的手，唠叨：“甚是，老妇给你讲西王母神尊的事，她是老妇的姐姐……”

第九十七回　双龙大闹西王宫　玉帝巧划和平河

众神仙正欲驾云飞去，传来青龙和红龙的叫喊声："你们二位别争了，玉帝天尊在此，有什么话不能好好地说？"

青龙跪地诉说："玉帝天尊在上，受小仙一拜。他唆使魔兵在我身上索取真金，你们看，他们挖得我伤痕累累。"

红龙也跪地恳求："玉帝天尊在上，受小仙一拜。冤枉呀！他唆使魔兵在我头上炼金，你看我的龙角，被烧得通红，头还痛呢！"两条龙争执不休，西王母大声教训："既然你俩身上有真金，那金子呢？我咋没见到呢？我知道你兄弟二人一向爱打斗，被西天国百姓说是两条恶龙，不如回天庭，一并治罪吧！"

玉帝一心想去仙池，已无心再管闲事，嘴巴里念叨："今天正值中秋，这么好的日子，不能被两条恶龙搅扰。来呀，拉去剐龙池，向西天国臣民谢罪。"

二位兄弟急忙磕头齐声哀求："罪臣不敢了，求玉帝开恩。"玉帝只好作罢，摆摆手，欣喜地说："今天，一切愿望都能实现。你兄弟二位，握手言和，造福西天国百姓，将这些恶魔所留污秽尽除干净，不得有误。若能做好，也是大功一件。去吧！"

王母娘娘取下玉钗，轻轻一划，认真地叮嘱："看好了！你们兄弟中间有条河，就叫和平河，谁也不许越界，谁越界谁受天刑。"

青龙上前领命："谢玉帝天尊不杀之恩，我是哥哥，我一人可将这些污秽尽压身下，永世不翻身。请赐名妖魔山，警醒后人。"

红龙也上前请命："谢玉帝天尊不杀之恩，谢兄长，我这龙角就让它一直是红色，也算是警醒后人，兄弟要和睦。"

玉帝很高兴，大声赞扬："兄弟和睦，其利断金。就这样，你二位去天河取水，共注和平之河，造福西方百姓。去吧！"

第九十八回　天池喜宴欢尝果　阖家团圆话离别

一轮金色的满月挂在天空，银色月光洒满天山。群山刀锋兀立，静静的仙池水，倒映着一轮满月，平静的水面没有一丝波光。岸边响起乐声，在山间松林回响。众神仙齐聚天山仙池，欢歌笑声此起彼伏。嫦娥再也抑制不住内心的憋屈，与姬满和金曼相拥而泣，嫦娥深深自责道："母亲对不起你们，让你们受苦了。"

王母娘娘在一旁看到此景内心酸楚，热泪盈眶，只好转身去看条桌上排放的水果，说："西天国就吃这个？没一个上眼的。"

圣教主捧着果盘献上，极力夸奖："这些鲜果都美味至极，王母娘娘没尝过，别说话。"

玉帝见到嫦娥母子团圆，内心激动万分，为保持尊者威严，又装出若无其事的样子，故意说："圣教主，老兄说的可是这些呀？这葡萄和豌豆一般大，这梨子长得奇丑，这蜜瓜四处裂纹像老树皮，这桃子是扁的，这石榴、苹果、樱桃、杏都是极为普通之物，本王久已不食人间水果，不尝也罢！"

圣教主故意说："这些水果比玉帝天宫的好多了，玉帝快让开，别挡着老仙我吃水果！"

玉帝伤了自尊，极不自在地说："老兄这是什么话？寡人很久不食人间水果，今天开戒，有何不可呢？本王就不让开！"

圣教主把一颗香梨放在玉帝手中，说："闭上眼睛吃吧，这样就知道它美味与否，信不信由你。"

玉帝闭目将脆梨咬入口中，细细品尝，嘴里嘟囔："皮薄，水足，甘甜适中，香气足，无渣，回香久远。"玉帝睁开眼兴冲冲地对王母娘娘说："真是难得美味，娘娘，快来尝尝鲜。"

王母娘娘见到嫦娥母子团圆，依然心酸难受，故意说："连天尊也骗老妇，老妇才不信呢。"

玉帝悄声说："娘娘，不要心酸，吃颗脆梨，心里就甜了。"

王母娘娘噘起嘴委屈地说："老妇被冰封了多日，心都凉了，吃什么都没有味儿。"

王母娘娘吃完香梨，惊叹：太美味，美味至极呀，嘴上却说："玉帝呀，这个不甜，让老妇尝尝那个。"

玉帝把一串葡萄递上，说："在宝镜中受苦了，今天该有口福喽！"

王母娘娘吃完一串葡萄，精神为之大振，随口说："金曼，你说说，这桃是不是蟠桃？这边的老妇也尝尝。"

西王母捧盘献上，委婉道来："这确实是娘娘蟠桃园仙树之果实，种在西天国就成这样了，不曾有人品尝呢！"

王母娘娘品尝后，故意说："这玉帝下旨之圣果，味道不怎么样，比起蟠桃还差得很远。天尊，你敢不敢尝呀？"

玉帝给圣教主一颗桃，自己又拿一颗，照实说："精心培植，必定鲜美，怕不够吃呀！"

圣教主品尝后，实话实说："王母娘娘又说得不准确，这桃比天宫的万年桃还要甜，还要多汁，桃味更浓了。"

王母娘娘极不乐意地说："老妇又没说不好吃。嫦娥、吴刚，快来尝鲜桃，甜着呢！"

西王母引着博峰山神前来，山神跪拜禀告："玉帝天尊、王母娘娘在上，小神闻天尊到此，特献上天山蜂蜜、天山雪莲，请尝鲜。"

玉帝挥挥手，没有言语。王母娘娘嘴巴里忙得不亦乐乎，随口说："谢谢老仙家的孝心，有事请讲。"

山神看看众位，难为情地禀告："搅扰了各位仙家的团圆，请恕罪。我这里干旱多年，很少下雨，高山冰原积雪也越来越少，可否派雪龙多降瑞雪，以保年年风调雨顺？"

周天子急忙上前禀告："天尊、娘娘在上，孙儿禀告，当下孙正有三条雪龙困在沉香辇，请它们造福西方万民。"

王母娘娘再次细细打量周天子，越看心里越喜欢，招呼道："姬满！到老妇这边坐，快过来。"

周天子来到王母娘娘身边坐下，王母娘娘仔细打量姬满，又回看玉帝，无比吃惊：真是一个模样！王母十分喜欢，握着姬满的手，不住地惋惜："当年呀！若不是晓姨把你们偷走，说什么都要把你们兄妹留在我身边抚养。如今贤孙乃一代仁君，造福世间，千秋伟业，功德无量呀！老妇放心了。"

晓仙女闻声，上前鞠躬致歉："都怪晓姨不好，弄巧成拙，请王母娘娘严惩。"

王母娘娘乐得合不拢嘴，称赞晓仙女说："姬满呀！咱家晓姨真是女中豪杰，她一不留神就造就了一代仁德君王和原始神尊，奖赏晓姨什么呢？"王母娘娘乐呵呵地握着姬满的手不放。

嫦娥上前扶起晓仙女，欣慰地说："这都是天意，不必自责。"

玉帝端详周天子，感到无比亲切，故意摆出尊者之态，低声命令："今天，所有愿望都能实现。颁旨：三条雪龙回天待命，冬季到来，多降瑞雪于天山。山神可满意呀？"

博峰山神行礼拜谢："感谢玉帝、王母娘娘赐福西方百姓，小神告退。"

玉帝欣喜若狂，大声赞美："这仙池真乃天山仙池，实至名归。这石榴酒真乃美酒，香醇佳品。"

玉帝见西王母还戴着灰色面纱，就说："金曼孙儿，今天家人团聚，尽享天伦之乐。金曼快把那面纱取了，露出真容，让大伙看看金曼和嫦娥娘俩谁更美？"

嫦娥笑着上前，为西王母取下面纱。金曼露出真容，嫦娥看着女儿心下一惊：我儿姬满与玉帝一模一样，这女儿和王母娘娘怎么也是一模一样呢？

见嫦娥疑惑不解，王母娘娘示意嫦娥低下头，向其耳语："西王母神尊元神，可是老妇的孪生姐姐，传承有序，不会错。"

嫦娥小声询问："那我儿姬满，咋和玉帝一老一少呢？"

王母娘娘凑得更近，贴近嫦娥耳朵，小声地说："老妇也疑惑不解，还是问玉帝吧！"

嫦娥笑着说：“不用问了，有福才像嘛！”

婴孩啼哭之声传来，兰心和三位彩女抱着婴孩前来。嫦娥欣喜地站起来迎接，爽快地说：“今天，借玉帝天尊之吉言，喜事连连。恳请最仁慈贤德的天母王母娘娘，为孙儿们送一口真食呀。”

玉帝乐呵呵站起，拂起袖子，大声催促：“吴刚，天玺宝印拿来。我们先给腾儿盖上。”

王母娘娘托起蜂蜜罐子，用筷子挑蜜，喜笑颜开地说：“金曼，快把孩子抱来，太太喂她天食！”

西王母抱起女婴上前，极力赞美：“我们的小公主，娘娘赐福了，真有福气。”

阿克流斯抱着男婴前来，不住地叫喊：“娘娘，天尊，能否为我的孩子……”

圣教主急忙迎上前，虔诚地说：“阿克流斯国君，老仙为小王子先洗去魔垢吧！”

阿克流斯激动万分，把婴孩递给圣教主，圣教主取出天池水，认真为男孩清洗。阿克流斯趁机请求：“圣教主，阿克流斯的四个孩子被收入盒子，请圣教主救救他们，让他们重见光明。”

圣教主虔诚地说：“正如玉皇大帝所说，今天所有愿望都能实现。老仙我答应你。”

阿克流斯拿出金葫芦递给圣教主，圣教主打开葫芦，虔诚地祈祷：“孩子们，去极乐世界吧！”只见四道白光化作一阵白雨点，落入天池之中。

西王母不解地问玉帝：“孙儿敢问天尊，究竟是谁破解了魔咒？”玉帝指着婴儿，肯定地说：“是他们，婴孩降生，魔咒苦难顿消。”西王母恍然大悟。

王母娘娘拉着金曼的手，轻声嘱托：“金曼，你在这天山仙池，守住西王母神尊之神圣威严，造福世间。”

玉帝默默吟诵：“亘古昆仑补天经，八骏神驱跨金山。一脉天山承祖训，华夏孪灵赴天穹。婴孩破天一声啼，创世开篇天下急。感天动地千秋赋，再把盛情聚仙池。”

众人听得如痴如醉，久久地回味。

吴刚拍手称赞：“天尊好诗！姬满、金曼要牢记。”

周天子和西王母频频点头，将字字句句牢记于心。

王母娘娘意犹未尽，笑着面向大家，委婉地说：“孩子们，还有何请求？尽管讲。”

香蜀夫人闻言，上前跪拜，哀声请求：“香蜀要遁入空门，在仙山修行，恳求兰心姐姐抚养双婴，帮助犬戎夫君立志，造福大漠。”

兰心跪拜请求：“仁慈的王母娘娘，兰心愿用千年修行，换一世人生，抚养一双儿女成人，相夫教子。”

嫦娥拉住彩女的手，彩女真诚地说：“嫦娥天子，九姑又没能补天，九姑已经答应白灵王后抚养腾儿，决不食言。”

周天子怕失去白灵王后母子，急忙恳求：“天尊！孙儿恳求，把白灵王后留在孙儿身边，孙儿恳求天尊和天母了。”

王母娘娘眼见姬满哀求，无比心酸，对玉帝说：“天尊你看，姬满连恳求的神态，都与天尊你一模一样。”

玉帝拉起周天子，急忙劝道：“白灵已回天复命，天纲地法不可违背。初一到十五，总是无法相顾，神仙也无奈呀！”

周天子抱着腾儿，失神地望着天空，泪水盈盈，不住地点头。

大漠王拉着香蜀夫人，郑重地说：“香蜀，犬戎发过誓言，要与香蜀相守一生的。香蜀不能走，你走了，犬戎和两个孩子怎么办？”

香蜀夫人婉言拒绝：“并非香蜀无情无义，这是天意。香蜀要信守承诺，遁入空门，一切无法更改。香蜀相信，兰心姐姐会是贤德良妻，陪伴夫君一生。大王要照顾好自己和两个孩子。”

玉帝无奈地摇头，大声催促：“各位神仙道友，这人间之事纷纷扰扰、牵肠挂肚的，就留给人间吧！咱们找一僻静之处，远离纷扰。各位，就此告别。”玉帝牵着王母娘娘的手，与众神仙飞上云端，高歌而去。

王母娘娘惊喜地说：“我知道你为什么和姬满长得一样了，因为后羿射日……”玉帝无奈地说：“姬满是我的子孙，哪能不像呢？”祥云飞向天宫。

吴刚抱着腾儿，开心不已，吟唱：“又是八月桂花香，月又圆满，阖家团圆。团圆又要分离，记住桂花香，铭记欢聚时。”

周天子和西王母跪在地上告别：“爹，娘，多保重。”

吴刚热泪盈眶，急忙说：“姬满、金曼快起来。爹今天无比高兴，家人团聚，一雪前耻，真痛快！”

嫦娥接过吴刚怀中的腾儿，心酸得泪水横流。

周天子思念白灵，深情地说："爹，娘，你们受苦了，就让白灵前去孝敬你们吧！"

吴刚昂头望天，忍住悲痛说："爹很自豪，子女成才，双双顺天道造福一方。不言再见。"

嫦娥无法掩饰离别之苦，失声痛哭："孩子们呀！娘想你们呀……"一家人再次相拥而泣。

又是满月西悬，东方启明闪亮，众人挥泪告别。

嫦娥挽着吴刚，晓仙女扶着嫦娥，飞向浩瀚天空。空中传来嫦娥歌声：

又是一年月圆时，团圆已消散。笑脸之上泪涟涟，时光已消逝。待得来年中秋时，月儿当自圆。家国情思总相聚，离别多珍重。又是一年月圆时，桂花满枝头。金桂飘香十万里，情怀满世间，消解千般愁。待得香桂沁香时，满月恋人笑，情满人世间。

第九十九回　三彩女下凡抚孤　两兄妹互续文脉

旭日东升，锦云浮动，霞光泛彩，瑞气萦绕。在天山之麓，博山雪峰之下，仙池岸边，和平河岸旁，坐落着一座新城。那殿堂雕梁画栋、玲珑剔透、映日生辉。铁瓦寺的钟声响彻两山之间，西王母和周天子骑马引领在前，众盟友紧随其后。遥望远处新建的烽火台，众人拍马疾走，欢快地进入新城。

陈宫上前行礼，高呼："禀告天子，禀告西王母，货物已齐聚了。"

周天子和西王母与众盟友站在城楼上，只见城中货物堆积如山，商人们穿着各式各样的服装，大声叫卖，喧哗声一片。驼吼马嘶，兵士们忙着给骆驼上货。鼓声阵阵，号角响起，人们聚集在城楼下抬头仰望。

牧果果大人引领八位小丑兄弟，在人群中弹奏欢唱，八位小丑围绕周天子，做着各种怪异的表情。周天子被逗得大笑，人们上前举起周天子，大声欢呼。

人群成为欢庆的海洋，每个人都在尽情狂舞……

正午时分，鼓乐声起，号角齐鸣，周天子和西王母站在城楼。周天子高呼："各位统领，各位兄弟，货物起运，一路向西出发。"

阿克流斯头戴红缨战盔，身披鲜红斗篷，双臂抱着孩子，率先向周天子和西王母行礼，低沉呼喊："周天子老弟，后会有期。西王母妹子，不言再见。西斯国永远与西天国和周朝是兄弟。"

红缨兵士剑击圆盾，齐整地走出土城。阿克流斯再次回望周天子，挥手向周天子告别。驼铃声声，商队紧随红缨兵士，向西而行。

各国统领们纷纷向周天子和西王母告别，兵将护送商队一路西行。

陈宫抱着腾儿前来，腾儿不停地啼哭。西王母上前接过腾儿，陈宫抱怨道："天子与王后一双而来，如今孤雁成单。"众随从无不黯然泪下。西王母闻听此言，指着前方，突然地说："腾儿，腾儿，母后娘娘来了。"

果不其然，两位彩女陪伴白灵王后款款而来。陈宫慌忙上前迎驾，但是周天子置若罔闻，没看彩女一眼。

西王母悄声对周天子说："哥哥，妹妹的一片苦心，姬满哥哥心领了吧！腾儿不能没娘，先让彩女给腾儿当娘，有何不可……"周天子打断了西王母，大声强调："妹妹，哥哥不许彩女扮成白灵模样，腾儿也不要假娘亲。"

彩女拔去凤钗，委屈地说："我是彩女九娘，虽不及白灵聪慧贤达，但也是女娲娘娘所炼精石，此来并不是和天子结缘，而是来抚育腾儿，天子不必忧虑。适才姐妹们举止伤了天子的心，还请天子恕罪。"

周天子一听此言，觉得自己心胸不及女流，愧疚地说："三位仙灵给腾儿当娘，本王感激不尽！恳请三位仙子，为腾儿多多费心。"周天子向三位彩女鞠躬拜谢。

周天子拉着西王母踏上九龙沉香辇，激动地说："妹妹快看，这百里封城、十里烽火台，东到镐京城，西至西域诸国，一路通畅。往后西方各国，就不再遥远了。"

八骏牵引九龙沉香辇而行，金色羊毛大帐车紧随其后。前方，烽火台两侧，牛羊欢唱在山间，骏马飞奔在草场。

妮卡引领臣民而来。巴布下马跪拜，轻声呼唤："阿娘，孩儿又要远行，不知何时归。"

周天子下辇，亲切地问候："妮卡老祖母，敬请放心，巴布是优秀的使节，没有巴布引路，这烽燧、城池、大道不知何年才能建成，感谢您，老祖母。"

妮卡握住周天子的手，那黝黑的脸上皱纹如同千山万壑，她笑眯眯地看着周天子，温和地说："妮卡的孩子有巴布、巴特，还有犬戎，金曼也是我的孩子。犬戎你过来，你也是阿娘的孩子，不是吗？"

大漠王急忙上前，跪在地上称："阿娘，儿子向你认错了，大漠儿女，都是您的孩子，我们世代都是亲人。"

妮卡扶起大漠王，从袖中拿出降书，交到大漠王手中，笑着说："哪有母亲不原谅自己孩子的，西天国永远都是犬戎的家，大漠到处都有我们的亲人。”

周天子拿出羊皮书交给妮卡，欣慰地说：“我也是妮卡阿娘的孩子，这是妮金与本王的契书，送给妮卡阿娘，感谢您的养育之恩。”妮卡笑了，把羊皮书交给西王母，再次唠叨：“妮金的魔咒，是为了金山；妮卡的无奈，是为了远行的孩子何时归来。如今，周天子建设大道，这才是最贵重的礼物；远行的游子，都能安全回来，这才是阿娘最大的幸福。”

巴巴拉带领群臣而来，伸着兰花指柔声说：“文昌君，你不能回周朝。我们这儿山好、水美，文昌老师，请留下来，好吗？”

巴巴拉来到周天子面前，鞠躬行礼，委婉地禀告：“东方周天子，巴巴拉有个请求，别让文昌老师和荷花老师回镐京，西天国太需要老师了，等文昌老师把孩子教完了，再让他们回……”

众人看见巴巴拉的面容，深感意外，惊讶地说：“河神，他是河神，是恶魔河神。”

巴巴拉伸出兰花指，急忙解释：“我是巴巴拉，真正的儿子娃娃。”

周天子想起河神所托，从胸口拿出帛书交给西王母，西王母接过帛书，随口说：“这是哈哈尔写的，不要搅扰了咱的好心情。妹妹留着当个念想！”

巴巴拉上前介绍：“尊敬的东方周天子，前方就是西新部落，请周天子驾临。巴巴拉还有个尕尕的问题请教周天子。”

周天子说：“请教不敢当，巴巴拉大人请讲。”

巴巴拉兰花指相对作揖，诚恳地请求：“周天子，你忘了一件最重要的事，你咋不邀请巴巴拉去镐京？也让巴巴拉在周朝一边看一边学嘛！”

周天子无比开心地说：“巴巴拉大人讲得好，一边看一边学，传承文脉，互相借鉴……”

八骏扬蹄驱动九龙沉香辇缓缓而行……

第一百回　东王公会西王母　和睦修好传万代

每当月上枝头，西王母坐在月下，总会打开一封家书，只要打开这封信，时空就会停滞在最美好的时光。

时光停滞：天山仙池之畔，皓月当空，银云飘动。寂静的仙池鳞波悠悠，银浪滚滚。岸边摆着一张供桌，桌上放着葡萄、苹果、香梨、蟠桃、马奶酒和十二色彩玉。姬满和金曼举目凝视着夜空洁白的月轮，久久地伫立。久别的孪生兄妹，终于重逢了，兄妹相拥，情不自禁地流下泪水。飞天飞来，翩翩起舞，高声歌唱：

（歌）

一个是周朝天子，
一个是西天王母。
坎坷命运生死跌宕，
千山万壑勇征天险。
烽火连城开辟坦途，
除妖降魔造福苍生。
锦绣江山共同缔造，
固筑鼎盛丝绸之路。
啊——

龙凤孪生，难舍难分。骨肉同胞，水乳交融。东西南北挚情难了，世世代代相依为命。

时光停滞在梨园，那梨树，枝叶繁茂，硕果累累。一筐筐的香梨，整齐地摆在树下。

时光停滞在万顷瓜田，一垄垄瓜畦，田方沟直，一根根瓜秧，叶肥瓜圆。一堆堆椭圆的哈密瓜笑裂了嘴，笑眯了眼。

时光停滞在蟠桃园里，托哈高声叫嚷："甭把西王母的一片心意，弄瞎了……"

时光停滞在一架架葡萄上，咧着嘴巴笑弯腰的老农，看着满树珠翠，幸福挂满脸颊。

时光停滞在天河边，天马饮涧，雄鹰旋飞松树头，十二彩女补天乐舞，织女手中千丝万缕，青河岸边金沙闪闪。

时光停滞在镐京各国统领齐聚镐京，穆王道烽城绵延千里，驼队列队而成行。

时光停滞在八骏图上，东王公拜见西王母……

后记

回忆我的父亲李山林：在我心目中，父亲是一位浩气凛然、正直善良、无私无畏的共产党员，是坚定的社会主义实践者、忠诚的共产主义战士。

我的太爷爷李鉴，河北献县人，何时定居陕西定边县，已无从考证。爷爷李恩普，从小习武，身怀绝技，学过中医，能开方抓药，在北京读过私塾，对京城文化耳熟能详。爷爷年轻时在定边县置家立业，奶奶王传传生有五女，除了李更生姑姑健长成年，其他不是早夭即早殇。后来又生下两子，爷爷奶奶怕再失去孩子，迷信地给长子取女孩名，叫“金花”。

次子李山林是我的父亲。父亲年幼时奶奶去世。父亲常说：“我是耙耙（用木棍制成的鞋，很笨重），还有个叫王能生的孤儿比我还苦，我有吃的就留给他，自己也不知道饿了多少次。我的命很大，多少次遭饥荒、得麻疹、得伤寒，都没死。”父亲的童年是在爬烽土、掏鸟蛋、刨野菜、吃百家饭中艰难度过的。1942 年，中国迎来重大历史转折。伯父参加了八路军成为一名电报员，跟随党中央转战延安、西柏坡，进北京，成为毛主席随行电台骨干。姓名由李金花改名李锦华，寓意庆祝革命胜利，展望锦绣中华。

父亲一生感到最骄傲的事，是 1945 年他 7 岁时成为三边文工团的小战士，接受革命思想教育和正规文艺训练。原三边文工团团长吴坚回忆说：“山林人小机灵，功练得最好。真刀真枪敢演《三岔口》，9 岁就誉满三边地区。

男娃演武旦就他一个。在延安演出时场场爆满，三层桌子上后空翻绝技，多少娃娃都摔出了毛病，山林从来没事，最有出息。”父亲常说，三边文工团没有固定的场地，走到哪演到哪，学什么就演什么。更多时间学快板，搞宣传。跑龙套是强项，一天不知换多少衣服，还没穿戴整齐，还没换装，已经开锣了。三尺戏台，永远是父亲奋斗的战场。胡宗南三十万大军进攻延安的危急时刻，父亲得了斑疹伤寒，高热昏迷中依稀听到："这个孩子轻，抬着不碍事，其他伤员留给老乡……”父亲又一次经历生死转折。

1949年后，父亲前往工农速成中学学习。知识对一名从未进过学堂的人，是无比珍贵的。书籍成为父亲一生的伙伴。找一根蜡烛，找到一个灶台，利用微弱的火光，就能彻夜苦读。1955年父亲考入兰州大学中文系，大学期间饱读中西方文学，对普希金、托尔斯泰等人的作品着迷。父亲资历深，又是党支部书记，毕业时响应党和毛主席号召，自愿到新疆工作。1962年委派至伊犁地区霍城县伊车嘎善（原名：胜利牧场）劝阻边民外逃，自此从一名电影制片厂编辑成为胜利牧场办公室主任。1977年父亲进入五七干校学习，1978年调到霍城县文教局任副局长。1980年文教分家，父亲任霍城县文化局局长，再次回到文艺岗位，如获新生。他常说：没有厚重的生活底蕴，文艺作品如同无根之草、海市蜃楼。父亲爱好记笔记，在牧区、农村工作时，所见见闻、思想汇报、讲话稿等认认真真记录在笔记本上，装在中山装衣袋里。无论骑马走在天山深处、转场的路上，还是信步走在红旗公社万亩良田里，还是在惠远鼓楼、将军府的工地上，他点点滴滴记录下了真实的生活、创业的辉煌和美好的理想。

1981年为维护惠远古楼和翻修伊犁将军府，父亲亲自去当时的文化部要资金。伯父回忆说："兄弟俩多年没见，那时的山林，已强壮许多。满脸胡子拉碴，蓝色鸭舌帽、灰色中山装都掉了色，朴实无华，还抽着莫合烟。和上兰大时留着分头、穿黑绸练功服，艺术气息十足的山林大不一样。我带山林去了文化部，又到门头沟找到古建修复专家。山林领着他们到伊犁翻修伊犁将军府。”"不到一年，弟弟再来京见到我，说要去郑州接学员，办豫剧团。山林办事雷厉风行，半年后寄来剧照。1986年我去乌鲁木齐出差，见着山林全家，家中摆放最多的是他的奖状。”正如伯父所说，在父亲带领下，霍城县1982年组建影剧院，1983年成立豫剧团。1984年父亲创作的历史剧

《细君公主》参加自治区戏剧节，获创作奖。父亲扎根农牧区在伊犁工作22年后于1985年调回乌鲁木齐市文化局，担任政治处工作。

父亲始终保持党的优良作风：坚定的政治信念不动摇、顽强的革命斗争精神不动摇、业余时间勤奋创作精神不动摇。父亲创作出大量的脍炙人口的作品，多次参加国家、自治区、市级会演并屡获大奖。他的作品如同人品，以史为鉴，歌颂亲情、友情和爱情，抵御歪风邪气、维护民族团结，弘扬社会主义主旋律，丰富边疆戏剧舞台。

《东王公与西王母》于1994年出版，这是父亲离休前出版的第一部作品，也是父亲最大的欣慰。离休后父亲与我出版了主旋律小说《肯加孜克》，还出版了《古楼兰的迷梦》，并与我姐李黎合写了《忠》。中华大地千年流传女娲补天、后羿射日、嫦娥奔月的神话，无不充溢着亲情赋予的人间大爱。我们都是一家人总要插上翅膀，飞向梦想。

父亲热爱戏剧，一生笔耕不辍，工作之余总结整理边疆少数民族民间神话传说，用戏剧手法把一个个零碎的小故事串联成整章的大剧本。他的作品根植于一生经历。父亲离开我们已有多年，我再读《东王公与西王母》倍感有一种力量召唤。我鼓起勇气将其改编成小说，这是我多年的梦想。改编之中添加穆天子与犬戎之战，把单纯寻亲拓展为畅通西域、传播文化的构想。添加共同战胜魔障的战争，借鉴狐魅之本性，转化神话的虚幻色彩。历时7年，废寝忘食，终于完成。

我是一名医生，业务工作要求快速、精准、耐心，更加需要付出爱心。我从踏上工作岗位至今三十年如一日，致力于为精神病患者服务。

父亲常说文学来源于生活，要高于生活。父亲用灵感把点、片的神话故事，像串珠一样串成珠链，我希望自己能以微薄之力让珠琏延长、发光、闪亮。丝绸之路漫长，遍布烽燧的古长城绵延千里，它拉近了东方和西方的距离，拉近了西域与中原的距离，更拉近了人与人之间心的距离。

多年来，我的创作得到妻子大力支持，帮助修改，投稿。去年书稿险遭“枪毙”，妻的鼓励，再次让我树立信心，重整杂乱篇章。女儿亦是满心支持，嘴上不说，心中在为父亲加油。外甥女为我指路，出主意要我网络出版。长年以来，总是喜欢夜下执笔，岳父在世时总是提醒：“生活要规律，千万别熬夜！”岳母更是天天叮嘱：“莫熬坏了身体，要不得！”总之，一家人其乐融融。终于迎来《穆王传》的成书出版。

感谢父亲母亲为我们留下宝贵精神遗产和文化财富，感谢伯父李锦华为此书作序，感谢所有亲朋好友们的关心支持！

2021 年 12 月